Für einen Augenblick wachsen uns Flügel

Irmtraut Balz

Für einen Augenblick wachsen uns Flügel

Eine Kindheit 1933–1945

Kiepenheuer & Witsch

Für Heinz

1. Auflage 2002

Umschlaggestaltung: Rudolf Linn, Köln
Umschlagfoto: privat
Gesetzt aus der Garamond Stempel
Satz: Kalle Giese, Overath
Druck und Bindearbeiten: GGP Media, Pößneck
ISBN 3-462-03086-8

1

Vor der Gipsmühle liegt ein grauer Steinhaufen. Knarrend dreht sich das große Wasserrad. Die hölzernen Schaufeln haben feuchte Moosbärte. Es knarrt, wenn sie ins Wasser tauchen.

Der Müller kommt heraus, kratzt und klopft an den Steinen, wählt aus. Seine weiß überpuderten Gehilfen beladen die Schubkarre und verschwinden damit in der Mühle. Drinnen rumpelt und poltert es. Über dem Eingang hängt ein Blechschild mit der verwaschenen Aufschrift »Alabasterfabrik Josef Rademacher«. Unsere Fabrik, sagt Frau Rademacher. De Jipsmüll, sagen die Leute. Der Müller, ein stiller, freundlicher Mann mit himmelblauen Augen im wachsbleichen Gesicht, sagt wenig. Manchmal treibt es ihn plötzlich aus der Mühle. Dann stemmt er mit gebeugtem Rücken beide Hände gegen die Hauswand und hustet. Bei jedem Hustenstoß flockt ihm der Gipsstaub aus den Kleidern. Der Müller schneit, rufen die Kinder.

Das kommt alles von der feuchten Mühle, sagt Frau Rademacher und zurrt ihr Haarnetz fest, er rackert sich ab für nichts. Wer kauft heutzutage noch Madönnchen? Die Leute verlangt es nach den großen Männern unserer Zeit, ihre Büsten wollen sie auf der Kommode haben. Nur der Rademacher klebt an seinen alten Heiligen und will die Zeichen der Zeit nicht verstehen. Schließlich hat man als Deutscher doch auch eine Verantwortung. Wenn ich mir das vorstelle, Führerbüsten aus unserem Alabaster! Frau Rademacher wirft sich in die Brust und zieht ihr Haarnetz noch strammer. Aber nein, der Mann will partout bei seinen Madönnchen bleiben, überläßt die schönen Gipsbüsten der Konkurrenz mit ihrem minderwertigen Material.

Allpastormadönnchen, himmelblau und golden, stehen bei Grete auf der Kommode. Alaaabaaaster, verbessert Grete, das Wort langsam und breit im Munde drehend. Himmelblau und jold ist jemalt, innendrin is weißer Gips. Warum, frage ich. Warum,

warum, das muß so sein, weil Heilige eine weiße Seele haben. Hat der Müller auch eine weiße Seele? Dat is doch kein Heilijer. Obwohl, wenn man et genau nimmt, mit ihr is nich jut Kirschen essen, da kann man leicht zum Heilijen werden. Wer will denn auch mit der Frau Rademacher Kirschen essen, denke ich mir.

Sonntags, wenn Herr Rademacher im schwarzen Anzug und mit grauem steifen Hut aus der Kirche kommt, die goldene Uhr baumelnd über der Weste, spricht er am Gartentörchen mit Vater über das Wetter und die Zeit. Nä, nä, wat is dat für ne Zeit, höre ich ihn sagen. Eijentlich müßt et doch besser werden, schlecht is et schon jenug, aber dat Jejenteil is der Fall. Meine Frau meint, er neigt sich näher zu Vaters Ohr und spricht ganz leise. Dann richtet er sich auf, wissen sie, ich bin nur en kleiner Handwerker un mach meine Arbeit, um das Jeschäftliche kümmert sich die Frau. Aber wenn es nach mir jinge, mir würden die Madönnchen genügen. Nä, nä, wat sin dat für Zeiten, mir sin doch wirklich jestraft. Also nix für ungut, Herr Rat, nen schönen Sonntag noch, der Müller lüftet den steifen Hut und verschwindet hinter der Thujahecke. Ich überlege. Was Strafe ist, weiß ich. Vater wird schnell ungeduldig und schlägt mit harter Hand. Nachher tut es ihm leid, und ich darf mit hinauf in sein Allerheiligstes, wie Mutter es nennt, und ohne anzuklopfen wie sonst, wenn Vater mit seinem Was-willst-du-Gesicht von seinen Papieren aufschaut und ich mich beeile, meine Botschaften loszuwerden, bis er seufzend aufsteht, groß und mächtig wie ein Riese.

Im Augenblick stört nichts unseren Frieden. Wir sitzen auf dem roten Sofa und schauen uns bunte Bilder an, von Malern, deren Namen ich nicht behalten kann. Ich möchte immerzu hineinsehen in das Gelb-Rot-Blau der tanzenden Farben. Wenn ich aufschaue, wird die Welt ganz grau. Ich überlege, wem ich von diesem wunderbaren Buch erzählen könnte. Mutter hat nie Zeit. Das verstehst du doch gar nicht, sagt sie. Agnes interessiert sich nur für bunte Stoffe, aus denen sie Kleider näht, und Bertchen findet die bunten Bilder vom Anstreicher Esser schöner. Da steht jeder Baum dort, wo er hingehört, hat alle Blätter und Äste am richtigen Ort und nichts wirbelt durcheinander, wie bei diesen Malern, von denen die Leute behaupten, sie könnten gar nicht richtig malen, diese Schmierfinken. Wenn Bertchen so etwas sagt, werde ich böse.

Heimlich habe ich ihn mit hinaufgenommen in das verbotene Zimmer zu dem verbotenen Schrank, obwohl Vater jeden Augenblick aus dem Garten kommen könnte. Ich habe das große rote Buch aus dem Schrank genommen und es Bertchen gezeigt. Aber der versteht überhaupt nichts, faselt immerzu vom Anstreicher Esser, der jedes Frühjahr mit einem Zeitungshelm auf dem Kopf die Küche weißt und den Streifen über den Kacheln mit einer Schablone ausmalt. Da brauchen mir uns doch janit den Kopp zu zerbrechen, sagt er, dat macht doch alles unser Schablönchen, schön sauber und akkurat, und dabei pustet er mir Schnapsatem ins Gesicht.

Hoffentlich wird er noch fertig, bevor es ihn wieder überkommt, jammert Mutter, denn je länger der Esser arbeitet, um so größer wird sein Durst. Dat kommt von den Farben, meint er, die trocknen die Kehle aus. Aber jeder weiß, der Esser setzt seinen Verdienst sofort in Bier und Schabau um. Oft bettelt er um eine Anzahlung, aber Mutter bleibt hart. Erst wenn Sie fertig sind, gibt es Geld, Herr Esser, vorher keinen Pfennig. Sie wissen doch, die Frau, greint der Esser und reißt die wässrigen Augen auf. Aber das rührt Mutter nicht. Sie weiß, der Esser lügt. Nein, Herr Esser, zuerst wird die Küche fertig, sauber und ordentlich, wie wir das von Ihnen gewohnt sind, dann gibt es Geld. Was Sie damit machen, ist Ihre Sache, aber schön finde ich es nicht, daß Sie alles in die Wirtschaft tragen, Sie haben doch eine Familie. Manchmal hilft es, wenn man ihn bei der Berufsehre packt, aber meist steigt er ganz plötzlich von der Leiter, knallt den Zeitungshelm in die Ecke und verschwindet blitzschnell mit einem scheinheiligen »Ich bin gleich wieder da«.

Dann warten wir lange zwischen den Farbtöpfen und den halbfertigen Wänden in der ausgeräumten Küche. Stolpern über Schubladen und Töpfe, treten auf den großen Quast, erwischen dabei den Schwanz der Katze, die mit einem Satz hochfährt und die Büchse mit der gelben Farbe umwirft. Mutter hat genug. Wir versinken im Chaos, seufzt sie, schafft mir um Gottes Willen den Esser wieder her. Vater murmelt etwas von einem versoffenen Anstreicher, auf den kein Verlaß sei, und geht ihn suchen.

Nur noch ein Kölsch, Herr Rat, sagt der Esser, hat Vater ihn endlich aufgestöbert, nur noch ein kleines Kölsch, dann komm ich sofort, Sie können sich auf mich verlassen, Herr Rat. Vater verläßt sich lieber nicht, bleibt neben ihm stehen, bis er das leere Kölschglas auf die Theke zurückstellt und schiebt ihn, noch bevor er der Wirtin mit erhobenem Zeigefinger einen neuen Durst anzeigen kann, schnell zur Tür hinaus.

Dat hat doch noch alles wunderbar jeklappt, sagt der Esser nachher und verstaut seine Farbtöpfe schnell auf dem Fahrradanhänger. Da seht ihr mal, auf den Esser ist immer Verlaß. Also dann, bis zum nächsten Jahr! Er schwingt sich aufs Rad, und kurz darauf sieht man Rad und Anhänger, vollgepackt mit verschmierten Farbtöpfen und der kleinen zusammenklappbaren Leiter, vor dem alten Lindenhof stehen.

Unter der Holzbrücke fließt der Mühlbach. Zwischen den Bohlen gluckst es bräunlich trüb. Da wohnt der Wassermann, behauptet Grete. Wassermann, Wassermann, hörst du mich, schreie ich und hopse auf den Bohlen, daß es dumpf dröhnt. Etwas glänzt von unten herauf. Mein Herz schlägt plötzlich bis zum Hals. Ich hab ihn gesehen, ich hab ihn gesehen, er ist grün und naß wie ein Frosch. Jetzt träumst du, lacht Grete, und ich renne auf die Wiese. Frosch, Froschkönig, ich hab den Wassermann gesehen, singe ich. Die Schlüsselblumen und Anemonen haben noch ganz kurze Stiele und fallen mir aus dem Strauß. Erlen hängen ins Wasser, treiben kurz mit der Strömung. Ein Duckhuhn flüchtet ins Ufergestrüpp. Den Kopf im Nacken segele ich mit den Wolken, bis sich der Himmel dreht.

In der Hühnerfarm scharren weiße Hühner mit roten Kämmen hinter Maschendraht. Ich mache mir nichts aus Hühnern, vor allem nicht aus den weißen mit den runden gelben Augen, die alle aussehen wie Frau Runke. Die Eier kosten fünf Pfennige. Sie sind ziemlich klein, und Frau Runke rollt sie schnell in Zeitungspapier. Kükeneier, sagt Mutter empört beim Auspacken, die Runke wird auch immer raffgieriger, wo doch alles so teuer ist. In der Küche bei Frau Runke glänzt es, die Kupfertöpfe auf dem Bord, der Herd mit seinen Nickelleisten, der Linoleumfußboden, Frau Runkes rundes, rotbackiges Gesicht und sogar ihre steifgestärkte blütenweiße Schürze. Bei mir muß man von der Erde essen können, sagt sie. Warum will sie von der Erde essen, denke ich.

Frau Runkes Mann ist dünn und spricht wenig, höchstens mal »Mojn«. Schnell verschwindet er wieder im Stall, den speckigen braunen Hut auf dem Kopf. Der Runke stinkt, sagt Bertchen. Das kommt vom Hühnermist, sagt Frau Runke, der Runke ist zuviel im Stall. Noch keiner hat ihn ohne Hut gesehen. Vater grinst, er wird Spatzen darunter ausbrüten, paß nur auf, wenn er Guten Tag sagt, fliegen sie alle weg. Aber so etwas glaube ich nicht mehr, und der Runke sagt sowieso nie Guten Tag.

Grete und Frau Runke stecken die Köpfe zusammen. Geh spielen, Kind, schau dir die Küchelchen an, sagt Frau Runke. Durch die Fensterscheibe sehe ich Gretes Bewegungen. Sie hebt die Arme und setzt sich vor einem unsichtbaren Spiegel einen unsichtbaren Hut auf. Sie wiegt sich in den Schultern und zupft geziert an ihrem Kragen. Frau Runke klatscht sich auf die Schenkel und lacht kreischend, sogar draußen kann man es hören. Jetzt machen sie sich über Mutter lustig, das mag ich nicht. Hat Mutter doch gerade erst der Grete einen grünkarierten Stoff gekauft, aus dem Agnes ein Kleid mit weißem Pikeekragen und glänzenden schwarzen Knöpfen machte. Sogar von ihrem breiten Lackgürtel hat sich Mutter getrennt. Damit sehen Sie aus wie eine feine Dame, genauso elegant wie die im Modejournal, sagte Agnes. Aber Grete will keine feine Dame sein. Sie zieht ein Gesicht und geht lieber mit ihrem roten Blumenhut und dem Komplet spazieren, veilchenblau wie Mutters Seife, und wenn Sonntagnachmittags ihr dickes Hinterteil schon längst um die Ecke verschwunden ist, schweben die Hutblumen immer noch über der Thujahecke.

So ein Eifler Trampel, sagt Mutter wütend, aber ganz leise, denn Vater ist auch aus der Eifel. Wenn sie eine große Wut auf ihn hat, nennt sie ihn einen Eifler Bauern, sonst sagt sie Männi. Das gefällt mir nicht, wo Vater doch so riesengroß ist.

Ich schaue mir eine Weile die gelben wolligen Küken an, die hinter der Absperrung piepsend durcheinanderpurzeln. Warum kommt Grete nicht, was tratschen sie so lange? Auf der Regentonne schwimmt eine dünne Eisschicht, die Nächte sind noch kalt. Schnell habe ich ein Stück abgebrochen, puste den Hühnerflaum ab und stecke es in den Mund. Es schmeckt nicht so süß und fruchtig wie vom Eismann, der im Sommer mit seinem Dreirad und dem großen Eiskasten durch die Straße fährt, eine Schelle schwingt, »Eis, Eis, Eis« ruft und mir ein Schiffchen für fünf Pfennige füllt, niemals eine Spitzwaffel zu zehn, wie sie meine große Schwester bekommt. Kleinen Kindern macht zuviel Eis Bauchweh, sagt Mutter, und die Kinder am Eiswagen lachen. Das Eis von der Regentonne schmeckt faulig. Was machst du denn da, schreit Grete und stürzt aus der Tür, mußt du denn alles in den Mund stecken? Spuck es sofort aus! Aber das Eis ist schon weg, da hilft kein Spucken mehr.

Auf der Wiese stehen schwarz-weiße Kühe. Hinter der Böschung fährt eine Straßenbahn. Sie kommt aus Köln und bringt den Vater morgens zur Schule. Ich fahre gerne mit der Bahn. Paß auf, ob du das Haus siehst, sagt Mutter, wenn die Bahn durch das Wäldchen gefahren ist. Ich seh es schon, rufe ich und freue mich. Weiß und friedlich hockt das Haus mit seinem tiefgezogenen Dach, den glänzenden Fenstern und dem Balkongürtel rund um den Bauch neben der großen Pappel im grünen Garten.

Der Schaffner ist freundlich, geht durch den Wagen, sagt bitteschön, dankeschön und knipst mit einer Metallzange die Fahrscheine. Die Leute nennen ihn den Dankeschön. Er schenkt mir leere Fahrscheinblöckchen zum Schaffnerspielen. Wenn Mutter schwere Taschen hat, geht er nach vorn zum Fahrer und spricht mit ihm. Dann hält die Bahn hinter den Feldern am Gartenweg. Wir steigen schnell aus, und der Dankeschön reicht Mutter die Taschen heraus. Vater gibt ihm manchmal etwas aus seinem schwarzen Portemonnaie, das er oft in der Bahn liegenläßt und immer wiederbekommt, denn der Dankeschön sammelt alles auf, was Vater vergißt. Das ist aber nicht nötig, Herr Rat, es lag doch an ihrem Platz, Herr Rat, dankeschöööön.

Mittags passen wir auf, wann die Bahn mit Vater kommt. Wir können ihn am Fenster sitzen sehen, die Zeitung in der Hand. Wenn er mit langen Schritten am Gartentor auftaucht, den Hut in den Nacken geschoben, die Aktentasche unter dem Arm, sagt Mutter zu Grete, füllen sie jetzt schnell die Suppe auf, er kommt, denn Vater mag keine kalte Suppe. Sie muß dampfen, wenn er sich an den Tisch setzt. Iß nicht so heiß, du verbrennst dir den Magen, Mutter pustet, Grete pustet, wir pusten alle auf unsere Suppenlöffel, nur Vater nicht. Manchmal schimpft er, daß die Suppe zu kalt sei, dann wissen wir, daß er Ärger in der Schule hatte. Mutter zieht die Augenbrauen hoch und dirigiert Grete mit den Augen. Die holt einen frischen Teller, füllt neue dampfende Suppe auf, und Vater beginnt schweigend zu essen. Ich esse auch schweigend, ganz langsam. Auf dem falschen Zwiebelmuster für alle Tage schwimmen kleine Talgplättchen. Sie kleben am Gaumen und auf der Zunge. Wenn ich ganz langsam esse, schüttet Grete vielleicht nachher meine Suppe weg.

Der Rademacher will in die Partei eintreten, Vater nimmt den Gemüseteller entgegen, er hofft dadurch an Staatsaufträge zu kommen. Da steckt bestimmt sie dahinter, meint Mutter, er tanzt doch ganz nach ihrer Pfeife. Die, die lauert nur nach nem Mann für dat Philomene, in der Kirche findet se den nit, mischt sich Grete sein. Das ist doch Unsinn, Grete, das Mädchen geht noch zur Schule, wer denkt denn an so was, Mutter schüttelt ärgerlich den Kopf und klappert mit den Augendeckeln, als Grete sich umdreht und zum Herd geht.

Warum ißt du nicht, Vater klopft auf den Tisch. Es rutscht nicht. Ha, Suppenkaspar, nein, meine Suppe eß ich nicht, höhnt meine Schwester und sperrt ihre blauen Augen weit auf. Ruhe jetzt, Vater klopft noch einmal. Suppenkaspar, Suppenkaspar, flüstert meine Schwester wieder. Meine Kehle ist ganz eng und mein Bauch bis oben hin voll Suppe. Es rutscht nicht, jammere ich. Jeden Mittag dasselbe Theater, Vaters Gesicht rötet sich. Seine Zornesausbrüche kommen plötzlich, wie aus heiterem Himmel. Man weiß nie, wann es so weit ist. Diesmal zieht das Gewitter vorüber. Kein rasches Aufspringen, keine Hand, vor der ich mich ducken muß, kein Schreck, der mir den Hals zuschnürt und die Luft nimmt. Trink, sagt Mutter dann und hält mir das Wasserglas an den Mund. Ich trinke in kleinen Schlucken, bis der Atem nicht mehr stockt und die Tränen fließen. Theater, brummt Vater. Wenn er doch begreifen könnte, daß es kein Spiel ist.

Ich gehe nach oben, sagt er jetzt, und Mutter folgt ihm. Grete, Sie passen auf, daß der Teller leergegessen wird. Grete räumt schnell alles ab. Es ist eine Schande, sagt sie und schüttet mein Gemüse in den Abfalleimer, die armen Negerkinder wären froh, wenn sie dein Essen hätten. Das sagt sie immer, aber was brauchen die Negerkinder in Afrika mein Möhrengemüse. Sicher würden sie lieber Eis essen.

Ich habe noch nie einen Neger gesehen. Nur im Karnevalszug die Negerköpp, aber das sind schwarz angemalte Männer. Mein Gott, daß die bei der Kälte so nackt rumlaufen, eine Lungenentzündung werden die sich holen. Mutter findet das nicht schön, all die Schuhwichse auf dem Körper und die wippenden Baströckchen. Vorsichtshalber gehen wir zurück in die Menge. Die Negerköpp färben ab.

In einem Schaufenster in der Schildergasse sitzt eine Negerpuppe mit einem Turban auf dem Kopf und einem Stöckchen in der Hand auf einem Kaffeebohnenberg. Der Kopf mit dem Turban nickt, und das Stöckchen klopft gegen die Scheibe. Dann bleiben die Leute stehen, schauen die Puppe und die Kaffeebohnen an, aber ich denke nur an die Cola, die ich nachher auf der Dachterrasse des Kaufhauses bekommen werde. Ganz langsam ziehe ich an meinem Strohhalm, damit ich lange etwas davon habe. Wenn Vater dabei ist, bekomme ich keine Cola, nur Milch, Apfelsaft oder Malzbier. Vater sagt, Cola sei ungesund für Kinder, und Mutter glaubt sogar, daß man davon süchtig wird. So wie Großmutter, die süchtig nach Kuchen ist und sich im Reichshof immer gleich drei Stück Torte auf den Teller legen läßt, Obst mit Sahne, Ananassahne und noch einen Windbeutel obendrauf. Dann wird Mutter böse und sagt, man muß sich richtig schämen mit dir, was du dir alles auf den Teller lädst in deiner Gier. Hast du nicht gesehen, wie der Ober gelacht hat? Ein Glück, daß es hier so dunkel ist und die Leute deine Fresserei nicht sehen können. Aber Großmutter läßt sich nicht stören und gabelt seelenruhig an ihrem Kuchen. Die Leute sind mir egal, Kindchen, sagt sie, und der Ober ist immer sehr freundlich zu mir, aber deine Ausdrucksweise ist sehr ordinär. Mutter bekommt einen roten Kopf und schmale Lippen.

Bald gibt es überhaupt keine Cola mehr, weil die aus Amerika kommt und wir deutsche Sachen trinken sollen, sagt Bertchen, und er mache sich sowieso nichts aus diesem Negergetränk. Aber das glaube ich nicht, er sagt das aus Neid, weil er nur Himbeersaft bekommt.

Es sollten auch keine Negerpuppen mehr verkauft werden, solche, wie das dicke Mädchen aus der Nachbarschaft, mit dem wir nicht spielen, eine hat. Mir ist das egal, ich habe keine Negerpuppe. Mutter meint, schwarze Puppen machen Kindern Angst, viel mehr als der schöne alte Struwwelpeter, der aus irgendwelchen Gründen auch nicht mehr zu haben ist. Man könne das Warum und Weswegen schon gar nicht mehr im Kopf behalten. Für mich sei das sowieso alles nichts, ich hätte doch schon vor dem Schornsteinfeger Angst. Das stimmt, aber warum drohen sie mir damit? Wenn du nicht brav bist, kommt der schwarze Mann, wenn du nicht brav bist, steckt dich der Zigeuner in den Sack, und Agnes sagt sogar, paß nur auf, sonst kommt der Jüd und nimmt dich mit.

Ich hab noch nie ein Kind in einem Sack gesehen, sagt Bertchen, das würde doch noch mehr zappeln als ein Huhn. Hühner in Säcken zappeln fürchterlich, ich weiß das, Vater hat mal eins rübergebracht zu Röhrigs zum Schlachten, weil er selbst kein Blut sehen kann. Siehste, was sollten die auch mit den vielen Kindern aus den vielen Säcken anfangen? Bertchen weiß viel, er geht schon zur Schule.

Als im Sommer die Kesselflicker auf der nassen Wiese im Wald gelagert und unsere kaputten Regenschirme und den undichten Einmachkessel repariert haben, wäre ich sehr gerne mit ihnen weitergezogen, schon wegen der ewigen Suppe zu Hause und weil man zwischen den rappelnden Töpfen und Pfannen gemütlich im Planwagen sitzt und die Welt von oben begucken kann. Aber die Kesselflicker wollten nichts davon wissen und sagten, sie hätten schon genug Kinder und viel zu viele hungrige Mäuler zu stopfen.

Padühm sammelt im Frühjahr ganze Säcke voll Brennesseln, für Gemüse mit Rührei und Rhabarberkompott. Er hat mir beigebracht, Brennesseln anzufassen ohne Brandblasen zu bekommen. Sofort habe ich mit Bertchen einen Haufen Brennesseln gepflückt und sie meiner Schwester unter das Bettuch gelegt, aus Rache, weil sie immer so gemein zu mir ist. Aber sie hat seelenruhig darauf geschlafen. Da kannst du mal sehen, was die für ein dickes Fell hat, meinte Bertchen.

Großmutter will, daß ich nett zu Hetty bin, weil die mich in der Klinik ausgesucht hat. Aber ihr blieb gar keine andere Wahl. Weil die Kinderstation im Augustinerkloster überfüllt war, haben sie mich in einem Wäschekorb in die Abstellkammer verfrachtet, zwischen ausrangierten Eisenbetten und allerlei anderem Gerümpel. In dieser Rumpelkammer hat meine Schwester mich angeblich entdeckt, und dafür soll ich ihr ein Leben lang dankbar sein.

Warum ißt du nicht wenigstens deinen Pudding auf, fragt Grete. Ich mag heute keinen Pudding, und vor der roten Himbeersoße ekelt es mich. Mein Bauch tut weh, der Kopf pocht, und überall ist mir heiß. Dann muß ich brechen und würgen. Grete ruft, Kind, du glühst ja, und plötzlich sind viele Menschen um mich herum und der Doktor kommt.

In einem dunklen Zimmer halten sie mir eine Schale vor den Mund, immer wieder. Nur Galle, das arme Würmchen, höre ich von weit her Mutter flüstern. Manchmal fühle ich Vaters kühle Hand auf der Stirn, und dann sitzt Großmutter an meinem Bett und bittet den lieben Gott, daß ich wieder gesund werde. Großmutters Beten muß geholfen haben. Eines Morgens wache ich auf, Agnes ist da und singt, Hallo, du kleine Klingelfee, hallo, mir tut der Kopf so weh. Na, wie geht es dir denn heute, fragt sie, und ich erfahre von meiner Krankheit. Die Ruhr hast du gehabt, wegen dem Eis vom Hühnertrog. Wie kann man denn so was essen, bist du nicht ein großes Mädchen, fragt Agnes und rollt ihr oberschlesisches Rrr, weil sie ein Wasserpolack ist. Schau mal, wie du gewachsen bist, ich muß alle Säume rauslassen, sie zeigt auf dem Zentimetermaß ein großes Stück an. Ich will gleich aus dem Bett springen, damit Agnes mich messen und am Türpfosten einen neuen Strich machen kann, aber meine Beine rutschen weg, ich bin zu schwach. Mutter kommt mit Haferschleim und füttert mich. Ich glaube, jetzt ist sie über den Berg, höre ich sie sagen, dann rattert mich die Nähmaschine in den Schlaf. Wie gut, daß Agnes da ist.

Das ist mein Kind, erzählt sie jedem, der es hören will, denn sie hat mich zur Taufe getragen, ganz heimlich, als meine Eltern übers Wochenende ins Siebengebirge gefahren waren. Deshalb gab es auch kein großes Taufessen mit viel Besuch. Großmutter zog mir das lange Batisttaufkleid mit den rosa Schleifen von meiner Schwester an, und wir fuhren mit der Straßenbahn nach Mülheim in die Liebfrauenkirche. An den rosa Schleifen konnte man erkennen, daß ich ein Mädchen bin und kein Affe, denn als Mutter mich zum allerersten Mal sah, rief sie, mein Gott, ist das Kind häßlich, es sieht aus wie ein Affe. Vater war auch nicht mit mir zufrieden, rannte im Zimmer umher und rief, ein Mädchen, ein Mädchen, nein, doch kein Mädchen, bis ihn die Schwester vor den Spiegel zog, das Bündel Kind neben sein Gesicht hielt und sagte, schämen Sie sich nicht, das Kind ist ihnen wie aus dem Gesicht geschnitten, und niemand wird behaupten, daß Vater wie ein Affe aussieht.

Großmutter gab mir als Taufpatin ihren Namen. So eine Ida wie die da war noch nie da, diesen dummen Spruch, den jeder aufsagt, der den Namen hört, bekam ich gratis dazu. Agnes hatte ihre katholische Religion zu vergeben, mit der sie mich über das Taufbecken hielt. Wenn man bedenkt, daß Großmutter eine vertriebene Salzburgerin ist und ihre Vorfahren vor zweihundert Jahren nach Ostpreußen auswanderten, nur um in evangelischen Kirchen mit evangelischen Gesangbüchern »Ein feste Burg ist unser Gott« zu singen, dann ist diese Taufe überhaupt nicht zu verstehen. Aber Großmutter sagt, ganz egal welche Religion, getauft muß sein, sonst wird sie ein Heidenkind. Und wenn er nun mal sein Kind katholisch haben will, dann soll sie eben nachgeben. Das bringt nichts in einer Ehe, wenn die Frau unbedingt ihren Kopf durchsetzen will, schließlich gibt es andere Mittel. Ich weiß zwar nicht, was das für Mittel sind, aber Großmutter hat für jede Krankheit eine Medizin.

Seit meiner Taufe habe ich zwei Kirchen. Die evangelische mit dem Kindergottesdienst für Mutter und die katholische für meine Tante Finchen. Vater geht überhaupt nicht in die Kirche und hält Religion für Volksverdummung. Mit den vielen Pfarrern und Kaplänen, die bei uns ein und ausgehen, redet er nicht über Gott, sondern über die lateinischen und griechischen Texte aus seinen dicken Büchern.

Latein ist eine tote Sprache, die außer Vater und den Pfarrern niemand mehr spricht. Damit sie nicht ganz vergessen wird, unterrichtet Vater sie in der Schule. Aber seine Schüler wollen von toten Sprachen nichts mehr wissen, sondern laufen lieber zur Hitlerjugend und marschieren sonntags mit Trommeln und Trompeten vor der Kirche auf, daß niemand mehr den Pfarrer versteht, wenn er am Altar für die Gesundheit des Führers betet und die Gemeinde warten muß, bis der Krach vorbei ist. Auch darüber sprechen die Kapläne mit Vater und trinken unseren guten Rheinwein, der sonst nur zu besonderen Gelegenheiten auf den Tisch kommt.

Noch nie ist bei uns so viel getrunken worden, beschwert sich Mutter. Die scheinheiligen Brüder, sprechen von Nächstenliebe und Opfer, aber bei Ferienbeginn sitzen sie im Rheingoldexpreß, erster Klasse. Warum das Mutter so aufregt, verstehe ich nicht. Großmutter fährt immer erster Klasse nach Ostpreußen. Schon damit alle Verwandten sehen können, wie gut es ihr geht, und vor allem Onkel Oskar aus Berlin, der mit seinem Geld prahlt, was ein anständiger Mensch nicht tut. Einmal hat er sogar Mutter eine Lumpenliese ohne Mitgift genannt und aufgezählt, was er seiner Tochter auf den Hochzeitstisch legen wird. Aber Tante Selma sucht und sucht und findet trotzdem keinen Mann, und Mutter hat schon den zweiten.

Großvater bekommt Freifahrtscheine, weil er bei der Reichsbahn ist. Er selbst fährt nicht mit, ihm liegt nicht viel an Großmutters Verwandtschaft. Deshalb kann meine Schwester auch noch mit in die erste Klasse, wo der Schaffner alle Augenblicke die Tür öffnet und fragt, haben sie noch einen Wunsch? Mich nehmen sie nicht mit, weil ich noch zu klein bin. Aber vielleicht ist das ja auch wegen dem Katholischen. Dabei wäre ich zu gerne mal in dem Zug, der durch einen Korridor fährt, wo vorher die Leute eingesperrt werden hinter versiegelten Türen. Was wirklich eine Schande ist, wie Großmutter sagt, und wie sehr sie sich darüber schämt. Wie gut, daß der Hindenburg schon tot ist und nicht auch durch den Korridor nach Ostpreußen fahren muß. Ich kann mir das alles nicht so richtig vorstellen. Großmutters Korridor ist zwar sehr lang, aber Züge passen da nicht rein.

Bevor sie wegfahren, gibt es eine Riesenschreiberei, damit alle Tanten von Allenstein bis Insterburg und von Königsberg bis Lyck erfahren, daß Großmutter kommt, und mit dem Kuchenbacken anfangen können. Großvater versiegelt die Briefe mit rotem Lack und drückt seinen Ring darauf. Dann zeichnet sich in dem angewärmten Wachs eine Taube und ein Schwert ab. Eine Vorsichtsmaßnahme, sagt er, damit sich niemand an unseren Briefen zu schaffen macht. Wie etwa Agnes, die manchmal fremde Briefe über Wasserdampf öffnet und siegeln als altmodisch abtut. Wozu wir haben Zunge, fragt sie. Gewiß, der Herr Kinski, was so ein feiner Herr ist, würde wohl niemals einen Briefumschlag ablecken. Wenn Agnes wüßte, daß Großvater sonntags, wenn die dicke Liese nicht da ist, mit dem vollen Nachttopf durch die Wohnung läuft und »Kakao, Kakao« schreit! Das finde ich nicht sehr fein.

Die Großeltern hätten längst eine andere Wohnung nehmen können, sagt Mutter. Was nutzen all die Zimmer mit Flügeltüren und Stuck, wenn das Klo eine halbe Treppe tiefer liegt und Großvater mit dem Pißpott durch die Wohnung ziehen muß. Ich bekomme Angst, wenn ich unten auf dem Klo sitze und höre, wie die Leute die Treppe rauf und runter gehen. Die Türe hat nur einen ganz kleinen Riegel. Wenn man den nicht ordentlich zumacht, fliegt sie plötzlich auf, und die Leute sehen mich auf dem Klo sitzen und das Zeitungspapier weich reiben, damit es nicht so piekt, wenn man sich abputzt. Am schlimmsten aber ist die Kette, an der ich nicht fest ziehen darf, sonst kommt ein Schwall Wasser aus dem Topf an der Decke und macht mich pudelnaß. Wegen all dem bitte ich meine Schwester mitzugehen und aufzupassen, doch sie schleicht sich heimlich weg, und ich höre oben die Tür ins Schloß fallen und von unten höre ich die Stimme von dem jecken Christian, vor dem ich Angst habe, weil er mich immer anfassen will. Dann ziehe ich meine Hosen wieder hoch und renne so schnell ich kann nach oben. Aber ich muß von einem Bein aufs andere hüpfen, weil es mich so drückt. Was hüpfst du denn, wenn du gerade unten warst, fragt Großmutter. Hetty ist weggelaufen, heule ich, und Großmutter schimpft auf die dumme Marjell und geht mit mir runter, um vor der Türe Wache zu halten. Ab und zu rufe ich von drinnen, Großmutter, bist du noch da, und sie antwortet, ja, mein Kind, ich stehe hier.

Wenn Großmutter schimpft, wird sie groß und bekommt runde blitzende Augen, wo sie doch sonst solche Schlitzaugen hat und klein und dick ist von dem vielen Kuchen, den sie ißt und den Würsten, die aus Ostpreußen kommen, und ihrem Heringssalat mit den siebenundzwanzig Zutaten. Sogar lebendige Aale, in Blätter verpackt, kommen an, und die Pakete riechen nach Schnaps, weil die Aale vor der Reise besoffen gemacht wurden. Wenn sie ihren Rausch ausgeschlafen haben, wachen sie dann als Aal grün in Großmutters Kochtopf wieder auf.

Bei Großmutter muß ich nie meinen Teller leeressen, damit es schönes Wetter gibt. Auch so ein Quatsch, wenn Grete mein Essen wegschüttet, verfinstert sich nie die Sonne. Manchmal verwahre ich den letzten Bissen in der Hamstertasche und sitze mit ganz dikken Backen da. Dann sagt Großvater, paß auf, jetzt kommt die

Militärmusik. Er kann alle Instrumente nachmachen, auch den Nauke mit der Pauke am Schluß des Zuges. Der bläst nämlich ganz doll seine Backen auf und haut versehentlich drauf, und wir müssen auch die Backen aufblasen und dann draufhauen, was ich nicht kann, weil ich noch was in den Backentaschen habe. Lauf, Kind, spuck es aus, sagt Großmutter und zu Großvater sagt sie, laß doch diesen Unsinn, Emil, mach mir das Kind nicht verrückt, geh ins Eßzimmer und lies deine Zeitung. Großvater lacht, nimmt Brille und Zeitung und verschwindet.

Ist Liese nicht da, essen wir in der Küche, damit Großmutter nicht so schnaufen muß, wenn sie alles ins Eßzimmer trägt. Aber wenn Besuch kommt, wird drüben der Tisch ausgezogen und es steht so viel drauf, daß Großvater fragt, zieht hier heute eine Kompanie durch? Nachher ist alles ratzekahl leergegessen und nur noch etwas Heringssalat übriggeblieben, den Mutter in einem Einmachglas mitnimmt, weil doch nichts umkommen darf.

Als junges Mädchen hat Großmutter Schweres durchgemacht, flüstern die Verwandten. Ihr Vater hat sich mit einem Gewehr erschossen, was ein Jagdunfall sein sollte. Aber es war keiner, denn am nächsten Morgen ist ein Mann gekommen und hat Großmutter den Flügel und die Guffernante weggenommen, von der sie so gut französisch gelernt hat. Wenn Mutter wütend ist und alles rausposaunt, sagt Großmutter, ma chère, les enfants, und Mutter ist sofort ruhig, denn wir sind die enfants und sollen nicht hören, was Mutter da rumschreit.

Als der Mann gegangen war und auch die vielen Leute, die sich Urgroßmutters Sachen anschauten und mitnahmen, was ihnen gefiel, war die Familie bitterarm. Sie hatte nur noch ein kleines Haus in Lötzen, einen fetten Angorakater, der Prinz hieß, und einen Papagei, der »Haltet den Dieb!« rufen konnte. Aber Urgroßmutter, die fast hundert Jahre alt ist, bekam eine Pension. In unserer Familie bekommen alle Leute eine Pension, auch wenn sie sich mit einem Gewehr erschossen haben. Weil das aber vorne und hinten nicht reicht, wohnt Urgroßmutter heute bei Tante Ella, Großmutters Schwester, in Königsberg.

Dieser erschossene Vater, der mein Urgroßvater wäre, wenn er noch lebte, hängt nun wie ein Schwert über uns. Das habe ich gehört, als ich auf der Treppe saß und horchte. Onkel Helmut war in Ostpreußen wegen der Beamten in unserer Familie, die irgend etwas nachweisen müssen. Aber das hat wohl nicht alles so geklappt, denn Vater schrie immerzu, ihr hättet mir das sagen müssen, und Onkel Helmut schrie zurück, das haben wir doch nicht gewußt. Du weißt doch, wie Mutter ist, wenn es um ihren Vater geht. Das stimmt. Großmutter verdreht immer nur die Augen, wenn sich jemand nach dem Erschossenen erkundigt, und sagt, mein Vater war ein wunderbarer Mensch. Mutter jammerte, was wird nun werden, was wird nun werden, warum passiert so etwas immer nur bei uns? Dieser Mann hängt doch jetzt wie ein Schwert über uns.

Aber bei anderen geschieht auch genug. Neulich haben sie Bertchens Vater verprügelt, weil er morgens um sechs immer laut pfeifend zur Bahn geht, was die Leute stört, wenn sie noch schlafen. Er wollte die Schläger anzeigen, konnte aber nicht rausfinden, wer es war, denn sie trugen Weihnachtsmannkostüme. Das ist nicht schön, wenn man als Weihnachtsmann die Leute verprügelt.

Meine Eltern ärgern sich auch über Bertchens Vater, der jeden Morgen an unsere Thujahecke pinkelt, die an dieser Stelle schon ganz braun ist. Eine Schande, sagt Mutter, kaum ist er aus dem Haus, stellt er sich an unsere Hecke, immer an dieselbe Stelle. Da, sieh mal, jetzt schon wieder, und dabei pfeift er noch. Vater schreit wütend zum Fenster raus, machen Sie das doch zu Hause, und Bertchens Vater schreit zurück, Sie sollten das haben, was ich habe. Dann knallt Vater das Fenster zu und murmelt was von einer grenzenlosen Unverschämtheit. Bertchens Vater hat seine Krankheit aus dem Krieg mitgebracht, was ihn von den vielen unterscheidet, die dort etwas verloren haben.

Agnes, die Klatschspalte unserer Familie, wie Vater sie nennt, weiß, was bei uns los ist. Sie haben die Papiere nicht gefunden. Was für Papiere, frage ich. Na, die Geburtsurkunde von deinem Urgroßvater, in den Kirchenbüchern war auch nichts. Vielleicht ist er nicht geboren, sage ich. Agnes starrt mich an. Du bist wohl nicht gescheit. Jeder wird geboren, einer auf dem Kartoffelsack, der andere mit einem goldenen Löffel im Mund. Bei den feinen Leuten ist es auch nicht anders, die machen auch beim Kacken die Beine krumm, und so manches rutscht ihnen dazwischen, was nicht dahin gehört. Täusche ich mich, oder lächelt Agnes gehässig?

Manchmal ist sie schon unmöglich und kein guter Umgang für ein Kind, wie Mutter sagt.

Wegen dieser Papiere ist Onkel Erwin schnell in die Partei eingetreten und mit dem neuen Parteiabzeichen auf dem Revers auf Großmutters Geburtstag erschienen. Mein Großvater wurde kreidebleich und sagte, mit dem Ding da auf deinem Anzug verläßt du sofort meine Wohnung. Es wurde totenstill im Zimmer, noch nicht einmal ein Löffel hat geklappert. Großmutter weinte, und das ist schon sehr schlimm, wenn man an seinem Geburtstag weinen muß. An dem Tag, als der Hindenburg gestorben ist, hat Großmutter auch geweint, weil er sozusagen zur Familie gehörte. Hat er doch im Garten von Tante Hulda eine große Schlacht vorbereitet, und sie mußten sogar den schweren Ausziehtisch in den Garten tragen, damit er seine Karten darauf ausbreiten konnte, und alle, die herumstanden, sagten ununterbrochen jawoll, weil Soldaten immer jawoll zu allem sagen, wie Großvater weiß. Es ist noch nicht einmal sicher, ob dieser Hindenburg die Schlacht bei Tannenberg überhaupt gewonnen hätte, wäre nicht Tante Huldas Tisch dort gewesen.

Weil Tante Liesbeth so bettelte, tu es doch deinem Vater zuliebe, steckte Onkel Erwin schließlich das Parteiabzeichen unter den Kragen, wo es keiner sah und dann konnten sie weiter Großmutters Geburtstag feiern. Ein Mißton ist aber doch geblieben, meint Mutter, ich verstehe überhaupt nicht, wie er seinen Eltern so etwas antun konnte. Doch bestimmt steckt die braune Familie seiner Frau dahinter. Bei meiner Mutter muß immer einer dahinter stekken, als ob die Leute nicht mal was von alleine tun könnten. Nur bei mir fragt sie immer, was hast du denn da wieder gemacht, und gibt keinem anderen die Schuld.

Ich habe Agnes noch gefragt, ob das schlimm ist ohne Papiere, und sie hat genickt und gemeint, sie fliegen sofort raus, wobei sie beim »raus« lispelte, wegen der Stecknadeln in ihrem Mund. Annis Vater ist rausgeflogen, weil er rot ist. Das hat aber nichts mit seinen feuerroten Haaren zu tun. Er war ein Sozi, und die dürfen keine Kinder mehr unterrichten. Ich weiß nicht, was ein Sozi ist, aber es muß etwas Gefährliches sein, wenn sie schon die Kinder davon fernhalten.

Anni ist die Freundin meiner Schwester, und sie ärgert sich, daß ihr Vater jetzt den ganzen Tag spazieren geht und Selbstgespräche führt. Die Leute werden ihn für verrückt halten, wenn er draußen so rumschreit und mit seinem Stock fuchtelt, meint sie. Der hat se doch nit mer all, sagt Bertchen und tippt sich an die Stirn, womit sich Annis Vermutung bestätigt hat.

Auch der Direktor von Vaters Schule ist rausgeschmissen. Ein hochgebildeter feiner Mensch, wie Mutter sagt, und was jetzt kommt, wissen die Götter. Bestimmt nichts Besseres, wo die sich doch gegenseitig die Posten zuschieben und jeden nehmen, wenn er nur hinter ihrer Trommel herläuft. Da wird sich mein Mann mit seinen alten Sprachen schwertun. In der neuen Zeit sind alte Sprachen nicht mehr gefragt. Besonders nicht bei diesen ungebildeten Menschen. Man muß sich das einmal vorstellen, ein Anstreicher ..., dann wird Mutters Stimme leise und sie schließt die Durchreiche. Was um alles in der Welt hat aber der Esser mit dem rausgeschmissenen Direktor zu tun? Mutters Gedankensprüngen ist schwer zu folgen, sagt Vater immer.

Ich hänge aus dem Speicherfenster und halte nach Bertchen Ausschau, der schon seit Tagen wie vom Erdboden verschluckt ist. Schließlich lege ich mich auf die alte Matratze und schaue mir Gottes Finger an, der lang und leuchtend durch die Ritzen dringt. Gottes Finger ist sehr staubig und kitzelt mich an der Nase, daß ich niesen muß. Unten in der Gärtnerei quietscht die Wasserpumpe, gackern Hühner. Dann ist Mariechens Stimme zu hören, wahrscheinlich vom Treppenpodest mit den gekachelten Wänden, wo es so schön schallt, wenn jemand spricht. Unser Freilichttheater, lacht Vater.

Röhrigs gehen immer nach draußen, wenn sie Luft ablassen wollen, denn drinnen in der Küche sitzt die blinde Mutter. Vor der wollen sie keinen Spektakel machen, damit sie denkt, um sie herum sei alles hübsch friedlich. Was sie ganz bestimmt nicht tut, denn manchmal fragt sie mich, wat machen se für Jesichter, Kind, und ich antworte, ganz böse, denn Blinde darf man nicht belügen.

Dat verdammte Zijeunerpack, schreit Mariechen, und tiefer, unten vom Hof, antwortet Anton, schrei doch nit esu, muß dat dann jeder hören? Sons schreis du doch, tönt es wieder vom Podest, wie kunnt der Vatter die och op die Wiss loße, wo er doch weiß, wie dat landfahrende Volk klaut ... Ich springe auf, muß erfahren, was da los ist, flitze runter und krieche durch das Loch in der Thujahecke.

Mariechen steht am Küchentisch und bestreicht die Nachmittagsbrote. Weißbrot, Margarine, Schwarzbrot, Margarine. Darf ich das Rübenkraut drauftun, frage ich. Sie drückt mir den Löffel in die Hand, und ich fädle die braunen Sirupkringel auf die Brotscheiben. Ich denke, et gibt keine Zigeuner mehr, sage ich. Haste wieder jehorcht, Mariechen guckt hoch, wer sagt denn sowas? Bertchen hat jesagt, die dürfen nicht mehr zu uns kommen, mit ihren Pferdewagen, ihren bunten langen Röcken und den goldenen Ringen in den Ohren. Nehmen Sie die Wäsche ab, Grete, hat Mutter immer gesagt, sobald sie die Wagen auf Röhrigs Wiese fahren sah. Aber wir rannten mit lautem Geschrei los, die Zigeuner sind da, die Zigeuner sind da, sahen zu, wie sie ihre Pferde ausspannten und wie die braunen Kinder aus dem Wagen purzelten, mit denen wir nicht spielen durften und es dann doch taten. Abends im Bett hörte ich ihr Singen und schlich ans Fenster, um die dunklen Schatten vor dem niederbrennenden Feuer zu beobachten.

Der weiß auch alles, dein Bertchen, der vorwitzije Panz. Halt du dich da bloß raus, warnt Mariechen. Nach einer langen Pause sagt sie, die Kesselflicker waren et. Was haben sie denn geklaut, frage ich. Kleine vorwitzige Kinder, Hühner un Jemüs. Mariechens Kopf wird hochrot, den Kappes ham se abjeräumt, dat dreckelije Volk, mit Stumpf un Stiel. Wie kann man sich wegen dem bißchen Kohl so aufregen. Bei uns brennt er meist an, was Mutter scharf gekocht nennt.

Um Gemüsegärten mache ich sowieso einen großen Bogen. Hast du nichts zu tun, fragt Vater, und schon muß ich neben ihm hocken, die Erde rund um die Tomaten auflockern, während am Gartenzaun Bertchen mit seiner neuen Glasmurmel prahlt, einer mit roten und gelben Adern. Danach lese ich mit einer kleinen Schaufel die roten Schnecken auf, die wir nackte Männer nennen. Nach dem Regen kriechen sie in Scharen über die Wege und stellen sich tot, wenn sie in meinen Eimer plumpsen. Vater wird sie nachher in der Jauchegrube ersäufen.

Bertchen ist ganz wild auf diese Schnecken. Beim Metzgerspielen schneidet er sie in kleine Stücke und verkauft sie mir als Wurst oder Fleisch. Er ist immer der Metzger, und ich bedanke mich höflich bei ihm für das Blätterpäckchen mit den zerschnittenen Schnecken und hüte mich davor, bäähh zu sagen, sonst heißt es gleich, ich sei zimperlich und aus Mädchen könnten niemals Helden werden. Ich möchte aber ein Held sein und kratze mir, genau wie Bertchen, den Schorf von den Knien, um Narben zu bekommen wie echte Helden.

Kommt Mutter in den Garten, singt sie: »Wenn ich in meinen Garten geh mit meinem grünen Hut, ist mein erster Gedanke, was wohl mein Liebster tut«. Sie trägt aber gar keinen grünen Hut und sieht auch ganz genau, was ihr Liebster tut. Er wendet mit der Mistgabel den Komposthaufen, und dabei läuft ihm der Schweiß in Bächen über das Gesicht. Ab und zu schüttelt er den Kopf, daß die Schweißtropfen nur so davonschwirren. Grete, die gerade Salat schneidet, schreit »huch« und flüchtet.

Im Sommer müssen wir das Obst und Gemüse aus unserem Garten dann ernten und verarbeiten. Tagelang sitzen wir rund um die Zinkbütte, in der sonst die Wäsche zum Bläuen schwimmt, und schneiden, puhlen, schnibbeln, bis Mutter uns die Blasen an ihren Händen zeigt. Der Entsafter dreht sich so schwer. Auf dem Gasherd blubbert der große Einkochkessel mit dem langen Thermometer im Deckel. Diese Hitze, ich bin völlig fertig, stöhnt Mutter, aber ich kann schon den Boden sehen. Wir recken schnell die Hälse und spähen hoffnungsvoll über den Büttenrand.

Grete stellt leere Einmachgläser auf den Tisch und legt die Gummiringe und Klammern daneben. Grete, sie haben doch nicht etwa Ihre Tage, fragt Mutter beim Einfüllen, nicht daß mir die Gläser aufgehen. Was für Tage, erkundige ich mich. Mutter lenkt schnell ab, geh mit Grete in den Keller, Gläser holen!

Im Keller ist es kühl. Durch das geöffnete Fenster kommt der Duft des Sommers. In den Regalen an den Wänden stehen die Vorräte. Einmachglas neben Einmachglas, Geleeglas neben Geleeglas. Auf einer Seite ist schon wieder Platz gemacht für den Nachschub. Grete, was für Tage hast du, und warum gehen dann die Gläser auf? Weil ich so viel arbeiten muß, deshalb gehen die Gläser auf, so, und nun faß mal an. Was ist das wieder für ein Blödsinn. Ich weiß genau, daß Grete lügt. Alle Erwachsenen lügen, nur Kinder dürfen nicht lügen.

Du hast mich angelogen, schau mir in die Augen, befiehlt Mutter. Ich war es nicht, ich war es bestimmt nicht. Mutter schielt nach der neunschwänzigen Katze, die oben auf dem Küchenschrank liegt, ich spüre schon, wie die Lederriemen um meine Beine sausen, und schaue Mutter fest in die Augen. Du lügst, sagt Mutter, dir kommt eine Schlange aus dem Kopf. Ich fasse schnell nach oben, aber da fühle ich nur Haare. Du kannst sie nicht sehen, nur Mütter sehen das, behauptet Mutter. Bertchens Mutter hat in ihrem ganzen Leben noch keinen Menschen gesehen, dem eine Schlange aus dem Kopf kommt, und dabei lügt Bertchen wie gedruckt. In einem von Vaters Büchern hat eine Frau den Kopf voller Schlangen. Sie heißt Meduse, und wer sie anschaut, versteinert sofort. Das kann ich gut verstehen, denn nach einem kurzen Blick auf das Bild decke ich mir schnell mit der Hand die Augen zu, um dann doch wieder durch die gespreizten Finger zu schielen.

Den Katholischen sind Notlügen erlaubt, sagt Mariechen, und dann freut es mich doch, daß ich katholisch bin. Aber Bertchen als Evangelischer dürfte eigentlich nicht so viel notlügen. In Glaubenssachen weiß Mariechen genau Bescheid. Sie geht jeden Sonntag mit einem kleinen schwarzen Gebetbuch zur Messe und vergißt nie, an der Eingangstür den Finger ins Weihwasserkesselchen zu tunken oder vor dem Essen das Kreuz zu schlagen. Danach beten alle zur Muttergottes, was sich anhört wie Rhabarber, Rhabarber, Rhabarber, erst dann wird gegessen. Auch bei der Fronleichnamsprozession haben Röhrigs den größten Altar und den schönsten Blumenteppich. Wer so fromm ist, darf ruhig notlügen.

Wat überlegs du denn, et droppt doch alles auf den Tisch, Mariechen nimmt mir den Löffel aus der Hand. Tu die Tassen auf den Tisch, ich geh die Mutter holen. Ich nehme die bunten Henkeltassen mit den Sprüchen aus dem Schrank. Auf der von Mariechens Vater steht: »Ich bin der Herr im Hause, das wäre doch gelacht, und was meine Frau sagt, wird gemacht«. Nachher muß ich das vorlesen, auch wenn ich noch gar nicht lesen kann, und alle werden mich loben, wie gut ich lese. Auf dem Sofa neben den alten Blumenkatalogen schnurrt Mohrchen. Die Kuckucksuhr tickt, und auf dem Herd mit den blumenbemalten Backofentüren brodelt der Kaffetopf. Hinter der Tür hängen die Hüte und Lodenjacken für Regentage, und in der Ecke am Schrank neben den Gummistiefeln steht das Luftgewehr, mit dem Anton manchmal zum Fenster rausschießt. Die aufgestellten Vogelscheuchen nützen nämlich nichts, darüber lachen die Vögel nur. Wenn Anton gut gelaunt ist, läßt er mich auch mal schießen, aber ich soll es nicht Zuhause erzählen.

Mariechen führt ihre Mutter zum Tisch. Sie schaut mich mit ihren toten Augen unter der weißen Haarkrone an. Da ist ja dat Kind, lacht die alte Frau Röhrig, komm her, Liebchen, laß mal sehen, ob du wieder gewachsen bist. Sie nimmt mich in den Arm und tastet, wir müssen dir nen Stein auf den Kopf legen, sonst stößt der Kopf eines Tages an die Decke. Du bist schon wieder fast fünf Zentimeter gewachsen. Das hat Agnes neulich auch gesagt, aber um das herauszufinden, brauchte sie ihr Maßband.

Mariechen öffnet das Fenster und pfeift mit der Trillerpfeife. Kaffeetrinken, rufen wir zum Fenster raus. Die Küche füllt sich mit Männern. Scharrend klemmen sie sich auf die Bänke hinter den beiden Tischen. Dat Mösch sitzt heute neben mir, sagt Tim. Ich hab jedacht, ich bin heut dran, lacht Anton. Mösch, neben wem willste sitzen? Neben Tim, antworte ich glücklich.

Wo ist denn überhaupt dein Bräutigam, den habe ich so lange nicht mehr gesehen, fragt Padühm. Ich antworte nicht, das paßt doch nicht hierher. Auch Mutter zieht mich mit Bertchen auf, fragt, wann Hochzeit ist, und überlegt, was sie zur Aussteuer beitragen könnte. Dann zählt sie die klapprigsten Gegenstände aus dem Haus auf, die sie nicht einmal Grete ins Zimmer stellen würde, und will sich ausschütten vor Lachen über ihre Einfälle. Wer so etwas lustig findet, hat keine Ahnung von Freundschaft.

Das Bertchen geht jetzt immer mit den Hunden von den neuen Mietern aus dem Bäckerhaus spazieren. Schöne Hunde. Scotchterrier, ein schwarzer und ein weißer. Un wat die für Namen haben, Mariechen lacht, Sherry und Whisky. Dat muß aber ne versoffene Kerl sein, meint der Obergärtner, stell dir mal vor, Anton, dein Spitz würd Kölsch heißen. Oder Schabau, sagt Mariechen, nä, dann doch lieber gleich ein Kölsch, ein Korn. Alles lacht. Ich lache nicht mit, ich bin böse auf Bertchen.

Das Bäckerhaus, ein Doppelhaus am Ende der Straße, steht noch nicht lange. Es gehört einem Bäcker aus Köln. Eines Tages haben sie ihm alle Schaufensterscheiben eingeschlagen und an die Tür ein großes Schild gehängt, auf dem stand, daß man nicht bei Juden kaufen soll. Mutter hat es gesehen, als sie über den Eigelstein zu Großmutter ging, und danach hat sie mit Vater über diese unglaubliche Schande gesprochen.

Weil der Bäcker das leid war mit den zerschlagenen Scheiben, hat er sich in unserer gottverlassenen Ecke angesiedelt, wo kein Huhn und kein Hahn nach seiner Frau kräht. Jeden Abend geht er mit ihr die Straße herauf und herunter und die Leute sagen, da kommt der Bäcker mit seiner Frau, und verschwinden schnell in ihren Häusern. Aber Bertchen und ich sagen höflich Guten Abend, weil wir alle Nachbarn, mit denen unsere Eltern nicht gerade Krach haben, grüßen. Dann nickt die Frau des Bäckers uns mit ihren großen schwarzen Augen traurig zu. Vater sagt, Hut ab vor dem Herrn Schulz, der stellt sich vor seine Frau.

In dieses Haus sind die beiden alten Leute mit den Hunden eingezogen und wohnen auf der Mansarde unter dem Dach, was Mariechen nicht begreifen kann. Die vielen Treppen in dem Alter. Dabei sieht man doch sofort, daß die was Besseres sind. Schon wie der Mann gekleidet ist. Da paßt alles zusammen wie jemalt, un nit so durcheinander und zusammenjewürfelt, dat man meint, ne Papagei sei unterwegs, dabei wirft sie Anton einen vielsagenden Blick zu. Und Gamaschen hat der über den Schuhen, genau in der Farbe des Anzugs. So hilflos wie der Mann ist, nein, man sieht sofort, das ist ein feiner Herr, der paßt nit op die Läuv. Und der Name paßt auch nicht, Schmitz, so heißt doch jeder. Bei diesen Schmitzens hat Bertchen sich eingeschlichen. Geht mit den Hunden spazieren, holt Zigarillos und läßt mich hier alleine rumsitzen.

2

Vater hat aus Bad Gastein an seine Spatzen geschrieben, das sind wir, die Restfamilie. Er schreibt über das Wetter und wie billig das Essen dort ist. Meine Eltern fahren nie zusammen in die Ferien. Vater muß sich von der Schule und den anstrengenden Schülern erholen, und für alle zusammen reicht es nicht. Wer sollte auch zu Hause die Kinder versorgen, wenn Mutter mitfahren würde.

Eigentlich bin nur ich da, meine Schwester ist mit Großmutter in Ostpreußen und Grete bei ihren Eltern in der Eifel. Das große Haus ist jetzt so still, man kann die Uhren ticken hören. Ich darf in Vaters Bett schlafen und brauche nachts nicht herunter zu schleichen, wenn die Angst mich aus den Kissen treibt und ich auf der Treppe erstarre, weil die große Standuhr im Flur plötzlich laut dong, dong macht. Am Tag ist der braune Kasten völlig harmlos. Aber in der Nacht, wenn ich mich zitternd Schritt für Schritt durch das dunkle Haus taste, wird er zum Ungeheuer, das mit baumelnden Armen nach mir schnappen will. Endlich spüre ich die kalten Badezimmerfliesen unter meinen Füßen, gerettet! Da höre ich Vaters Stimme, jetzt kommt sie doch schon wieder, wird das jede Nacht so gehen? Soll ich umkehren und all die Schrecken noch einmal durchleben? Schnell flüstere ich an der Schlafzimmertüre, ich habe solche Angst. Na, dann komm schon her, ruft Vater und macht mir Platz in seinem Bett.

Morgens spielt Mutter nun oft Klavier und ich rolle mich wie unsere Katze in Vaters blauem Sessel zusammen. Zum Schluß singt sie das Lied vom Veilchen. Dann bleiben die Leute auf der Straße stehen und sagen, horch mal, wie schön. Großmutter würde Mutters Gesang auch gefallen, beschwert sie sich doch immer über das sinnlos rausgeworfene Geld für ihre Ausbildung. Dabei hat alles so hoffnungsvoll begonnen, Mutter sang sogar einmal mit Schlusnus im Gürzenich, und dieser berühmte Künstler hat ihr eine große Zukunft vorausgesagt. Was ist nun daraus geworden, an dieser Stelle tupft Großmutter sich immer mit dem Taschentuch die Augen, jetzt kocht sie Gelee und Pflaumenmus und zählt im Keller die Einmachgläser. Wenn dieser Schlusnus im Radio singt, verdreht Mutter die Augen und zischelt, still, der Schlusnus singt. Aber sonst sieht sie die Dinge ganz anders als Großmutter und gibt ihr die Schuld an der verpaßten Karriere. Sie hat doch keine Ruhe gegeben, bis sie mich unter der Haube hatte. Bühnenvolk, Bettelvolk, Bühnenkunst, brotlose Kunst, lag sie mir dauernd in den Ohren, bis ich schließlich den Konrad geheiratet habe, der mir vom ersten Tag an unsympathisch war.

Alles Unsinn, sagt Agnes, kann man ihn nicht leiden, heiratet man ihn nicht. Wer läßt sich denn noch von der Mutter einen Mann aufschwatzen, alles Gerede, dabei fällt ihr eine Stecknadel aus dem Mund, und sie hat zu tun, die restlichen nicht zu verschlucken. Als Mutter sich scheiden ließ, rief Großmutter auch sofort, diesen Skandal überlebe ich nicht, nahm ein Küchenmesser und ritzte sich die Pulsadern auf. Nur so ein bißchen, damit die Beamtenehre gerettet war, denn der Staat will keine Geschiedenen in seiner Beamtenfamilie, für so was schmeißt er seine Pension nicht raus. Da war aber noch eine andere Angelegenheit, weshalb Mutter sich scheiden ließ. Dieser Konrad soll einmal, flüstert Mutter ganz leise mit Agnes, einen Hut auf sein Pipimännchen gehängt haben. Das ist bestimmt wieder eine von Mutters Übertreibungen. Ich kann einfach nicht glauben, daß auf so ein kleines Pipimännchen ein Hut paßt. Bertchen hat es ausprobiert, es funktioniert nicht.

Schließlich angelte sich Mutter auf einem Karnevalsball im Gürzenich einen neuen Mann. Wir haben zu Hause ein Erinnerungsfoto von diesem Tag. Mutter als Kolumbine mit so einem komischen Wedel in der Hand und Vater im Smoking und einer weißen Chrysantheme im Knopfloch. Großmutter ist nicht mit auf dem Foto. Das wäre dann auch keine schöne Erinnerung gewesen, weil sie sich wieder einmischen wollte und zu Mutter sagte, was willst du denn um Gottes Willen mit diesem alten Weinreisenden, darauf hat Großmutter Vater den Rücken zugedreht und ihr beleidigtes Gesicht gemacht. Erst als sie erfuhr, daß Vater keinen Wein verkaufte, sondern ein unverheirateter Studienrat mit Pensionsberechtigung war, drehte sie sich schnell wieder um, und sein Alter war ihr jetzt völlig egal. Später hat sie Vater die leckersten Kuchen gebacken, denn Großmutter kann backen wie keine andere. Besonders mit ihrem Streuselkuchen hat sie ihn gelockt, denn das ist Vaters Lieblingskuchen.

Meine Eltern haben geheiratet, weil Großvater keine Frau mit zwei Kindern durchziehen konnte. Was ich nicht verstehe, ich war doch noch gar nicht auf der Welt und kam viel später. Aber damit die Leute nicht merkten, daß Vater eine Geschiedene mit Kind geheiratet hat, mußte meine Schwester bei den Großeltern bleiben.

In unserer Stadt sind fast alle katholisch, und denen hat der Papst verboten, Geschiedene zu heiraten. Das wäre auch ein gefundenes Fressen für all die Heiratswütigen gewesen, die auf deinen Vater ein Auge geworfen hatten. Diese Spießer sollen sich mal nicht so haben, wenn ihnen die Wurst vor der Nase weggeschnappt wird, haben doch genug Dreck vor der eigenen Tür liegen. Aber wenn sie es eines Tages rauskriegen, dann ... Was dann sein wird, erfahre ich nicht. Eigentlich kann Agnes da überhaupt nicht mitreden. Sie hat keine Moral, weil sie ein uneheliches Kind besitzt, was noch viel schlimmer ist als ein geschiedenes. Ihr Steffel ist auch bei den Großeltern, denn ein Fräulein mit Kind ist nicht gut für die Kundschaft. Wenn ihr Steffel sie besucht, lügt sie und sagt, es sei ihr Neffe. Wegen diesem Kind bekommt Agnes auch keinen ordentlichen Mann und muß mit dem Baum rumziehen, der in Wirklichkeit ganz anders heißt. Seinen richtigen Namen verschweigt er, damit seine Frau nichts erfährt von dem Techtelmechtel mit der Agnes, was Mutter sehr empört. Und daß solche Männer immer auf die Agnes zugehen, kommt auch daher, weil sie raucht, sich die Lippen anmalt und Stöckelschuhe trägt.

Das arme Fräulein Jelinek, sagt meine Großmutter, Kinder gehören zu ihren Eltern, sie kann doch nichts für ihr Unglück. Das stimmt, denn der Vater von Steffel ist ganz plötzlich gestorben. Die Eltern des Gestorbenen wollten den Steffel aufziehen, aber das hat Agnes nicht zugelassen, wie sie jüdisch sind. Sonst hat sie nichts gegen Juden, aber bei dem eigenen Kind. Wenn Agnes es nicht überall herumerzählen würde, wüßte kein Mensch, daß der Steffel jüdisch ist. Sie wird sich noch mal um Kopf und Kragen reden, sagt Vater, und ich muß hoch und heilig versprechen, keinem Menschen etwas davon zu sagen. Sie nehmen mir sogar mein großes

Ehrenwort ab, weil sie wissen, daß ich meinen Mund auch nicht halten kann. Aber diesmal halte ich bestimmt dicht, ich will doch Agnes nicht ins Unglück stürzen, wie sie sagen.

Vaters Schule hat einen neuen Direktor. Er hat schon alle Lehrer besucht. Nur bei uns war er noch nicht, auch nicht beim Kaplan und beim Oberlehrer Heiterscheid, der den Schülern das Malen beibringt. Nicht modern, wie in Vaters Büchern, sondern eher, wie der Esser mit seinen Schablönchen malt, immer dasselbe. Zum Kaplan geht der neue Direktor sowieso nicht. Denn mit den Kirchenleuten ist das wie mit den bunten Malern, sie sind nicht mehr gerne gesehen, wie Mutter sagt. Deshalb macht die HJ auch diesen Krach sonntags vor der Kirchentür, daß man den Pfarrer nicht versteht. Aber der liebe Gott ist überall, und er wird sich das schon merken, wer vor seinem Haus randaliert.

Beim Kaplan bekommt der Direktor auch nichts zu essen, denn er hat keine Frau, nur eine Haushälterin. Und das macht man als Direktor nicht, bei Haushälterinnen essen. Eigentlich ist das auch nicht üblich, beim Antrittsbesuch gleich zum Essen zu bleiben.

Solche Leute klingeln sonst sonntags morgens bei uns, wenn noch die Kaffeetassen auf dem Tisch stehen und es in den Zimmern wie bei Lehmanns unter dem Sofa aussieht. Ich weiß zwar nicht, wer diese Lehmanns sind, aber eine ordentliche Familie ist das bestimmt nicht, wenn sie alles unter das Sofa werfen, so wie ich manchmal meine Butterbrote. Wer kann denn das bloß sein, fragt Mutter, und wir machen uns stumm und unsichtbar. Grete öffnet und sagt, es ist leider niemand zu Hause. Dann kritzeln diese Leute etwas auf eine Visitenkarte, denn wenn sie zum Begucken kommen, nennt man das Visite, und Grete legt die Karte zu den anderen in die Schale mit den goldenen Kleeblättern auf der Kommode im Flur. Kaum ist das Gartentor ins Schloß gefallen, rennt Mutter schon los, um nachzusehen, was auf der Karte steht, und später können wir uns in Ruhe überlegen, ob wir nächsten Sonntag wieder nicht zu Hause sind.

Aber dieser neue Direktor läßt uns keine Zeit zum Überlegen. Er sagt einfach: Nur keine Umstände, Herr Kollege, ein kleiner Imbiß, das genügt vollkommen. Wir sind nicht anspruchsvoll, meine Frau und ich. Jetzt wissen wir, daß seine Frau mitkommt.

Das ist unglaublich. Will der sich mit seiner Verwandtschaft bei uns durchfressen, so was ist noch nie dagewesen. Mutter ist empört. Ich bitte dich, hör schon auf, sagt Vater, der in der letzten Zeit sehr still ist. Sicher denkt er über seinen neuen Direktor nach. Mutter tut das auch, aber laut. Glaubst du, das kommt alles von ungefähr? Der Altphilologe gehört an die Spitze seiner Kollegen, nicht an den Schluß. Er stellt dich auf eine Stufe mit dem Kaplan und dem Zeichenlehrer. So etwas hätte Dr. Wenger nie gemacht, das war ein feiner Mensch, ein gebildeter Mensch. Niemals hätte er sich selbst zum Essen eingeladen. Aber was kann man da schon erwarten. Englischlehrer, Lyzeum, phh, so was machen die Braunen zum Direktor an einem Gymnasium, das ist zum Lachen. Als Mutter kurz Luft holt, schreit Vater los, jetzt reicht es aber, knallt die Wohnzimmertüre und läßt sie alleine mit ihrer Wut und dem roten Kopf. Die Tränen fließen, und ich muß ein frisches Taschentuch holen.

Die Großen haben auch ihre Probleme, ganz ähnlich wie wir Kinder. Kommt ein Neuer, drängt sich alles um ihn. Sagt er, der da ist doof, den kann ich nicht leiden, schwupps, stehst du allein am Gartentörchen. Bertchen habe ich auch an den neuen Schmitz mit seinen Hunden verloren. An einen Mann, der nicht einmal grüßt und immer wegguckt, wenn ich an ihm vorbeigehe. Vater kann einem wirklich leid tun, denn es ist nicht schön, alleine am Gartentörchen zu stehen.

Und dann kommt der Direktor Vent auch zu uns. Er ist noch größer als Vater, hat eine spiegelblanke Glatze, ein rundes rotes Gesicht und spricht mit einer lauten Stimme. Seine dünne graue Frau schnüffelt umher wie ein Kaninchen. Ihrem Kind hat sie eine riesengroße rosa Schleife ins Haar gebunden und Korkenzieherlocken gedreht. Diese Elvira bewegt sich wie aufgedreht und beantwortet jede Frage zuerst mit einem »Ja, bitte«. Ich schaue Vater an. Er zieht die Augenbrauen hoch, wie immer, wenn er sich heimlich amüsiert. Nur Mutter scheint ganz hingerissen und sagt auch schon bei jedem Satz »ja, bitte«. Das einzig Gute ist, daß ich nicht an der Durchreiche zu horchen brauche, sondern alles bei Tisch, sozusagen aus erster Hand, mitbekomme. Denn als Mutter die verkorkte Elvira sieht, murmelt sie, na, wenn das so ist, und ruft gleich in die Küche, Grete, legen Sie doch bitte noch drei Gedecke auf für die Kinder. Sogar meine Schwester, die sonst so uninteressiert tut, kommt sofort ins Eßzimmer.

Es gibt Salat, Huhn auf Reis und hinterher Pfirsichcreme. Alles Sachen, gegen die nichts einzuwenden ist. Auf die Suppe können wir wohl verzichten bei einem kleinen Imbiß, sagt Mutter mit langer Betonung auf dem Wort Imbiß, und ich bin nicht traurig über diese Einschränkung. Grete stellt die Teller mit dem Salat auf den Tisch. Die Gespräche verstummen langsam, jeder beschäftigt sich mit den grünen Blättern. Plötzlich starrt Mutter angestrengt auf ihren Teller, legt die Gabel zur Seite und sagt, Grete, nehmen Sie das hier bitte weg, dabei hält sie ihren Salatteller hoch über unseren Köpfen. Grete achtet nicht auf Mutters Geplinkel, guckt auf den Teller, verzieht das Gesicht und sagt, ach, wat is dat aber auch für ne fiese Wurm. Ein Wurm, laß mal sehen, schon habe ich Grete den Teller aus der Hand gerissen. Tatsächlich schlängelt sich ein dicker glänzender Regenwurm über Mutters Salat. So einer würde Bertchen gut zum Metzgerspielen passen, und da fährt es mir auch schon heraus, ach Grete, gib mir den Wurm, da macht Bertchen Wurst draus. Laut und schallend platzt Vaters Lachen in die nachfolgende Stille.

Elvira aber ist nicht mehr zu bewegen, auch nur einen Bissen in den Mund zu nehmen. Papa, heult sie, ich bringe nichts mehr herunter, ich ekle mich so vor den Würmern. Nun, wollen wir nicht übertreiben, es war nur ein Wurm, berichtigt Mutter, aber vor dem Pudding wirst du dich doch nicht ekeln. Schnell füllt sie Elviras Teller randvoll mit Pfirsichcreme, und wie auf Knopfdruck versiegt das Geheul. Wohl etwas exzentrisch, ihre kleine Tochter, lächelt der Direktor sauersüß. Salat mit Fleischeinlage, ha ha ha, na, das macht nichts, da sind wir nicht empfindlich, bis auf unser kleines Mäuschen hier, er tätschelt Elviras Hand. Sie schnieft wieder, Mutter legt Pfirsichcreme nach. Solange es sich jedoch nicht um anderes Gewürm handelt, der Direktor wurde laut, von dem wir leider noch allzuviel haben. All die Drückeberger und Verräter, die glauben, sie könnten in ihren heimlichen Nischen schmarotzen, hetzen und sich lustig machen. Wir werden schon dafür sorgen, daß sie aus ihren Schlupflöchern kommen. Sie stimmen mir doch zu, lieber Kollege? Um Vaters Kopf stehen die weißen Haare wie ein Heiligenschein, ganz hinten in seinen braunen Augen sitzt noch das

Lachen. Dazu kann ich wirklich nichts sagen, antwortet er, denn ich weiß nicht, auf wen Sie anspielen, weder im besonderen noch im allgemeinen. Der Direktor schnauft, dann zündet er sich umständlich eine Zigarre an, Sie gestatten doch? Meine Mutter spricht mit der dünnen Frau über Elvira, die so gut lernt, so gerne Himbeersaft trinkt und zu jedem Kleid die passende Haarschleife besitzt. Mit offenem Mund (sie hat Polypen) starrt meine Schwester auf die Korkenzieherlocken, der Direktor pafft bläuliche Wolken, ich baumele mit den Beinen und betrachte die Figuren auf unserem Büfett. Das Meißner ist Mutters ganzer Stolz. Alle Kaffeetanten bewundern es und drehen neidisch die Figuren auf den Kopf, die Rückseite nach den gekreuzten Schwertern absuchend, wenn Mutter aus dem Zimmer gegangen ist.

Der Direktor setzt zur Fortsetzung seiner Rede an. Unsere Jugend, Herr Kollege, unsere Jugend ist die Zukunft. Im Staat der Zukunft gibt es keinen Platz mehr für den Egoismus des einzelnen. Jede Stelle wird heute vom fähigsten Sohn unseres Volkes besetzt, ganz gleichgültig, wo er herkommt und was seine Eltern waren. Wir wischen all den Plunder der bevorzugten Klassen weg, der Direktor starrt auf das Büfett, fixiert Mutters Figuren, dann fährt er mit der Zigarrenhand durch die Luft, als wolle er das alles auswischen. Ein Aschenkegel fällt auf Mutters blaugestickte Tischdecke und verglüht dort zu einem braunen Fleck. Wie der Lauf einer Pistole zielt die Zigarre nun auf Vater, der schweigend dasitzt und zuhört, und deshalb, lieber Herr Kollege, muß Jugend auch von Jugend erzogen werden. Von jungen, tatkräftigen Pädagogen, die sich für die Ideen des Führers begeistern. Ich denke, wir verstehen uns.

Der Direktor zwickt Elvira in die blasse Wange, ich glaube, es wird Zeit für uns, nicht wahr, mein Mäuschen, er steht auf, seine dünne graue Frau erhebt sich ebenfalls. Es war ausgezeichnet, gnädige Frau, bis auf den kleinen Wurm, ha ha, köstliche Einlage, ha ha, na, den vergessen wir natürlich, der Direktor klopft Vater auf die Schulter. Es ist doch immer etwas Besonderes, das persönliche Gespräch, die menschliche Begegnung, fern von Schule und Lehrerzimmer. Humanitas sei unsere Devise, also dann auf gute Zusammenarbeit, Heil Hitler, Herr Kollege.

Erschöpft lehnt Mutter an der Flurwand. Das war deutlich, sagt sie. Kann man wohl sagen, antwortet Vater. Willst du es dir nicht doch noch überlegen? Erwin hat es doch auch gemacht, und Onkel Oskar sitzt jetzt sogar im Luftfahrtministerium, obwohl, na, du weißt schon. Denk dran, wer oben ist, hat den längeren Arm und den längeren Atem, fügte sie noch hinzu. Das kommt überhaupt nicht infrage, niemals, ich verkaufe mich doch nicht, Vater ist richtig wütend geworden. Erwin, dieser Dummkopf, murmelt er noch auf der Treppe vor sich hin.

Meine schöne blaue Decke hat er mir versaut, Mutter löst sich langsam von der Wand. Aber unsere Ida hat er gut erkannt. Mit diesem Satz bleibt das Exzentrische an mir haften wie der Fliegendreck an der Fensterscheibe, und bei jeder Gelegenheit heißt es, kein Wunder bei ihrer Exzentrik.

Der Wind fährt mit Streichelfingern durch die Pappel vor meinem Fenster. Die tanzenden Blätter malen Muster an die Decke, zittrige alte Männer mit langen Nasen. Ich liege im Bett. Mein Hals tut mir weh und ich bin bis zum Kinn in einen dicken feuchten Umschlag eingepackt. Jede Stunde muß ich Silargetten schlucken und mit Mallebrin gurgeln.

Jungfer Tausendschön, schau her, was ich habe, Großvater stellt einen Hasen auf den Tisch. Der hat große platte Füße und hält mit beiden Pfoten eine grüne Gärtnerschürze fest, in deren Mulde kleine bunte Ostereier liegen. Im Rücken steckt ein Schlüssel. Wenn man daran dreht, watschelt der Hase auf seinen großen Füßen vorwärts wie eine Ente, dabei wackelt der Kopf hin und her, und die Pfoten zittern mit der grünen Schürze, daß die kleinen Ostereier Luftsprünge machen. Wir ziehen den Wackelhasen immer wieder auf und warten gespannt, ob nicht eins der Eier über den Schürzenrand fällt. Doch plötzlich bleibt der Hase stehen, sein Kopf fällt auf die Brust und man könnte glauben, er zählt die Eier in seiner Schürze. Es ist ein Spiel ohne Ende, und fast vergesse ich darüber meine Halsschmerzen. Großvater klopft jetzt von unten gegen die Schürze, es macht plop, und ein Ei springt heraus. Das ist gemogelt, das ist gemogelt, schreie ich und esse das Ei schnell auf. I wo, soll er doch aufpassen auf seine Eier, meint Großvater. Der Hase läuft, Großvater klopft, schließlich ist die Schürze leer. So ein dummer Kerl, sagt Großvater, jetzt hat er alle Eier aufgegessen, nun wird ihm der Bauch wehtun, wie dem Schuster in Johannisburg. Großvater grinst. Was war mit dem Schuster in Johannisburg, frage ich.

Ach der, der konnte das Naschen nicht lassen. Und wenn seine Frau Marzipan machte, kostete er so lange von dem süßen Mandelteig, bis sein Bauch so dick anschwoll wie eine Trommel. Ojeh, ojeh, jammerte der Schuster, Frau, lauf schnell zum Metzger, er soll mit dem großen Messer kommen und mir den Bauch aufschneiden, daß der Teig rauskommt. Der Metzger kam, schnitt mit dem großen Messer den Bauch auf, es machte pffff, und der Teig quoll heraus wie das Füllsel aus der Gans. Jetzt war der Schuster wieder flach und platt wie ein Brett. Aber was nun, er konnte doch keine Schuhe sohlen mit dem aufgeschnittenen Bauch und so jammerte er weiter, ojeh, ojeh, Frau, lauf schnell zum Schneider, er soll herkommen und mir den Bauch zunähen. Die Frau rannte los und kam mit dem Schneider zurück, der dem Schuster mit kleinen festen Stichen den Bauch zunähte. Aber das Jammern hörte nicht auf. Ojeh, ojeh, es tut so weh, schrie der Schuster immer wieder, bis die Frau das große Bügeleisen nahm und dem Schuster über den Bauch bügelte. Das ist gut, das ist gut, sagte jetzt der Schuster, aber kaum hatte die Frau das Bügeleisen zur Seite gestellt, ging die Jammerei wieder los. Da packte die Schustersfrau der Zorn, und sie holte den Drechsler. Der kam mit einem dicken, rundgedrechselten Knüppel. Kaum aber sah der Schuster den Stock, war er mucksmäuschenstill und er hat auch nie mehr am Marzipan genascht.

Der Wind bringt die Blätter zum Rieseln. Horch, der Baum singt, sagt Großvater und zieht mir die Decke bis zum Hals.

Großvaters Geschichten beginnen immer mit »Da war einmal in Johannisburg …« Er ist in diesem masurischen Städtchen geboren, aber sein Vater kam aus Polen mit einem Säbel im Familienwappen und dem unaussprechlichen Namen Cuciezski. Vor langer Zeit hatte einer aus der Ahnenreihe mit dem schwierigen Namen die wilden Kalmücken mit seinem Säbel in die Flucht geschlagen, und deshalb kann Großvater jetzt seine Briefe mit dem Säbelwappen siegeln und mir etwas roten Lack auf die Fingernägel tröpfeln, der leider sehr schnell abgeht. Die Vorliebe unserer Familie für Hieb- und Stichwaffen brachte ihr kein Glück. Ein Schwert hängt noch über unseren Köpfen, und der Säbel richtete auch Unheil an. Er beteiligte sich an einem Aufstand gegen den russischen Zaren. Vorbei war aller Glanz, mein Urgroßvater mußte außer Landes fliehen. Damals hielt es die ganze Welt mit den Aufständischen und bewunderte die tapferen Polen, und die Klavierstücke von Chopin, der bis nach Paris floh, kamen groß in Mode. Mein Urgroßvater hatte es nicht so weit. Er fand Aufnahme bei einer hugenottischen Familie auf einem masurischen Waldgut. Sie brachten viel Verständnis für den polnischen Flüchtling auf, waren sie doch selbst einmal wegen ihres Glaubens vom französischen König aus dem Land gejagt worden und mit Mann und Maus und Roß und Wagen nach Preußen gezogen, wo ihnen niemand vorschrieb, was sie zu sagen und zu beten hatten und jeder nach seiner Fasson selig werden konnte. Das alles verdanken wir dem alten Fritz und seinem Vater, die sich den Teufel darum scherten, welche Religion und welche Nasen ihre Untertanen hatten, wenn es nur tüchtige Menschen waren, sagt Großvater.

Mein polnischer Urgroßvater hat dann meine hugenottische Urgroßmutter geheiratet und sich ganz schön reingesetzt, wie Mutter sagt. Aber man kommt doch nicht einfach daher und setzt sich rein, das stelle ich mir anders vor. Der russische Zar schickte die aufsässigen Polen nämlich nach Sibirien, wo es furchtbar kalt ist und die Leute Kuhketten an den Beinen tragen müssen, damit sie nicht weglaufen. Mein Urgroßvater wollte nicht mit einer Kuhkette am Bein herumlaufen, deshalb sprang er schnell auf sein Pferd und ritt davon.

Nach einem schier endlosen Ritt gelangte er in der Johannisburger Heide an ein einsam gelegenes Haus und bat dort um Speise und Trank und um ein Lager für die Nacht. In der Stube erwartete ihn der Hausherr, ein stämmiger Mann mit wirrem grauen Haarschopf, der sich des Langen und Breiten über das Woher und Wohin Auskunft erteilen ließ, wobei er den Fremden ausgiebig musterte. Schließlich bat er ihn zu Tisch, denn der Tag war bereits fortgeschritten. Zwischen Suppe und Huhn ging es wieder um die Unruhen hinter der Grenze. Wirre Zeiten, seufzte der Alte und betrachtete sich den seltsamen Vogel, der ihm da ins Haus geschneit war, noch einmal sehr genau. Seine schlanken Hände hantierten geschickt mit dem Eßgeschirr. Am Mittelfinger funkelte ein Wappenring, irgendeine Waffe war eingraviert. Hauen und Stechen können sie alle, dachte der Alte, aber zum Arbeiten taugen sie meist nicht viel. Da wird ihm wohl der Polier zur Hand gehen müssen. Sonst scheint er geschickt zu sein und mit dem Mundwerk ist er hübsch vorne dran, was fürs Geschäft nur gut sein kann. Alles andere werde ich ihm beibringen. Er wischte sich zufrieden den Mund und schickte nach der Tochter, daß der Fremde die Marjell kennenlerne. Als mein polnischer Urgroßvater das große schlanke Mädchen sah, dem die schwarzen Zöpfe über den Rücken hingen und die Augen wie Märzveilchen im Gesicht standen, begann sein Herz im Galopp gegen die Weste zu klopfen, und er nahm den Vorschlag des Alten schnell an und blieb.

Sein Brot mußte er sich in Zukunft hart verdienen, denn der Baumeister ließ ihm nichts durchgehen, weder auf den Baustellen noch bei den Büchern. Nur bei den Pferden und auf der Jagd war der Polnische Meister, und ganz besonders, wenn ihm die Samtaugen der schönen Adeline nachblickten.

Eines Tages wurde Hochzeit gefeiert. Hat er die Tochter, soll er das andere auch bekommen, dachte der Alte und übergab nach und nach Haus und Geschäft seinem polnischen Schwiegersohn. So war nun alles zu seiner Zufriedenheit geregelt. Nur mit dem polnischen Namen konnte er sich nicht anfreunden. Cuciezski, viel zu kompliziert. Aber was sind schon Namen hier oben an Preußens Schürzenzipfel, französische, polnische, deutsche, das zählt doch alles nicht. Am Ende sind sowieso alle gleich. Die Zeit sorgte auch bald dafür, daß sich mit dem Namen etwas änderte. Zuerst wurde Cukinski daraus, später blieb nur das Kinski übrig. So war es in dieser Familie, die durch halb Europa laufen mußte, um zueinander zu finden.

Meine Großeltern haben sich durch einen Pups kennengelernt, am Löwentin-See bei der Segelregatta. Weil Großmutter nichts zu tun hatte, ließ sie Steinchen flitzen, was gar nicht so einfach ist. Man muß ganz flache Steine nehmen, damit sie richtig hopsen, und ich wundere mich, daß meine dicke Großmutter sich so gut bücken konnte, denn sonst stöhnt sie immer fürchterlich dabei. Aber diesmal war es nicht so, und vielleicht hat sie sich auch besondere Mühe gegeben, weil neben ihr ein junger Mann in einer schneidigen Uniform stand. Wie sie sich nun wieder bückte und das Steinchen flitzen ließ, ist ihr ein Pups herausgefahren, so ein ganz hoher, heller, und da hat der junge Mann sie angesprochen und gesagt: Gnädiges Fräulein, der sauste! Darüber sind sie ins Gespräch gekommen und schließlich haben sie geheiratet. Läßt nun in unserer Familie jemand einen Pups, sagt bestimmt einer, der sauste, und jeder weiß sofort, was gemeint ist.

Mein Vater geht zum Pupsen in den Flur, weil es da ganz unheimlich schallt. Bestimmt ruft Mutter dann, kannst du dich nicht benehmen, aber Vater tut so, als habe er nichts gehört. Bertchen kann auf Befehl pupsen, er braucht bloß ein Bein hochzuheben, und schon donnert es los. Ich möchte das auch können, aber so sehr ich auch übe, es klappt nicht. Vielleicht ist das ganz gut so, denn es ist nicht vorzustellen, was passieren würde, wenn Mutter vorbeikäme, und ich stehe gerade auf der Straße, hebe mein Bein und pupse den Leuten etwas vor.

Grete ist weg! Das kam so: Es war ein Sommertag wie gemalt. Der Himmel schwamm in preußischblau, keine Wolke wagte sich hervor, und mittendrin knallte eine gelbe Sonne, daß die Blätter schlaff und lustlos von den Bäumen baumelten. Bei dieser Bruthitze wollten meine Eltern spazierengehen, und ich konnte mich nicht drücken wie meine Schwester, die sich hinter einem Berg von Schulbüchern vergraben hatte. Ich durfte auch meine ausgelatschten Sandalen nicht anbehalten, sondern mußte die Füße in enge Ausgehschuhe zwängen, die hinten an der Hacke drücken.

Im Café Wiesengrund waren alle Gartentische besetzt. Nur bei zwei dicken Frauen, die Pflaumenkuchen mit Sahne aßen, war noch Platz. Meine Eltern bestellten keinen Kuchen, sondern ein Kännchen Kaffee mit zwei Tassen und einen kleinen Apfelsaft für mich. Mutter packte den Streuselkuchen vom Samstag aus. Später beschäftigte sich Vater mit seiner Rätselzeitung und Mutter mit ihrem maisgelben Pullover, an dem sie schon seit Weihnachten strickt, weil das Muster so schwer ist. Zu mir sagten sie, geh spielen. Aber der Spielplatz war schon von den Kölner Kindern besetzt, die mit der Bahn bis Thielenbruch fahren und dann durch den Wald rasen, um als erste bei der Schaukel und der Wippe zu sein. Sie machten schrecklichen Krach und sprachen kölsch, was ich nicht darf, weil es eine Gassensprache ist. Und immer wenn ich das vergesse, sagt Mutter, sprich anständig. Dabei hat Vater neulich nachts zu Mutter gesagt, luur ens, ob isch dat Leech usjemaht han, was bedeutet, guck mal, ob ich das Licht ausgemacht habe, aber im Halbschlaf darf man Platt reden, sogar Eifler Platt.

Vor den kölschen Kindern kam ich mir ziemlich blöd vor in meinem roten Bleyle-Jäckchen mit den Goldknöpfen, dem karierten Faltenrock und den schwarzen Lackschuhen, mit denen man nicht ein winziges Steinchen anstoßen darf, weil sie von Ueding sind und so teure Schuhe nicht kaputtgehen dürfen. Kein Kind war so angezogen wie ich. Sie trugen rosa oder hellblaue Organdykleider mit abstehenden wippenden Röcken und Puffärmeln. Es waren die Zweitkommunionkleider, die Kleider für gut. Agnes hat versprochen, mir auch so ein Kleid zu nähen, wenn ich zur Kommunion gehe, genau in dieser Himbeersahnefarbe, wie die Bonbons in Frau Hambachs Laden. Aber Mutter ist damit nicht einverstanden. Über die Kommunion sei noch nicht das letzte Wörtchen gesprochen, und sie ließe mich nicht herumlaufen wie ein Pfingstochse, das käme überhaupt nicht infrage.

Nachdem ich eine Weile an der Schaukel herumgestanden hatte, traute ich mich endlich die kölschen Mädchen zu fragen, ob sie mich auch mal schaukeln ließen. Du mußt dich hinten anstellen, antwortete eine Dünne mit einer Schmetterlingsschleife im Haar, größer als ihr Kopf. Sie bildeten eine lange Reihe, aber immer, wenn ich dran war, sprang schnell eines der Mädchen vor und sagte, jetzt komm ich, und die anderen riefen, ach ja, wir hätten dich beinahe vergessen, was gelogen war. Da bin ich weggegangen, denn ich haßte sie alle. Erst am Waldrand, wo das Grundstück endet, bohrte ich mit den Lackschuhen ein tiefes Loch in den Waldboden, um meine Tränen darin zu verscharren.

Komm mit, wir füttern die Hunde, sagte die Wirtin, die mit dem Hundetrog vorbeikam. Später am Tisch unterhielt sie sich mit meinen Eltern, und weil ich so großen Durst hatte, aber nicht dazwischensprechen darf, wenn Erwachsene reden, zupfte ich Vater so lange am Ärmel, bis er aufschaute und ich ihm endlich sagen konnte, daß ich Durst hätte. Ja, aber dann gibt es Milch, mischte sich Mutter ein, sonst erkältest du dir wieder den Magen. Ach Jott, dat arme Kind, sagte die dicke Frau am Tisch, bei der Hitze Milch. Komm, Liebchen, ich bestell dir noch einen Apfelsaft un en Stückchen

Pflaumenkuchen, den ißt du doch bestimmt jern. Was erlauben Sie sich, entrüstete sich Vater, ich kann meiner Tochter selbst Kuchen bestellen. Ja, warum tun Se et dann nit, sin Se doch nit esu, lassen Se mich dem Schätzchen dä Kuchen bestellen, ich hab et ihm doch versprochen, und schon rief sie den Ober zurück, der gerade meine Milch gebracht hatte. Die Wirtin machte sich schnell aus dem Staub, und Vater wurde jetzt richtig wütend und verbat sich jegliche Einmischung in seine Erziehung. Die dicke Frau schrie, so nen Rabenvater hab ich überhaupt noch nit jesehen, dat jib et doch janit. In diesem Moment bin ich gegen das Milchglas gestoßen. Es kippte um, und die Milch floß über den Tisch direkt in den Schoß der dicken Frau. Vaters Hose bekam auch noch etwas ab, und er sprang auf und versohlte mir vor allen Leuten den Po, auch vor den Mädchen von der Schaukel, die furchtbar lachten.

Das war nicht schön von Vater. Mir hat danach nicht nur der Po wehgetan, sondern auch das Herz, wie Großmutter, wenn sie Novalgin schlucken muß. Ich würde nie meine Kinder in der Öffentlichkeit versohlen. Vater ist ganz bestimmt nicht so gestraft worden, denn Großvater war selten zu Hause. Er ging über den Berg nach Kommern zu seiner verwitweten Schwester, die mit acht Kindern und der Schmiede alleine dasaß, dort beschlug er die Pferde, reparierte die Pflüge, tat, was ein Schmied sonst noch alles zu tun hat, und wenn er nach Hause kam, ging dasselbe noch einmal von vorne los, und zum Hauen hatte er gewiß keine Zeit und keine Lust. Deshalb konnte Vater auf dem Bauernhof tun und lassen, was er wollte, bis der Pfarrer ihn zu seinem Nachfolger bestellte. Als Meßdiener trank Vater ihm den Meßwein weg, und da hat sich der Pfarrer gedacht, wenn er schon meinen Wein trinkt, kann er auch meine Arbeit machen. So kam Vater auf das Gymnasium nach Münstereifel, um tote Sprachen zu lernen, denn katholische Pfarrer reden mit Gott immer in dieser toten Sprache, die kein Mensch versteht. Jetzt mußte er morgens schon um vier Uhr aufstehen, melken, mähen, das Vieh versorgen und was auf einem Bauernhof sonst noch alles anfällt. Erst danach konnte er sich auf den Schulweg machen. Im Sommer war der Weg den Berg herunter gut zu ertragen. Die Vögel sangen, Schmetterlinge und Käfer waren unterwegs, am Waldrand klopfte ein Specht, und auf dem

Weg lagen unzählige Steine, die man vor sich hertrudeln konnte. Aber im Winter, wenn Vater sich den Weg durch knietiefen Schnee bahnen mußte, sah das anders aus. Dann saß er den langen Tag mit seinem blanken Hintern in den nassen Hosen in der Schule, neben den reichen Stadtkindern, die Unterhosen hatten. Für Unterhosen reichte der magere Ertrag aus der verkauften Milch und Butter vom Hof aber nicht, so einen Luxus mochte er sich später leisten, wenn er einmal ein geistlicher Herr war.

Schließlich ist Vater doch nicht Pfarrer geworden. Wer abends im Wirtshaus Karten spielt und den Mädchen hinterherguckt, kann diesen Beruf nicht ergreifen. Ein Glück, daß er mit den toten Sprachen wenigstens Lehrer werden konnte. Weil Vater den Pfarrer nicht enttäuschen wollte, hat er einen Ersatzmann geliefert und Onkel August auf die Freistelle im Gymnasium vorbereitet. Aber die Laufbahn meines Onkels vom Meßdiener über das Gymnasium zum Pfarrer wurde durch den Krieg unterbrochen. Er ist in Frankreich gefallen, und sein Name steht jetzt mit den Namen der vielen anderen Gefallenen aus dem Dorf auf einer Tafel, die in der Kirche aufgehängt ist, und so hat der Pfarrer wenigstens eine schöne Erinnerung an seinen toten Meßdiener.

Als wir aus dem Wiesengrund nach Hause gingen, schauten uns die Leute nach, weil meine Eltern so miteinander stritten. Zum Schluß sagten sie gar nichts mehr, gingen schweigend nebeneinander, und ich trottete hinterher.

Zu Hause saß Grete mit einem blauen Auge heulend auf der Treppe, und im Flur stand ein großer Kerl in SA-Uniform. Das war Gretes Bruder, der ihren Lohn abholen kam, weil er arbeitslos ist und kein Geld für Bier hat. Aber Grete weigerte sich, von ihrem sauer Verdienten etwas herauszurücken, und da hat er sie nach Strich und Faden verprügelt. Der SA-Mann schwankte gefährlich hin und her. Verlassen Sie sofort mein Haus, forderte Vater ihn auf, aber das wollte er nicht, lauerte wohl immer noch auf Gretes Geld und schrie Vater an, mischen Sie sich da nicht ein, sonst kriegen Sie auch was ab. Grete war das sehr peinlich, und sie versuchte den SA-Mann zur Haustüre zu zerren, wobei Vater von hinten nachschob. Aber jedes Mal, wenn sie ihn beinahe draußen hatten, schüttelte er sie ab und wankte wieder ins Haus zurück, schimpfend über das feine Gesocks, das auf einen ehrlichen deutschen Mann herabsehe. Wartet nur ab, drohte er, der Führer wird es euch schon zeigen, all diesen feinen Herrschaften wird er es zeigen, dann hat es ein Ende mit der Vornehmtuerei. Er rülpste laut, wobei er eine Schnapswolke im Hausflur verteilte.

Mutter, noch in Hut und Mantel, jammerte, mein Gott, solchen Menschen sind wir doch nicht gewachsen. Ida, lauf schnell rüber, sag Mariechen, sie soll die Polizei anrufen, bevor noch etwas Schlimmeres geschieht. Ich fegte wie der Blitz davon.

Mariechen stand in der Küche und bügelte. Lauter braune Hemden, im Korb war noch ein ganzer Stapel davon. Sie hatte einen roten Kopf, vom Bügeln und auch von der Wut, denn als ich mit meinem Bericht fertig war, machte sich die Wut so richtig Platz, und Mariechen schrie, dat hamer jern, randalieren, de Leut zerschlajen, armen Mädchen dat Jeld wegnehmen un bis in de Puppen im Bett rumliejen, dabei schaute sie nach oben an die Decke, von wo man es jetzt rumoren hörte. Frauen für sich arbeiten lassen, suffe und de Bud vollkotze, dat können se, un mit de Weiber rummache, dat können se auch, un ich darf de janzen Dag die kackbraunen Klamotten büjeln un die Biesterei wegmachen, die se mir im besoffenen Kopp hinterlassen haben. Wenn man sich dat braune Zeug ansieht, weiß man schon, wat dat für en Markenzeichen is, alles Scheiße. Oben polterte es jetzt gehörig. Bestimmt Mariechens SA-Bruder, was dem alten Röhrig, einem Handwerksmeister von der ehrlichen alten Art, sicher noch einmal das Herz brechen wird, wie Mutter sagt. Wenn man bedenkt, daß bei Röhrigs fast in jedem Zimmer ein Weihwasserkesselchen hängt, ist das auch schwer zu verstehen, denn SA und Weihwasser vertragen sich nicht, behauptet Mariechen.

Ich nutzte die Schimpfpause, um Mariechen an den SA-Mann in unserem Flur zu erinnern, der vielleicht schon dabei war, Vater zu verhauen. Dat ham mer jleich, da brauchen mir kein Polizei, meinte sie und rief laut und energisch nach oben, komm sofort runter, der Rat hat Schwierigkeiten mit einem von deinen versoffenen braunen Brüdern. Der Lange war auch sofort da, und ich glaube, daß er auf der Treppe gehorcht hat. Denn wer horcht, ist immer schnell zur Stelle, das weiß ich aus eigener Erfahrung.

Drüben hatte sich der Sturm bereits gelegt. Der SA-Mann saß auf der Treppe und sprach mit Vater. Dabei zog er dauernd seine

Kappe, einen braunen Stofftopf mit halbem Rand, vom Kopf und strich sich über die Haare. Dann rülpste er kräftig und setzte den Topf wieder auf. Der Lange faßte ihn unter den Arm, komm, Kamerad, stör die Herrschaften hier nicht, wir gehen jetzt. Aber vorher will ich mit dem Mann noch einen trinken, lallte der SA-Mann und starrte Vater mit glasigen Augen an. Ja, ja, wir gehen schon vor, log der Lange, und der SA-Mann erhob sich schwankend und folgte ihm nach draußen. Du bist ein Kumpel, ein echter Kumpel, hörten wir ihn noch sagen. Dann machte er plötzlich kehrt, wankte zurück, klopfte Vater auf die Schulter und sagte, nix für ungut, Mann, nix für ungut, bis zum nächsten Mal.

Das möge Gott verhüten, stöhnte Mutter, als die Tür ins Schloß gefallen war und Vater vorsorglich die Kette vorlegte. Junge Menschen müssen zu tun haben, die Arbeitslosigkeit ist eine Plage, bringt sie auf dumme Gedanken, seufzte Vater. Schau dir die Söhne vom alten Röhrig an, bis auf einen alle arbeitslos. Er kann sie doch nicht alle mit durchziehen mit seinem Zehnpfennigsalat und den Alpenveilchen. Meistens ist er noch geschossen, dann kostet er fünf, warf Mutter ein. Und dann dieser Mann, Gretes Bruder, bis jetzt hat er sich etwas Geld an einem Karussell verdient, aber der Karussellbesitzer ist Pleite gegangen, sagt er, und wo soll der heutzutage eine neue Stelle finden? Und das Stempelgeld wird sowieso versoffen. Mutter nahm endlich den Hut vom Kopf, behielt ihn in der Hand und blieb stehen. Bruder, Karussellbesitzer, sagst du, Grete hat überhaupt keinen Bruder. Schon rief sie nach Grete, und Vater machte ein ernstes Gesicht, denn er läßt sich nicht gerne anlügen. Sie bohrten so lange, bis Grete zugab, daß der SA-Mann nicht ihr Bruder war, sondern ein Techtelmechtel. Wie konnten Sie uns das nur antun, Grete, so etwas in unserem Haus, jammerte Mutter, und Grete warf den Kopf in den Nacken und machte phh, sie habe sowieso genug von den frechen Gören und all dem Getue. In der Fabrik gäbe es geregelte Arbeitszeit, und amüsieren könne man sich in unserem Kaff, wo die Leute mit den Hühnern zu Bett gingen, auch nicht. Jetzt reicht es aber, sagte Vater, und Mutter setzte hinzu, Grete war immer schon ein freches Aas.

Als ich am nächsten Morgen aufstand, war sie weg, und ich bin ganz froh darüber, denn meine Eltern wissen nicht, daß Grete eigentlich zwei Techtelmechtel hat. Als es bei uns nur so von Soldaten wimmelte, die das Rheinland befreien wollten, und alle Welt in die Stadt fuhr, um sich die Soldaten anzuschauen, als ob sie im Krieg nicht genug davon gesehen hätten, und im Radio nur Marschmusik spielte, die mein Großvater so liebt, weshalb er meiner Großmutter zum Dirigieren den Kochlöffel aus der Hand nahm, wogegen sie mit einem »Gib mir sofort den Kochlöffel zurück, du machst mich verrückt mit deiner Herumfuchtelei« heftig protestierte – an diesem Tag fuhr auch Mutter mit mir nach Köln zum Soldatengucken. Auf dem Neumarkt war eine Gulaschkanone aufgestellt, und die Soldaten verteilten Erbsensuppe an die Bevölkerung. Wir haben aber nichts davon gegessen, denn erstens war es nicht Samstag, wo es bei uns immer Eintopf gibt und zweitens bekommt meine Mutter von Erbsensuppe Blähungen und muß Bullrichsalz nehmen, aber das hatten wir nicht dabei. Meine Mutter trug ihr neues Frühjahrskostüm und den weichen Filzhut, der aussieht wie ein Herrenhut. Sie roch nach Quelques Fleurs, dem französischen Parfüm, das Vater ihr immer zu Weihnachten schenkt. Auf Deutsch heißt das »ein paar Blumen«, doch es riecht wie eine ganze Gärtnerei, und in solch einem Aufzug stellt man sich nicht zu den Soldaten an eine Gulaschkanone. Es reichte schon, daß sie uns nachpfiffen, als wir vorbeigingen.

Bei Großmutter haben wir Kuchen gegessen, und Großvater hat gesungen: »Wenn die Soldaten durch die Stadt marschieren, öffnen die Mädchen Fenster und die Türen, hei warum, hei darum, hei nur wegen dem Tschingderassa Tschingderassa bum«, und dabei hat er mit zwei Topfdeckeln geklappert, und ich habe auch geklappert, bis man sein eigenes Wort nicht mehr verstehen konnte. Da hat Großmutter uns rausgeschmissen, und wir mußten in Onkel Helmuts Zimmer gehen, um da weiterzuklappern.

Gleich an diesem Tag hat Grete sich einen Soldaten geangelt, der sie nur besuchte, wenn meine Eltern nicht zu Hause waren. Aber kaum war dieser Soldat im Haus, haben sie mich im Kinderzimmer eingeschlossen und sind rauf ins Elternschlafzimmer gegangen, wo die beiden so laut geschnarcht haben, daß es durchs ganze Haus dröhnte. Aus Wut darüber, daß dieser Soldat zu uns zum Schlafen kommt, Grete von der Arbeit abhält und mich auch noch einschließt, habe ich mit den Füßen so lange gegen die Tür getreten, bis Grete kam und mir eine Ohrfeige gab. Sie hatte einen hochroten Kopf, und der Soldat drohte, mir die Kehle durchzuschneiden, wenn ich auch nur ein Sterbenswörtchen meinen Eltern erzählen würde. Dabei zeigte er mir sein Seitengewehr, das er in einem Futteral am Koppel trug. Wäre ich aber vernünftig und hielte den Mund, bekäme ich Schokolade. Er gab mir auch gleich eine Tafel, doch weil ich mir nichts aus Schokolade mache, habe ich sie Bertchen geschenkt. Der kann auch nicht verstehen, warum der Soldat so ein Theater macht, wenn er sich mal ausschlafen will. Vielleicht ist es wegen der fremden Betten. Verraten haben wir beide nichts, schon aus Angst vor dem großen Messer. Deshalb bin ich ganz froh, daß Grete weg ist, wenn sie auch Mutters Parfümflasche und alle weißen Söckchen von meiner Schwester mitgenommen hat.

3

Das bin ich, sage ich laut und schaue durch die gespreizten Finger in den Milchtopf. Mutter hat mich vor den Gasherd postiert und mir ausdrücklich eingeschärft, auf die Milch aufzupassen, damit sie nicht überkocht. Aber ich bin mit etwas Wichtigerem beschäftigt und flüstere immer wieder in die brodelnden Milchblasen hinein: Ich bin ein Mensch, ich bin ein Mensch, wobei mir ganz heiß wird vor Freude. Die Wirklichkeit holt mich erst wieder ein, als der weiße Schaum bereits über den Topfrand gestiegen ist und sich braun im Gasherd verkrustet. Da stehst du neben dem Topf, starrst in die Milch und läßt sie überkochen, man kann dir Traumliese aber auch nichts auftragen, ärgert sich Mutter. Wie kann ich aber auf die Milch aufpassen, wo ich doch gerade dabei bin, mich selbst zu entdecken? So etwas ist doch wie ein Wunder, und Wunder kommen plötzlich und warten nicht, bis der Topf vom Herd gezogen ist.

Mutter hat dafür natürlich kein Verständnis. Steht vor dem Spiegel und zupft an ihren Haaren. Sie trägt jetzt eine Olympiarolle und hat Krach mit Vater, der sie wegen der abgeschnittenen Haare nicht mehr so gut leiden kann. Dabei hätte sie gewarnt sein müssen, denn als ich mir vor kurzem einen Pony geschnitten habe und meine Schwester gleich losschrie, seht mal her, was sie mit ihren Haaren gemacht hat, und ich zurückschrie, das geht dich gar nichts an, mit meinen Haaren kann ich machen was ich will, beanspruchte Vater meine dünnen langen Zöpfe auch für sich und Mutter, indem er behauptete, ich hätte meine Eltern vorher zu fragen.

Auf meine Fingernägel hat bisher noch niemand Anspruch erhoben, was auch schwierig wäre, weil ich knabbere. Deshalb bekomme ich mittags vor der Suppe Kalzan und nach dem Pudding Lebertran, diesen gelben, öligen, der so furchtbar schmeckt. Aber es hilft trotzdem nichts, denn immer, wenn ich hinter der Durchreiche etwas Aufregendes höre, muß ich an meinen Nägeln beißen.

Das ist ihr Blitzableiter, sagt Großvater, aber Mutter ärgert sich darüber, weil sie dauernd gute Ratschläge von anderen Leuten bekommt, wie neulich von der Frau in der Straßenbahn, die dringend zu einer Senfkur riet. Wenn sie knabbert, sofort Senf auf die Hände. Das muß sich mal einer vorstellen, Mutter mit dem Senftopf in steter Bereitschaft.

Alle halten mir vor, wie häßlich das Nägelkauen sei, aber bei den Erwachsenen geschieht auch vieles, was nicht gerade schön ist und worüber sie nur hinter vorgehaltener Hand flüstern. Wie neulich, als das Begräbnis von Evas Mutter war. Eva sitzt in der Schule neben meiner Schwester und hat im Gegensatz zu mir dicke lange blonde Zöpfe und große blaue Augen. Sie könnte geradezu auf so einem Plakat für den Eintritt in den BDM werben, wenn *das* nicht wäre. *Das* ist ihr Großvater, der alte Gottschalk, mit dem Buch- und Schreibwarenladen an der Hauptstraße kurz vor dem Marktplatz. Man steigt zwei Stufen hoch, öffnet die Tür mit dem Bimmelglöckchen und ist im Paradies. Zuerst muß man die Augen zusammenkneifen, weil es drinnen ein bißchen dunkel ist, aber dann kommen all die Herrlichkeiten auf einen zu. Das große Bonbonglas auf der Theke mit den Seidenkissen, aus dem sich die Kinder bedienen dürfen. Die Schachteln mit den bunten Ausschneidebogen und den Glanzbildern. Hölzerne Griffelkästchen, mit Blumen bemalt, gelackte Schwammdöschen, Berge von Schiefertafeln, Griffeln, Bleistiften und Linealen, Malstifte, Radiergummis, Stapel von Heften, schwarze Malkästen mit Wasserfarben, die aufregenden Dinge nehmen keine Ende, denn jetzt im zweiten Raum stehen in hohen Regalen die Bücher. Bilderbücher, Kinderbücher, Jugendbücher und die Romane für Erwachsene. In einer Ecke gibt es Schulbücher und auch die Lateinbücher, die Vater immer bestellt. Im letzten Raum, dem Kontor, sitzt Herr Gottschalk mit seinem weißen Bart und einem schwarzen Käppchen auf dem Kopf. Evchen, geh mit der Kleinen in den Laden, sagt er zu seiner Enkelin und winkt Vater ins Kontor.

Eva ist sanft und leise. Ich kann mir wünschen, was ich sehen möchte, und sie steigt auf eine kleine Leiter und holt den Karton mit den Glanzbildern. Wenn Kunden kommen, spähen sie durch die halboffene Tür ins Kontor, aber Eva stellt sich so hin, daß man nicht sieht, wer bei ihrem Großvater ist. Eigentlich darf Vater keine

Bücher mehr in diesem Laden bestellen, der neue Direktor will das nicht, weil Herr Gottschalk das »Kauft nicht bei Juden«-Schild an der Türe hängen hatte. Jetzt müssen die Lehrer ihre Bücher in der Buchhandlung neben der Kirche bei Frau Bosbach kaufen. Frau Bosbach hat eine laute Stimme und trägt die NS-Frauenschaftsbrosche auf ihrem großen Busen. Aber Vater läßt sich von dem neuen Direktor nichts befehlen. Ich kaufe meine Bücher da, wo ich sie immer gekauft habe, sagt er und geht weiter zu Herrn Gottschalk, der kaum noch Kunden hat.

Früher mußte man endlos lange warten, weil der Laden so voll war, aber jetzt sind wir fast immer die einzigen und kommen gleich dran. Du wirst Schwierigkeiten bekommen, sagt Mutter, die Leute passen auf, wer zum Gottschalk reingeht, und tragen es sofort weiter. Aber Vater mit seinem Eifler Dickschädel kümmert sich nicht um die Leute. Warum er überhaupt noch hier bleibt, ich verstehe das nicht, er kann es sich doch leisten fortzugehen, sinniert Mutter weiter. Wie denkst du dir das, das Geschäft ist seit Ewigkeiten hier, das hat schon sein Großvater geführt, da geht man doch nicht einfach fort, außerdem muß sich wenigstens einer um Eva kümmern. Vater schweigt, und Mutter seufzt einmal tief auf.

Nach der Sache mit dem Judenschild ist Evas Vater ausgezogen und wollte mit dieser Familie nichts mehr zu tun haben, und Evas Mutter hat sich mit einem Strick das Leben genommen. Auf der Beerdigung waren nur wenige Eltern aus Evas Klasse. Die anderen feigen Schweine sind nicht gekommen, sagt Vater. Mutter weint. Es gibt aber auch noch gute Menschen, schluchzt sie. Hast du welche gesehen, fragt Vater, und Mutter zählt die wenigen auf, die Eva in den Arm genommen und getröstet haben. Aber das nutzt Eva auch nichts mehr, nachher wollte sich sowieso niemand mehr daran erinnern.

Evas Mutter hat einen letzten Willen aufgeschrieben und gebeten, daß der Vater sich um seine Tochter kümmert. Aber der Mann wollte Eva nicht haben, weil ihm das in seinem Beruf schaden könnte, und so muß sie bei ihrem Großvater in dem leeren Laden bleiben und in der Schule ganz alleine in der letzten Bank sitzen. Weiß der Himmel, wie lange das noch gut geht, tuscheln die Leute.

Ich stehe am Gartentörchen und traue mich nicht hinein. Meine Beine sind wie festgenagelt, denn hinter der Hecke lauert Zito. Durch die Sträucher kann ich seine funkelnden Augen sehen und den hechelnden Atem hören. Sobald ich das Tor öffne, wird er sich mit wütendem Gebell gegen den Zaun werfen und sein weit aufgerissenes Maul mit der roten Zunge und den vielen Zähnen über den Rand des Drahtes strecken.

Zito ist ein großer Schäferhund, den unsere Nachbarin, die Apollonia, auf mich hetzt. Ks, ks, ks, Zito, gib Laut, böse Leut, flüstert sie hinter der Hecke, und Zito tobt. Ich bin so klein, und Zito ist riesengroß, warum läßt sie ihn auf mich los, wenn sie mit meinen Eltern Streit hat? Muß sie sich auch mit dem Fernglas an die Hecke stellen und auf unsere Terrasse starren, wenn wir dort mit unserem Besuch sitzen und uns vorkommen wie die Affen im Zoo. Mein Gott, wie peinlich, flüstert Mutter, damit sie uns nicht auch noch hört, wenn sie uns schon sieht. Auch Vaters Kollegen wispern, so etwas haben wir noch nicht erlebt, das ist geradezu dreist, und ihre Frauen schütteln die Köpfe und zischeln, unglaublich. Aber Apollonia läßt sich nicht beirren, sondern richtet ihre runden Glasaugen weiter auf uns. Da wird Vater die Flüsterei zu viel. Er springt auf und rennt zum Zaun. Machen Sie, daß Sie hier wegkommen, ich will in meinem eigenen Haus in Ruhe dasitzen können und mich unterhalten und nicht pausenlos von einer alten Hexe beäugt werden. Er kommt gar nicht mehr zum Luft holen, da hat sich die Apollonia schon rumgedreht, die Röcke hochgeschlagen und ihm ihren blanken Hintern präsentiert. Sie trägt nämlich keine Unterhosen unter ihren weiten Röcken.

Seitdem bellt mich der Zito an, sterben unsere Katzen plötzlich mit weißem Schaum vor dem Mund, und Vater erhält von Unbekannt eine Karte, auf der der Weihnachtsmann abgebildet ist und auf der Rückseite geschrieben steht, das ist genauso ein alter Stinkstiebel wie du. Ich weiß nicht, warum sie in unserer Straße immer den Weihnachtsmann für ihre Gemeinheiten mißbrauchen.

Kurz darauf bekam Vater noch eine Karte mit einer Vorladung zum Schiedsmann. Er mußte auf das Rathaus kommen und unserem Klempner erklären, warum er eine ehrbare deutsche Frau alte Hexe genannt hat. Aber sie ist eine, da bin ich mir ganz sicher, und ich würde zu gerne sehen, wie sie nachts auf ihrem Besen durch den Schornstein saust. Leider schlafe ich zu dieser Zeit. Doch für alle Fälle machen Bertchen und ich das Hexenabwehrzeichen, wenn wir an ihrem Haus vorbeigehen, damit sie uns nicht am Ende noch in Raben verzaubert.

Bertchen hat einen Hüppekasten auf die Straße gemalt mit einem großen Himmel und einer großen Hölle. Wir werfen unsere Steinchen, hüpfen unsere Figuren, und als ich gerade mit einem Bein in der Hölle stehe, kommt Onkel Ernst um die Ecke, was mich wundert, denn er kommt nie unangemeldet. Weil er immer einen Schachtel Schokoladenplättchen für mich in der Tasche hat, kündigt Mutter ihn stets mit den Worten an, heute kommt dein Katzenzungenonkel.

Onkel Ernst hat freundliche braune Augen, eine blanke Glatze und einen Klumpfuß. Mutter meint, ich sei jetzt schon zu groß, um fremde Leute Onkel zu nennen, aber bei Onkel Ernst machen wir eine Ausnahme. Mich hat der Herrgott gezeichnet, da kann man nichts machen, lacht er und stampft wie ein Pferd mit dem kranken Fuß auf, aber alle, die mühselig und beladen sind, kommen zuerst ins Himmelreich, ihr werdet schon sehen, da oben humpele ich vorneweg. Die Last mit dem Fuß, die Entlassung aus dem Schuldienst und trotzdem immer fröhlich, das soll ihm mal ein Mensch nachmachen, sagt Vater anerkennend. Nein, da kann ich doch Onkel Ernst nicht plötzlich siezen, das würde ihn kränken. Früher war er auch Lehrer an Vaters Schule. Aber jetzt dürfen Juden keine Kinder mehr unterrichten und schon gar nicht in Deutsch und Geschichte.

Sonst fragt er mich sofort: Na, wie geht es denn der kleinen Dame, aber heute nimmt er mich gar nicht wahr, als ich mich schon wegen der Katzenzungen an seine Fersen hefte und Bertchen ganz laut ruft, bring mir welche mit. Er sieht so traurig aus, und als Mutter die Türe geöffnet hat, muß sie es auch gesehen haben, denn sie fragt sofort, was ist denn passiert, Herr Doktor? Onkel Ernst geht ganz wackelig, und Mutter faßt ihn fürsorglich unter den Arm. Aber im Wohnzimmer sitzt er wieder aufrecht auf dem Sofa, den Fuß zur Seite gestreckt, und putzt seine angelaufene Brille. Heute Morgen haben sie Rosi geholt und wie eine Verbrecherin abgeführt, erzählt er. Halt die Schnauze, du Judenschwein, schrie der Polizist, als ich protestierte. Nach den neuen Gesetzen dürfen Arier nicht mehr bei Juden arbeiten. Aber Rosi ist schon zwanzig Jahre bei uns. Zuerst bei meinen Eltern, dann bei mir. Rosi sorgt für dich, wenn wir nicht mehr sind, sagte Mutter immer, sie läßt dich mit dem Fuß nicht im Stich.

Bei ihrer Behinderung wird es doch eine Ausnahmeregelung geben, schließlich hat man als Bürger auch seine Rechte, versucht Mutter zu trösten. Rechte, Onkel Ernst schaut Mutter nachdenklich an, sie sprechen von Rechten? In diesem Land hat man als Jude keine Rechte, und zu den Bürgern gehören wir auch nicht mehr. Er putzt schon wieder seine Brille, als Vater hereinkommt und mich sofort aus dem Zimmer schickt.

Zum Hüppekästchenspielen habe ich jetzt keine Lust und an die Katzenzungen denke ich auch nicht mehr. Als Bertchen danach fragt, fauche ich ihn an, laß mich doch in Ruhe mit den blöden Katzenzungen. Ziege, antwortet Bertchen und macht sich pfeifend davon.

Was ist ein Bürger, will ich von Mariechen wissen, die am Küchentisch steht und Hefeteig anrührt. Ein Bürger, na, dat sin mir, deine Eltern, meine Eltern, alle Leute, die hier wohnen. Und wenn man hier wohnt, kann man dann plötzlich kein Bürger mehr sein? Nä, dat jib et nit, jeder Deutsche, der hier wohnt, ist Bürger. Oder et is ne Ausländer, aber dann is er da, wo er wohnt, Bürger. Wie kommst du überhaupt auf so wat? Ach, ist schon gut. Mariechen schaut mich mißtrauisch an, dann schüttelt sie den Kopf, Fragen stellst du manchmal. Komm, jeh mit, de Wäsch abhängen.

Der Wind pustet in Antons Hemden und Arbeitshosen, daß sie wie aufgepumpt an der Leine hin und her pendeln. Am Himmel ziehen dicke Wattewolken, und unter der Hecke blühen die ersten Veilchen. Es ist alles wie immer im Frühling, aber heute macht es mir keine Freude.

Mittwochs trifft sich meine Großmutter mit ihren Damen im Reichshof. Meine Mutter und ich wollen sie dort besuchen, vorher betrachten wir noch den Kaiser Wilhelm, der auf dem Heumarkt hoch zu Roß auf einem Denkmal sitzt. Ihm zu Füßen stehen alles Männer mit Straßennamen, auch in Erz mit Grünspan auf den Köpfen. Das sind Generäle, sagt Mutter, in der Zeit hatte Deutschland noch eine Ehre. Vom Kaiser sagt sie nichts. Da gibt es auch nichts zu sagen. Kaiser sein ist eine gefährliche Sache, der letzte muß jetzt in Holland dauernd Holz hacken, das ist doch keine schöne Arbeit für einen Kaiser, erst auf dem goldenen Thron und dann Holzhacken. Wie im Märchen vom Fischer und siner Fru, die wollte immer mehr haben, zuletzt sogar der liebe Gott sein, schrums, da saß sie wieder in ihrem alten Pißpott. Vielleicht hat der Kaiser den Hals auch nicht voll genug bekommen, und Padühms Bein liegt jetzt ganz umsonst in Frankreich.

Einmal, als wir vor dem Denkmal standen und Mutter sagte, es ist eine Schande, wenn man darüber nachdenkt, was jetzt aus uns geworden ist, Schande ist in der letzten Zeit ihr Lieblingswort, kam um das Denkmal herum ein Mann auf uns zu und schrie: Was wollen Sie damit sagen? Aber Mutter hat über ihn hinweggeguckt, so wie die Generäle über unsere Köpfe weggucken, und mich schnell zur Straßenbahn gezerrt, aus der wir gerade ausgestiegen waren. Wir sind nicht wieder eingestiegen, sondern hinter der Bahn zum Alter Markt geschlichen und Mutter hat immer wieder gefragt, dreh dich mal um, ist er noch da? Seitdem betrachten wir den Kaiser und seine Generäle lieber schweigend.

Auf dem Alter Markt steht der Jan van Werth mit einem großen Federhut aus Stein. Er war mal Kellner in St. Peter und hat es in einem Krieg auch bis zum General gebracht. Heute wäre das nicht mehr möglich, sagt Bertchen, Kellner haben alle Plattfüße und damit wird man nicht General. Padühm bestätigte es. Die steckt man zur Infanterie, die armen Schweine, und da dürfen sie sich die Füße noch platter laufen und die Knochen kaputtschießen lassen. Dabei klopft er auf sein Holzbein. Haben sie dein Bein in Frankreich auch beerdigt, frage ich, da tippt er mit dem Finger an die Stirn und humpelt ins Gewächshaus. Es ist besser, man fragt ihn nach dem Wetter, das kann er nämlich durch das Bein, was er nicht mehr hat, genau voraussagen. Padühm, wat jibt et für Wedder, fragen ihn die Gärtner. Ihr müßt die Mistbeete abdecken, et jibt Rejen, und dabei klopft er gegen sein Bein. Bertchen sagt, der hat ein Barometer im Holzbein, und das ist für Gärtner sehr praktisch.

Jan, der General, ist mit Tschingbum zum Alter Markt geritten, wo dat Jriet saß und Äpfel verkaufte. Als Kellner wollte er mal ein Fisternöll mit ihr anfangen, wie Mariechen sagt und was soviel wie eine Liebschaft bedeutet, aber sie hat ihn nicht gewollt und wird wohl ihre Gründe dafür gehabt haben. Vielleicht hat er ihr zu viel gesoffen, nah genug am Kölsch und Korn war er ja. Und so etwas muß sich eine Frau vorher überlegen, hinterher, wenn der Mann das ganze Geld verjuxt und die Kinder hungern müssen, ist es zu spät. Aber jetzt kann man mal sehen, wie nachtragend so ein General sein kann, er mußte es ihr richtig unter die Nase reiben, daß sie keine Generalsfrau geworden ist, mitten auf dem Marktplatz vor all den anderen Marktfrauen. Der Mann hatte doch keine Herzensbildung, wie Agnes immer sagt, und da hilft auch eine schöne Uniform und ein großer Federhut nichts. Nachher hat dat Jriet den Suffkopp doch noch geheiratet, was ich überhaupt nicht verstehen kann.

Am Hof ist es still, nur das Brunnenwasser plätschert, und am Heinzelmännchenbrunnen hält wie immer die Schneidersfrau die Lampe hoch, um zu sehen, wie die Zwerge kopfüber die Stiege runterpurzeln. Das haben sie nun davon, daß sie den Kölnern die Arbeit abgenommen haben. Die Domtauben haben die Figuren schon ordentlich zugeschissen, und ich würde gerne hier stehenbleiben und warten, bis Schneidersfrau und Heinzelmännchen ganz zugedeckt sind. Aber dann muß ich doch durch die Drehtür vom Reichshof, vor der ich mich so sehr fürchte, weil man darin wie ein Geldstück im Groschenautomat verschwindet und meine Beine nicht so schnell mitlaufen können. Ich fliege weinend aus dem Türkarussell, und Mutter fängt mich gerade noch auf.

Wie ich sie hasse, diese Mittwochnachmittage in dem dämmrigen rotgoldenen Bauch des Reichshofs. Meine affigen Kleider, die kneifenden Lackschuhe, die vielen Kellner mit den wehenden schwarzen Rockschößen und den langen weißen Schürzen und die vielen, vielen Menschen. Wie gern wäre ich jetzt bei Bertchen im Heckenhäuschen und würde Murmeln zählen oder nur zugucken, wie die Sonne zwischen den Blättern Kringel malt.

Großmutter hält ihr Lorgnon, das an einer langen Kette um ihren Hals baumelt, vors Gesicht. Zu Hause trägt sie richtige Brillen mit dünnen beweglichen Bügeln, die sie in verschiedenen Etuis aufbewahrt und immer sucht. Manchmal hat sie auch einen Kneifer, der ihr dauernd von der Nase fällt. Meine Mutter sagt immer, verzieh dein Gesicht nicht so, sonst bekommst du Großmutters

Nase, und die will keiner in der Familie. Aber ich finde, die paßt zu Großmutter, weil alles an ihr rund und knubbelig ist.

Um mich herum klappert und klirrt es, Kellner rollen Kuchenwagen umher, Tabletts schweben über Köpfen, und überall nicken Hüte. Dann beginnt mit furchtbarem Getöse die Musik. Ich möchte hier raus, ich will nach Hause, und schon muß ich weinen. An den Nebentischen machen die Hüte psch, psch! Und die Frau Professor Schmitz, die gar kein Professor ist, neigt sich mit Eisaugen zu mir herüber und zischt, wenn du nicht still bist, kommt der Kapellmeister mit dem Stock, da, er sieht dich schon an. Tatsächlich dreht sich der Schwalbenschwanz da oben halb um und zeigt mit seinem Stöckchen genau auf mich. In meinem Hals wächst ein großer Kloß. Links von Großmutter sitzt Frau Schmitz-Kandidus mit einer Glasscherbe im Auge und einem Turban auf dem Kopf, unter dem die kurzgeschnittenen grauen Haare wie Fransen an einem Kaffeewärmer hervorschauen. Sie spricht ein rheinisches Hochdeutsch, wie jetzt, wo sie ihren Hals zur Schmitz hinreckt, lassen Sie dat Kind doch in Ruh, dat hat doch Angst, merken Sie dat denn nit? Aber wenn man selbst keine Kinder jehabt hat, fehlt einem dat Verständnis dafür. Die Schmitz bekommt jetzt einen Strichmund, die Glasscherbe der Kandidus funkelt, und Großmutters Gesicht wird krebsrot.

Mein Hals zieht sich noch mehr zusammen. Spiegel kreisen, Schwalbenschwänze flattern, Hutfedern wippen, Brillengläser schießen blitzende Pfeile ab, Teller klappern, Geigen quietschen, es murmelt, schlürft und schmatzt, meine Ohren schmerzen, mir ist so elend, und ich rutsche langsam unter den Tisch. Draußen am Brunnen kühlt Mutter mir mit einem Taschentuch die Stirn. Das tut gut und duftet nach Mutters Weihnachtsparfüm. Schade, jetzt hast du deinen Kuchen nicht aufgegessen, sagt sie. Großmutter geht in Zukunft nicht mehr in den Reichshof, ihr ist es auch zu laut dort. Das nächste Mal treffen wir sie im Café Fuchs, da ist es schön hell, und du brauchst keine Angst zu haben.

Ich habe die Enkelin von dem Schmitz mit den Hunden gesehen. Sie saß in einem buntgeblümten Kleid mit einem Florentinerhut, von dem lange hellblaue Bänder flatterten, so einen, wie Mutter ihn sich nicht leisten kann, in einem großen offenen Auto und sah aus wie Schneewittchen. Der Prinz neben ihr war auch groß und trug einen Schlapphut, der sein Gesicht verdeckte. Als sie ausgestiegen waren, zog das Schneewittchen den Hut vom Kopf, und die schwarzen Locken ringelten sich über ihren Rücken. Wie kann man nur so schön sein! Auch Bertchen starrte diese Erscheinung mit offenem Mund an. Da beugte sie sich zu ihm herunter und sagte mit ihrer Samtstimme, ach, du bist sicher der Junge, der sich so lieb um meine Großeltern kümmert, und weil die beiden gerade aus dem Dachfenster guckten, winkte sie und rief, Omachen, Opachen, kommt herunter, wir fahren spazieren. Inzwischen waren in der Nachbarschaft die Fenster aufgegangen, und alle Köpfe sahen zu, wie der Schmitz mit seiner Frau und den Hunden in den großen Wagen stieg und fortfuhr. Der Müller unten aus dem Bäckerhaus, für den Bertchen immer Zigaretten holen geht, weil er selbst zu faul ist, die paar Schritte bis zu Hombachs Kolonialwaren zu gehen, spuckte im weiten Bogen aus und knallte das Fenster zu.

Noch ganz benommen von so viel Schönheit landete ich in Mariechens Küche. Mariechen, wir haben Schneewittchen gesehen, und sie ist noch viel schöner als die im Kino, die Enkelin von dem Schmitz mit den Schnapshunden. Wat is los, fragte Mariechen, nu mal langsam un der Reihe nach. Als sie alles erfahren hatte, das geblümte Kleid, den Hut mit den Bändern und das große Auto kannte, schaute sie nachdenklich auf das frisch gefaltete und gebügelte Hemd in ihrer Hand. Ich hab sofort jewußt, dat der Schmitz wat Besseres is, aber op dat jut jeht? Nä, dat kann nit jut jehn. Sie warf das Hemd so heftig auf den fertigen Wäschestapel, daß alles durcheinander rutschte. Was soll nicht gutgehn, frage ich. Dein Radfahrerei, ich denk, der Anton hat mit dir jeübt? Ja, aber wenn er losläßt, trau ich mich nicht. Angsthase, wenn ich Zeit hab, üb ich mit dir. Aber Mariechen hat nie Zeit, und so viele Versprechen stehen noch aus, daß ich bestimmt nicht darauf warten kann.

Im Keller ist es dunkel, durch die Löcher der eisernen Kellerfenster kommt nur wenig Licht. Ich wage nicht das Licht anzumachen, denn es soll mich keiner sehen bei meinem Vorhaben. Meine Eltern sind nicht da, meine Schwester ist bei ihrer Freundin Anni, und Frau Schneider klappert in der Küche mit den Töpfen. Ich schleppe das Mädchenrad meiner Schwester die Kellertreppe rauf. Bei jeder

Stufe muß ich anhalten, weil das Rad so schwer ist und ich keinen Krach machen darf. Endlich bin ich oben. Zur Waschküchentür herauszukommen ist ganz einfach, jetzt kann ich aufsteigen und probieren. Ich setze mich nicht auf den Sattel, sondern versuche es im Stehen. Wird es wacklig, springe ich ab. Aufsteigen, abspringen, aufsteigen, abspringen, es ist mühsam, aber auf einmal geht es weiter, ich halte das Gleichgewicht und fahre durch den Gemüsegarten bis zum Zaun. Es dauert noch eine Weile, bis ich das Gleichgewicht richtig verteilen kann, doch mit jedem Versuch wird es besser. Schließlich klappt es, ich kann Rad fahren. Singend kurve ich ums Haus herum auf die Straße. Alle Welt soll mitbekommen, wie ich auf dem Fahrrad sitze. Aber es ist niemand da, die Straße gehört mir allein, nur ein Auto hupt heftig hinter mir her. Vor dem Bäckerhaus steige ich ab, lenke das Fahrrad zur anderen Straßenseite, steige wieder auf und fahre den Weg zurück. Plötzlich sehe ich meine Eltern, sie stehen an unserem Haus, dort, wo der Weg aus dem Wald kommt. Huhu, guckt mal, ich kann Rad fahren, schreie ich ihnen glücklich entgegen. Aber sie machen keine zufriedenen Gesichter. Wer hat dir geholfen, das Rad aus dem Keller zu holen, fragt Vater streng. Keiner, hab ich ganz allein gemacht, strahle ich. Das glaubst du doch selbst nicht, das ist doch viel zu schwer für dich, Vaters Stimme klingt jetzt sehr streng. Kind, dir hätte doch was passieren können, jammert Mutter, sei ehrlich, hat dir Bertchen geholfen? Nein, ich sag doch, ich habe es ganz alleine gemacht. Daß du nie gehorchen kannst und nicht die Wahrheit sagst, schreit Vater und greift nach mir, das Rad fällt hin, ich weine. Mein Glück, eben noch groß und strahlend, wird klein und fleckig.

Wer nicht hören will, muß fühlen. Glaub nur nicht, daß du noch einmal mein Fahrrad bekommst, sagt meine Schwester, das wird jetzt abgeschlossen. Aber ich habe das Rad wirklich alleine aus dem Keller geholt, schluchze ich. Ja, wer einmal lügt, dem glaubt man nicht. Meine Schwester mit ihren gemeinen Wer-Sätzen.

Am Montag kommt Frau Lippe, verkündet Mutter mit einem bedenklichen Gesicht. Aha, das hohe Gericht ist im Anmarsch, lacht Vater. Mach du nur nicht wieder solche Bemerkungen wie das letzte Mal, daß sie Hals über Kopf abreist und uns mit deinen halbfertigen Hemden sitzen läßt. Ich möchte sie endlich aus dem Korb haben. Mutter nimmt ein ärmelloses Oberhemd aus dem Flickkorb und hält es prüfend hoch. Ich weiß nicht wohin mit all der Flickwäsche, und du scheuchst mir die Leute aus dem Haus. Wer scheucht hier und was für Bemerkungen mache ich, Vater runzelt unwillig die Brauen. Das weißt du ganz genau, dein Gerede über den braunen Spuk mit seinen kopflosen Geistern, der sich bald ins Nichts auflösen wird, wie der Nebel auf den Wiesen. Du beleidigst die Frau mit dieser Rederei, sie glaubt an die Nazis. Kein Grund, ihre Arbeit nicht zu machen, brummt Vater. Außerdem solltest du dich bei ihr vorsehen, du weißt doch, für wen sie arbeitet, setzt Mutter noch hinzu. Und diese Kundschaft benötigt die Gefolgschaft von Zwergen, sagt Vater. Sei nicht gehässig, die Frau kann doch nichts für ihren Buckel. Bei den von der Natur Benachteiligten nimmt man sich besonders in acht, sie sind sehr empfindlich. Du sagst es, sieh mich an, grinst mein Fast-Zwei-Meter-Vater.

Frau Lippe ist nicht größer als ich, aber sie hat einen Buckel, den sie unter einem wollenen Umschlagtuch versteckt. Weil sie immer friert, trägt sie im Haus dicke karierte Filzpantoffeln mit einem Bommel obendrauf.

Und du, sieh mich an, sprichst kein Wort über Liliputaner, fängt Mutter wieder an, kein Wort. Hast du mich verstanden? Ich nicke. Darauf komme ich sowieso nicht gerne zu sprechen. Also, jetzt brauchen wir nur noch den roten Teppich auszurollen, sagt Vater. Nein, aber die Nähmaschine muß nach oben. Wenn Frau Schneider kommt, kann sie tragen helfen.

Die Nähmaschine steht noch im Wohnzimmer, wo Agnes das letzte Mal genäht hat. Ich brauche Menschen um mich herum, sagt sie, und muß vom Kaffeetisch gleich an die Maschine. Was soviel heißen soll, daß sie alles in Beschlag nimmt und unser Wohnzimmer in ein Schlachtfeld verwandelt. Mittendrin herrscht Agnes, Stecknadeln im Mund, glimmende Zigarette auf der Nähmaschine, Maßband um den Hals. Sie spricht mit einem Mund voller Stecknadeln, ohne je eine Nadel zu verschlucken. Agnes, nehmen sie die Nadeln aus dem Mund, ich kann gar nicht hinsehen, ruft Mutter entsetzt, aber Agnes lacht mit vollem Nadelmund. Auf der Nähmaschine verqualmen ihre Zigaretten, geraten auch schon einmal unter den Stoff, bis jemand schnüffelt und fragt: Was riecht denn hier so komisch? Dann stürzt Agnes zur Maschine und betrachtet prüfend das Stoffstück, in dem jetzt ein stäbchengroßes oder kreisrundes Loch kokelt. Jesus Maria, hab ich wieder Loch gemacht, perunje von Gleiwitz, die verdammte Raucherei.

Agnes, der teure Stoff, jammert Mutter, aber Agnes lacht schon wieder, ach was, hat mir sowieso nicht gefallen, machen wir Steppnaht, sieht viel besser aus. Sie läßt ihre Rauchlöcher in Abnähern, Falten und Steppnähten verschwinden, und merkwürdigerweise gewinnen die Stücke durch diese Prozedur. Im Nähen ist Agnes eine große Künstlerin. Wenn sie da ist, steht die Durchreiche den ganzen Tag offen, damit die Gespräche von der Küche ins Wohnzimmer fließen können, denn Agnes ist genauso neugierig wie ich. Wenn es still wird, ruft sie, was ist los, ist niemand in der Wirtschaft? Mutter findet Agnes sehr anstrengend, und Vater macht sich in ihrer Gegenwart unsichtbar, er kann rauchende Frauen nicht ausstehen. Für mich aber sind es reine Festtage.

Bei Frau Lippe ist alles anders. Sie braucht viel Ruhe und näht im Bügelzimmer, das eigentlich eine Rumpelkammer ist und nur aufgeräumt wird, wenn uns Frau Lippe heimsucht, wie Vater es nennt. Sie muß bei der Arbeit viele Böngsken essen, und bevor du reingehst, wird angeklopft, mahnt Mutter. Kinder nennt sie kleine Ungeheuer, die ihre Ordnung stören, denn bei ihr muß alles seinen Platz haben. Sie reiht ihr Handwerkszeug nebeneinander auf, damit sie es mit geschlossenen Augen wiederfindet. Ich weiß zwar nicht, warum sie mit geschlossenen Augen nähen will, und befürchte, daß dabei noch viel Schlimmeres herauskommt, als bei Agnes mit den Zigaretten, aber bei Frau Lippe wagt niemand nach den Gründen zu fragen. Ordnung und der gute Ton sind ihre Stekkenpferde, und die reitet sie ohne Unterlaß. Niemand grapscht über den Tisch, wenn sie da ist. Wir reichen uns höflich die Butter, bitten freundlich um das Brot und danken für den Tee, denn alle fürchten ihre strengen Blicke und den Hinweis auf ihre hochgestellte Kundschaft, bei der alles perfekt ist, sozusagen innen und außen proper, wie Frau Lippe das nennt.

Dabei hat Agnes viel interessantere Kunden, von denen sie Mutter flüsternd berichtet, während ich unter dem Tisch hocke und mich anstrenge, alles mitzubekommen, was Bertchen und mich so brennend interessiert. Da ist ein Rechtsanwalt, der in seidenen

Damennachthemden schläft, ein Doktor, tanzend mit Pfauenfedern auf dem Kopf und im Hintern, und eine Gräfin, die pudelnackt ihren Mann in roten Lackstiefeln mit einer Hundepeitsche prügelt. So etwas erfährt Agnes, weil sie immer mitten im Geschehen ist. Bertchen wundert sich, warum die sich alle ausziehen, um diesen Blödsinn zu machen, und ich möchte zu gerne wissen, was das für ein gewisses Haus ist, in dem der Doktor mit den Federn rumtanzt, was der Graf wohl angestellt hat, um so verprügelt zu werden, und warum sich der Rechtsanwalt in ein dünnes seidenes Nachthemd von seiner Frau zwängt, wenn doch die weiten wallenden Nachthemden, die unsere Väter tragen, und in denen sie aussehen wie Gespenster, viel bequemer sind. Aber wir werden Anton um eine Pfauenfeder bitten, wie sie zuhauf im Schuppen herumliegen, und dann wird sich herausstellen, ob das funktioniert oder nicht. Denn Bertchen behauptet, es hält nicht, und man könnte auf keinen Fall mit einer so langen Pfauenfeder im Hintern tanzen.

Denk an die Liliputaner, sagt Mutter beim Hinausgehen. An die Liliputaner werde ich nicht gerne erinnert. Sie waren im Frühjahr in Köln, und jeder wollte diese kleinen Menschen sehen. So etwas schaue er sich nicht an, wehrte Vater ab. So eine Zurschaustellung sei doch beschämend. Aber Agnes und Großmutter waren ganz wild drauf und nahmen mich mit. Die Liliputanerstadt war auf dem Zirkusplatz aufgebaut. In den letzten Tagen hatte es heftig geregnet, der Matsch stand knöcheltief, und alles war voller Pfützen. Deshalb hatten sie Bretterstege gezimmert. Ich verschwand fast in den nassen Mänteln und den miefigen Gerüchen der vielen Leute, die sich auf dem engen Steg drängten. In der Budenstraße standen Holzbaracken mit großen, bis zur Erde reichenden Schaufensterscheiben. Hinter den Scheiben saßen die Liliputaner. Kleine Menschen mit alten Köpfen, die Zigarren rauchten, strickten, Zeitung lasen und alles genauso machten wie wir zu Hause, während das Volk draußen vor den Scheiben Grimassen schnitt, gegen das Glas klopfte und sich aufführte wie im Tollhaus. Weil ich klein bin, schoben sie mich nach vorn an die Scheibe, und jetzt sah ich, daß manche Liliputaner Purzelbäume schlugen oder denen da draußen die Zunge herausstreckten. Aber sie lachten nicht dabei, ihre Gesichter blieben ernst und traurig.

Plötzlich kam ein Liliputaner ganz nah an das Glas und lockte mit dem Zeigefinger, wobei er auf eine kleine Seitentüre deutete. Die Leute jubelten und drängten mich zur Tür: Geh nur, sie warten auf dich, paß auf, nachher willst du gar nicht mehr da weg und bleibst gleich bei ihnen! Großmutter wurde böse, lassen Sie doch das Kind in Ruhe, aber gegen die vielen Menschen, die mich hinter der Scheibe begaffen wollten, kam sie nicht an. Da sprang ich vom Holzsteg, daß der Schlamm nur so an mir hochspritzte, rannte schreiend davon, lief ohne anzuhalten über den großen Platz, bis mich ein Wärter mit vielen bunten Schnüren auf der Uniform einfing.

Großmutter saß weinend im Kassenhäuschen am Eingang, und Agnes schimpfte auf das dumme Kind. Warum bist du nicht gegangen zu den lustigen kleinen Liliputanern ins Haus, perunje, sie hätten dir doch nicht abgerissen den Hals. Aber ich will nicht ausgestellt werden, schrie ich und stampfte mit dem Fuß, obwohl ich das nicht darf. Großmutter nahm mich tröstend in den Arm. Sie sind jetzt still, Agnes, und dich werden wir zu Hause erst einmal gründlich waschen. Dann verlor niemand mehr ein Wort über die Geschichte. Nur Vater hörte ich zu Großvater sagen, das hat sowieso bald ein Ende mit den Liliputanern, denen wird es gehen wie den Zigeunern. Mich wundert überhaupt, daß sie noch da sind. Sie haben Schonzeit, mischte sich mein Onkel ein, Zwerge gehören nun mal in die deutsche Landschaft, genau wie die Riesen. Riesen und Zwerge, wie im Märchenbuch. Du hast die Menschenfresser vergessen, murmelte Vater. Jetzt ist es aber genug, beendete Großvater dieses seltsame Gespräch.

Zuerst schlüpft Frau Lippe in ihre Filzpantoffeln. Mir ist ein bisken kalt, sagt sie, und wir schließen schuldbewußt das Fenster, was nicht viel hilft, denn sie friert zu allen Jahreszeiten. Hat sie ihre weiße Schürze umgebunden, bekommt sie Hunger. Die Fahrt von Duisburg war lang, und sie ist seit fünf Uhr auf den Beinen. Na, dann wolln wir mal en bisken essen, essen hält Leib und Seele zusammen, sagt sie und mustert den Frühstückstisch. Der ist festlich gedeckt, die Servietten sind blütenweiß, der Kaffee duftet unter der gestickten Haube, am Honigglas klebt kein Tröpfchen. Alles schön proper, nickt Frau Lippe und beklopft ihr Ei. Wir klopfen auch, denn niemand würde sich in ihrer Gegenwart trauen, sein Ei mit dem Messer zu köpfen, eine Todsünde gegen das gute Benehmen. Mohrchen streicht schnurrend um Frau Lippes Stuhl. Die muß raus, befiehlt sie, aber man en bisken fix, ne Katze beim Frühstück, das is aber nicht proper, das kann ich gar nicht haben, woll. Sofort beeilen wir uns, ihrem Befehl zu entsprechen. Jetzt, zwischen zwei Bütterkens, wird Frau Lippe uns wie üblich von ihrer hochgestellten Kundschaft erzählen, aber sie schweigt, lobt nur die gute Wurst vom Metzger Dürscheid, dat is aber man en lecker Würstken, davon will ich mir aber noch en bisken nehmen, und streicht sich Schmierwurst auf das Brot. Was machen denn ihre Kunden, gibt es noch viel zu tun, fragt Mutter scheinheilig. Frau Lippe schluckt, zieht ihr Taschentuch aus der Schürzentasche, schneuzt sich, und dann geschieht das Unfaßbare, zwei dicke Tränen rollen über das kleine Mausgesicht und verschwinden in ihrem gehäkelten Kragen. Menschen, ach wissen sie, Menschen können so gemein sein, was glauben Sie, was die Frau von dem Obersturmführer Haenecke zu mir gesagt hat? Nein, ich kann das nicht erzählen, es ist zu schrecklich, schluchzt sie. Sprechen Sie sich ruhig aus, das erleichtert, rät Mutter, und Frau Lippe stopft das Taschentuch zurück in die Schürzentasche. Wie Sie wissen, bin ich zweimal im Monat bei den Haeneckes. Drei Kinder und der Mann so pingelig, da gibt es genug zu tun. Aber vorigen Donnerstag konnte ich nicht, da hab ich auf die Kinder meiner Nichte aus Rheinhausen aufgepaßt, weil die zu einer Beerdigung mußte. Dafür bin ich Freitag zu Haeneckes gegangen, und als wir beim Frühstück sitzen, genauso wie wir jetzt, da fragt mich doch diese Frau, Frau Lippe greift wieder zum Taschentuch, putzt sich die Nase, und dann platzt es aus ihr heraus, das Weib sagt zu mir, ob ich mir den Buckel nicht wegoperieren lassen könnte. So etwas wäre doch eine Behinderung, und behinderte Menschen seien eine Belastung für die Volksgemeinschaft, da trüge man doch auch eine Verantwortung. Im Deutschen Reich, in dem jetzt alles so groß und schön würde, wären Krüppel störend. Störend hat sie gesagt, die Tränen laufen jetzt in Bächen, und einen Krüppel hat sie mich genannt, so ein niederträchtiges Frauenzimmer. Ein ganzes Leben an der Maschine, da wird doch jeder krumm, schluchzt Frau Lippe. Mutter nimmt sie tröstend in den Arm und schickt mich nach dem Pfefferminzlikör.

So en Schnäpsken hilft doch immer, seufzt Frau Lippe und leckt sich die Lippen. Na, da wolln wir mal wieder en bisken arbeiten. Sie steht auf und zieht energisch die Schürzenbänder fest. Aber von all dem, laut klopft ihr Zeigefingerknöchel auf den Tisch, von all dem weiß unser Führer nichts. Das machen die da unten, die kleinen Hitlers. Was war sie denn, Verkäuferin bei Tengelmann, dat Viertel Salami für achtzig Pfennige hat se mir verkauft. Un er, keine Arbeit un sich nur gekloppt mit de roten Horden, wenn se aus Schicht kamen, nä, dat weiß unser Führer nicht. Der würde Ordnung schaffen, wenn er dat wüßte, der würde eine anständige Frau nich von so ne Emporkömmlinge beleidigen lassen.

Nachmittags spiele ich Bertchen mein Frühstückserlebnis vor. Wir krümmen unsere Rücken und gehen ein bisken Salami kaufen und ein bisken leckere Schmierwurst und tun alles ein bisken und immer schneller, bis wir durchdrehen und uns vor Lachen auf der Wiese kugeln. Und der Führer weiß gar nix, kreische ich. Nur ein bisken, schreit Bertchen, und Mariechen kommt raus und fragt, ob wir total übergeschnappt seien. Nur ein bisken, nur ein bisken, kreischen wir, und im Stillen schäme ich mich – ein bisken.

Großmutter geht am Mittwoch nicht ins Café Fuchs, ich habe sie zuletzt zu sehr blamiert. Dabei bin ich dort sehr gerne. Es ist schön hell, und durch die verglaste Decke fällt das Licht von oben, daß man sich vorkommt wie ein Fisch in einem Aquarium. Wir haben unseren Beobachtungsposten rechts am Eingang. Links vom Eingang sitzt eine Friseurfrau aus der Schildergasse mit ihren beiden aufgeputzten Kindern, die teure Kleider von Appelrath und Küpper aus der Zeppelinstraße tragen, was sich eine Beamtenfrau nicht leisten kann. Die Juwelen einer Frau sind ihre Kinder, hält Vater meiner Mutter vor, und an diesen Juwelen putzt sie jetzt herum, und Agnes näht, daß die Maschine nur so dampft. Ihre Berufsehre steht auf dem Spiel, sie geht zu Appelrath und zählt die Falten und Biesen an den Kleidern, die man ihr für ihre angebliche Nichte vorlegt. Wenn sie das Bild des Modells genau im Kopf hat, geht sie nach Hause und kopiert das Kleid, bis es haargenau so aussieht wie das aus dem Geschäft. Jede Woche richten sie mich her, als säße ich bei den Liliputanern im Schaufenster. Wenn ich nur an die Strickmütze mit der langen Troddel denke, genau wie die Opamütze aus unserem Wilhelm-Busch-Album. Jedesmal, wenn ich den Kopf bewegte, baumelte die Troddel so heftig, daß mir die Mütze vom Kopf rutschte. Bertchen und ich haben sie im Strunderbach versenkt mit einem dicken Stein drin. Soll Mutter denken, ich hätte sie verloren, weil ich sowieso alles verliere und Padühm neulich auch mein rotes Täschchen an der Straßenbahnhaltestelle gefunden hat, wo noch die Mark drin war, die mir Großvater für die Sparbüchse gegeben hat, wobei er immer sagt, kauf dir ein Pferd dafür. Mutter jammert der schönen Mütze nach und hofft immer noch, daß jemand diesen Kochtopf zum Ziehen, wie Bertchen sagt, wiederfindet. Aber ich bin heilfroh, daß ich damit nicht mehr unter die Leute muß.

Ihr Wissen über diese Friseurleute bezieht Mutter von der Kellnerin, die sich dabei furchtbar wichtig vorkommt, von einem zum anderen wandert und wispert und tratscht. Selbst Großmutter wird das jetzt zu viel, hör endlich mit diesem Theater auf, was gehen dich die Leute an. Laß sie doch machen, was sie wollen. Aber Mutter schielt weiter in die linke Ecke, schlimmer noch als Agnes, die beim Schielen die Augäpfel so verdrehen kann, daß man nur noch das Weiße sieht.

Vater bekommt von all dem nichts mit, wundert sich nur, weshalb Agnes jetzt so oft kommt. Aber er merkt sowieso nie, was um ihn herum geschieht, ist immer in Gedanken, weshalb ihn die Leute in unserer Straße den zerstreuten Professor nennen.

Selbst meine Schwester kann sich nicht mehr hinter ihren Schulbüchern verschanzen, sie muß mit und wird als zweite Trumpfkarte im Wettstreit eingesetzt. Wir beide gehen immer gleich gekleidet. Bekomme ich eines dieser scheußlichen Hängerchen, die Bertchen Ministrantenkittel nennt, dann trägt sie dasselbe mit Gürtel. Habe ich Lackschuhe mit Schnallen, dann hat sie welche zum Schnüren. Angeblich geschieht diese Verdoppelung, damit niemand benachteiligt wird. An meine Gefühle denkt dabei niemand, denn wenn alle Endlossäume an meinen Kleidern herausgelassen sind und man an den Jahresringen mein Wachstum erkennen kann, muß ich in die abgelegten Kleider meiner Schwester steigen, die genau so aussehen wie meine alten. Zum Glück schwitzt sie in der letzten Zeit, und Agnes sagt, da ist nichts mehr zu machen, die Ärmel sind verfärbt, dabei kniept sie mir zu und da weiß ich, daß Agnes bestimmt noch etwas hätte machen können, so wie bei den Löchern von den Zigaretten, die sie verschwinden läßt. Aber sie schickt unsere abgelegten Sachen nach Oberschlesien zu ihrer Schwester, wo es den Leuten in den Kohlegruben schlecht geht und viele arbeitslos sind.

An dem bewußten Mittwoch wartete Großmutter bereits an ihrem Ecktisch auf uns. Wir trabten hinter Mutter her in unseren weißen Faltenröcken mit den selbstgestrickten apfelgrünen Pullovern im Lochmuster. Großmutter bestellte bei der Kellnerin gleich mehrere Kuchenstücke, Mutter ein kleines Stückchen Obsttorte, damit sie nachher noch in ihr Korsett paßt und abends nicht Nedawürfel essen und mit dem Punktroller über den Bauch fahren muß, und meine Schwester suchte sich Eissplittertorte aus. Die will ich auch, rief ich sofort, denn so etwas hatte ich noch nie gegessen. Es ist etwas ganz Neues, bestätigte die Kellnerin. Kleine Kinder haben nichts zu wollen, entschied Mutter, du bekommst Nußsahne, die ißt du doch so gerne. Andere Kinder wären froh, wenn sie so etwas Gutes bekämen. Andere Kinder waren mir total egal. Ich wollte Eissplittertorte wie meine Schwester, alleine schon wegen der Benachteiligung, und außerdem ist meine Schwester auch ein anderes Kind und könnte die gute Nußsahne essen. Aber die Kellnerin war schon weg, und Großmutter meinte, wenn sie das doch so gerne essen möchte, bestellen wir ihr die Eissplittertorte. Sie rief schon, Fräulein, kommen Sie doch bitte noch einmal her, aber Mutter zischte, untersteh dich, misch dich nicht in meine Erziehung ein, sie verträgt kein Eis und dann bricht sie mir hier alles voll. Nach dem winzigen Eis, das ich immer bekomme, habe ich noch nie gebrochen. Das passiert mir nur auf der Schaukel oder wenn ich fette Suppe essen muß, Mutter weiß das ganz genau.

Als die ersten Tränen rollten, flüsterte meine Schwester von rechts, Heulsuse, Heulsuse, und Mutter von links, du bist sofort still, die Mädchen schauen schon her und lachen über dich, und in der Mitte jammerte Großmutter, sei jetzt lieb, mein Kleines, denk an Großmutters Herz. An mein Herz, in dem jetzt die Wut wuchs und sich in Windeseile ausbreitete, dachte niemand. Immer kriegt sie eine Extrawurst, schluchzte ich. Sie ist es, die immer die Extrawürste bekommt, schrie meine Schwester. Psch, psch, zischelte Mutter, denn die Kellnerin kam gerade und stellte die Eissplittertorte an meinen Platz. Nein, nein, winkte Mutter ab, dort drüben, wobei sie auf meine Schwester zeigte, hier bitte die Nußsahne.

Meine Schwester begann sofort zu essen, schmatzte, klopfte sich den Bauch und flüsterte, hm, diese Extrawurst schmeckt mir, oh, schmeckt die Extrawurst gut, dabei schaute sie mich mit ihren vollen Backen hämisch an. Da explodierte der große brennende Ball in mir, und er war es auch, der jetzt das unberührte Sahnestück von meinem Teller raffte und es meiner kauenden Schwester mitten ins Gesicht schleuderte. Hier hast du deine Extrawurst, schrie ich und sah mit Genugtuung, wie die Sahne an ihr herunterfloß in den weißbesäumten Volantkragen ihres Pullovers. Mutter und Großmutter saßen wie versteinert da, an den anderen Tischen wurde gelacht, und besonders schallend lachten die aufgeputzten Friseurziegen. Das hat ein Nachspiel, flüsterte Mutter, und Großmutter ging mit meiner Schwester zum Saubermachen aufs Klo und auch um ihr Novalgin zu nehmen, das der Wald- und Wiesendoktor verschreibt, weshalb es auch nicht hilft. Andere wären mit all diesen Pülverchen und Pillen längst tot, behauptet Vater, was wiederum beweist, daß sie kerngesund ist, wie alle in dieser Familie, wobei er Mutter anschaut, die auch zu plötzlichen Krankheiten neigt.

Auf dem Nachhauseweg sprach niemand mit mir. Sie taten geradeso, als sei ich überhaupt nicht vorhanden. Einmal fragte Mutter meine Schwester, kennst du das Kind da neben uns, und meine Schwester sagte, nein. Da wäre ich am liebsten davongelaufen zu anderen Leuten, die mich nicht verleugnen, auch wenn mal der große Ball in mir explodiert.

Großmutter fällt die Decke auf den Kopf. Sie kann es zu Hause nicht mehr ertragen, denn ihre alten Damen reden immerzu dasselbe, und Großvater verschwindet in seinem Schrebergarten, weil er wenigstens an einem Ort auf der Welt seine Ruhe haben will. In diesem Garten gibt es kein Gemüse, nur Blumen, und mitten drin sitzt Großvater und raucht Pfeife. Sonst raucht er nicht, höchstens mit Vater mal eine Zigarre, aber in seinem Garten pafft er wie eine Lokomotive, denn dort kann er tun und lassen, was er will.

Im Gegensatz zu Großvater geht Großmutter so viel Ruhe auf die Nerven. Sie muß etwas sehen, wie Agnes mitten im Geschehen sein, und deshalb sind wir nach Groß-Köln gefahren, wo die Grete

Fluß auftritt, Jongleure und Akrobaten ihre Kunst zeigen, Hunde durch Reifen springen und ein Seehund Bälle auf der Nase balanciert. Das hat die dicke Frau Krips von obendrüber der Großmutter erzählt und hinzugefügt, da müssen Sie ihre Enkelchen mitnehmen. Dafür war ich der dicken Frau Krips sehr dankbar, denn sonst beschwert sie sich oft, wir seien zu laut, und Großmutter legt den Finger an die Lippen und zeigt warnend gegen die Decke. Mich wollten sie aber nur mitnehmen, wenn ich hoch und heilig verspreche, nicht mit Kuchen zu werfen oder ähnliche Schrecklichkeiten anzustellen. Als Bertchens Mutter davon hörte, bat sie uns, Bertchen mitzunehmen, weil der Junge auch so etwas Schönes zu sehen bekommen sollte.

So sind wir gemeinsam nach Groß-Köln gefahren, mit der Straßenbahn über die Rheinbrücke bis zum Heumarkt, wo die uralten kleinen Häuschen stehen. Ich habe Bertchen das Schild »Sind's die Augen, geh zu Runke« gezeigt und das Samengeschäft vom Köbes Bröder, aber er machte den Mund nicht auf, auch nicht vor dem Kaiser Wilhelm mit seinen Generälen. Er trug den guten Mantel, der viel zu groß für ihn ist und ihm fast bis an die Füße reicht. Die Ärmel rutschten ihm dauernd über die Daumen, denn er muß auch die Sachen von seinem großen Bruder auftragen. Seine Mutter hat keine Zeit zum Ändern, weil sie arbeiten geht und hofft, daß er da bald reinwachsen wird. Aber Bertchen wächst nicht, und so wird es wohl noch lange dauern, bis er in den Mantel paßt. Auf dem Kopf trug er seine alte graue Strickmütze mit der Bommel obendrauf, von der er sich nie trennt, und ich konnte schon an Mutters Blick erkennen, was sie von dieser Mütze hielt. Bertchen schwieg beharrlich weiter, auch, als wir nach Groß-Köln kamen, und da hätte er ruhig etwas sagen können, denn das war eine bittere Enttäuschung. Unter Groß-Köln hatte ich mir etwas Gewaltiges, Ungeheures vorgestellt, fast so wie der Dom, und was war es, ein ganz einfaches Haus in einer ganz einfachen Straße. Der einzige Unterschied zu den anderen Häusern bestand darin, daß vor der Türe ein Portier mit goldenen Schnüren stand. Aber vor dem Kaufhaus Peters steht auch einer, und der begrüßt mich sogar immer freundlich, weil unsere ganze Familie dort kauft, und Großmutter bringen sie die Päckchen in einer rosenholzfarbenen Kutsche mit zwei Schimmeln davor. Dagegen war der Portier hier richtig popelig. Er schnauzte auch gleich, wir sollen uns beeilen, wenn wir et Flusse Jriet sehen wollen, und Mutter hielt verzweifelt nach Großmutter Ausschau, die vor der Türe stehen wollte mit den Eintrittskarten, aber anstelle von Großmutter stand die Frau Weber da, eine von Großmutters Damen, die mich sofort an ihren gewaltigen Busen drückte, daß ich nicht wußte, wohin mit meiner Nase. Denn die Frau Weber hat ein echtes kölsches Herz, und das braucht anscheinend so viel Platz.

Innen drin war Groß-Köln auch nicht so besonders. Ein riesiger Saal mit vielen weiß gedeckten Tischen, zwischen denen Kellner mit ihren Tabletts hin- und herflitzten. Großmutter saß ganz vorne an der Bühne, und gerade, als wir sie entdeckt hatten, ging schon das Licht aus, und Großmutter guckte noch ganz erstaunt auf Bertchen, der in Mantel und Mütze dastand, weil er sich unter gar keinen Umständen an der Garderobe davon trennen wollte. Jetzt fing auch die Musik an zu spielen, der Ansager kam auf die Bühne, und Großmutter hielt ihr Lorgnon vor die Augen, aber sie betrachtete damit nicht das Bühnengeschehen, sondern richtete es auf Bertchen. Warum ziehst du denn deinen Mantel und die Mütze nicht aus, mein Junge, fragte sie. Laß, das hat keinen Zweck, sagte Mutter und zischelte hinterher, den nehm ich nie wieder mit. Das wird dir doch viel zu warm, meinte Großmutter besorgt und faßte an die Bommel, aber Bertchen hielt die Mütze mit beiden Händen fest und funkelte Großmutter grimmig an. Großmutter zog, und Bertchen krallte sich in seinen Mützenrand. Oben tänzelte gerade das Fräulein Nummer vorbei in einem ganz kurzen Höschen und einem silbernen Zylinder und hielt eine goldene Eins ins Publikum. Unten machte es plötzlich ratsch, und Großmutter hielt den oberen Teil von Bertchens Mütze in der Hand und Bertchen den unteren. Das habe ich kommen sehen, sagte Frau Weber, und Bertchen fing an zu weinen. Dann wären wir ja mal wieder so weit, giftete Mutter. An den Nachbartischen machte es psch, psch, und ich verkündete stolz, aber diesmal bin ich es nicht.

Die Hundenummer begann, und Bertchen hörte auf zu weinen, weil Frau Weber ihm ein Bonbon in den Mund geschoben und der Ober eine Cola mit Strohhalm vor ihn hingestellt hatte. Hepp, hepp, machte es oben, und die kleinen Hunde sprangen durch Reifen einem Mann im lila Frack auf den Arm. Ich bekam Holländer

Kirschtorte, denn Eissplitter hatten sie nicht, ein Jongleur lag auf dem Rücken und balancierte mit den Füßen. Großmutter fand das Fräulein Nummer etwas sehr nackt, und Frau Weber fand das nicht. Ich weiß nit, wat Sie haben, dat Kind sieht doch lecker aus, dat kann sich dat doch erlauben. Bertchen hatte endlich den Mantel ausgezogen und eine zweite Cola bestellt, was Mutter nicht recht war wegen der Sucht. Fräulein Nummer kam mit dem Pausenschild, der Vorhang schloß sich, und es wurde hell im Saal.

Großmutter betrachtete jetzt die halbe Mütze genauer und versprach Bertchen eine neue. Der bestand aber auf genau derselben, was Großmutter auch zusagte, aber ich kann mir nicht vorstellen, wo sie so eine alte graue, verfusselte Mütze herbekommen will. Ich mußte mal, und Bertchen ging für Herren, und dann wurde es wieder dunkel, und die Grete Fluß kam auf die Bühne und sprach viel und schnell auf kölsch, was ich kaum verstanden habe. Doch es muß wohl sehr lustig gewesen sein, weil die Leute so lachten und kreischten und sich gar nicht mehr lassen konnten vor Vergnügen. Das war dann auch vorbei, und Großmutter bekam sich mit Frau Weber in die Haare, weil sie die Grete Fluß eine ordinäre Person nannte, aber Frau Weber mit dem kölschen Herzen fand das nicht und wurde jetzt auch ordinär, dat is doch alles blöder Verzäll von Leuten, die hoch kacken wollen un de Fott nit hochkriejen, sagte sie, was Mutter zu der gezischelten Bemerkung veranlaßte, so benehmen sich nur Frauen, deren Männer es nicht weiter als zum Obersekretär gebracht haben. Gott sei Dank kam der Ansager wieder auf die Bühne und versprach die zweite Sensation des Nachmittags, und da ging auch schon langsam der Vorhang hoch. Auf der Bühne waren Palmen aufgebaut, an denen Lianen und Papierorchideen hingen, und in einer Hängematte schaukelte ein Mädchen mit langen schwarzen Haaren. Die sprang jetzt auf die Bühne und wippte mit den Hüften, und ihr Bananenröckchen klapperte dazu im Takt. Dann drehte sie sich um und wackelte mit dem Po, und da klapperte das Bananenröckchen noch mehr, und dann sang sie: »Ich bin die Lilli, die Lilli von Bayanka, ich bade jeden Abend splitternackt im Samba, wenn einer käme, sich schlecht benähme, fletsch ich die Zähne und husch im Busch, husch, husch«. Bei husch verschwand sie hinter den Stämmen, aber dann kam sie wieder hervor und klapperte und wackelte, und die Leute johlten, und die Soldaten im Publikum schrien Zugabe. Ich schrie auch Zugabe, und Mutter sagte, du bist sofort ruhig, aber ich glaube, sie war nur neidisch, weil sie nicht so mit dem Po wackeln kann.

Nachher in der Straßenbahn behauptete Bertchen, so etwas alles schon mal gesehen zu haben, was Mutter genauer wissen wollte. Bertchen stellte immer neue abenteuerliche Behauptungen auf, bis Mutter sagte, ich glaube, das ist so ähnlich wie mit deinem goldenen Teller, und da war er sofort still. Den goldenen Teller will er nämlich im Wald gefunden haben und beabsichtigt ihn zu verkaufen, damit er mit dem Geld nach Afrika auswandern kann oder in eine Gegend, wo Indianer wohnen. Mir hat er den Teller bis heute noch nicht gezeigt. Du läßt dir auch jeden Bären aufbinden, hänseln sie mich zu Hause, und Vater fragt manchmal grinsend, ob Bertchen schon gepackt habe und ob er bereits wisse, wohin die Reise gehe. Es ist schon so, wie Mutter sagt, man kann niemandem mehr trauen, selbst Bertchen nicht.

Mutter lenkte jetzt beschwichtigend ein, du kannst ja recht haben, ich habe so was ähnliches schon mal in der Wochenschau gesehen, mit der Josephine Baker. Mir war das alles egal, denn ich hatte nur die Lilli im Kopf, die das wirklich Große an diesem Groß-Köln war, was mich im übrigen sehr enttäuscht hat. Mit dem Großen is et immer dat selbe, tröstete mich Mariechen. Dat siehste doch an Großdeutschland, viel Jeschrei un nix dahinter. Doch bevor sie bei ihrem Lieblingsthema landen konnte, habe ich ihr schnell die Lilli vorgemacht, mit Bauch und Po gewackelt, was auch ohne Bananen gehen mußte, mit den Augen gerollt, die Zähne gefletscht, und husch, husch, unter den Tisch. Dabei habe ich die ganze Zeit gesungen, und dem alten Röhrig mit dem dicken Bauch, der in seiner grünen Gärtnerschürze dasaß und Kaffee mahlen wollte, blieb die Kaffeemühle stehen, und Anton, der gerade reinkam, stand mit der Jacke in der Hand und offenem Mund da, und dann lachten und prusteten sie, wie die Leute in Groß-Köln, und Vater Röhrig schenkte mir zehn Pfennige. Als alle um den Kaffeetisch saßen, Tim, Padühm und die Gärtner, mußte ich noch mal die Lilli machen, und sie klatschten und schrien Zugabe wie bei der echten Lilli.

Im Kolonialwarenladen in unserer Straße tanzte ich auch und bekam ein Tütchen Himbeerbonbons, und Agnes mußte ich dreimal die Lilli vortanzen, und sie schenkte mir auch zehn Pfennige. Und dann machte ich meine Vorführung bei Großmutter und Großvater, und der hätte vor lauter Vergnügen bald Krakowiak getanzt, was er sonst nur tut, wenn er zuviel von dem Steinhäger getrunken hat, den er im Sommer im Marmorkamin und im Winter im Flur hinter dem roten Vorhang versteckt und glaubt, es wüßte niemand was davon, dabei kontrolliert Großmutter immer, wieviel aus der Flasche weg ist. Aber er hat nur mit den Füßen ein paar Schritte angedeutet und es dann sein lassen und mir eine Mark geschenkt, diesmal nicht für ein Pferd, sondern als Notgroschen für meine spätere Bühnenlaufbahn, wie er sagte. Nur Großmutter hat ihr grimmiges Gesicht gemacht und gesagt, sie wolle das nicht mehr sehen, diese Lilli-Tanzerei, und das gehöre sich nicht für ein kleines Mädchen, so etwas Unanständiges. Großvater konnte sich das Lachen nicht verkneifen und ging pfeifend aus dem Zimmer. Er pfiff das Lilli-Lied, obwohl Großmutter ganz entrüstet »Emil!« rief. Warum geben sie aber erst Geld aus, um so etwas zu sehen, wenn es nachher keiner nachmachen darf? Das war auch noch nicht alles, denn am nächsten Tag kam Mutter vom Einkaufen nach Hause und sagte zu Vater, sie könne sich nirgendwo mehr blicken lassen, ich würde vor den Leuten schweinische Lieder singen und unanständig tanzen und dafür auch noch Geld und Bonbons annehmen. Und sie wisse nicht, womit sie das verdient habe, und ich sei noch einmal der Nagel zu ihrem Sarg. Das alles hatte sie von der Mutter der dicken Else, die eine ekelhafte Tratschliese ist und über alles berichtet, was wir tun. Vor dieser dicken Else hatte sich Bertchen aufgespielt und geprahlt, wieviel Geld wir schon mit dem Lilli-Lied verdient haben. Dann sollte ich Vater das Lilli-Lied vortanzen, damit er sich von allem ein Bild machen konnte, und Mutter sagte, ich kann das nicht sehen, und ging raus. Vater fand das Lilli-Lied gar nicht so schlimm und grinste genauso wie Großvater, aber wegen Mutter und all den anderen Müttern in unserer Straße sollte ich es sein lassen mit der Tanzerei, das mußte ich ihm versprechen. Aber schade ist es doch, daß ich nicht mehr tanzen darf, und Bertchen meint auch, mit dem Lilli-Lied hätten wir reich werden können.

4

Die Pappel in unserem Garten reicht weit über das Hausdach hinaus. Sie ist sehr alt und war lange vor uns da. Selbst Vater kann ihren Stamm nicht ganz umfassen, und Mariechen, die als Kind da gespielt hat, wo jetzt unser Garten ist und damals noch alles Wildnis war, kann sich nicht erinnern, den Baum je anders gesehen zu haben. Im Sommer hängt die Sonne zwischen den Blättern wie in einem Netz, unzählige Vögel wohnen da oben, und ein Eichhörnchen benutzt die Pappel als Zwischenstation, wenn es die Reste von unserem Frühstückstisch auf der Terrasse einsammeln will. Im Herbst, wenn der Baum nach den ersten Frostnächten seine Blätter abgeworfen hat, ragen die Äste kahl und mächtig in den Himmel, und Vater holt schimpfend die große Leiter, um die Dachrinne von dem Blätterwust zu befreien. Wir springen in die Blätterhaufen auf der Wiese und bewerfen uns mit Ladungen von Blattgeschossen, bis alles auf dem Komposthaufen landet. Wir lieben diesen Baum sehr, vor dem jetzt der Zellenleiter Flinscher steht und den Kopf im Nacken in die dicht belaubte Krone schaut. Kein Mensch nennt den Flinscher bei seinem Namen, jeder spricht nur vom Pinscher, weil er ein richtiger Wadenbeißer ist, wie Mariechen sagt. Man muß sich nur höllisch vor Versprechern hüten und aufpassen, daß man nicht sagt, Guten Morgen, Herr Pinscher, denn das nimmt er krumm, und er hat viele Möglichkeiten, sich zu rächen.

Was sucht der da oben in unserem Baum? Ich starre auch in die Höhe und meine zwischen den Ästen etwas rosafarbenes zu erkennen, das sich im Wind hin und her bewegt. Wo ist eure Fahne, fragt mich der Zellenleiter. Was für 'ne Fahne? Stell dich nicht so dumm, die Fahne, die dein Vater zu Führers Geburtstag und an den anderen Feiertagen zum Fenster raushängt. Ach, die, auf dem Speicher, wo soll die sonst sein, antworte ich und schiele mit einem Auge in die Pappel. Hast du sie da gesehen? Ja, lüge ich, da liegt sie, zusammengerollt und zugebunden.

Aber das ist alles nicht wahr, denn unsere Fahne ist eine glatte Katastrophe. Zugebunden wird sie schon lange nicht mehr, weil Bertchen und ich uns darin einwickeln, wenn wir auf dem Speicher Krieg spielen. Einer von uns reitet auf dem großen hölzernen Schaukelpferd, und der andere verteidigt die Fahne, während der Reiter versuchen muß, sie zu erobern. Das geht sehr gut, denn das Schaukelpferd gleitet über den glatten Holzboden, und wenn man ganz wüst reitet, saust es von einem Speicherende zum anderen, und man muß aufpassen, daß man nicht runterfliegt. Der Fahnenträger kriecht mit der Fahne unter dem tiefhängenden Dachgebälk von Speicher zu Speicher, weil das Schaukelpferd ihm da nicht folgen kann. Aber zwischen dem alten Gerümpel ist es furchtbar staubig, und das bekommt der Fahne nicht gut, die sowieso schon sehr traurig aussieht, weil Vater vergißt, sie nach den vielen deutschen Feiertagen, die wir jetzt haben und mit denen sich kein Mensch mehr auskennt, wieder hereinzuholen. Deshalb hängt sie oft tagelang aus der Dachluke und wird von der Sonne ausgeblichen und vom Regen ausgewaschen, so daß jetzt ein mausgraues Hakenkreuz im schmutzigweißen Feld auf einem rosagefleckten Tuch zu sehen ist, das in nichts an das Blut der gefallenen Hitlerkameraden erinnert, sondern eher an den Himbeersaft, den wir im Sommer trinken. Ein richtiger Jammerlappen, sagt Mutter, und Vater stimmt ihr zu, da hast du ausnahmsweise mal recht, eigentlich könnte man sie ja auch das ganze Jahr hängen lassen, dann hätte man sich die Arbeit mit dem Raus- und Reinholen erspart. So wird das sowieso nochmal kommen, das ganze Jahr ein einziger deutscher Feiertag. Und du wirst Ärger bekommen, warnt Mutter, mit der Fahne verstehen sie keinen Spaß. Warum mußt du es immer unbedingt auf die Spitze treiben, kannst du die Fahne nicht raushängen und reinholen wie andere Leute? Nein, antwortet Vater kurz. Und deshalb steht jetzt der Pinscher in unserem Garten und will die Fahne sehen, die nicht eingerollt auf dem Speicher liegt, sondern oben im Baum hängt, was der Pinscher bestimmt weiß, weil uns jemand verpfiffen hat.

Es ist gut, daß jetzt ein Kopf über unsere Thujahecke schwebt und den Pinscher ablenkt. Der Kopf gehört dem Eisenkrämer, der spindeldürr und zwei Meter groß ist, und deshalb mit Leichtigkeit über unsere Hecke schauen kann, was sonst kaum jemandem gelingt. Seit seine Frau gestorben ist, säuft der Eisenkrämer, und gegen ihn ist der Esser ein Waisenknabe. Aber der Esser hält wenigstens seinen Mund, wenn er besoffen ist, während der Eisenkrämer schimpft. Er schwankt über die Straße von einer Seite zur anderen und schimpft laut über Hitler, die Partei, das braune Jesocks und manchmal spuckt er dabei auf die Straße und fuchtelt mit seinen Armen herum, daß einem Angst und Bange werden kann.

Dieser Mann rennt sehenden Auges in sein Unglück, sagt Mutter. Dann geht Vater raus und redet ihm gut zu, heimzugehen und nicht so laut zu schreien, und der Eisenkrämer wird wirklich ruhig und schwankt vor sich hinbrabbelnd nach Hause. Kommt er einmal nüchtern vorbei, was selten vorkommt, unterhält er sich mit Vater über den Gartenzaun, aber sie sprechen sehr leise, und ich schnappe höchstens mal ein nä, nä, Herr Rat, unser Herrjott läßt dat nit zu, der wird se fürchterlich bestrafen, auf. Der Eisenkrämer ist wie Annis Vater alter Sozialdemokrat, aber er bekommt keine Pension, weil er Arbeiter war, und deshalb handelt er jetzt mit Lumpen und Alteisen, das er von der Müllkippe aufsammelt, und alle Welt nennt ihn Eisenkrämer, obwohl das nicht sein richtiger Name ist.

Ich habe große Angst vor seinen Augen und der tiefen Stimme, am meisten aber fürchte ich mich vor seinem torkelnden Gang und den langen fuchtelnden Armen und renne so schnell ich kann davon, wenn ich ihn nur von weitem sehe. Doch jetzt bin ich froh, daß er den Pinscher auf andere Gedanken bringt. Herr Hansen, Sie sind groß, sehen Sie in dem Baum da eine Fahne? Eine Fahne, der Kopf des Eisenkrämers ruckt nach oben, schwankt hin und her, was für eine Fahne? Das Symbol unserer Partei, die Hakenkreuzfahne, schnarrt der Pinscher. »Unsere Fahne flattert uns voran, unsere Fahne ist die neue Zeit, Zeit, Zeit«, singt der Eisenkrämer, und sein Kopf zieht langsam die Hecke entlang, »wir marschieren für Hitler durch Nacht und durch Not, Not, Not, ja, die Fahne ist mehr als der Tod, Tod, Tod«. Der Eisenkrämer hört nicht mehr auf und bleibt auf dem letzten Wort stehen wie die alten Schallplatten auf Onkel Helmuts Grammophon.

Der Pinscher schreit unentwegt Ruhe, aber der Eisenkrämer beginnt wieder von vorne, nur stark verkürzt. »Unsere Fahne flattert uns voran, ja, die Fahne ist mehr als der Tod, Tod, Tod ...« Sie sind ja besoffen, Mann, kreischt der Zellenleiter und schießt zur Gartentür hinaus, ich befehle Ihnen sofort aufzuhören, ich muß Sie melden. Das ist eine Beleidigung der Fahne, eine, eine, die Stimme des Pinschers überschlägt sich, während er neben dem Eisenkrämer herläuft und seinem Spitznamen alle Ehre macht, wie er klein und kreischend auf den langen dünnen Eisenkrämer einschreit, der schwankend und singend heimwärts zieht.

Was ist denn das für ein Geschrei, Mutter kommt auf die Terrasse. Der Pinscher war hier wegen unserer Fahne, die da oben im Baum hängt. Was, Mutter macht runde Augen und schaut entsetzt nach oben. Das mußte ja eines Tages so kommen, er hört doch nicht, wenn man ihm was sagt, er glaubt schlauer zu sein als alle anderen. Mit »er« ist wohl Vater gemeint, der jetzt auch herauskommt und wissen will, was das hier unten für ein Theater ist. Du machst das Theater, ganz alleine du, regt sich Mutter auf und dann flüsternd, schau lieber mal in den Baum, was da hängt. Ach, unsere Fahne, die hab ich schon gesucht, freut sich Vater. Sorg bloß dafür, daß sie so schnell wie möglich da runter kommt, bevor der Flinscher noch mal auftaucht, den gewisse Leute mal wieder gut informiert haben. Mutter richtet ihre Blicke bedeutungsvoll nach links, wo gerade Apollonia mit ihrem Zito durch den Garten schleicht.

Vater holt die große Leiter, aber sie reicht nicht, der Baum ist zu hoch. Anton kommt mit der noch größeren Steckleiter, die reicht auch nicht, und so klettert schließlich Tim in den Baum und holt die Fahne herunter. Na, die macht aber wirklich nicht mehr viel her, meint er. Ja, sagt Anton, da kannste den Abtritt mit aufwischen, und alle schauen sich schweigend die Fahne an, man sieht geradezu, wie ihre Gedanken dabei arbeiten.

Jetzt kaufst du eine neue Fahne, sagt Mutter, damit Ruhe ist. Aber Vater ist damit nicht einverstanden. Die kann man doch waschen und flicken, dann ist sie wieder wie neu.

Also wird die Fahne gewaschen, und Agnes muß alle Risse mit Zickzackstich vernähen, und weil das auf unserer Maschine nicht geht, nimmt sie die Fahne mit zu sich nach Hause, und die alten Sozis und Kommunisten aus Mülheim, die den Baum besuchen, freuen sich sehr, als sie unsere Fahne sehen und meinen, daß sie sehr gut zu dem neuen Deutschland passe.

Kurz darauf wird Vater zum Ortsgruppenleiter bestellt, weil er die Fahne, dieses geheiligte Symbol, lächerlich gemacht, es sogar tagelang im Baum hängen gelassen habe. Er kommt mit einer Verwarnung davon, und dat hätt vill schlimmer kumme künne, wie Mariechen sagt, denn andere kämen für viel weniger ins KZ, wie zum Beispiel der Eisenkrämer, den der Pinscher angezeigt hat. Keiner weiß, wann er wieder rauskommt, aber alle haben es kommen sehen.

Meine Schwester hat Masern und sieht aus wie Röhrigs Truthahn, und damit ich nicht auch so puterrot werde, haben sie mich weggeschafft zu Großmutter nach Nippes. Damit hatten sie es so eilig, daß ich gerade noch mein Springseil in den Koffer werfen konnte, und schon ging Mutter mit mir zu Bahn. Wir fahren meist bis zum Deutschen Ring und gehen von dort zu Fuß über die Neußer Straße, um das Umsteigegeld zu sparen, aber das ist nur die halbe Wahrheit, denn eigentlich ist das Mutters Straße in die Vergangenheit, und die geht sie lieber ganz gemütlich zu Fuß.

Wie immer will sie auch diesmal beim Schaffner anderthalb bis zum Deutschen Ring lösen, was ein Erwachsener und ein halber bedeutet, und der halbe Erwachsene bin ich. Doch da sagt der Schaffner, diesen Fahrschein kann ich Ihnen nicht verkaufen, denn den Deutschen Ring gibt es nicht mehr. Schon werden die dösenden Umsitzenden wach und schauen interessiert. Auch Mutter reißt unter ihrem Schleierhütchen die Augen auf und schaut den Schaffner fragend an. Das heißt neuerdings Adolf-Hitler-Platz, erklärt der Schaffner und nimmt eine stramme Haltung an, alles neu macht der Mai, setzt er noch hinzu, und Mutter lacht und sagt, na, hoffentlich müssen wir jetzt nicht strammstehen auf dem neuen Platz. Die Gesichter der Umsitzenden verschließen sich, und ein Mann fragt laut, paßt Ihnen da etwas nicht? Mutter schaut schnell zum Fenster hinaus, während der Mann uns weiter giftig fixiert, bis ich ihm, als gerade keiner hinsieht, die Zunge herausstrecke, da dreht er wütend den Kopf weg.

In der Konditorei an der Balthasarstraße bekomme ich für zehn Pfennige einen Mohrenkopf. Großmutter hat bestimmt wieder Stachelbeertorte gebacken, weil ich die so gerne esse, doch der Mohrenkopf erinnert Mutter an ihre eigene Kindheit, als sie in

Knöpfchenstiefeln und mit kratzenden Strickstrümpfen zur Schule ging und das eingesparte Fahrgeld in dieser Konditorei mit genauso einem Mohrenkopf verpraßte. Wegen der Kratzstrümpfe ging sie mit eingezogenen Zehen, und die Vorübergehenden sagten, ach guck mal, die arme Kleine, wie sie humpelt. Trotzdem kaufte Großmutter ihr keine anderen Strümpfe, das sind Sachen, über die man sich ein Leben lang ärgern kann, und deshalb erzählt Mutter immer dieselben Geschichten, wenn wir über die Neußer Straße gehen.

Vor der Agneskirche auf der anderen Straßenseite hängt ein steinerner Jesus am Kreuz. Für den wollte Mutter als Kind eine Unterhose und eine Zahnbürste kaufen, weil ihr der steinerne Mann so leid tat mit seinem kalten Po und den schmutzigen Zähnen. Und vor dem Springbrunnen am Deutschen Ring zeigt sie mir immer die Bank, auf der sie sich mit Vater zum ersten Mal verabredet hat, und beim Erzählen bekommt sie dann ganz verträumte Augen. In diesem Viertel hat jeder Platz und jede Straße seine Geschichte für Mutter. Wenn sie jetzt alles umbenennen, kommt sie durcheinander und sieht in Gedanken nicht mehr Vater auf der Bank sitzen, sondern womöglich noch diesen Hitler mit seinen Trommeln und Pfeifen.

Bei den Großeltern ist alles so ganz anders als bei uns, daß ich mir wie in einem fremden Land vorkomme. Alle Wohnungstüren gehen auf einen langen Korridor mit vielen Nischen. Vor den Nischen hängen an breiten Messingringen dicke rote Samtvorhänge, und man könnte glauben, dahinter verbirgt sich etwas Besonderes. Doch die Großeltern bewahren dort alles auf, was bei uns zu Hause in den Keller, auf den Speicher oder ins Kabuff kommt, und sogar die Briketts haben hier ihren Platz. Hinter einem solchen Vorhang steht auch der lange Spinnefax, mit dem die dicke Liese die Stuckdecken säubert, wobei Großmutter immerzu ruft, Liese, paß auf, das Porzellan! Auf Großmutters Eichenbüfett stehen nämlich genau wie bei uns unzählige Porzellanfigürchen herum, die Tante Betty besorgt, weil ihr Vater Porzellanmaler ist.

Tante Betty ist der dunkle Punkt in unserer Familie, denn sie ließ dem armen Otto keine Wahl. Der arme Otto war Mutters Lieblingsbruder, bis er als Soldat in Thüringen in die Fänge von Tante

Betty geriet und sie wegen der Beamtenehre geheiratet hat. Damals war Tante Betty noch ein halbes Kind, mit langen Zöpfen und lustigen schwarzen Augen, aus denen schon ihre ganze Raffinesse guckte, wie Mutter behauptet.

Die neuen Verwandten lernten sich auf der Hochzeit kennen. Bettys Mutter, die alte Krause, roch dumpf aus ihren Röcken, Vater Krause sprach kein einziges Wort, und Schwester Berta trank den Wein wie Wasser. Danach, mit gelöster Zunge, ließ sie die neuen Verwandten wissen, was sie von ihnen hielt. Glaubt nur nicht, ihr könnt auf unser Bettychen runtergucken. Wenn ihr auch nur ein Härchen gekrümmt wird, werdet ihr die Familie Krause erst richtig kennenlernen. Niemand wollte das, und so saßen beide Familien, jede auf ihrer Seite, am Tisch und starrten sich wortlos an, bis die Berta Krause aufstand und meinen Onkel Helmut zum Tanz aufforderte. Du wirst doch nicht mit dieser ordinären Person tanzen, zischte Mutter, das ist doch unterste Schublade. Doch mein Onkel walzte ungerührt mit Berta durch den Saal. Es wurde dann doch noch eine ganz gemütliche Hochzeit, wenn man davon absieht, daß die alte Krause auf Mutters langen Wickelrock trat, den Agnes mal wieder mit heißer Nadel genäht hatte, weshalb Mutter plötzlich in ihren Unaussprechlichen dastand, der Brautvater in den Garderobenschrank pinkelte und Tante Betty mit einem Schrei in Ohnmacht fiel, was den Tanten und Cousinen zweiten Grades Anlaß zum Tuscheln gab.

Seit dieser Hochzeit bezeichnet Mutter ihren Lieblingsbruder nur noch als Schlappschwanz, der sich von dieser unmöglichen Person zum Trottel hat machen lassen. Tante Betty pflegt weiter ihre Ohnmachten und erreicht alles mit diesem Druckmittel. Sogar Gesangstunden bei Mutters Gesanglehrer, was die ihr nie verzeihen wird. Auf den Familienfeiern singt jetzt Tante Betty, »Schauen Sie mich bitte ganz genau mal an, ich bin gemacht aus Meißner Porzellan«, dabei dreht sie sich im Kreis und plinkert mit den Augen wie die Lilly aus Groß-Köln. Und Mutter, die jahrelang studiert hat, um die Mimi, die nachts allein in Paris rumläuft, so zu singen wie die Leute auf der Oper, muß sich das alles anhören und zusehen, wie Großmutters Kränzchendamen Tante Betty verklärt anlächeln. Kein Wunder, daß in ihrem Herzen auch ein brennender Ball wächst, der explodieren will. Dazu genügt oft nur ein falsches

Wort, ein hämischer Blick, und schon liegen sich die eifersüchtigen Schwägerinnen in den Haaren. Meist ist es Mutter, die ihre Wut nicht zügeln kann und zur Freude des Publikums den Tanz eröffnet. Tante Betty lächelt noch mit gekonnter Leidensmiene, um kurz darauf tobend und kreischend alles in den Schatten zu stellen, was auf der Bühne unseres Familientheaters je seinen Auftritt hatte. Vor dem großen Spiegel drückt sich Mutter wutschnaubend den Hut auf den Kopf. Wir gehen, verkündet sie düster, da fällt Tante Betty mit einem langen Seufzer um. Alles bemüht sich um Tante Betty, Kölnisch Wasser wird versprüht, Fenster werden geöffnet, Kissen herbeigeschleppt, nur von uns nimmt niemand mehr Notiz. Grußlos verschwinden wir, womit der Boden für die neue Wut schon bereitet ist, die nun Zeit hat zu wachsen bis zum nächsten Fest. Durch die erbitterte Feindschaft der beiden wächst auch das Porzellan auf Großmutters Büfett, mit dem Tante Betty um deren Gunst buhlt. Aber das gelingt ihr nicht, und wenn Mutter nicht so oft mit Großmutter zanken würde, weil die beiden, wie Vater weiß, denselben Charakter haben, würde es ihr noch viel weniger gelingen.

Ich warte auf dem roten Plüschsofa auf den Anschnitt der Stachelbeertorte. Es steht noch viel mehr Kuchen auf dem Tisch, auch die großbauchige Kaffeekanne, aber Großmutters Kränzchendamen können nicht genug bekommen vom Singen. Die kleine Frau Becker mit dem perlenbestickten Samthalsband über dem Krähenhals, die große Frau Weber mit dem gewaltigen Busen, in dem das kölsche Herz schlägt, und die dünne Frau Konrad, die jeden Satz mit »mein Sohn, der Zahnarzt« beginnt. Großmutter sitzt am Klavier, unter dem goldgerahmten Hochzeitsbild, von dem sie jung in Schleier und Myrthenkranz mit runden, erstaunten Augen auf ihr anderes Ich herunterschaut, das jetzt doppelt so dick mit rissiger Stimme »Anno dazumal« anstimmt.

Die zugezogenen Seidenvorhänge tauchen das Eßzimmer in ein sanftes gelbes Licht. Langsam tauche auch ich ein in dieses Honigmeer, sehe, wie Wände und Decke weiter und höher werden, sich der Rahmen des Hochzeitsbildes öffnet und Großmutter und Großvater heraussteigen. Sie tanzen Polka, und Großmutter trägt den Hut mit den grauen Straußenfedern, die bei jedem Polkaschritt hin- und herwippen. Immer wilder und schneller galoppieren sie, bis sie vom Boden abheben und unter der Decke schweben. Frau Becker reckt ihren Hals mit dem Perlenhalsband, der lang und länger wird, bis ihr weißes Haarkränzchen an die Decke stößt, wo Großmutter und Großvater ihre Kreise ziehen. Unten fletscht Frau Konrad die Zähne, und der Zahnarzt kommt mit einer Rohrzange und zieht sie alle raus. Sie fallen klirrend auf das Frühstückstablett der dicken Liese, während Frau Konrad ein neues Gebiß aus lauter Dominosteinen wächst. Dann steht Großmutter plötzlich unten an der Tür, im geblümten Morgenrock so wie immer, und fegt das schwebende Hochzeitspaar mit dem Spinnefax von der Decke. Wach auf Herzchen, wach auf, Großmutter rüttelt mich und legt mir den ersehnten Stachelbeerkuchen auf den Teller.

Das Tischgemurmel beschäftigt sich mit den Talenten der Enkel, ihren Begabungen, die zu den schönsten Hoffnungen berechtigen. Von mir weiß man nur zu berichten, daß ich die Dom-Fibel auswendig hersagen kann, und zum Beweis wird eine Kostprobe von mir verlangt. Ich hole das zerfledderte Lesebuch, fahre mit dem Finger die Zeilen entlang und »lese« vor. Großvater, der mich schon eine ganze Weile beobachtet, unterbricht meinen Vortrag, nimmt seine Zeitung, deckt alles Gedruckte in der Fibel bis auf einzelnes Wort ab und fordert mich auf, dieses Wort vorzulesen, und ich wundere mich sehr, daß mir das gelingt. Großvater schlägt ein anderes Buch auf und hält den Finger unter die Zeilen. Ich nehme die Wörter wie etwas Zerbrechliches vorsichtig in den Mund und gebe sie genauso vorsichtig wieder her, ganz langsam, Silbe für Silbe. Es ist jetzt mäuschenstill in Großmutters Kaffeestube, und ich lese weiter, werde mutiger, reihe die Wörter schneller aneinander, bis sich aus den Bruchstücken Sätze bilden. Dann schließt Großvater mit einem Knall das Buch. Jetzt ist es genug, sonst liest du noch alles heraus, und es bleibt nichts übrig für morgen. Atemlos vor Aufregung über meine neue Kunst spüre ich, wie mein Herz gegen die Rippen klopft.

Am nächsten Morgen habe ich einen heißen Kopf und eine belegte Zunge. Hat sie sich doch angesteckt, sagt Großmutter und kommt mit Hustensaft und Mallebrin zum Gurgeln. Ich muß im Bett bleiben, aber das ist mir egal, was sind schon Masern gegen Lesenkönnen.

In der Besuchsritze der großelterlichen Betten horche ich auf die Geräusche der Großstadt. Fernes Straßenbahngeklingel, Autohupen, Schritte und Stimmen von Vorübergehenden, Verabschiedungen vor der Wirtschaft gegenüber: Mach et joht, Jupp, bis morjen! Mach et besser, Bätes, Tschüss! Die Vorhänge sind nicht ganz zugezogen, und ich kann in den rosafarbenen Abendhimmel sehen. Von der lilafarbenen Tapete leuchten graue und silberne Rosen. Es riecht fremd nach Lavendel, Maria Farina gegenüber, Kampfer und Bohnerwachs. Im Halbschlaf höre ich meine Großeltern zu Bett gehen. Das Klappern der Brillenetuis, das Klick der Gebisse, die ins Wasserglas fallen, das Auf und Zu der Nachttischschubladen, Rheilaperlen, Mentholbonbons, ein langes Seufzen, ein kurzes Stöhnen, ein zahnloses Lispeln von beiden Seiten, dann ist Ruhe, bis es rechts schnarcht und links blubbert. Nachts werde ich vom Klappern der Nachtschränkchen wach. Großmutters Strahl rauscht in den mit lila Blumen bemalten Porzellantopf, bei Großvater plätschert es in Abständen. Ich versuche vor diesen peinlichen Geräuschen die Ohren zu verschließen und stopfe meinen Kopf tief in die Kissen.

Am nächsten Morgen weckt mich der Lärm von rollenden Fässern, die unten auf der Straße mit viel Geschrei von den Bierkutschern über eine Rutsche in den Keller gekollert werden. Ab und zu stampfen die mächtigen Brauereipferde mit ihren bemähnten Beinen auf, daß die Funken stieben. Großvater sitzt im Eßzimmer in seinem dunkelroten Hausrock mit den Husarenverschlüssen und liest Zeitung. Unter dem gehäkelten Kaffeewärmer steht Kakao für mich bereit, denn hier brauche ich keinen Malzkaffee mit Milchhaut zu trinken. Hier gibt es Rosinenbrötchen zum Frühstück und altbackenen Streuselkuchen, den wir tunken. Nach dem Frühstück muß sich Großvater bewegen wegen der Verdauung, er verschwindet und kommt mit Großmutters uraltem Federhut wieder, den er mir auf den Kopf stülpt. Er selbst hat sich einen weißen Schal verwegen um den Hals geschlungen und einen Zylinder aufgesetzt. Jetzt sieht er aus wie der Heesters in den jugendfreien Filmen, in die ich mit Mutter gehe, was Vater nicht in Ordnung findet. »Ich hab ein langes Kleid, den Federhut so weit, die Handschuh von Glacé, ein dickes Portemonnaie«, singe ich, klopfe mir dabei mehrmals auf die Hüften und singe weiter, »Polka, Polka, tanz ich gern, aber nur mit feinen Herrn, hab'n die Herrn auch Handschuh an, daß ich Polka tanzen kann«, und Großvater lüftet den Zylinder, verbeugt sich, und dann fegen wir durch das Zimmer, daß es nur so staubt, bis Großmutter aus der Küche heftig mit den Töpfen klappert. Bei diesem Alarmzeichen lassen wir unsere Requisiten schnell verschwinden. Großvater versteckt sich hinter der Zeitung, und ich hocke mich auf die Fensterbank und schaue hinunter auf die Straße. Was treibt ihr denn hier, fragt Großmutter mit strenger Stimme, was läufst du immer noch im Pyjama herum, es ist doch bald Mittagszeit. Dabei trägt sie selbst noch den großgeblümten Morgenrock und darüber eine kleine Schürze, die über dem Busen von einer Granatbrosche gehalten wird.

Die dicke Liese kommt mit einem Tablett herein, um den Kaffeetisch abzuräumen. Komm, bring mir die Kann in die Küch, fordert sie mich auf und hält mir die Kaffeekanne entgegen, aber für nichts in der Welt gehe ich in Großmutters Küche. Dort gibt es seit einiger Zeit kleine braune Tiere, vor denen ich mich schrecklich fürchte. Kein Mensch weiß, wie sie so plötzlich dahingekommen sind. Ach, die Schwaben, lacht Liese, die sin doch harmlos. Un nur unter dem Ausguß, die tun nix. Liese sagt Schwaben, Großvater sagt Kakerlaken, aber es kommt auf das Gleiche heraus. Schon aus dem Wort geht hervor, daß diese braunen Tiere in Großmutters Küche kakken, und mit solchen Kacktieren will ich nichts zu tun haben.

Auch Vater versteht nicht, daß die Großeltern in dieser Wohnung bleiben. Vorne Stuck und Flügeltüren und von hinten kriechen die Kakerlaken ins Haus, das ist doch ein unerträglicher Zustand. Sie haben sich daran gewöhnt, sie merken das gar nicht mehr, sagt Mutter, und wer geht schon nach hinten in die Küche, doch nur Großmutter und die dicke Liese. Warum holen sie denn keinen Kammerjäger und lassen das Viehzeug ausräuchern, bohrt Vater weiter. Das nützt nichts, dann müßte das ganze Haus behandelt werden, erklärt Mutter, und der Toni läßt doch nichts machen. Man kann nicht immer über alles hinwegsehen, das wird sich eines Tages rächen, brummt Vater.

Am Ende des langen Korridors wohnt der böse Zauberer. Wenn sein grauer Mantel an der Garderobe hängt und scharf nach Gummi riecht, muß ich leise sein und darf nicht mehr im Gang spielen, sonst steht er plötzlich dünn und lang im Türrahmen, hält mir die gespreizten fünf Finger entgegen und macht ksch, ksch, wobei seine Augen tückisch hinter den runden Brillengläsern funkeln. Ich mache mich schnell aus dem Staub, sonst verzaubert er mich womöglich in einen der kleinen bunten Vögel, die auf seiner Fensterbank in einem Käfig hin und her hüpfen. Vielleicht ist auch schon einer der Jungen, die mit der großen Eisenbahn spielen kommen oder sich Karl-May-Bücher ausleihen, von ihm verzaubert worden und hüpft nun piepend hinter Gittern herum. Auf jeden Fall gibt es da drinnen ein großes Geheimnis, und ich werde schon noch dahinter kommen. Vater ist auch nicht mit dieser Zauberei einverstanden. Ich verstehe nicht, daß deine Eltern sowas in ihrer Wohnung dulden, aber dann zieht Mutter die Augenbrauen hoch und deutet mit dem Kopf in meine Richtung, worauf sie beide verstummen.

Kleine Mädchen kann Onkel Helmut nicht leiden, sie sind für ihn unnütze Geschöpfe, die dem Herrgott den Tag stehlen, und deshalb schneidet er mir Fratzen und schießt manchmal mit lautem Buhgeschrei aus irgendeiner dunklen Ecke heraus. Dieses alberne Getue hat er aus Verdun mitgebracht, wo die Jugend für nichts und wieder nichts verheizt wurde, wie Großvater sagt. Seitdem stelle ich mir meinen Onkel in einem riesigen Ofen vor, und um ihn herum ächzt und stöhnt die Jugend Europas in den Flammen.

Das Besteck meines Onkels darf niemand benutzen, und keiner darf aus seiner Tasse trinken oder sein Handtuch berühren. Er ißt immer alleine in seinem Zimmer zu Abend. Großmutter hat ihm die belegten Brote in kleine mundgerechte Häppchen geschnitten, und sie liegen genau ausgerichtet auf seinem Teller. Dazu trinkt er Selterswasser. Manchmal kommt er ins Eßzimmer, hält anklagend eine Gabel hoch und sagt, das ist nicht mein Besteck, und Großmutter rennt schnell um ein anderes Besteck. Ich frage mich nur, woran er das erkennt, wo doch alle Gabeln und Messer gleich aussehen. Von Mutters Brüdern ist Onkel Helmut der Klügste. Er liest dicke Bücher und unterhält sich anschließend mit Vater über die toten Dichter. Vater bedauert immer wieder, daß soviel Wissen im Gericht nutzlos brachliegt. Da besuchen wir meinen Onkel manchmal, gehen durch die mächtige Eingangshalle und steigen viele Treppen hoch, über die eilige Männer in flatternden Mänteln wie ein riesiger Krähenschwarm treppauf, treppab huschen. Auf einem langen Gang finden wir endlich die Tür, auf der Kinski steht. Mein Onkel sitzt hinter einem großen Schreibtisch vor staubigen Aktenbergen und freut sich, daß wir gekommen sind. Lächelnd schaut er uns durch seine goldgeränderte Brille an. Ein Mann schafft dienernd mit einem Wägelchen neue Akten heran, und das ist gewiß der Bürodiener. Dann schließt mein Onkel das Zimmer ab und geht mit uns in die Gerichtskantine, wo die schwarzen Krähen zusammenhocken und sich unterhalten. Er bestellt Mutter Kaffee und für mich einen Apfelsaft. Hier im Gericht ist mein Onkel ein ganz anderer Mensch, drückt den Krähen die Hand und lacht mit einer besonders schwarzen. Deshalb glaube ich, daß ihm die ganze Zauberei schon lange zum Halse heraushängt.

Heute ist er nicht da, seine Zimmertür steht offen, und ich kann ohne weiteres hineingehen. Es ist nichts Besonderes zu sehen. Hohe Fenster, durch die hell die Sonne scheint, ein Marmorkamin wie in den anderen Zimmern, ein geschnitzter Schrank mit vielen Schubfächern, Tisch, lederbezogene Stühle und eine Chaiselongue, auf der man herrlich hopsen kann, bis die Federn krachen. Im Käfig hüpfen die verzauberten Vögel und machen einen ganz zufriedenen Eindruck. Aus dem Radio, das Onkel Helmut selbst gebaut hat und das mit seinen glänzenden Röhren und den vielen Drähten wie ein richtiger Zauberapparat aussieht, kommt leise Musik. In die Nebenzimmer darf ich bei strengster Strafe nicht, weil ich die Eisenbahn kaputtmachen könnte und mein Onkel wie alle Zauberer riechen kann, ob jemand im Zimmer war. Aber ein Saustall, was Großmutter partout nicht wahrhaben will, ist sein Zimmer nicht. Da hat Vater unrecht.

Jetzt hat mein Onkel sich ein Grundstück im Bergischen gekauft mit einem Blockhaus drauf, und wir können in seinen Zimmern Mensch ärgere dich nicht und Halma spielen. Beim Halma ist Großmutter nicht zu schlagen. Um sie besser kenntlich zu machen, hat sie ihre Figuren mit weißem Garn umwickelt, und die Weißen marschieren und marschieren und finden in den verzwicktesten Situationen immer noch einen Ausweg.

Weihnachten ist vorüber, wie gut, denn es gab nichts als Ärger dieses Jahr, und Mutter fragte mal wieder, warum gerade bei uns immer alles in einer Katastrophe enden muß. Aber in den anderen

Familien gibt es genausooft Streit wie bei uns, besonders an Weihnachten, weil dann die Verwandten zusammenkommen, die sich das ganze Jahr nicht gesehen haben. Nur Bertchens Mutter war sehr glücklich über das geruhsame Fest in diesem Jahr, wo der Opa im Krankenhaus war und Tante Jettchen bei Verwandten in Moers. Sie konnten zwei Tage von der Gans essen, am dritten Tag gab es den Rest der Füllung und am vierten Suppe von dem ausgekochten Gerüst, so daß es auch ein sparsames Fest wurde. Zum ersten Mal seit Jahren sprach niemand von Onkel Wilhelm, der schon lange tot ist, aber vorher noch die sauer verdienten Groschen von Tante Jettchen in Müngersdorf auf der Rennbahn verwettet hat, und weil Tante Jettchen nicht da war, warf ihr auch niemand das ungepflegte Grab von Onkel Ernst vor.

Bei uns begann es schon morgens vor dem Heiligen Abend zu kriseln. Vater bestand plötzlich auf Erbsensuppe als Festessen. Von Erbsensuppe bekommt Mutter aber Blähungen, und das paßt nicht zum Heiligen Abend, wenn sie dauernd aufspringt, rausrennt und ruft, ach Gott, jetzt geht es schon wieder los. Sie wollte Karpfen polnisch machen, wie jedes Jahr. Aber Vater macht sich nichts aus Fisch, und so gab ein Wort das andere, bis die spitzen Töne mit den Eifler Bauern aufs Tapet kamen. Vater fuhr gleich auf, das seien ehrliche Menschen, die sich ihr täglich Brot hart verdienten und nicht beim Krämer anschreiben ließen, womit er Großmutter meinte, bei der es wegen dem vielen Kuchen nie bis zum Monatsende reicht. Schließlich knallte Vater die Tür, stapfte die Treppe rauf ins Herrenzimmer, und den ganzen Nachmittag bekamen wir ihn nicht mehr zu Gesicht. Er kam auch nicht zum Weihnachtskaffee runter, wo er doch sonst Kirschstreusel auf Hefe gebacken so gerne ißt.

Wenn meine Eltern Streit haben, benutzen sie mich als Boten, der die Nachrichten hin- und hertragen muß, wobei ich diese Botschaften auf der Treppe etwas umforme, damit Mutters spitze Pfeile nicht so treffen und Vaters Wortlosigkeit nicht so schmerzt. Aber diesmal hatte ich nur zu sagen, du möchtest bitte Kaffee trinken kommen, und als er nicht antwortete, fügte ich hinzu, es gibt Kirschstreusel. Ja, ja, brummte Vater, aber er kam nicht. Mutter legte jedem ein Stück Kuchen auf, goß Kaffee ein und fragte so ganz nebenbei, was hat er denn gesagt? Nichts, ja, ja, antwortete ich wahrheitsgemäß. Auf dem Herd köchelte schon die polnische

Soße, und ihr Duft zog durchs ganze Haus. Aber jetzt stand Mutter eilig auf, setzte Erbsen mit Speck aufs Feuer, und als der Geruch der Erbsensuppe sich mit der polnischen Soße mischte, hörten wir die Treppe knarren und Vater ins Weihnachtszimmer gehen. Gott sei Dank, seufzte Mutter, jetzt kümmert er sich wenigstens um den Baum, denn mit dem großen Weihnachtsbaum, der vom Boden bis zur Decke reicht, wäre sonst keiner von uns fertig geworden.

Den Weihnachtsbaum sucht sich Vater immer selbst im Wald aus. Einige Tage vor Weihnachten setzt er den verschossenen Schlapphut auf, nimmt die Axt und geht mit mir in den Wald, um den Baum zu fällen, den er sich das Jahr über ausgeguckt hat. Einmal ist der Förster dazugekommen, und damit wir ihm nicht die ganze Schonung zertrampeln, hat er uns beim Aussuchen geholfen. Anschließend haben sie den Baum vor unserer Haustür abgestellt und sind in den Lindenhof gegangen, um den Baum zu begießen, wie der Förster sagte, und ich mußte Mutter ausrichten, daß Vater später käme. So machen sie das jetzt jedes Jahr, und Mutter meint, wenn wir den Baum einfach kaufen würden wie andere Leute, käme er uns billiger. Ein solcher Baum ist nicht zu kaufen, den haben Experten ausgesucht, antwortet Vater.

Schließlich haben wir doch den polnischen Karpfen gegessen, denn die Erbsen wurden nicht weich, weil sie nicht über Nacht im Wasser gelegen hatten. Gesprochen haben meine Eltern nicht viel miteinander, und Vater hat auch keine Miene verzogen, als wir bei »Stille Nacht, heilige Nacht« an die Stelle vom holden Knaben im lockigen Haar kamen, wo meine Eltern sich sonst immer lächelnd anschauen. Mutter behielt den ganzen Abend einen schmalen Mund und kaute lustlos auf ihren Pralinen herum, denn zu Weihnachten bekommt sie immer Parfüm und Pralinen. Eine riesige dreistöckige Bonbonniere, und die Nougattütchen in dem Goldpapier darf ich mir rausnehmen.

Am ersten Weihnachtsfeiertag kommen die Großeltern zu uns, um Gans zu essen, den Baum zu bewundern und die Nadeln abzusingen, wie Großvater sagt. Wenn es draußen dämmert, zündet Vater die Kerzen an, wir sagen unsere Gedichte auf, Mutter spielt auf dem Klavier alle Weihnachtslieder, die wir kennen, und Großmutter holt ihr umhäkeltes Taschentuch heraus und tupft sich die Tränen aus den Augenwinkeln. Für das diesjährige Fest hatte

Mutter sich etwas Besonderes ausgedacht. Meine Schwester und ich sollten als Weihnachtsengel auftreten, in Mutters Nachthemden mit hochgeheftetem Saum, im offenen Haar einen Stern und eine brennende Kerze in den Händen. Bei Großmutters Lieblingslied »Am Weihnachtsbaume die Lichter brennen« würden wir dann erscheinen. Mutter hatte breites Goldband eingekauft und schmales silbernes für Päckchen, und als wir zurechtgemacht wurden und im Eßzimmer schon der Baum mit all seinen Kerzen brannte, stand meine Schwester plötzlich wie ein Weihnachtspaket ganz in goldenes Band verschnürt da, und für mich war nur die silberne Litze übriggeblieben und der kleine silberne Stern. Aber es gibt keine silbernen Sterne, Sterne leuchten immer golden, und ich wollte keinen falschen Stern auf dem Kopf tragen und mochte auch die silbernen Bänder nicht. Deshalb schrie ich Mutter an, du hast es gewußt, du hast es gewußt, du hast mich wieder angelogen, und Mutter zischte wütend, du bist sofort ruhig, sonst setzt es was. Großvater kam heraus und wollte wissen, was das für ein Krach sei. Er redete mir gut zu, jetzt sei ein braves Mädchen und enttäusche Großmutter nicht, sie hat sich doch so auf euer Spiel gefreut, geh hinein und sing schön. Dann fügte er noch hinzu, Silber sei doch viel schöner als Gold. Die Fische hätten silberne Schuppen, die Wassernixen silberne Haare, silbern leuchte der Mond, und die Königin der Nacht trage silberne Gewänder. Aber für dreißig Silberlinge hat Judas Jesus verraten, sagst du immer, schluchzte ich. Du bist doch nicht Judas, sagte Großvater, du bist doch ein Engel, und er schob mich zur Tür, wo meine goldene Schwester schon stand. »Zwei Engel sind hereingetreten«, sang meine Schwester mit lauter Stimme, während ich nur ein paar mickrige Töne herausbrachte, weil in meinem Bauch schon wieder die große Wut steckte. Wie schön, sagte Großmutter und betrachtete gerührt meine singende Schwester, die im Schein der Kerzen glitzerte und funkelte. Wie kläglich grau sah ich dagegen aus. Wir hatten unsere Kerzen abgestellt, Großvater nickte mir aufmunternd zu, und nun stimmten alle zusammen »Oh, du fröhliche« an. Vor mir hatte sich meine gleißende Schwester aufgebaut, ich konnte nur ihren schwitzigen Geruch und den hin und her schwankenden goldenen Stern wahrnehmen. »Gnadenbringende Weihnachtszeit« sangen sie, als meine Wut explodierte und ich mich auf meine Schwester stürzte, ihr den goldenen Stern aus dem Haar zerrte, an ihren goldenen Bändern riß, kratzte, trat und völlig außer mir geriet, bis Vater uns trennte und mir unter dem Weihnachtsbaum den Po versohlte. Es brauchte seine Zeit, bis die Familie sich aus dem Himmel verabschiedete, um meiner Höllenfahrt beizuwohnen. Es ist immer dasselbe mit ihr, womit nur habe ich dieses Kind verdient, jammerte Mutter, Großmutter weinte, und nie zuvor sah ich Großvater mit einem so grimmigen Gesicht. Da stürzte ich aus dem Zimmer und verkroch mich in der Besenkammer unter der Treppe im Wäschekorb.

Für solche Auftritte sind wir zu alt, hörte ich draußen im Flur Großvater sagen, wir gehen, und Großmutter jammerte, ein Mädchen schlägt man doch nicht. Diesmal hat sie es verdient, widersprach Großvater. Dann schlug die Haustür zu, und vom Gartenweg waren Schritte zu hören. Ein behutsamer, ein trippeliger und ein fester, Vater brachte die Großeltern zur Bahn. Später klapperten Bestecke und Teller. Einmal ging meine Schwester die Treppe hinauf. Sie ist nicht oben, sagte sie, und Mutter schloß die Wohnzimmertür. Jetzt wäre der Zeitpunkt gewesen, »hier bin ich« zu rufen, aber ich ließ den Augenblick ungenutzt vorübergehen und blieb, wo ich war. Im Radio wurden Weihnachtslieder gesungen, später ließ Vater die Katze in den Garten. Warum sucht denn niemand mehr nach mir? Langsam fielen mit die Augen zu.

Am nächsten Morgen erwachte ich in meinem Bett und glaubte, alles nur geträumt zu haben. Doch die Gesichter am Frühstückstisch bedeuteten mir das Gegenteil. Die Großeltern sind sehr, sehr böse auf dich, sagte Mutter. Aber das stimmte gar nicht. An Großvaters Geburtstag erwähnten sie die Geschichte mit keinem Wort. Wir durften den Baum plündern, der mit Schokoladenringen und buntem Zuckerzeug behängt war und mit dicken roten Kugeln. Großvater macht sich immer viel Mühe mit dem Baum, bohrt die leeren Stellen an und setzt angespitzte Zweige hinein, bis der Weihnachtsbaum aussieht wie aus dem Bilderbuch. Ein richtiges kleines Kunstwerk, sagt Großmutter und klatscht bewundernd in die Hände. Mutter hat keine Ahnung, wenn sie glaubt, dieser Baum sei altmodisch.

Großmutter hat mir ein schwarzes Lackgriffelkästchen mit bunten Blumen geschenkt und eine passende Schwammdose. Dazu gehäkelte Topflappen mit buntem Rand, die man an den Tornister hängen kann, und von Großvater habe ich eine Tafel bekommen, auf der ich das »i« übe. I-Dötzchen, quakt meine Schwester, aber das ist mir egal, und ich stopfe alles in ihren alten Tornister, den ich auch auftragen muß, wenn ich demnächst in die Schule komme, denn sie geht jetzt mit einer Aktenmappe ins Gymnasium.

5

Am Tag der Schulanmeldung muß ich den Hamburger Mantel anziehen, dunkelblau mit weißem Pikeekragen und sechs Perlmuttknöpfen, um mit Mutter zur evangelischen Schule zu fahren.

In unserer Stadt gibt es zweierlei Menschen, katholische und evangelische, und deshalb gibt es auch zweierlei Schulen, zweierlei Kirchen, zweierlei Krankenhäuser und zweierlei Friedhöfe. Die meisten Katholiken leben in der Unterstadt, die mit ihren Siedlungen am Rand der sandigen Heide, den Wiesen und dem Wald hinter der Försterei bereits ans Stadtgebiet von Köln grenzt. Die Kölner sind leichtsinnig, schmeißen das Geld zum Fenster raus und bringen ihr Bett ins Pfandhaus, um Karneval zu feiern, sagen die Bergischen. Aber die dicke Frau Cremer, die bei Großmutter unten im Haus eine Pfandleihe hat und an jedem ihrer kurzen Wurstfinger einen Brillantring, meint, dat is dummer Verzäll, wir haben jar keinen Platz für Betten und jeben auch kein Jeld für sone alten Flohkisten. Die Buureköpp aus dem Bergischen wollen nur die Kölschen schlecht machen, un wer so nah dran an Düsseldorf is, von dem kann man auch nix anderes erwarten.

Nicht jeder denkt schlecht von den Kölnern. Unser Milchmann, der jeden Morgen mit einem Dreiradwagen durch die Straßen fährt, eine Glocke schwingt, Milch, Milch ruft und unser Klappenfach neben der Haustür mit allem füllt, was Mutter ihm aufgeschrieben hat, fährt abends mit der Bahn nach Köln. Dann hat er seine blaue Leinenjacke und die lange weiße Schürze abgelegt und trägt einen grauen Nadelstreifenanzug und einen silbergrauen Homburg auf dem Kopf. Wat dä Leichtfuß da mäht, kann ma sich doch denken, sagen die Leute. Doch der Milchmann ist kein Leichtfuß, er hat Schuhgröße achtundvierzig, und wenn Mariechen ihn von weitem kommen sieht, schreit sie schon, do kummen en paar Föß, und jeder weiß, heute ist der fröhliche Milchmann dran und nicht sein mundfauler Bruder, der Briefmarken sammelt und nie ins Café Germania fährt.

Die katholische Schule in der Unterstadt ist ein häßlicher alter Backsteinbau direkt an der Hauptstraße. Gegenüber steht auf einem kleinen Hügel die grün-weiß gestrichene hölzerne Notkirche. Wenn ihr Glöckchen sonntags wimmert, eilen die Menschen den Hügel hinauf, denn die aus der Unterstadt sind fleißige Kirchgänger. Die katholische Kirche der Oberstadt mit bunten Glasfenstern, einer großen Orgel und mächtigem Geläut ist für die Geschäftsleute aus den alten Häusern rechts und links der Straße und für die Angestellten und Abteilungsleiter, die in der Papierfabrik oder den anderen Fabriken der Stadt arbeiten. Die Fabrikbesitzer gehen in die evangelische Kirche am Stadtausgang, die wie ein Tempel gebaut ist. Unter den Kirchenfenstern stehen die Stifternamen der einheimischen Männer und der eingeheirateten Frauen aus den Eisen- und Stahlfamilien von der Ruhr. Jeden Sonntag sitzt unter einem dieser Namensfenster klein und gebeugt eine alte Frau. Die Hexe, flüstern die Klatschweiber und erzählen von den vielen hundert Rosen, die ihr Mann in ihrer Geburtstagsnacht pflanzen ließ. Aber das böse Weib ließ ihr Pferd satteln und ritt kreuz und quer durch die Beete, zerritt die Rosen solange, bis sich kein Blütenblatt mehr am Stengel befand. Dann trabte sie die Allee hinunter und drehte sich auch nicht um, als im Haus ein Schuß fiel. Ein Unfall, hieß es, beim Gewehrreinigen, doch die Weiber wissen es besser. Wir Kinder fürchten uns vor ihr, wenn sie altersbucklig dasitzt, vorne rechts neben dem Altar.

Die evangelische Schule in der Mühlengasse ist neu mit hellen großen Fenstern. Hier findest du bestimmt keine Straßenkinder wie dein Bertchen, sagt Mutter. Ich erinnere sie daran, daß Bertchen evangelisch ist und in der Unterstadt in die Schule geht, weil seine Eltern den langen Schulweg scheuen. Aber wenn es um Religion geht, läßt Mutter keine Einwände gelten. Dieses Problem werden wir nicht haben, du kannst mit Hetty oder Vater fahren, und den Rektor kennen wir gut genug, sagt sie.

Schulrektor ist Doktor Pütz, dem dieser Titel aber nach dem Krieg, wo jeder froh war, überhaupt eine Stelle zu bekommen, nichts nützte. Deshalb ließ er das Gymnasium links liegen und nahm, was da war, die evangelische Volksschule. Vater holte seine

Doktorarbeit erst gar nicht aus der Schublade, ihm waren die Druckkosten zu hoch, und so reißt er jetzt nach und nach Blatt für Blatt heraus und benutzt die Rückseite als Notizzettel beim Heftekorrigieren.

Auf dem Schulhof stehen die Mütter mit den anderen Hamburger Mänteln. Die Jungen tragen Kniestrümpfe, kurze Hosen und dicke Jacken, nur der Willi vom Doktor Pütz hat einen bayerischen Trachtenanzug an, weil seine Mutter aus München ist. Der Lehrer Haas sitzt an einem langen Tisch und hakt die Namen der aufgerufenen Kinder auf einer Liste ab. Er begrüßt die Mütter und sagt zu jedem Kind, du brauchst keine Angst zu haben, Schule ist etwas Wunderschönes. Manche Kinder sehen aus, als ob sie ihm das nicht so richtig glauben. Mutter hakt mit Frau Pütz anderes ab, wie lange sie sich nicht gesehen haben und wie die Kinder gewachsen sind. Wenn du mit Willi in eine Klasse kommst, hast du schon einen Freund, muntert sie mich auf. Der Willi verzieht verächtlich die Nase, obwohl er mich noch im vorigen Sommer heiraten wollte. Mariechen hat mal wieder recht, auf die Männer ist kein Verlaß.

Wann komm ich denn endlich dran, frage ich. Hör auf zu quengeln, mahnt Mutter unwillig, aber Frau Pütz findet es auch merkwürdig. Der Herr Haas ist doch schon bei »R«, kommen Sie, wir fragen ihn, ob er sie vielleicht übersprungen hat. Der Lehrer Haas gibt Mutter die Hand, aber mir verspricht er keine wunderschöne Schule, sondern stellt fest, Ihre Tochter steht gar nicht auf meiner Liste. Ein Versehen, sicher ein Versehen, murmelt er und fingert an seiner Brille. Vielleicht kann ihnen Doktor Pütz weiterhelfen, wenn sie vielleicht mit Frau Pütz, ich kann hier nicht weg, Sie sehen doch …

Auf dem Gang kommt uns der Doktor Pütz entgegen und ruft fröhlich von weitem, welche Freude, die beiden schönsten Damen der Stadt in diesen grauen Mauern. So ein hinterhältiges Getue, wird Mutter später sagen, wo er doch genau Bescheid wußte. Einstweilen aber folgen wir ihm ins Rektorat, und Frau Pütz muß draußenbleiben. Du kümmerst dich jetzt am besten um Willi, Ilse, schon fällt die Tür ins Schloß.

Nachdem er Mutter aus dem Mantel geholfen, uns auf den Stühlen vor seinem Schreibtisch untergebracht und mehrmals die

Schreibtischgarnitur begradigt hat, wendet er sich Mutter zu. Liebe gnädige Frau, wie kann ich Ihnen helfen? Ida steht unten nicht auf der Liste, gibt Mutter ihm kurz angebunden Bescheid. Der Doktor Pütz wundert sich, hat denn Ihr Mann nicht mit Ihnen darüber gesprochen? Das tut mir aber leid, dann sind sie jetzt den Weg ganz vergeblich ... Was soll das heißen, unterbricht ihn Mutter, und so etwas mögen Lehrer ganz und gar nicht. Auch den Doktor Pütz scheint das zu ärgern, bei aller Freundschaft, aber von denen über dem Bach läßt er sich nicht zurechtweisen. Ihre Tochter ist katholisch und gehört in die Unterstadt, in die katholische Schule, lautet sein kurzer Kommentar. In die Unterstadt, Mutter ringt nach Luft, der Doktor Pütz zuckt die Achseln. Ich würde Ihnen gerne helfen, aber mir sind die Hände gebunden. Die Kirchen sind zur Zeit sehr auf ihre Rechte bedacht, kämpfen sozusagen um jedes Schäflein. Sie wissen doch, in unserer Stadt ist der katholische Pfarrer auch ein heimlicher Bürgermeister, aber da wird sich bald einiges ändern. Unser Führer läßt sich die Erziehung seiner deutschen Jugend nicht von subversiven Kräften aus der Hand nehmen, sagt der Doktor Pütz und schaut mit andächtigen blauen Augen auf das Führerbild über seinem Schreibtisch.

Mutter führt ihr Taschentuch an die Augen. Schicken Sie Ihren Willi zu den Fabrikkindern in die Unterstadt, fragt sie unter Tränen, da lernt ein Kind doch nichts Gutes, und der Umgang ist so wichtig für die Zukunft eines Menschen. Doktor Pütz nickt zustimmend, die Tränen haben ihn weich gestimmt. Nur Geduld, liebe gnädige Frau, das regelt sich alles von selber. Wir haben überlegt, ob nicht jetzt schon eine Möglichkeit besteht, aber damit war Ihr Mann nicht einver... hier unterbricht er sich erschrocken. Sagen Sie es ruhig, faucht Mutter, sagen Sie mir ruhig die Wahrheit. Mein Mann war nicht einverstanden, aber er hat mich hierher laufen lassen und zum Gespött der ganzen Stadt gemacht. Und warum? Weil er Angst hat vor den Schwarzröcken und Betschwestern, die hier das Sagen haben, und weil ihm völlig egal ist, was dabei aus unserem Kind wird. Aber, aber, mahnt der Doktor Pütz, so etwas dürfen Sie nicht sagen, wir Lehrer haben doch eine pädagogische Verantwortung. Die lassen wir doch nicht außer acht, schon gar nicht bei unseren eigenen Kindern. Ich hätte nie gedacht, daß Sie dieses Spiel hinter meinem Rücken mitmachen, schluchzt

Mutter, nach unserer langen Freundschaft, und die Kinder sind miteinander aufgewachsen. Hier übertreibt sie, ich sehe den Willi höchstens zweimal im Jahr und jetzt will ich ihn überhaupt nicht mehr sehen und bin heilfroh, daß ich mit Bertchen in die Unterstadtschule gehen kann und nicht zu den Kindern mit den doofen Hamburger Mänteln komme. Ich hatte doch keine Ahnung, daß ihr Mann Sie nicht informiert hat, setzt der Doktor Pütz wieder an, was hätte ich denn machen sollen, ich habe doch auch eine kollegiale Verantwortung.

Der mit seinen Verantwortungen, sagt Mutter draußen, und von da an sagt sie nichts mehr, kein einziges Wort. Auch nicht, als wir heimkommen. Schweigend vergehen die Tage, ich muß keine Botschaften weitergeben und nutze die Zeit der Stille und mangelnden Wachsamkeit auf andere Weise.

Im Wald hat Bertchen einen Fuchsbau entdeckt, vor dem wir lange kauern und vergeblich warten. Wir pflücken Hände voll Annemonen und Schlüsselblumen und machen uns Ketten aus Scharbockskraut. An einem Tümpel scheuchen wir Wildenten auf, belauern den Buntspecht an der alten Eiche auf dem Vierwegekreuz und kriechen in den hohlen Stamm, der moosig feucht ist und modrig riecht. Mit der hohlen Hand schöpfen wir Wasser aus dem Waldbach. Es ist eiskalt und schmeckt nach Eisen. Das kommt von den rostroten Steinen, die im Bach liegen. Bertchen pinkelt in weitem Bogen über den Bach, bei mir geht das nicht, weil ich nicht so ein Ding habe wie er und mich hinhocken muß. Bertchen tröstet mich, es wachse vielleicht noch, ich müsse abwarten und immer wieder nachsehen. Zur besseren Beobachtung habe ich mich verkehrt herum aufs Klo gesetzt, und als Mutter ins Badezimmer kam, rief sie sofort, aber Kind, wie sitzt du denn da, mein Gott, du Dummchen, man setzt sich doch andersherum auf die Brille, und sie lachte und lachte über meine Dummheit. Solchen Leuten kann man doch keine Fragen stellen.

Über alles vom Gürtel abwärts wird bei uns sowieso nicht gesprochen, es sei denn, man hat Würmer oder Durchfall. Ein Glück, daß Mariechen nicht so denkt und Auskunft gibt über das, was sich nicht gehört, nur manchmal meint sie, ich sollte da besser meine Eltern fragen. Als ich ihr von meiner Hoffnung erzähle, auch so ein Ding zu bekommen, wie es Bertchen hat, schaut sie mich nur mit großen Augen an. Wer verzällt dir denn so nen Blödsinn? Schlag dir dat nur aus dem Kopp, du bist en Mädchen und bleibs eins, un da wächst auch nix mehr, so wat haben nur Jungen. Während ich warte, bis die Kränze für eine Beerdigung abgeholt sind, fällt mir die Lösung ein. Wenn mir schon nichts mehr wächst, will ich wenigstens im Stehen pinkeln, um nicht völlig hinter Bertchen zurückzustehen. Deshalb ziehe ich jetzt, wenn ich mal muß, mein linkes Hosenbein ganz weit auseinander, und das funktioniert. Nur Mutter schimpft über die einseitig ausgeleierten Gummis in meinen Schlüpfern.

Hinter der Kiesgrube treffen wir auf einen Schäfer. Ein Stück laufen wir mit der Herde, streicheln die Schafe und Lämmer, Bertchen krault auch den Hund hinter den Ohren. Schließlich kehren wir um. In unseren hohen Schnürschuhen hat sich die Nässe eingenistet, sie quietschen bei jedem Schritt, unsere Beine sind von Dornen und Büschen zerkratzt, und meine Haare hängen in zerzausten Strähnen ins Gesicht, denn längst habe ich meine Zopfspangen verloren. Als wir Hunger bekommen, teilt Bertchen seine trockenen Brötchen mit mir, und wir puhlen gemeinsam die weiche Krume heraus. Noch nie sind wir alleine so weit in den Wald gegangen.

Ein Spaziergänger begegnet uns, wir fragen nach der Uhrzeit. Er zieht seine Taschenuhr heraus, die an einer goldenen Kette hängt, und sagt, fünf Uhr, streng setzt er hinzu, was treibt ihr Kinder denn hier so alleine im Wald? Wir strecken die Zungen heraus, machen Flatterohren und rennen schnell weg. Was macht ihr Kinder denn allein im Wald, singt Bertchen, und wir hüpfen wie die Hampelmänner von einem Bein aufs andere. Zwischen den Baumstämmen dämmert es bereits. Wir erschrecken, als gäckernd ein Eichelhäher auffliegt. Plötzlich rennen wir los, sind heilfroh, als die Lichtung vor uns auftaucht und die Dächer der Häuser mit ihren Schornsteinen, aus denen friedlich der Rauch fächert.

Mutter liegt im Bett, und Vater fragt müde, wo ich solange gewesen sei. Ich breite meine Erlebnisse vor ihm aus, aber die Flatterohren verschweige ich. Geh nicht mehr so weit, sagt er und streicht mir eine Strähne aus dem Gesicht. Dann macht er Butterbrote, Blatz mit Himbeermarmelade und Schwarzbrot obendrauf.

Am nächsten Tag habe ich Zahnschmerzen. Frau Schneider empfiehlt ihr Wundermittel, Schnaps an den kranken Zahn, und der Schmerz ist sofort weg. Aber das Wundermittel versagt, ganz dramelig wird mir davon, und der Zahn pocht weiter. Vielleicht kann mir Padühm helfen und ihn wie bei der alten Frau Röhrig mit einem Bindfaden herausziehen. Sie konnte einen ihrer langen gelben Zähne so weit herausschieben, daß er wie ein kleines Horn auf ihrer Unterlippe hing. Weil das so unappetitlich aussah, hat Padühm einen Bindfaden, so einen dicken, mit dem Mariechen die Knöpfe an die Lodenjoppen näht, um den Zahn gewickelt, einmal kurz gezogen, und schon war das Horn draußen. Die alte Frau Röhrig schiebt zwar immer noch die Unterlippe vor, aber Mariechen braucht nicht mehr zu rufen, bah, wie fies, Mutter, laß dat doch sein.

Auf der Treppe höre ich Mariechen sagen, mein Jott, Mutter, der Tim is doch nit der einzige, dat Keppels Hännschen hat auch so nen Wisch bekommen, der Bruder vom Bertchen un ..., Mariechen zählt die jungen Männer der halben Nachbarschaft auf, und beinahe wäre ich über einen Margarinekarton gestolpert, der fest verschnürt auf dem Treppenpodest steht. Warum holen se denn jetzt schon wieder die Jungen, wo mer doch all dat jrad erst hinger uns han. Muß dat jetzt schon widder losjehn, jammert die alte Frau und fährt dabei unruhig mit der flachen Hand über das karierte Wachstischtuch. Erzähl mir doch keiner wat, der hat doch wat im Sinn damit, der plant doch nen Krieg, für wat braucht der sonst all die Soldaten? Das Wort Krieg hängt plötzlich wie eine dunkle Wolke im Raum und überschattet die Gesichter, bis Anton sagt, nu laß et aber jut sein, Mutter, un unk nit eröm. Un du, Tim, sings dem Spieß wat vor, wenn der dir komisch kömt. Vielleicht singt dä dann mit, meint Mariechen, und alle lachen.

Der Obergärtner steht auf, und die Männer schieben sich zur Tür heraus bis auf Tim und Padühm, der mit seiner Lupe Zeitung liest. Jetzt schaut er hoch, un wat machst du, wenn dein Tim nit mehr da is, Tim, baust du mir ein Wasserrädchen, Tim, kann ich mitgehn Fasanen füttern, Tim, reparierst du meinen Roller? Laß doch dat Mösch in Ruh, unterbricht ihn Tim, und ich nutze den Moment um zu fragen, wohin er überhaupt geht. Er muß zum Militär, antwortet Mariechen, Tim wird Soldat. Wer will unter die

Soldaten, der muß haben ein Gewehr, singt Padühm beim Rausgehen und schwingt polternd sein Holzbein. Aber du kommst doch wieder, frage ich ängstlich. Sicher komm ich wieder, und in der Zwischenzeit hast du Schreiben gelernt und kannst mir lange Briefe schreiben. Von draußen ruft Anton, die Küche füllt sich mit Leuten, die Tim auf die Schulter klopfen, mach et jut, Jung.

Als ich mich zur Tür hinausdrücken will, hält Tim mich zurück, ja wat is dat denn, krieg ich kein Händchen, er hebt mich hoch über seinen Kopf und schwenkt mich in der Luft herum. Dann verschwinden der Margarinekarton und ein kleiner schwarzer Koffer mit gelben Ecken ganz schnell aus dem Flur, und die alte Frau Röhrig schnaubt lange in ihr großes weißes Taschentuch.

Ich gehe mit Vater den Weg an den Straßenbahnschienen entlang zu einem Zahnarzt, der in einer schlagenden Verbindung ist, und deshalb bin ich auf alles gefaßt. Auch Bertchen meint, daß man so etwas Kindern nicht antun und lieber zu dem alten Doktor Meier gehen sollte, der zwar nicht mehr gut sieht und manchmal auch daneben bohrt, aber wenigstens nicht schlägt. Da hilft nur schreien, empfiehlt er, sobald er mit dem Stock kommt, legst du los. Wir haben dann schon mal im Wald geübt, aber wegen meiner dicken Backe konnte ich nicht so laut schreien wie sonst, wenn Vater hinter mir her ist und ich laut brüllend um das Haus fege, bis Vater aufgibt, weil die Nachbarn an den Zäunen stehen und zuschauen wollen, wie ein Lehrer sein Kind quält.

Die dicke Backe hat meine Schwester entdeckt. Hast du wieder dein halbes Mittagessen in der Backe aufgehoben, fragte sie und zog meine Oberlippe hoch, aber da war nichts und ich mußte weinen, nicht nur aus Schmerz, sondern auch aus Freude, weil Mutter im rosaroten Morgenrock mit aufgestützten Armen am Tisch saß und mit Vater sprach. Sie waren beide aufgeschreckt, als wir hereinkamen und meine Schwester schrie, sie hat eine dicke Backe, sie hat eine ganz dicke Backe. Vater hob mir die Lippen von den Zähnen wie der Bauer Miebach, wenn er seinem Ochsen ins Maul schaut. Da ist alles rot und geschwollen, jetzt hilf nur der Zahnarzt, entschied er. Paß da bloß auf, was du sprichst, warnte meine Mutter, der mit seiner schlagenden Verbindung und dann noch Österreicher, das ist ein ganz Hundertprozentiger.

Von Österreichern haben wir diese Woche laufend im Radio gehört. Sie waren außer sich vor Freude, daß Hitler sie mit unseren Soldaten heim ins Reich geholt hat und haben im Radio noch lauter geschrieen als er selbst, weshalb Vater oft sagt, jetzt drehen wir dem Schreihals den Kragen um, und das Radio ausmacht. Am Tag der »Heimholung« haben sie nur Marschmusik gespielt. Großvater hätte sich sicher darüber gefreut, aber er macht das Radio kaum noch an, weil er diese Stimme nicht ertragen kann.

Padühm nannte das alles ein großes Theater, worüber sich diese Gescherten noch wundern würden. Dat sin die ersten, die er einkassiert hat, aber wat dann noch kommt, da sei Jott vor. Wenn du so weiter schwaads, kommst du dahin, wo der Eisenkrämer schon ist, und dann hilft dir der liebe Jott auch nit mehr, sagte Mariechen. Selbst der Milchmann, der sonst nie den Mund auftut und diese Woche die Tour seines fröhlichen Bruders fährt, sagte zu Vater, daß man aus Österreichern nicht so mir nichts dir nichts Deutsche machen könne. Wir hätten doch das beste Beispiel vor Augen, wie einfach sich ein gewisser Herr aus Braunau eine neue Nationalität zugelegt habe, die er nun seinem ganzen Volk verordnen würde. Ich kenne keine Österreicher, außer meinen Vorfahren, die der Bischof Firmian wegen der evangelischen Bibel aus dem Land gejagt hat, und obwohl das schon so lange her ist, hat das immer noch Auswirkungen auf meine Familie, und der Religionskrieg wegen der Unterstadtschule wäre bei uns zu Hause auch nicht ausgebrochen, wenn es keine Österreicher gäbe, und wer weiß, was mir bei dem schlagenden Zahnarzt mit seinen Verbänden noch bevorsteht. Nein, ich mag die Österreicher nicht, auch wenn meine Großmutter immer noch auf der alten buntbemalten Zither spielt und vorher eiserne Hütchen über ihre Finger stülpt.

Im Wartezimmer liest eine Frau mit lila Hut und langer spitzer Nase in einer Illustrierten. Der Mann neben ihr hat auch eine dicke Backe. Wir setzen uns auf die Lederstühle mit den hohen Lehnen und warten. Ich betrachte die Bilder an den Wänden, auf denen Zahnärzte mit riesigen Kneifzangen, wie sie unser Klempner benutzt, wenn der Abfluß verstopft ist, den Leuten die Zähne aus dem Mund reißen. Nachdem ich mir diese Bilder lange genug angesehen habe, pocht mein Zahn nicht mehr, und die Backe hat auch aufgehört zu schmerzen. Doch Vater will nichts vom Nachhausegehen wissen, sondern schiebt mich schnell durch zwei dick gepolsterte Türen, und mir ist sofort klar, warum der Zahnarzt solche Türen braucht. Als er jetzt vor Vater steht und ich nur seine weiße Rückwand sehe, höre ich eine merkwürdig quäkende Stimme sagen, mir ist lieber, wenn die Eltern nicht dabei sind, die Kinder verhalten sich ruhiger. Vater geht und läßt mich mit einem weißen Lätzchen um den Hals alleine zurück auf dem Marterstuhl. Der Zahnarzt dreht sich um, und vor Schreck blieb mir fast das Herz stehen, sein Gesicht ist bis zum Hals mit einer dicken roten Narbe versehen, in der leblos schief die linke Mundhälfte hängt. Mit der anderen Hälfte fragt er, wo es weh tue, und klopft dabei mit einem langen silbernen Löffel gegen meinen kranken Zahn. Der muß raus, sagt er und geht weg. Als er zurückkommt, hält er die rechte Hand hinter seinem Rücken versteckt, genau wie der Zahnarzt mit der Kneifzange draußen auf dem Bild, und getreu nach Bertchens Rat beginne ich zu schreien, so laut ich kann. Was brüllst du denn, es ist doch noch überhaupt nichts geschehen, quäkt der Zahnarzt und nickt der Sprechstundenhilfe zu, die sich meiner Arme bemächtigt. Darauf schiebt er meine Lippe mit der linken Hand hoch, läßt seine verborgene Rechte vorschnellen und stößt mir eine lange Nadel tief ins Zahnfleisch. So, sagt er, das war die Spritze, nachher spürst du nichts mehr. Wenn du aber nicht ruhig bist, muß ich mir etwas anderes einfallen lassen. Ich kann mir gut vorstellen, was das sein soll.

Die Frau draußen schüttelt mißbilligend ihren lila Hut, du hast aber geschrien. Wisch dir mal die Tränen ab und putz dir die Nase, Vater reicht mir sein Taschentuch. Warum hat der Zahnarzt einen schiefen Mund, flüstere ich ihm zu? Den haben sie ihm als Corpsstudent beim Zweikampf mit scharfen Hiebwaffen verpaßt, versucht Vater zu erklären. Warum machen sie denn sowas, wenn kein Krieg ist, will ich wissen. Um zu beweisen, daß sie keine Angst haben und wie echte Männer Schläge einstecken können, antwortet Vater. Ich erkundige mich, ob er auch in so einem schlagenden Verein gewesen sei. Nein, lacht Vater, ich halte nichts von derartigen Mutproben. An mir wird dieser schlagende Zahnarzt seinen Mut auch nicht ausprobieren, denke ich, und mit diesem Vorsatz gehe ich wieder durch die gepolsterten Türen. Der Zahnarzt wartet schon auf mich, und kaum sitze ich auf dem Stuhl, kramt er in meinem Mund herum, daß es in meinem Kopf nur so ruckt und kracht. Endlich legt er sein Werkzeug auf die Glasplatte und fährt prüfend mit dem Zeigefinger zwischen meine Zähne. Das ist der Augenblick, auf den ich gewartet habe, und ich beiße kräftig zu. Au, schreit der Zahnarzt und zieht schnell die Hand zurück, so ein kleines Biest, was willst du denn, der Zahn ist doch längst draußen. Er hält mir den in der Zange steckenden blutigen Zahn unter die Nase, den kannst du mitnehmen, wenn du willst, aber ich verzichte auf dieses Erinnerungsstück und verdrücke mich schnell nach draußen.

So schlimm war es doch gar nicht, stellt Vater fest, als wir entlang der Straßenbahnschienen nach Hause gehen, und ich hüte mich, ihm zu erzählen, daß ich zugebissen habe. Im Wäldchen setzen wir uns auf eine Bank. Vor uns in der Pfütze baden zwei Spatzen und versprühen glitzernde Tropfen. Geht Bertchen eigentlich gerne zur Schule, fragt Vater. Nein, antworte ich, seine Lehrer sind doof. So, und warum sind sie doof? Er hat die Jeschke gefragt, wie der Strom in den Telefonmast kommt und warum er da drin singt, und sie hat geantwortet, das sei nicht das Thema der Stunde, und er sollte lieber aufpassen und den zweiten Absatz vom Hitlerjungen Quex weiterlesen. Bertchen meint, die Jeschke weiß selbst nicht, weshalb der Strom im Mast singt. Tja, singender Strom im Telefonmast und der Hitlerjunge Quex, das sind auch zwei Welten, die sich nicht so ohne weiteres erklären lassen, meint Vater. Wie würde es dir denn gefallen, wenn du einen Lehrer hättest, der auf all deine Fragen eine Antwort gibt? Ich überlege und komme zu dem Schluß, daß es sowas nicht gibt. Nicht in der Schule, bestätigt Vater, wie sollte das auch funktionieren bei den vielen Schülern. Einen Lehrer ganz für sich alleine kann man nur zu Hause haben.

Wer hat schon einen Lehrer ganz für sich alleine, denke ich. Großmutter hatte einen Hauslehrer, aber das war in Ostpreußen, wo im Winter so viel Schnee liegt, daß sie kaum zum Haus herauskamen und die Eltern höllisch auf ihre Kinder aufpassen mußten, sonst kam der Kosak und nahm sie mit, wie Großvater sagt. Meine Tante Anna hatte nicht einmal Zeit, den Mantel anzuziehen, weil so viele Kosaken hinter ihr her waren. In der Küchenschürze ist sie nach Köln geflohen und den Kochlöffel hielt sie noch in der Hand. Was sie mir bei Röhrigs nicht glauben wollen. Sie hielten sich den

Bauch vor Lachen, als ich das erzählte. Zugegeben, der Kochlöffel war gelogen, es wirkt einfach besser, wenn man schon in der Küchenschürze auf Reisen geht. Aber das andere stimmt und ist wirklich passiert im letzten Krieg, wo Padühm sein Bein verloren hat und kein Mensch lacht ihn aus, wenn er von den Gräben erzählt, in denen sie gehockt haben, gleich neben den Toten, die noch die Zigarette im Mund hielten …

Sieh mal, es wäre doch schön, wenn ich dein Lehrer wäre, unterbricht Vater meine Gedankenkette. Du, staune ich, du mußt doch in die Schule gehen. Morgens, am Nachmittag hätte ich Zeit, dich zu unterrichten. Dafür hast du den Vormittag zum Spielen, breitet Vater seinen Plan vor mir aus. Wer soll denn da mit mir spielen, da sind doch alle in der Schule? Die Tränen steigen mir in die Augen, nachmittags, wenn Bertchen Zeit hat, soll ich lernen.

Sieh mal, sagt Vater, es ist doch nur für ein Jahr. Danach kommst du ins zweite Schuljahr zu den Kindern, die jetzt eingeschult werden. Warum machen sie das mit mir, warum lassen sie mich nicht in die Schule gehen mit dem alten Tornister meiner Schwester, dem Griffelkästchen, der Tafel und dem Schwammdöschen? Ich will nicht zu Hause lernen, schluchze ich, mir fällt Großmutters Spruch ein, den sie für solche Situationen parat hält, das ist eine bittere Pille. Ich spüre das Bittere jetzt auch direkt auf der Zunge.

Wir werden fleißig lernen, damit du nicht hinter den anderen Kindern zurück bleibst, und Zeit zum Spielen wird dir auch noch genug bleiben. Vater steht auf und sagt weiter nichts mehr. Während ich schluchzend neben ihm hertrotte, fällt mir ein, was Mariechen gestern der alten Frau Röhrig erzählt hat. Man soll et nit jlauben, keiner jibt nach, lieber jehn se mit dem dicken Kopp durch de Wand un schicken dat arme Kind nit zur Schull. Ich achtete nicht auf Mariechens Lamento, weil die alte Frau Röhrig die Pappschachtel mit den Rahmbonbons aus der Schürzentasche zog und sagte, komm her, Kind, ich hab en Kamellchen für dich, und nachher durfte ich mir noch ein zweites nehmen.

Als ich dann nach Hause ging, lauerte mir der Werner auf, den ich nicht leiden kann, weil er mich immer auf seinen Schoß ziehen will, aber so große Kinder wie mich nimmt man nicht mehr auf den Schoß. Immer wenn ich ihm ausweiche, schnappt er nach mir und hält mich fest wie in einem Schraubstock. Dann piekt er mir etwas Hartes in den Po, und ich kann nicht aus dem Schraubstock raus. Die anderen am Tisch merken nichts, aber der Werner sitzt immer auf dem Stuhl neben dem Ofen, wo er mich am besten schnappen kann. Einmal hat Tim ihn ganz komisch angeguckt und gesagt, laß doch dat Kind in Ruh. Aber der Werner läßt mich erst los, wenn er seinen Hustenanfall bekommt, und ich weiß nicht, warum er immer husten muß, wenn er nach mir geschnappt hat. Dieser Werner, dem ich am liebsten aus dem Weg gehe, stand ganz in die Thujasträucher in der Einfahrt gedrückt und rief pst, pst, heh, komm mal her. Der alte Röhrig hat ihm nämlich das Haus verboten und geschrieen, nur über meine Leiche betritt dieser Lump noch einmal mein Haus. Un Mariechen, wat so en Staatsmädchen ist, kann noch andere kriejen als so nen Schweinehund. Jetzt müssen sie sich heimlich treffen, damit der alte Röhrig dem Werner nicht das Fell versohlen kann, was er hoch und heilig geschworen hat. Ich soll jetzt Mariechen von dem Werner ausrichten, daß er sie unbedingt sprechen muß.

Über all dem hatte ich total vergessen, was Mariechen zu ihrer Mutter gesagt hat. Aber jetzt fällt es mir wie Schuppen von den Augen, nur weil meine Eltern so dickköpfig sind, darf ich nicht zur Schule gehen. Zu Hause werfe ich meiner Schwester den Tornister vor die Füße, und die Schulsachen fliegen quer durchs Zimmer.

Draußen schüttet es wie mit Eimern aus einem gritzegrauen Himmel. Mutter zieht mir die Zopfspangen fest, sagt, sei froh, daß du bei diesem Wetter nicht in die Schule mußt und zu Hause spielen kannst. Kein Mensch ist auf der Straße. Nur ein kleiner schwarzer Hund läuft mit tropfnassem Fell eilig die Hecke entlang. Regentropfen rinnen in kleinen Bächen die Fensterscheibe herab, und ich fahre mit dem Zeigefinger ihrer Spur hinterher. In gleichmäßigem Singsang dringen die Stimmen von Mutter und Frau Schneider aus der Küche. Im Spielzimmer sitzen die Puppen aufgereiht an der Wand und schauen mich mit ihren gläsernen Augen an. Ob Puppen eine Seele haben? Man sieht sie nicht, sagt Mutter, sie ist im Herzen. In die Puppen kann man nicht hineinsehen, ihr Kopf ist fest und hart. Ich tippe gegen das himmelblaue Glas, es klappert ein wenig. Ich tippe fester, und die Glasaugen mit den schwarzen Wimpern schnellen auf und ab, auf und ab. Ich drücke fest zu, es macht klack, die Augen sind weg, und zwei dunkle Löcher starren mich an. Jetzt spüre ich meine eigene Seele, die ganz und gar nicht mit meinem Tun einverstanden ist. Doch ich kann nicht mehr zurück, zu verlockend kribbelt es in meinen Fingern. Das ist der Teufel in dir, hält Mutter mir oft vor, und ich mache dem Teufel Platz, daß er sein Werk vollenden kann. Es ist nichts zu sehen in dem dunklen Puppenloch, absolut nichts. Auch die Puppe Marga ist innen hohl und leer und ebenfalls Liesel, die Riesenpuppe meiner Schwester, keine hat eine Seele, nichts als Pappmaché. Acht schwarze Doppellöcher schauen mich anklagend an, als ich mich aus dem Zimmer schleiche.

Wegen der Puppengeschichte habe ich Hausarrest und darf weder mit Bertchen spielen noch zu Mariechen gehen. Sie kommen jetzt in die Puppenklinik, nur meine nicht, meine behalten ihre schwarzen Augenlöcher, damit ich immer an meine Schandtat erinnert werde. Mich stört das nicht. Seit ich weiß, wie es bei denen inwendig aussieht, habe ich alles Interesse an Puppen verloren. Außerdem habe ich noch meinen einäugigen Teddy, dem vor kurzem auch noch ein Ohr verlorenging. Unter seinem Auge ist kein Loch, nur Fell. Ich habe Heftpflaster darüber geklebt, und jetzt sieht der Teddy aus wie ein Seeräuber. Ich überlege mir gerade, ob ich nicht die richtige Augenklappe aus dem Medizinschrank holen soll, die noch vom letzten Sommer daliegt, als Bertchen mir mit der Flitsche haarscharf am Auge vorbeigeschossen hat und Mutter immerzu rief, das Auge läuft aus, das Auge läuft aus, und ich mir dabei vorstellte, wie mein Auge langsam über meine Backe marschiert, bis es mir in den Kragen gucken kann. Da klingelt es. Der Pinscher kommt mit vier großen Blechdosen herein, grün wie die Henkelmänner, in denen mittags die Frauen ihren Männern das Essen an die Fabrik bringen. Ich bringe die Gasmasken, sagt er und knallt die Dosen auf den Küchentisch. Sie müssen sofort ausprobiert werden, damit ich den Vorgang überwachen und ordnungsgemäß quittieren kann, unsachgemäße Behandlung kann euch nämlich das Leben kosten. Ihnen, verbessert Mutter. Nein, nicht mir, ich kenne mich damit aus. Aber ihr müßt den Umgang mit diesen Gasmasken erst lernen, und ich bin beauftragt, euch das beizubringen. Wenn der Feind überraschend mit Gas kommt, ist es zu spät. Sind wir denn im Krieg, fragt Mutter. Das nicht, aber wir müssen vorbereitet sein, bei all den Feinden und Neidern, die unser Volk hat, der Pinscher läßt seine Augen suchend durch unsere Küche wandern. Aber nicht in meiner Küche, Herr Flintscher, lacht Mutter und zieht das graue Gummi über den Kopf. Plötzlich steht ein Gespenst vor mir, die Augen verborgen hinter zwei großen kreisrunden Glasscheiben mit einem wippenden Gummirüssel, an dem ein durchlöcherter Blechtopf hängt. Das ist nicht meine Mutter, das ist ein stinkendes Ungeheuer in einer blauweißgestickten Küchenschürze. Erst als das Monster die Maske wieder vom Kopf zieht, kommt darunter meine Mutter zum Vorschein mit ihren blonden Haaren und den schräggestellten grauen Augen.

So, jetzt bist du dran, sagt der Pinscher. Aber ich will nicht, mir graut vor dem wippenden Topf und dem gräßlichen Geruch. Du mußt sie aufziehen, es ist Gesetz, macht sich der Pinscher wichtig, du willst doch nicht, daß unser Führer traurig wird, wenn er erfährt, daß da ein deutsches Mädchen seine Gasmaske nicht aufziehen will. Das ist mir egal, sage ich, denn was geht mich der Führer an in seinem Berlin, wenn mich hier der Pinscher mit seinem stinkenden Gummi quält. Was sagst du da, dem Pinscher quellen die Augen aus dem Kopf, aber bevor er zu einer weiteren Rede ansetzen kann, hat Mutter mir blitzschnell die Gummikappe über den Kopf gestülpt. Ruhig atmen, damit das Ventil richtig arbeitet, hatte der Pinscher mit erhobenem Zeigefinger angeraten, aber daran denke ich in meiner Erstickungsangst nicht, sondern schreie, was die Lungen hergeben. Im Nu beschlagen die Glasscheiben, im Nu tanzen rote und schwarze Kreise vor meinen Augen, bis es völlig schwarz wird.

Irgendwann höre ich den Pinscher wie aus weiter Ferne sagen, so etwas habe ich noch nicht erlebt, andere Kinder können das doch, und Mutters verzweifelte Stimme antwortet, aber was sollen wir denn machen, wenn sie das Ding nicht aufsetzen kann? Das kann ich ihnen auch nicht sagen, aber vielleicht versuchen sie es mal hiermit. Als ich die Augen aufschlage, sehe ich gerade noch die bezeichnende Handbewegung, mit der der Pinscher seine Worte untermalt, und Mutter hält mir die Salmiakflasche unter die Nase, die der Esser beim letzten Anstrich bei uns vergessen hat. Der scharfe Geruch reizt mich zum Niesen, aber wenigstens riecht es nicht nach Gummi. Na, da ist sie ja wieder, sagt der Pinscher, dann quittieren Sie mir mal, vier Gasmasken ordnungsgemäß erhalten und über Gebrauch unterrichtet. Wieder wandern seine Augen suchend umher. Ich sehe hier gar kein Bild unseres Führers, fragt er schließlich, haben sie keins? Aber Herr Flintscher, entrüstet sich Mutter scheinheilig, doch nicht in der Küche. Für unseren Führer muß überall Platz sein und besonders dort, wo wir unsere tägliche Arbeit verrichten. Jetzt reden Sie schon wie unser Pfarrer, antwortet Mutter. Das hört der Pinscher nicht gerne, erst vor kurzem ist er aus der Kirche ausgetreten, und verläßt uns nun eilig mit einem zackigen »Heil Hitler!« Großer Gott, Gasmasken, Luftschutzübung, Winterhilfswerk, Eintopfsonntag, was fällt denen sonst noch ein, um uns von morgens bis abends zu beschäftigen, wütend wirft Mutter die grünen Blechdosen ins unterste Fach im Kabäuschen.

Beim Mittagessen nimmt mich Vater ins Verhör. Was war denn heute wieder los mit dem Pinscher? Flintscher, verbessert Mutter, du kannst nicht erwarten, daß die Kinder ihn richtig anreden, wenn du dich selbst nicht daran hältst. Vater runzelt die Stirn, Mutters Belehrungen kann er nicht ausstehen. Deshalb beeile ich mich ihm mitzuteilen, daß das Zeug so ekelhaft gerochen hat, daß ich plötzlich keine Luft mehr bekam. Wenn du die Gasmaske nicht anziehst, mußt du im Krieg sterben, droht Vater. Du glaubst doch nicht, daß es Krieg gibt, fragt Mutter entsetzt. So weit ist es noch nicht, aber die Gasmasken haben wir bereits, und das ist doch ein vielversprechender Anfang, antwortet Vater.

Am Nachmittag setze ich mich mit Vater vor das Rechenbuch. Flugzeuge und Panzer soll ich zusammenzählen, aber wie kann ich die Flugzeuge am Himmel mit den Panzern auf der Erde zusammenbringen? Auch mit den SA-Männern komme ich nicht zurecht, mir will einfach nicht in den Kopf, wie aus drei SA-Männern und vier SS-Männern eine Zahl werden kann. Du hast drei SA-Männer in der linken Hand, zeig sie mir, stöhnt Vater. Ich stelle mir die SA-Männer vor, Mariechens Bruder und den fiesen Pinscher, nie und nimmer will ich den in der Hand haben. Vater runzelt die Stirn, und ich hebe gehorsam drei Finger. Jetzt nimmst du die rechte Hand und zeigst mir die vier SS-Männer. Wie kann ich ihm die SS-Männer zeigen, wo soll ich die hernehmen, ich kenne gar keine SS-Männer. Und dann sagst du mir, was herauskommt, wenn du beides zusammenzählst, die linke und die rechte Hand, fordert mich Vater auf. Ich grüble, das geht nicht, die SA-Männer sind braun und die SS-Männer sind schwarz, ich kann sie nicht zusammenzählen, was soll denn dabei herauskommen, braunschwarz, schwarz-braun? Vater steht seufzend auf, rechnen ist nicht deine starke Seite, meint er und läßt mich mit den SA-Männern alleine, die ich mir nun genauer betrachte. Sie sehen bedrohlich aus, wie sie da im Grätschschritt in meinem Rechenbuch stehen, den kackbraunen Kochtopf auf dem Kopf, und nebendran stehen die rabenschwarzen SS-Männer, die mir auch nicht gefallen.

Vater kommt mit dem alten Rechenbuch meiner Schwester zurück, hat noch eine Schüssel Kirschen in der Hand und die Möhren, aus denen Mutter für morgen Möhreneintopf mit Schälrippchen kochen will. Jetzt geht das Rechnen ruck-zuck, besonders, weil ich nachher die zusammengezählten Kirschen aufessen darf. Auch die Verbindung von Kirschen und Möhren macht keine Schwierigkeiten. Sie liegen vor mir auf dem Tisch und lassen sich schnell hin- und herschieben. Jetzt stell dir vor, die Möhren sind SA-Männer, Vater zaubert ein paar Erbsenschoten auf den Tisch, und die Erbsen die SS. Erbsen und Möhren kann man doch zusammenzählen? Was denkt Vater von mir, die gibt es doch sonntags mit Rouladen oder Schweinebraten. Gott sei Dank, seufzt Vater und schlägt das zerfledderte Rechenbuch auf, nun machst du das mit Äpfeln und Birnen, mit Häusern und Bäumen, mit Jungen und Mädchen. Ich betrachte die Bilder im Buch, damit läßt sich gut rechnen, und es gelingt mir schnell. Für heute bin ich entlassen und sause wie ein abgeschossener Pfeil hinaus.

Bertchen steht schon wartend am Gartentörchen. Soll das jetzt jeden Tag so gehen, mault er. Wir suchen nach einem Spielplatz. In den Wald dürfen wir nicht mehr, weil da neulich mit Deckerts Männ etwas Furchtbares passiert ist, was die ganze Gegend in Aufregung versetzt hat. Jetzt fahndet jeder nach dem Schweinehund, der mit dem kleinen Jungen so etwas gemacht hat, und jeder beschreibt wortreich, was diesen Saukerl erwartet, wenn sie ihn denn hätten. Da jitt et jarnix als de Eier abschneiden, sagt Anton. Un dä Stummelschwanz, fügt Mariechen hinzu. Dabei haben sie den Täter schon, Frau Schneider weiß das von ihrem Bruder, dem Polizisten, der das Paulchen in Handschellen abgeführt hat. Er war es nämlich, der den Deckerts Männ im Wald pudelnackt an einen Baum gebunden hat. Wenn du schreist, komm ich wieder und schlitz dir den Bauch auf, soll er zu dem Kleinen gesagt haben, und zum Beweis rammte er ein riesenlanges Messer in den Waldboden, womit er dem Männ all das abzuschneiden drohte, was eigentlich Anton und Mariechen bei dem Paul entfernen wollten. Die ganze Nacht mußte der arme Männ an dem Baum stehen und vor Kälte und Angst zittern, bis ihn am Morgen der Förster fand.

Das Paulchen wohnt im letzten Haus in unserer Straße, und dieses Haus hatte es dem Schlimbach so angetan, daß er die Marie heiratete, obwohl ihn alle warnten. Äver sie hätt doch dat Hus, rechtfertigte er seinen Entschluß. Das Haus hat die Marie von der Familie geerbt, bei der sie in Stellung war. Dazu hat ihr der Hausherr noch das Paulchen angedreht, aber ganz gegen den Willen seiner kranken Frau, die damit nichts zu tun hatte, weil sie derweil ausgesperrt von Haus und Hof auf der kalten Treppe vor der Haustür sitzen mußte, bis sie sich den Po abfror und bald starb. Aber ihr Mann hatte bei der Marie auch nichts zu lachen, sie verdrosch ihn nach Strich und Faden, und alle dachten, dieses Schicksal wäre auch dem Schlimbach beschieden, aber bei dem sagte die Marie nur, jut, dat dat Paulchen endlich mal ne Vatter hat, und alles blieb ruhig.

Im Anbau hat der Untermieter von der Frau Schlimbach seine Werkstatt, ein kranker Schneider, dem Bertchen manchmal sein Pipimännchen zeigt und dafür Bonbons bekommt. Daß du mir unter keinen Umständen in dieses Haus gehst, wo Sodom und Gomorrha herrschen, entrüstet sich Mutter. Aber ich gehe sowieso nicht dahin, weil ich die Frau Schlimbach nicht leiden kann, und was soll ich bei dem ewig hustenden Schneider, wo ich doch kein Pipimännchen habe, und Bertchen teilt sowieso die Bonbons mit mir. Die Frau Schlimbach sei eine richtige Nymphomanin, sagt Mutter zu Agnes. Aber das ist nicht wahr. Die Nymphe am Seerosenteich im Botanischen Garten sieht ganz anders aus als die Frau Schlimbach mit ihren zuseligen Haaren, der runden Brille und den kurzen krummen Beinen.

Der Apfel fällt nicht weit vom Stamm, hieß es gleich, als die Polizei das Paulchen abholte. Nur die alte Frau Röhrig hatte Mitleid mit ihm und sagte, dat is doch noch en Kind, jerade erst siebzehn, der Jung weiß doch janit, wat er da jemacht hat. Paulchen kam aber nicht ins Gefängnis, sondern landete still und heimlich bei der SS. Da können sie solche Leute gebrauchen, mit denen sie machen können, was sie wollen, sagte Vater. Doch die Frau Schlimbach war mächtig stolz auf ihren Paul und zeigte überall sein Foto herum, auf dem er in seiner neuen schwarzen Uniform zu sehen ist. Nur mir gefiel das nicht, weil das Paulchen aussah wie die SS-Männer in meinem Rechenbuch.

6

Ich bin der Waldemar, und wer bist du, begrüßt mich strahlend mein Cousin. Ida, hauche ich in anbetender Bewunderung, denn sofort habe ich mein Herz verloren an diesen baumlangen jungen Mann mit den schräggestellten grauen Familienaugen unter dem mühsam gebändigten braunen Haarschopf und den lustigen Sommersprossen um die Nase. Dann bist du aber die niedlichste Ida in unserer Familie, sonst kenne ich nämlich nur alte dicke Tanten unter diesem Namen. Ich schwimme in einer Wolke von Seligkeit, doch da kommt Vater und macht diesem kurzen Glück ein jähes Ende. Mußt du wieder mit der Nase vorne dran sein, kannst du nicht auf die Erwachsenen warten, schimpft er und reicht Waldemar die Hand. Das macht sie doch immer, kommentiert meine hinzugekommene Schwester, und Mutter wirft schon mit Namen von Leuten um sich, denen Waldemar völlig aus dem Gesicht geschnitten sei. Mit einem skeptischen Blick auf die braune Uniform meines Cousins mit den messerscharfen Bügelfalten beendet Vater die Begrüßungszeremonie. Bevor wir noch weitere Ahnen bemühen, wollen wir uns erst einmal selbst bekannt machen, er entzieht uns das neue Familienmitglied aus Ostpreußen und dirigiert ihn nach oben.

Hitler hin, Hitler her, hat Mutter gestern mit Vater gestritten, wer kein Geld hat und nichts erbt, braucht zumindest eine gute Ausbildung. Waldemar hat keine Eltern, da muß er sehen, wo er bleibt. Erna kann nicht ewig für ihn aufkommen, sie hat ihren eigenen Sohn. Diese Nationalpolitischen Erziehungsanstalten stehen in der Nachfolge der preußischen Kadettenanstalten, schreibt sie, da hat er doch glänzende Zukunftsaussichten. Manchmal muß man eben mit den Wölfen heulen, um zu was zu kommen. Aber wer sich diesem Rudel anschließt, wird selber zum Wolf, brummte Vater, der nichts von nationalsozialistischen Kadettenanstalten hält. Das wird er nicht, protestierte Mutter, jetzt, wo er das Abitur hat, ist er völlig unabhängig und kann studieren, was er will. Deshalb sollst du ihn doch beraten. Ja, ja, brummte Vater wieder, die Botschaft hör ich wohl, allein mir fehlt der Glaube. Aber schaun wir uns den Burschen erst einmal an.

Die Begutachtung scheint erfolgreich verlaufen zu sein, Vater ist wie umgewandelt und kommt gutgelaunt in die Küche, ich rieche, ich rieche … Lammkeule mit grünen Bohnen, sagt Mutter, wo ist denn Waldemar? Der macht sich gerade frisch. Ein vielversprechender junger Mann. Sehr interessant, was er mir erzählt hat. Ausgezeichnete Lehrkräfte, vielfältige Ausbildung ohne große Gängelung durch die Partei, sie beabsichtigen da ein gewisses Ausleseverfahren für die akademischen Berufe und die Wirtschaft, das plausibel klingt. Er hat mir einen schwierigen lateinischen Text aus dem Stegreif übersetzt, ich muß schon sagen, alle Achtung. Das ist nicht die Schule, das ist meine Familie, kann Mutter sich nicht verkneifen, aber diesmal geht Vater nicht darauf ein. Trotz aller Querelen habe ich ihm zur Altphilologie geraten, die Abwertung der alten Sprachen wird mit der Zeit schwächer werden, schließlich kommen ganze Berufszweige nicht ohne sie aus. Zufrieden schmunzelnd hebt Vater den Deckel vom Bratentopf. Laß doch die Topfguckerei, du weißt, daß ich das nicht haben kann, schimpft Mutter, als es klingelt. Sie hält Vater die beiden roten Topflappen hin und will zur Tür, aber ich habe schon geöffnet.

Hier riecht es aber nicht nach Eintopf, sagt der Pinscher und strebt schnellen Schrittes geradewegs in die Küche. Heil Hitler, Eintopfsonntag, darf ich mal, schon hat er den Deckel vom Bratentopf gehoben, während meine Eltern erstarrt dastehen und nur die aufsteigende Röte in Vaters Gesicht noch Leben andeutet. Als sein Kopf die Farbe der Topflappen in seiner Hand angenommen hat, brüllt er los. Was fällt Ihnen denn ein, Sie erlauben sich, einfach hier hereinzukommen und in unsere Töpfe zu gucken? Das ist mein gutes Recht, antwortet der Pinscher und läßt mit lautem Knall den Deckel auf den Topf fallen. Was sagen Sie da, Sie nennen diese Schnüffelei, mit der Sie mich am Sonntagmittag in meinem Haus belästigen, Recht, was ist das für ein Recht, das in Töpfe guckt? Ich habe die staatliche Befugnis, die Anordnung unseres Führers zum Eintopfsonntag zu überwachen, alle essen heute Eintopf, auch der Führer ißt Eintopf, das ganze Volk ißt Eintopf aus Solidarität mit unseren ärmeren Volksgenossen, schreit jetzt auch der Pinscher, wer sich aber aus unserer Volksgemeinschaft ausschließen will, wer glaubt, Braten essen zu müssen, wo selbst unser Führer ... er verliert den Faden, seine Stimme kippt um ... der muß zahlen, der muß eben zahlen, fistelt er und schlägt wütend auf eine Liste, die er aus seiner abgeschabten Aktentasche hervorgeholt hat.

Was, Vaters Gesicht hat bei dem Reizwort »zahlen« nun die Farbe der roten Grütze auf dem Fensterbrett angenommen, Sie glauben doch nicht im Ernst, ich zahle für mein Essen, das auf meinem eigenen Herd in meinem eigenen Haus gekocht wird? Wer zahlen will, soll ins Restaurant gehen, aber hier wird gekocht, was wir wollen, und daran hindert uns auch kein kleiner Schnüffler und auch kein Herr Hitler. Aber nicht mehr lange, worauf sie sich verlassen können, droht der Pinscher jetzt völlig ruhig mit hämischem Grinsen und packt seine Liste ein. Herr Flintscher, jammert Mutter kreidebleich, Sie wissen doch, wie schnell mein Mann sich aufregt, er meint das nicht so, was er gesagt hat. Wir haben total vergessen ... Halt dich da raus, unterbricht Vater sie, willst du vor diesem Rosinenkacker kriechen? Das geht zu weit, das wird ein Nachspiel haben, heult der Pinscher auf.

Was geht zu weit? Mein Vetter Waldemar steht in seiner schönen Ausgehuniform in der Tür. Mit einem Blick auf den staunenden Pinscher, dem jede braune Uniform Ehrfurcht einflößt, hat Mutter blitzschnell die Situation erfaßt. Heute ist Eintopfsonntag, aber wir konnten dir doch keine Erbsensuppe vorsetzen, die bekommst du in der Nationalpolitischen Erziehungsanstalt sicher oft genug, und deshalb habe ich einen Braten gemacht, weiter kommt sie nicht. Waldemar hat dem kleinen Pinscher die Hand auf die Schulter gelegt, aber mein lieber Volksgenosse, sie werden doch meinem Onkel und meiner Tante keine Schwierigkeiten machen, wegen dem bißchen Braten. Sicher wird unser Führer nichts dagegen haben, wenn es für einen seiner Schüler ausnahmsweise einmal keinen Eintopf gibt. So, und jetzt habe ich einen Bärenhunger. Das hat sich doch geregelt, lieber Herr ... Flintscher, Flintscher, dienert unser Zellenleiter. Also Heil Hitler, Herr Flintscher, Waldemar reißt die Hand hoch, klappt mit lautem Knall die Hacken zusammen, und der Pinscher tut es ihm gleich, verschwindet mit erhobener Hand rückwärts nach draußen, wo ihm Mutter schnell fünf Mark in die herabhängende Linke drückt, eine Spende, Herr Flintscher, eine Spende.

Das war ja, das war ja, Mutter sucht nach Worten. Wie bei Kaisers, hilft Waldemar grinsend aus. Ja, sagt Mutter und schaut ihn nachdenklich an, nur gefährlicher. Ob da noch was nachkommt? Da kannst du beruhigt sein, liebe Tante, da kommt nichts, sagt Waldemar, und damit sollte er recht behalten. Nur Vater kann sich nicht damit abfinden. Du hast dich wieder vor diesem braunen Leuteschinder klein gemacht, höre ich ihn am Abend zu Mutter sagen, und dann streiten sie noch lange wegen dem Pinscher und seinen Schikanen.

In den folgenden Tagen werde ich zum Schatten meines Vetters und folge meinem Idol auf Schritt und Tritt durch Haus und Garten. Doch alles hat einmal ein Ende. Zum Abschied hebt er mich hoch in die Luft und küßt mich auf die Nasenspitze. Mit Großvaters rollendem Rrr verspricht er, mich eines Tages nach Ostpreußen zu holen. Wirst du mich dann heiraten, frage ich hoffnungsvoll. Aber gewiß doch, lacht Waldemar, großes Ehrenwort, und ich bin sicher, er wird sein Versprechen halten und mich nicht anlügen wie dieser doofe Willi. Schließlich ist er ein Uniformträger. Von nun an betrachte ich mich als verlobt.

Vetter und Cousine können nicht heiraten, giftet Bertchen, das hat der Führer verboten. Meinst du, der kümmert sich um so was? Außerdem sind wir Vetter und Cousine zweiten Grades. Das wirst du schon noch sehen, überhaupt keine Verwandten dürfen heiraten, sonst gibt es erbkranken Nachwuchs, sowas wie der Manes. Bertchen fängt an im Kreis herumzuhopsen und lallende Laute auszustoßen, wie sein Nachbar, der jecke Manes. Die Frau Sechtem ist aber gar nicht mit ihrem Mann verwandt, schreie ich, Mariechen sagt, das käme vom Suff. Egal, sagt Bertchen und lallt weiter, vielleicht säuft er auch, dein Vetter, das kann man nie wissen, und nachher hast du sowas wie den Esser. Jetzt reicht es aber. Du bist gemein, sage ich, und ich spiele nie wieder mit dir. Beim Weglaufen sehe ich, wie Bertchen noch wildere Kreise dreht, und höre bis zur Haustüre sein kreischendes Lallen.

Alle sind schon um den Abendbrottisch versammelt, und Vater fragt unwillig, wo ich so spät herkomme, wartet aber keine Antwort ab, sondern wendet sich wieder Agnes zu, die von einem

Auto spricht. Nur 990 Mark muß ich für den Volkswagen zahlen, da kann man doch nichts sagen, und je eher man den Anteilschein zeichnet, um so schneller bekommt man den Wagen. Ja, Sie glauben doch nicht im Ernst an diesen Betrug, Vater schüttelt den Kopf. Wieso Betrug, ich habe doch Geld für das Auto bezahlt, da muß ich es doch auch bekommen. Was, ruft Mutter, Agnes, Sie haben doch nicht Ihre sauer verdienten Groschen für dieses Scheinmanöver geopfert? Dieses Auto sehen Sie nie, wirft Vater ein, damit wird nur den Leuten das Geld aus der Tasche gezogen, um es in die Rüstung zu stecken. Nein, versetzt Agnes entschieden, das können sie mit den kleinen Leuten nicht machen, jetzt tun sie endlich mal was für uns. Das ist genauso mit KDF, was glauben Sie, der dicke Bolek, was mein Schulkamerad ist, der war doch schon mit so einem Schiff in Norwegen. Hätte sich der dicke Bolek jemals träumen lassen, mit einem Schiff nach Norwegen zu fahren, wo er sein Leben lang nur auf der Hütte geschuftet hat? No, sehen Sie, und so wird das mit meinem Auto auch werden, eines Tages fahr ich damit nach Bobrek, den dicken Bolek besuchen, na, der wird staunen, lacht Agnes.

Vergessen sind die Kommunisten, mit denen sie uns immer droht, wie sie kommen werden, um für Ordnung zu sorgen und Gerechtigkeit zu üben, damit endlich alle gleich viel haben und niemand sich von morgens bis abends für die Reichen an der Nähmaschine abplagen muß, die einem nicht einmal das kleine Zigarettchen als einzige Freude gönnen. Damit spielt sie auf Vater an, der sie immer wieder vor dem ungesunden Rauchen warnt. Vergessen ist die Volksabstimmung, in der Hitler sich zum Nachfolger Hindenburgs als Reichspräsident machen ließ, die sie uns stets mit drohend erhobenem Zeigefinger ins Gedächtnis ruft, obwohl sie ganz sicher weiß, daß in unserer Familie niemand der Aufforderung Folge geleistet hat: »Stimmst du, deutscher Mann, und du deutsche Frau, der in diesem Gesetz getroffenen Regelung zu?« Wobei sich Agnes am meisten darüber ärgert, daß dieser Hitler sie in seinem Gesetz so freiweg geduzt hat, obwohl sie selbst es damit nicht so genau nimmt. Ich möchte bloß wissen, wer den gewählt hat, fügt sie meist noch hinzu und schaut mit ihren schwarzen Kulleraugen prüfend in die Runde, ich war es jedenfalls nicht. Aber das ließe sich heute sowieso nicht so genau feststellen, meint Mariechen, weil außer dem Pinscher und den anderen fanatischen Braunen keiner mehr so genau weiß, wo er damals sein Kreuz gemacht hat. Doch in ihrer Gier hat Agnes alles vergessen, was sie je über die da oben gesagt hat. Wem nicht zu raten ist, dem ist nicht zu helfen, seufzt Vater und steht auf.

Während die Nähmaschine rattert und die Zigarette langsam verqualmt, schwärmt Agnes weiter von ihrem Auto, mit dem sie den Steffel in Oberschlesien besuchen wird und die Tante Frieda und all die Nichten und Neffen, und wie die staunen werden, wenn die Agnuschka wie eine große Dame vorfährt. Die Hände werden sie zusammenschlagen und nein, so was rufen und das ist doch nicht unsere Agnuschka, und perunje wird der dicke Bolek sagen, Agnuschka, was bist du nur für ein Weib, eine Dame mit einem Auto, dann wollen wir doch gleich mal eine kleine Spazierfahrt machen, und unterwegs werde ich rufen, Bolek, was machst du da, Jessus Maria, du bist ja nicht gescheit, hör auf, Bolek, ich kann das Steuer nicht mehr halten, Agnes kichert, und Mutter schickt mich schnell ins Bett.

Großmutter kann es wirklich niemandem recht machen, ganz egal, ob sie die schönsten Kuchen backt, an Weihnachten pfundweise Marzipan verteilt oder Schweinskopfsülze und Heringssalat mit den vielen Zutaten zubereitet, irgendeiner hat immer was zu nörgeln. Sie verdrehen die Augen und stoßen hörbar die Luft zwischen den Zähnen aus, wenn sie adieu und parbleu sagt, obwohl sie doch alle wissen, daß Großmutter noch aus dem vorigen Jahrhundert stammt, wo man so gesprochen hat. Schließlich ist es auch völlig gleich, ob einem ein Unglück oder ein Malheur geschieht, und am Essen verändert sich auch nichts, ob es nun gut schmeckt oder delicieux. Du bist das beste Beispiel für unsere Verwelschung, sagt mein Onkel grinsend, paß nur auf, daß sie dir nicht den Mund verbieten. Mir verbietet niemand den Mund, wehrt Großmutter unwirsch ab.

Wer sollte das auch wagen bei ihr, die einfach alles kann? Sie kennt die besten Rezepte gegen Würmer, Bauchschmerzen und Durchfall, den sie Diarrhée nennt. Sie weiß sogar Warzen und Furunkel zum Verschwinden zu bringen, und wenn sie abends

Großvater mit heißem Öl massiert, sagt er, das sei besser als sein Katzenfell, das er gegen den Husten auf der Brust trägt. Großmutter kennt alle Strophen vom Tharauer Ännchen und viele, viele Gedichte, auch das vom Sand, der die Frauen von Nidden zudeckte, bis kein Zopf mehr zu sehen war, keine Fußspitze, einfach gar nichts mehr. Sie haben zwar immer was an ihr zu meckern, halten aber doch schnell die Hand auf, wenn Großmutter ihre klein zusammengefalteten Geldscheine heimlich beim Abschied an der Korridortür austeilt, so daß sich einer schon sehr wundert, wenn ihm mal nichts in die Tasche gleitet. Trotzdem kann sie es niemandem recht machen, und da geht es ihr ähnlich wie mir.

Am allerschlimmsten war es an ihrem Geburtstag, als sie ihren Traum erzählte. Mutter sagte ganz laut, das ist nicht mehr zum Anhören, wo sie doch ganz genau weiß, daß Großmutter Spökenkiekerin ist und im Traum die Zukunft voraussehen kann, was bisher immer noch gestimmt hat, wenn es sich auch nur um kleinere Dinge handelte, wie einen verlorenen Geldbeutel oder einen plötzlichen Besuch. Vielleicht haben sie deshalb nicht daran geglaubt, weil es diesmal etwas ganz Großes und Unheimliches war, so daß Mutter nachher in der Straßenbahn sagte, mit Großmutters Verkalkung würde es immer schlimmer, das sei eine ganz unglaubliche Geschichte gewesen, die sie uns heute aufgetischt habe, und einzig und allein mit Rücksicht auf den Geburtstag habe sie nicht mehr dazu gesagt. So unglaublich fand ich die Geschichte gar nicht, antwortete Vater, der sonst nichts von Spökenkiekerei hält, und Mutter starrte ihn verblüfft an. Mein Gott, jetzt fängst du auch noch an, du willst damit doch nicht sagen, daß du diese Hirngespinste glaubst, ist denn die ganze Welt verrückt geworden? Das alles spielte sich an Großmutters Geburtstag ab, Ende August in den Hundstagen, die man so nennt, weil man da vor Hitze hecheln muß wie ein Hund. Wir schwitzten schon in der Straßenbahn, obwohl die Fenster geöffnet waren, und Mutter sagte, halt den Kopf nicht so zum Fenster raus, du holst dir was, verschwitzt, wie du bist. Ich trug ein weißes Leinenkleid, weiße Leinenschuhe und einen weißen Leinenhut und sah aus wie das Kind von der Persilfrau, die auf Großmutters Hausgiebel abgemalt ist, und drunter steht, Persil bleibt doch Persil. In der Hand hielt ich einen riesigen Dahlienstrauß, den wir vorher im Garten gepflückt und, damit bis

Nippes alles frisch bleibt, mit dem Silberpapier vom Schwarzbrot umwickelt hatten. Mutter flatterte in einem weiten Seidenkleid, das auch mit Dahlien bedruckt war, neben mir her, und weil sie mit einer Hand ihren riesigen schwarzen Strohhut festhalten mußte, der bei jeder Bewegung vom Kopf zu fliegen drohte, und mit der anderen Hand die Tasche mit den eingemachten Pfirsichen trug, mußte ich den großen Strauß schleppen, der mir zwischen den Händen klebte. Alle naslang sagte sie, halt die Blumen nach unten, denn angeblich bekommt das den Blumen, wenn sie kopfüber getragen werden.

Ach, die schönen Blumen, mein Herzchen, rief Großmutter und gab mir zwei feuchte Küsse, zu Mutters Einmachgläsern sagte sie nichts. Im Eßzimmer waren die Vorhänge zugezogen, und alles flimmerte im goldenen Dämmerlicht. Mutter hantierte mit Großmutter in der Küche, und ich hörte immer wieder Mutters Ausruf, wer soll denn das bloß alles essen! Als der Bäcker Merzenich noch eine Torte anlieferte, rief sie, mein Gott, das ist kein Geburtstag, das ist eine Freßorgie, kein Wunder, daß du mit deinem Geld nicht auskommst. Aber der Merzenich meinte, so en kleines Törtchen verputzt man doch nebenbei, und Großmutter wies Mutter zurecht, was an meinem Geburtstag auf den Tisch kommt, ist wohl meine Sache. Zum Glück klingelte es, und der erste Geburtstagsgast, eine von den drei Nornen, wie Vater Großmutters Kaffeetanten nennt, stand in der Türe. Es war Frau Weber, die mit dem kölschen Herzen, an das sie uns wieder alle drückte. Ach Jott, wat haben sie sich für ne Mühe jemacht, un all die vielen Kuchen, sie musterte fachmännisch die aufgebaute Pracht, um sich dann wieselflink vor der Torte vom Bäcker Merzenich niederzulassen. Pausenlos ging jetzt die Klingel, und die Geburtstagsgäste trudelten einer nach dem anderen ein, zum Schluß kam Tante Betty. Sie hielt Großmutter gleich an der Tür, wie der Pfarrer die Monstranz, mit ausgestreckten Händen ein Päckchen entgegen. Für dich, liebes Muttchen, zu deinem Ehrentag mit Glück und Segen. Warum sagt sie bloß immer Muttchen zu ihr, wie zu einer tattrigen Greisin, zischelte Mutter empört, derweil Großmutter unter viel Ahs und Ohs ein Stück Meißner zweite Wahl aus dem Päckchen zog. Es war nun schon kein Platz mehr, und Onkel Helmut mußte den Klavierhocker nehmen. Großvater klopfte an die Kaffeetasse und ließ das Geburtstagskind hochleben, dann klapperten nur noch die Kuchengabeln, und die Platten leerten sich schnell. Das Gespräch drehte sich um die Auflagen für den Luftschutz und das Räumen der Speicher, was Großvater großes Kopfzerbrechen bereitet, weil dort all seine geheimen Schätze lagern.

Plötzlich lehnte sich Großmutter in ihrem Sessel zurück, streckte ihre beiden Hände in die Luft, daß die Suppenärmel, die Großvater wegen ihrer Weite und der vielen Rüschen, die immer gefährlich nahe am Suppenteller vorbei streifen, so nennt, bis zu ihren Ellenbogen rutschten, und sprach mit hohler Stimme von einem furchtbaren Traum, den sie in der Nacht hatte, und weil sie die Hände immer noch hochhielt wie der Pfarrer, wenn er die Gemeinde segnet, wurde es still, und alle Blicke waren auf Großmutter gerichtet, die weitersprach mit dieser dumpfen Stimme, die aus einem Topf zu kommen schien. Es war ein Dröhnen in der Luft wie von tausend Flugzeugen, und wir liefen vor das Haus, um zu sehen, was diesen entsetzlichen Lärm macht, und der Himmel war hell erleuchtet wie von vielen Christbäumen, und dann brannten diese Christbäume und schickten ihr Feuer vom Himmel herunter, und die Menschen auf der Straße rannten schreiend durcheinander und wußten nicht, was tun. Überall begann es zu brennen, Faßbenders Haus, das Haus von Doktor Müller, gegenüber das Haus mit dem grünen Sims, die Häuser am Ende der Straße, sogar die Bäume loderten, und der Himmel war glutrot von den Flammen der brennenden Stadt. Auf unserem Haus aber saß ein schrecklicher Kerl mit riesigen Augen und zeigte mit erhobenem Zeigefinger nach oben. Jetzt ist es aber genug mit dem Unsinn, rief Mutter, und meine Schwester begann zu kichern, was die Umsitzenden aus ihrer beklommenen Erstarrung löste. Ihr werdet sehen, das jüngste Gericht wird über diese Stadt kommen, verkündete Großmutter noch, bevor sie die Hände sinken ließ.

Lieschen, du liest zu viele Kriminalromane, deshalb träumst du solche Schauergeschichten, lachte Großvater und tätschelte Großmutters Rücken. Was war denn mit eurem Haus, wollte ich wissen? Das blieb stehen, nur die Fenster waren vernagelt, und der Dachstuhl schwarz verkohlt, antwortete Großmutter. Siehste, prustete Onkel Helmut, das ist gut so, dann kannst du nicht mehr rausgucken und bleibst von all den Schrecken da draußen verschont. Da stand Großmutter auf und rauschte beleidigt in die Küche. Sie läßt sich nicht gerne auslachen, schon gar nicht, wenn ihre Damen dabei sind. Tante Betty rannte gleich hinterher und schmeichelte, es war doch nicht so gemeint, Muttchen, nu komm wieder zu uns. Mutter murmelte immerzu, mein Gott, wie peinlich, und die Männer lachten.

Laß sie ruhig alle lachen, ich glaube an Großmutters Traum. Ein Teil davon hat sich schon erfüllt. Als wir vorige Woche kamen, war die Persilfrau von der Hauswand verschwunden, und an ihrer Stelle saß ein scheußlicher Kerl mit Glotzaugen auf dem Giebel, der in der linken Hand ein Päckchen Kautabak hielt, während die rechte mit erhobenem Zeigefinger nach oben deutete. Nun bin ich neugierig, was noch kommt. Selbst Mutter hat es bei diesem Anblick die Sprache verschlagen, was wirklich nicht oft geschieht, und mein Onkel soll sogar runter gegangen sein zum Hauswirt, um nachzufragen, wer diese Änderung angeordnet habe.

Ich habe dem Gefreiten Tillmann Röhrig eine Karte geschrieben, und Mariechen braucht nur die Adresse einzufügen. Ich bin mächtig stolz auf mein Werk, das ich trotz des schrecklichen Gebrülls im Radio, das Padühm unbedingt hören mußte, zustande gebracht habe. Er kriecht fast in den Volksempfänger hinein, schiebt aufgeregt seinen Kautabak von der rechten in die linke Backe und obwohl wir keinen Ton sagen, sondern wie befohlen mucksmäuschenstill sind, macht er dauernd pscht, pscht. Es geht wieder einmal um die Juden, von denen ein gewisser Grünspan in Paris einen Botschafter erschossen hat, und sofort muß ich an die Generäle auf dem Heumarkt denken mit dem vielen Grünspan auf dem Kopf, aber das ist natürlich Unsinn, denn ein General steigt nicht von seinem Podest, um irgendwo in der Welt einen Nazi zu erschießen. Ganz plötzlich steht Padühm auf, macht das Radio aus und sagt, alles Verbrecher, alles Verbrecher, und das wiederholt er fortwährend, auch noch, als er in die Gärtnerei humpelt.

Wenn Goebbels Juden sagt, singt er das Wort mit einem langen hohen Ton auf dem »u«, daß man glauben könnte, er jubelt geradezu über dieses Wort. Aber dann erfahren wir, daß die Juden unser Unglück sind und ausgerottet werden müssen mit Stumpf und Stiel, und wir sind ganz erschrocken über das gesungene

Unglück. Der Führer singt nicht, er spuckt sie aus, die Joden, und bei jedem ausgespuckten Joden weiß man, daß es ihm bitterernst ist mit seiner Drohung, sie zu behandeln wie Blumen, denen man kein Wasser mehr gibt, so lange bis sie langsam verdursten, und das ist wohl die größte Gemeinheit, die man sich vorstellen kann. Absichtlich nicht gießen und zusehen, wie die Juden langsam zugrunde gehen, wer macht denn sowas? Mir ist auch nicht klar, warum Onkel Ernst ein Unglück sein soll, bei den vielen Katzenzungen, die er mir schon mitgebracht hat, und der alte Gottschalk soll auf einmal ein Parasit sein. Bertchen hat im Lexikon nachgeguckt, was ein Parasit ist. Ein Schmarotzer stand da. Aber der alte Gottschalk schmarotzt nicht wie der Baum, der sich von Agnes alles bezahlen läßt, daß Mutter sagt, ich weiß nicht, was Agnes an diesem Schmarotzer findet, die könnte doch ganz andere Männer bekommen. Für den alten Gottschalk mit dem schwarzen Käppchen, der dicken Brille und dem weißen Bart würde die Agnes ganz bestimmt keinen Pfifferling geben. Und die dicke Bosbach mit der lauten Stimme schmarotzt viel mehr als der alte Gottschalk. Sie verkauft alles viel teurer als er und sie schenkt den Kindern auch keine Bonbons oder Hauchbilder, die sich auf der Hand zu wunderschönen Blumen entfalten. Ich hätte sowieso keinen Mut, danach zu fragen, wenn sie einen so anschaut mit diesem Faßdasnichtan-Blick.

Vater sagt, es gäbe gar nicht so viele Juden in Deutschland, und an den fast siebzig Millionen der Gesamtbevölkerung gemessen sei diese halbe Million eine verschwindend kleine Zahl. Wieviel ist eine Million, frage ich. Er malt eine eins mit sechs Nullen auf ein Blatt Papier. Und siebzig Millionen, will ich weiter wissen. Jetzt wird meine Schwester munter, holt meine Buntstifte, und wir bemalen gemeinsam das Blatt mit bunten Einsen und Nullen, bis wir siebzig Millionen beieinander haben. Und wo sind jetzt die Juden? Vater deutet auf die erste Million in der oberen Ecke, streicht sie durch und schreibt eine fünf mit nur fünf Nullen darüber. So wenig, sage ich enttäuscht, und darum das ganze Geschrei. Ja, seufzt Vater, weil wir gerne andere für unser eigenes Versagen verantwortlich machen. Das kenne ich, bei Mutter habe ich auch immer Schuld, wenn ihr das Essen anbrennt.

Was erzählst du denn da den Kindern, sagt sie gerade zu Vater. Du redest uns noch um Kopf und Kragen, bis wir dorthin kommen wo der Eisenkrämer schon ist und der Pfarrer Niemöller, fügt sie noch hinzu, denn der ist jetzt auch im Lager. Darüber ist Großvater so böse, daß er nicht mehr in die Kirche geht, die nichts dagegen unternommen hat. Auch nicht in die Christuskirche, wo der Pfarrer Gott in der Natur sucht, bei den Bäumen und Blumen, was Großvater so gut gefällt, weil er doch als Junge für seinen Vater die Lohngelder auf die Baustellen bringen musste, quer durch die Johannisburger Heide, die gar keine Heide ist, sondern ein tiefer finsterer Wald, in dem es sogar Wölfe gibt, und wenn Großvater gewußt hätte, daß Gott dort zu Hause ist, hätte er nicht so viel Angst haben müssen vor Räubern und Wegelagerern, die ihm die Geldkatze abnehmen wollten. Erzählt nur nicht draußen, was hier heute Abend gesprochen wurde. Besonders du nicht, bei Bertchen oder Mariechen, keiner Menschenseele, habt ihr mich verstanden? Mutter schaut uns mit ihren Wagtesnurnicht-Augen an, dann nimmt sie unser Blatt mit den bunten Zahlen und wirft es in den Ofen.

Weil wir nach dem Mittagessen nach Nippes fahren wollen, gibt es Kartoffelsuppe mit Mettwürstchen, das geht schnell. Paß auf, wenn Papa kommt, sagt Mutter und legt die Würstchen in die Suppe. Aber die Bahn ist schon lange durch, und von Vater ist immer noch nichts zu sehen. Endlich dreht sich der Schlüssel im Schloß. Warum kommst du denn heute so spät, die Suppe wird doch ganz kalt, ruft Mutter aus der Küche. Du mit deiner Suppe, Vater hat die Krawatte gelockert, als sei ihm der Kragen zu eng, und das habe ich noch nie an ihm gesehen. War was in der Schule, erkundigt sich Mutter. Vater setzt sich mit finsterem Gesicht an den Tisch. In der Schule, auf den Straßen, überall ist der Teufel los. Es ist nicht zu glauben, was sich da abspielt. Sie haben es mal wieder mit den Juden. Letzte Nacht müssen sie in den jüdischen Geschäften wie die Vandalen gehaust haben, die Schaufenster sind zertrümmert, die Läden ausgeräumt und demoliert. Ich habe gerade auf die Bahn gewartet, da führten sie die Juden in einem langen Zug über den Markt ab. Vorneweg den alten Gottschalk mit blutüberströmtem Gesicht. Er konnte sich kaum noch auf den Beinen halten und hatte ein Schild um den Hals hängen, »Ich bin ein Judenschwein«, ausgerechnet er, der keiner Fliege was zuleide tun kann. Wer waren die anderen, fragt Mutter mit schreckensweiten Augen. Der Doktor Katzenberger, Rechtsanwalt Wolf, Geschäftsleute, Väter von Schülern. Übrigens nicht nur bei den Abgeführten, auch unter den SA-Leuten viele bekannte Gesichter, wie der da, Vater deutet gegen das Fenster. Der Lange, fragt Mutter. Vater nickt.

Hat denn niemand etwas dagegen getan, fragt Mutter weiter. Was willst du denn tun bei dieser Meute mit ihren Schlagstöcken, willst du den Helden spielen? Einer hat es versucht. Aber das können sie doch nicht machen, das sind doch auch Menschen, hat er zu einem SA-Mann gesagt. Was glaubst du wohl, was wir mit diesem Gesindel alles machen können, hat der ihn angebrüllt, und wenn dir das nicht paßt, kannst du gleich mitmarschieren. Alle taten so, als hätten sie nichts gehört und nichts gesehen, denn alle hatten Angst. Aber das kann man doch nicht so sang- und klanglos geschehen lassen, entrüstet sich Mutter. Doch, du siehst doch, daß man das kann. Einige blieben sogar stehen und freuten sich, geschieht ihnen recht, den Drecksjuden. Aber die meisten schwiegen. Und du, fragt Mutter und schaut Vater an. Ich, nichts, antwortet er und starrt in seine Suppe. Was wird jetzt aus der Eva, will Mutter wissen? Die darf nicht mehr in die Schule, mischt sich meine Schwester ein, der Hausmeister hat sie heute Morgen wieder nach Hause geschickt. Und wo ist ihr Zuhause, fragt Mutter. Vater zuckt seufzend die Achseln. Das arme Ding, sagt Mutter und dann fragt sie uns, ob wir die Hände gewaschen haben. Wir nicken und löffeln schweigend unsere Suppe.

Ich würde an deiner Stelle heute nicht nach Köln fahren, rät Vater. Ich lasse mir doch von den Nazis nicht vorschreiben, wann ich meine Familie besuche, faucht Mutter. Das wäre aber noch schöner, wo sind wir denn? Diesmal steigen wir nicht um, sondern gehen vom Heumarkt aus durch die Innenstadt. Die Straßen sind übersät vom Glas der zersplitterten Schaufenster. Glaser hantieren mit ihren Zollstöcken unter Aufsicht der SA. Mit verschlossenen Gesichtern hasten die Menschen vorüber, manche liegen auf einem Kissen im Fenster und schauen zu. Wie im Theater, kommentiert Mutter empört.

Großmutter hat die Kette vorgelegt und schaut mit großen Augen durch den Türspalt. Daß ihr heute kommt, ich habe mir schon die größten Sorgen gemacht, bei dem, was in der Stadt los ist. Na, was weißt du schon davon, sagt Mutter und küßt Großmutter auf die Wange. Helmut erzählt es gerade, sie schmeißen alles kaputt und rauben die Geschäfte aus. Hast du das auch gesehen? Wir sind mit der Bahn gekommen, lügt Mutter und hängt ihren Mantel an die Garderobe. Gott sei Dank. Dein Fehkragen sieht prächtig aus, schweift Großmutter ab und streicht über das graue Fell, wie gut, daß du nicht den Persianer genommen hast. Warum machen sie eigentlich diese schrecklichen Dinge? Ach, Mama, du kennst doch die Nazis, sie spielen wieder einmal verrückt. Aber man vergreift sich doch nicht an fremdem Eigentum, ein gebildeter Mensch tut so etwas nicht, Großmutter schüttelt den Kopf und begreift die Welt nicht mehr.

Wer sagt denn, daß sie gebildet sind, ruft Onkel Helmut von drinnen. Er sitzt mit Großvater im Eßzimmer. Großvater legt die Brille auf sein Buch und gibt mir den Begrüßungskuß. »Ist denn kein Stuhl da, Stuhl da, Stuhl da, für meine Hulda, Hulda, Hulda«, singt er und dreht mir den Klavierstuhl hoch, dabei weiß er genau, daß ich dieses Lied nicht leiden kann. Da geht es mir wie Großmutter, wenn er sie Lieschen nennt. Doch heute hat er weiter keine Zeit für mich und kneift nur einmal kurz das linke Auge zu. Großmutter jammert, das schöne Porzellan, warum nur lassen sie ihre Wut an toten Gegenständen aus? Nicht nur an toten Gegenständen, sagt Onkel Helmut, aber ich wette mit euch, daß sie die Juden diese Schäden selber bezahlen lassen, und vielleicht müssen sie auch noch ganz schön draufzahlen. Was sagst du da, Großmutter setzt sich kerzengerade auf, das geht alles gegen die Juden, warum sagt mir das keiner? Ach Lieschen, zerbrich dir doch nicht den Kopf darüber, sagt Großvater zärtlich und holt die Steinhägerflasche aus ihrem Versteck. Emil, empört sich meine Großmutter, doch nicht am hellichten Tage. Nachts schlafe ich, Lieschen, und das ist mir doch sehr auf den Magen geschlagen, komm, trink ein Gläschen mit. Sag nicht immer Lieschen zu mir, und von deinem schrecklichen Fusel trinke ich keinen Schluck, gib mir mein Danziger Goldwasser. Mutter holt die Flasche, in der kleine Goldplättchen schwimmen, die beim Schütteln tanzen.

Großmutter, darf ich antrinken, frage ich. Aber nur ein ganz kleines Schlückchen, mein Herzchen, sagt Großmutter und schiebt mir das Likörglas hin. Es schmeckt klebrig süß und brennt auf der Zunge. Dann kommt Großmutter mit der Stachelbeertorte und der dickbauchigen Kaffeekanne, und Großvater erzählt von der Synagoge in Johannisburg, in die er sich als Junge mit seinen Freunden eingeschlichen und Rhabarber, Rhabarber gebetet hat, bis der Synagogendiener sie beim Schlafittchen packte und vor die Türe setzte. Als mein Urgroßvater davon erfuhr, hielt er meinem Großvater eine lange Rede, in der es um Toleranz und Achtung vor fremden Religionen ging, die protestantischen Hugenotten und die katholischen Polen heraufbeschworen wurden, und die nach einem Hinweis auf die großzügigen Preußen mit ein paar kräftigen Ohrfeigen beendet wurde.

Nu reg dich doch nit esu auf, Vatter, reg dich nit esu auf, wiederholt Mariechen fortwährend. Da soll ich mich nit aufrejen, wenn der eijene Sohn die Leute aus ihren Häusern treibt, schreit der alte Röhrig. Ich soll mich nit aufrejen, wenn er die alten Menschen abführt, mit nem Köfferchen in der Hand, un keiner weiß, wohin se kommen. Un für so wat jibt sich mein Sohn her, mein eijen Fleisch un Blut. Der alte Röhrig steht in seiner grünen Gärtnerschürze mit hochrotem Kopf in der Küche, und seine weißen Haare stehen noch steiler in die Luft als sonst. Auf einem Küchenstuhl sitzt der Lange in seiner SA-Uniform und grinst, was seinen Vater nur noch wütender macht. Mir sin immer ehrliche Leute jewesen un haben andere Menschen jeachtet, janz jleich, wat se für ne Religion hatten. Denk dran, Jung, mahnt die blinde Frau ihren Sohn, unser Herrjott war auch Jude, du versündigst dich. Das ist doch nicht zum Anhören, euer Pfaffengeschwätz, Weihwassergedudel, der Lange steht auf und überragt jetzt seinen Vater um Kopfeslänge. Hat der Herrjott mir etwa Arbeit jejeben? Aber die Partei hat sich um mich jekümmert, als et mir dreckig jing. Wieviel Silberlinge hat se dir denn versprochen, dat du de Drecksarbeit für se machst, fragt der alte Röhrig mit blitzenden Augen. Wenn du der Mund nit hälst, drohend erhebt der Lange die Hand gegen seinen Vater. Schlag doch, schlag doch, schreit der alte Röhrig. Die Frauen kreischen. Raus, schreit der Alte, und wag es nicht, mein Haus noch einmal zu betreten. Da brauchst du bestimmt nicht drauf zu hoffen, krachend fällt die Küchentür hinter dem Langen ins Schloß.

Komm Mutter, wein nit, dat mußte sein, der Jung kommt doch anders nit widder zur Vernunft, beruhigt der alte Röhrig seine Frau. Dabei schaut er mich an, wat macht denn dat Kind hier? Bist du schon lang hier? Ich nicke. Na dann haste ja jehört, wo mer hinjekommen sind, dat kannste ruhig zu Haus erzählen. Nä, nä, wat is nur aus uns jeworden? Kopfschüttelnd setzt er sich hin, klemmt die Kaffeemühle zwischen die Beine und beginnt zu mahlen. Mariechen deckt den Tisch, stellt eine Tasse nach der anderen an ihren Platz. Bei der letzten überlegt sie einen Augenblick, um sie dann wortlos zurück in den Schrank zu stellen. Ich drehe die Schnur von meinem Berchtsgadener Jäckchen und komme mir sehr überflüssig vor. Im Flur horche ich am Weihwasserkesselchen, aber es ist ganz still da drin, nichts dudelt.

Wo hast du wieder den ganzen Morgen gesteckt, du hättest mir helfen können, Knöpfe annähen, sagt Mutter, die Vaters Hemden bügelt. Jetzt habe ich es selbst gemacht. Darüber bin ich froh, denn ich nähe nicht gerne die kleinen Hemdenknöpfe an, die immer aus den Fingern rutschen. Herr Röhrig hat den Langen rausgeschmissen, platze ich mit meiner Neuigkeit heraus. Wie rausgeschmissen, fragt Mutter. Er darf nie mehr ins Haus kommen wegen den alten Leuten mit den Köfferchen, wie der Gottschalk eins hatte, und er will das auch gar nicht, hat er gesagt, denn er kann das Weihwassergedudel nicht mehr hören, und am Ende hat er den alten Röhrig schlagen wollen, schlag doch, schlag doch, hat der immerzu geschrieen, und ich soll euch das alles erzählen. Mein Gott, sagt Mutter, das ist ja furchtbar, dann legt sie schnell den Finger auf den Mund und deutet auf Frau Schneider, die am Spülstein das Gemüse wäscht, bei ihr weiß man nämlich nie so richtig, wo man dran ist, ihre Tocher ist ein ganz hohes Tier beim BDM. Das erzählst du mir nachher in aller Ruhe, sagt Mutter, jetzt haben wir keine Zeit.

Kinder, die gegen ihre Eltern die Hand heben, straft der Herrgott, Frau Schneider dreht sich um und stellt das Sieb auf den Tisch. Nein, verbessere ich, ihnen wächst die Hand aus dem Grab. Wer erzählt dir denn so einen Blödsinn, fragt Frau Schneider. Ich schaue Mutter an, aber die beschäftigt sich nachhaltig mit einem Bettuch. Wir müssen Frau Lippe schreiben, es wird wieder Zeit für die Flickwäsche, sagt sie und steckt ihren Finger durch das Loch im Leinen.

Heute Nachmittag kannst du mir bei der Viehzählung helfen, sagt Vater. Bist du wieder unter die Landwirte gegangen, erkundigt sich Mutter. Ich muß das Vieh bei den Kleintierhaltern zählen, Schweine, Kaninchen, Hühner und was da sonst noch rumläuft, erklärt Vater und zieht einen Stapel Papier aus seiner Aktentasche. Hunde auch, frage ich hoffnungsfroh. Nein, keine Hunde. Und für diese anspruchsvolle Tätigkeit brauchen sie ausgerechnet dich, sprechen diese Hühner Griechisch oder gar Latein, spottet Mutter. Sie gackern »Heil Hitler«, und sie gackern es in einem fort, weil es nämlich Weiber sind, die nicht verstehen können, daß man einen Volksgenossen zu jeder Arbeit im Dienste des Volkes heranziehen kann, zu jeder, wie mir ausdrücklich versichert wurde, und deshalb gehst du mit, wendet sich Vater an mich, diese Arbeit kann auch ein Kind machen. Er erklärt mir, was ich zu tun habe. Ich muß in die einzelnen Kästchen die Zahlen eintragen, die Vater vorgibt, und wenn keine Kuh im Hause ist, mache ich einfach einen Strich.

Wir gehen von Haus zu Haus, Vater fragt, ich schreibe. Manche Leute sind nicht da. Diese Listen kreuzt du an, da müssen wir nochmal hin, bedeutet er mir. Ich nicke wichtig und beeile mich mit dem Sortieren. So, für heute machen wir Schluß, ich habe noch etwas vor. Wir schlagen den Weg in die Heide ein. Jetzt weiß ich, daß er Onkel Ernst besuchen will, und denke an die Katzenzungen. In der Heide haben die Straßen Märchennamen, Schneewittchenweg, Rotkäppchenhain, Dornröschenhag. Die kleinen Siedlungshäuser sind spitzgiebelig, und die Gärten quellen über von bunten Blumen. In manchen Gärten stehen Gartenzwerge aus Ton mit roten Zipfelmützen und Schubkarren. Vor einem ganz von grünem Efeu umrankten Haus bleiben wir stehen. Verdutzt schaut Vater auf das blanke Emailleschild am Gartentor. Bin ich denn richtig, da steht doch ein fremder Name. Während wir noch unschlüssig dastehen, kommt eine dicke Frau in blauer Kittelschürze um die Hausecke. Sie hält mit einer Hand einen kleinen schwarzweißen Hund fest, der sich kläffend auf uns stürzen will. Zu wem wollen Sie, fragt sie, uns aus schrägen Augenwinkeln mißtrauisch musternd. Zu Doktor Bernstein, antwortet Vater. Der wohnt nicht mehr hier, entgegnet sie mürrisch. Hat er das Haus verkauft, wundert sich Vater. Sagen Sie mal, was wollen Sie eigentlich von diesem Juden? Der ist da, wo er hingehört. Sie sind wohl auch einer von denen. Dann machen sie sich bloß weg hier, mit so was will ich nichts zu tun haben. Wütend stützt sie ihre Arme in die Hüften, und der kleine Köter nutzt die gewonnene Freiheit, um uns kläffend zu umrunden. Fluchtartig verlassen wir den Garten. Hinter uns dreht die Frau zweimal den Schlüssel im Schloß, dann geht sie ins Haus. Auch der Nachbar, der mit lauschend vorgebeugtem Kopf an der Hecke Unkraut gejätet hat, verschwindet schnell.

Den Doktor Bernstein haben sie jetzt auch abgeholt, es wohnen wildfremde Leute in seinem Haus, erzählt Vater zu Hause. Mein Gott, der arme Mann, sagt Mutter, und dann wird nicht mehr darüber gesprochen.

7

Die Lehrerin hat Kaninchenzähne und ist lang und dünn. Wenn sie mit Vater spricht, leuchten ihre Augen wie die unserer Katze im Dunkeln. Sie wundert sich, warum ich sofort in die zweite Klasse komme und weshalb man ihr das nicht gesagt hat, und weist mir einen Platz in der letzten Bank zu, neben einem Mädchen mit langen Zöpfen, die wie eine Käthe-Kruse-Puppe aussieht und auch Käthe heißt. Vor mir sehe ich viele Köpfe, blonde, braune, schwarze, einen roten, und ganz vorne in der ersten Bank sitzt ein Junge mit einer krächzenden Stimme, die er oft hören läßt. Die Lehrerin schielt mit ihren Augen, die nun nicht mehr leuchten, auf den Stock, der oben auf dem Pult liegt, und dann auf den Jungen, der mit seinem Krächzen ihre Sätze teilt. Plötzlich zieht sie ihn aus der Bank, an der er sich festklammern will, und schlägt mit dem Stock gegen seine nackten Beine. Jetzt heult er. Auch noch, als er schon wieder in der Bank sitzt und seinen Kopf auf die Arme gelegt hat. Ich weiß nicht, was schlimmer zu ertragen ist, dieses wimmernde Heulen oder das Krächzen.

Ida, lies den nächsten Absatz, Käthe zeigt mir blitzschnell, wo wir dran sind, und ich lese mit meiner schönsten Betonung. Die Lehrerin sagt nichts, erst nach einer Weile kommt ein »Das war sehr gut gelesen, Ida«, und schon ist der Nächste dran. Die Köpfe vor mir drehen sich jetzt öfter um und lächeln mir zu. Anschließend schreiben wir ein Diktat über den Erntedank. Während sie die Hefte korrigiert, üben wir an dem Lesestück, und ich male den Hitlerjungen Hitlerschnurrbärte, jetzt sehen die auch alle aus wie er. Sie wirft mein Heft auf die Bank, null Fehler, sagt sie und sieht mißmutig dabei aus, was ich nicht verstehe. Ein Lehrer müßte sich doch freuen, wenn man keine Fehler macht. Aber sie gibt mir ein Fleißkärtchen. Der Junge mit der krächzenden Stimme, der Hansi heißt, bekommt auch eins. Dann klopft es, und ein braun Uniformierter kommt herein. Die Kinder schnellen aus ihren Bänken und rufen, Heil Hitler, Herr Rektor, und dann flüstern die beiden, und sie hat wieder dieses Leuchten in den Augen. Mir kommt es fast so vor, als schauten sie mich an, während sie da wispernd an der Türe stehen. Als der Braune gegangen ist, dürfen wir uns wieder setzen.

In der Pause spielen die Mädchen mit viel Getue und Gekicher ein Spiel, das irgendwas mit Jungs und Küssen zu tun hat. Sie tragen alle Schürzen und drängen sich um eine kleine Schwarze, die Marianne heißt, halten ihr die Butterbrote zum Abbeißen hin, fummeln in ihren Haaren, flüstern mit ihr. Ich gehe zu Hansi, der auch alleine dasteht und die Innenseite seines Butterbrotes betrachtet. Leberwurst esse ich nicht, krächzt er und wirft das Brot in den Papierkorb. Das darf man nicht, sage ich erschrocken. Und wenn mir davon schlecht wird, was dann, krächzt er und fragt mich, hast du gewußt, das ganz tief in der Erde drin flüssiges Feuer ist? Ich staune. Jawohl, ganz tief in der Erde ist nur Feuer, und manchmal platzt die Erde, und dann kommt das Feuer heraus und schießt hoch in die Luft, und das nennt man Vulkan. Ich überlege, ob ich das glauben soll oder ob das auch so eine Geschichte ist wie die von Bertchens goldenem Teller. Da klingelt es und die Pause ist zu Ende. Hast du ein Bonbon, fragt er mich beim Hineingehen. Ich darf nämlich keine Bonbons essen, weil ich Zucker habe und mein Vater mir jeden Tag eine Spritze geben muß. Ist das eine Krankheit, frage ich und denke an Großmutter mit ihrem vielen Kuchen. Ja, ich habe zuviel Zucker im Körper, und deshalb darf ich keine Bonbons essen. Und warum willst du dann eins von mir? Weil es mir gut schmeckt, krächzt er.

In der Stunde betrachte ich nachdenklich Hansis runden Hinterkopf und stelle mir vor, wie ihm der Zucker aus Nase, Mund und Ohren herausrieselt und sich zu seinen Füßen ein Zuckerberg bildet, der immer größer wird, bis er ganz darin verschwunden ist. Dann öffnet sich die Erde, und Feuer schießt heraus wie das Wasser aus dem Springbrunnen am Deutschen Ring. Ida, du träumst schon wieder, ruft mich die wohlbekannte Stimme zurück in die Wirklichkeit, und ich beuge mich schnell wieder über meine Rechenaufgaben.

In dem kleinen Laden gleich neben der Schule, zwei Stufen hoch mit einer zitternden Bimmel an der Tür, gibt es Tafeln, Griffel, Hefte, Sütterlinfedern, bunte Federhalter und alles, was sonst noch in der Schule gebraucht wird. Mich interessieren aber mehr die Schukoautos im zweiten Regal links, die Bertchen sammelt. Sein Schuhkarton ist schon randvoll damit. Auch zwei Silberpfeile mit dicken Gummireifen sind dabei, mit denen wir Autorennen austragen und Carraciola und Rosemeyer auf die Sandkastenpiste jagen. Einmal haben wir die Katze als Fahrer in meinen Puppenwagen gesetzt. Mitten auf dem Nürburgring, genau vor unserem Gartentörchen, wollte sie aussteigen und wäre beinahe unter ein Auto gekommen. Gerade noch rechtzeitig konnte sie in den Garten flüchten, was Bertchen mächtig bedauerte, denn er hätte sehr gerne Rosemeyers Begräbnis mit ihren Überresten gespielt. Von solchen Schukoautos träume ich schon lange, aber damit ist es genauso wie mit dem Fußball, den ich auch nicht bekomme. Willst du etwa mit den Rabauken aus der Gärtnerei im Wäldchen Fußball spielen? Schlag dir das aus dem Kopf, das kommt überhaupt nicht infrage, du bist doch ein Mädchen, sagt Mutter zu mir und zu Vater sagt sie, was ist das bloß wieder für eine ausgefallene Idee von ihr? Da bin ich doch froh, daß mich die alte Frau wenigstens die Autos im Laden in Ruhe anschauen läßt. Als ich die beiden Hefte bezahlt habe, die ich holen sollte, will sie mir ein Glanzbild schenken und kramt aus einer Pappkiste ein Uniformpärchen heraus, Pimpf und Jungmädel. Haben Sie keine Blumen, frage ich. Aber die beiden sind doch nett, sagt sie, alle wollen die Hitlerkinder. Das stimmt aber nicht, denn diese Kiste ist noch rappelvoll, während man im Blumenkarton, aus dem sie jetzt mit zögernden Fingern ein winziges Vergißmeinnichtsträußchen zieht, schon den Boden durchschimmern sieht. Sie ist sicher auch eine von denen, die ihre doofen Geburtstagsgeschenke weiterverschenken.

Einmal in der Woche hat die Klasse Religion beim Herrn Kaplan, und wir Gottgläubigen gehen zu den Erstklässlern, wo wir Hausaufgaben machen dürfen. Ich bin jetzt gottgläubig, weil sich meine Eltern immer noch nicht über die für mich passende Religion geeinigt haben. Gottgläubig bedeutet, daß man an gar nichts glaubt, obwohl dieses Wort eigentlich das Gegenteil aussagt. Bin ich jetzt ein Heide, auch wenn Großmutter mich hat taufen lassen und ich jeden Sonntag in den Kindergottesdienst gehe? Außer mir ist noch ein dicker pickeliger Junge gottgläubig. Gottgläubige kommen nicht in den Himmel, weil sie an nichts glauben und keinen Herrgott haben, sagen die anderen Kinder und stellen die gekrümmten Zeigefinger wie Hörner an den Kopf.

Auf dem Heimweg geht Hansi manchmal mit mir nach Hause, denn bei ihm zu Hause wartet nur das Dienstmädchen, weil seine Mutter dem Vater im Geschäft hilft. Oft fragt er mich schon in der Pause, gibt es bei euch auch ganz bestimmt wieder Pudding? Bertchen kann Hansi nicht leiden, weil er bei jeder Gelegenheit plärrt und in seinem Kopf nur ein einziges Wort Platz hat, das Wort »Bonbon«. Warum bettelst du immer um Süßigkeiten, du bist doch kein Zirkushund, hat auch Frau Schneider neulich zu ihm gesagt. Darüber war Hansi so erbost, daß er die Straße sperren will, wenn er groß ist, damit die Schneider nicht mit ihrem Fahrrad an seinem Haus vorbeifahren kann und ihm der Anblick dieser Pißnelke erspart bleibt.

Eines Tages nimmt die Wiegand wieder ihren Stock und schlägt schlimmer auf den Hansi ein als je zuvor, bis ich aufspringe und schreie, das dürfen Sie nicht, das dürfen Sie nicht, der Hansi ist krank, er hat Zucker. Aber sie achtet gar nicht darauf und schlägt weiter, und dabei kreischt der Hansi immerzu, das sag' ich meinem Vater, das sag' ich meinem Vater. Die anderen Kinder lachen, weil sie nicht an die väterliche Hilfe glauben, sondern eher an eine handfeste Nachbehandlung. Bei dem Tumult hören wir nicht die Türe gehen, und plötzlich steht der Braune in der Klasse und will wissen, warum bei uns so ein Radau herrsche. Ich brülle in meiner Wut wieder los, sie darf ihn nicht schlagen, sie darf das nicht, der Hansi ist nämlich krank, er hat Zucker. Der Braune nimmt die Wiegand mit ins Rektorat, und wir können nach Hause gehen. Deshalb feiern mich meine Mitschüler als großen Helden, was mir sehr gefällt.

Am nächsten Tag fehlt die Wiegand, und der Hansi fehlt auch. Wir haben bei dem Braunen Unterricht, der uns von Hitler, der SA und Horst Wessel erzählt. Dann müssen wir wichtige Zahlen der Bewegung auswendig lernen und, wenn er uns aufruft, die Hände an die Hosennaht legen, auch die Mädchen, die gar keine Hosen tragen, und die Zahlen wie aus der Pistole geschossen herunterrasseln.

Ein paar Tage später ist die Wiegand wieder da, und ich komme jetzt nicht mehr zu Wort und bin für die Wiegand überhaupt nicht mehr vorhanden. So bleibt mir nichts anderes übrig, als die Fliegen zu zählen und aus Mariannes Pullover in der Bankreihe vor mir Wolle zu zupfen, die ich zu einem Lesezeichen verarbeite. Das geht so bis zu dem Tag, an dem wir ein Diktat schreiben. Die Tintenfässer in unserem Pult sind bis zum Rand aufgefüllt, jeder hat eine neue Stahlfeder im Federhalter stecken, und das Löschblatt liegt gerade ausgerichtet unter unserer linken Hand. Mit der rechten malen wir Wörter und Sätze und tunken ab und zu die Feder ins Tintenfaß. Meins ist besonders voll, und die Feder lässt sich nur schwer am Rand abstreifen. Als ich wieder einmal eintauche und zum Heft zurückkehre, geschieht es, ein dicker schwarzer Tintenfleck ziert plötzlich die makellos weiße Seite. Mittendrin zwischen den Ecken und Schleifen und den sorgfältigen Auf- und Abstrichen meiner schönsten Sütterlinschrift prangt das schwarze Übel. Mir ist die Hand ausgerutscht, flüsterte ich, als die Wiegand auf ihrem Kontrollgang an meinem Platz stehen bleibt. Sie nickt lächelnd, und ich atme auf. Dann werden die Hefte eingesammelt und auf dem Pult gestapelt. Es folgt einer jener seltenen Augenblicke, wo in der Klasse vollkommene Ruhe herrscht. Man könnte eine Stecknadel fallen hören. Die Wiegand sitzt am Pult und betrachtet uns, einen nach dem anderen, dann bleibt ihr Blick an mir haften. Ida, komm nach vorn, ruft sie und greift nach dem Rohrstock. In meinem Kopf hämmert es, das kann sie doch nicht machen, es war nicht meine Schuld, es war das Tintenfaß, aber da stehe ich schon vor ihr und muß ihr meine Handflächen entgegenhalten, in die sie ihre gezielten Schläge setzt, in jede Hand zwei. Nicht weinen, nur nicht weinen, befehle ich mir, während der Schmerz wie ein Messer in meine Hände schneidet. Dann ist es vorbei. Ich gehe an meinen Platz zurück, und aus vielen Gesichtern springt mich die Schadenfreude an. Auch Käthe rückt ein wenig von mir ab. Meine Hände brennen wie Feuer, noch schlimmer aber brennt der glutrote Haß in mir.

Du mußt draufspucken, empfiehlt Bertchen auf dem Heimweg, das hilft. Wir spucken gemeinsam, weil meine Spucke alleine nicht ausreicht. Auch sonst mangelt es mir nicht an guten Ratschlägen. Mariechen meint, ich sollte den verhaßten Rohrstock mit Zwiebeln präparieren. Anton rät, die alte Ziege gegen das Schienbein zu treten, und Padühm sagt, das beste wäre, ihr kräftig einen unter die Nase zu donnern, aber das kann ich nicht auf Befehl. Die Wirkung würde auch zur falschen Seite verpuffen, folgert Mariechen, dat Biest haut doch op de Händ.

Zu Hause erzähle ich nichts von meiner Schande. Vater macht eine besonders schwierige Klasse das Leben schwer und Mutter regt sich darüber auf. So aufsässige Schüler hat er noch nie gehabt, erzählt sie Agnes, grinsend sitzen sie da, beantworten keine Frage, und der Direktor stärkt ihnen noch den Rücken und schikaniert meinen Mann wo er nur kann. Neulich platzte er mitten in die Lateinstunde, nur um sich vor den Schülern über das Fach meines Mannes lustig zu machen. Die breite Masse besteht nicht aus Professoren, erzählte er den Schülern, unser Führer kann auf die humanistische Gefühlsduselei von Schwächlingen verzichten. In dieser Welt siegt nur der Stärkere, und der Schwächere ist zum Untergang verurteilt. Deshalb kann unser Führer auch keine verweichlichte Jugend gebrauchen und keine Stubenhocker. Als mein Mann etwas darauf entgegnen wollte, ließ er ihn gar nicht erst zu Wort kommen. Das sind die Überlegungen unseres Führers, werter Herr Kollege, die wollen Sie doch nicht anzweifeln. Eigentlich ist Ihr Latein doch nur was für Apotheker, setzte er unter dem johlenden Beifall der Schüler hinzu, und die ganze Zeit hat er seine qualmende Zigarre in der Hand behalten.

Was ist denn daran so unrecht, wenn die Schüler schweigen? In der Schule redet doch der Lehrer, brabbelt Agnes zwischen den Zähnen, weil sie gerade mein Kleid absteckt und wieder den Mund voller Stecknadeln hat, und wahrscheinlich hat sie auch nicht richtig zugehört. Sie schweigen und schreiben, versucht Mutter Agnes aufzuklären. Sie suchen nach Äußerungen, die meinen Mann belasten könnten, und notieren es sorgsam, damit ihre Eltern es weiterleiten können. Was geht bloß in den Hirnen dieser jungen Menschen vor, wollen sie sich aufspielen vor dem einzigen Mädchen in dieser Klasse, wollen sie ihn zugrunde richten, schluchzend sucht Mutter nach ihrem Taschentuch. Die Nadeln stecken jetzt in meinem Kleid, und Agnes kann wieder mit ihrer gewohnten Stimme reden. Ich habe kein Latein gelernt, sagt sie, und bin trotzdem etwas geworden, aber dem Lehrer muß man gehorchen, das geht nicht anders. Mutter geht leise weinend hinaus. Bei so viel Ärger kann ich ihnen nicht auch noch mit meiner Schande kommen.

Hansi ist immer noch krank, und ich will ihm meine dicke Glasmurmel mit den bunten Streifen schenken, wenn er wieder in die Schule kommt. Doch er kommt nicht. Stattdessen kommt der Braune ins Klassenzimmer und teilt uns mit, daß Hansi gestorben ist. Hansis Eltern wollen keine Beerdigung mit Lehrern und Schulkindern, aber sie wollen mich am Nachmittag sehen. Ihr habt euch wohl gut verstanden, fragt der Braune. Ich nicke, und die Wiegand setzt gleich scheinheilig hinzu, die beiden hatten eine so wunderbare Freundschaft, zwei richtige kleine Kameraden. Morgen werden wir auch in der Klasse eine kleine Trauerfeier abhalten und unseres Mitschülers, der so tapfer seine Krankheit getragen hat, gedenken. Dann flattert sie mit ihren Flackeraugen hinter dem Braunen her nach draußen.

Wie ist es, wenn man tot ist, frage ich Bertchen. Dann ist alles aus, sagt er, du hörst nichts, du siehst nichts, du fühlst nichts und nach ein paar Tagen stinkst du. Meine Oma hat schon gleich am nächsten Tag gestunken, als sie noch aufgebahrt war und die Leute die Leiche gucken kamen. Wir stecken die Finger in die Ohren, schließen die Augen und legen uns flach mitten auf die Straße, bis Anton mit seinem Kastenwagen hinter uns quietschend bremst, daß die Blumenkästen rappelnd durcheinanderfliegen. Seid ihr denn janz und jar verrückt jeworden, wat macht ihr Pänz da mitten auf der Straß, schreit er wütend. Wir sind tot, sage ich. Da habt ihr aber fies Jlück jehabt, dat wärt ihr nämlich bald jewesen. Nu macht, dat ihr auf die Pritsch kommt, damit ich euch noch lebendig nach Haus bring. Das lassen wir uns nicht zweimal sagen und fahren stolz zwischen Stiefmütterchen und Petunien nach Hause.

Hansi liegt blaß und still auf seinem Bett. Ich lege meinen Blumenstrauß auf die Bettdecke und wünsche mir, noch einmal seine krächzende Stimme zu hören, aber er bleibt stumm. Traurig schleiche ich aus dem Zimmer und verabschiede mich von Hansis schwarzgekleideten Verwandten. Seine Mutter legt mir den Arm um die Schulter und schaut mich aus rotgeweinten Augen an. Hansi hat dir etwas hinterlassen. Sie gibt mir sein dickes Märchenbuch und alle Schukoautos, die er in einer dicken braunen Tüte aufbewahrt hatte. Damit du manchmal an ihn denkst, sagt sie und hält wieder das Taschentuch an die Augen.

Auf dem Pult steht ein Blumenstrauß mit einer schwarzen Schleife. In der Klasse ist es still, von draußen hört man Stimmen. Hinten im Nebenbau lärmen die Viertklässler. Dann spricht die Wiegand. Aber sie spricht nicht von Hansi, seinem runden Haarschnitt mit dem Pony vorn, seinen krächzenden Fragen und der ewigen Bonbonbettelei, nein, sie spricht vom Hitlerjungen Quex, der auch tot ist, aber sonst nichts mit Hansi zu tun hat. Ich schaue auf den leeren Platz in der ersten Reihe. Dreht sich der Hansi nicht gerade lachend um, still jetzt, krächzt er, Wiegand, vortreten, Hände aufhalten! Er nimmt den Rohrstock vom Pult und dann klatschen seine gezielten Schläge in die ihm entgegengehaltenen Handflächen. Ida, du träumst schon wieder, höre ich die wohlbekannte Stimme.

Dat Mutterkreuz will ich nit, wehrt sich die alte Frau Röhrig. Ich hab mein Kinder mit Anstand großjezogen unter dem Kreuz von unserem Herrjott, dat falsche Kreuz näm ich nit. Un schon janit von däm Jesocks, die den da oben verleugnen. Bist du ruhig, Mutter, sag dat um Jottes Willen nit am Sonntag, wenn der Pinscher mit dem anderen Joldfasänchen kommt, sonst brings du uns in Deuvels Küch. Ich will dat Kreuz nit, und dabei bliev et, sie schiebt trotzig die Unterlippe vor. Die Mutter kann dat nit ablehnen, mir müssen an et Jeschäft denken, sagt Anton. Müssen die denn ausjerechnet jetz kommen, wo der Obergärtner in Urlaub is und am Montag die zwei Beerdigungen sin. Wann sollen se sonst kommen, am zwölften August hat doch däm sing Mutter Geburtstag, erklärt Mariechen. Wat han mir denn mit dem Pinscher sing Mutter zu tun, erkundigt sich Anton begriffsstutzig. Jeck, doch nit dem Pinscher seine, die von dem Herrn über alle Joldfasane. Wat meinste, soll ich mal mit dem Kaplan reden, überlegt Mariechen. In der Hoffnung, dass der Kirchenmann die verstockte Mutter überzeugen kann, atmen alle erleichtert auf. Mariechen klopft schnell ein Eidotter mit Rotwein und Traubenzucker in eine große Blumentasse, ich darf antrinken und es schmeckt noch besser als Großmutters Danziger Goldwasser. Auch die alte Frau leckt sich zufrieden die Lippen, und die anderen verziehen sich in die Gärtnerei.

Am Sonntag erscheint pünktlich um elf Uhr der Ortsgruppenleiter mit seinem Schatten, dem Pinscher. In der Gärtnerei ist es noch ruhig. Die Schwarzen sitzen in der Kirche, und die Braunen kaufen selten Blumen. Auch die Familie ist nicht vollzählig, aber das hat andere Gründe. Tim marschiert in Ostpreußen. Franz marschiert in der Tschechei, die jetzt Protektorat Böhmen und Mähren heißt, weil die Engländer und Franzosen die Tschechen dem Hitler zum Fraß vorgeworfen haben, wie Vater sagt, Hubert ist bei der Organisation Todt und der Klein beim Arbeitsdienst. Der Lange wird sowieso nicht eingeladen, weil sonst den alten Röhrig womöglich der Schlag träfe. Nur Mariechens Schwester aus Köln ist gekommen und wirbelt unter blonden Löckchen unruhig hin und her. Am Morgen wollte sie das Wohnzimmer für die Feier herrichten, wo Mariechens Nähmaschine immer offen herumsteht, Hemden zum Flicken neben Stößen von Blumenkatalogen liegen und sich im Wäschekorb die Bügelwäsche stapelt. Dat Wohnzimmer bleibt zu, entschied Mariechen, haben wir Ostern oder Weihnachten? Wir empfangen in der Küche, wat für uns jut jenog is, is für die schon lang jot. So blieb alles, wie es war.

Der Kaffeekessel sirrt auf dem Herd, die Kuckucksuhr tickt, auf der Bank am Fenster schlafen zusammengerollt die Katzen, und nur die alte Frau Röhrig sieht anders aus als gewöhnlich und trägt statt der gemusterten Kittelschürze ein schwarzes Kleid mit Spitzenkragen, langen Biesen und vielen kleinen Knöpfchen.

Der Ortsgruppenleiter liest aus einer Urkunde vor, daß der Führer und Reichskanzler Adolf Hitler als sichtbares Zeichen des Dankes des deutschen Volkes an kinderreiche Mütter das Ehrenkreuz der Deutschen Mutter gestiftet hat, und ich habe heute die große Ehre, der Ortsgruppenleiter richtet sich stramm auf, im Namen des Führers der Volksgenossin Hedwig Röhrig dieses Kreuz zu verleihen. Wir waren auch acht Kinder zu Hause, sagt die alte Frau Röhrig, während der Ortsgruppenleiter an einem roten Etui fingert und der Pinscher die Wand betrachtet, an der ein Kruzifix und ein vergilbter Hindenburg hängen. Ich war das einzige Mädchen. Meine Schwester ist früh gestorben, und die anderen sind alle im Krieg gefallen, bis auf meinen Bruder hier, der sein Bein im Feld verloren hat. Ich kann nur den Herrgott bitten, daß er meine Kinder verschont, damit es ihnen nicht auch so geht. Das Gesicht des Ortsgruppenleiters rötet sich. So etwas wird nicht mehr geschehen, dafür sorgt unser Führer, schnarrt er. Dat kann man nicht wissen, sagt die alte Frau, se sin doch schon wieder am Marschieren. Zum Glück öffnet sich jetzt mit einem Klack das Etui, und der Ortsgruppenleiter zieht schnell an einem langen Band das Mutterkreuz heraus und will es der alten Frau wie einen Karnevalsorden um den Hals hängen. Bevor es jedoch dazu kommt, klopft es und der Pfarrer kommt herein, wie immer in schwarz mit einem weißen Rand am Hals. Gott zum Gruß und gelobt sei Jesus Christus, nickt er freundlich nach allen Seiten, bevor er sich zu der alten Frau beugt. Bei dieser kleinen Feierstunde zu Ehren meines treuesten Pfarrkindes möchte ich doch nicht fehlen, liebevoll tätschelt er die faltige Hand mit dem breiten goldenen Ehering, und so habe ich meine Geschäfte heute einmal dem Kaplan übertragen. Das freut mich aber ganz besonders, Herr Pfarrer, daß Sie sich herbemüht haben, weil Sie doch meine Kinder getauft und zur heiligen Kommunion geführt haben und ihren Lebensweg sozusagen begleitet ... Hier unterbricht der Ortsgruppenleiter mit krebsrotem Gesicht. Frau Röhrig, wir wollen doch jetzt zur Verleihung schreiten, meine Zeit ist etwas begrenzt. Haben Se heute noch mehr Achtkindermütter zu ehren, Herr Kutz, tönt Padühms Stimme aus dem Hintergrund, dat sollte mich nit wundern, et war schon immer ne fruchtbare Jejend hier. Der Ortsgruppenleiter schaut stirnrunzelnd hoch, und diesen Augenblick nutzt der Pfarrer. Kommen Sie, ich helfe Ihnen, wenn Sie es so eilig haben. Wir Männer der Kirche sind nicht so hastig, wir denken in längeren Zeitabschnitten, dabei nimmt er dem Ortsgruppenleiter den Orden aus der Hand und streift ihn blitzschnell der alten Frau über den Kopf. Da war die Kirche einmal schneller als wir, lächelt der Ortsgruppenleiter säuerlich, aber immerhin mit dem Ehrenkreuz des Führers. Auch wir müssen uns anstrengen, jetzt, wo Sie uns noch die Ewigkeit streitig machen wollen, antwortet der Pfarrer.

Als die Staatsmacht verschwunden ist, zieht die alte Frau das Kreuz wieder aus. Laß mal sehen, wat steht denn da drauf, fragt Anton. Das Kind adelt die Mutter, liest er vor, also ab heute Frau von Röhrig. Jecke Jung, sagt seine Mutter, nimmt ihm das Kreuz aus der Hand und läßt es achtlos in der Küchenschublade verschwinden.

Auf unserem Schulweg kommen wir an einem großen Haus vorbei, das versteckt hinter Bäumen in einem Park liegt. Ein Schloß, behauptet Bertchen. Schlösser haben Türme, widerspreche ich. Aber es hat doch einen Koch. Wir bleiben stehen und sehen einen Mann mit weißer Mütze hinter vergitterten Fenstern im Erdgeschoß wirtschaften. Das Haus gehört zu einem Mädchen aus meiner Klasse, das ein hellblaues Haarband trägt und schüchtern lächelt. Puppenliese, nennt Bertchen das Mädchen abfällig. In Wahrheit heißt sie Edeltraut. Das klingt wie Edelfräulein und paßt gut zu dem großen Haus. Sie haben auch ein schwarzes Auto, das von Käthchens Vater chauffiert wird, und deshalb wohnt Käthchen in einem kleinen Haus mit grünen Fensterläden gleich nebenan und breitet auf dem Rasen mit Edeltraut ihre Puppen aus. Ich hätte ganz gerne mitgespielt, schon weil mich das geheimnisvolle Haus hinter den Bäumen lockt, doch Käthchens Mutter ist damit nicht einverstanden. Was willst du hier, du gehörst nicht zu uns, geh nach Hause und spiel mit deinen Leuten, sagt sie und stützt die Arme auf ihren Besen, mit dem sie gerade den Hof gekehrt hat. Edeltraut lächelt und ich gehe nach Hause und singe »dumme Ziege, dumme Ziege« nach der Hänschen-Klein-Melodie, wobei ich den Takt auf meinen über dem Bauch baumelnden Tornister schlage.

Edeltraut hat keine Mutter, sie ist gestorben, erzählt Käthchen. Es ist für mich unvorstellbar, keine Mutter zu haben, so etwas gibt es doch nur im Märchen. Ich will lieber gar nicht darüber nachdenken und verbanne die still lächelnde Edeltraut schnell in das verwunschene Haus zu dem Koch mit der weißen Mütze. Bis eines Tages das große schwarze Auto vor unserem Haus hält und Käthchens Vater, die Mütze in der Hand, mit Vater spricht. Willst du mit Edeltraut spielen, habt ihr etwas ausgemacht, fragt Vater, der verschwitzt, in einer alten Hose, die kein Landstreicher tragen würde, wie Mutter behauptet, aus dem Garten gekommen ist. Habe ich etwas ausgemacht? Ich weiß es nicht mehr, vielleicht will ich es auch nicht wissen. Ich weiß nur, daß Bertchen mit einem großen Einmachglas und einem kleinen Netz, das aussieht wie ein Teesieb, im Möllscheswseiher Kaulquappen fangen will und ich das nicht verpassen darf. Du mußt selbst entscheiden, ob du mitfahren willst, sagt Vater. Er sieht verärgert aus, denn er läßt sich nicht gerne bei der Gartenarbeit stören. Schon gar nicht von einem großen schwarzen Auto, das zu den stinkenden Benzinkutschen gehört, die seiner Meinung nach nur die Landschaft verpesten und die Menschen an gesünderen Arten der Fortbewegung hindern.

Fahr doch mit, fordert mich Käthchens Vater auf, Edeltraut ist so alleine. Die Aussicht, in einem so schönen Auto zu fahren und nicht auf Antons alter Pritschenkiste, ist schon verlockend, außerdem reizt mich das geheimnisvolle Haus. Aber dazu müßte ich meine schwarze Turnhose und die ausgelatschten Sandalen ausziehen, in weißes Leinen steigen, Stadtkleidung, Großmutter-Besuchskleidung, und da weiß man doch schon, was dabei herauskommt. Ruhig sitzen, nicht mit den Beinen baumeln, nur sprechen, wenn man gefragt wird, niemals, auch nicht ganz leise, Scheiße sagen und alles wird ganz furchtbar langweilig sein. Das Einmachglas mit den Kaulquappen hat gesiegt. Nein, ich habe schon was vor, murmele ich, bohre mit der Spitze meiner Sandale Löcher in den Kies und vermeide dabei hartnäckig, Käthchens Vater in die Augen zu sehen. Das ist nicht schön von dir, sagt er, setzt die Mütze auf und knallt die Autotür zu. Leise surrend setzt sich das schwarze Auto in Bewegung, und Vater verschwindet wieder im Garten, läßt mich allein mit dem stillen Gesicht und der blauen Schleife, die jetzt wie eine Zentnerlast auf meiner Seele liegen.

Was denken sich diese Leute eigentlich, sagt Vater am Abend zu Mutter. Schicken einen Chauffeur, um unsere Tochter abzuholen, gerade wie ein Postpaket. Nur gut, daß sie nicht mitgefahren ist. Aber ich habe ein mutterloses Mädchen sitzenlassen, und es geschieht mir ganz recht, wenn Edeltraut sich nicht mehr umdreht, um mir zuzulächeln.

Was gäbst du drum, wenn du Klavier spielen könntest, frage ich Bertchen. Nix, lautet die lakonische Antwort. Möchtest du nicht Klavier spielen? Nä, lieber Trompete oder Posaune, wie der Brüchers Walter. Walter wohnt auf dem Grundstück der Französin, die angemalt ist und mit einem Hosenrock und roten Fingernägeln einkaufen geht. Ihr Mann hat sich mit einer Jungen dünngemacht, weiß Mariechen, und jetzt lebt die Französin ohne ihren dünnen Mann ganz alleine in dem alten Haus mit dem großen Gartengrundstück. Nur gut, daß wenigstens Walter hinten im Waldhäuschen wohnt und abends Posaune bläst, was besonders an lauen Sommerabenden schön anzuhören ist. Es würde noch besser klingen, wenn er nur solche Lieder wie »Ade zur guten Nacht« oder »Am Brunnen vor dem Tore« spielen würde, meint Mariechen, und nicht den braunen Quatsch von den Fahnen im Sturmwind. Aber Walter übt für das Musikcorps der HJ, und da braucht man diese Lieder. Seit Bertchen auch bei diesem Verein ist und die Pimpfenuniform mit dem schwarzen Koppel trägt, himmelt er den Walter an, und ich muß wie Vater auf meine Reden achten, denn Walter ist Bertchens HJ-Führer, und man weiß nie, was schwerer wiegt, eine alte Freundschaft oder ein neuer Führer.

Meine Schwester will nicht mehr in die Klavierstunde gehen, weil die Eschbach sie so komisch anguckt, spinne ich meinen Faden weiter. Was glaubst du, wie oft mich der Lehrer komisch anguckt, deshalb muß ich doch in die Schule gehen, meint Bertchen und schnitzt Späne von seinem Indianerstab, der schon zur Hälfte mit einem Muster bedeckt ist. Aber sie hat Puppen, ein ganzes Zimmer voll. Na und, sagt Bertchen. Die zieht sie an und aus und legt sie ins Bett und füttert sie aus kleinen Fläschchen mit Liebesperlen. Meiner Schwester hat sie auch so ein Fläschchen geschenkt. Jetzt reißt Bertchen die Augen auf, die tickt nich richtig, die hat nen Hau, sagt er, vielleicht hat sie die Klavierkrankheit? Was soll denn das sein, frage ich. Sie spielt und spielt und spielt, er hat längst den Stab fallen lassen, trommelt auf einem unsichtbaren Klavier herum. Vielleicht ist das ansteckend wie Masern, und eines Tages kommt deine Schwester nach Hause und spielt und spielt und ... hör auf, sage ich, denn ich weiß, wohin so etwas bei Bertchen führt. Er hat den Wiederholungszwang, und man muß ihn rechtzeitig bremsen. Was soll der Quatsch? Meine Mutter geht heute zu ihr, und dann wird sich herausstellen, was sie hat.

Aber Mutter kommt ganz verstört von ihrem Besuch zurück. Was hast du denn deiner Klavierlehrerin erzählt, fragt sie meine Schwester. Ich habe überhaupt nichts erzählt, schreit Hetty gleich los. Sie sagt, du hättest sie bei der Partei schlecht gemacht, und sie müßte das jetzt richtigstellen. Das ist natürlich Unsinn, beruhigt Mutter meine weinende Schwester, aber ich weiß nicht, was sie sich in den Kopf gesetzt hat. Angeschaut hat sie mich mit Augen so groß wie Untertassen. Mutter schüttelt sich, richtig unheimlich ist mir dabei geworden. Und überall hat sie Hitlerbilder. Sogar auf dem Klavier steht eins. Jeden Satz beginnt sie mit »unser Führer«. Er würde das nicht wollen, er weiß gar nicht, was hinter seinem Rücken geschieht, er will doch nur unser Bestes, wir müssen zu ihn aufschauen. Mein Gott, das grenzt an religiösen Wahn, murmelt Mutter, ich war richtig froh, als ich wieder draußen war. Wir suchen dir eine neue Klavierlehrerin, verspricht sie meiner Schwester.

Zwei Tage später kommt ein Mann mit grauem Hut zu uns und will meine Schwester unter vier Augen sprechen. Gestapo, flüstert Mutter ins Herrenzimmer. Jetzt will auch Vater wissen, was los ist. Aber der graue Hut gibt keine Auskunft. Er fragt nur Hetty, die nichts weiß und weint. Das hätte ich ihm vorher sagen können. Sie weiß nämlich nie was, und so geht der graue Hut wieder und läßt uns allein mit unserem Schrecken und Mutters Fragen, was er gesagt hat, wie er es gesagt hat, was er dabei für ein Gesicht gemacht hat. Ich weiß es doch nicht, schreit meine Schwester. Er wollte wissen, was ich über den Führer gesagt habe, aber wir haben doch nur Klavier gespielt. Die Etüden von Clementi, schluchzt Hetty. Dann hat er noch gefragt, ob ich wisse, wo sich Frau Eschbach aufhält. Ist sie denn nicht zu Hause, fragt Mutter. Ich weiß es nicht, darüber hat der Mann nichts gesagt. Ja, müssen wir uns denn alles gefallen lassen, legt nun Mutter los. Die kommen einfach hierher, verhören ein Kind, nur weil dieses hysterische Weib den Hitlerwahn hat. Müssen wir uns das bieten lassen? Ich fürchte ja, sagt Vater ruhig. Aber das kommt nur daher, weil hier in diesem Haus alles vor den Kindern besprochen wird, gibt Mutter zurück. Soll ich mir denn in meinem eigenen Haus einen Maulkorb umbinden, schreit Vater und geht wütend nach oben.

Was glaubst du, wie es in dem Lager ist, wo der Eisenkrämer und die anderen alle hingekommen sind, frage ich Bertchen. Nicht gut, meint der, Wasser und Brot. Auch Schläge? Sicher, und Fußeisen, ganz bestimmt Fußeisen mit einer Kugel dran, damit sie nicht weglaufen können. Bertchen liest Abenteuerromane. Im Augenblick sind Galeeren und Strafkolonien seine Spezialität. Warum willst du das wissen? Weil die Gestapo bei uns war, wegen der Klavierlehrerin und was meine Schwester zu ihr gesagt hat. Und hat sie was gesagt, erkundigt sich Bertchen neugierig. Irgendwas über den

Führer, behauptet die Eschbach, aber meine Schwester sagt, das sei nicht wahr. Das sagen sie alle, meint Bertchen, und das mit dem Führer ist schlimm, über den darf man nichts sagen. Deine Schwester kommt ganz bestimmt ins Lager. Aber die Eschbach ist verschwunden, wende ich ein. Was, Bertchen macht runde Augen, hat deine Schwester sie zum Schweigen gebracht, er läßt die Zunge aus dem Hals hängen und zieht an einem unsichtbaren Strick. Quatsch, sie ist nicht mehr zu Hause, und der Mann mit dem grauen Hut sucht sie. Ich will nicht, daß meine Schwester ins Lager kommt zum Eisenkrämer und Großvaters Pfarrer, auch wenn sie manchmal richtig ekelhaft zu mir ist. Bertchen schweigt und läßt den Sand zwischen den Fingern herausrieseln, Körnchen für Körnchen, bis sich vor seinen Füßen ein kleiner Berg angehäuft hat. Wat willste da machen, sagt er und zertritt den Sandberg mit dem Fuß.

Der Mann mit dem grauen Hut läßt nichts mehr von sich hören. Mutter sagt, wir könnten erst aufatmen, wenn Hetty im Ferienlager in Borkum und damit aus der Schußlinie ist. Sie trägt Uniform. Schwarzer Rock, weiße Bluse, Dreieckstuch mit Knoten und Kletterweste. Warum diese Jacke so heißt, weiß ich nicht. Meine Schwester ist noch nie auf einen Baum geklettert und wird das auch mit dieser Weste sicher nicht tun. Mutter hakt auf einer langen Liste alles ab, was Hetty in einem viereckigen Rucksack verstaut, der einen Felldeckel hat und Affe heißt. Schließlich hat der Affe den letzten Strumpf geschluckt, und wir begleiten meine Schwester zur Bahn, in der schon andere Uniformierte sitzen und sie mit Geschrei und Hallo begrüßen. Hetty verschwindet schnell in dieser Gemeinschaft, und neidisch sehe ich zu, wie sie sich winkend immer weiter entfernt, bis sie mit der Bahn im Wäldchen verschwunden ist.

Am Abend fährt auch Vater in die Ferien, mit dem Nachtzug nach Österreich. Jetzt haben wir unsere Ruhe und können uns das Leben schön machen, sagt Mutter, und wir essen auf der Terrasse Schokoladensuppe mit Schneebällchen und Rührei mit Schnittlauch. Als wir gerade damit fertig sind, quietscht das Gartentörchen, und zwischen den Rosenbüschen taucht Herr Eschbach auf, der nicht stören will, es aber doch tut, denn wir wollten es uns doch gemütlich machen, ohne einen Mann mit Handkuß, der etwas Wichtiges mit Mutter zu bereden hat, wobei sie mich nicht brauchen können. Ich habe es aber nicht eilig fortzukommen, räume das Geschirr ab und trödele an der offenen Terrassentür herum, um später Bertchen mit Neuigkeiten zu versorgen.

Der jagt gerade den kreischenden Manes über die Straße. Ich muß dir was erzählen, rufe ich. Bertchen läßt sich nicht stören und zieht weiter mit Manes seine Kreise. Erst als ich nicht aufhöre, ihm Zeichen zu geben, kommt er herangeschlendert. Manes trabt hinterher. Schaff uns den vom Hals, befehle ich, sonst sag ich dir nicht, was ich über die Eschbach weiß. Manes, geh nach Hause, ruft Bertchen. Manes Hause, lallt der und trollt sich. Also, was is, fragt Bertchen. Die Eschbach war beim Hitler. Was, Bertchen staunt. Sie ist mit dem Taxi hingefahren. Nach Berlin. So weit, warum? Sie wollte den Führer sehen, hauche ich mit zuckriger Stimme. Und, hat sie ihn gesehen? Glaubst du, der wartet auf Frau Eschbach? Die Gestapo hat sie festgenommen und verhört, und der Herr Eschbach mußte nach Berlin fahren und seine Frau abholen, und jetzt ist sie weggebracht worden. Wohin, ins Lager? Nee, nach Galkhausen. Siehste, ich hab doch gleich gesagt, dat die nen Hau hat. Und all die vielen Hitlerbilder bei ihr, glaubst du, sie hat ihn geliebt? Wen, den Hitler? Den sollen wir alle lieben, sagt der Walter. So mein ich das doch nicht, so wie Mann und Frau. Bertchen springt hoch, verdreht die Augen und schreit, mein Führer, ich liebe Sie! Ich muß lachen, und dann spielen wir bis zum Dunkelwerden Frau Eschbach besucht den Führer. Ich muß immer die Frau Eschbach sein, während Bertchen als Führer schreien darf, schafft mir das Weib vom Hals. Laß mich auch mal Führer sein, bettele ich. Das ist nichts für Frauen, sagt er, und dabei bleibt es.

Nichtangriffspakt mit Rußland geschlossen, liest Mutter am nächsten Tag die balkengroße Überschrift aus dem Westdeutschen Beobachter vor, den Vater WöbeleBäh nennt. Gott sei Dank. Jetzt kann es keinen Zweifrontenkrieg geben. Der Zweifrontenkrieg hat uns schon im Ersten Weltkrieg kaputtgemacht, und Napoleon hat sich auch in Rußland totgelaufen, deshalb war Bismarck schon ... was kraucht denn da im Busch herum, ich glaub es ist Napoleum, so weit kann ich Mutters Selbstgespräch folgen, dann bleibt mein Finger im Henkel des Milchkännchens stecken, an dem ich schon eine Weile bohre, und läßt sich nicht mehr bewegen, weder vorwärts noch rückwärts. Anklagend halte ich den Zeigefinger mit dem schaukelnden Milchkännchen hoch, Mutter läßt den Bismarck im Raum stehen und sagt ärgerlich, was hast du nun schon wieder gemacht? Dabei zieht sie am Milchkännchen, und ich schreie, denn der Finger sitzt fest. Dann ruft sie nach Frau Schneider, die oben Betten macht, und murmelt etwas von einem Kind, das noch ihr Untergang sein wird. Frau Schneider kommt, und mit vereinten Kräften versuchen sie mich von dem Milchkännchen zu befreien, aber es sitzt wie einzementiert. Muß ich jetzt mein Leben lang mit diesem Kännchen herumlaufen, frage ich verzweifelt und sehe mich zum Gespött der Klasse mit einem Milchkännchen am Finger in der Schule sitzen. Die beiden starren mich entgeistert an und brechen in schallendes Gelächter aus. Auf was für verrückte Ideen dieses Kind kommt, sagt Mutter und wischt sich die Lachtränen aus den Augen. Inzwischen versucht Frau Schneider es mit Seife. Ein Ruck, und der Finger ist frei, aber das Milchkännchen zerbricht auf den Steinfliesen. Da hätten wir aber gleich den Hammer nehmen können, meint Mutter.

8

So einen wunderschönen Sommertag hatten wir lange nicht mehr, sagt Großmutter und lehnt sich zufrieden in ihrem Gartenstuhl zurück. In den hohen Kastanienbäumen verfängt sich der Wind und malt zitternde Sonnenkringel auf das Tischtuch. Schritte knirschen im Kies, Seidenröcke wehen vorbei. Ich habe mein schönstes Kleid an, himmelblau mit schwarzen Punkten, einer langen Samtschleife und unten Volants. Vor mir steht ein großes Eis, und in der obersten Kugel stecken eine Waffel und ein kleines Papierschirmchen. Die Kapelle auf der Zooterrasse spielt den Florentinermarsch, Großmutter summt mit, und in der Ferne brüllen die Löwen. Es riecht nach Kaffee, Zigarren und Sommer. Eine blonde Frau schlendert mit flatterndem Plisseerock am Arm eines Offiziers vorbei. Ein Hauch von Kölnisch Wasser weht uns entgegen. Dieser Tag dürfte nie enden, ewig müßte es so bleiben wie heute. Iß dein Eis, sonst schmilzt es, mahnt Hannelore. Ich mag sie mit ihren Kastanienaugen und dem kurzen Bubikopf. Tante Hedwig, Großvaters Schwester, sitzt kerzengerade da und sieht aus wie die Kaiserin Auguste. Das behaupten wenigstens alle in der Verwandtschaft. Hannelore ist ein Nachkömmling und wurde geboren, als Tante Hedwig eigentlich schon viel zu alt zum Kinderkriegen war. Komm, wir schauen nochmal zu den Affen, fordert mich meine Cousine auf, und ich bin stolz, mit dem großen Mädchen, dem die Soldaten nachschauen, durch den Zoo zu gehen. Ein Affenweibchen hat irgendwo einen Blechdeckel gefunden, mit dem es seinen Nachbarn auf den Kopf schlägt.

Kennst du die Geschichte von unserer Urgroßmutter, die ihrem Mann die Bratpfanne mit den Flinsen über den Kopf gestülpt hat. Hannelore kichert, und ich spitze die Ohren. So richtig über den Kopf mit allem Fett? Ja, sie hingen ihm wie eine Mütze über die Ohren. Aber warum hat sie das getan, frage ich. Wegen der Witwe, sagt Hannelore und kichert wieder. Dann erzählt sie die

Geschichte von dem polnischen Urgroßvater, der so viel unterwegs sein mußte, um auf den Baustellen nach dem Rechten zu sehen, und es mit der Treue wohl nicht immer so genau nahm. Als er wieder einmal über Land gefahren war und die Urgroßmutter schon lange nichts mehr von ihm gehört hatte, auch nicht wie sonst durch vorüberfahrende Fuhrleute oder Hausierer Nachricht erhielt, kam eines Tages eine Kutsche vorgefahren, und heraus stieg eine fein aufgeputzte Madame mit Hut und vielen Unterröcken. Als sich bei ihrer Ankunft nicht sofort etwas regte, rief sie laut, ist hier niemand, und Urgroßmutter, die in der langen grauen Schürze vom Herd kam, wo sie mit den Mägden Kürbisse sauersüß einkochte, strich sich das zerzauste Haar aus dem erhitzten Gesicht und ließ das Madamchen ins Haus. Die glaubte wohl eine Magd vor sich zu haben und fragte so recht von oben herab, wohnt hier der Cuciezski? Ja, Madamchen, sagte Urgroßmutter, die den Braten roch, und knickste, was wollen sie denn von unserem Herrchen? Dumme Pute, das geht dich nichts an, sagte das Madamchen, eine reiche Witwe aus dem Ermländischen. Aber dann besann sie sich und fuhr stolz fort, nu, heiraten möcht er mich, weil er es versprochen hat. Aber zuvor will ich mir wohl sein Anwesen anschauen, und sie begann Türen und Tore zu öffnen und das gesamte Hauswesen zu inspizieren. Als sie genug gesehen hatte und alles zu ihrer Zufriedenheit ausgefallen war, fragte sie ungeduldig, aber wo bleibt er denn, der Cuciezski, und blinzelte unsere Urgroßmutter verschämt an. Gleich wird er kommen, gleich wird der Bräutigam da sein, sagte die, nun nicht mehr rot vom Ofen, sondern von der rotglühenden Wut. Und während sie leise vor sich hinmurmelte, warte, du Aas, dir werde ich es besorgen, öffnete sie die Tür zum Salon und ließ die Heiratslustige allein mit dem großen Spiegel, vor dem sie sich erwartungsvoll die Löckchen zurechtzupfte und sich ausgiebig von allen Seiten betrachtete. Als sie dann langsam ungeduldig wurde, öffnete sich die Tür, aber nicht der so sehnlichst erwartete Cuciezski kam herein, sondern unsere Urgroßmutter. Sie hatte die graue Kittelschürze abgelegt, trug zwar nicht so viele Unterröcke wie die Witwe, sah aber trotzdem recht stattlich aus mit ihren schwarzen Haaren und den blitzenden blauen Augen. Wo bleibt denn der Cuciezski, fragte die Witwe erwartungsvoll. Gleich wird er da sein, gleich wirst du ihn zu sehen bekommen, antwortete unsere Urgroßmutter, nahm der Magd, die mit einem Reisigbesen und einem gefüllten Wasserbottich hereinkam, den Besen aus der Hand und begann das imposante Hinterteil der aufkreischenden Witwe damit zu bearbeiten. Du Luder willst mir meinen Mann wegnehmen, willst meinen Kindern den Vater stehlen, dir werde ich helfen, schrie unsere Urgroßmutter und ließ den Reisigbesen tanzen, während die Magd von oben mit kalten Wassergüssen nachhalf. Erbarmung, Erbarmung, jammerte die so übel Zugerichtete, aber niemand erbarmte sich, und keiner kam ihr zu Hilfe. Der Kutscher machte auf dem Bock ein Nickerchen, und hinter der Tür schauten die kichernden Mägde tatenlos zu. Endlich konnte die schreiende Witwe durch den Ausgang entwischen. Immer noch verfolgt von unserer besenschwingenden Urgroßmutter, sprang sie triefend und all ihrer Lockenpracht beraubt in die Kutsche, und der verschreckte Kutscher gab den Rössern die Peitsche, daß sie aufbäumend davonpreschten. So, das hätten wir, sagte die Urgroßmutter und stellte den Besen in die Hofecke, aber warte, du Lorbas, komm du mir nur nach Hause.

Er kam bald, denn in Ostpreußen spricht sich alles schneller herum als anderswo, und vielleicht hatte auch die enttäuschte Witwe noch ein Wörtchen dazu gesagt. Also schob sich der polnische Urgroßvater leise ins Haus und wollte seine Frau zärtlich von hinten greifen. Die stand am Herd und buk gerade Flinsen. Ah, schau an, der Cuciezski, sieht man dich auch mal wieder, hat dir die ermländische Witwe Urlaub gegeben, Urgroßmutter drehte sich um, die Pfanne in der Hand, und schaute den Urgroßvater wütend an. Der fingerte hastig ein Päckchen aus der Rocktasche, schau her, mein Täubchen, was ich dir mitgebracht habe. So, du hast mir etwas mitgebracht, sagte die Urgroßmutter, schau mal an, ich habe auch etwas für dich und deine liebestolle Witwe, und aus der umgedrehten Pfanne purzelten die heißen Flinsen dem Urgroßvater samt und sonders auf das Haupt. So seiner Sicht beraubt, bekam er, wie die Ermländische zuvor den Reisigbesen, Großmutters Bratpfanne zu spüren. Dir werd ich helfen, mir deine Liebschaften ins Haus zu schicken, schrie unsere Urahne, dir werd ich helfen, mit ermländischen Witwen anzubändeln. Was weiter geschah, weiß ich nicht. Aber sie bekamen noch viele Kinder.

Kannst du schöne Geschichten erzählen, staune ich. Hannelore lacht, daß die Kastanienaugen tanzen.

Als wir am nächsten Tag unseren Besuch zum Bahnhof bringen, sitzt uns gegenüber in der Straßenbahn eine mit Paketen beladene Frau und flüstert, man müsse sich eindecken, weil es bald alles nur noch auf Bezugsschein gäbe. Auch Tante Hedwig empfiehlt uns, Vorräte anzulegen. Man könne es nicht wissen und besser sei besser, und überhaupt glaube sie nicht an den Pakt. Das hält nicht lange, sagt sie.

In der folgenden Woche decken wir uns ein. Einen rosa Morgenrock für Mutter, Unterhosen und Hemden für die Familie, Berge von Wolle und Stoffen, damit Agnes zu tun hat. Im Buttergeschäft am Gürzenich erfahren wir, daß die Butter rationiert ist und nur noch pfundweise abgegeben wird, um den Hamsterkäufen verantwortungsloser Volksgenossen zu begegnen, die die Volkswirtschaft schädigen. Frau Jansen kniept mit den Augen und schiebt meiner Mutter ein Paket über die Theke. Inzwischen geht meiner verantwortungslosen Mutter das Geld aus und sie muß sich von Großvater aushelfen lassen. Der ist aber auch knapp, denn bei Großmutters großzügiger Ader lassen sich keine Reserven anhäufen. Großvater hilft mit einem Hunderter aus und rät, gezielter vorzugehen. Öl und Kaffee, nichts anderes, und das in verschiedenen Geschäften, damit es nicht auffällt. Dann ist auch Großvaters Geld alle und die schönen Tage, die wir uns eigentlich machen wollten, sind vorbei.

Meine Schwester kommt braungebrannt aus Borkum zurück und zaubert Muscheln, Seesterne und eine kleine Möwe zum Anstecken aus dem Affen. Vater kommt aus Österreich mit Schwabs Griechischen Heldensagen, und dann kommt der Krieg. Eines Morgens ist er da, und weil schon so lange davon geredet wurde, will es jetzt niemand glauben. Die schreckliche Stimme rollt das R noch stärker als sonst und sagt, seit 5 Uhr 45 wird zurrrückgeschossen. Die Erwachsenen bewegen sich wie Stockpuppen mit angstvoll verschlossenen Gesichtern. Es wird viel geseufzt, und alle haben es natürlich schon vorher gewußt. Dat war ja vorauszusehen, sagt Mariechen. Dat mußte ja so kommen, sagt Padühm. Der reitet uns noch alle ins Unglück, unkt der alte Röhrig. Mutter sagt nur, mein Gott, mein Gott, was wird nun werden, Vater sagt gar nichts. Wenn wir den Krieg verlieren, möge uns der Himmel gnädig sein, sagt Großvater.

Im Radio jagt eine Sondermeldung die andere, und es hagelt Einberufungsbefehle. Auch der Walter aus dem Waldhäuschen zieht ins Feld, und mit der Abendmusik ist Schluß. Bei Röhrigs gehen der Kleine und der Lange, der jetzt wieder nach Hause kommen darf, denn im Krieg werden die alten Schuldbücher geschlossen. Bald gibt es keine jungen Männer mehr in unserer Straße, alle sind weg.

Nur einer kommt wieder, der Eisenkrämer. Er trinkt nicht mehr und er spricht auch nicht mehr mit den Bäumen, er spricht überhaupt nicht mehr, mit niemandem. Den ganzen Tag sitzt er auf der Bank im kleinen Wäldchen und starrt vor sich hin. Wenn wir mit der Straßenbahn vorbeifahren, sehen wir ihn da sitzen, und wenn wir aus der Schule kommen, sitzt er auch da, und wir gehen ganz vorsichtig an ihm vorbei und legen den Finger an die Lippen, denn jetzt ist er uns noch unheimlicher als vorher. Wat han die bloß mit dem armen Kerl jemacht, sagt Mariechen. Dat is kein Mensch mehr, dat is en Wrack, bestätigt auch Padühm, jetz kannste dir vorstellen, wat aus dir wird, wenn de dene in de Finger fällst.

Kaum hat der Krieg begonnen, gehen die Lichter aus. Straßenlaternen, Leuchtreklame, Beleuchtung von Wirtshäusern und öffentlichen Gebäuden erlöschen, sogar die Straßenbahnen fahren dunkel, haben wie Autos und Fahrräder nur schmale Lichtschlitze und bewegen sich wie Geisterbahnen auf den Schienen. Mit der Dunkelheit kommt der Kalk. Alles wird geweißt, was der Orientierung in dieser finsteren Welt dienen kann, Bordsteine, Treppen, Bäume, Masten und Zäune, Hauskanten und die Eingänge zum Luftschutzkeller leuchten in strahlendem Weiß. Wir spitzen die Ohren, um all die neuen Geräusche aufzunehmen. Das Motorensummen eines plötzlich aus der Dunkelheit auftauchenden Autos, die verschiedenen Sirenentöne, vom Heulton des Voralarms bis zum schrillen Einton des Vollalarms, und die Fanfarenstöße der Sondermeldungen, die das Volk an die Volksempfänger lockt. In der Wochenschau sehen wir lachende Soldaten, wie sie mit aufgekrempelten Ärmeln durch den polnischen Spätsommer marschieren oder aus den Luken ihrer Panzer lehnen. Mutter geht jetzt oft mit mir in jugendfreie Filme in die Scala oder Schauburg. Sie will wenigstens im Kino erleuchtete Städte sehen. Wenn wir abends von der Straßenbahn nach Hause tappen, muß ich sie, nachtblind wie sie ist, an die Hand nehmen. Einmal hat uns ein Mann bis vor die Haustür gebracht, weil Mutter mit ihrer Taschenlampe, die einem Ei mit Henkel ähnlich sieht, nicht zurecht kam. Man muß dauernd auf den Henkel drücken, um ihr mit viel Gesurre einen Lichtstrahl zu entlocken. Wer so eine Taschenlampe hat, ist nicht zu überhören, lange bevor man ihn sieht.

Nach und nach gewöhnen wir uns an die Nachtschatten des Krieges. Vater hat Verdunkelungen gebastelt aus schwarzem Papier. Dauernd fällt eins der Rollos herunter, und dann hören wir die Stimme des Pinschers: Licht aus! Bald achten wir nicht mehr darauf, denn er schreit bei dem kleinsten Lichtfünkchen. Doch eines Tages steht der Pinscher vor unserer Türe und überprüft Vaters Bastelwerk. Er gibt uns einen Termin, bis zu dem alles in Ordnung gebracht werden muß, sonst wird nach oben gemeldet, und was das heißt, wissen Sie ja, droht der Pinscher, über den wir schon lange nicht mehr lachen. Eiligst sorgt der Schreiner für Abhilfe. Vater ist wütend, was bildet der sich eigentlich ein, kanzelt mich ab wie einen dummen Jungen. Vielleicht ärgert ihn auch nur, daß seine Rollos der Prüfung nicht standgehalten haben, wo er sich doch tagelang damit abgeplagt hat.

England und Frankreich sind jetzt auch mit uns im Krieg, weil sie das mit Polen nicht dulden wollen. Dafür ist Danzig eine freie Stadt, und die Menschen winken den Soldaten mit kleinen Hakenkreuzfähnchen zu. Großmutter freut sich, daß der Korridor weg ist und man jetzt nach Königsberg fahren kann, ohne im Zug eingeschlossen zu werden. Ich kam mir immer vor wie eine Gefangene, sagt sie. Die ersten gefangenen Polen sind auch schon da. Die Uniformjacke lässig über eine Schulter gehängt, schauen sie hochmütig über uns hinweg und sprechen mit niemandem. Die stolzen Polen, sagt Großvater. Ihm tun die Pferde leid, eine Pferdearmee gegen Panzer, das konnte doch nicht gut gehen. Mit Pferden kennen sich die Polen aus. Die Bauern, denen sie die einberufenen Knechte ersetzen, wissen das zu schätzen.

Mit der Ankunft der polnischen Kriegsgefangenen verschwindet auch unser zweiter Urgroßvater in der Versenkung. Tante Betty singt nicht mehr »Am meisten lob ich mir die Polin«, und mir wird eingebläut, nichts von unserer polnischen Abstammung zu erzählen. Gut, daß unser Name eingedeutscht wurde, sagt Mutter, und das klingt fast wie »zurückgeschossen«. Das sind alles Untermenschen, behauptet die Wiegand. Bertchen weiß auch nicht, was das für Menschen sein sollen. Ich stell mir das vor wie im Zirkus, einer steht unten und die anderen alle obendrauf. Fragen können wir keinen. Die Männer haben keine Zeit wegen der doppelten Arbeit, und die Frauen sind dauernd mit den Karten beschäftigt. Für alles gibt es jetzt Karten, Lebensmittelkarten, Seifenkarten, Raucherkarten, und man muß höllisch aufpassen, welcher Abschnitt aufgerufen wird und daß man alles bekommt, was einem zusteht. Sogar Kartoffeln und Kohlen sind rationiert. Wir können die Zentralheizung nicht mehr in Betrieb halten, und Vater läßt Kamine für Ofenanschlüsse einbauen.

Ich werfe mein heimlich stibitztes Küchenmesser in gezieltem Bogen auf die Erde. Bertchen trennt das eroberte Stück Land ab. Der Manes darf nicht mehr auf die Straße, berichtet er. Was hat er denn ausgefressen, frage ich frohlockend. Nix, der Pinscher meint, der Manes sei ein Ärgernis für die ganze Gegend, und deshalb hat die Frau Sechtem Angst, daß er abgeholt wird. Wohin abgeholt, ins Lager, erkundige ich mich und achte darauf, daß Bertchen mich beim Abtrennen des Landes nicht betrügt. Der Manes ins Lager, nä, in de Klapsmüll, sagt Bertchen und wirft sein Messer. Ich überlege. Von da kommen sie nicht mehr zurück, hat Mutter neulich Agnes erzählt und hinzugefügt, im Postpaket per Einschreiben haben sie meine Cousine Alwine zurückgeschickt, und mein Onkel mußte dem Briefträger den Empfang bestätigen. Alwine war Onkel Oskars zweite Tochter und litt an Melancholie, wie Großmutter sagt. Bei dieser Krankheit wird man immer trauriger, bis sich die ganze Welt verdunkelt und alles Leben daraus verschwindet. Deshalb wollte Alwine unbedingt ein Messer haben, und alle mußten höllisch auf sie aufpassen, bis es ihr eines Tages doch gelungen ist und sie sich beide Pulsadern aufschnitt. Wenn Mutter das erzählt, fährt sie mit den Zeigefingern über die Innenseite ihrer Handgelenke, daß man glaubt, das Messer zu sehen. Alwine kam in die Heilanstalt und landete kurz darauf als Asche im Postpaket. Mit einer Spritze sollen sie das machen, flüsterte Mutter, und Agnes meinte, eigentlich ein schöner Tod.

Die Frau Sechtem kann ich nicht leiden, weil sie mir immer den Manes auf den Hals hetzt mit ihrem »da kommt die Ida, lauf ihr entgegen, Manes«, und dann stürzt der Manes lallend in langen Sätzen auf mich zu, ich laufe schreiend weg, und die Sechtem will sich ausschütten vor Lachen. Bilde dir nur nicht ein, was Besseres zu sein, sagt sie, wenn ich vor dem Manes ausrücke, vor seinen flattrigen Armen und Beinen und seinen unkontrollierten Sprüngen. Da ist mir wirklich lieber, er schaut von oben zum Fenster raus. Aber daß er der Frau Sechtem in einem Paket zugestellt wird, und der Briefträger sagt, hier, quittieren Sie bitte, das möchte ich auch nicht.

Es ist früh kalt geworden in diesem Jahr. Morgens dampft der Bach, die Dächer sind weiß gepudert vom Rauhreif, und die Herbstzeitlosen färben die Wiesen mit zartem Lila. Wie jedes Jahr im Herbst, kommt der Schneider Rasch mit seinen englischen Tuchen und Stoffen. Das sind die letzten, sagt er, und breitet sie im Eßzimmer über den Sesseln aus. Wenn ich Ihnen raten soll, decken Sie sich ein. Es kommt nichts mehr nach. Meine Eltern rechnen, der Schneider pafft an seiner Zigarre. Ins Haus komme ich auch nicht mehr, morgen wird das Auto stillgelegt, mein Betrieb ist nicht kriegswichtig, sagt er mit feinem Lächeln. Mein Vater macht ein sorgenvolles Gesicht, die Hypotheken drücken. Dieses Angebot mache ich nur meinen besten Kunden, damit sind Sie versorgt bis Kriegsende. Der Schneider ist nicht hoffnungsfroh. Das kann lange dauern, auch wenn Polen jetzt erledigt ist. Frankreich, na ja, er wiegt den Kopf und trinkt einen Schluck von Vaters gutem Mosel, der aus den hinteren Reihen, aber England. Sie wissen doch, da hat sich schon Napoleon die Zähne ausgebissen. Die sind zäh und hassen ihn, er zeigt mit den Augen nach oben, wie Mariechen, wenn sie vom Herrgott spricht. Ich habe da so meine Nachrichten, ganz sind die Kanäle noch nicht verstopft, setzt er mit bedeutungsvoller Miene hinzu. Dann schreiben Sie mal auf, seufzt Vater. Ein Anzug mit Weste und zwei Hosen, dunkelgrau mit feinen Streifen. Ein Ulster, Nr. 58207, nicht zu kurz. Und für die gnädige Frau? Mutter befühlt preußischblauen Velours. Das ist etwas ganz Besonderes, beeilt sich der Schneider zu sagen. Doppelt gewebt, rechts wie links. Wenn man bedenkt, daß ich immer noch denselben Mantel trage, mit dem ich geheiratet habe, murmelt Mutter listig. Vaters

Gesicht wird endgültig finster. Aber dann bekommt auch sie Mantel und Kostüm. Ich habe gut gemessen, tröstet der Schneider, da bleibt noch ein schöner Rest für einen Hamburger Mantel, den berechne ich nicht. Nein, schreie ich entsetzt.

Als die Herbstzeitlosen verblüht sind, kommen die Soldaten, mit Mann und Roß und Wagen. Hauptsächlich Roß und Kanonen, eine Artilleriekompanie. Die Kanonen und Rösser kommen ins kleine Wäldchen. Wo sonst Anton, Tim und die anderen Röhrigs Fußball spielen, wiehert es jetzt. Die Mannschaft kommt in große Häuser oder Gaststätten, die Offiziere in kleine Häuser. Die meisten Soldaten bekommen wir. Zwei davon aus Masuren, den stillen Bernhard und den pfeifenden Wilhelm, der immer ach Jottchen, ach Jottchen, sagt, was Mutter freut. Dann ist da noch der kleine Lehrer aus Rastenburg mit der goldgeränderten Brille, der so unglücklich in der schlotternden Uniform aussieht und so wenig vom Soldatenspielen hält, und die beiden Abiturienten aus dem Ruhrpott, nach dem Spaziergang durch Polen begierig auf neue Taten. Alles klappert in Nagelstiefeln durch unser Haus. Die Läufer werden abgenommen. Wir tauschen Brot gegen Kommißbrot, Mittagessen gegen Eintopf aus der Gulaschkanone. Was die einen nicht mehr riechen mögen, ist für die anderen ein Festessen. Für mich nicht! Wir tauschen auch noch etwas anderes. Mein Vater schuppt seinen Rücken am Türpfosten, Mutter greift zur Gabel, alles kratzt sich ausgiebig und stöhnt dabei genüßlich. An den roten Pusteln auf unserer Haut erkennt Mutter den Grund. Das brachten meine Brüder im Ersten Weltkrieg auch immer nach Hause. Flöhe! Mutter weint, Vater beschwert sich. Ein Versäumnis, nach dem Polenfeldzug sind die Leute nicht entlaust worden, das wird jetzt nachgeholt. Auch zu Hause wird gesprüht und gepudert, der große Waschkessel angeheizt und die Zinkwannen aufgestellt, wie sonst nur an Waschtagen. Es dampft und brodelt, und die Männer kommen pfeifend und mit roten Ohren aus dem Soldatenbad. Auch die Wäsche wird versorgt. Frau Schneider hängt frisch gewaschene graue Unterhosen auf die Leine.

Die Erwachsenen haben jetzt viel zu tun und wenig Zeit für uns Kinder. Die sind meist im Wäldchen bei den Pferden. Sie dampfen und haben morgens weiße Bärte. Frieren die nicht, frage ich den

Wilhelm, der die braunen Leiber mit einer großen Bürste bearbeitet. Ach Jottchen, das macht den Trakehnern nuscht, die sind das jewehnt, antwortet er. Auf der Wiese tobt der Obergefreite mit den Gemeinen. Hängen sie den Arsch nicht so durch, als ob sie in die Hose geschissen hätten, schreit er unseren Lehrer an. Die Exerziersprache gefällt uns, wir benutzen sie fleißig und nennen den Lehrer Hosenscheißer. Er ist der Sündenbock der Kompanie und wird von Tag zu Tag trauriger. Auch Wilhelm stöhnt, ach Jottchen, ach Jottchen, den kriegen ma nich dorch, der bejreift auch rein jarnuscht.

Es beginnt zu schneien und hört nicht mehr auf, bis Weihnachten versinken wir im Weiß und zeichnen mit unseren Körpern Engel und Adler in den Schnee, Bertchen pinkelt gelbe Buchstaben in das Weiß. Am Heiligen Abend wünschen uns die Soldaten ein frohes Fest. Frisch gewaschen und begierig auf die Weihnachtsfeier trampeln sie lachend davon. Nur der Lehrer sieht noch trauriger aus als sonst. Das kommt vom Heimweh, sagt Mutter, er hat vier Kinder. Nej, er hat Angst, weil er nuscht verträcht, sagt Wilhelm grinsend beim Hinausgehen. Vater horcht in die Stille des Hauses und zündet aufatmend die Kerzen an. Endlich keine Puppenbescherung. Bücher, Pullover, Spiele, Fang den Hut und Spitz, paß auf. Wer Spitz ist, hat den Würfelbecher und muß die bunten Holzkegel einfangen, die an einer Kordel hängen. Ich mogele mich immer noch zum Schluß durch und ziehe, wenn mich der Becher schon fast eingefangen hat. Das ärgert Vater. Er stellt den Becher hin, ich spiele nicht mit Betrügern. Man kann Ehrlichkeit auch übertreiben, sagt Mutter.

Im Radio werden Soldaten gegrüßt. Unsere Soldaten kommen in der Nacht mit schrecklichem Getöse nach Hause. Es klappert, stöhnt und jappert treppauf, treppab und wir sitzen verschreckt in unseren Betten. Ist der Einsatzbefehl gekommen, ziehen sie ab? Doch nicht Weihnachten. Dann hat uns der Schlaf wieder. In der Dämmerung lärmt es erneut. Wasser rauscht, Eimer scheppern. So eine unglaubliche Sauerei, schimpft Vater. Mein Gott, mein Gott, jammert Mutter, und das am Weihnachtstag. Unter der Schlafzimmertür zieht ein säuerlicher Geruch herein. Ich schleiche mich hinaus. Paß auf, wo du hintrittst, ruft Mutter. Die Warnung ist nötig. Über Treppe und Flur zieht sich ein breites, stinkendes Band von Erbrochenem. Das Treppengeländer ist verschmiert und verkrustet und Vater bemüht sich, das verstopfte Klo freizubekommen, aus dem braune Brühe in den Flur sickert. Es stinkt entsetzlich. Sag Hetty Bescheid, sie muß uns helfen. Meine Eltern arbeiten jetzt mit Gießkanne und schwarzer Seife, das Klo ist immer noch nicht frei, alle Fenster und Türen stehen auf. Es ist eiskalt, und ich habe Hunger. Erst die Flöhe, dann die Scheiße, sagt Mutter wütend, das hat doch was zu bedeuten, wenn das mal kein böses Omen ist. Ich staune über Mutters Exerziersprache und das masurische Geunke. Um elf klingelt es, Bertchen will mir seinen blechernen Motorradfahrer auf dem blechernen Motorrad vorführen, der sich schräg in die Kurve legen kann. Was ist denn hier los, fragt er. Sie haben alles vollgekotzt und vollgeschissen, erkläre ich. Ida, ruft Mutter mahnend. Warum machen sie es nicht weg, fragt Bertchen. Weil sie noch stinkbesoffen sind, das kenne ich von Mariechens Brüdern. Vater hat das Klo endlich freibekommen. Mit einem Plop verschwinden die braunen Papierklumpen.

Wir spielen im Eßzimmer mit Bertchens Motorrad, um das ich ihn beneide. Auch Bertchens Karl-May-Buch würde ich gerne haben. Ich bekomme nie Karl-May-Bücher, das sei nichts für Mädchen, sagen sie. Um zwölf gibt es endlich Frühstück. Vater hat die Öfen versorgt und Mutter ihre Hände mit Kernseife geschrubbt. Jetzt riechen sie nach Creme Mouson. Wenn sie doch endlich abziehen würden, seufzt Mutter.

Im neuen Jahr wird es bitterkalt. Morgens blühen Eisblumen an den Fenstern, und abends hängt Mutter unsere Schlafanzüge über den Ofen, weil sie klamm vor Kälte sind und wir nur noch unten heizen können. In den Bächen hängen Eiszapfen, und die Kinder laufen mit Schlittschuhen auf dem festgefrorenen Schnee in die Schule. Davon gehen die Schuhe kaputt, sagt Vater. Das stimmt. Man muß die Metallbacken ganz fest mit einem Schlüssel andrehen, damit sie an Absatz und Sohle haften, und Schuhe gibt es nur auf Bezugschein. Zwei Paar im Jahr und ein Paar Turnschuhe, aber daran kann man keine Schlittschuhe befestigen. Ich bettele um die Kufendinger, aber Vater bleibt hart. Sparsamkeit kann man auch übertreiben, meint Großvater und gibt mir die fünf Mark. Vater zieht ein mürrisches Gesicht, als ich meine neuen glänzenden Schlittschuhe auspacke.

Im Radio wird jetzt ein neues Lied gesungen, von einem alten Lügenschwein, das Chamberlain heißt und in England wohnt. Von Schweinen ist sowieso viel die Rede. Die NSV sammelt Küchenabfälle, die gesondert aufbewahrt werden müssen. Aber wir werfen sie nach wie vor auf den Komposthaufen, weil Vater sie für den eigenen Mist braucht und keine fremden Schweine damit dick machen will. Wenn der Sammelwagen durch die Straße fährt und ein Mann die Schelle schwingt wie früher der Fischhändler Sauer, aber nicht Fisch, frischer Fisch, ruft, sondern Kartoffelschalen, Abfälle, singt Bertchen: Heidewitzka, die NSV sammelt Kartoffelschalen für die dicke Sau. Dann ärgert sich der Mann von der NSV und rennt hinter uns her. Aber wir sind schneller. In dem englischen Lied kommen die meisten Schweine vor und deshalb gefällt es uns am besten. Auf dem Heimweg von der Schule hämmern wir auf unsere vor der Brust baumelnden Tornister und schreien, oh, du altes Lügenschwein, was sind das für Sachen, wenn der deutsche Hitler kommt, gibt es nichts zu lachen. Wenn uns von dem vielen Geschrei der Hals weh tut, legen wir eine Pause ein.

In solch einer Pause sagt Bertchen, guck mal, da klettert einer auf den Baum. Tatsächlich, hinter dem Baumstamm an der Bank, die sonst vom Eisenkrämer besetzt ist, schauen ein Paar Füße hervor. Wir schleichen uns heran. Warte, ich halte Bertchen an der Jacke fest, der klettert nicht, der hängt. Auch Bertchen sieht nun, daß die Beine langsam hin und her schaukeln. Ich glaub, das ist der Eisenkrämer, flüstere ich. Wir bleiben unschlüssig stehen, schauen wie gebannt auf das Hin und Her der Beine. An einem der Schuhe hat sich der Schnürsenkel gelöst und baumelt im Takt mit den Beinen. Die braune Cordhose hat einen großen aufgesetzten Flicken. Schnee klumpt von einem Ast herunter, irgendwo wird Holz gesägt. Plötzlich rennt Bertchen schreiend los, der Eisenkrämer hat sich aufjehängt, der Eisenkrämer hat sich aufjehängt, und er läßt die Zunge aus dem Hals hängen und rollt mit den Augen, um seinen Schrecken zu bannen.

Dat arme Schwein, sagt Mariechen, dat mußte ja so kommen. Diese Schweine haben ihn in den Tod getrieben, sagen meine Eltern.

Es gibt wieder viele Sondermeldungen. Deutsche Soldaten sind durch Dänemark marschiert und in Norwegen eingefallen. Im

Radio donnert die Stimme, daß wir den Zugang zum schwedischen Erz brauchten, und Vater fragt sich, wieviel Kriege er denn noch führen wird und ob er ganz Europa in die Tasche stecken will.

Als die Schlüsselblumen auf den Wiesen verblüht und im Garten schon rote Tulpen und gelbe Osterglocken aufmarschiert sind, zieht unsere Einquartierung Richtung Westen ab. Es klippert und klappert, Kochgeschirr, Karabiner, Gasmaske, Stahlhelm, und Nagelstiefel poltern die Treppe herunter. Alles Gute, viel Glück, das dauert nicht mehr lange, haltet die Ohren steif! Plötzlich ist Ruhe, und wir schauen uns erstaunt an, denn das Haus in seiner Stille ist uns fremd geworden.

Das war das erste und letzte Mal, daß ich so etwas mitmache, sagt Vater und holt den Maurermeister Oehler ins Haus. Der hantiert mit dem Zollstock und schreibt Zahlen in ein dickes Notizbuch. Vorher feuchtet er den Zimmermannsbleistift mit der Zunge an. Jetzt müßte Mutter eigentlich sagen, lassen Sie das sein, davon bekommt man Bleivergiftung, aber sie sagt nichts, sondern schaut nur auf Öhlers Zahlenkolonne, unter die er jetzt einen dicken Strich zieht. Dat wird nit billig, sagt er zu Vater, und die Türen un Installationen sin noch nit dabei, dat jeht extra. Egal, Vater läßt sich von seinem Plan nicht abbringen, im ersten Stock wird eine Mietwohnung eingebaut, und wir Kinder kommen auf die Mansarde. Das Haus verwandelt sich in eine Baustelle.

Mir ist die Umquartierung recht. Vom Mansardenfenser aus habe ich einen weiten Ausblick über die Straße. Der Wald und Röhrigs Anwesen liegen mit Haus, Hof und Gärtnerei direkt vor mir ausgebreitet. Ich sehe Anton mit seinem grauen Kittel und den Gummistiefeln aus dem Gewächshaus kommen, neben ihm tänzelt der weiße Spitz, und Anton bückt sich und streichelt ihn. Auf der Hoftreppe sitzt Padühm und schält Kartoffeln, die er eine nach der anderen in einen Eimer plumpsen läßt. Aus der grünen Tür mit dem Herzchen kommt der alte Röhrig und zieht die Hosenträger hoch. Mariechen ruft Mis, Mis, Mis, koooom, und stellt das Katzenfressen auf den Podest. Das Mohrchen kommt zuerst, dann der dicke Tigerkater. Der Briefträger stellt sein Fahrrad an der Hauswand ab und nimmt einen Brief aus der schwarzen Tasche. Er redet mit Padühm. Der läßt das Messer fallen, ich höre es auf die

Steinfliesen klirren. Dann wischt er sich die Hände an der Schürze ab, immer von oben nach unten, von oben nach unten, er hört nicht auf damit, und der Briefträger hält immer noch den Brief in der Hand. Die beiden sehen von hier oben aus wie zwei Figuren in einem Stummfilm.

Mutter ruft, und ich verlasse meinen Ausguck, um Salz aus Hambachs Kolonialwarenladen zu holen. Mutter sucht nach ihrem Portemonnaie und kann es mal wieder nicht finden, und dann hören wir von drüben den Schrei. Zuerst schrill und spitz und dann laut aufheulend, und es nimmt kein Ende. Wir schauen uns entsetzt an. Mein Gott, was ist denn das? Wir laufen nach drüben. Im Hof rennt Mariechen hin und her und schreit. Anton versucht sie festzuhalten, aber sie reißt sich los und rennt und schreit. Padühm sitzt auf der Treppe. Herr Moll, um Gottes Willen, was ist das, fragt Mutter. Ich wußte gar nicht, daß Padühm noch einen anderen Namen hat. Der Tim, antwortet er leise. Gefallen, schreit Mutter. Padühm nickt. Jetzt laufen auch Mutter die Tränen über das Gesicht. Herr Moll, wir müssen den Arzt rufen, wegen Mariechen, sagt Mutter. Padühm nickt wieder und humpelt hinter ihr die Treppe rauf. In der Küche sitzt der alte Röhrig, das Gesicht in den Händen vergraben, und seine Frau wimmert, se han de Jung umjebracht, se han de Jung umjebracht. Für Volk und Vaterland, für Volk und Vaterland, stöhnt der alte Röhrig, nein, für den Drecksack, der den Hals nit voll kritt, schreit er. Ich schleiche mich nach Hause und verkrieche mich in den äußersten Winkel des Speichers, wo der Finger Gottes nicht hinkommt und alles dunkel und staubig ist.

9

Großvater ist krank. Er liegt schon lange im Bett und will nicht aufstehen. Sie sind wieder gesund, Sie können aufstehen, sagt der Arzt, aber Großvater denkt nicht daran. Wenn Sie nicht aufstehen, bekommen Sie Lungenentzündung, warnt der Arzt, Großvater bleibt liegen. Zuerst war es nur eine harmlose Grippe, aber jetzt wird es zum Problem. Er ißt und trinkt im Bett, liest Zeitung, schnipselt interessante Artikel aus, spielt mit mir Halma und läßt mit einer Kniebewegung alles durcheinanderpurzeln, wenn er sich auf der Verliererstraße bewegt. Wie ein Monarch aus dem Reich des Sonnenkönigs sitzt er, umrahmt von den Volants des Paradekissens, in seinem gestreiften Schlafanzug im Bett und empfängt Besucher, die sich auf seine lilaseidene Steppdecke setzen dürfen. Die Flügeltüren des Eßzimmers sind weit geöffnet, Großvater hat den vollen Überblick und ist allgegenwärtig. Nur weigert er sich standhaft, sein Bett zu verlassen. Daß der Mann so störrisch sein kann, flüstert Großmutter in der Küche. Sein Bruchband kneift ihn, wahrscheinlich will er deshalb nicht aufstehen, meint Mutter. Der Arzt sagt, ihm fehlt nichts, absolut nichts mehr, Großmutter ist verzweifelt. Warum steht er nicht auf, rätseln alle.

Während Großvater im Bett liegt, spielt sich draußen die große Weltgeschichte ab. Deutsche Truppen fallen in die Niederlande, in Belgien und Luxemburg ein und stoßen bis zur französischen Atlantikküste vor. Die in Dünkirchen stationierten Engländer entkommen gerade noch nach Großbritannien. Mitten in der Nacht klingelt uns der Pinscher aus dem Bett. Morgen muß geflaggt werden, schreit er am Gartentörchen, acht Tage lang, Dünkirchen ist gefallen. Und passen Sie auf ihre Fahne auf, daß sie nicht wieder davonfliegt.

Padühm spricht kein Wort mehr, seitdem der Briefträger die Nachricht brachte, die das ganze Leben drüben verändert hat.

Mariechen steht blaß und vergrämt am Herd, die alte Frau Röhrig bleibt den halben Tag im Bett, und die Gärtner stürzen hastig den Kaffee herunter und verschwinden noch kauend in ihren Gewächshäusern. Der Hindenburg wurde abgehängt, und an seiner Stelle schaut uns Tim in seiner Uniform an, mit einem schwarzen Bändchen um die Bildecke. Einmal nimmt Anton im Vorbeigehen einen Hut vom Haken, schaut erschreckt auf die Eichelhäherfedern hinter dem grünen Band und hängt Tims Hut dann vorsichtig, als sei er zerbrechlich, wieder an seinen Platz zurück.

Nacht für Nacht gibt es jetzt Fliegeralarm. Unerbittlich unterbricht das Zeittaktgerät des Luftwarnfunks die Rundfunksendungen. Achtung, Achtung, 23 Uhr 10, Luftgefahr. Kleiner Kampfverband im Anflug auf Westdeutschland. Die kommen aber heute früh, sagt Mutter und legt das Strickzeug weg. Das Zeittaktgerät weckt mit seinem harten Klopfen die Angst in mir, die schon seit der Dämmerung sprungbereit lauert. Deshalb schlafe ich jetzt auf dem Sofa im Wohnzimmer ein, denn nur mit den Stimmen meiner Eltern, der leisen Radiomusik und dem Klappern von Mutters Stricknadeln fühle ich mich einigermaßen sicher.

Unser Keller ist nicht sicher, gerade gut genug, um Kartoffeln und Äpfel aufzubewahren, außerdem ist er feucht, das halbe Jahr platscht man durch Wasserpfützen. Wie kann man nur ein Haus ohne richtigen Keller bauen, welcher Wahnsinnige hat euch diesen Blödsinn eingeredet, Mutter demonstriert, wie Großvater bei diesen Worten die Hände über dem Kopf zusammengeschlagen hat. Willst du im Keller schwimmen, bei diesem hohen Grundwasserspiegel, sagt Vater verärgert. Außerdem ist unser Keller sicherer als manch anderer, wenn kein Volltreffer das Haus trifft, hält er. Hier ist doch kein strategisches Ziel. Der Grüngürtel, das Martinsfeld und der Perlengraben sind auch keine strategischen Ziele, trotzdem haben sie ihre Sprengbomben dort abgeladen, antwortet Mutter.

Köln ist zur Luftgefahrenzone I erklärt worden. Bomben haben Großvaters Schrebergarten umgepflügt, und die ersten Verlustlisten erscheinen in den Zeitungen. Großvater liegt immer noch im Bett und steht nicht auf. Was anfangs wie eine Marotte aussah, wird nun zur ernsten Gefahr. Denn mögen auch die Schweinwerfer den Himmel abtasten, daß die Nacht zum Tag wird, mag die Flack aus vollen Rohren feuern und den Himmel mit einem gigantischen Feuerwerk belegen, mag sich das Heulen der Bomben mit dem dumpfen Brummen der Flugzeugmotoren mischen, Großvater bleibt im Bett, und Großmutter sitzt daneben und hält seine Hand. Ich halte das für unverantwortlich, wenigstens deine Mutter sollte in den Keller gehen, sagt Vater. Niemals würde sie Vater alleine lassen, antwortet Mutter. Nun hoffen alle auf die bevorstehende Goldene Hochzeit der Großeltern. Zur Goldenen Hochzeit wird er aufstehen, meint Mutter.

Kurz vor Ostern nimmt mich Vater beiseite. Du willst doch nicht noch ein Jahr bei Fräulein Wiegand bleiben? Ich staune, denn Fräulein Wiegand führt uns auch in der dritten Klasse. Sieh mal, du bist doch deiner Klasse weit voraus. Wenn Vater »sieh mal« sagt, verfolgt er eine bestimmte Absicht, und die ist meist durchsichtig, zumindest für mich. Du willst mich doch nicht ins vierte Schuljahr stecken, frage ich daher aufgeschreckt. Warum nicht, viele Kinder überspringen eine Klasse, und er beginnt mit der Aufzählung von Kindern, deren Namen ich noch nie gehört habe. Aber ich kenn da doch keinen, murre ich. Das macht nichts, es sind sehr nette Kinder und ein sehr netter Lehrer, antwortet Vater. Ich hasse solche Veränderungen und ganz besonders hasse ich die Überredungskünste, mit denen man sie mir mundgerecht machen will.

Aber es hilft nichts, nach den Ferien stehe ich in der neuen Klasse, und zweiunddreißig Augenpaare schauen mich neugierig an, während der junge Lehrer in Knickerbockern auf den einzigen freien Platz in der zweiten Reihe neben einem Mädchen mit einem festgezurrten Tuch um den Kopf deutet. Sie lächelt mich freundlich an und untersucht sofort mein Federmäppchen. Kann ich den haben, fragt sie, und grapscht nach meinem dicken bunten Bleistift. Ich wage nicht, nein zu sagen, und nicke. Den auch, fragt sie, und hat schon den Radiergummi in der Hand. Ich nicke wieder, während das Gewitter des Großen Einmaleins um meine Ohren donnert. 3 mal 18, aufstehen, setzen, 6 mal 12, aufstehen, setzen, die Antworten kommen wie aus der Pistole geschossen, und der Lehrer sitzt auf dem Pult und lacht. Na, Ida, 3 mal 14. Ich rechne, 3 mal 10, 3 mal 4, aber schon hat ein anderer die Antwort parat. Siehst du, wie das bei uns geht? Alles ein Kinderspiel. Die Schüler lieben diesen Lehrer, bei dem Schule im Ruck-Zuck-Verfahren vor sich geht, und ich werde immer trauriger, weil ich nichts kann, nichts weiß und dem Lehrer gern eine Freude machen möchte. Eines Tages gelingt mir das auch. Seine blauen Augen strahlen mich an, Ida hat den besten Aufsatz geschrieben, verkündet er, und die Welt ist für mich wieder in Ordnung.

Wo sind denn die anderen Sachen, fragt mich Mutter und hält mein Mäppchen in die Höhe, in dem der Federhalter ein einsames Dasein fristet. Die hat die Läuse-Liesel. Wer bitte, forscht Mutter weiter. Na, das Mädchen, das neben mir sitzt. Aber du kannst ihr doch nicht deine Schulsachen geben. Ich gebe sie ihr nicht, sie nimmt sie. Das ist ja noch schlimmer, du läßt dir also dein Mäppchen ausräumen und sagst nichts dazu? Was soll ich denn machen? Mutter hat gut reden, sie weiß nichts von den fünf großen Brüdern der Läuse-Liesel. Zum Beispiel zu deinem Lehrer gehen und ihm sagen, daß dir dieses Mädchen die Buntstifte wegnimmt und den Bleistift und … Mutter überprüft die leeren Fächer. Da käme ich aber schön an. Wir sind eine festverschworene Gemeinschaft, sagt Lehrer Falk, wir stehen zusammen frei nach dem Wahlspruch … einer für alle, alle für einen, schreit der Klassenchor, und gepetzt wird bei mir nicht, das schreibt euch mal hinter die Ohren. Was hat dieses Mädchen überhaupt für einen komischen Namen, ist das ein Spitzname? Mutter läßt nicht locker. Nein, sie hat Läuse. Was, und du sitzt daneben, kreischt Mutter und greift nach meinen Zöpfen. Da kann nichts passieren, sie trägt ein Kopftuch und hat irgendein Zeug auf dem Kopf, von dem die Läuse weggehen. Das wird ja immer schöner, Vater wird sich darum kümmern müssen, droht Mutter und beginnt meinen Kopf abzusuchen. Mein Herz wird bleischwer. Jetzt kommt alles raus, mein schlechtes Rechnen, mein Unvermögen mit Satzgliedern umzugehen, mein ewiges Schwätzen, und am Schluß wird mich noch der größte und stärkste von Liesels Brüdern verprügeln.

Doch am Montag bekommen wir schulfrei, weil der Lehrer Falk eingezogen wurde. Am Dienstag werden wir auf die anderen Klassen verteilt, so lange bis der neue Lehrer kommt. Die Läuse-Liesel verschwindet in die Hilfsschule, und der Braune gibt mir alle Stifte zurück und viele andere Sachen, die ich noch gar nicht vermißt hatte. Du hast ihr das doch nicht geschenkt, fragt er. Sie hat es sich genommen, antworte ich. So, wie bei den anderen Kindern, seufzt er, und ich freue mich, daß ich nicht die einzige war. Die Brüder der Läuse-Liesel gehen an mir vorbei, ohne mich anzusehen, es gibt wirklich noch Glückstage in diesem Leben.

Der neue Lehrer ist alt, trägt Wickelgamaschen und hat einen Stiftekopp wie der alte Röhrig. Er kommt mit einer Geige, die er im Schulschrank verstaut. Jeden Morgen nimmt er sie heraus und wir singen nicht mehr »Ein junges Volk steht auf zum Sturm bereit, haut die Schranken doch zusammen, Kameraden«, wobei der Lehrer Falk immer mit dem Lineal den Takt aufs Pult klopfte, sondern »Vöglein im hohen Baum, pfeiheifest so hell, tirili«, und bei Tirili zieht der neue Lehrer den Bogen weit ausholend über die Saiten, daß es einen kreischenden Quietschton gibt. Wir müssen lachen, weil wir das Tirili so komisch und den Lehrer noch komischer finden, und dann wird er böse. Sein Gesicht läuft rot an, seine Augen treten kugelig aus dem Kopf, und sein Gebrüll ist furchtbar. Wir ducken uns, sind mucksmäuschenstill. Kurz darauf müssen wir wieder das Tirili-Lied singen, obwohl uns die Kehle noch ganz zugeschnürt ist.

Wie heißt euer neuer Lehrer, fragt Mariechen, Moitzfeld? Oh je, hätt der immer noch su ne rude Kopp, wenn er anfängt zu brüllen? Ja, und er schreit, er hätte es überhaupt nicht nötig, sich mit so rotzfrechen Blagen rumzuplagen, schließlich sei er schon lange pensioniert, nur weil die jungen Lehrer im Felde stünden, hätte er diese Aufgabe angenommen, und wir sollten uns schämen. Der muß doch schon weit über siebzig sein, rechnet Mariechen, na, bei dem lernt ihr nit viel.

Der Tag der Goldenen Hochzeit ist da, und wir wissen jetzt, Großvater wird nicht aufstehen. Er kann gar nicht mehr aufstehen, dazu ist er viel zu schwach, flüstert Mutter, die Beine klappen ihm nur so weg. Mein Großvater, der so stolz den Krakowiak tanzte, wenn Großmutters Damen ihn lange genug baten. Mein Großvater, der mit mir so wild die Polka tanzte, wenn ich lange genug bettelte, ihm sollen die Beine wegklappen, das kann ich nicht glauben.

Das Bett ist ins Wohnzimmer geschoben worden. In seinem dunklen Jackett, einen goldenen Zweig im Knopfloch und den Kopf gegen einen Berg von Kissen gelehnt, sieht er sehr feierlich aus. Jungfer Tausendschön, komm her, gib dem goldenen Bräutigam einen Kuß, sagt er. Siehst du das Gold, fragt er und senkt seinen Kopf. Du bist doch kein Engel, kichere ich, denn ich sehe nur Pomade, die auf Großvaters Scheitel glänzt. Doch, doch, einem goldenen Bräutigam wachsen Flügel. Sie jucken schon, sagt er und bewegt den Rücken hin und her in den Kissen. Wo hast du denn deine Märchenaugen gelassen, fragt er vorwurfsvoll, die sollst du doch offen halten, sonst wirst du blind wie all die anderen. Ich kenne nur die blinde Frau Röhrig, aber das läßt Großvater nicht gelten. Sie haben blinde Herzen, flüstert er, und jetzt kann ich mir schon viel mehr darunter vorstellen. Dann schickt Großvater mich hinaus, und sein Kopf sinkt müde in die Kissen.

Im Nebenzimmer lärmt Großmutters Bruder Oskar. Er hat ein rundes rotes Gesicht, eine Berliner Stimme, und über seinem dikken Bauch hängt eine goldene Uhrkette. Der janze Adel kann mir jestohlen bleiben, alles Hungerleider, die ihr Fähnchen nach dem Wind drehen. Erst war es SM vorne, SM hinten, und jetzt ist es dieser ... er spricht es nicht aus, sondern zieht an seiner Zigarre. Tante Hedwig sitzt mit steifem Rücken auf ihrem Stuhl und betrachtet ihn wie ein merkwürdiges Insekt, das gleich den Todesschlag empfangen wird. Bei mir hat sich neuerdings auch so ein Vetter eingefunden, ein jewisser Baron Smigilski, kaum jibt et nischt mehr zu fressen, steht er jeden Sonntag pünktlich auf de Matte, um in verwandtschaftlicher Herzlichkeit den Braten mit mir zu teilen. Ich bin sicher, er würde mir schnell den Judaskuß jeben, wenn ein anderer Braten winkt und sich die passende Jelegenheit erjibt. Tante Hedwig lächelt, gibt es keine? Onkel Oskar wechselt schnell das Thema. Alle degeneriert, kein Mumm mehr in den Knochen. Früher war das anders. Wenn mein Jroßvater, der alte Michailowski, da war er schon hoch in die Siebzig, über Land fuhr, schlossen die ostpreußischen Mütter ihre Töchter weg. Und der Jroßmutter wurde manches auch zu viel. Was, du willst schon wieder, so ein altes Schwein, hat se jeschimpft. Er lacht dröhnend, und die um den Tisch versammelten männlichen Verwandten wiehern mit. Jetzt reicht es aber, Tante Hedwig steht auf und nimmt meine Hand. Dann beugt sie sich über den Tisch und schaut Onkel Oskar in die Augen. Du arbeitest doch jetzt im Luftfahrtministerium, hast du das nötig, in deinem Alter und bei deinem Vermögen? Onkel

Oskar beschreibt mit der Zigarre einen Kreis in der Luft, sein Gesicht ist jetzt nicht mehr rot, sondern aschgrau. Seit wann machen die denn den Bock zum Gärtner, läßt sich Onkel Helmut vernehmen. Eben, das dachte ich auch, sagt Tante Hedwig und geht mit mir hinaus.

Onkel Oskar ist vulgär, sagt Mutter, er paßt überhaupt nicht in unsere Familie. Das ist das berlinerische, verteidigt Großmutter ihren Bruder. Aber auch Vater betrachtet ihn nachdenklich, wie er klein, dick, mit rotem Gesicht und ewig dampfender Zigarre aufgeregt durch die Zimmer wuselt. Ein unruhiger Geist, sagt er, was treibt ihn bloß um? Ich finde ihn eigentlich ganz nett. Er zieht an meinen Zöpfen und sagt, nu ween ma nicht, Kleene, nu weene ma nich, inne Röhre stehn Klöße, die siehste bloß nich. Ich weine doch gar nicht, schaue interessiert zu, wenn er sich ein Fünfmarkstück wie ein Monokel ins Auge klemmt, und halte schnell meine Hand auf, wenn er es fallen läßt. Dann lacht er und zieht mich wieder an den Zöpfen.

Ganz anders ist Tante Gerda, Großmutters Schwester. Dünn wie eine Bohnenstange mit ewig rutschenden Strümpfen. Weil sie kein Korsett trägt, sagt Mutter mißbilligend, was sollte sie auch damit halten bei all den Knochen. Tante Gerda ist versessen auf den feinen Pli, und alle haben Angst vor ihr und ihrem Schwiegersohn, dem Oberleutnant mit dem hochmütigen Narbengesicht, das mich an unseren Zahnarzt erinnert. Kein Wort über Politik, mahnt Mutter, das ist ein Hundertprozentiger. Eine braune Karriere, bestätigt Onkel Helmut, der fliegt die Treppen nur so rauf. So jung und schon Landgerichtsdirektor, erklärt Tante Gerda stolz. Onkel Erwin trägt sein Parteiabzeichen wieder im Knopfloch und steht nahe bei dem Doktor. Großvater ist viel zu müde zum Protestieren. Immer wieder fallen ihm die Augen zu.

Über den Tellern und Schüsseln, dem blitzenden Kristall, gefüllt mit Salaten und Pasteten, den Kuchen und Früchten, dem Funkeln des Weins in den Gläsern, den bauchigen Cognac- und Likörkaraffen, all dem, was für diesen Tag angespart, gehamstert und besorgt wurde, spürt man das Kreisen zwei verschiedener Planeten.

Heute Morgen in aller Frühe hat uns schon der Pfarrer gesegnet, und so schön hat er gesprochen, erzählt Großmutter. Mich hat er auch lobend erwähnt, grinst Großvater. Das hast du auch verdient,

Großmutter tätschelt ihm die Hand. Er erwähnt auch unseren Führer lobend, jeden Sonntag betet er für ihn und für die, die sich in seinem Geiste bewähren, sagt Onkel Helmut. Mutter tritt ihn unter dem Tisch mit ihrem spitzen Absatz. Der Oberleutnant zieht die Augenbrauen hoch. Die Kirche hat immer hinter der Regierung gestanden, das war schon bei Kaiser Wilhelm so, mischt sich Onkel Erwin ein. Nicht die katholische, die hat dem Bismarck das Leben ganz schön sauer gemacht, und jetzt, Vetter Gerd will gerade zu einem belehrenden Vortrag ansetzen, was seinem Beruf entspricht, aber Mutter unterbricht ihn. Wollen wir nicht dem Jubelpaar ein Ständchen bringen? Alle erheben sich, Großmutter will »So nimm denn meine Hände« hören. Aber das ist doch ein Kirchenlied, protestiert Mutter. Wir sind ja auch ein Brautpaar, hält Großmutter entgegen, und bei unserer Hochzeit, damals in Lyck, haben sie es auch in der Kirche gesungen. Dann singen wir gemeinsam. Die tiefen Männerstimmen mischen sich mit den hellen der Frauen, und die Soldaten machen ernste Gesichter. Als sich Mutter ans Klavier setzt und »Wer uns getraut« spielt, wird die Stimmung fröhlicher. Großvater ist eingeschlafen, und mein rothaariger Vetter Bruno trinkt die Neigen aus den leeren Flaschen im Wohnzimmer, wo Vater, Onkel Oskar und Onkel Helmut die Köpfe zusammenstecken.

Die Juden sollen evakuiert werden, sie kommen alle in den Osten, berichtet Onkel Oskar. Aber wohin denn, ins Ghetto, fragt Mutter und dreht eine leere Flasche in ihrer Hand. Das ist schon voll, da paßt keine Maus mehr rein, nein, sie kommen in Arbeitslager. Aber sie können doch nicht alle Juden in Arbeitslager stekken, wirft Mutter ein. Warum nicht, Arbeit gibt es doch genug, jetzt, wo die Männer an der Front sind. Blödsinn, Mutter wird richtig böse, da sind doch Frauen und Kinder bei, alte Leute, gebildete Menschen, die nicht verstehen, mit ihren Händen zu arbeiten, was geschieht mit denen? Arbeit macht frei, sie werden alle frei, wie die Vögel in den Lüften, Onkel Oskar macht flatternde Handbewegungen über seinem Kopf. Nicht auszudenken, was ich tun würde, wenn ich meine Mutter in solch einem Lager wüßte, Mutter schüttelt entsetzt den Kopf. Gar nichts würdest du tun, liebes Schwesterlein, gar nichts. Du würdest versuchen, deine Haut zu retten wie all die anderen auch, sagt Onkel Helmut.

Kurz darauf stirbt Großvater. Bis auf die Ostpreußen, denen die lange Reise bei den vielen Luftangriffen zu gefährlich ist, ist die Verwandtschaft wieder vollzählig versammelt. Am Grab spricht der Pfarrer von einem erfüllten Leben, denn er kennt Großvaters letzte Worte nicht. Bevor er die Augen für immer schloß, sagte er laut und deutlich, es ist ja doch alles Scheiße, alles zusammengenommen ist es Scheiße, und nun zerbrechen sie sich die Köpfe, was er wohl damit gemeint hat. Sein Leben, unser Leben, oder das Leben in dieser Zeit. Lebenssatt war er, bis dahin, sagt Großmutter und hält den Zeigefinger quer über die Nasenwurzel.

Auf dem Heimweg müssen wir genau an der Stadtgrenze die Straßenbahn verlassen. Mit ist schlecht. Diesmal habe ich meinem Vetter geholfen, die Neigen auszutrinken, auch wenn es mir nicht schmeckte. Nur weil Padühm immer sagt, ein paar Gläschen töten jeden Kummer. Aber sie haben nichts getötet, einzig mein Magen dreht sich um, und meine Schwester hält mir mit vielen Iiiiiis das leere Einmachglas unter die Nase. Wohin jetzt damit, jammert Mutter. Schließlich werfen sie das Einmachglas in den Bach. Und das an Großvaters Trauertag. Meine Mutter ist empört über mein Benehmen und ein bißchen auch über Großvater, der nie ein schmutziges Wort in den Mund nahm, und dann das. Wie ist so etwas nur möglich, jammert sie. Die Wahrheit ist meist schmutzig, deshalb braucht sie auch so viele Hüllen, sagt Vater. Unverpackt wäre sie schwer zu ertragen, vielleicht hat dein Vater das zum Schluß erkannt. Dann gehen wir zu Fuß weiter. Die Bäume tanzen um mich herum im Kreis, und der Boden hebt und senkt sich bei jedem Schritt.

Unsere Stadt liegt zwischen zwei Hügeln an einer langen Durchfahrtstraße. Auf den Hügeln wohnt die sogenannte bessere Gesellschaft. Auf dem rechten die evangelische, neben ihrem Krankenhaus und ihrem Friedhof, und auf dem linken die katholische, neben ihrem Krankenhaus und ihrem Friedhof, und weil man von dort den Kölner Dom sehen kann, heißt es Domhöhe. Morgens, wenn die Sonne sich ins ferne Maßwerk schleicht und der Kathedrale einen Heiligenschein verpaßt, ist es dort am schönsten. Das fromme Glitzern kann man am besten von einem unbebauten

Grundstück aus beobachten, das versteckt zwischen Villen, Hekken und Gärten liegt. Dieses Grundstück gehört Vater. Zu Mutters großem Kummer wohnen wir nicht da oben, weil Vater nach Schulschluß seine Ruhe haben und sich nicht in Schlips und Kragen von besorgten Eltern ein Loch in den Bauch fragen lassen möchte. Aber meine Eltern hängen sehr an diesem Fleckchen. Vater wegen dem weiten Blick und Mutter in der stillen Hoffnung, daß eines Tages ihr Traum von einer Heimstatt inmitten der besseren Gesellschaft doch noch in Erfüllung geht. Doch vorerst werden dort Kartoffeln angepflanzt. Anton gräbt mit seinem kleinen Traktor, der viel Gestank verbreitet und mächtig knattert, das Grundstück um. Er stellt auch die Säcke mit den Setzkartoffeln an den Ackerrand, die Vater dann in gerade gezogene Furchen legt. Später wird er noch einmal zum Häufeln hingehen, das andere überläßt er dann der Natur. Jetzt, in den letzten Herbsttagen, wollen wir ernten, was den Sommer über da oben gewachsen ist.

Für den Transport leihen wir uns von Anton einen kleinen Heuwagen aus. Ich möchte nicht gerne mit diesem albernen Gefährt in der Stadt gesehen werden und auch nicht drinsitzen, wenn Vater es mit seinem verschwitzten Gartenhut zieht. Deshalb nehmen wir den Umweg über das Industrieviertel, wo der Hochofen Feuer spuckt und das Wummern der Maschinen aus dem Hammerwerk sich mit dem Kreischen der Sägen aus der Bretterfabrik und dem Quietschen der Rangierlok vom Güterbahnhof mischt. Hinter den Kalköfen wird es ruhiger. Bald kommen wir in den Stadtbereich, wo nur noch das gelbe Laub unter unseren Füßen raschelt. Aus einem geöffneten Fenster dringen die Klänge des »Fröhlichen Landmanns«, sonst unterbricht nur unser rappelnder Heuwagen die in den Vorgärten lauernde Stille, und schon zeichnen sich hinter Gardinen Gesichter ab, die mich auf den alten Säcken zwischen Hacke und Spaten sitzen sehen.

Schön ist es hier oben in der goldgelben Herbstsonne. Silberfäden flimmern in der Luft, Käfer torkeln sonnenhungrig in den Büschen, und aus blauen Schleiern taucht in der Ferne die große Stadt auf. Wir füllen die Säcke mit den festen braunen Kartoffelkugeln und schichten das Kartoffelkraut zu einem großen Haufen, den Vater anzündet. Der brenzlige graue Rauch steigt in die Abendluft und verbreitet einen säuerlich herben Geruch. In der

Glut brutzeln Kartoffeln. Vater löst die teerige Schale und hält mir das dampfende Innere hin. Noch nie haben mir Kartoffeln so gut geschmeckt. Jetzt müssen die armen Kartoffelkäfer verbrennen, stelle ich bedauernd fest. Vater schaut mich fragend an, hier gibt es keine Kartoffelkäfer. Die von den englischen Flugzeugen nachts abgeworfen werden, füge ich hinzu. Wer erzählt denn sowas, erkundigt sich Vater. Der Kartoffelkäferabwehrdienst. Bertchen sagt, die dürfen jedes Grundstück betreten und jeden Lagerraum, um nach Kartoffelkäfern zu suchen, die von den Fliegern abgeworfen werden. Das achte Schuljahr hat schon mal einen ganzen Tag mitgesucht, und Bertchen war ganz traurig, daß seine Klasse nicht dabei war, weil sie an diesem Tag eine blöde Rechenarbeit geschrieben haben. Es gibt keinen Unsinn, und sei er noch so groß, den man den Menschen nicht weismachen könnte. Sie glauben einfach alles. Mein Vater schüttelt den Kopf und murmelt, credo, quia absurdum, aber das verstehe ich nicht. Ob ein Kartoffelkäfer so was überlebt, will ich wissen. Vater zuckt die Achseln, will aber zu Hause im Brehm nachschauen, was der über den Kartoffelkäfer sagt. Dann ziehen wir mit unserem vollbeladenen Wagen durch die Dämmerung nach Hause, und mir ist plötzlich egal, was die Leute von uns denken. Am Himmel stehen die ersten Sterne, und in den Fenstern der Häuser hockt bereits die Dunkelheit.

Weil ich unbedingt wissen will, ob Bertchen wieder gelogen hat, hole ich zu Hause sofort das braune Buch aus dem Bücherschrank, und wir schauen im Band der Wirbellosen unter Koloradokäfer oder amerikanischer Kartoffelkäfer nach. Es steht alles über diesen Käfer in dem Buch, nur nicht, ob man ihn aus tausend Meter Höhe aus einem Flugzeug werfen kann und er diese Prozedur überlebt. Ich denke auch, daß es gelogen ist, Bertchen glaubt neuerdings jeden Quatsch.

Die Sonne schenkt uns einen milden Herbst. Es ist immer noch warm, und ich brauche keine dicken Strümpfe anzuziehen. Bertchen tritt wütend eine Blechbüchse vor sich her. Ich halte ihm zwei Brausetütchen hin und lasse ihn wählen. Er nimmt die grüne. Das ist gut, Waldmeister mag ich nicht. Wir lassen die kleinen Kristalle in die offene Hand rieseln und spucken drauf. Wenn sich die Spucke ausgebreitet hat und Brauseblasen bildet, stecken wir die Zungenspitze hinein. Es kribbelt, meins schmeckt nach Himbeer.

Bertchen darf am Sonntag die Geländeübung nicht mitmachen. Sein Jungvolkführer will nicht mit Zwergen marschieren und hat ihn mit Schnellenbachs Heinzi, der noch kleiner ist, zur Stallwache eingeteilt. Jetzt verstehe ich seine Wut. Was kann er dafür, daß er nicht wächst? Ich bin schon einen Kopf größer als er.

Am Schumacherhaus stehen viele Leute, die Feuerwehr und ein Krankenwagen. Wir rennen los, aber die Polizei hat alles abgesperrt. Da schleichen wir durch den Wald und sehen, wie eine Bahre aus dem Haus getragen wird. Sie ist zugedeckt, man kann nichts erkennen. Eine zweite Bahre wird herausgetragen. Bei ihr ist die Decke verrutscht. Wir stehen jetzt so nahe, daß wir ein sandfarbenes Hosenbein mit einem braunen Schuh erkennen können. Ein Feuerwehrmann kommt aus dem Haus und hält zwei leblose Körper an den Beinen. Sie schlenkern hin und her, wie Puppen, aus denen das Sägemehl herausgerieselt ist, weiß und schwarz, Sherry und Whisky. Bertchen fängt an zu weinen. Der Feuerwehrmann wirft die toten Hunde auf die Bahre. Kann et losjonn, fragt der Fahrer. Jo, antwortet der Feuerwehrmann. Die Fenster müssen noch geöffnet bleiben, sagt er zu dem Bäcker. Der nickt und geht mit einem Mann im Ledermantel ins Haus, ich glaube, es ist der Graue.

Der Schmitz hat den Gashahn aufgedreht, sie sind alle tot, auch die Hunde, erzähle ich zu Hause. Mein Gott, die armen alten Leute, sagt Mutter. Aber vielleicht ist ihnen vieles erspart geblieben. Jetzt geh dir die Hände waschen, wir essen gleich. Die Hunde auch, warum denn die Hunde, fragt sie noch.

Sei leise, mahnt Mutter jedes Mal, wenn ich die Treppe raufrenne, denn im ersten Stock wohnen jetzt die Obermeiers, und die dürfen nicht gestört werden. Herr Obermeier ist ein Zwölfender, was kein Geweih ist, wie es beim Förster an der Wand hängt, sondern ein Soldat, der sich für zwölf Jahre bei der Wehrmacht verpflichtet hat. Wenn die zwölf Jahre vorbei sind, bekommt er einen Posten als Beamter und später Pension. Weil Herr Obermeier schon Oberfeldwebel ist und einen langen Schleppsäbel trägt, wird das sicher ein guter Posten sein, mit einem Büro ganz für ihn alleine und einer Frau, die Kaffee kocht. Dann kann er unter seinen Akten Zeitungen verstecken und sie lesen, während draußen die Leute warten. Denn ein wichtiger Beamter läßt die Leute lange draußen warten.

Im Augenblick aber ist Herr Obermeier noch in Belgien in Namur bei einer Versorgungseinheit. Deshalb lebt Frau Obermeier wie im Schlaraffenland. Kaum äußert sie einen Wunsch, schon steht das Gewünschte vor der Tür, und die Soldaten des Herrn Obermeier schleppen es mit Ächzen und Stöhnen die Treppe herauf. Sessel, Couchtisch, Stehlampe, große verschlossene Kisten und seidene Steppdecken, alles besorgt Herr Obermeier mit der Fahrgenehmigung für den großen Lastwagen und Urlaubsscheinen für die kleinen Soldaten. Nun, wo sie fast schon alles hat, wünscht sich Frau Obermeier einen Pelzmantel. Aber das wird schwierig, vertraut sie Mutter an. Ja, gibt es sowas denn in Belgien noch zu kaufen, fragt Mutter und denkt dabei an unsere kümmerlichen Bezugsscheine. Auf den Novemberabschnitt 10 gibt es einen Schlüpfer, und das, wo die Kinder so viel zerreißen. Kaufen kann man da auch nichts mehr, klärt uns Frau Obermeier auf, aber so viele Leute sind geflüchtet, und ihre Häuser stehen leer. Und Sie glauben, wenn Menschen Haus und Hof im Stich lassen müssen, lassen sie auch ihren Pelzmantel am Haken hängen, fragt Mutter. Ja, warum denn nicht, wenn alles so schnell gehen muß, treuherzig schaut uns Frau Obermeier mit ihren blauen Augen an. Später, wenn ihr Mann in einem dieser Länder, das jetzt unsere Truppen durchqueren, ein hohes Tier in der Verwaltung ist, denn das wäre ihr noch lieber als der Beamtenposten, wünscht sich Frau Obermeier noch ein Dienstmädchen. Da wartet Arbeit auf uns, hat ihr Mann gesagt. Die müssen doch alle eingegliedert werden, und dazu brauchen sie den deutschen Beamten, der ihnen zeigt, was Pflichterfüllung bedeutet.

Mariechen nickt, als ich ihr von Frau Obermeiers Wunschliste erzähle. Sie hält nicht viel von unserer Wehrmacht. Die klauen alle wie die Raben, und am Schlimmsten ist die Etappe, die räumt ab, wat se kriejen kann. Wenn aber unsereiner sich en bißchen zusätzlich was besorgt, ham se ihn jleich am Schlawittchen. Sicher denkt sie jetzt an das Schwein im Keller, das Röhrigs dort heimlich mästen. Auch wir haben neuerdings Tiere. Auf der Wiese picken Hühner unter Aufsicht eines stolzen Hahns mit schillernden Schwanzfedern. Hinter der Waschküche mümmeln Kaninchen in ihren Verschlägen, und Lisa, die Gans, folgt Vater auf Schritt und Tritt. Im Gegensatz zu Lisa können unsere männlichen Haustiere

Vater nicht leiden. Der Hahn stellt seinen Kamm auf und kollert, wenn er vorbeigeht, und der Rammler, ein belgischer Riese, wirft sich tobend gegen die Wände seines Verschlags. So können wir schon am Gepolter im Kaninchenstall erkennen, wann Vater aus dem Garten kommt.

Im Augenblick herrscht Ruhe in unserem Kleinzoo. Mein Vater ist im Nationalsozialistischen Schulungslager, wo die Lehrer aus Kaisers Zeiten hinkommen, die die Welt nicht mehr verstehen und umerzogen werden müssen. So ungefähr hat sein Direktor es ausgedrückt. Und dann hat er noch hinzugefügt, ich gebe Ihnen diese Chance, lieber Kollege, und hoffe, es wird Ihnen eine Hilfe sein, bei den Problemen, die Sie mit der Unterprima haben. Ich habe immer wieder feststellen müssen, daß gerade den Kollegen, die sich nicht entschließen können, in die Partei einzutreten, auch unser völkischer Erziehungsauftrag große Schwierigkeiten bereitet. Denn denken Sie daran, wer rückhaltlos für unseren nationalen Staat eintritt, hat auch das Vertrauen seiner Schüler. Und um die geht es doch letztendlich.

Vater hat aus Bad Soden geschrieben, daß es ihm da nicht gefällt. Auf dem beigelegten Foto trägt er einen grauen Drillichanzug mit Koppel und eine Skimütze auf dem Kopf, wie die Männer von der Arbeitsfront, und in dieser Verkleidung erinnert er mich sehr an unseren Luftschutzwart.

Anfang März beschränken sich die Luftangriffe nicht mehr auf die Innenstadt. In Kalk brennen ganze Straßenzüge, in Holweide fallen Bomben, die Auffahrt der Mülheimer Brücke wird getroffen, der Rheinauhafen brennt und das Carlswerk in Mülheim. Bis weit ins Bergische hängt der Gestank von den verschmorten Kabelrollen in der Luft. In der Innenstadt begräbt die einstürzende Bürgergesellschaft Soldaten der Frontleitstelle unter ihren Trümmern, auch den Festsaal, in dem Mutter einmal getanzt hat. Sie weint, und man weiß nicht, ist es wegen der Soldaten oder wegen der verlorenen Träume.

10

Die Wiese ist gelb von Schlüsselblumen, das Scharbockskraut am Straßenrand ist noch gelber. Alle Büsche haben zarte grüne Blättchen und der Flieder pralle Knospen. Ein helles Kreischen und ein Rauschen von Flügelschlagen ist in der Luft. Die Wildgänse kommen, schreien wir und schauen nach oben, wo die stolzen Vögel in strenger Formation, Keil für Keil über uns hinwegziehen. Unsere Köpfe liegen im Genick. Für einen Augenblick wachsen uns Flügel, und wir gleiten mit den Vögeln durch den blaßblauen Frühlingshimmel, verfolgen das Wechseln der Leittiere und hören hinter uns die Schreie ihrer Artgenossen, die sich höher und höher schrauben, bis sich der Schwarm nach Norden verliert. Ein schwacher Singsang hängt noch in der Luft, als wir unsere Köpfe aus dem Genickgriff lösen und zur Erde zurückfinden. Der Frühling hat begonnen.

Vater hat sich verändert, so ernst und verschlossen haben wir ihn noch nicht erlebt. Das kommt von diesem Schulungslager, da haben sie ihn völlig durcheinandergebracht, sagt Mutter. Ist auch kein Wunder, wenn er sich dort die Nächte um die Ohren geschlagen hat, und das in seinem Alter. Die einzige Gelegenheit, sich einmal vertraulich zu unterhalten! Als ob sich da nicht am Tag ein Stündchen Zeit gefunden hätte. Aber ich glaube, Vater ärgert sich immer noch über diesen Sportwart, der sie morgens um sechs durch die Felder jagte und mit den Worten begrüßte, nun wollen wir euch alten Säcken mal den Arsch warm machen. Vater läßt sich nicht gerne einen alten Sack nennen, schon gar nicht von einem Sportwart. Habt ihr euch denn nicht beschwert, fragt Mutter. Was hätte das eingebracht, Sonderrunden um den Sportplatz, antwortet Vater. Schließlich waren wir dort, um Anpassung und Unterordnung an das Ganze zu lernen, so wie es der Führer von uns erwartet.

In unserem Keller steht wieder das Wasser. Was wir am Tag aufputzen, läuft in der Nacht hinein. Vater hat Bohlen auf den Boden gelegt, über die wir uns vorsichtig zu unseren Plätzen tasten. Mit angezogenen Beinen sitzen wir da, und die nasse Kälte kriecht an unseren schlafwarmen Gliedern hoch. Über unseren Köpfen drehen die feindlichen Flugzeuge eine Schleife zum Anflug auf die Stadt. Wir warten und wagen nicht zu sprechen. Im Keller riecht es nach Äpfeln und faulen Kartoffeln. Der muffige Geruch nistet schon in unseren Mänteln. Ich habe Angst, daß mich das Haus in dem feuchten Kartoffelkeller begräbt.

Du kommst in die Kinderlandverschickung, sagt Vater, da gibt es keine Bomben, keinen Fliegeralarm und genug zu essen. Bertchen fährt auch mit, ich habe heute mit seiner Mutter gesprochen. Wir kommen in den Osten, sagt Bertchen, und zieht die Nase hoch. Ist das weit weg, frage ich. Bertchen zuckt mißmutig die Schultern, mehr weiß er auch nicht.

Beim Abschied weint die alte Frau Röhrig. Ich verspreche oft zu schreiben, und Mariechen kramt ein Tütchen Rahmbonbons aus der Schublade. Mach et joht, Mösch, sagt Anton. Das hat er auch damals zu Tim gesagt. Auf dem Bahnsteig in Deutz wimmelt es von Kindern. Sie haben kleine Koffer und Rucksäcke. Mein Koffer ist groß und kaum zu heben. Es ist nur für kurze Zeit, damit du einmal richtig auschlafen kannst, tröstet Vater. Wozu brauche ich dann dieses Monstrum von Koffer? Eine Frau hängt mir ein rotes Pappschild um den Hals, auf dem mein Name und die Heimatanschrift steht, unten ist dein Zuteilungsort, sagt sie. Ich werde dem Ort Markersdorf zugeteilt. Das liegt bei Zittau, sagt die Frau. Irgend jemand faltet eine Karte auseinander. So weit, sagt Mutter. Ich halte sie fest an der Hand. Bertchen ist einem anderen Ort zugeteilt worden, aber bevor wir ihn auf der Karte suchen können, kommt der Zug.

Was willst du denn mit diesem Riesenkoffer, fragt eine BDM-Führerin lachend, nun sieh mal zu, wie du den ins Gepäcknetz bekommst. Wir hatten keinen anderen, lüge ich. Bertchen will mir helfen, aber er ist zu klein. Schließlich stemmen wir ihn mit vereinten Kräften nach oben. Wenn uns der auf den Kopf fällt, lacht ein Mädchen, das Edith heißt. Später muß Bertchen in ein anderes Abteil umziehen. Er geht, ohne sich umzusehen. Dann sollen wir singen, »Muß i denn zum Städtele hinaus«. Ich habe das Lied noch nie gemocht, jedes Wort schmeckt nach Abschied. Der Zug schiebt sich ratternd durch die Landschaft. Draußen ist es dunkel geworden, und in unserem Abteil brennt ein kleines Notlicht. Wegen der Verdunkelung dürfen wir die Jalousien nicht hochziehen. Im Halbdunkel bewegen wir uns immer weiter weg von zu Hause. Eine Frau im Trainingsanzug holt mich, weil Bertchen weint. Sein Schluchzen ist weit über den Gang zu hören. Dabei ist er schon zehn. Es gelingt mir nicht, ihn zu trösten, schließlich schlafen wir aneinandergelehnt ein.

Hinter den Jalousien dämmert ein häßlicher grauer Schneemorgen. Die Jahresuhr ist zurückgesprungen auf den Winter. In meinem Hals steckt jetzt auch ein dicker Kloß. Im Gang wird Muckefuck ausgegeben. Wir packen unsere Brote aus und kauen ein Stück Heimat. In Bautzen wird mein Waggon an den Zug nach Zittau umgekoppelt. Jetzt ist es an Bertchen, mich zu trösten. Ich winke noch, als sein Zug schon lange in der Ferne verschwunden ist.

Eine Bimmelbahn bringt unser letztes knappes Dutzend an den Zielort. Auf einem winzigen Bahnsteig nehmen Männer in Arbeitsstiefeln und Frauen in Kopftüchern die Kinder in Empfang. Ein eisiger Wind wirbelt Schneeflocken durch die Luft. Auf mich wartet niemand. Aufgeregt vergleicht der Ortsgruppenführer seine Liste mit meinem roten Pappschild. Du kummst in die Mühle, sie waan scho noch kumme, verspricht er, geht davon und läßt mich mit meinem Koffer alleine. Das geschieht ihnen recht, denke ich insgeheim. Wenn mich niemand haben will, schicken sie mich vielleicht wieder nach Hause. Mutter wird die Hände über dem Kopf zusammenschlagen. Mein Gott, wie ist denn so etwas möglich, das arme Kind, ganz alleine in der Weltgeschichte, und Vater wird etwas von schlechter Organisation murmeln. Vielleicht gehe ich auch ganz verloren, und sie sehen mich nie wieder.

Aber da rattert ein Fahrzeug heran. Ein Mann mit roten Haaren und einem Kosakenschnurrbart springt vom Kutschbock und murmelt etwas Unverständliches. Mit Schwung fliegt mein Koffer auf den Wagen, schon sitze ich obendrauf, ein Schnalzen mit der Zunge, nu kumm, Liese, Pferd und Wagen preschen davon, daß der Schnee aufwirbelt. Vielleicht ist es ein Räuber, der mich entführen will, vielleicht hat er es auf meinen großen Koffer abgesehen?

Wir fahren auf einer schnurgeraden Straße an einem Fluß entlang. Als die Häuser aufhören, liegen bewaldete Hügel vor uns und in der Ferne blaue Berge. Kein Mensch würde erfahren, wohin ich verschwunden bin. Kein Hahn würde nach mir krähen. Zum Glück biegt das Fahrzeug jetzt in einen weitläufigen Hof ein, der von einem langgestreckten Fachwerkhaus, Scheune und Stallungen begrenzt wird. Wie ein Galgen reckt eine Winde ihren hölzernen Arm aus einer dunklen Luke. Neben dem Hoftor steht ein hoher Baum, seine kahlen Äste kratzen den tiefhängenden Schneehimmel. Das Pferd wiehert und schielt nach der offenen Stalltür.

Der Rothaarige hebt mich vom Wagen, und eine Frau mit weißen Haaren nimmt mich in ihre Arme. Der Max war spät dran, du hast sicher schon Angst gehabt, sagt sie und nimmt meine Hand. Aber deine Hände sind ja eiskalt, dann komm schnell ins Warme. Wir steigen eine hölzerne Stiege hoch und gehen an rumpelnden Maschinen vorbei, die von bemehlten Müllerburschen bedient werden. Als es neben mir schrill klingelt, zucke ich erschreckt zusammen. Wenn die Glocke klingelt, muß das Mahlwerk gefüttert werden, erklärt der Müller und streckt mir seine pudrige Hand entgegen. Aus seinem bleichen Mehlgesicht leuchten gutmütige blaue Augen. Nu laß se doch mal erst zur Ruhe kommen, nachher kannste ihr deine Mühle zeigen, sagt die Müllerin und schiebt mich weiter.

In der großen Stube glänzen die Möbel, der Kachelofen verbreitet mollige Wärme, und von der Ofenbank blinzelt verschlafen eine schwarzweiße Katze. Zwischen den Fenstern mit den weißen Mullgardinen steht ein Klavier. Die Fußbodendielen sind weiß gescheuert und riechen nach Holz und Harz. Es ist schön hier und sehr fremd.

Später, als wir an dem runden Tisch sitzen und große mit Honig bestrichene Buttersemmeln essen, sagt der Müller, na, Mutter, nun haben wir wieder was Kleines im Haus, das bringt Leben. Die Müllerin nickt lächelnd, der Kloß in meinem Hals verschwindet. Dann erfahre ich, daß Sohn und Schwiegersohn an der Front sind, die Tochter lebt im Nachbarort und wird morgen kommen. Sie ist es, die Klavier spielt.

Ich schlafe bei den Müllersleuten im Zimmer in einem riesengroßen Bett unter mächtigen pludrigen Federbetten auf einem dicken

Kopfkissen. Der Müller schnarcht, seine Frau schnarcht noch lauter. Es ist dunkel in der Kammer. Ob sie jetzt zu Hause in den Keller gehen? Damit mich niemand weinen hört, stopfe ich den Kissenzipfel in den Mund.

Du kannst dich hier waschen, sagt die Müllerin und deutet auf das graue Steinbecken in der Küche. Auf dem Tisch stehen Kuchenbleche. Die bringen wir nachher zum Bäcker. Gott, ist die Kleene dünn, sagt sie zum Müller, der zur Vesper aus der Mühle kommt. Da müssen wir ihr mal ordentlich was auf die Rippen schaffen, meint der und schiebt mir dicke Wurstscheiben hin. Ich muß ihm von den Bombennächten erzählen und von unserem Leben im Luftschutzkeller. Noch nie hat ein feindliches Flugzeug Markersdorf überflogen. Die armen Menschen, sagt er und schüttelt den Kopf. Ich mag den Müller.

Beim Bäcker ist es knallvoll, von überall kommen Jungen und Mädchen mit großen Kuchenblechen, und der Bäcker schiebt sie in seinen rotglühenden Backofen. Wegen der Müllerin kommt er extra aus der Backstube und begrüßt sie, denn Mehl und Brot gehören zusammen. Sie winkt ein Mädchen mit langen schwarzen Zöpfen heran. Hast du den Mohnkuchen selbst gebacken, fragt die Müllerin. Das Mädchen nickt und zeigt schneeweiße Zähne unter rosigem Zahnfleisch. Du bist eine Fleißige, an dir hat die Mutter Freude, lobt die Müllerin. Schau, Ida, das ist Helga. Sie wohnt über dem Fluß neben der Weberei. Da hast du es nicht weit, kannst mit ihr in die Schule gehen. Nimmst du sie am Montag mit, fragt die Müllerin, und Helga zeigt wieder ihre weißen Zähne.

Am Nachmittag soll ich den Kuchen abholen. Der Laden ist immer noch voll, jetzt sind es Frauen. Guten Tag, sage ich, ich komme aus der Mühle und soll den Kuchen abholen. Die Bäckersfrau, drall und rosig, schaut hoch, hier wird mit Heil Hitler gegrüßt, merk dir das! Ich nicke ängstlich. Entschuldigung, das wußte ich nicht, bei uns sagt man Guten Tag. Die Frauen lachen. Bei euch fallen ja auch Bomben und bei uns keine, sagt die Bäckersfrau, und deshalb grüßt du hier gefälligst so wie jeder andere anständige Deutsche. Die Frauen kichern. Ich verschwinde schnell mit dem Kuchenblech und wünsche ihnen tausend englische Flieger auf den Hals.

Die Dorfschule besteht aus einem Raum. Der eiserne Kanonenofen in der Ecke wird von einem älteren Schüler bedient. Am Fenster steht das Katheder, und von der Mitte steigen sechs lange Bankreihen an, die letzte ist die höchste. Dort sitzen die großen Schüler, die in diesem Jahr entlassen werden. Sie haben den besten Überblick. Jetzt starren sie auf die Neuankömmlinge, die sich an der Tür zusammenscharen. Wir starren auf die Schuhe, die ausgerichtet am Ofen stehen. Alle Schüler tragen karierte Filzpantoffeln, manche haben Bommeln obendrauf. Die Stadtkinder lachen und fühlen sich überlegen. Es ist nicht viel Platz für uns da, wir müssen uns zwischen die Sitzenden zwängen, so gut es geht. Dann sagen alle zusammen Heil Hitler, Herr Lehrer und falten die Hände auf der Bank. Wenn wir nicht schreiben oder im Heft rechnen, sitzen wir den ganzen Vormittag so da, mit gefalteten Händen. Im Saal ist es mäuschenstill. Der Lehrer geht flüsternd durch die Reihen und verteilt die Arbeiten auf die einzelnen Klassen. Dann beginnt mit einer Klasse das übliche Frage- und Antwortspiel. Die anderen arbeiten in ihren Büchern und Heften. Stillarbeit nennt er das. Macht ein Schüler Lärm oder weiß er zu wenig, wird er zurückversetzt in die tiefere Klasse, dann freuen sich die anderen.

Der Lehrer schimpft nicht, er ist leise und freundlich. Aber nie hätte ich gedacht, daß ich mich einmal nach dem alten Moitzfeld sehnen würde, bei dem wir nicht so steif und stumm wie die Ölgötzen dasitzen mußten. Bevor wir nach Hause gehen, winkt mich der Lehrer heran. Ab morgen darfst du neben der Käthe in der fünften Klasse sitzen. Ich bin mächtig stolz, wieder eine Klasse übersprungen zu haben, ohne daran zu denken, daß ich vielleicht bald schon in der dritten Klasse landen kann, wo neulich sogar ein Achtklässler saß, wie mir Käthe erzählt. Hast du kein Tüchel, fragt mich Helga beim Hinausgehen. Alle Mädchen tragen unter dem Kinn gebundene Kopftücher, auch die Müllerin schlingt sich ein Tuch um ihre weiße Haarpracht, manchmal hüllt sie sich in ein schwarzgehäkeltes Umschlagtuch. Ich komme mir sehr nackt vor ohne Tüchel.

In Helgas Küche blitzt es wie bei Frau Runke. Sie schält Kartoffeln. Ich muß das Essen richten, meine Mutter arbeitet drüben in der Weberei, sagt sie. Ihre kleine Schwester spielt auf der Erde mit den langen Papprollen des abgespulten Garns aus der Weberei.

Kochst du auch zu Hause, fragt Helga. Ich reiße entsetzt die Augen auf und schüttele den Kopf. Hilfst du deiner Mutter nicht? Doch, mittags, wenn Frau Schneider nicht da ist, spült meine Schwester, und ich trockne ab. Wer ist Frau Schneider? Sie hilft Mutter im Haus. Geht denn deine Mutter auch arbeiten, fragt Helga weiter. Ihre Augen schauen mich rund und neugierig an. Nein, sie hat im Haus zu tun. Komm, hilf mir Möhren schälen, sagt Helga und drückt mir ein Sparmesser in die Hand, wie Mariechen eins benutzt. Aber ich kann nicht damit umgehen. Wieviel Zimmer habt ihr denn, fragt Helga, während sie meine Versuche, mit den Möhren fertig zu werden, beobachtet. Vorsichtig weiche ich aus. Seit wir vermietet haben, nicht mehr so viele. Habt ihr auch ein Bad? Ich nicke, antworte unvorsichtigerweise, zwei, eins oben und eins unten. Aber das unten ist für den Vater, wenn er aus dem Garten kommt. In Helgas Augen wechselt die Neugier zum Unglauben. Weißt du, ich mag Freundinnen nicht, die lügen. Zwei Bäder und kein Tüchel. Und dann kommt ihr her zu uns armen Leuten, wenn ihr so reich seid. Möhren schälen kannst du auch nicht, sagt sie und nimmt mir das Messer aus der Hand. Ich kann ihr das alles nicht erklären, sie wird es mir so wenig glauben wie die beiden Bäder.

Am nächsten Morgen weint ein Mädchen in der Klasse. Es ist Edith, die mit mir im Abteil gesessen hat. Käthe, meine Nachbarin im geblümten Dirndl, klärt mich auf. Sie bekommt nicht genug zu essen. Ihre Leute sind sehr arm, sie haben selber nichts. Warum nehmen sie dann ein Kind auf, frage ich. Wegen dem Geld, flüstert Käthe, es wird doch bezahlt. Der Vater hat einen Unfall in der Weberei gehabt, sie haben nur die kleine Rente, und das reicht nicht, Käthe macht ein bekümmertes Gesicht. Eigentlich habe ich keine Ahnung, wovon sie redet, nur eins weiß ich, hier dreht sich alles um Geld und Besitz. Warum heißt es dann bei uns zu Hause, über Geld redet man nicht?

Das kommt von der Armut, erklärt der Müller. Hier gibt es nur die Weberei, da ist das halbe Dorf beschäftigt. Auch die Bauern, die nach Feierabend ihre Wirtschaft machen. Einige arbeiten auf dem Gut, und der Inspektor Werner von der Gemeinde braucht auch Leute für die Straße und den Wald. Der Müller klappt den Deckel seiner Pfeife zu und pafft kleine graue Wolken in die Stube. Früher, als es noch die Grenze gab, sagt er und nimmt die Pfeife wieder aus dem Mund, gleich hinter dem Haus über den Berg verlief sie, er zeigt mit dem Pfeifenstiel noch oben, da ging es hier viel besser. Fast jeder hat geschmuggelt. Kaum ein Haus, wo nicht einer nach drüben machte und nachts mit der vollen Kiepe zurück kam. Hinter dem Haus den Berg rab sind se gekugelt, und die tschechischen Grenzer standen oben und mußten zusehen. Das Schmugglerdorf haben sie uns genannt, lacht er. Ob der Müller auch gejubelt hat, als die deutschen Soldaten ins Sudetenland einmarschierten? Ich glaube nicht. Aber geschmuggelt hat er sicher, er sieht so aus.

Die Müllerin geht mit mir zum Rittergut, um mich der Baronin vorzustellen. Das Gut liegt auf einem Hügel in einem großen Park. Sind hier auch Kinder, erkundige ich mich neidisch, als das große Gebäude mit den vielen Fenstern vor uns auftaucht. Nein, die auf dem Gut nehmen niemand auf. Warum nicht, die haben doch so viel Platz? Die Müllerin antwortet nicht. Drinnen müssen wir warten. Ein Diener läßt uns in der Vorhalle stehen und will sehen, ob die Frau Baronin Zeit für uns hat. Die Müllerin reckt den Kopf nicht mehr stolz in die Höhe, sondern duckt sich in ihr schwarzes Häkeltuch. Es riecht nach Bohnerwachs und Zigarren. Im Parkett kann man sich spiegeln. Endlich klappt eine Tür, und eine hochgewachsene Frau kommt mit schnellem Schritt herein, mit ihr drängt ein braunweißgefleckter Jagdhund durch die Tür. Ich wollte Ihnen unsere Ida, das Kind von der Landverschickung vorstellen, Frau Baronin, sagt die Müllerin mit tiefem Knicks. Ich knickse nur mit einem Knie und schaue ratlos auf den schmalen weißen Handrükken, der sich mir entgegenstreckt. Du mußt der Frau Baronin die Hand küssen, raunt die Müllerin und stupft mich. Ich weiche zurück und schüttele den Kopf. Nein, das tue ich nicht. Die Frau Baronin hebt die linke Augenbraue und mustert mich erstaunt. Sie ist eben noch ein Kind, entschuldigt die Müllerin aufgeregt. Aber ein sehr schlecht erzogenes, bemerkt die Gestalt vor mir mit eiskalter Stimme. Was bildet diese Person sich denn ein, höre ich Mutter sagen und presse wie sie in aufkommender Wut die Lippen zusammen, spüre, wie der Bauernstolz in mir erwacht und der polnische Urgroßvater seinen Säbel schwingt und zur Attacke reitet. Bei uns küssen Kinder nicht wie die Männer den Frauen die Hand, sage ich und schaue der Baronin trotzig in die Augen. Erwachsene knicksen auch nicht voreinander. Wir brauchen überhaupt nicht zu knicksen, sagt mein Vater, diese Hofsitten sind schon lange abgeschafft, wo doch der Kaiser jetzt in Holland Holz hackt. Wenn dein Vater das so möchte, dann laß es bleiben, lächelt die Baronin kühl mit nunmehr zwei hochgezogenen Brauen. Woher kommt sie denn überhaupt, wendet sie sich an die Müllerin. Aus dem Rheinland, aus Köln, beeilt die sich zu antworten und beginnt wieder mit den Entschuldigungen. Die Baronin winkt ab, na ja, die Rheinländer, ein besonderes Völkchen. Dann mustert sie mich noch einmal kurz, und wir sind entlassen. Die Müllerin spricht auf dem Heimweg kein Wort mit mir.

Der Müller lacht laut auf, hast es der hochnäsigen Ziege aber gegeben, jeh, wie mich das freut, und er schlägt sich vor Vergnügen mit der Faust aufs Knie. Gib ihr noch recht, Mann, sagt die Müllerin ärgerlich. Na, du weißt doch, so eine Lärje wie ich hat es nicht mit den hohen Herrschaften, Frau Baronin hier, Herr Baron da, lacht der Müller immer noch und schaut seine Frau vergnügt an. Aber es war nicht gut fürs Geschäft, sagt die Müllerin. Ach was, winkt der Müller ab, hier gibt es weit und breit keine andere Mühle, die brauchen mich doch, nicht nur fürs Mehl. Buckeln brauchen wir nicht vor denen, warum mußtest du überhaupt da hinlaufen? Jetzt streiten sie, und ich ziehe den Kopf ein.

Am nächsten Tag weiß es das ganze Dorf. Alle tuscheln, wenn sie mich sehen. In der Schule rücken sie von mir ab, Angeberin, zischt mir Renate zu, die Tochter des Gemeindeinspektors. Käthe fragt mich nach der Schule, bist du eine Jüdin? Nein, antworte ich erschrocken, wie kommst du auf sowas. Die Leute im Dorf reden. Sie sagen, du versteckst dich hier, aber verrate mich nicht. Ich kreuze die Finger zum heiligen Ehrenwort.

Warum hast du in der Nacht geweint, fragt mich die Müllerin am Morgen. Weiß ich nicht, vielleicht im Traum, antworte ich und denke an das Ehrenwort. Es ist noch dämmrig, beide löffeln Mehlsuppe, mir zieht sie den Hals zu. Deshalb kaue ich an einer Butterbemme. Sind wir nicht gut zu dir, magst du uns nicht, fragt die Müllerin. Doch, sehr, bekräftige ich mit ehrlichem Herzen. Da steckt was anderes dahinter, Mutter, sagt der Müller und geht in seine Rumpelmühle. Am Mittag weiß die Müllerin Bescheid. Empört schimpft sie über so viel Dummheit. Das waren die Schandmäuler aus dem Dorf, poltert auch der Müller, denen ist jeder Fremde verdächtig. Aber vielleicht hat da noch jemand anderes seine Hand im Spiel, der Müller schüttelt bedächtig den Kopf. Du meinst doch nicht, nein, das würde sie nie machen, sie ist eine Dame, entrüstet sich die Müllerin. Das sind die allerschlimmsten, sagt der Müller und vertieft sich in die Zeitung.

Nein, nicht hier, sagt die Müllerin und zieht das Umschlagtuch fester. Der Lehrer muß mit ihr vor die Tür und kommt mit hochrotem Kopf zurück. Jetzt werden alle Rheinländer auf den Schulhof geschickt. Weißt du, was da los ist, du bist doch in der Mühle, werde ich gefragt. Jetzt kann ich es sagen, das Ehrenwort gilt nicht mehr, und es ist schon sowieso alles egal. Die anderen staunen. Mach dir nix draus, sagt der rote Jockel, die han sowieso de Kopp up, un leiden können die uns all nit. Auch der rote Jockel hat seine Schwierigkeiten, er ist zu fix mit den Worten und mit den Fäusten.

Auf dem Heimweg geht Renate plötzlich neben mir. Eine Jüdin bist du nicht, aber eine große Gosche hast du. Woher willst du das wissen, antworte ich patzig. Mein Vater hat eine Amtsauskunft über dich in deiner Heimat eingeholt, trumpft Renate auf.

In der Mühle liegt ein Päckchen mit dem erbetenen Tüchel, leuchtendrot mit dicken weißen Punkten. Damit kann ich mich hier nicht unter die Leute wagen. Sei nicht traurig, schreibt Mutter, wenn ich dir jetzt sagen muß, daß die alte Frau Röhrig gestorben ist. Sie hatte einen friedlichen Tod. Zuletzt wollte sie nur noch zu ihrem Herrgott und zu Tim, da ist sie einfach hinübergeschlafen. Ich bin nicht traurig, ich weiß überhaupt nicht mehr, was ich eigentlich bin, und zerfetze den Brief in tausend kleine Schnipsel. Dann fällt mir ein, daß ich ihr nicht geschrieben habe.

Auf den Wiesen blühen Osterglocken und Narzissen in solchen Mengen wie bei uns die Gänseblümchen. Elfriede, die Müllerstochter, bringt Arme voll davon in die Stube. In der Küche liegt ein totes Zicklein. Ich mache die Augen zu und schüttele mich. Wirst es schon essen, wenn's gebraten ist, sagt die Müllerin.

Beim Bäcker stehen wieder die Frauen mit den Kuchenblechen. Wir nehmen Osterbrot mit. Bei uns heißt sowas Rosinenplatz. Elfriede färbt die Eier mit Zwiebelschalen und ritzt mit einer Nadel

Muster hinein. Die schönsten Eier macht die Müllerin abends unter der tiefhängenden Lampe. Wie weiße Spitze liegen die feinen Linien über den blau und rot gefärbten Eiern. Bertchen hat mir eine Karte geschrieben, aus Oelsnitz im Vogtland. Er fehlt mir sehr, niemand ist da, mit dem man sich ernsthaft unterhalten kann. Die Mädchen schauen nur, ob ihr Busen wächst und ob die Jungs das auch sehen.

Osterwasser müßt ihr holen, schlägt der Müller vor. Elfriede lacht, ich habe schon einen Mann und Ida braucht noch keinen. Dann trällert sie so fröhlich vor sich hin, daß die Müllerin forschend aufschaut. Hast du was von Kurt gehört? Elfriede schüttelt den Kopf, aber das Trällern hört auf. Ich will wissen, was es mit dem Osterwasser auf sich hat. Osterwasser mußt du vor Sonnenaufgang an einem klaren Bach holen, wenn du Glück hast, erscheint dir auf dem Wasserspiegel das Bild des Liebsten. Aber du darfst auf dem Weg dorthin kein Wort sprechen, sonst ist es aus mit der Enthüllung, lacht der Müller. Erzähl nicht solche Fürze, Mann, sagt die Müllerin.

Der Sommer kommt schnell hier, fast ohne Übergang. Wenn Max mit der Liese zum Hoftor hereinfährt, steht ein Staubpilz in der Luft. Die Linde vor dem Haus trägt jetzt eine mächtige Blätterkrone. Wir gehen mit der Klasse zum Ernteeinsatz, Rübenverziehen, Distelstechen, bis der Rücken schmerzt und Hände und Füße brennen. Wenn ich noch in der Vierten wäre, brauchte ich nicht mitzugehen. Die anderen laufen barfuß über den glühenden Asphalt und durch die steinigen Ackerfurchen. Ich versuche es zuerst am Grasrand, mit zusammengebissenen Zähnen wage ich mich aufs freie Feld. Man geht wie auf Nägeln, die harte Erdkrume sticht zwischen den Zehen. Am Abend habe ich geschwollene Fußsohlen, und die Müllerin klaubt mir die geschmolzenen Teerstücke aus der Haut, bevor sie Salbe draufschmiert. Aber nach und nach bekommen meine Fußsohlen die richtige Hornhaut zum »Barbschlaufen«.

Im Dorfkretscham werden Waagen geeicht. Die Bauern preschen mit ihren Pferden und langen schmalen Karren in einer Staubwand heran. Panjewagen nennen die Masuren sowas. Auch der Müller kommt mit Max und Liese angefahren. Eichtag ist ein großes Fest. Die Dörfler knuffen sich bei der Begrüßung in die Rippen, schlagen sich lachend auf die Schultern. Man hat sich lange nicht gesehen, denn viele Dörfer liegen weit auseinander. Sie schleppen die Waagen ins Wirtshaus und trinken Schnaps, der Eichmeister hat sich verspätet. Wir Kinder stehen draußen in den Fensternischen und schauen in den Saal. Manchmal kommt einer raus, spuckt in den Hof und läßt hinter der Scheune sein Wasser ab. Einer schwenkt seinen Strahl, unsicher auf den Beinen schwankend, direkt vor unseren Augen hin und her. Die Mädchen kreischen. Beim Hineingehen heben die Burschen den Mädchen die Röcke hoch, da kreischen sie noch mehr.

Käthe hat den größten Busen, schon eine richtige Brust, sagt Renate anerkennend. Sie liegen im Garten auf dem Rasen, und ich muß die Decke über sie halten wie einen Baldachin, damit niemand sieht, wie sie ihre Rundungen prüfen. Wer am meisten aufzuweisen hat, wird am meisten bewundert. Ich habe gar nichts aufzuweisen und finde ihr Gegicker blöd. Aber am Abend bete ich in meinen Kissenbergen, lieber Gott, laß mir schnell einen großen Busen wachsen.

Am nächsten Tag kommen Soldaten ins Dorf, eine Radfahrkompanie, verschwitzt und verstaubt. Soldaten auf Fahrrädern habe ich noch nie gesehen. In der Mühle ist auch schon einer, rothaarig und sommersprossig, der von der Müllerin verhätschelt wird. Ida, schau, ein Landsmann von dir, sagt sie lachend. Er läßt sich kaum stören und schiebt die dicken Brote in sich rein, die Müllerin hat sogar Bohnenkaffee aufgeschüttet. Ich bin der Paul, sagt er zwischen zwei Bissen, jeht et joht? Die Stube dreht sich, der Himmel öffnet sich, der liebe Gott persönlich schaut aus den Wolken und lächelt mir zu, na, das ist doch viel besser als ein großer Busen, und ich danke ihm für den Paul aus Köln-Ehrenfeld. Kein Mensch versteht euer Kölsch, sagt der Müller staunend, und wir grinsen verschwörerisch. Ich kann jetzt schon den Dolmetscher spielen und übersetze dem ratlosen Paul, was die Leute im Dorf reden.

Warum sind die Soldaten hier, ist überall die bange Frage. Angeblich geht es in ein großes Manöver, doch hinter vorgehaltener Hand flüstert mancher, es soll gegen Rußland gehen. Unsinn, kommt sofort die Antwort, wir haben doch ein Abkommen mit Rußland. Einen Zweifrontenkrieg fängt er nicht an, wo wir jetzt auch noch in Jugoslawien und Griechenland stehen, nein, das macht er nicht. Unser Führer weiß, was er tut.

Mitte Juni kommt für die Radfahrer der Befehl zum Abmarsch. Also anscheinend doch kein Manöver. Keiner weiß, wohin es geht, es heißt, nach Osten, sagt Paul bedrückt. Schnell wäscht er noch seine Wäsche am Mühlbach. Das rote Haar flammt in der Sonne und sein nackter Rücken, übersät mit kleinen braunen Punkten, leuchtet. Ich glaube, ich liebe Paul. Wat es loss, Ida, wat starrste mich an wie dat siebte Weltwunder, er dreht sich um und lacht mir zu. Da laufe ich schnell weg.

Die Müllerin pflückt Stiefmütterchen, gelbe Margeriten und Bartnelken im Garten und bindet sie zu kleinen Sträußchen. Alle Soldaten tragen solche Sträußchen an der Uniform und im Gewehrlauf, viele Frauen weinen. In den Augen der Soldaten hockt ganz hinten die Angst. Paul überspielt sie mit einem seiner Sprüche. Gelobt sei, was hart macht, grinst er. Mach et joht, Klein, und jrüß mer Kölle, er winkt lange zum Abschied, und auch wir schwenken die Taschentücher, bis der letzte Reifen im Staub hinter der Straßenbiegung verschwunden ist. Gott schütze sie, sagt die Müllerin, aber es klingt nicht sehr überzeugend.

Tage später hören wir im Radio, daß deutsche Truppen die russische Grenze überschritten haben und auf einer Breite von 1600 Kilometern ins Landesinnere vorstoßen. Die überraschten Russen leisten kaum Widerstand. Das beruhigt vorerst. Trotzdem seufzt die Müllerin besorgt, jetzt haben wir fast die ganze Welt gegen uns. Dann stellen wir uns Paul mit seinem Fahrrad in den russischen Weiten vor. Wenigstens braucht er sein Gepäck nicht zu tragen wie die Infanteristen, sagt der Müller und holt eine Landkarte. Wir bekommen einen Schrecken, als das riesige Land ausgebreitet vor uns liegt.

Endlich gibt es Ferien. Keiner ist sitzengeblieben, nur ich bin weiter in der fünften Klasse. Die Bauernkinder müssen auf dem Feld helfen, die anderen haben es besser und können im Fluß toben. Die Buben springen von der Brücke ins Wehr und ziehen die Mädchen an den Beinen unter Wasser. Am wildesten ist der Erich aus meiner Klasse, dem die Lebenslust aus seinen grünen Augen lacht. Der Erich möchte dein Schatz sein, kichern die Mädchen, aber mir ist es wichtiger, schwimmen zu lernen. Auf dem Rasen zeigen sie mir die Schwimmbewegungen. Versuch es, sagt Helga, und Renate will mich gleich ins Wasser stoßen. Doch ich mache mich davon, will es alleine ausprobieren, im stillen Mühlteich, wo die Mücken tanzen und Libellen über das Wasser sirren. Bis zur Brust reicht mir das Wasser. Ich rudere mit den Armen und halte mich mit den Beinen auf dem Grund. Die Sonne hockt schon in der Linde, als plötzlich auch meine Beine rudern und das Wasser mich trägt. So müssen sich die Forellen fühlen, die im Schatten des Ufers auf Beute lauern.

Am Abend stürze ich mich vor den Augen der entsetzten Müllersleute, die friedlich auf dem Bänkchen den Sonnenuntergang genießen, in den Mühlteich. Der Müller rennt nach der Stange, mit der er die Klappe des Mühlbachs schließt, die Müllerin stößt Schreckensschreie aus, bis sie sehen, daß ich vergnügt im Wasser schwimme. Komm sofort da heraus, befiehlt der Müller streng. Ich gehorche und bekomme von der Müllerin meine erste Ohrfeige. Das Herz ist mir beinahe vor Schreck stehen geblieben, sagt sie. Ich schleiche mich kleinlaut davon.

Erich kommt in die Mühle, um mich abzuholen. Ich bin mächtig stolz, aber die Müllerin hält nichts davon und will ihn fortschikken. Erich bleibt stumm und steif in der Stube stehen. Das gefällt mir. Wer sind überhaupt deine Leute, fragt die Müllerin und läßt sich ausführlich berichten. Das Ergebnis scheint sie nicht zu befriedigen. Warum spielst du nicht mit den Buben, mußt du ausgerechnet mit einem Mädchen spielen? Ich habe zu Hause auch immer mit Buben gespielt, werfe ich ein. Es gibt hier so nette brave Mädchen, fährt die Müllerin fort, zum Beispiel die Helga oder die Renate, und außerdem reden die Leute, wenn ihr miteinander geht. Mir graut vor den braven Mädchen mit ihrem Busentick, und die Leute sind mir schnurz. Erich steht weiter wie ein Baum mitten im Raum und rührt sich nicht vom Fleck. Schließlich kommt der Müller und bringt die Sache zu Ende. Laß sie doch gehen, Mutter, sind doch noch Kinder, und die Leute ratschen so oder so.

Für uns beginnt nun ein herrlicher Sommer. Wir stromern durch den Wald, erkunden die Mühle bis in den letzten Winkel, baden im Wehr und sitzen singend auf den Kornsäcken, die Max mit der Liese vom Gut holt. Der Juli ist drückend heiß. Beim Blaubeersammeln im Wald quälen die Fliegen. Liese läßt den Kopf hängen, wenn sie ins Geschirr muß und trottet mit müden Schritten. Nachmittags liegt die Landstraße wie ausgestorben in der hitzeflirrenden Luft. Wenn sie nicht aufs Feld müssen, verkriechen sich die Menschen in ihren Wohnungen.

Der kühlste Winkel der Mühle ist die Getreidekammer. Leider ist sie meist verschlossen. Doch heute ist die Tür nur angelehnt. Verstohlen schlüpfen wir hinein. Das goldgelbe Korn, zu Hügeln aufgehäuft, duftet nach Brot und kühlt unsere erhitzte Haut. Langsam gewöhnen sich unsere Augen an das Halbdunkel der fensterlosen Kammer, wo in den Bretterritzen der sonnenflimmernde Staub tanzt. Wir liegen ruhig auf den Körnern und schauen dem Lichtspiel zu. Jetzt geht die Kornmuhme durch die Felder, flüstere ich. Sie hat einen langen roten Rock an und blaue Strümpfe, und wenn ihr ein Mensch begegnet, winkt sie ihm mit einer Ähre und verzaubert ihn. In was verzaubert sie ihn, fragt Erich. Ich überlege, die Geschichte habe ich vergessen, aber das macht nichts, wozu habe ich einen Kopf. Männer in Disteln und Frauen in Kornblumen. Ich will aber keine Distel sein, sagt Erich. Na klar, du bist doch auch noch kein Mann. Und was macht sie mit den Kindern, fragt Erich grinsend. Die Kinder nimmt sie mit in ihr Schloß, da müssen sie das Korn wenden und umschaufeln, damit es nicht stikkig wird, und wenn sie nicht schnell genug arbeiten, steht plötzlich die Kornmuhme da und macht huuh. Erich zuckt zusammen, und ich will mich totlachen. Kreischend kugeln wir durch das Korn. Ich stolpere, Erich fliegt auf mich, seine grünen Augen blitzen merkwürdig, und der verschwitzte Kopf mit den wuscheligen braunen Haaren kommt näher. Mir wird ganz kribbelig vor seinen feuchten Lippen und ich drehe schnell den Kopf weg. Sein Kuß trifft mich nur am Hals, als ich mich schon beinahe losgerissen habe. Schnell robbe ich wieder durchs Korn. Warte, ruft er, gleich hab ich dich, und klettert den Hügel hinauf. Ich tanze unten herum, mache Flatterohren und rufe, fang mich doch, fang mich doch. Schon will er springen, da setzt sich das Korn in Bewegung, und der Berg beginnt langsam mit zischendem Rieseln zu rutschen. Erich wird klein und kleiner und versinkt nach und nach mit schreckensweiten Augen in der gelben Flut. Ich renne hilfeschreiend um sein Leben.

Zum Glück hört mich der Müller, der den Schließer am Mühlbach repariert. Hol den Michael und den Xaver aus der Mühle, sagt er und ist schon in der Kornkammer verschwunden. Ich rase mit zitterndem Herzen in die Mühle. Lieber Gott, laß den Erich nicht sterben, ich will auch ... in der Angst fällt mir nichts ein, was ich versprechen könnte, und so renne ich hinter den Müllerburschen her und weine nur, bitte, bitte, lieber Gott. Aber Gott läßt sich nicht erpressen und erwartet keine Gaben. Er tut das, was er für richtig hält. So trägt der Müller vorsichtig den benommenen Erich aus der Kornkammer und legt ihn draußen auf den Rasen. Hast noch mal Glück gehabt, sagt er, als Erich den Kopf hebt, bist oben drauf geschwommen. Und jetzt verschwinde, Bürschlein, und wag dich nie mehr in meine Kornkammer. Wie der Blitz saust Erich um die Ecke. Was machst du nur für Sachen, Ida, der Müller schaut mich traurig an. Dann schreit er plötzlich, daß sich die kichernden Müllerburschen ducken. Wer von euch hat die Kornkammer offen gelassen? Michael und Xaver zucken die Achseln. Das war die Kornmuhme, denke ich. Aber das wird mir der Müller nicht glauben und erst recht nicht seine Frau.

Erich darf nicht mehr in die Mühle kommen, und ich muß im Garten helfen, mit der Müllerin Johannisbeeren pflücken, damit sie mich im Auge behalten kann. Das kommt alles vom Umgang mit den Buben, von Anfang an war ich dagegen. Sie redet schon wie meine Mutter, denke ich und stopfe mir die kleinen roten Trauben in den Mund. Neugierig bin ich, was dein Vater sagen wird, wenn er erfährt, was du hier anstellst. Die Müllerin richtet sich auf und reibt ihr Kreuz. Wir müssen ihm noch ein Quartier besorgen, wenn er kommt. Wer kommt, frage ich mit runden Augen. Nu, dein Vater, in der nächsten Woche, hat er uns geschrieben, sagt die Müllerin und lächelt verschmitzt. Wie schnell sich so ein trostloser Tag verändert. Auf einmal wirbelt die Sonne wild im Kreis, springt in den sprudelnden Mühlbach, tanzt mit den Blumen am Ufer, drüben im Hof wiehert die Liese, und mitten im Garten steht die Müllerin mit erdigen Händen und ist die Beste von allen. Ich springe auf, werfe die Arme um ihren Hals und gebe ihr einen dicken Kuß.

Im Dorf gibt es kein Gasthaus zum Übernachten. Wir bringen Vater hinter der alten Grenze unter, bei einem tschechischen Wirt in Samtweste und besticktem Käppchen, für den das eine »hohe

Ähre« ist. Die Müllerin besteht darauf, daß ich zum Empfang Schuhe anziehe. Was soll dein Vater sonst denken. Die Schuhe drücken. Meine Füße haben sich bereits an die Freiheit gewöhnt.

Ich hatte ganz vergessen, wie groß Vater ist. Unter jedem Türrahmen muß er sich bücken. Die Müllerin hat Käsekuchen gebacken, dazu gibt es Heidelbeersahne. Vater will nicht glauben, wie gut wir hier leben. Dann erzählt er von den Nächten im Luftschutzkeller, von den langen Totenlisten in der Zeitung mit den Namen der Frauen, Männer und Kinder, die in Massengräbern bestattet wurden und von den ausgebrannten Straßenzügen in der Innenstadt, wo die Toten noch unter den Ruinen liegen. Und er spricht von einem Wunder, das im Boden Kölns verborgen gewesen war, dem Dionysos-Mosaik. Dieser Fußboden eines Speisesaals aus römischer Zeit wurde vollkommen erhalten bei den Ausschachtungsarbeiten für den Dombunker freigelegt. Vater schüttelt traurig den Kopf, ausgerechnet jetzt in dieser Zeit des Mordens und des Todes erreicht uns dieser Gruß des Lebens über die Jahrtausende hinweg. Das Kunstwerk wurde wieder zugeschaufelt, für bessere Tage unter dem Dombunker begraben. Auch die Lebensmittelrationen reichen nicht immer, fährt Vater fort. Oft sind die Lieferwege unterbrochen, oft muß man lange für die aufgerufenen Abschnitte anstehen. Vieles geht unter dem Ladentisch weg. Hat man keine Beziehungen, muß man sich mit Tausch oder guten Worten ein Zubrot auf dem Lande besorgen. Zum Glück hat er Felder in der Eifel verpachtet, und die Bauern zahlen den Pachtzins in Kartoffeln. Wenn man an andere denkt, die alles verloren haben, können wir noch nicht klagen, schließt er.

Die armen Menschen, sagt der Müller, laßt uns Gott danken, daß es uns hier noch einigermaßen gut geht, obwohl wir auch unsere Sorgen haben. Der Sohn und Schwiegersohn im Feld, die Tochter so jung und muß schon alleine zurecht kommen. Dann die Mühle in diesen Zeiten, die Leute im Krieg und weiter nichts als Ärger. Der Müller redet seinen Kummer groß, bis der unsere schrumpft. Dann zündet er sich eine Pfeife an und schweigt.

Erzähl deinem Vater von deinem Freund, fordert mich die Müllerin lächelnd auf. Wir haben es nicht gerne gesehen, fügt sie hinzu und breitet dann haarklein die Kornkammergeschichte vor Vater aus. Das hätte ich nicht von ihr gedacht. Jetzt würde ich ihr bestimmt keinen Kuß mehr geben. Aber Vater lacht, das kennen wir, immer handeln, wie es ihr gerade durch den Kopf geht. Ich hüte mich zu widersprechen. Morgen wollen wir eine Wanderung machen, willst du deinen Freund nicht mitnehmen, fragt Vater. Jetzt staunt die Müllerin.

Am Samstag höre ich dann von Vater das gefürchtete »Sieh mal«. Der Müller will seine Mühle aufgeben, weil er zu alt ist für die Plackerei, und mich wollen sie auch aufgeben, weil sie zu alt sind für meine merkwürdigen Einfälle. Mir ist, als fiele ich in ein tiefes, dunkles Loch. Von fern höre ich Vater sagen, das ist doch nicht so schlimm, du kommst nach den Ferien sowieso ins Gymnasium, und wir suchen dir in Zittau neue Pflegeeltern. Aber ich will nicht in eine fremde Stadt zu fremden Leuten, ohne Mühle, ohne Müller, ohne Max und Liese und ohne Erich. Schon fließen meine Tränen. Doch Vater gibt nicht auf, führt sein stärkstes Geschütz ins Feld, sieh mal, wir wissen nicht, was mit uns geschieht bei den dauernden Luftangriffen. Hier bist wenigstens du in Sicherheit, hier fallen keine Bomben. Jetzt schlägt erst recht das Entsetzen über mir zusammen. Genügt es nicht, daß sie mich in einer fremden Stadt bei wildfremden Leuten abstellen wollen, zusammen mit meinem großen Koffer, den ich nicht einmal alleine tragen kann, nein, sie wollen auch alleine sterben. Wo kommen bloß all die Tränen her, die über mein Gesicht fließen? Schließlich faltet Vater die Zeitung zusammen, steht auf und sagt, hör auf zu weinen, wir fahren am Montag nach Hause. Ich wußte gar nicht, daß du hier so unglücklich bist.

Der Zug führt uns schnell fort von der winkenden Müllerin, von Liese und Max, der in sein rotkariertes Taschentuch schnaubt. Jetzt bimmelt das Bähnle die Kornfelder entlang, vorbei an den Bauern, die mit der Ernte beschäftigt sind. Von weitem sieht man die Reichenauer Landstraße. Einmal war ich mit den Müllersleuten bei Tante Alma in Reichenau. Es gab Erdbeerbowle, und ich durfte die Früchte essen. Auf dem Heimweg sangen wir das Lied vom Mühlrad im kühlen Grunde, und ich bin dabei von Straßenseite zu Straßenseite gehopst. Auch der Müller begann zu hopsen, und in den Höfen bellten wie wild die Hunde. Mann, rief die Müllerin kichernd, daß du dich nicht schämst. Zum Glück kam der alte Lomatzsch mit seinem Pferdefuhrwerk. Es ist wohl besser, wenn ich euch jetzt auflade und in den kühlen Grund fahre, damit wenigstens die Hunde aufhören zu jaulen, meinte er.

Der Zug schnauft und bimmelt, die ersten Stadthäuser von Zittau gleiten vorüber. Meine Gedanken sind immer noch in der Mühle, aber dann verwischt die Entfernung mit neuen Eindrücken die alten Spuren. Vater will noch nicht nach Hause, er will sich die Gegend anschauen. Die Nonnenklunsen in Jonsdorf, schmale Felsen, die wie graue Klosterschwestern beieinander stehen.

Am Abend sitzen wir am Waldrand und sehen die Dämmerung ins Tal schleichen und am Himmel die ersten Sterne aufleuchten. Es ist schön, ganz einfach so dazusitzen und in den Himmel zu schauen. Ob es da oben auch Menschen gibt? Es ist nicht auszuschließen, meint Vater. Ob sie auch Krieg führen? Das hängt von der Intelligenz ihrer Bewohner ab, antwortet Vater. Ohne die Dummheit der Menschen, die so schnell bereit sind, das zu glauben, was sie gerne glauben möchten, wären Kriege nicht zu führen. Kann man denn nichts gegen die Dummheit tun, frage ich. Nein, antwortet Vater, gegen diese Dummheit nicht. Sie ist ansteckend wie eine Seuche, und wenn sie einmal vorüber ist, werden sich die Menschen die Augen reiben und vor ihrem eigenen Wahn erschrecken. Aber dann ist es endgültig und für immer vorbei mit der Dummheit, stelle ich hoffnungsvoll fest. Vater schüttelt den Kopf, sie wechselt nur die Kleider, und schon rennen die Menschen einem neuen Wahn hinterher und erkennen die alten Zeichen nicht.

In Leipzig telefoniert Vater lange und nimmt am Schalter für postlagernde Sendungen ein braunes Päckchen in Empfang. Hastig verlassen wir das Postamt. Immer wieder schaut sich Vater um, als sei uns jemand auf den Fersen. Was ist in dem Päckchen, erkundige ich mich neugierig, aber Vater antwortet nicht. Später sitzen wir am Naschmarkt wie wartend auf einer Bank. Als sich ein Mann zu uns setzt, steht Vater schnell auf und läßt sein Päckchen liegen. Du hast es vergessen, zupfe ich ihn am Ärmel, aber Vater achtet nicht darauf und geht unbeirrt weiter. Das brauchst du zu Hause nicht zu erzählen, sagt er nach einer Weile so ganz nebenbei. Ich nicke verschwörerisch. Was mag bloß in dem Päckchen gewesen sein, das er so einfach liegenließ? Das Geheimnis beschäftigt mich, aber ich wage nicht mehr zu fragen.

11

Das Gymnasium in unserer Stadt stammt noch aus der Zeit Kaiser Wilhelms und sieht aus wie alle Schulen dieser Epoche. Es hat zwei Schulhöfe, der am Hintereingang dient gleichzeitig als Sportplatz. Auf dem Schulhof vor dem Haupteingang an der Straße versammeln sich die Schüler vor Beginn des Unterrichts und warten darauf, daß sich mit dem Achtuhrläuten die großen schweren Holztüren öffnen. Mein Vater überragt das Gewimmel. Er steht mit zwei Kollegen auf seinem Stammplatz am Fuß der Treppe. Es sind immer die gleichen Kollegen. Der Kaplan mit dem milden Lächeln auf dem rosigen Gesicht und den flinken eisgrauen Augen und der Deutschspezialist Dr. Herkenrath, dünn, grau, mit goldgefaßter Brille. Der ganze Mann hat etwas Verkniffenes, behauptet Mutter, die an den beiden ihre Vorurteile pflegt und keinem von ihnen traut. Der eine ist aalglatt katholisch und der andere scheinheilig, hält sich aus allem raus, hört sich nur alles an und ganz besonders aufmerksam, wenn Vater ihm sein Herz ausschüttet, sagt Mutter, außerdem ist er in allem das Sprachrohr seiner Frau. Ihr kann Mutter nie verzeihen, daß sie Vater einmal warnte. Geschieden, protestantisch und dazu noch Kölnerin, lassen Sie die Finger davon, die paßt nicht zu ihnen.

Im Schulhaus ist es sehr hell. Durch die hohen Fenster fällt das Licht in den langen Gang, an dem die Klassenzimmer liegen. In den Nischen an der Wand stehen Gipsbüsten griechischer Philosophen und lateinischer Denker, und vor dem Zimmer des Direktors schaut mit wallenden Gipslocken der Göttervater Zeus von seinem Podest herunter auf große und kleine, schwarze und braune Seelen und auf jene, die sich noch nicht entscheiden können. Sind die Gänge und Treppen frisch geölt, gehen wir vorsichtig und langsam. Wer hinfällt, hat die schwarze Schmiere an der Kleidung. An Öltagen fällt immer einer hin, man kann darauf warten. Es ist eine schöne Schule, und ich bin sehr stolz darauf, daß Vater dort unterrichtet.

Im Biologieunterricht sitzen wir auf dreibeinigen Schemeln. Sobald ein Schüler unachtsam aufsteht, fallen sie mit lautem Gepolter um. Manchmal fallen sie auch um, wenn noch einer drauf sitzt, der streckt dann die Beine in die Luft und quiekt, worauf unser Biologielehrer erschreckt zusammenzuckt. Wenn wir beim Aufstehen und Hinsetzen mit dem Fuß ein wenig nachhelfen, fallen sogar alle Schemel um, wie die Kegel. Dann zuckt der Biologielehrer nicht nur, auch seine rechte Gesichtshälfte und die Hände beginnen zu flattern wie aufgeschreckte Vögel. Das gefällt uns, und wir kichern hinter der vorgehaltenen Hand. Wie könnt ihr so etwas machen, sagt Mutter. Der Doktor ist mit einem faustgroßen Loch im Rücken aus dem Ersten Weltkrieg zurückgekommen, es macht ihm große Mühe, den Vormittag in der Schule durchzustehen. Aber am nächsten Tag fallen die Schemel wieder krachend um, diesmal ist meiner auch dabei. Für eine Sekunde treffen sich meine Blicke mit denen des Lehrers. Blutrot kriecht mir die Scham über das Gesicht.

Der Sohn unseres Geschichtslehrers heißt Siegfried und sitzt in der letzten Bank. Hat sein Vater die Klasse betreten – aufstehen, setzen, aufstehen, setzen, aufstehen, setzen – und haben wir unsere Turnvater-Jahn-Übungen absolviert, bringt er uns die Mythen der Geschichte nahe. Am Ende seines Vortrags stellt er Fragen. Verharrt die Klasse in Schweigen, schmettert seine Stimme: Siegfried! Der schnellt hoch, steht stramm und sprudelt die Antwort hervor. Wehe, es sprudelt einmal nicht. Sofort stempelt der Liebig seinen Sohn zum Versager, zum hoffnungslosen Fall, aus dem niemals ein so großartiger Geschichtslehrer wie sein Vater werden wird. Atemlos lauscht die Klasse, wenn Siegfried mit hochgerecktem Kopf, die Augen starr geradeaus auf die gegenüberliegende Wand gerichtet, die Beschimpfungen seines Vaters über sich ergehen läßt.

Ein Freund noch größerer Zucht und Disziplin ist unser Turn- und Musiklehrer, Herr Meinard, bei dem wir Runde um Runde um den Schulhof drehen. Ist es die zehnte Runde, die elfte Runde, ich weiß es nicht mehr. Der Schulhof ist groß, und an seinem Ende steht Meinard in Anzug und Weste mit der Stoppuhr in der Hand. Hinter mir höre ich den dicken Müller schnaufen. Endlich kommt das ersehnte Zeichen, haaalt. Der Meinard drückt die Stoppuhr und verkündet stolz das Ergebnis, besser als das letzte Mal, lobt er.

Schon beginnen die Kniebeugen, na, wollen mal sehen, wie viele ihr heute schafft, und daß mir keiner von den Kerls schlappmacht. Rauf, runter, rauf, runter, mir flimmert es schon vor den Augen. Da höre ich den Meinard schreien, was soll denn das, Müller, warum machst du nicht mit? Mir ist nicht gut, murmelt der dicke Müller. Diese Sprüche kennen wir, drücken will sich der Schlappschwanz, Müller, vortreten. Der Müller macht Kniebeugen, der Meinard zählt, eins und zwei, eins und zwei. Bei zwei fällt der Müller um und liegt langausgestreckt auf dem schwarzen Schotter. Der Meinard staunt. Jungs, packt mal an, sie schleppen den dicken Müller mit vereinten Kräften ins Schulhaus. Nachher darf er nach Hause gehen. Am nächsten Tag kommt seine Mutter mit einem Attest, von da an ist er vom Turnunterricht befreit. Er hat einen Herzfehler. Alle beneiden den dicken Müller.

In der nächsten Turnstunde fragt Meinard, ist hier irgendwo noch ein Faulenzer oder Drückeberger, der nicht mitturnen will oder einen Herzfehler hat, der soll vortreten. Niemand tritt vor, und wir hören wieder knapp und schneidend die Kommandostimme, bis unser Haß wie eine dicke Wolke in der Luft hängt. Freitags haben wir Chor, und Lehrer Meinard wird zum Freund schöner Töne. Lauschend schleicht er durch die Reihen, fahndet, die Hand hinter der Ohrmuschel, nach Abweichlern von der vorgegebenen Melodie. Hat er einen entdeckt, läßt er ihn die Tonleiter intonieren. Der Kerl kann nicht singen, was willst du hier, raus mit dir, schreit er, und der Unmusikalische flitzt schnell zur Tür, bevor der Meinard es sich anders überlegt. So schmilzt das Häuflein der aufrechten Musikliebhaber immer mehr zusammen, und so mancher, der zu den Fanfarenklängen der HJ laut und schneidig seine Stimme erschallen läßt, wird hier plötzlich zum Quietscher und Fistler, obwohl doch auch der Meinard den zackigen Drill über alles liebt, sich den Preußen verschworen hat, die zumindest den Jungs unter uns früher oder später Ordnung und Disziplin beibringen werden. Warte, Kerl, bis du zu den Preußen kommst, die werden dir die Hammelbeine langziehen, lautet seine ständige Drohung.

Lehrer Heiterscheid trägt einen Bürstenhaarschnitt, Knickerbocker an den Beinen, um den Hals eine blauweiß gepünktelte Fliege und ist von anderer Gemütsart. Von der Rückwand des Zeichensaals verfolgt er mißmutig unsere Versuche, die Welt auf unseren Zeichenblock zu bannen. Manchmal fingern seine Hände nervös in der Luft, als suche der Kettenraucher dort die geliebten weißen Stäbchen. Manchmal steht er unvermittelt hinter einem und verfolgt nachdenklich das Geschehen auf dem Zeichenpapier. Untalentierte Schüler sind dem Künstler zuwider. Weicht einer zu ungeschickt vom erwünschten Weg ab, stößt der Heiterscheid einen Schreckensschrei aus, der an das Krähen eines heiseren Hahns erinnert und ihm den Spitznamen Jockel eingetragen hat. Ich liebe die Stunden in dem hellen Zeichensaal, wenn mein Pinsel sanft über das Papier gleitet und in den Farben wühlen kann. Hier noch ein Tupfer Grün, da etwas Braun. Mit der Zufriedenheit eines Menschen, dem etwas gelungen ist, betrachte ich mein Werk.

Mit meinen Mitschülern habe ich wenig Kontakt. Der Lehrervater schafft Abstand und bringt die Gespräche in meiner Nähe zum Verstummen. Zwar versuche ich, mit Aufsässigkeit, Dummheiten und albernen Antworten die Lacher auf meine Seite zu ziehen, aber wohl ist mir dabei nicht in meiner Haut. Schon gar nicht, wenn Vater mich lange anschaut und mahnt, du solltest in Mathematik besser aufpassen, du hast es weiß Gott nötig.

Für Vater ist es eine Strafe, in der Sexta zu unterrichten, während viele Lehrer aus der Unterstufe jetzt in den oberen Klassen eingesetzt werden. Was soll ich machen, Herr Kollege, ich muß die Lükken füllen, sagt der Direktor. Es gibt keinen Ersatz für die Kollegen, die jetzt an der Front ihren Mann stehen, und da Kollege Gutmann auch noch eingezogen wurde, bleibt mir keine andere Wahl. Wir müssen alle Opfer bringen in dieser Zeit der Bewährung, und für Sie kann der Unterricht bei den Sextanern doch nur eine Erholung bedeuten, nach all dem Ärger mit der Unterprima, setzt er mit maliziösem Lächeln hinzu.

Hätte er sich nachgiebiger gezeigt, wäre ihm das erspart geblieben, regt sich Mutter auf, mußte er wieder den Helden herauskehren mit seinem Gerechtigkeitsfimmel? Warum gibt der Mann nicht nach wie die Kollegen und hat seine Ruhe? Sie spielt damit auf den Notenkrieg zwischen dem Schuldirektor und meinem Vater an. Direktor Vent ist ein starker Raucher, und die knappen Rationen auf der Rauchwarenkarte decken bei weitem nicht seinen Bedarf. Den gleicht sein Parteigenosse, der Zigarrenpeter, aus, und dafür revanchiert sich der Direktor mit einem ausgewogenen Notenschnitt auf dem Zeugnis des Händlersohnes, der von einer Offizierslaufbahn träumt, sich dabei aber weniger auf seinen Fleiß als auf die glättende Hand von oben verläßt. Eingedenk seines blauen Dunstes führt der Direktor von Zeit zu Zeit Gespräche mit seinen Kollegen. Die schauen dann nachdenklich in ihr schwarzes Notizbuch, wiegen wohl auch bedenklich das Haupt, aber schließlich nicken sie zustimmend, ein Lächeln, ein Händedruck, man hat sich verstanden. Vater steht diesem Gleichgewicht hinderlich im Wege und bringt mit seiner Weigerung, die Lateinnote des umhegten Schülers nach oben aufzubessern, Unordnung in die eingefahrenen Bahnen und das Zigarrenkontingent des Direktors. Haben Sie etwas gegen diesen Schüler, will er wissen, ich möchte doch nicht annehmen, daß hier persönliche Gründe mitspielen? Dieser Schüler bekommt genau wie alle anderen die Note, die er verdient, bescheidet Vater kurz und bündig die Frage des Direktors und steckt sein Notizbuch wieder ein. Wieso aber hat der Schüler nur bei ihnen diese schlechte Note, das sieht doch sehr nach Benachteiligung aus? Was soll Vater darauf antworten? Daß sich die Menschen schon immer der Macht gebeugt und den Buckel krumm gemacht haben? Er zuckt die Achseln und schweigt.

Wie der Mann all die Schikanen nur aushält, jammert Mutter. Vater preßt schon fast wie sie die Lippen aufeinander und sieht müde und verdrossen aus. Vielleicht ist das auch die Auswirkung der anonymen Briefe, die uns jetzt pausenlos ins Haus flattern. Mal schleppt er auf einem Foto »seinen lebensmüden Leichnam« mit langen Schritten über den Schulhof, mal trägt sein als gräßliche Fratze gezeichnetes Konterfei einen dicken Strick um den Hals geknotet, und aus seinem Schädel ragen riesige Nägel, die eine sichere Hand mit dem Hammer noch tiefer in den Kopf rammt. An den zahllosen aufgestellten Galgen im Hintergrund baumeln die Gehenkten. »Das ist das Ende eines großen Paukers, sieh dich vor, das Jenseits wartet schon auf dich«, lautet die Unterschrift. Kindereien, Herr Kollege, lacht der Direktor, damit ist die Sache für ihn abgetan, und auf Vaters Schreibtisch stapelt sich weiter der schriftliche Unflat, wie Vater so etwas nennt. Mutter hält einen der grauen Briefe mit spitzen Fingern hoch. Mein Gott, wer denkt sich so etwas aus? Ist es Zufall, daß der Direktor nun öfter in Vaters

Stunden auftaucht, seinen massigen Körper neben einen Schüler in die Bank zwängt und, lassen Sie sich nur nicht stören, Herr Kollege, mit den Umsitzenden seine Späße treibt? Latein ist wirklich kein Fach, mit dem man Schüler begeistern kann, sagt der Direktor. Die Schüler trampeln begeistert Beifall.

Langsam wird Vater wunderlich. Taucht auf wie ein Geist und verschwindet wieder. Manchmal wissen wir überhaupt nicht, wo er geblieben ist. War Vater in der Schule, fragt Mutter ängstlich. Ja, wir hatten Erdkunde und Mathe bei ihm. Wie war er denn? Na, wie immer.

Auch aus anderen Familien ist der Frieden ausgezogen, haben sich Zank und Streit eingenistet. Annis Mutter ist schon lange krank. Sie hat Knochen-Tuberkulose und liegt in ihrem schwarzen, mit roten Lotosblüten bestickten Kimono auf einer Bambus-Liege im Wohnzimmer. Ich gehe nicht gerne mit meiner Schwester in die Siedlung, wo sie wohnen. In den Zimmern riecht es muffig nach Krankheit, und die Frau auf der Liege mit ihrem mageren Gesicht und den bohrenden Augen ist mir unheimlich. Sie wird bald sterben, hat Mutter gesagt, und ich sehe den Tod dort bereits leibhaftig in der Ecke hocken.

Anni ist unermüdlich im Dienste des Führers unterwegs und trägt selbst die Schnur einer Führerin, was dem zwangspensionierten Vater ein Dorn im Auge ist. Mißmutig betrachtet der alte Sozialdemokrat seine Tochter, die uns am frühen Sonntagmorgen bereits in Uniform begrüßt. Trägst du diese Montur neuerdings Tag und Nacht, murrt er, müssen wir auch am Sonntag diesen Anblick genießen? Pscht, macht seine Frau und hebt mühsam den Kopf. Das bringt den ehemaligen Lehrer erst recht in Rage. Das Pscht-Machen war einmal seine ureigenste Domäne und die läßt er sich auch jetzt noch nicht gerne streitig machen. Darf ich hier überhaupt kein Wort mehr sagen, muß ich mir schon in aller Herrgottsfrühe diesen Nazifummel ansehen, von dem ich das kalte Kotzen kriege, schreit er. Anni schaut ihn haßerfüllt an. Dann brüllt auch sie. Halt bloß deinen Mund, du altes Sozischwein. Noch ein einziges Wort über meine Uniform, und ich zeige dich an, damit du dahin kommst, wo du hingehörst und nicht mehr hier herumstänkern kannst. Im Zimmer ist es jetzt totenstill. Ich ducke mich hinter meiner Schwester, am Fenster piepst der Kanarienvogel.

Annis Vater hat sich zu seiner vollen Größe aufgerichtet. Auch seine roten Haare scheinen sich aufzurichten, sträuben sich nach allen Seiten, während in dem kreidebleichen sommersprossigen Gesicht die blauen Augen funkeln. Aber seine Stimme bleibt ruhig, als er Anni antwortet. Mein Parteigenosse Kurt Schumacher hat schon im Reichstag den Nazis zugerufen, Ihnen ist die totale Mobilisierung der menschlichen Dummheit gelungen. Das möchte ich hier im allgemeinen und im besonderen noch einmal wiederholen und ich bitte dich, es deinen braunen Freunden auszurichten, wenn du mich anzeigen gehst. Er nimmt den Spazierstock aus dem Schirmständer, setzt seinen Hut auf und schlägt krachend die Haustüre hinter sich zu. Die Kranke hustet und hält sich das Taschentuch vor das Gesicht.

So weit ist es gekommen, daß Kinder ihren Eltern drohen, sagt Mutter entsetzt zu Hause. Dann schaut sie uns mißtrauisch an, als wüchsen auch uns schon Horn und Bocksfuß.

Am nächsten Mittwoch erscheint Anni mit ihrem Fahrrad vor unserer Tür und will von meiner Schwester wissen, warum sie nicht beim Heimabend war. Stell dich doch nicht so an, gibt Hetty zurück, ich hatte Hausaufgaben zu machen. Der Dienst im Jungmädelbund ist Ehrendienst am Deutschen Volke, du bist verpflichtet, an diesem Dienst teilzunehmen, entgegnet Anni mit strenger Stimme. Solltest du dich dieser Pflicht entziehen, sehe ich mich gezwungen, dich mit der Polizei abholen zu lassen. Ich spreche hier nicht als deine Freundin, sondern als deine Jungscharführerin, und befehle dir, am nächsten Mittwoch pünktlich zur Stelle zu sein. Das ist ein Befehl, bekräftigt sie noch einmal, wendet ihr Fahrrad und verschwindet mit einem Heil Hitler hinter den Rosenbüschen. Ist die jetzt total übergeschnappt, staunt meine Schwester fassungslos. Ehrendienst am Deutschen Volk, sehe ich mich gezwungen … äfft sie sie nach und denkt nicht daran, diesem Befehl Folge zu leisten. Sie läßt sich doch nicht von ihrer besten Freundin herumkommandieren. Dann vergessen wir die verdrehte Anni, wie Mutter sie nennt, wieder.

Es wird jetzt schon früh dunkel, der Sommer ist endgültig vorbei. Im Dämmerlicht ist der Polizist kaum zu erkennen, der da mit Tschako und grüner Uniform vor unserer Türe steht und von meiner erschrockenen Schwester wissen will, warum sie nicht zum Heimabend gekommen ist. Jetzt löst sich auch Anni aus den Rosenbüschen. Du hast dir das nicht ausgedacht, das weiß ich, sagt sie, dein Vater erlaubt dir nicht, bei uns mitzumachen. Das ist auch einer von den Miesmachern gegen den Führer. Kein Wunder, daß er in der Schule Probleme hat. Wer hat Probleme, fragt Vater, der urplötzlich neben uns steht. Es ist wegen dem Heimabend, erklärt der Polizist. An dieser Verpflichtung darf ein Jungmädel nicht gehindert werden, unterbricht ihn Anni, von niemandem. Jetzt reicht es aber, sagt Vater. Es genügt dir wohl nicht, bei dir zu Hause Unfrieden zu stiften, jetzt willst du auch vor meiner Türe Streit anzetteln. Merke dir eins, über das Kommen und Gehen meiner Kinder bestimme einzig und alleine ich. Darüber verhandele ich nicht mit anderen Kindern, und nun mach, daß du fortkommst. Vaters Zeigefinger weist gebieterisch in die Ferne, und Anni fügt sich widerwillig dieser Aufforderung. Dem Polizisten scheint das Ganze peinlich, aber er macht Vater klar, daß seiner Erziehungsgewalt inzwischen Grenzen gesetzt sind und Hitler sie den braunen Uniformen übertragen hat. Jetzt bestimmt er auch über unsere Kinder, es wird nicht lange dauern, dann beugen wir uns vor ihnen, sagt Vater zu meiner Mutter, und meine Schwester verschwindet am nächsten Mittwoch grollend zum Heimabend.

Erzähl Anni nie wieder etwas von dem, was hier im Hause geschieht und besprochen wird, gibt Mutter ihr mit auf den Weg. Das mit Vater hat sie sich nicht aus der Nase gezogen, diese Weisheiten hat sie von dir. Da siehst du, wie es endet, wenn man den Mund nicht halten kann.

Viele müssen jetzt schweigen und haben nichts mehr zu sagen. »Arier« dürfen mit Juden, die nun alle Sarah oder Israel heißen, kein persönliches Wort wechseln. Damit wir all diese Israels und Sarahs sofort erkennen, tragen sie einen gelben Stern auf der Brust, und sie dürfen nicht mehr ins Theater, ins Kino oder Schwimmbad. Auch in der Straßenbahn haben die mit dem gelben Stern im Innenraum nichts zu suchen, sondern müssen auf dem Außenperron bleiben. Aber unsere Vorortbahn hat keinen Außenperron. Wenn es eng wird, ruft der Schaffner, weitergehen, Türen freihalten, und die Leute drängen im Mittelgang nach hinten. Plötzlich betrachten die sitzenden Fahrgäste nicht mehr neugierig die vor ihnen Auftauchenden, sondern schauen angestrengt zur Seite oder mit leerem Blick aus dem Fenster, und Mutter stößt mich an und flüstert, guck mal! Beim Aufschauen sehe ich den quittengelben Judenstern direkt vor meiner Nase. Er gehört zu einer alten Dame mit schlohweißen Haaren und steckt genau an der Stelle auf ihrem schwarzen Mantel, wo alte Damen sonst ein Veilchensträußchen aus lilafarbener Seide tragen. Um die Nase herum ist sie ganz weiß, hält sich unsicher auf den Beinen und umkrampft den Haltegriff mit beiden Händen. Ein kreisförmiger freier Raum hat sich in all der Enge um sie gebildet. Plötzlich versagen der alten Dame die Knie, Mutter springt auf und schiebt sie auf ihren eigenen Sitzplatz. Bleiben Sie da sitzen, sagt Mutter, ich kann stehen. Danke, flüstert die alte Dame matt, aber ich darf nicht, und will wieder aufstehen. Mutter drückt das Häufchen Elend vor ihr auf den Sitz zurück. Was soll denn das heißen, wenn Sie sich nicht wohl fühlen, können Sie doch nicht stehen. In der Straßenbahn ist es jetzt totenstill. Alle Augen sind auf uns gerichtet.

Das ist doch unglaublich, daß das Judenweib hier mitten unter uns sitzt, schreit vom Ende des Wagens ein Mann mit grünem Jägerhut in die Stille hinein. Nicht genug, daß wir ihren Anblick ertragen müssen, sie macht sich auch noch auf einem Sitzplatz breit, während anständige Deutsche stehen müssen. Und Sie unterstützen das und bieten dieser Judenschlampe ihren Platz an, fährt er über die Köpfe hinweg Mutter an. Das ist verboten, wissen Sie das nicht, dafür gehören Sie angezeigt oder gehören Sie auch zu denen? Schaffner, ich verlange, daß die Frau da sich ausweist, schreit er in den Wagen hinein, ermitteln Sie ihre Adresse, sie begünstigt Juden. Haben Sie so etwas schon erlebt, fragt Mutter empört ihre Nachbarin. Die Angesprochene wendet sich schnell ab und betrachtet interessiert ihre schwarze Handtasche, als sähe sie sie zum ersten Mal. Steigen Sie aus, wir wollen keinen Ärger, warnt ein anderer mit leiser Stimme. Derart alleingelassen, verwandelt sich Mutters Ratlosigkeit in Wut. Nun schreit sie auch, laut und vernehmlich. Zeigen Sie mich ruhig an, niemand wird mich daran hindern, einem alten Menschen zu helfen, und es ist mir ganz egal, ob er einen gelben Stern trägt oder einen grünen Hut und ob das irgendeinem hier nicht paßt. Angriffslustig schaut Mutter in die Runde, aber die Fahrgäste starren aus dem Fenster. Sie verlassen an der nächsten Station den Wagen, sagt der Schaffner, und schiebt uns nach vorn zur Tür. Der Stein des Anstoßes, die alte Dame, hat ihren Sitzplatz schon längst aufgegeben, und unser Gegner versucht sich durch die Umstehenden zu zwängen, die ihm widerwillig Platz machen. Holweide, dröhnt die Stimme des Schaffners. Frau, sind Se vernünftig, steigen Se schnell aus, setzt er leise hinzu und schiebt uns nach draußen.

Langsam setzt sich die Bahn wieder in Bewegung und mit ihr verschwindet unser hinter den Fensterscheiben wild gestikulierender Feind. Laufen Sie, warnt ein mit uns ausgestiegener Eisenbahner, ich kenn den, das ist ein Hundertprozentiger, der läßt nicht locker. Richtig, die Bahn verlangsamt ihre Fahrt, kommt mitten auf der Strecke zum Stehen. Laufen sie, wiederholt der Mann noch einmal, der Idiot hat die Bahn anhalten lassen. Wir rennen los, als sei der Teufel hinter uns her, bleiben erst wieder atemholend stehen, als wir zwischen den Häusern in Sicherheit sind. Eigentlich wollten wir Oma besuchen, jetzt landen wir schutzsuchend mit zitternden Knien in Tante Malchens Küche.

So ein dünnes Persönchen, nur Haut und Knochen, erzählt Mutter beim Kaffee. Ich glaube, die bekommen auch nicht genug zu essen. Unsinn, bei uns verhungert niemand. Trink mal nen Schnaps auf den Schreck hin. Tante Malchen stellt den Cognac auf den Tisch, den Onkel Karl aus Belgien mitbringt, wo er dienstverpflichtet ist und sich mit den Weibern ein schönes Leben macht, wie Tante Malchen giftig anmerkt, während sie mit den Kindern im Keller hocken muß. Aber das wird sich ändern, wir gehen nach Breslau zur Großmutter, da haben wir unsere Ruhe.

Warum seid ihr letzten Mittwoch nicht gekommen, erkundigt sich Großmutter. Ich hatte schon den Kaffeetisch gedeckt, Betty hatte sogar Bohnenkaffee mitgebracht. Na, wenn Betty da war, haben wir nichts verpaßt, meint Mutter. Dann berichtet sie von unserem Straßenbahnerlebnis. Die Frau schämte sich so sehr, sagt Mutter, mir war das richtig peinlich. Ihr habt großes Glück gehabt, sagt Onkel Helmut ernst. Sie nehmen es jetzt sehr genau mit den Judenkontakten, ein freundliches Wort, und du bist dran. Im Augenblick sind sie sehr nervös, die Evakuierungen haben begonnen, und da können sie kein Mitleid gebrauchen. Was für Evakuierungen, fragt Mutter? Sie schaffen die Juden fort, und die dürfen von ihrem ganzen Besitz nur einen kleinen Handkoffer mitnehmen. Geld, Schmuck, alle Wertsachen müssen vorher abgegeben werden. Lediglich ihren Ehering und hundert Mark dürfen sie behalten. Was sind denn hundert Mark, wenn man nichts mehr hat, dafür kann man sich doch heutzutage kaum mehr etwas kaufen, wundert sich Mutter. Denen wird nicht der Sinn nach kaufen stehen, wirft Vater ein, sie werden froh sein, das nackte Leben zu retten. Aber was geschieht mit ihren Möbeln, den Kleidern und allem anderen, mit dem man sein Leben lang die Wohnung vollstopft, fragt Mutter ratlos. Das wird alles verscherbelt, erklärt mein Onkel mit bitterem Lächeln. Aber sie können doch den Leuten nicht einfach ihr Eigentum wegnehmen und verkaufen, fängt Mutter wieder an. Vielleicht verteilen sie den Erlös auf die Lager, damit es den Leuten besser geht? Oh, Schwesterlein, du himmlische Einfalt, wo sind diese Lager? Keiner von uns kennt sie, keiner hat sie gesehen, vielleicht existieren sie gar nicht. Du willst damit doch nicht sagen ... Mutter läßt den Satz unbeendet, ich bitte dich, so etwas denkt man sich doch noch nicht einmal in seinen Albträumen aus, wir sind ein zivilisiertes Land, fügt sie noch hinzu. Mein Onkel zuckt die Achseln, bisher ist noch kein Jude zurückgekommen, sie scheinen sich geradezu in Luft aufzulösen. Nun hör schon auf, Mutter beginnt den Tisch zu decken, du verdirbst uns den ganzen Sonntag mit deiner Unkerei. Wer kommt denn auf sowas, murmelt sie beim Hinausgehen. Tatsachen hören nicht auf zu existieren, auch wenn man sie leugnet oder geflissentlich übersieht, sagt Vater und geht mit meinem Onkel in den Garten.

Bertchen ist aus dem Vogtland zurück. Seine Eltern haben ihn in einer Adolf-Hitler-Schule angemeldet, aber er ist zu klein und genügt den Anforderungen nicht. Dabei ist der doch auch kein Riese, oder willst du sagen, daß er wie ein Wikinger aussieht, mault Bertchen. Von wem sprichst du denn, frage ich. Na, vom Hitler. Ich meine, er sieht eher wie der Vater von der dicken Else aus, gebe ich zur Antwort. Bertchen überlegt, die meisten Väter sehen jetzt aus wie er, der Pinscher hat sich schon lange so ein Bärtchen wachsen lassen. Aus jedem Spiegel guckt dich der Hitler an. So etwas hätte Bertchen früher nie gesagt, er muß sehr beleidigt sein. Warum wollen denn deine Eltern aus dir unbedingt einen Bonzen machen, erkundige ich mich. Weil ich es dann leichter habe im Leben, und weil solche Leute in den eroberten Ländern gebraucht werden. Du sprichst schon wie die Frau Obermeier, stelle ich fest, und sehe Bertchen im Geiste in einer von einem barfüßigen Chinesen gezogenen Rikscha sitzen. Aber in China sind wir noch nicht, oder doch?

In schwarzer Uniform mit vielen Ehrenabzeichen kommt das Paulchen von der Frau Schlimbach aus dem Osten auf Urlaub. Aber er trägt die Ehrenzeichen nicht wie die anderen Urlauber als stolzer Held und läßt sich gebührend feiern, sondern er sitzt damit starr und stumm zu Hause und rührt sich nicht vom Fleck. Wat ham die Russen nur mit däm Jung jemacht, jammert die Frau Schlimbach, der is doch janz durcheinander. Un reden tut er überhaupt nit mit mir, mit seiner eijenen Mutter redet er nicht. Starrt nur immer vor sich hin un murmelt so nen blöden Spruch, weiß wie Schnee und rot wie Blut. Die Frauen im Laden, die wie ich das Butterschmalz von Abschnitt A und den Kunsthonig auf Marke 20 holen wollen, schüttelt es ordentlich. Das ist aber unheimlich, sagt die Mutter von der dicken Else. Du bist doch auf der hohen Schule, is der Spruch nit aus nem Märchen, wendet sich die Frau Schlimbach an mich? Ich nicke, aus Schneewittchen. Aber da kommen doch keine Russen drin vor, sagt Frau Schlimbach. Nein, nur ein Jäger, der das Schneewittchen im Wald töten soll, aber er hat Mitleid... Na also, unterbricht mich die Frau Schlimbach, wat hat dat dann mit dä Russen zu tun, ich sage Ihnen, dä Jung is überjeschnappt. Un dat is auch kein Wunder, die Russen machen doch keine Jefangenen, die lejen doch jeden um, den se in de Finger kriejen. Ist er denn in vorderster Linie, fragt Frau Sechtem mitfühlend, denn ihrem Mann haben sie schon wieder den Urlaub gesperrt. Nä, dat nit, antwortet die Frau Schlimbach, aber die Russen sin doch überall.

Der SS-Arzt Dr. Schulz gibt Paulchen Beruhigungsspritzen, was ich nicht verstehe, weil er doch sowieso schon ruhig ist. Zum Ende des Urlaubs hat sich Paulchen so weit erholt, daß er nichts mehr von dem blöden Spruch verlauten läßt. Aber sie können sich nicht vorstellen, wat der Jung jeweint hat, wie er fort mußte, schluchzt die Frau Schlimbach. Mir is fast et Herz jebrochen. Die Frau Schlimbach hat unser aller Mitgefühl, und keiner weiß, woher plötzlich das Gerücht auftaucht, der Paul wäre bei einem Säuberungskommando. Ob es der Essers Hans mitgebracht hat, der auch aus Rußland auf Urlaub ist und den Paul da gesehen haben will? Man kann sich unter einem solchen Kommando auch nichts Rechtes vorstellen. Partisanenbekämpfung meinen die einen, Aufräumungsarbeiten die anderen. Mariechen weiß es wieder mal besser. Dat ist doch klar, sagt sie, dat sin die, die alles umlejen. Ruckzuck wird kurzer Prozeß jemacht. Bei so nem Haufen sin die janz Abjebrühten, die vor nix zurückschrecken. Un da han se dä ärme Jung reinjesteckt, nur wejen der einen Dummheit damals, Nä, dat hat er nu wirklich nit verdient. Ich verstehe überhaupt nichts mehr. Wer legt nun um, die Russen, das Paulchen?

Mariechen ist überhaupt fest davon überzeugt, daß unsere Soldaten in den fremden Ländern wie die Vandalen hausen. Auf jede Meldung über feindliche Greueltaten setzt sie den Hinweis, un wat machen unsere, die sin auch nit besser. Wie sie zu dieser durch keine Gegenrede zu erschütternden Ansicht kommt, weiß kein Mensch. Zumal sie vier Brüder hat, die auf alle Frontabschnitte verteilt sind. Spricht man sie darauf an, antwortet sie kurz und bündig, sin alles Kääls, alle jleich.

Auch Agnes hält nicht viel von unseren tapferen Helden, nimmt aber ihren Sohn von diesem vernichtenden Urteil aus. Der Steffel tut nichts Unrechtes und damit basta. Woher aber beziehen die beiden ihr Wissen in unserer Welt, die nur Gutes über unsere Soldaten zu berichten weiß. Agnes läßt die Katze aus dem Sack. Das bringen sie alles im englischen Sender, flüstert sie. Um Gottes Willen, Agnes, sie werden doch nicht den englischen Rundfunk hören, dafür kann man sie einen Kopf kürzer machen. Ich muß doch wissen, was los ist, entgegnet Agnes ungerührt, was die uns da oben erzählen, ist doch sowieso alles gelogen. Und glauben sie, die anderen lügen nicht, fragt Mutter? Jetzt gibt es schon sehr viele schwarzgekleidete Witwen, die das Grab ihres Mannes nicht kennen, und es werden täglich mehr. Der Briefträger erkennt die offiziellen Schreiben und trägt sie unschlüssig in die Häuser, aus denen kurz darauf die schrillen Schreie dringen. Gefallen für Volk und Vaterland, steht kurz und bündig darin, und manchmal schreibt der Kompanieführer noch ein paar kurze Worte, wenn die letzten Habseligkeiten ankommen. Das Soldbuch, die Brieftasche, vielleicht der noch nicht abgeschickte letzte Brief. Am schlimmsten hat die Frau Sechtem geschrien. Zum offenen Fenster raus, tagelang, und kein Mensch konnte es mehr mitanhören. Bertchen ahmte es genau nach, Peter, Peter, wo bist du, Peter komm zu mir, laß mich nit allein, und dann den langen Heulton am Ende. Es war gewiß nicht zum Lachen, es war zum Fürchten.

Ins Bäckerhaus kam der Tod lautlos und versteinerte dort. Die Frau mit den großen traurigen Augen ging schon lange nicht mehr abends spazieren, aber jetzt sahen wir ihre Tochter als stumme schwarze Witwe wortlos und blicklos vorübergleiten, und das war grausiger als das Geschrei der Sechtem.

In Rußland ist der Winter unvermutet früh angebrochen, und es fehlt den Soldaten an warmer Kleidung. Wir werden zu Spenden für Wollsachen, warme Unterkleidung und Decken aufgerufen. Wenn sie Bomben und Kanonen liefern können, warum dann nicht auch warme Sachen für die Jungen? Dat et in Rußland kalt is, weiß doch jedes Kind, sagt Padühm kopfschüttelnd, und alle pflichten ihm bei. An der Sammelstelle auf dem evangelischen Schulhof herrscht dichtes Gedränge. Berge von bunten Wollmützen, Schals, Socken, Damenmänteln mit Pelzkragen liegen auf einem Haufen. An der Wand lehnen Skier, und an einem gesonderten Tisch werden Pelzmäntel abgeliefert. Eine blonde Frau wirft gerade lässig einen Rotfuchsmantel zu einem schwarzen Sealcape und einem Ulster mit Innenpelz auf den Tisch. Wie werden die Soldaten bloß aussehen, wenn sie mit all diesen Gaben eingekleidet sind? Anfang Dezember wird die deutsche Kriegserklärung an Amerika verkündet. Das ist der Anfang vom Ende, prophezeit Mutter düster. Manche denken ähnlich. Andere eilen immer noch von Sieg zu Sieg und lauern auf bestätigende Sondermeldungen, wenn auch die Fanfaren nicht mehr so oft ertönen, wie zu Anfang. Die meisten aber lassen sich treiben und denken nur noch von einem Tag zum anderen, es läßt sich doch nichts ändern!

Dieser Winter lehrt auch uns das Fürchten. Klirrender Frost malt Eisblumen an die Fenster und verschließt Bäche und Tümpel mit gläsernen Deckeln. Vater kontrolliert ständig die Wasserrohre aus Sorge vor dem Einfrieren. Der kalte Wintermorgen beginnt mit dem Anheizen der Öfen. Beißender Rauchgeruch dringt bis ins Schlafzimmer und legt sich auf die klammen Bettdecken. Wir dürfen uns in der Küche waschen und holen das warme Wasser aus dem Schiff, dem nickelglänzenden Vorratsbehälter vom Küchenherd. Heute lehne ich diese Vergünstigung ab. Ich will mich abhärten wie Vater, der mit einem Töpfchen Warmwasser nach oben in das eiskalte Bad geht.

Der Wasserkessel summt schon. Mutter im Punjel, wie Vater ihren verschossenen Morgenrock nennt, gießt Malzkaffee auf. Schmier die Butter nicht so dick, sie muß für alle reichen! Dabei kratze ich schon, daß man es hören kann. Knöpf den Mantel zu, sonst holst du dir was bei der Kälte!

Der Straßenbahnfahrer trägt dickes schwarzes Lammfell um die Schultern, wat jlauben sie, wat man da in der Kabine friert, und versucht mit einer langen Stange die eingefrorene Weiche freizubekommen. Dick eingemummelte Menschen drängen derweil zur Tür. Aus all den Mützen und Schals schauen nur die roten Nasen hervor, Atemfahnen markieren die Stelle des Mundes. Unsere blanken Knie sind rot vor Kälte, aber nie und nimmer würden wir sie in warme Strümpfe zwängen. Das ist nicht heldisch, keiner möchte ein Weichling sein.

Auch die Plakate an den Hauswänden sagen Härte an. »Harte Zeiten, harte Pflichten, harte Herzen«, lautet das immer wiederkehrende Schlagwort. Frauen übernehmen die Werkzeuge der Männer, die dafür zum Bajonett und Stahlhelm greifen. In der Bahn zeigen wir einer Schaffnerin unsere Wochenkarten. Der Dankeschön ist an der Front. Auch in den Fabriken, auf den Ämtern und in den Büros arbeiten jetzt Frauen. Man sieht überhaupt fast nur noch Frauen, alte Männer, Fremdarbeiter und natürlich Kinder. Die älteren von ihnen tragen eine Kordel mit einem Schlüssel um den Hals und wärmen für sich und ihre Geschwister am Mittag das vorgekochte Essen auf. Sie holen die Kleinen vom Kindergarten ab und verrichten alle Arbeiten, die sonst ihre Mütter im Haus erledigten. Ich habe Glück, mein Vater ist zu alt für die Front. Aber manchmal, so ganz heimlich, wünsche ich mir auch einen Heldenvater. Nicht das mindeste habe ich aufzuweisen, noch nicht einmal einen Bruder auf Heimaturlaub, der mir einen schulfreien Tag verschafft oder Befreiung von den Hausaufgaben.

Heute ist Karnevalssonntag, sagt Mutter, da gingen früher die Kinderzüge. Früher liegt in weiter Ferne. Ich kann mich kaum noch daran erinnern, daß es einmal eine Zeit ohne Krieg, ohne Bomben, Luftschutzkeller und Lebensmittelmarken gab. Eine Zeit, in der man in den Nächten durchschlafen und am Tag Schokolade essen konnte. Jetzt hängen Flugblätter wie Blätter in den Bäumen, welken in den Straßengräben, und wir liefern sie nicht wie befohlen ungelesen ab, sondern studieren genau, was dort steht. Die Offensive der Royal Air Force hat begonnen, teilen sie uns mit, und wie vorausgesagt, kommen sie mit ihren Geschwadern schon am hellichten Tag. Wir können sie mit bloßem Auge deutlich am Himmel ausmachen und zusehen, wie sich aus den Bombenklappen die tödliche Fracht löst. Wie Kinderspielzeuge sehen die kleinen Bombenstäbchen aus, die reihenweise zur Erde segeln. Was hatte ich für schöne Kostüme, seufzt Mutter gedankenverloren, gelb und lila mit einem Zipfelrock und gelbe Pompons auf der Mütze. Und darin hast du Vater kennengelernt, ergänze ich den wohlbekannten Satz.

12

Langsam verblaßt der blaue Maitag in der Dämmerung. Die Geburtstagsgesellschaft sitzt kuchensatt auf der Terrasse und Vater füllt die Gläser mit dem Rest der Bowle auf. Ein lauer Abendwind kommt auf, weht uns den Duft von Flieder und frisch gemähtem Gras zu, und oben auf dem Dachfirst beginnt eine Amsel ihre abendliche Serenade. Die Gespräche sind verstummt. So ein friedlicher Abend, seufzt Mutter. Plötzlich drängt Großmutter zum Aufbruch. Ich weiß nicht, was du hast, dauernd willst du heute nach Hause. An meinem Geburtstag geht doch niemand mit hungrigem Magen fort, beschwert sich Mutter. Auf dem stummen Diener neben dem Tisch stehen schon Kartoffelsalat und Schnittchen bereit, aber Großmutter läßt sich nicht beirren und drängt zur Eile. Sie hat so ein Gefühl, daß sie heute kommen. Du mit deinen Gefühlen, lacht Mutter, dann pack ich euch eben etwas ein. Sie ist schon auf der Suche nach dem bewährten Einmachglas. Jehn se ruhig, jnädije Frau, jehn se ruhig, um so mehr bleibt für uns übrig, lacht der kleine Doktor. Besonders vom leckeren Böwlchen hier, da kannste ruhig noch en Fläschelchen reinjießen, Baltes. So jung kommen wir nit mehr zusammen. Vater geht wie befohlen um Nachschub in den Keller. Den kleinen Doktor kennt er seit seiner Studienzeit, ihm schlägt er nichts ab. Die Amsel singt nicht mehr, nur die murmelnden Stimmen von der Terrasse sind noch zu hören und begleiten mich in den Schlaf.

Um Mitternacht weckt mich das Heulen der Sirenen. Schlaftrunken stolpern wir in den Keller. Vater beobachtet draußen den Himmel. Da ist alles dunkel und totenstill, sagt er und überprüft die Schlösser an den Kellerfenstern. Setz dich doch endlich, du machst mich ganz nervös mit der Rumrennerei, Mutter will ihn auf seinen Platz ziehen. Laß mich, wehrt Vater ab, ich geh noch mal nach oben, wahrscheinlich dauert es nicht lange, sonst wären sie schon hier. Eine halbe Stunde sitzen wir schon im Keller, von Ferne grollt Flakfeuer, dann hören wir einen anhaltenden dumpfen Brummton. Plötzlich wird aus allen Rohren geschossen, und das durchdringende tiefe Brummen der vielmotorigen Maschinen ist jetzt direkt über unseren Köpfen. Vater kommt eilig die Treppe herunter, es müssen Hunderte sein, der Himmel über Köln ist taghell erleuchtet, heute wird ... Ein schrilles Heulen, gefolgt von ohrenbetäubendem Krachen, unterbricht seinen Bericht. Die Lampe zittert, Mörtel fällt von der Decke, und wieder ein Tiefflug und neue Detonationen. Wir sitzen in einem schwankenden Schiff. Alles bebt und wankt, die Erde, die Wände, die Decke. Unsere Körper werden gefühllos, im Magen hat sich ein Angstklumpen festgesaugt, und unsere Gedanken verharren auf dem einen Satz, wann ist das endlich vorbei? Erst zehn Minuten, sagt Mutter. Unglaublich, es müssen doch Stunden vergangen sein. Oben splittern Fensterscheiben, Einschlag folgt auf Einschlag, dann geht das Licht aus. Vater findet die Streichhölzer nicht. In der Küche, flüstert Mutter. Es ist stockfinster, und sie streiten. Keiner denkt an die Taschenlampe im Luftschutzgepäck. Vater geht nach oben, um Streichhölzer zu suchen.

Ein Schlag bringt unser wankendes Schiff in die Schräglage, ein unerträglicher Druck lastet auf Brust und Ohren. Vater kommt mit den Streichhölzern zurück. Das war nah, sagt er, sie bombardieren die Flakstellungen. Richtig, das harte Knallen der Flugabwehrkanonen ist nicht mehr zu hören. Die Petroleumlampe flackert auf. Wieviel Uhr ist es, fragt Mutter. Halb zwei, erst fünfundzwanzig Minuten. Die Detonationen reißen nicht ab, pausenlos hebt und senkt sich die Erde, apathisch starren wir auf die flackernde Lampe. Zwei Uhr, soll diese Nacht niemals enden? Ich muß aufs Klo. Oben steht der Eimer, sagt Mutter, aber ich wage mich nicht die sechs Stufen herauf. Keiner rührt sich auf seinem Platz, als ob jede Bewegung schon den Schicksalsfinger heraufbeschwören könnte. Sich ducken, sich klein machen, vielleicht wird man übersehen bei diesem gnadenlosen Roulette, vielleicht hat man Glück.

Irgendwann wird es ruhiger, geraten unsere Wände wieder ins Gleichgewicht, ist nur noch das tiefe Brummen über uns zu hören. Sie drehen ab, seufzt Mutter erleichtert und steht auf. Da kommt das Heulen direkt auf uns zu, Mund auf, Hände auf die Ohren, schreit Vater. Der Keller hebt sich mit ohrenbetäubendem Krach und fällt wieder in seine alte Lage zurück, dann Stille, nur das Rieseln des Kalks ist zu hören und draußen klappert irgendetwas. Zusammengesunken sitzen wir da, bis Mutter stammelt, es ist vorbei.

Es knirscht unter unseren Füßen, überall liegen die Glassplitter von den zerborstenen Fenstern. Der Himmel über Köln ist blutrot. Ein heftiger Wind hat eingesetzt und wirbelt Rußteilchen und verkohltes Papier durch die Luft. Von der Hauptstraße gellen die Martinshörner der Feuerwehr. Pausenlos jagen die Wagen in Richtung Stadt. Sie müssen von weither kommen, so viele sind es. Köpfe tauchen über der Gartenhecke auf, der Brandhimmel malt ihnen einen roten Heiligenschein. Schaut mal nach, was da los ist, sagt Mutter matt, ich geh ins Bett, ich kann nicht mehr. Im Acker is ne Bombe runterjekommen, ruft uns Mariechen über den Zaun zu, un wat für ne Kabänes, de halve Acker ist hin. Als ich losrennen will, hält mich Vater fest, Du gehst jetzt auch schlafen, das hat Zeit bis morgen. Aber ich kann nicht schlafen. Von unten klirrt und klappert es, Vater schafft notdürftig Ordnung. Im Fenster steht ein brandroter Himmel. Von der Straße dringen aufgeregte Stimmen ins Zimmer, und meine Ohren sind noch voll vom Dröhnen der Motoren und dem Aufheulen der Bomben. Schließlich siegt die Erschöpfung.

Am nächsten Tag räumen wir gemeinsam auf. Glassplitter, Mörtel, Erde, alles, was die Bombe ins Haus gefegt hat. Der Glaser hat die Fenster schon ausgemessen. Auch wenn Sonntag is, dat is ne Sonderfall, ich mach ihnen dat heut noch, Herr Rat, verspricht er. Hinter dem Haus auf dem Acker klafft ein riesiges Loch, das sich langsam mit Grundwasser füllt. Da können wir drin schwimmen, meint Bertchen, zu irgendwas muß so ne Bombe doch gut sein.

Vater hat den Badeofen eingeheizt, wir sind alle verstaubt, verdreckt und hungrig. Mach mal die Tür auf, ruft Mutter mir zu, als es klingelt, das wird der Glaser sein. Aber es ist nicht der Glaser. Draußen stehen zwei rußgeschwärzte Gestalten und erinnern mich an den Hans Muff, der früher kettenklirrend mit dem Nikolaus von Tür zu Tür ging. Aber sie haben keine Rute und keine Süßigkeiten in ihrem armseligen Luftschutzgepäck. Eine pechschwarze Hand hält mir einen blauen Stofffetzen entgegen, der mich irgendwie an Mutters blaues Kleid erinnert, das wir Agnes neulich zum Ändern brachten. Agnes wollte partout nicht in den

Keller gehen, als bereits am Nachmittag die Sirenen heulten. Hier passiert nichts, lachte sie, was sollen sie Bomben werfen auf ein kleines Arbeiterhäuschen, wo die große Brück da ist. Gerade deshalb ist es so gefährlich, meinte Mutter besorgt. Ich bin doch Gottes Kind, sie werden mich schon beschützen, lachte Agnes und zählte alle katholischen Heiligen auf, die für einen solchen Fall zuständig sind. Mutter seufzte und gab es auf, dieser Logik etwas entgegenzusetzen. Ich hätte keine ruhige Minute hier, meinte sie nur noch, und auch ich war heilfroh, als wir nach der Entwarnung die Treppen hochstiegen und die gefährlichen Brückenhäuschen unten am Rhein hinter uns ließen.

Das ist alles, was vom Kleid übrig geblieben ist, jammert die schwarze Gestalt und sinkt schluchzend auf die Haustürstufen. Mama, komm schnell, schreie ich ins Haus. Mein Gott, Agnes, was ist passiert, ruft Mutter entsetzt. Agnes hält auch ihr den Fetzen hin und jammert, das Kleid ist hin, das Kleid ist hin. Sie spricht nur von dem Kleid, sagt ihr Begleiter, in dem wir jetzt den Baum erkennen, dabei ist alles weg, das Haus, die Wohnung, nix is mehr da. Mutter schiebt die beiden in die Küche, der Baum hört nicht auf zu reden. Wir sind gar nicht mehr in den Keller gekommen, da fielen schon die Bomben. Eine Luftmine hat uns in den Kohlenkeller geschoben, und dann krachte das Haus über uns zusammen. Einen Augenblick stockt seine Rede, und ich sehe förmlich vor mir, wie das windschiefe Gebäude ins Wanken gerät und seine grünen Wände wie bei einem Kartenhäuschen aneinander schlagen. Im letzten Moment hat uns die Feuerwehr rausjebuddelt, berichtet der Baum, es fing schon an zu qualmen im Keller, aber wo das Haus gestanden hat, war nur noch Schutt und Jeröll. Un oben auf dem Dreck liegt doch tatsächlich der Lumpen da. Seitdem jammert sie nur noch dem Kleid hinterher, un dabei is doch alles weg. Nix hamer mehr, rein janix, noch nit mal ne Pißpott. Mutter zuckt zusammen, und Agnes zündet sich eine Zigarette an. Dicke Tränen laufen über ihr Gesicht und zeichnen zwei weiße Rinnen in den Ruß. Das Beste wird sein, Sie steigen jetzt in die Badewanne, das Wasser ist schon eingelaufen. Mutter schiebt die weinende Frau ins Badezimmer.

Wie seid ihr überhaupt hergekommen, fragt sie, es fährt doch keine Bahn. Zu Fuß, antwortet der Baum. In der Auffangstelle gab es Kaffee, und dann sind wir losmarschiert. Köln brennt, der Himmel über der Stadt ist schwarz, kein Licht, keine Sonne, nur Rauch, Staub, Dreck. Dauernd explodieren Blindgänger, stürzen Mauern ein. Auf den Bürgersteigen haben sie die Toten aufgereiht, die aus den Kellern geholt wurden. Manche sind aufgebläht wie riesige Luftballons, so dat se der Wind hin un herschaukeln kann, von anderen is nur noch ein schwarzverkohltes Häufchen übriggeblieben. Und der Jestank, nä, dat kann man nit beschreiben, dat muß man erlebt haben. Er unterbricht sich, fragt, haben Sie vielleicht nen Schnaps für mich? Mutter holt die Wacholderflasche, er setzt sie gleich an den Hals. Auch Mutter gießt sich ein Glas ein, hebt es mit zitternder Hand an den Mund. Was ist denn hier los, Vater hat sich an den Glasscherben geschnitten, hält uns seine blutende Hand entgegen und schaut Mutter fragend an, die den Wacholder mit einem Zug herunterkippt und das Schnapsglas mit lautem Knall auf den Tisch stellt. Kopfschüttelnd will er ins Bad. Da kannst du jetzt nicht rein, da badet Agnes, warte, ich hole ein Pflaster. Mutter sucht im Küchenschrank. Vater hat den Baum entdeckt und fragt wieder, kann mir mal einer erklären, was hier los ist?

Sie sind ausgebombt, im Kohlenkeller, da hat sie die Feuerwehr herausgeholt, und Agnes hat ein Stück von Mutters Kleid gefunden, und sonst haben sie gar nichts mehr, noch nicht einmal einen Pißpott, und in Köln liegen überall Leichen herum, ganz kleine, verkohlte und ganz große, die wippen, wenn man sie mit dem Fuß anstößt … Du hältst sofort den Mund, schneidet mir Vater das Wort ab, während das Blut von seiner Hand auf den Tisch tropft. Agnes kommt in Mutters Punjel aus dem Bad. Kann ich auch einen habe, fragt sie und schaut auf die Flasche. Hol mal Gläser, befiehlt Vater mir, und Mutter verklebt seine Hand mit Pflastern. Agnes hat die Schrecken der vergangenen Nacht wiedergefunden und breitet sie am Küchentisch aus. Derweil sie berichtet, kreist die Flasche umher, und auf den müden Gesichtern zeichnet sich wieder ein Funken Lebensmut ab.

So ein Blödsinn, lacht Agnes, da fahren wir mit der Bombe wie auf einer Rutschbahn in den Kohlenkeller, alles ist rabenschwarz, kein Licht, ringsherum rutschen Mauern und Kohlen, und ich hab nichts anderes im Kopf als das blöde Kleid. Ja, dat is wahr, bestätigt der Baum, kaum dat uns die Feuerwehr rausjeholt hat, zieht se mitten aus dem Jeröll dä Fetzen da un fängt an zu heulen wie en Schloßhund. Se war nich da wegzukriejen, bis ich jesagt hab, dat is ne Wink des Himmels, jetz müssen wir losjehn un der Frau erklären, wat mit ihrem Kleid passiert is. Da is se jleich mitjekommen. Alle lachen. Lachen, bis ihnen die Tränen aus den Augen laufen und man nicht weiß, was das nun sein soll, Lachen oder Weinen. Ist doch egal, ist alles egal, kichert Agnes, die Hauptsache ist, wir leben noch und der Kopp steckt noch auf dem Hals.

Der Menschenbaum hat seinen Namen von all denen, die sich im Laufe der Jahre in seiner Rinde verewigt haben. Da sind schon meine Eltern raufjeklettert, sagt Mariechen, und wir versuchen die verwachsenen Buchstaben zu entziffern. In einem der Herzen finden wir sogar den Namen vom Esser eingeritzt. Da hat der aber noch nit jesoffen, meint Bertchen, sonst wär der da nicht raufjekommen. Ich kann mir sowieso nicht vorstellen, daß der Esser mal so jung und hübsch war, daß irgend jemand seinen Namen in einer Baumrinde verewigt hat. Aber mit dem Raufkommen habe ich auch meine Schwierigkeiten. Schon im ersten Stockwerk, da, wo der glatte Buchenstamm mit den angenagelten Stufenbrettchen beginnt seine Äste auszubreiten, dreht sich die Welt für mich im Kreis, und nur mit geschlossenen Augen und unter Bertchens Anleitung gelingt es mir, mich langsam hochzuhangeln. Jetzt rechts fassen, zieh den linken Fuß nach, kommandiert er von oben, und ich folge mit fest zusammengepreßten Lidern seinen Anweisungen, bis er mich hochzieht und ich mich neben ihm in der schwankenden Laube niederlasse.

Immer noch wirbelt verbranntes Papier umher, kleben wie Lametta im Weihnachtsbaum silberne Aluminiumstreifen zwischen den Blättern. Weit können wir heute nicht sehen. Ein schwarzer Rauchpilz steht über Köln und deckt die Stadt und den Himmel zu. Weißt du, warum die Bombentoten so dick und aufgeblasen sind, frage ich. Das ist Gas, antwortet Bertchen. Wo soll denn das Gas herkommen, will ich wissen. Bertchen überlegt. Vielleicht können sie nicht mehr pupsen? So ein Quatsch, Tote pupsen doch nicht mehr. Was sich Bertchen manchmal für einen Unsinn ausdenkt. Aber er beharrt steif und fest auf seiner Meinung. Eben deshalb sammelt sich das alles in ihrem Bauch, und der schwillt an, wird dicker und dicker, bis die Leiche in die Luft geht. Nachdenklich schaut Bertchen in die Ferne, als tauchten dort aus dem schwarzen Rauch schon fliegende Tote auf. Und was ist mit denen, die schon im Grab sind, frage ich. Na, die können doch nicht fliegen, da ist doch Erde drauf, die platzen eines Tages. Kein schöner Gedanke, so im Grab zu liegen und zu platzen. Ich stelle mir die Toten vor, die in Köln am Straßenrand liegen und mit ihren aufgeblähten Bäuchen wippen, und hoffe, sie werden schnell weggeschafft ins Massengrab, damit nicht neben den Flugzeugen auch noch Tote am Himmel rumfliegen. Eigentlich würde ich den englischen Piloten den Schrecken gönnen, daß plötzlich neben ihren Kanzeln ein anklagendes Gesicht auftaucht. Die Stimme meines Vaters holt mich zurück in die Wirklichkeit. Du kommst sofort da runter, befiehlt sie streng. Sag nichts, tu so, als ob du gar nicht da wärst, empfiehlt Bertchen. Aber das wage ich nicht. Mir ist schwindelig, ich kann nicht runter, antworte ich kläglich. Wer raufgekommen ist, kommt auch runter, und jetzt marsch, der Ton meines Vaters duldet keinen Aufschub, und ich hangele mich so gut ich kann mit dem Blick nach oben vom Baum. In Köln brennt noch alles, man kann das ganz genau von da oben sehen, versuche ich abzulenken, aber Vater antwortet nicht und zeigt mir ein finsteres Gesicht.

Staub knirscht zwischen meinen Zähnen, Brandgeruch beißt in den Augen, und meine Füße spüre ich schon lange nicht mehr. Mir scheint, wir sind schon Tage unterwegs zwischen Ruinen und rauchenden Trümmerhaufen. Dabei sind es erst zwei Stunden. Du wolltest das doch alles sehen, einmal wirst du dich daran erinnern, sagt Vater, und nennt Namen, wenn wir vor den brüchigen Mauern eines ausgebrannten Gebäudes stehen. Weinhaus Duhr, Stapelhaus und Groß Sankt Martin, Sankt Maria im Kapitol, Sankt Gereon, Sankt Ursula, die vielen Kirchen, einmal der Stolz des heiligen Kölns, durch die jetzt der Wind pfeift und der Himmel hineinschaut. In den Straßen ziehe ich Vater schnell weiter aus Angst, so ein aufgeklapptes Puppenhaus könnte gerade in dem Augenblick einstürzen, wenn wir uns staunend anschauen, wie ein einzelnes Bett auf zwei Füßen über dem Abgrund schwebt, während die

Daunen aus dem aufgeschlitzten Plumeau wie Schneeflocken unsere Köpfe umtanzen. An manchen Restmauern stehen mit Kreide aufgezeichnete Nachrichten. Wir sind bei Oma. Alle tot, nur Hubert lebt, komm zur Weißenburgstraße, Elli. Alle gerettet, Maria im Vinzenzkrankenhaus, Karl. Vor einer Ruine steht ein Eisenbahner. Die Frau und drei Kinder sind da unten, ich hatte Nachtdienst. Jetzt lebe ich im Bunker. So ist das. Dann geht er weiter. Vater sagt nichts. Was soll er auch sagen.

In Nippes sind die Fenster mit Sperrholz vernagelt, die Mauern schmutziggrau verrußt, und auf dem Dach wird gearbeitet. Faßbenders Haus, das Haus von Doktor Müller, das Haus mit dem grünen Sims und die Häuser am Ende der Straße sind ausgebrannt und starren uns aus leeren Fensterhöhlen an. Es sieht genauso aus wie in Großmutters Traum, und heute würde sie niemand mehr auslachen. Sogar der Kiepenkerl zeigt mit einem schmutzigen Zeigefinger anklagend nach oben.

Großmutters Wohnung ist zum Möbellager geworden. Weil vorne alles ausgebrannt ist, stapelt sich der gerettete Hausrat in den hinteren Räumen, die einmal Onkel Helmuts Reich waren. Wir zwängen uns zwischen die geschnitzte Eiche. Großmutter klagt nicht, erwähnt mit keinem Wort die Schreckensnacht, doch als Vater ihr vorschlägt, zu uns zu ziehen, reißt sie die Augen auf. Wo denkst du hin, hier habe ich fünfzig Jahre mit meinem Mann gelebt, hier habe ich meine Kinder großgezogen und hier bleibe ich. Aus Köln bekommt mich keiner raus. Vater drängt auch nicht weiter, sondern verspricht, einen Teil der Möbel abholen zu lassen. So füllt sich bald unser Haus mit wuchtiger Eiche. Mein Gott, das erdrückt einen doch total, jammert Mutter. Mir gefallen die großen schwarzen Kästen. Sie eignen sich wunderbar zum Verstecken, wenn man im Garten oder der Küche gebraucht wird.

Die Kleinbahn zuckelt in Richtung Münstereifel. Vorbei an Dörfern mit bemoosten Dächern und spitzen Kirchtürmen, an friedlich auf den Wiesen grasenden schwarzweißen Kühen und an Ochsengespannen, die auf der Landstraße eine Staubwolke hinter sich herziehen. Der Schaffner duzt Vater und freut sich, dat er auch mal wieder heim kütt. Der rotgesichtige Mann rollt das Rrr lange auf der Zunge und wälzt die Worte wie heiße Pellkartoffeln im Mund.

Auch Vater spricht fremd, so wie ich ihn noch nie habe reden hören. Nachher gehen wir durch den Wald. Der steile Weg ist mit Steinen übersät. Mißmutig stolpere ich vorwärts. Dornig und steinig ist der Weg zum Paradies, lacht Vater und öffnet ein hölzernes Gatter zu einer fußhohen Blumenwiese. Mittendrin fließt plätschernd ein Bach, und Apfelbäume hängen ihre rosaüberstäubten Blütenzweige tief ins Gras. Darüber sind die Dächer eines Dorfes und ein Kirchturm in den blauen Himmel gezeichnet. Du kannst aus dem Bach trinken, es ist Quellwasser, sagt Vater und schöpft Wasser mit der hohlen Hand. Und wenn der Bauer kommt, frage ich. Der Bauer bin ich, lacht Vater. Die Wiese gehört uns und der Wald da auch, er macht eine ausladende Handbewegung, der ich staunend mit den Augen folge. Ich wußte schon immer, daß Vater weiße Kaninchen aus schwarzen Zylindern zaubern kann.

Das Bauernhaus hat grüne Fensterläden mit Blumenkästen davor. Ein großes Tor schließt den Hof und die Ställe zur Straße ab. Alle Höfe haben solche Tore, sie verleihen dem Dorf etwas Unzugängliches, als verschließe es seine Augen vor der Welt. Der Nachbarhof ist zur Straßenseite offen, ein alter Mann in einer Lodenjoppe starrt neugierig hinter uns her. Dann sitzen wir um einen Tisch herum, die Bäuerin mit zum Knoten gedrehten grauen Flechten, der wortkarge Bauer im blauen Arbeitsanzug. Es gibt Rhabarberkuchen mit Schlagsahne, und Hochwürden will auch noch vorbeikommen und Guten Tag sagen. Er erscheint etwas später, gelobt sei Jesus Christus, verteilt Segen und milde Worte und ißt doppelt soviel Schlagsahne wie wir. Auch er duzt meinen Vater.

Die Bäuerin steht auf, um dem Ukrainer Micha, der im Hof arbeitet, er versteht sich so gut auf die Pferde, ein Stück Kuchen zu bringen. Sonst ißt er mit am Tisch, aber nicht, wenn Hochwürden da ist, das kann man dem geistlichen Herrn nicht zumuten. Micha ist knapp siebzehn, hat dunkle traurige Augen und spricht kein Wort deutsch. Geradezu als sei er stumm, schimpft der Bauer. Er wird Heimweh haben, ohne Verständigungsmöglichkeiten in ein fremdes Land geschafft, das ist doch sehr hart für so einen jungen Burschen. Vater nimmt noch ein Stück Kuchen. Die werden zu nichts gezwungen, antwortet der Bauer, die kommen freiwillig, weil es denen nirgendwo so gut geht wie bei uns. Der geistliche Herr nickt. Und Ihnen ist es überhaupt hoch anzurechnen, wie sie sich um den Jungen kümmern, lobt er die Bäuerin. Schon der Herr sagt, was du dem geringsten deiner Brüder tust ... Vater steht auf. Wir gehen mal rüber, so langsam wird es auch Zeit für mich, ich will noch vor dem Dunkelwerden zum Zug.

Der Nachbar hat eine große helle Stube mit einem gewachsten glänzenden Holzfußboden. Schau dich nur um, fordert mich die kleine mollige Bäuerin auf und zieht an meinem Zopf, schließlich war das mal eure Wirtschaft. Hier bin ich aufgewachsen, bestätigt Vater, draußen im Hof war die Schmiede, deshalb ist der Hofplatz so groß und offen. An der Mauer kannst du noch die Ringe sehen, wo die Pferde angebunden wurden. Der alte Mann in der Lodenjoppe kommt herein und begrüßt uns in seinem Eifler Platt. Zeig ihr mal die Schmiede, Vater, sagt die Frau. Die Sandsteinstufen vor der Haustüre zeigen Ausbuchtungen von vielen Füßen, die hier einmal gegangen sind. Auch die Belgische, meine Großmutter, die sie im Dorf die Fremde nannten und der sie mit scheelen Blicken begegneten. In der Schmiede hängen große schwarze Zangen an der Wand. Auch der Amboß ist noch da und die verrußte Esse. Nur das Feuer lodert nicht mehr, und kein Schmied hämmert im langen Lederschurz auf rotglühendes Eisen. Die Pelzers, die waren schon immer im Dörp, und dieser Hof, dat war mal der größte hier, sagt der Alte, aber die Kriege. Wenn die Frauen allein waren un nix verstanden, hat mer se überall ihr Kreuzchen machen lassen, un so verschwand eins nach dem anderen. So ist das nun mal. Er klopft seine Pfeife aus, und wir gehen zurück ins Haus.

Lange sehe ich Vater nach, wie er auf dem Weg durch die Felder zur Bahn geht. In einer Woche komme ich dich wieder holen, hat er versprochen. Bis dahin kannst du dich mal richtig sattessen und ausschlafen, ohne Fliegeralarm und Luftschutzkeller. Mich wundert, daß er nicht »sieh mal« sagt.

Die Dorfstraße wirkt wie ausgestorben. Nur die Gardinen an den Fenstern bewegen sich. Dort, wo sich die Straße gabelt, links nach Münstereifel, rechts zur Kirche führt, sitzen alte Männer unter einem Baum auf einer Bank und starren uns an. Dat is äver ne Pelzer, dat kann ma sin, sagt einer. Die Bäuerin spricht mit den Männern in ihrem langgezogenen singenden Dialekt, dann gehen wir zum Friedhof. Die Gräber sind mit niedrigen Gittern eingezäunt. Unter weißem Kies, schwarzem Marmor und Buchs liegen die toten Pelzers. Auch der Großvater mit der Belgischen. Jetzt ist er in Frieden mit ihr vereint und braucht nicht mehr nach Kommern zu flüchten. Die Gefallenen liegen nicht unter dem Kies, aber ihre Namen stehen auf dem schwarzen Grabstein und auch der Ort, wo sie der Tod erreichte. Onkel August, der Lieblingssohn der Belgischen, fiel in Ypern. Die Bäuerin gießt die fleißigen Lieschen im Rondell, dann gehen wir zu den anderen Kiesgräbern.

Am Abend gibt es Bratkartoffeln mit Dickmilch. Der Bauer sagt nur ja und nein, Micha sagt gar nichts. Es ist drückend heiß unter dem karierten Federbett in der Schlafstube. Am Fenster summen die Fliegen. Wann wird es denn endlich wieder hell?

Am nächsten Morgen gehen wir in die Kirche. Der Bauer in schwarzem Hut und schwarzem Anzug, die Bäuerin in schwarzen Schuhen und schwarzem Kleid. Vor der Kirchentür, gegrüßet seist du Maria voller Gnaden, stehen noch mehr Schwarzgekleidete. In der Kirche riecht es nach Weihrauch. Wir schlagen das Kreuz, wir setzen uns, wir stehen auf, wir setzen uns, heilige Maria Gottes, bitte für uns jetzt und in der Stunde unseres Todes. Auf einer Tafel an der Wand stehen die Namen der Gefallenen aus dem Ersten Weltkrieg, auch die von den Pelzers. Ein Glöckchen klingelt, noch mehr Weihrauch. Dann verschwinden die Bauern beim Kolvenbach in der Dorfwirtschaft und die Frauen in ihren Küchen. Nachmittags schnarcht der Bauer auf dem Sofa. Am Fenster summen wieder die Fliegen. Micha spielt auf der Mundharmonika. Es klingt sehr traurig.

Hier geschieht überhaupt nichts. Ab und zu fährt ein Gespann durch den Ort. Meistens Ochsen, seltener Pferde. Der Boden ist zu steil und steinig für die Pferde, sagt der Bauer. Er hat ein Holzbein aus dem Ersten Weltkrieg, wie der Padühm. Außer den alten Männern ist nie jemand zu sehen. Die anderen Männer sind im Krieg, und die Frauen arbeiten im Haus hinter den großen Scheunentoren. Die Fuhrwerke werden von Belgiern oder Franzosen kutschiert. Hinten drauf sitzen die Russen für die Feldarbeit. Niemand schaut mehr scheel nach Belgiern und Franzosen, alle sind froh, daß sie da sind. Manche Bäuerin sei besonders froh, wird gemunkelt.

Die meiste Zeit verbringe ich mit Micha, der die Pferdegeschirre flickt. Ich erzähle ihm alles, was mir durch den Kopf geht, auch wenn er nicht antwortet. Aber einmal schiebt er die Mütze aus der Stirn, schaut mich mit seinen sanften Augen an, lacht und sagt: da. Micha redet, Micha hat da gesagt, verkünde ich froh im Haus. Da, was soll denn das heißen, sagt der Bauer mürrisch, das ist doch keine Sprache. Aber er hat dabei gelacht, beharre ich. Dem wird gleich das Lachen vergehen, murrt der Bauer, wenn ich ihm zeige, wie man einen Stall ausmistet, daß die Kühe nicht fußhoch im Dreck stehen müssen. Immer muß man ihm alles zehnmal sagen, nie kommt er, wenn man ihn ruft. Der Bauer geht in den Hof und brüllt, daß die alten Männer es am anderen Ende des Dorfes hören müssen. Noch am selben Abend verschwindet Micha. Der kommt schon wieder, macht euch da mal keine Sorgen. So sind sie eben, die Russen, verstockt, sagt der Bauer.

Aber Micha kommt nicht am nächsten Tag und auch nicht am übernächsten. Der Bauer telefoniert mit allen möglichen Dienststellen und der Polizei, niemand weiß etwas von dem Ukrainer. Den finden wir schon, verspricht die Gestapo, es wäre der erste, der uns durch die Lappen geht.

Am nächsten Morgen weiß ich schon beim Aufstehen, daß dies kein guter Tag wird. Micha ist immer noch nicht zurück, und die Bäuerin muß mit aufs Feld. Ich soll die Kühe auf die Weide bringen, aber ich habe Angst vor Kühen. Besonders vor der alten Braunweißen, die ausschlägt. Zu Mittag hole ich dich ab, verspricht die Bäuerin und drückt mir einen dicken Stock in die Hand. Die Kühe kennen den Weg und trotten von alleine zur Wiese. Sie kommen mir heute besonders groß vor, viel größer als sonst. Zum Glück bin ich ihnen völlig gleichgültig. Sie drängen sich durch das Gatter und rupfen sofort mit der langen feuchten Zunge Gras. Ratsch macht es, wenn solch ein grünes Bündel abgerissen wird. Dann höre ich nur noch das gemächliche Malmen der Zähne. Ab und zu klatscht ein Schwanz nach Fliegen. Eine entleert sich mit lautem Strahl von ihrem Wasser. Über dem Waldrand kreist ein Bussard. Ein Glück, daß Vater studiert hat und ich nicht in diesem vergessenen Dorf mit den leeren Straßen, den Gardinenaugen und den toten Pelzers leben muß.

Früher als erwartet kommt die Bäuerin. So ein Unglück, schimpft sie, jetzt, wo wir mitten in der Arbeit stecken, muß das mit dem Ukrainer passieren. Haben sie Micha endlich gefunden, frage ich. Ja, aber das nützt uns nichts mehr, er ist tot. Der dumme Kerl hat sich auf der Flucht erschießen lassen. Ist einfach nicht stehengeblieben, als er angerufen wurde. Vielleicht hat er sie auch nicht verstanden, wage ich einzuwerfen. Ach, egal, wir nehmen keinen mehr, der nichts versteht.

Der Bauer telefoniert nach einem neuen Russen und füllt Papiere für die Gestapo aus, die alles ganz genau über Micha wissen will, um sicher zu gehen, daß er kein russischer Spion war. Hoffentlich schicken sie mir bald einen Ersatz, meint der Bauer. Damit ist die Angelegenheit für ihn erledigt. Noch vier lange Tage, bis Vater kommt.

Paulchen Schlimbach ist gefallen. Er hat et jewußt, er hat et jewußt, schluchzt die Frau Schlimbach. Mutter, ich seh überall Blut. Ein Meer von Blut, un mitten drin kommen Hunderte von Russen auf mich zu, waren seine letzten Worte. Diese Ungeheuerlichkeit hat sie uns bisher verschwiegen. Von Tag zu Tag wird der Blutsee in Frau Schlimbachs Erzählung tiefer, und die Russen werden immer grausamer. In einem Schuppen hat Paulchen angeblich einen völlig ausgeweideten Menschen hängen sehen, und der Soldat, der den grausigen Fund gemacht hat, ist von einer Stunde auf die andere weiß geworden. Da is et doch noch besser, von einer Granate getroffen zu werden, wenigstens is et dann schnell vorbei, sagt die Frau Schlimbach, und ihre Zuhörerinnen nicken mit großen Augen und klappernden Zähnen. Die Schlimbach lügt. Das Paulchen hat im letzten Urlaub überhaupt nichts gesagt, kein Sterbenswörtchen. Nur den blöden Spruch aus dem Märchen hat er immer wiederholt, und verabschiedet hat sich das Paulchen nur mit Tschüß, worüber die Schlimbach sich damals sehr empörte. Paulchen soll auch gar nicht gefallen, sondern auf irgendeine andere Art umgekommen sein, aber wie, das hat der Essers Hans nicht nach Hause geschrieben.

Vater ist bei der Gestapo vorgeladen. Ich sitze auf dem Unterteil des Küchenschranks und trommle mit den Beinen gegen das Holz. Laß das, sagt Mutter und trommelt gegen die Fensterscheibe. Immer den gleichen Takt, tam tam tam ta, tam tam tam ta. Vater müßte längst wieder hier sein. Das Mittagessen verbrutzelt auf dem

Herd. Ich geh das Fahrrad flicken, sagt meine Schwester und verschwindet nach draußen. Guck mal im Garten, ob er kommt, ruft ihr Mutter nach. Der Wasserhahn am Spülbecken ist undicht und tropft. Ich halte das nicht mehr aus, stöhnt Mutter, ich zieh mich an und geh ins Braune Haus. Aber das ist dann nicht mehr nötig, wir hören Vaters Stimme im Garten, wo er mit meiner Schwester spricht. Was war denn, will Mutter wissen. Ich hänge mich an Vaters Arm, daß er keinen Schritt mehr machen kann. Na, na, ich lebe doch noch, sagt er und zwingt sich ein Lächeln ab. Was sie gewollt haben? Mir mein Sündenregister vorbeten, mich verwarnen. Sie haben alles peinlichst notiert. Jede Äußerung, die mir rausgeschlüpft ist, und alles legen sie nach ihrem Dafürhalten aus. Dieser Eckermann unter meinen Schülern arbeitet mit äußerster Akribie, oder sollte es gar kein Schüler sein, überlegt Vater nachdenklich. Nein, das wäre unglaublich. Du mußt wissen, wem du dich anvertraut hast. Aber war das alles, drängt Mutter. Nein, sie haben mir eine Arbeit aufgehalst, damit ich meine Gesinnungstreue unter Beweis stellen kann, und das habe ich nur dem kleinen Meier zu verdanken. War mal ein ausgezeichneter Lateinschüler. Hätte nie geglaubt, daß der bei der Gestapo landet. Aber ohne ihn wäre ich nicht so einfach davongekommen. Mein Gott, die hätten dich dabehalten, fragt Mutter entsetzt. Ohne Zweifel, sie waren drauf und dran, bestätigt Vater, aber dann kam der kleine Meier dazu, der einen höheren Dienstgrad hat, und da wendete sich das Blatt. Sie brauchen einen Übersetzer. Einen was, staunt Mutter. Einen lateinischen Übersetzer für die alten Kirchenbücher, sie haben niemanden dafür. Die meisten Altphilologen sind im Feld, und es muß jemand sein, der alle klassischen Sprachen versteht. Manchmal haben die Pfarrer auch griechische oder sogar hebräische Zitate verwendet. Ich wußte gar nicht, daß die Kirchenbücher in Latein verfaßt sind, wundert sich Mutter. Bis zu Anfang dieses Jahrhunderts, erklärt Vater, manche auch noch darüber hinaus. Und was um Himmels Willen wollen sie mit diesen alten Schwarten? Schnüffeln, antwortet Vater, alles für ihre Zwecke auswerten. Die Pfarrer damals haben nämlich nicht nur aufgeschrieben, wer wen geheiratet hat, sondern auch, von wo die Leute gekommen sind und wohin sie gegangen sind. Ob sie ehrenwert waren oder weniger ehrenwert und weshalb ihre Ehrbarkeit in Frage gestellt war. Sie hielten gewissenhaft fest, an welcher Krankheit sie verschieden und welche bisher unbescholtene Jungfer vom Viehjud geschwängert wurde. Manchmal waren diese Bücher eine echte chronique scandaleuse. So, und jetzt möchte ich endlich essen.

Die Bücher kommen, in Leder gebunden, vergilbt und vom Zahn der Zeit angenagt, mit ihnen ein dünnes blasses Männchen und eine altmodische Schreibmaschine, auf der er abtippt, was Vater ihm vorgibt. Kommt der Mann, sagt er Heil Hitler, wenn er geht auch, sonst sagt er nichts. Auch nicht, wenn ich ihm auf der Treppe begegne und Fratzen schneide. Kein Lächeln läßt er sich entlocken. Nachts schließt sich Vater mit den Büchern ein und geht erst gegen Morgen schlafen. So ernst brauchst du es nun auch wieder nicht zu nehmen, schimpft Mutter. Am Vormittag ist Vater oft müde, und es ist schon ein Glück, daß die schlimme Klasse nicht mehr da ist. Trotzdem nimmt der Direktor Vater auch weiterhin beiseite, weil er dies und das gehört haben will. Ich möchte bloß wissen, wer jetzt der Zuträger ist, rätselt Vater, die schlimmsten Stänkerer sind doch eingezogen. Das ist jemand, an den du überhaupt nicht denkst, behauptet Mutter, jemand, der dein Vertrauen mißbraucht. Einer von den Heimlichen. Aber auf solche Spekulationen läßt Vater sich nicht ein.

Nach der zweiten Einladung zur Gestapo kommt er noch sorgenvoller zurück als beim ersten Mal. Der blasse Mann zwängt jetzt sein »Heil Hitler!« nur noch mühsam aus den Zähnen. Abends nimmt er die Kirchenbücher mit. Wir erfahren nur brockenweise von den Vorwürfen, die Vater gemacht werden. Er soll die Bücher manipuliert haben, er soll Geschriebenes ausgelöscht haben. Der blasse Mann schwört darauf, einen Eintrag gesehen zu haben, der am nächsten Tag verschwunden war. Urkundenfälschung wirft die Gestapo Vater vor. Aber sie können ihm nichts nachweisen. Auch die Pfarrer haben kräftig in den Büchern gewütet, durchgestrichen, rausgerissen, mit spritzenden Federn geschrieben, die Wienand hätte das Stöckchen genommen. Die Bücher müssen termingerecht fertig werden, Befehl von ganz oben. Derweil sie einen anderen Übersetzer suchen, darf Vater weiterarbeiten, unter strenger Kontrolle des Blassen.

Ja, bist du denn des Teufels, entsetzt sich Mutter, nachdem sie nach und nach alles aus Vater herausgequetscht hat. Wo sie dich sowieso auf dem Kieker haben, vermeidet man doch jedes Aufsehen. Nimmst du überhaupt keine Rücksicht auf mich und die Kinder in deiner Verbohrtheit? So wütend habe ich sie lange nicht gesehen. Du möchtest also, daß ich ihnen so ein armes Schwein ans Messer liefere, nur weil mal ein falscher Großvater in die Familie eingeheiratet hat und sie nicht das Glück hatten, daß die Kirchenbücher verbrannt sind, wie die in Ostpreußen, sagt Vater. Danach sprechen meine Eltern tagelang nicht miteinander.

Auch Herr Heiterscheid wird jetzt eingezogen. Direktor Vent hat ihn freigestellt für den Krieg. Zeichenlehrer sind nicht unabkömmlich, was soll ich machen, lieber Herr Kollege? Bei ihrem Fach blieb mir keine andere Wahl, und Sie wissen doch, an der Front wird jetzt jeder Mann gebraucht. Waren sie nicht im Ersten schon dabei, na, da kennen sie sich doch aus.

Frau Heiterscheid hat rotgeweinte Augen, und Herr Heiterscheid hält auf jedem Knie eins seiner Kinder. Er hält sie so fest umklammert, als wolle er sie nie mehr wieder loslassen. Im Kinderwagen schreit der Jüngste. Wir verabschieden uns bald wieder. Lange hält Herr Heiterscheid Mutters Hand fest. Alles Gute für Sie und ihre Familie, sagt er. Wenn Sie wiederkommen, trinken wir ein gutes Fläschchen zusammen, verspricht Vater. Ich komme nicht wieder, antwortet Herr Heiterscheid. So etwas dürfen sie nicht sagen, der Krieg dauert nicht ewig, versucht Mutter zu trösten. Doch, ich weiß es. Mir steckt Flandern noch in den Knochen. Ich kann nicht mehr Krieg spielen, ich habe Angst, und die Angst ist ein schlechter Wegbereiter. Auf dem Heimweg weint Mutter. Eigentlich war es zu erwarten, er war dem Kollegen Vent schon lange ein Dorn im Auge, sagt Vater.

Dann steht die Todesanzeige von Peter Liebig in der Zeitung, gefallen für Volk und Vaterland. Unser Geschichtslehrer trägt einen schwarzen Trauerflor am Arm, und Siegfried kauert still in seiner Bank. Einmal vergißt er seinen Kummer, lacht laut auf, als der dicke Müller grunzende Schnarchtöne von sich gibt. Siegfried, mahnt ihn die Exerzierstimme, und Siegfried zuckt erschrocken zusammen.

Das ist bereits der Vierte aus dieser Klasse, seufzt Vater, so jung und das ganze Leben noch vor sich. Die armen Eltern, sagt Mutter. Wir treffen sie auf dem Heimweg vom Café Wiesengrund, wo es schon lange keinen Kuchen mit Schlagsahne mehr gibt und sogar der Ersatzkaffee immer schlabbriger wird, wie Mutter behauptet. Wir müssen kondolieren, flüstert Mutter und will Frau Liebig teilnahmsvoll in die Arme nehmen. Aber die weicht mit steifem Kreuz aus, so daß Mutter nur ihre schlaffe Hand zu fassen bekommt. Wir haben es gestern in der Zeitung gelesen, mein Gott, der arme Peter, so ein Unglück, wie entsetzlich, ein Kind zu verlieren, Herr Liebig senkt den Kopf und Mutter wühlt schniefend nach ihrem Taschentuch. Die Liebig starrt uns mit kalten Augen an. Wir betrachten das ganz und gar nicht als Unglück, antwortet sie mit eisiger Stimme. Wir haben dieses Opfer mit freudigem Herzen auf dem Altar des Vaterlandes und für unseren Führer gebracht. Ein guter Deutscher ist stets bereit, alles für den Sieg zu geben, wenn es sein muß, auch sein Leben. So denken wir, so dachte unser Peter, und deshalb sind wir stolz darauf, daß wir unserem Führer diesen Sohn schenken konnten und er ein kleines Rädchen sein durfte am großen Werk fürs Vaterland. Meine Eltern verabschieden sich rasch, man hat sich nichts mehr zu sagen.

Diese Frau muß total verrückt geworden sein, anders kann ich mir das nicht erklären. Spricht so eine Mutter, ohne einen Funken von Menschlichkeit, entwickeln wir uns jetzt alle zu Ungeheuern, wohin will dieser Wahnsinnige uns noch bringen, Mutter reiht atemlos einen empörten Ausruf an den anderen. Sie können uns noch hören, mahnt Vater. Sollen sie, das ist mir egal. Ein Menschenopfer, ein Menschenopfer auf dem Altar des Vaterlandes, der eigene Sohn, und diese Frau ist noch stolz darauf, Mutter schnappt nach Luft. Daran kannst du sehen, wohin Wahnsinn und Fanatismus die Menschen treibt, sie schrecken vor nichts mehr zurück, benutzt Vater eine ihrer Atempausen. Wenn ich das nicht mit eigenen Ohren gehört hätte, würde ich es als Ausgeburt eines kranken Hirns abtun, sagt Mutter. Was soll es denn anderes sein, das ist doch hinlänglich bekannt, Vater will ein Ende setzen, aber Mutter läßt sich nicht beruhigen, dreht alles immer wieder hin und her, bis wir vor unserer Haustüre angelangt sind.

Der ständige Fliegeralarm belastet unseren Schulunterricht. Wir sind dauernd unterwegs und haben uns zu einem Volk von Sammlern zurückentwickelt. Während die Jäger an der Front ihre Arbeit verrichten, sammelt die Heimat Spinnstoffe, Bucheckern, Heilkräuter, Metall, Papier, Winterkleidung, Stanniolpapier, es gibt fast nichts, was nicht wiederverwertet werden kann. Unter dem Motto »Kampf dem Verderb« schleicht der Groschengrab herum, ein scheußliches Froschmaul, das uns in der Zeitung und von den Plakatwänden daran erinnert, daß der gute Volksgenosse jedes Teil auf seine Wiederverwendung prüft und nur der Volksschädling alles wegwirft. Der Kohlenklau, ein Wärmeverschwender, schaufelt krumm, mit schwarzen Klauen, Briketts in seinen Sack, und der »Feind hört mit«-Spion hat seinen Schlapphut tief ins Gesicht gezogen. Mit Monstern und Ausspähern teilen wir unser tägliches Dasein, sie sind schon zu einem festen Bestandteil unseres Lebens geworden.

Du lernst nur noch Dummheiten in der Schule, behauptet Vater. In einem Internat wärst du besser aufgehoben. Er legt Prospekte auf den Tisch, sagt »sieh mal«, und diesmal gibt es wirklich was zu sehen. Ballspielende Kinder, eine Modellwerkstatt zum Basteln, helle Schulräume und Schulhäuser mitten im Grünen. Vater braucht mich nicht mit einer langen Rede zu überzeugen, wir einigen uns schnell auf den Birklehof im Schwarzwald, ein Landerziehungsheim mit Vaters Steckenpferd, der Reformpädagogik, im Programm. Die Gründe meiner eigenen Begeisterung sind weniger pädagogisch. Mir spuken die Lichtgestalten meiner derzeitigen Lektüre im Kopf herum, wie alle Mädchen aus meiner Klasse bin ich süchtig nach den Dornröschen aus Großmutters Bücherkiste, nach Bankierstöchtern und Baronessen, sorgsam behütet hinter Pensionatsmauern, wo sie schließlich ein beharrlicher Märchenprinz aufstöbert, dem sie errötend und aufseufzend in die Arme sinken. Wir reißen uns die Trotzköpfchenbände aus den Händen und lesen sie im Unterricht heimlich unter der Bank. Vater erwischt mich dabei und fischt in der Erdkundestunde so ein Buch von meinen Knien. Er blättert im Text, schüttelt den Kopf, so einen Schund liest du? »Käthes Pensionsjahre«, verkündet er laut und beginnt zu lesen. »Ich muß dir etwas anvertrauen, aber du darfst es niemandem erzählen, noch soll es unser Geheimnis bleiben. Ein rosiger Hauch überzog das mädchenhafte Gesicht, aus dem die blauen Augen in ihrer ganzen Glückseligkeit strahlten. Harry liebt mich, flüsterte Maud, gestern hat er es mir gestanden. Oh, Maud, wie wunderbar ...« Vater klappt das Buch zu. Die Jungen wiehern vor Lachen, die Mädchen auch. Am meisten lacht Elsbeth, der das Buch gehört.

Zieh deine Uniform an, wir müssen zum Fotografen, befiehlt Vater. Was für eine Uniform, erkundige ich mich, ich habe doch keine, ich bin doch noch nicht aufgenommen. Muß man da aufgenommen werden, fragt mich mein weltfremder Vater. Gibt es denn nicht irgendwas zum Anstecken, sie haben doch für alles eine Plakette? Die mit den Abzeichen sind die Parteigenossen. Das weiß ich, wehrt er unwillig ab, aber deine Schwester zieht doch so irgendwas an, wenn sie dahingeht. Also Vater hat wirklich keine Ahnung von den nationalsozialistischen Organisationen der Jugend. Meine Schwester kann auch nicht raten. Sie ist mit Großmutter in Königsberg. Urgroßmutter feiert ihren siebenundneunzigsten Geburtstag und dreht auf neuen Lackpumps mit dem Bürgermeister den Ehrenwalzer. Während wir hier überlegen, stopft sich Hetty da oben den Bauch voll mit Geburtstagskuchen. Die Sachen sind mir doch viel zu groß, protestiere ich. Wir brauchen sie nur oben rum, für ein Brustbild, das wird schon irgendwie gehen, erwidert Vater. Wozu müssen wir denn überhaupt dieses Foto machen, ich bin doch angemeldet? Das wird nichts mit dem Birklehof, du kommst ins Elsaß, weit vom Schuß, antwortet Vater kurz, und jetzt beeil dich und geh die Sachen suchen. Seine Stimme duldet keinen Widerspruch. Während ich in Hettys Zimmer lustlos nach Bluse, Dreieckstuch und Knoten krame, frage ich mich, was das nun wieder soll. Keine Hobelbank, keine Blumenwiese, keine Gemeinschaftserziehung mit Knaben und besondere Förderung der musischen Fähigkeiten, meine Enttäuschung wird dick und grau wie eine Pferdedecke. Warum gibt es keinen Prospekt, was soll diese Maskerade, und wo ist dieses Elsaß überhaupt? Vater antwortet nicht auf meine Fragen, zeigt nur ein verschlossenes Gesicht, und auch Mutter steht vor einem Rätsel.

Eines Tages kommt Agnes, die jetzt in Buchforst gleich neben der Kirche wohnt, und singt, »Auch ich war ein armer Wandergesell«, dabei näht sie Namensschilder in meine Wäsche. Jetzt, wo du nach Frankreich gehst, beginnen ihre Sätze, denn sie ist nicht davon zu überzeugen, daß die Elsässer keine Franzosen mehr sind, sondern deutsche Volksgenossen. Nach ihrer Vorstellung duften sie alle nach Parfüm, kleiden sich in den ersten Modehäusern ein, leben so gut wie ihr Steffel in Paris, und die Französinnen haben das gewisse Etwas, genau wie die Polinnen. Parlä wuu fronssä, ui, ui, Monsieur, parfät, lacht sie und zwinkert mir mit ihren kleinen schwarzen Augen zu. Ich kann mir unter dem gewissen Etwas, das Agnes in den Modejournalen sucht, nichts Rechtes vorstellen, aber sie besteht darauf, mein kariertes Kleid dem französischen Niveau anzupassen.

Rundfunk und Zeitung verbreiten das genaue Gegenteil ihrer Ansichten. Demnach ist die elsässische Bevölkerung endlich der französischen Zwangsherrschaft entronnen und froh über ihre Heimkehr ins Deutsche Reich, und das klingt fast so wie bei den Österreichern. Unsinn, Papperlapapp, sagt Agnes. Wieso warten plötzlich alle nur darauf, von uns befreit zu werden? Wo unsere Soldaten einmarschieren, werden sie überall von dankbaren Menschen erwartet, die winken und jubeln, sobald sie nur einen deutschen Stahlhelm sehen. Waren das vorher alles Gefangene? Und wo sind die anderen, die nicht Hurra schreien? Gibt es die nicht, warum bekommen wir sie nie zu sehen? Eines Tages wird es diesen Jublern so gehen, wie Katze aus Fischgeschäft. Sie werden stinken nach Hering, und jeder wird sagen, ui, da ist Scheißkatze aus Fischgeschäft, stinkt wie Hering.

Aber du hast doch auch für die Deutschen gestimmt, damals in Oberschlesien? Na, das ist doch wohl klar, bin ich doch kein Poler, ich bin Oberschlesier, entgegnet sie entrüstet. Is sich nix Fisch, is sich nix Fleisch, is sich Wasserpolack, fügt sie grinsend hinzu, und ich kann ihrer Logik wieder mal nicht folgen. Nachdenklich mustert sie den karierten Stoff, streicht glättend hin und her, stößt dabei gegen die Tasse mit dem falschen Zwiebelmuster, wobei sich der Ersatzkaffee über die Karos ergießt. Perunje, Agnes rafft den Stoff vom Tisch, daß die Kaffeetropfen spritzen. Siehste woll, so macht man das, grinst sie und greift zur Schneiderschere. Die Schere folgt dem Kreidestreifen am Rand des Schnittmusterbogens, Agnes singt Mösjöh, Praliné, prominer, langs de Rhing. Gleich neben den ausgeschnittenen Stoffteilen, auf der Stecknadeldose, verqualmt ihre Zigarette. Ach, ich muß dir doch noch die Ohren abschneiden, sie greift wieder zur Schneiderschere, und ich suche kreischend das Weite.

Mariechen dagegen ist überhaupt nicht einverstanden mit den Franzosen. Wat soll dat denn widder, schimpft sie, müssen dich deine Eltern dauernd durch die Welt schaukeln wie ne Soldat? Auch der alte Röhrig schüttelt den Kopf, in schlimmen Zeiten gehören die Kinder zu ihren Eltern. Sagen Sie das mal meinem Mann, jammert Mutter, er läßt nicht mit sich darüber reden. Er wird schon seine Gründe haben, brummt der alte Röhrig beim Hinausgehen. War das jetzt eine Frechheit, überlegt Mutter.

13

Die Rheinlandschaft mit ihren Burgen gleitet vorüber, hinter Pappeln entdecken wir Tante Finchens Haus. Mutter packt Butterbrote und gekochte Eier aus. Das gewisse Etwas von meinem neuen karierten Kleid, nach dem Agnes so lange gesucht hat, sitzt in einer Schleife, die mitten auf meinem Bauch plaziert ist und unheimlich blöd aussieht. Aber das konnte ich ihr doch nicht sagen, sie war so stolz auf ihren Einfall, und Widerspruch duldet sie sowieso nicht, den würgt sie mit ihrem »würscht du woll« einfach ab. Hoffentlich kommt kein Alarm, daß wir aus dem Zug müssen. Bei Fliegeralarm bleiben die Züge stehen, wo sie gerade sind, und bei Beschuß müssen die Reisenden auf freiem Feld aus dem Zug springen, um sich in den Ackerfurchen zu verkriechen. Kein schöner Gedanke, in den letzten Tagen hat es viel geregnet.

Hinter Mainz wird die Landschaft flacher, und mein Arm juckt. Ich kratze und kratze auf dem karierten Stoff. Mutter streift den Ärmel hoch. Um einen Insektenstich schwillt ein dicker Hof, aus dem ein schmaler roter Streifen den Arm heraufwandert. Blutvergiftung! Mein Gott, jammert Mutter, was sollen wir jetzt bloß machen. Der Schaffner fahndet nach einem mitreisenden Arzt. Der kommt und empfiehlt Kühlung, wenn es dann nicht besser wird, sofort raus aus dem Zug ins Krankenhaus! Mit allem Gepäck, ratlos schaut Mutter nach oben in das überquellende Gepäcknetz. Das fängt ja gut an! Aber ich war sowieso immer gegen diese Internatsgeschichte. Der Direktor hat befohlen, was hat der Direktor uns zu befehlen ... Der Schaffner unterbricht sie, bringt einen Eimer Wasser. Mein Arm wird in nasse Handtücher gewickelt, wie einen Gipsarm halte ich ihn zum Fenster heraus. Der kalte Luftzug kühlt wie Eis, Not macht erfinderisch.

Mitten durch die Dörfer und Weinberge bimmelt und zuckelt der Zug. Der Lokomotivführer hängt aus dem Fenster und unterhält sich mit den Leuten auf der Straße. Vom Außenperron könnte man die tiefhängenden Trauben abpflücken. Ein Berg in der Ferne trägt eine Burgruine. Männer mit Korbflaschen, die wie ein Rucksack an Gurten über dem Rücken hängen, steigen ein. Sie unterhalten sich in einer Sprache, die ich nicht verstehe, aber es ist kein Französisch.

Die Schule liegt gleich an der Straße in einem weitläufigen Park mit alten Bäumen und ist wie ein Gefängnis von einer hohen Mauer umgeben. Auf der Mauerkrone sind Glasscherben eingemörtelt. Der Pförtner ist alt und humpelt. Ein langer Weg, gesäumt von dunklen Eibenhecken, führt zum Haus. Das ganze macht einen vergessenen und verwilderten Eindruck. In französischer Zeit war hier ein Sacre Coeur, ein Internat für katholische Mädchen, das von Nonnen geleitet wurde. Als die Deutschen kamen, haben sie das Haus geschlossen, die Nonnen in den Seitentrakt verbannt und auf das französische Reis einen deutschen Zweig gepfropft, der nun nationalsozialistisch gepflegt werden soll. Aus der Verbannung verfolgen die Nonnen das Geschehen mit verächtlichen Blicken. Nur eine dicke Küchennonne hat Zugang zu uns und wirtschaftet, von dörflichen Helfern unterstützt, mit klappernden Töpfen hinter den vergitterten Küchenfenstern. Nachts singen die eingesperrten Nonnen französische Choräle, ihr Gesang dringt durch das stille Haus und lastet wie ein Vorwurf auf mir.

Aber vorerst schwimmen wir noch mit dem Strom der Neuankömmlinge durch Gänge und hohe Türen, bis wir im Schlafsaal mit weißlackierten Betten und Nachttischen landen. Eine Erzieherin weist mir Schrank und Bettplatz zu, wir können auspacken. Plötzlich kreischt das rothaarige Pepitakostüm neben uns laut auf, unsere auf einem Stuhl abgestellten Marmeladengläser haben klebrige Kringel auf ihren Pepitapo gemalt. Als eine Erzieherin nach dem Besitzer fahndet, ducken wir uns ängstlich. Mitgebrachte Lebensmittel sind sowieso nicht erlaubt, sagt sie und verschwindet mit Mutters Apfelgelee.

Beim offiziellen Begrüßungsempfang stehen Eltern und Schüler zusammen. Mutter läßt ihre Augen grau und kühl über die Menge wandern, und das Ergebnis ihrer Erforschung scheint sie zu enttäuschen. Neben uns hüpft ein Mädchen unentwegt von einem Bein aufs andere, ihr grünkarierter Faltenrock wippt mit. Wie heißt du, fragt sie atemlos. Ida, murmele ich. Sie hält die Hand vor den

Mund und prustet, so ein komischer Name. Als ich verlegen zu Boden blicke, setzt sie besänftigend hinzu, mir gefällt er. Dann unterbricht sie für einen Augenblick ihre Hüpferei, ich bin die Beatrice, sagt sie und streckt mir ihre Hand entgegen. Mutter unterhält sich mit ihren Eltern. Nette Leute, stellt sie später fest, kommen aus Straßburg. Merkwürdig, mindestens drei Frauen haben mir von dem verantwortungsvollen Posten ihres Mannes im Generalgouvernement erzählt, das ist doch in Polen, oder? Was machen die denn da alle? Frau Doktor Breuer ist groß und dünn und trägt zum Dirndl eine lange Hakennase. Jetzt spricht sie vom Willen zur Bewährung, vom Prinzip der Auslese, von Charaktererziehung und Gruppenbewußtsein. Sie redet von Ordnung und Gehorsam, von Gradlinigkeit und Wahrhaftigkeit, verspricht eine vielfältige Ausbildung und wünscht uns einen guten Start. Im Speisesaal mit Bauernschrank, van Goghs Sonnenblumen und Leibls Kirchenfrauen an der Wand, gibt es Guglhupf und Apfeltee. Später im Klassenzimmer erfahren wir, in wieviele Zeitschnipsel sich so ein Tag auf einem Plan aufteilen läßt, sogar fürs Schuheputzen wurde ein Endchen abgezwackt. Ein anderer Plan wird vor dem Einschlafen ausgefüllt und von der Schlafsaalaufsicht abgehakt. Die Gewissenserforschung ersetzt das Nachtgebet, denn es gilt zu prüfen, ob bei der Schnipseljagd des Tages auch nichts vergessen wurde. Abends in dem weißlackierten Bett horche ich noch lange auf das Rauschen der Parkbäume. Es klingt wie zu Hause, doch ich fühle mich fremd in diesem großen Haus.

Beatrice sitzt in der Bank links neben mir und rechts die blonde Alice aus dem Dorf. Auch Odile und Ivonne, die pausenlos in ihrem Elsässisch tuscheln, sind Externe. Fräulein Fröhlich läßt uns das Geschichtsbuch Seite für Seite auswendig vortragen. Ihre Bleistiftspitze folgt den Wörtern im Buch. Ich habe die Anschlußzeile verpaßt, bin noch bei Pippin, während schon Karl gefragt ist. Haschte Fieber, fragt sie und starrt mich mit ihren blauen Puppenaugen an. Die Klasse lacht. Niemand kann die Fröhlich leiden, alle haben Angst vor ihrem beißenden Spott, aber alle lachen bereitwillig, wenn sie ihn auf unsere Kosten anwendet. Beatrice zeigt mit dem Finger auf das richtige Wort. Ich rassele Karls Leben herunter, schleudere die Geschichtszahlen gegen das Pult, und der Triumph erlischt in dem bohrenden Augenpaar, dem ich für die Dauer meines

Vortrags standgehalten habe. Jetzt wandern sie weiter, auf der Suche nach einem neuen Opfer. Aufatmend rutsche ich zurück auf meinen Platz, und plötzlich krallt sich das Heimweh in mir fest und zieht mir die Kehle zusammen. Bitte, holt mich wieder ab, ich halte es hier nicht aus, schreibe ich in das Geschichtsheft neben Karl den Großen. Alles ist so fremd, und ich kann bei den singenden Nonnen und den gemeinen Lehrern nicht bleiben. Von den Marmeladebroten werde ich nicht satt und Halsschmerzen habe ich auch. Holt mich bitte, bitte ganz schnell hier weg. Als ich die aus dem Heft herausgerissene Seite in den Briefumschlag gesteckt habe, fällt mir ein, daß ich das Eigentliche nicht gesagt habe, aber wie soll ich das auch meinen Eltern klarmachen. Trotzdem fühle ich mich wie erlöst, und dieses Hochgefühl schmälert auch nicht der Zahn, auf den ich beim Mittagessen beiße.

Ein Zahn, ein Zahn, in meiner Suppe war ein Zahn, schreie ich und ernte johlendes Gelächter. Jeder will den Zahn sehen, den ich in der Luft schwenke. Auch Frau Doktor Breuer. Du bist sofort still mit deinem kindischen Geschrei, befiehlt sie. Was soll denn dabei sein, wenn man in deinem Alter einen Zahn verliert. Zeig mal her. Wie bei der Roßprüfung zieht sie mir den Mund auf und stochert mit langen Fingern zwischen meinen Zähnen, auf der Suche nach einer passenden Lücke. Na, bitte, hier ist doch das Loch, was soll dann dieses Theater? Im Speisesaal ist es jetzt kirchenstill, aber ich will nicht vor der versammelten Schule Lügen gestraft werden. Das ist nicht mein Zahn, der ist viel zu groß für meinen Mund. Den Backenzahn dahinten habe ich schon lange verloren. Das da ist ein Nonnenzahn, ein Nonnenzahn, schreie ich wütend und stampfe mit dem Fuß auf. Frau Doktor Breuer reißt ihre Augen auf, versucht mich mit Blicken der höchsten Alarmstufe zu hypnotisieren. Wir werden das vom Zahnarzt heute Nachmittag überprüfen lassen. Jetzt gehst du sofort nach oben, ihre Stimme duldet keinen Widerspruch, sie zieht die Schafwolljacke ganz eng um ihren hageren Körper und dreht mir den Rücken zu. Und es war doch ein Nonnenzahn, murmele ich beim Hinausgehen.

Ein Nonnenzahn, ein Nonnenzahn, wüte ich bei jeder Treppenstufe, schlage auf das Treppengeländer, gegen die falschen Marmorsäulen, bis mich jemand anspricht. Auf der obersten Treppenstufe steht ein blondes Mädchen in Faltenrock, Hemdbluse und karierter Krawatte. Das muß die Neue sein, von der Frau Doktor gesprochen hat. Führst du immer so komische Selbstgespräche, fragt sie mich. Es ist wegen dem Zahn in meiner Suppe, versuche ich zu erklären. Was, hier gibt es Zahnsuppe, sie lacht und wendet sich an eine Frau im Trenchcoat, die gerade aus der Kleiderkammer kommt. Hast du das gehört? Die Frau nickt, ja, aber jetzt möchte ich mit der Direktorin sprechen, wo kann ich sie finden, fragt sie mich, und ich drehe schnell mein verheultes Gesicht zur Seite. Sie ist im Speisesaal. Als unten die Stühle rücken, berichtige ich mich schnell. Jetzt nicht mehr, jetzt geht sie die Wendeltreppe hoch. Und wohin geht sie, fragt die Frau. In ihr Zimmer. Und wo ist ihr Zimmer, sie klopft jetzt ungeduldig mit ihrem grauen Pumps den Worttakt auf den Boden, und ich beeile mich zu antworten. Das darf ich Ihnen nicht sagen, da will sie nicht gestört werden. Bist du immer so töricht, fragt sie und mustert mich von oben bis unten, daß ich mich für meine Unbeholfenheit schäme. Laß doch, sie ist begriffsstutzig, mischt sich die Krawattenjule ein. Na, hier bist du richtig, stellt die Frau fest, und beide entfernen sich mit lautem Gelächter.

In der Kleiderkammer mit den hohen geschnitzten Türen riecht es muffig und fromm. Von der Wand leuchtet ein Herz aus rotem Siegellack mit tropfendem Lackblut. Ob die französischen Mädchen hier auch so unglücklich waren? Fräulein Thelen sucht dich, sagt Beatrice und holt einen versteckten Honigtopf aus ihrem Schrank. Wir tauchen unsere Finger in die süße Masse. Eine neue Schülerin ist gekommen, eine Baronesse, berichtet Beatrice, sie trägt eine Krawatte. Ich nicke und denke an meine Erfahrungen mit dem Adel. Ließ sie sich die Hand küssen, frage ich. Nö, aber affig ist sie, meint Beatrice und schließt den Honigtopf weg.

Der Zahnarzt in Kaysersberg kann nichts Verdächtiges in meinem Mund finden. Ungläubig hört Fraulein Thelen ihm zu. Keine frische Wunde, alle Lücken fest verheilt, nein, sie hat keinen Zahn verloren. Aber rechts oben muß plombiert werden. Um welchen Zahn soll es denn da gehen, fragt er verständnislos. Fräulein Thelen weicht der Frage aus, außerdem hat sie das fragliche Objekt nicht dabei, später berühren wir das Thema nicht mehr.

Sei ehrlich, du wolltest nur angeben mit der Zahngeschichte, sagt Vera und wiegt sich in den Hüften, das war gar kein Nonnenzahn, du hast ihn in die Suppe gegeben, um dich interessant zu machen, das sagen alle. Ein Kreis hat sich um uns gebildet, neugierige Augen starren, und Vera schaut beifallheischend in die Runde. Aber noch verhalten sich die Zuhörer abwartend. Wo soll ich denn hier einen Zahn hernehmen? Veras Worte haben sich bei mir festgehakt, dort wo schon so vieles wartet. Und wer gibt hier an, du prahlst doch mit deinem Vater und seinen herrlichen Gemälden. Dabei kann dein Vater überhaupt nicht malen, nicht ein einziges der bunten Bilder, die sich niemand ansehen darf, ist von ihm. Anstreicher ist er und pinselt Decken und Wände. Und jetzt streicht er in Polen, füge ich noch hinzu, befriedigt, die lange Reihe ihrer gehässigen Bemerkungen mit einer einzigen heimgezahlt zu haben. Du Lügnerin, kreischt Vera. Niemand achtet auf das Klingelzeichen, keiner weiß, wie lange die Fröhlich schon mit spöttisch verzogenen Mundwinkeln an der Türe steht und unserer Prügelei zusieht.

Nein, ich habe sie nicht beleidigen wollen, nur richtigstellen, weil sie angibt, angeben ist auch lügen. Bei uns heißt das Anstreicher, Maler sind etwas anderes. Veras Vater ist wirklich Anstreicher, sie haben ein Geschäft in der Alteburgerstraße. Das ist jetzt geschlossen, weil er in Polen ist ... in dem Versuch, das Verhör zu meinen Gunsten zu beeinflussen, reite ich mich immer mehr hinein, halte an der Wahrheit fest, die sich im Nu zur Lüge verkehrt. Geschieht mir ganz recht, warum wollte ich mich auch rächen? Schließlich tröste ich mich mit dem Gedanken, daß hier alles anders ist, Metzger sind Fleischer, Brötchen sind Wecken, Anstreicher sind Maler, Franzosen sind Deutsche ...

Zur Strafe muß ich ein Pappschild um den Hals tragen mit der Aufschrift »Schweigetag«. Drei Tage darf mich niemand ansprechen, weil ich mit meinem unbeherrschten Verhalten die Würde unserer Schule verletzt habe. Ich verstoße immer wieder gegen die Einordnung in das Ganze, verhalte mich unkameradschaftlich und handle dem Grundsatz unseres Hauses »Mehr sein, als scheinen« entgegen. Ich habe nicht nur eine Mitschülerin, sondern auch ihren Vater, der im Einsatz in den besetzten Gebieten fern der Heimat seine Pflicht tut, beleidigt. Deshalb bekomme ich nun Gelegenheit, in Ruhe über alles nachzudenken. Was war das noch mit den bunten Bildern, die man nicht sehen darf, fragt mich die Direktorin. Die habe ich in einem Buch von einer Ausstellung gesehen, flüstere ich. Ach so, München, nickt sie, das waren verwirrte Menschen, diese Maler, krankhafte verlogene Modekünstler, die mußt du dir aus dem Kopf schlagen. Aber der war auch dabei, sage ich und zeige auf die Frauen von Tahiti über ihrem Sofa, ich glaube der Maler heißt Gaugin oder so ähnlich. Du redest viel naseweises Zeug, unterbricht mich die Direktorin unwillig, geh jetzt. Mit einer Handbewegung bin ich entlassen.

Vera lächelt spöttisch, als ich mit dem Schild in die Klasse komme. Eigentlich müßte sie auch so ein Ding tragen. Jetzt teilt Alice die Vesper mit ihr. Am Nachmittag tanzt Beatrice um mich herum. Schweigetag, Schweigetag, ach, du Arme, singt sie. Ich weiß was, ich weiß was und darf es dir nicht sagen. Hilflos schaue ich sie an, werde ich beim Reden erwischt, verlängert sich meine Schweigezeit. Beatrice tanzt wieder, singt, die Nonne hat den Zahn verloren, die Nonne hat den Zahn verloren, die Küchenmädchen haben es gesehen. Ich vergesse alle Gebote. Ist das wahr, will ich wissen. Doch Beatrice legt den Finger auf den Mund, wackelt mit dem Kopf hin und her und tanzt davon. Ich darf nichts sagen, singt sie, aber es ist wahr, es ist wahr, ich schwöre. Mit erhobenem Schwurfinger verschwindet sie. Ich glaube ihr, Beatrice verfügt über geheime elsässische Nachrichtenkanäle.

Der Brief trägt Vaters Handschrift. Vater hat mir noch nie einen Brief geschrieben, meist setzt er ein paar Zeilen unter Mutters Berichte oder läßt mir durch sie etwas ausrichten. Beim Öffnen fällt mir ein Zettel entgegen. »Das höchste Gut auf Erden beruht im Vergessen des Unabänderlichen«, steht darauf und unten klein in der Ecke, Friedrich der Dritte. Wieder einer, der Sieh-mal-Sprüche für mich bereit hält. Ungeduldig reiße ich den Briefbogen aus dem Umschlag. Die Flinte nicht ins Korn werfen, aushalten, zeigen, daß du ein tapferes Mädchen bist und Unannehmlichkeiten ertragen kannst, ermahnt mich Vater. Ich falte den Brief wieder zusammen. Eigentlich hatte ich es nicht anders erwartet.

Fräulein Thelen läßt mich in ihrem Lexikon nachschauen. Was suchst du denn, fragt sie und kramt auf ihrem Bücherbord. Friedrich den Dritten, ich will wissen, was das für ein König war. Und warum gerade der, erkundigt sie sich und blättert unter F. Ich halte ihr meinen Zettel hin. Das ist ein sehr schöner Spruch, sagt sie und schaut mich nachdenklich mit ihren Eulenaugen an. Dreiundfünfzig

Jahre hat er regiert, dieser König. Da siehst du, wie weit man es mit Geduld und Gelassenheit bringen kann, gerade du mit deiner Ungeduld solltest daraus lernen. Sie klappt das Buch zu. Aber da steht auch, daß er träge und entschlußlos war, entgegne ich, da pfeif ich aber auf die Geduld. Fräulein Thelen runzelt die Stirn und lächelt erst wieder, als ich mich höflich bedanke.

Ständig sind wir beschäftigt, spielen Theater, bewegen uns im Volkstanz, lernen Gedichte und Lieder. Donnerstags dürfen wir in unserer Freizeit nach Colmar fahren, aber nur in der Gruppe. Schon die ganze Woche fiebere ich diesem Tag entgegen, an dem ich endlich den Schnipselstunden entwische und unbeaufsichtigt durch die engen Gassen der Altstadt streifen kann, wo sich alte Häuser im Schatten ihrer vorgebauten Giebel verstecken, die Fenster Butzenscheiben haben und schwere Holztüren zu stillen Höfen führen. In einem Etagencafé gibt es ein Getränk aus Kakaoschalen, das fast wie richtiger Kakao schmeckt, dann wühlen wir in einer Buchhandlung in den Kunstkarten. Aber die bunten Maler suche ich vergebens, schließlich entscheide ich mich für Arno Breker, Thorak, und mit meinem letzten Geld erstehe ich »Das Frühstück« vom Rembrandt. Es gefällt mir, wie er dem Leben ins Gesicht lacht, das Glas in der Hand und seine Frau auf dem Schoß. Dieses Bild wischt die Traurigkeit aus dem Gesicht, hat Vater einmal gesagt. Die anderen sind sich noch nicht schlüssig, meinen, so etwas sei für uns bestimmt verboten, und bleiben lieber beim Blumen-Breughel.

Ich bin mir auch nicht so sicher, ob dieser Rembrandt den Geschmack von Fräulein Zielke trifft, bei der wir in langen eintönigen Stunden den Hasen oder das Veilchen von Dürer abzeichnen. Sie legt allergrößten Wert auf Genauigkeit und achtet darauf, daß man keinen noch so feinen Haarstrich übersieht. Am Ende ähneln sich unsere Bilder wie ein Ei dem anderen, lauter Abziehbilder fremder Malkunst. Bei Märchenfiguren billigt sie uns ein größeres Maß an Eigenständigkeit zu. Aber die hängen sowieso in allen Geschäften aus, und man braucht bloß die Augen zu schließen, dann kommen sie schon angerannt, um sich mühelos aufs Sperrholz zu setzen. Nachher schneiden wir die Vorlagen mit der Laubsäge aus. Oft brechen die Sägeblätter, und mehr als drei dürfen wir nicht verbrauchen, weshalb meine Schwester nie in den Genuß einer von mir eigenhändig ausgesägten Gänseliesel kommen wird. Bei uns hängt sowieso nichts Gesägtes an der Wand. Nur Vater brachte einmal einen Spruch mit, den er trotz Mutters Protest im Treppenhaus annagelte, genau da, wo der Gestapomann jeden Tag rauf und runterging, wenn er zum Bewachen der Kirchenbücher kam. »Je höher der Affe steigt, je mehr er den Hintern zeigt«, stand auf der Holzplatte.

In einer Parfümerie am Marsfeld habe ich etwas Verbotenes erstanden. Einen Rouge-baiser-Lippenstift, wie ihn die Mutter von Beatrice benutzt. Es roch so gut in diesem Laden mit seinen funkelnden Fläschchen und geschliffenen Flakons. Auf einem stand Soir de Paris, und allein schon dieser Name barg alle möglichen Geheimnisse in sich. Was hätte ich nicht dafür gegeben, solch ein blaues Glas zu besitzen. Doch selbst die kleinste Flasche war immer noch zu teuer. Dabei hatte ich mir schon ausgemalt, wie in unserer ewig muffig riechenden Schule plötzlich der Schlafsaal, die Kleiderkammer, die Klassenzimmer und sogar Frau Doktors Schafwolljacke nach Soir de Paris dufteten. Beim Hinausgehen sprühte mich die Verkäuferin mit ihrem Zerstäuber ein, worauf ich wie auf Wolken davon schwebte. Den Lippenstift habe ich sofort in meinem Kopfkissen versteckt, denn benutzen kann ich ihn nie, eine deutsche Frau schminkt sich nicht. Doch allein der Besitz eines so gefährlichen Gegenstandes genügt mir schon.

Beim Abendessen verzieht die Breuer ihre große Nase, du stinkst wie ein Wiedehopf, was ist denn das? Soir de Paris, erkläre ich stolz, und sofort überfällt sie mich mit ihren mißtrauischen Fragen und stochert mit ihrem Warum und Woher in meiner Freude. Beatrice liefert das erlösende Stichwort. Wir haben uns da nur aufgewärmt, es war so kalt, erklärt sie mit unschuldigem Augenaufschlag. Fräulein Thelen nickt zustimmend und knöpft fröstelnd ihre Strickjacke zu. Wie kann man einen so ordinären Geruch als angenehm empfinden, die Direktorin schüttelt sich mit lautem Brrr. Sie hat eben keine Ahnung von Paris.

Wie morsche Zahnstümpfe flankieren die zerstörten Häuser den Gleisweg des Zuges, der langsam in den Kölner Hauptbahnhof einfährt. Wir sind alle still geworden, können es nicht glauben, wie sich unsere Stadt verändert hat. Wohin das Auge blickt, nur

Trümmer. Mit wehendem Mantel, den Hut in den Nacken geschoben, wartet Vater auf dem Bahnsteig und neben ihm verkriecht sich Mutter verfroren in ihren Pelzkragen.

Unsere vierte Kriegsweihnacht ist von den Kämpfen um Stalingrad überschattet. Wir lauern auf jede Nachricht über diesen Frontabschnitt. Hitler kann doch nicht 270 000 eingeschlossene Soldaten einfach ihrem Schicksal überlassen. Immer noch haben wir das Bild der lachenden siegreichen Armee vor Augen, die die halbe Welt eroberte. Das soll jetzt vorbei sein? Der Hitler hat sich totjesiegt, sagt Padühm, dat is der Anfang vom End. Menschen zählen für Hitler nicht, bestätigt auch Vater, er wird den Ausbruch der 6. Armee nicht zulassen. Vater behält Recht, die Entsatzarmee ist bereits auf dem Rückmarsch. Am Heiligen Abend ruft uns der Soldatensender Stalingrad. Wir hören die Weihnachtsgrüße der Eingeschlossenen an die Heimat. Viele scheinen sich über ihr Los im Klaren, manchmal brechen die hoffnungslosen Stimmen abrupt ab. Mutter weint und geht aus dem Zimmer, Vater starrt finster vor sich hin. Meine Schwester und ich unterhalten uns nur flüsternd. Mich fröstelt plötzlich, als habe es den eiskalten sibirischen Winter in unser kerzenerhelltes Wohnzimmer verschlagen.

Zu Weihnachten habe ich einen Schlitten bekommen, Mutter hat ihn gegen mein lachendes Schaukelpferd getauscht, auf dem jetzt andere Kinder um die Welt reisen. Der Schlitten freut mich nicht. Er hat anstelle von Kufen Eisenrohre, ein richtiger Kriegsschlitten. Mutter weiß nie, was ich mir wünsche. Sie schenkt sich ihre eigenen Träume. Als Kind habe ich mir immer so brennend einen Schlitten gewünscht, sagt sie, aber was sollten wir in der Großstadt damit anfangen, wo sowieso kaum Schnee fällt. Gefällt dir der Schlitten nicht, fragt Mutter. Doch, doch, antworte ich. Die Kinder werden staunen, wenn du damit in die Schule kommst. In diesen Kriegszeiten ist es schwierig, so etwas zu besorgen. Ein Glück, daß wir das Schaukelpferd zum Tauschen hatten, setzt Mutter zufrieden hinzu.

Bei der Rückfahrt versperrt das Ungetüm mit seinen Rohrbeinen unser Abteil. Der Schaffner schimpft, die Mitreisenden schimpfen. Niemand staunt, die meisten haben Skier. Zum Glück reist der Schlitten bald nach Frankreich. Beim Skitag in den Vogesen macht er sich selbständig, saust den verschneiten Hang hinunter und verschwindet zwischen den Tannen hinter der Grenze. Kannst du nicht auf deine Sachen aufpassen, fragt die Zielke. Ich senke schuldbewußt den Kopf, aber insgeheim bin ich froh, daß mein Schlitten den Elsässern hinterhergefahren ist, deren harte Stiefelschritte wir des Nachts hören. Wohin gehen die, frage ich Odile. Nach Frankreich, sagt sie und hält erschrocken die Hand vor den Mund. Was wollen sie da, frage ich weiter, aber aus Odile ist nichts mehr herauszubekommen.

Mutter schreibt, daß Waldemar gefallen ist. Ich lese nicht weiter, will nicht wissen, wann und wo. Ich stehe im Trubel der Postverteilung, halte Mutters Brief fest in der Hand und kann nicht einmal weinen. Als sich bereits alle verzogen haben und Frau Doktor ihre Pillendose vom Tisch nimmt, stehe ich immer noch da. Was machst du noch hier, fragt sie mich. Mein Vetter Waldemar ist gefallen, flüstere ich, halte ihr den Brief entgegen und sehne mich nach ihren Schafwollarmen. Ach so, nickt sie, schaut zerstreut auf ihre Pillendose, dann wieder auf mich. Das ist sehr schlimm und sicher ein großer Verlust für dich, weil du deinen Vetter wohl sehr lieb gehabt hast. Aber wir haben jetzt alle Verluste zu tragen und zittern alle um unsere Lieben. Wenn wir uns jedoch immer wieder vor Augen führen, daß es für das große Ganze, für unser Vaterland geschieht, dann läßt sich unser Kummer leichter ertragen. Du kannst stolz sein auf deinen Vetter Waldemar, er hat sein Leben für uns alle gegeben. Jetzt sei ein tapferes Mädchen und geh nach oben. Die Bettruhe hat bereits begonnen. Sie greift nach ihrem Poststapel, legt die Pillendose obenauf und verschwindet durch die Tür des Speisesaals.

Der Marmorjesus im Rondell zeigt mit zwei Fingern auf sein steinernes Herz und schaut mit leeren Augen in die Ferne. Ein feiner Nieselregen legt feuchte Schleier auf meinen Kummer. In der Küche kreischen die Hausmädchen. Ich gehe um das Rondell herum zum Teich. Nie wieder werde ich zu ihm beten oder um seine Hilfe bitten, diesem ... diesem steinernen Ungeheuer, dem sowieso alles egal ist. Erschrocken gebe ich meinen gotteslästerlichen Gedanken eine andere Richtung. Am Teich zerrupfe ich Mutters Brief in kleine Stücke und versenke sie mit der Erinnerung an meinen Vetter mit den grauen Familienaugen zwischen der Entengrütze.

Im März gehen wir nach Drei Ähren, das einsam oben auf dem Honack liegt, mit viel Aussicht ins weite Land. Aus dem großen Restaurant ist ein Lazarett für Hirnverletzte geworden. Die Verwundeten tragen dicke weiße Verbände um den Kopf und sehen aus wie die Schlangenbeschwörer im Zirkus. Manche humpeln an Krücken, und andere haben den Arm in der Schlinge. Wir wollen sie mit dem Märchen von der Goldmarie und Pechmarie aufheitern. Die sanfte Anne ist die Goldmarie, und ich spiele die Pechmarie, die liederliche, häßliche, faule, die nie aus dem Bett herauskommt und ihrer reinlichen Schwester das Leben schwer macht. Was gäbe ich jetzt für ein Bett. Meine Glieder sind schwer, der Kopf glüht, und die Zunge liegt wie ein pelziger Lappen in meinem Mund. Nur nicht schlapp machen, daß sie etwas merken, spielen! Beim Spiel lasse ich meinen ganzen Jammer heraus, und so wird aus der Pechmarie eine bitterböse, giftige Schlampe, die gegen den Backofen tritt und den Apfelbaum einen alten Kotzbrocken nennt. Die Soldaten wiehern vor Vergnügen. Jetzt bin ich in meinem Element und drehe auf, beschimpfe Lotti, die als Frau Holle erschreckt an ihrem Text stottert, und werfe ihr zum Schluß das schlimme Wort an den Kopf. Laut steht es im Raum, »laß mich doch in Ruhe, du altes Arschloch!« Was mir im Augenblick Szenenbeifall beschert, scheint für die Zukunft nichts Gutes zu verheißen. Als Letztes nehme ich noch die Zielke wahr, mit weit offenem staunendem Mund, dann deckt mich das schwarze Tuch zu als Ersatz für das Pech, mit dem die faule Marie übergossen wird. Trotz aller Bravo-Rufe möchte ich überhaupt nicht mehr unter meiner schützenden Hülle hervorkriechen, aber Anne zerrt mich hoch, und das Verbeugen fällt mir unendlich schwer.

Nachher verteilen wir kleine Päckchen an die Soldaten, die nicht aufstehen können und Bett an Bett in einem großen Saal liegen. Mein Empfänger kann das Päckchen nicht entgegennehmen, in Bandagen gewickelt liegen seine Arme reglos auf der Bettdecke. Der ebenfalls bandagierte Kopf läßt nur einen Ausschnitt des Gesichts frei, aus dem mich seine braunen Augen traurig anschauen. Er ist noch sehr jung, dieser Soldat, dem ich vorsichtig mein Päckchen auf die Bettdecke lege. Auf einmal fange ich an zu weinen, und irgend jemand zieht mich schnell weg.

Beim Nachhausegehen schwankt der Waldboden unter meinen Füßen, wie damals nach Großvaters Begräbnis. Nur daß ich diesmal keine Neigen getrunken habe. Auch die Bäume torkeln und strecken ihre Fangarme nach mir aus. Müde schlurfen meine Füße über den Boden, und weit weg von den Gummischarnieren meiner Kniegelenke pocht und hämmert es in meinem glühendheißen Kopf. Ein großer Vogel flattert herbei und setzt sich auf meine Schulter. Ich bin dein Bruder, der Pechvogel, singt er. Du bist nicht hart genug, du mußt hart werden, hart wie Kruppstahl. Pechvögel brauchen keine Arme, sie können fliegen. Komm, flieg mit mir! Noch eine andere Stimme ist neben mir. Gleich haben wir es geschafft, das Dach der Schule ist schon zu sehen, du hast dich tapfer gehalten. Ich will jetzt aber nicht mehr und lasse mich einfach wegsinken in ein tiefes Loch.

Kissen, tastende Hände, das Fieberthermometer, Stimmengemurmel, über 40 Grad, der Krankenwagen muß gleich da sein. Kaum bringe ich es fertig, meine fiebrigen Augen zu öffnen. Wir warten, bis alle im Speisesaal sind, dann können Sie mit der Trage über die Haupttreppe, wir wollen die anderen Schüler nicht erschrekken, sagt die Stimme. Ich werde hochgehoben und schwebe kurz zwischen Himmel und Erde. Wie müde ich bin, wenn mich die Männer nur nicht fallen lassen. Ein Schatten hüpft neben der Trage. Beatrice, was machst du hier, warum bist du nicht im Speisesaal, das gibt ein Minus auf deinem Plan. Das laute Organ der Zielke peinigt meine Ohren. Hallo, Professor, du kommst ins Krankenhaus. Hui, geht's dir gut, keine Schule und den ganze Tag im Bett, hui geht's dir gut, singt Beatrice neben mir. Eine winkende Hand, ein verrutschter Kniestrumpf am linken Bein, dann schließen sich die Türen des Krankenwagens.

Weiße Wände, weiße Betten, weiße Hauben, lange weiße Schürzen und weiße Wattewolken im Blau des Fensterausschnitts. Ich habe Scharlach und liege auf der Isolierstation im Colmarer Krankenhaus. Im Bett hinter mir liegt Monique aus Rufach, mit der die Schwestern elsässisch sprechen. Mit mir sprechen sie überhaupt nicht, stellen mir nur wortlos das Essen hin. Der Assistenzarzt, ein lustiger Berliner, tröstet mich flüsternd, mach dir nichts draus, so sind sie nun mal. Dann schlackert er mit seinen langen Gliedern wie ein Hampelmann und plärrt, nu ween ma nich, Kleene, nu weene ma nich, inne Röhre stehn Klöße, die siehste bloß nich. Wenn das nicht mehr blättert, er zeigt auf meine Hände, von denen sich die Haut in Fetzen schält, dann darfst du nach Hause. Sein weißer Mantel weht zur Tür hinaus, und die gestärkten Flügelhauben wippen nickend hinterher. Das kann aber noch lange dauern, denke ich und betrachte mißtrauisch meine fasrigen Finger.

Monique hat sich bereits gehäutet und darf nach Hause. Ich habe eine Überraschung für dich, grinst der Assistenzarzt und zwinkert mir zu, ein Kloß ist im Anrollen. Was kann mich hier schon überraschen, murre ich und schaue traurig auf das leere Bett. Wart's nur ab, lacht er und verschwindet mantelwehend.

Am Abend steht mit dünnen Beinen und dünnen Zöpfen die kleine Else im Zimmer und bezieht das leere Bett. Sie hat Post für mich mitgebracht. Frau Doktor freut sich, daß ich so tapfer bin und sie deshalb stolz auf mich sein kann. Weiter bittet sie mich, auf keinen Fall etwas über meinen Scharlach verlauten zu lassen. Wir haben den Schülern gesagt, es seien die Röteln, damit sie sich nicht so aufregen. Ausgerechnet sie bittet mich zu schwindeln, wo sie doch Aufrichtigkeit für die vornehmste Pflicht eines deutschen Menschen ansieht. Es ist langweilig ohne dich, schreiben meine Klassenkameradinnen. Über die Furzerei vom Pummel kann auch schon niemand mehr lachen. Ich antworte ihnen nicht, schreibe niemandem auch nur eine Zeile.

Nach Ostern, einen Tag vor meiner Entlassung, krabbelt ein braunes Tier in meinem Kamm. Aus der Erinnerung taucht die Läuse-Liesel mit ihrem festgezurrten Kopftuch auf. Aber ich will keine Läuse-Liesel sein. Panisches Entsetzen packt mich vor diesen braunen Blutsaugern. Mein Geschrei ruft eine Flügelhaube herbei. Auf meinem Kopf sind Tiere, brülle ich, die Else hat sie gesehen, braune Tiere. Die Flügelhaube wirft mir einen bitterbösen Blick zu. Zeig mir die Tiere, sagt sie, und ich weise mit spitzem Finger auf die zerdrückte, winzig kleine Tierleiche auf meinem Nachttisch. Das ist überhaupt nichts, das ist nur ein Stäubchen, sagt die Flügelhaube und wischt mit der Hand über die Nachttischplatte. Zur Strafe bleibst du heute im Bett, zornig flattert die Flügelhaube davon.

Sag besser nichts mehr, rät die kleine Else, während ich stocksteif, nach oben lauernd, in meinem Bett sitze. Dann zwickt mich etwas oberhalb der Stirn, wie wild fahre ich mit dem Kamm durch die Haare. Schon tummeln sich drei Krabbeltiere auf dem Nachttisch. Das müssen aber viele sein, wenn sie schon herausfallen, meldet sich die kleine Else wieder und drückt auf die Zimmerklingel. Zu unserer Verwunderung erscheinen gleich drei Flügelhauben, die meine auf dem Nachttisch krabbelnden Mitbewohner nun nicht mehr als Stäubchen abtun, sondern mich kurzerhand von der Isolierstation isolieren und samt Bett in ein unbenutztes Nebengelaß des Operationssaals schieben. Mach die Augen zu, befiehlt die Nonne und gießt mir eine ölige, nach Petroleum riechende Flüssigkeit über den Kopf. Es brennt höllisch auf der zerkratzten Haut. Sie schlingt ein großes weißes Tuch mehrmals fest um meinen Kopf, bis ich aussehe wie einer von den verwundeten Soldaten auf Drei Ähren und läßt mich allein mit den Scheren, Messern und Zangen, den Spuckschalen und weißlackierten Medikamentenschränken. Läuse-Liesel, wimmere ich und Tränen der Wut tropfen auf meine Bettdecke.

Bei der Entlassung nimmt mich Fräulein Riedel, unsere Wirtschafterin, unfroh in Empfang. Schließlich müsse sie mit mir und meiner Läusekappe im Zügle über die Dörfer fahren, und die Osterferien habe sie auch vorzeitig abbrechen müssen. Kann ich mir denn in der Schule die Haare waschen, frage ich zaghaft. Wie stellst du dir das vor, mit kaltem Wasser geht das Zeug doch nicht ab, entgegnet sie unwirsch. Außerdem haben wir Ferienbetrieb, alles ist ausgeräumt und vorbereitet für das große Putzen, mit dir hat doch keiner gerechnet.

Im Speisesaal stehen die Stühle auf dem Tisch. Auf einer freigeräumten Ecke hat Fräulein Riedel mein Abendessen abgestellt. Ich kaue mein Käsebrot und betrachte die Stuhlbeine um mich herum. Immer noch besser als das kalte Instrumentarium neben dem Operationssaal. Der Schlafsaal ist auch ausgeräumt, sagt die Riedel, aber für eine Nacht wird es gehen.

Im Haus nistet die Stille, ab und zu knackt die Treppe oder ein Schrank, und auch meine Schritte hallen dumpf in der Leere. Im Waschsaal kommt braunes Wasser aus der Leitung. Ich lasse es laufen, bis sich der Strahl geklärt hat. Er ist eiskalt, als ich meinen Kopf darunterhalte. Die pappige Tonseife verbindet sich nicht mit dem Öl, kein Schaum will aufkommen. Auf dem kalten Wasser schwimmen lediglich ölige Schlieren. Ich versuche die festgebackenen grauen Seifenreste mit dem Handtuch aus dem Haar zu reiben, aber auch das will mir nicht gelingen. Am Morgen mustert die Riedel meine strähnigen Haare mit den grauen Seifenklümpchen. Ich hab dir doch gesagt, daß es nicht geht, schon gar nicht mit dieser Seife. Aber wer nicht hören will, muß fühlen, lacht sie.

Auf dem Bahnhof in Colmar gibt sie mir die letzten Anweisungen. In Freiburg gehst du zur Bahnhofsmission. Wenn du um den Bahnhof herumgehst, siehst du schon das Rote Kreuz-Schild. Die wissen Bescheid und setzen dich in den Zug nach Köln. Laß dir auch die Tagesverpflegung von ihnen geben, damit du im Zug was zu essen hast, schärft sie mir noch ein. Als der Bahnbeamte die rote Kelle hebt und pfeift, dreht sie sich schnell um und geht. Sie hätte wenigstens winken können, damit es nicht so auffällt, wie froh sie ist, mich los zu sein, denke ich. Die Räder poltern über die Breisacher Brücke, unten fließt schmutzigbraun der Rhein.

An der Bahnhofsmission hängt ein Schild: Geschlossen, in dringenden Fällen klingeln. Bin ich ein dringender Fall? Zaghaft drücke ich auf den Klingelknopf, nichts rührt sich, auch nicht beim zweiten und dritten Versuch. Vielleicht öffnen sie nur, wenn ein Zug angesagt ist? Meiner geht erst in zwei Stunden. Ich setze mich auf eine Bank. Grün gestrichen mit geschwungenen Eisenbeinen sieht sie aus wie Röhrigs Gartenbank. Soldaten kommen die Treppe herauf. Zuerst die Köpfe mit den feldgrauen Käppis, dann die Uniform, am Marschgepäck hängt der Stahlhelm. Ich lasse den Zeiger der Bahnhofsuhr nicht aus den Augen. Erst zehn Minuten. Hoffentlich gibt es keinen Fliegeralarm. Bahnhöfe bombardieren sie besonders gerne. Zwanzig Minuten. Ich muß ganz dringend aufs Klo. Ein Eisenbahner geht vorbei, aus seiner Aktentasche schaut eine Thermosflasche heraus. Durst habe ich auch. Beim Roten Kreuz gibt es Tee, hat die Riedel noch gesagt, ob ich es noch einmal versuche? Was mache ich mit dem Koffer? Mitnehmen, sonst ist er weg. Mühsam schiebe ich das schwere Ding über den Bahnhof, Vaters Vulkanfiberkoffer, schwarz mit hellen Lederecken. Die Tür ist immer noch verschlossen, aber das Schild ist weg. Ich horche, drinnen wird gelacht, eine Männerstimme sagt etwas, aber niemand öffnet auf mein Klopfen. Enttäuscht schiebe ich meinen Koffer wieder zurück. Inzwischen haben zwei dicke Frauen und ein alter Mann meine Bank besetzt. Ich setze mich auf den Koffer. Der Zeiger ist jetzt eine halbe Stunde vorgerückt. Wenn man zu lange einhält, platzt die Blase, fällt mir Mutters Warnung ein. Der Zeiger hat weitere zehn Minuten hinter sich gebracht. Noch eine Stunde. Weinen werde ich nicht, weinen werde ich auf keinen Fall. Kalt ist es hier auf dem Bahnsteig. Meine feuchten Zöpfe fühlen sich an wie schmieriger Draht. Nonnen haben keine Haare, sagt Monique, ihr Kopf ist völlig kahl rasiert. Wie das wohl aussieht, wenn sie die Hauben ablegen, alles Glatzen, spiegelblank, wie die von Onkel Ernst. Wo der jetzt wohl ist? Zwei Kettenhunde gehen vorbei, die Blechschilder klirren auf ihrer Brust. Ich schaue schnell in eine andere Richtung. Sie fahnden zwar nur nach Soldaten, aber man kann nie wissen.

Ein Trupp Elsässer rennt die Treppe hinunter zum Zug nach Straßburg. Was sie nur gegen uns haben? Nicht alle, manche sind sehr nett, wie die Eltern von Beatrice. Einmal haben sie mich über das Wochenende eingeladen. Abends aßen wir in einem Restaurant, und der Vater brauchte nur mit dem Ober zu flüstern, schon füllte sich das Tischlein-deck-dich. Die Menschen um uns herum waren fröhlich und hatten nicht solche verbiesterten Gesichter wie bei uns. Am Schluß spielte jemand Akkordeon, die Leute standen auf und tanzten. Beatrice tanzte mit ihrer Mutter, und ihr Vater forderte mich auf, obwohl ich gar nicht tanzen kann. Kein Problem, meinte er, der erste Tanz gehört immer dem Gast, dann walzten wir zwischen den Tischen umher. Weil das so wunderbar und aufregend war, mußte ich es irgendwo loswerden, und kaum waren wir wieder in der Schule, habe ich alles haarklein der Annemie erzählt, weil sie mir als erste über den Weg lief. Gleich ist das falsche Luder losgerannt, Frau Doktor, ich weiß was, und kurz darauf ging die Hölle los. Wein trinken, Gänseleber essen, tanzen! Und das im Krieg, während unsere Soldaten an der Front ihr Leben lassen. Diese Elsässer, immer noch halbe Franzosen! Was das für einen verderblichen Einfluß auf die Schüler haben kann.

Noch fünfzehn Minuten. Der Bahnsteig füllt sich mit Rote-Kreuz-Schwestern. Sie tragen große Teekannen und Körbe mit belegten Broten. Gleich, wenn dieser Zug durch ist, vertröstet mich eine kleine Pummelige. Endlich dampft der Baseler D-Zug in den Bahnhof und kommt mit einem Ruck zum Stehen. Türen quietschen, Fenster werden heruntergelassen, Gepäckwagen und Zeitungskarren fahren vorbei, wer bekommt Tee, rufen die Rote Kreuz-Schwestern. Soldatenarme langen nach den Bechern. Mühsam schiebe ich meinen Koffer zur Abteilstür. Wo willst du denn hin, fragt die Pummelige. Nach Köln, antworte ich. Bist du das Kind aus Köln, fragt sie und bekommt hektische Flecken auf den Wangen. Warum hast du dich denn nicht gemeldet? Hab ich doch, aber die Tür war immer zu, antworte ich. Ein Soldat nimmt mir den Koffer ab und wuchtet ihn ins Gepäcknetz. Sie reicht mir noch schnell ein Butterbrotpaket durch das Fenster, für den Tee bleibt keine Zeit mehr, der Mann mit der roten Mütze hat schon seine Signalhand gehoben.

Kind, wie siehst du denn aus, fragt Mutter erschrocken und faßt in mein Haar. Ich habe Läuse, flüstere ich und flüchte mich in ihre Arme. Mein Gott, mein Gott, hast du das gehört, was machen wir denn jetzt? Müssen wir das hier verhandeln, fragt Vater. Er geht mit meinem Koffer vorneweg. Mich nehmen sie in die Mitte, meine Schwester bildet die Nachhut und klopft mir begütigend auf den Rücken. Jetzt sehe ich erst, daß sie eine Rote-Kreuz-Uniform trägt. Gut sieht sie aus in dem grauen Lodenumhang mit dem weißen Häubchen. Warum ist dein Haar denn so ölig, fragt Mutter. Petroleum, schluchze ich. Petroleum, wiederholt Mutter ungläubig und schüttelt den Kopf. Und was sind das für graue Klumpen, sie puhlt ein Stück harter Seife aus meinen Zöpfen. Das ist von der Tonseife, mit der ich mir die Haare gewaschen habe. Mit Tonseife? Du hättest besser ausspülen sollen, sagt Mutter. Konnte ich doch nicht bei dem eiskalten Wasser, schluchze ich wütend und dann rede ich mir alles von der Seele, den Scharlach, die Flügelhauben und die Läuse. Ab und zu schnaube ich in Mutters Taschentuch mit dem gehäkelten Rand, und Mutter versieht meine Rede mit entsetzten Ausrufen, mein Gott, das arme Kind, das ist ja schrecklich! Vater sagt nichts, nickt nur dann und wann, aber sein Rücken wird immer steifer. Auf dem Heumarkt steht die Straßenbahn in der Warteschleife, wir gehen durch den Wagen ganz nach hinten, meine Schwester deckt mich mit dem Lodencape ab. Wenn uns nur niemand sieht, sagt Mutter. Aber die Leute in der Bahn haben andere Sorgen und starren mit mißmutigen Gesichtern vor sich hin.

Auf die Lebensmittelkarten gibt es immer weniger, erzählt Mutter, 300 Gramm Fleisch und Wurst in der Woche, was ist das schon. Bei Stüssgen schneiden sie sich mit jeder Käsescheibe bald den Finger ab. Wenn ich bedenke, was die mir früher für Körbe ins Haus gebracht haben, neulich sagt doch eine glatt zu mir, sie sind aber nicht Kundin bei uns. Für alles muß man anstehen, wenn wir nicht den Garten hätten ... der Heiterscheid ist auch gefallen, redet sie weiter und sieht mein Erschrecken nicht. Jetzt steht die Frau mit ihren drei Kindern alleine da. Den hat der Vent auf dem Gewissen. Wer weiß, wen er sich als Nächsten vornimmt. Sie wirft Vater einen bedeutungsvollen Blick zu. Der schaut von seinem Rätsel hoch, muß das sein, diese Unkerei für nichts und wieder nichts. Mutter kramt in ihrer Tasche, da ist noch was, aber erschrick nicht, flüstert sie mir zu. Der alte Röhrig ist gestorben, an einem Schlaganfall, im Gewächshaus. Mitten zwischen den Alpenveilchen lag er. Ich erschrecke aber doch und stelle mir meinen Kinderfreund mit der grünen Schürze zwischen den roten Blüten vor. Beide hatten diesen Stiftekopp, der alte Röhrig und der Heiterscheid, beide sind nun nicht mehr da. Meine Schwester vergißt ihre neue Würde und kratzt sich mit spitzen Fingern vielsagend unter dem Häubchen. Laß das, sagt Mutter. Wenigstens bei uns hat sich nichts geändert.

Von dem einen Mal sin se noch nit all kapott, man weiß auch nit, wat die drauf jeschüttet haben, erklärt Mariechen und mustert nachdenklich mein frischgewaschenes Haar. Waschen hilft da nit. Sie nimmt eine Haarsträhne prüfend in die Hand. Nä, nä, da juckt et mich selbs schon auf dem Kopp, alles voller Nissen. Dat muß aber ne richtije Saustall jewesen sein, wenn die dat Kind so haben rumlaufen lassen. Ja, ja, die Franzosen! Zwischen zwei Fingern zieht Mariechen einen von den weißen Punkten, die wie angeleimt an meinem Haar hängen, heraus und zerdrückt ihn mit dem Daumennagel. Ham se jehört, wie dat jeknackt hat, die leben noch, sagt sie zu meiner Mutter, die, hilflos dem Läusekrieg ausgeliefert, auf ihrem Stuhl sitzt. Mein Gott, was soll ich denn nur machen? Da helfen nur Läusekamm und Cuprex, entscheidet Mariechen, damit kriejen wir se bei unseren Ukrainerjungen auch weg. Wenn die nur eine Nacht im Lager waren, haben se den Kopp voll. Dä Tünn will se janit mehr dahinjehn lassen, aber se wollen doch auch mal mit ihren Kameraden reden.

Bevor Mariechen geht, bittet Mutter sie noch, keinem ein Sterbenswörtchen von den Läusen zu erzählen. Ich könnte mich doch nicht mehr auf die Straße trauen. Mein Gott, was würden wir nur tun, wenn wir Sie nicht hätten? Dann würd et en anderer machen, sagt Mariechen. Ich tu dat für dat Klein. Un deshalb können sie auch ruhig auf die Straß jehn, so wat is heut keine Seltenheit. Mir haben doch Krieg, wußten sie dat noch nit? Wollte die sich jetzt über mich lustig machen, sinniert Mutter hinter ihr her.

Mariechen hat sich verändert. Wie verloren steht sie in ihrem Trauerkleid schmal und blaß in der leeren Küche. Auf dem Stuhl mit dem geblümten Sitzkissen, wo sonst die blinde Frau Röhrig saß, schnurrt eine Katze, und jeder Hereinkommende schaut zuerst wie suchend dorthin. Auch Padühm studiert nicht mehr mit der Lupe am Tisch seine Zeitung. Die meiste Zeit liegt er oben im Bett, stöhnt, wenn ich dat doch bloß alles schon hinter mir hätt, und sein Gejammer ist bis unten zu hören. Das Kämmerchen im Anbau bewohnt jetzt Pjotr, der Ukrainer, dem die Kälte nichts ausmacht. Er hat sich ein Paar von den im Flur nebeneinander aufgereihten Gummistiefeln, deren Träger es nach Rußland, Norwegen und auf den Balkan verschlagen hat, angeeignet. An den Hut mit dem durchschwitzten Stirnband am Haken hinter der Tür, neben der dicken Lodenjoppe, die der alte Röhrig über seiner grünen Schürze trug, wagt sich niemand mehr heran, seit Pjotr ihn einmal in der Hand hielt. Loß sofort de Finger davon, schrie Mariechen zornesrot und hielt angriffslustig das Küchenmesser in der Hand. Erschrocken hängte Pjotr den Hut wieder an seinen Platz. Seither plazieren die Ukrainer ihre verschlissenen Schlägermützen mit einigem Abstand von den geheiligten Textilien. Paul, der belgische Fremdarbeiter, behält seine Ballonmütze aus schwarzem Kunstleder lieber gleich auf dem Kopf. Isch nich weiß, ob wegkommen, comme ci, comme ca, meint er mit der entsprechenden Handbewegung. Von den Ukrainern trennen ihn seiner Meinung nach Welten. Belgique zivilisiertes Land, sagt er, während er sich eine Zigarette aus schwarzem Tabak dreht, nix Kommissar, nix roter Stern. Verächtlich spuckt er die Tabakkrümel von seinen Lippen. Pjotr wirft ihm einen Blick aus grünen Augenschlitzen zu, Anton seufzt. Er fährt jetzt einen Holzvergaser, wenn er als lebenswichtiger Betrieb Gemüse ausliefert. Auf der Ladefläche bullert neben Kohl und Möhren ein runder Ofen, der mit kleinen Holzstücken gefüttert wird. Ab und zu hält Anton an, steigt auf die Ladefläche, stochert im Ofen und schüttet von oben den Antriebsnachschub hinein.

Ich habe meinen alten Platz unter der Kuckucksuhr eingenommen. Neben Tims Soldatenfoto hängen nun mit breiten schwarzen Seidenschleifen über dem Rahmen auch die Bilder seiner Eltern. Sing dat noch mal, sagt Mariechen. Bereitwillig beginne ich von vorn: »Morgensonne lächelt ...« Nä, nä, unterbricht sie mich, dat letzte. »Deine Berge ragen in mir auf, deine Täler sind in mich gebettet«, singe ich, »deiner Bäche, deiner Flüsse Lauf, sind für alle Zeit an mich gekettet«. Ich habe mich in eine feierliche Stimmung gesungen und warte auf Mariechens Beifall. Dat janze Zeug schleppst du mit dir rum, lautet ihr Kommentar, un dann auch noch anjekettet, du liebes Herrjöttchen! Aber das ist doch nicht richtig, sie meinen das nur so, als Beispiel für die Vaterlandsliebe, versuche ich mein Lieblingslied zu verteidigen. Damit gibt sich Mariechen nicht zufrieden. Dat kenne mer, sagt sie, vorher schöne Worte un dann alles einkassieren, Land, Leute, wat se kriejen können. Die Berge ragen in dir auf, sie schüttelt den Kopf, dat se dir nur nit zum Hals raus kommen. Aber dat merk dir mal, unser Rhein läßt sich nicht anketten, weder heute noch morgen, der fließt weiter, wenn vom tausendjährigen Reich kein Mensch mehr wat weiß. Wütend schlägt sie auf ihren Teig ein. Wir schweigen. Ich hätte so gerne wie früher meinen Arm um sie gelegt, mich an ihr schwarzes Kleid gedrückt. Aber ich habe mich auch verändert und bleibe stocksteif sitzen. Eigentlich hat sie recht, überlege ich, der Liedtext ist ziemlich blod. Bleib hier, sagt sie, als ich mich davonstehlen will, jleich jibt et Streuselkuchen.

Gelbe, blaue, weiße Blumen, Büsche und Hecken aufgeputzt in lichtem Grün, und jeden Morgen das Tirili, Tirila der Vögel in unserem Garten. Der Frühling bläst all seine Posaunen, und bei diesem Überschwang der Natur fällt es schwer zu glauben, daß auf der Welt Krieg herrscht. Aber die heulenden Sirenen erinnern uns daran und die Frauen, die über die Zäune hinweg bange Fragen austauschen. Ist der Hans noch im Lazarett, kommt der Erich endlich auf Urlaub, haste Post vom Mattes? In den Fabriken arbeiten meist alte Männer und vom Wehrdienst zurückgestellte, wie der Pinscher. Obwohl bei ihm niemand so recht weiß, warum er dieses Privileg genießt. Das Stadtbild wird von Uniformfarben beherrscht. Feldgrau steht für Urlaub und Verwundung, Braun für Bonze und Helfershelfer, Schwarz für SS und Witwen. Seit auch die Oberschüler der Jahrgänge 1926/27 im Kriegseinsatz stehen, mischt sich noch das Grau der Luftwaffenhelfer dazwischen. Morgens, wenn Vater in der Schule ist und meine Schwester im Lazarett, kommentiert Mutter beim Frühstück die Zeitung. Das, was drinsteht und das, was nicht drinsteht. Sie kann nur froh sein, daß außer mir keiner zuhört. Mit dem Ghettoaufstand in Warschau wird die Wehrmacht nicht fertig. Vierzehn Tage dauert das jetzt schon und immer noch kein Ende. Mich hat sowieso gewundert, warum die Juden sich das alles gefallen lassen. Aber jetzt zeigen sie es ihnen. Mein Gott, muß das ein Haß sein, so sieht Mutter das Weltgeschehen. Viele sehen das anders. Flächendeckend bombardieren, so wie sie es mit uns machen. Ausräuchern, Flammenwerfer rein. Die meisten schweigen.

Paul hat mir einen Feldpostbrief geschrieben. Die Adresse hat ihm die Müllerin geschickt. Er fragt, ob ich mich noch an ihn erinnere. Sicher erinnere ich mich. Es ist doch erst zwei Jahre her. Wir standen vor der Mühle und winkten, und er fuhr mit seinem Fahrrad nach Osten. Ich bin schon seit den ersten Tagen in Rußland, schreibt er, fast immer an der Front, im Sommer sowie den ganzen Winter, und ich glaube auch weiterhin, daß es mit Ablösung nichts gibt. Mir geht es gesundheitlich gut und ich hoffe von dir dasselbe. Das Soldatenglück ist mir bis heute treu geblieben. Hoffen wir, daß es auch fernerhin so bleibt. Für heute will ich schließen, mit den besten Grüßen, unbekannterweise auch an deine Eltern, Paul. Es ist mein erster Feldpostbrief und ich lese ihn immer wieder, bis er ganz zerfleddert ist.

Wenn du so weitermachst, bleibt von dem Brief nichts mehr übrig, sagt meine Schwester und äfft hinter mir her. Wo ist mein Feldpostbrief, wo ist denn nur mein Feldpostbrief, ich habe den Brief von meinem Paul verloren, oh, so ein wunderschöner Brief. Dabei ist sie nur neidisch, weil ihr niemand einen Feldpostbrief schreibt, die blöde Ziege.

14

Eigentlich bin ich ganz froh, wieder im Baseler D-Zug zu sitzen und bald meine Schulkameraden wiederzusehen. In Colmar nimmt mich Philippe, der Hausdiener vom Hotel in seiner schwarz-rotgestreiften Weste und der langen grünen Schürze in Empfang. Auf seinem Mützenrand steht in goldenen Buchstaben »Hotel Bristol«. Er lädt meinen Koffer auf einen kleinen Wagen, holt meinen Zimmerschlüssel von der Rezeption, drückt im Fahrstuhl auf die 3, schließt die Zimmertür auf, legt meinen Koffer auf das dafür vorgesehene Gestell und sagt voilà. Ich gebe ihm das von Mutter vorbereitete Kuvert mit der Aufschrift »für Philippe«. Er sagt merci villmol und salü, dreht sich an der Türe aber noch einmal um, morge bring isch Sie und des Bagages wid'r zum Zug, dann ist er weg, und ich sonne mich noch eine Weile in dem Hochgefühl, gesiezt worden zu sein.

Du brauchst dir keine Sorgen zu machen, sie wissen alle Bescheid. Wenn du irgendetwas brauchst, gehst du zur Rezeption, hat Mutter mir eingeschärft. Warum sollte ich mir Sorgen machen. Im Gegenteil, alles ist sehr aufregend, und ich komme mir ungeheuer wichtig vor. Schnurstracks marschiere ich in den Speisesaal und nehme auf dem Stuhl Platz, den mir der Ober höflich zurückschiebt. Sicher hat er auch ein Kuvert bekommen, denn ich sitze an der bevorzugten Stelle, die Mutter so liebt und Vater ihr immer wegschnappt. Mit dem Rücken zur Wand und das allgemeine Geschehen vor Augen. An den weißgedeckten Tischen sitzen Offiziere mit breiten roten Streifen an der Hose. Einer benutzt weder Messer noch Gabel, pflückt die Spargelstangen einfach mit zwei spitzen Fingern von der Platte und läßt sie schlürfend im Mund verschwinden. Die Kronleuchter glitzern und blinken. Blonde Damen lachen und schütteln ihre Löckchen. Eine hat ihr Blond zu einem straffen Knoten geflochten und sitzt mir, ganz in Schwarz, mit einem ebenfalls schwarzgekleideten Mädchen schräg gegenüber. Ihre strengen Blicke durchbohren meine Wichtigkeit, bis sie zur Schüchternheit schrumpft. Schon beginnt die Schrift auf der Speisekarte, die mir der beflissene Ober vorlegt, zu tanzen. Schließlich bestelle ich eine Suppe und halte ihm meine Marken hin. Er nimmt sie alle und ich wage nicht, den Rest wieder einzufordern. Behutsam, um kein Geräusch zu verursachen, führe ich den Löffel zum Mund. Die Suppe ist sehr heiß, aber ich weiß nicht, ob man hier pusten darf. So stopfe ich Brot nach, bis das Körbchen leer ist. Dann schleiche ich mit eingezogenen Schultern aus dem Saal und fühle den bösen Blick der Blonden in meinem Rücken.

In der Nacht hämmert es an meine Tür. Aufmachen, sofort aufmachen! Ich schrecke hoch. Zitternd schiebe ich den Riegel zurück, vor der Tür stehen zwei SS-Männer. Was machst du hier alleine im Hotel, kannst du dich ausweisen? Ich halt ihnen meinen von der Schule abgestempelten Bahnbenutzungsschein entgegen. Das ist kein Ausweis, sagt der eine und wirft das Papier auf die Erde, zieh dich an. Irgendwo im Haus schreit eine Frau, gellend, verzweifelt. Aber an der Rezeption wissen sie doch Bescheid, ich fahre aus den Ferien zurück in die Schule, versuche ich zu erklären. Mit der Rezeption haben wir nichts zu tun, jetzt sind keine Ferien mehr, also los, zieh dich an, befiehlt der SS-Mann wieder und fügt noch ein »Wird das nun bald?« hinzu.

Wieviele Namen hat die Angst? Im Bruchteil einer Sekunde hake ich sie alle ab. Am Ende bleibt die Gefahr. Nachts werden sie abgeholt, das habe ich schon oft gehört, kein Mensch weiß, wohin. Lieber Gott, hilf mir, flehe ich in meiner Not, obwohl ich ihn vor kurzem noch verleugnet habe. Plötzlich kommt mir der rettende Einfall. Bitte, rufen Sie doch in der Schule an, die werden Ihnen bestätigen, daß ich die Wahrheit sage. Ein deutsches Mädchen lügt doch nicht, und wir sind eine nationalsozialistische Schule. Ich merke, wie der kleinere SS-Mann unschlüssig wird und sich mit dem anderen berät. Na, gut, aber wehe, wenn du uns angelogen hast. Seine Worte klingen nicht nach einer folgenlosen Warnung, sie klingen eher wie ein Todesurteil. Aber er geht zum Telefon. Es ist mitten in der Nacht, die Leute schlafen, Frau Doktor hat einen besonders festen Schlaf, es ist nicht gesagt, daß sie den Hörer abnimmt, was ist, wenn die Sekretärin vergessen hat umzustellen?

Kein Mensch geht um diese Zeit im Sekretariat ans Telefon. Lieber Gott, laß sie aufwachen, bitte.

Endlich kommt der SS-Mann zurück. Da hast du aber Glück gehabt, ich wollte schon wieder auflegen. Schöne Grüße soll ich dir bestellen. Also gute Nacht und schließ deine Tür gut ab, wie einem Spießgesellen zwinkert er mir zu, bevor er geht. Ich flüchte ins Bett, verkrieche mich in die Bettdecke gewickelt ans Kopfende und horche auf das, was draußen vorgeht. Stiefel klappern treppauf, treppab, Befehle schnarren, Männerstimmen, Frauenschreie, dann wieder schneidende Kommandos. Ich spüre, wie die Angst durch die Wände dringt und sich bleischwer auf mich legt. Beten hilft, sagt Großmutter, man muß Gott nur richtig bitten. Irgendwann kehrt Ruhe ein, irgendwann bin ich über meinen Bitten eingeschlafen.

Ach was, das hast du geträumt, sagt die freundliche Dame an der Rezeption am nächsten Morgen. Auch Philippe schüttelt den Kopf, isch weiß nix, behauptet er, aber er schaut mich dabei ganz sonderbar an.

Erzähle mir genau, was gestern nacht geschehen ist, fordert mich Frau Doktor auf. Ich berichte über das Geschehen, verrate aber nichts von meiner Angst. Das hat nichts zu bedeuten, sagt sie zum Schluß und schaut an mir vorbei, sicher wurde ein Einbrecher gesucht. Sprich nicht mit den anderen darüber, legt sie mir noch ans Herz, sag, du weißt nichts. Schon wieder soll ich lügen, soll Geheimnisse decken, die ich nicht verstehe. Eins aber weiß ich ganz gewiß, nach Einbrechern sucht die SS bestimmt nicht. Für wie blöd hält sie mich eigentlich?

Du hascht Läus, sagt sie. Ich habe keine Läuse, sage ich. Fünfzehn Quintaner stehen mit aufgelösten Haaren im Klassenzimmer, und die Fröhlich fährt jedem einzelnen von uns mit einem Läusekamm über den Kopf, um zu prüfen, wer von uns welche hat. Jetzt hält sie meine Haarsträhne fest, straff gespannt wie ein Seil, und behauptet erneut, du hascht Läus, du hascht doch Nisse, de ganze Kopf is voll, bah, bäh, schüttelt sie sich. Neugierig drängen die anderen heran, um die kleinen weißen Pünktchen in meinem Haarseil zu begutachten. Bah, bäh, sie schütteln sich ebenfalls. Was sind Nissen, erkundigt sich jemand. Läuseeier, antwortet die Fröhlich kurz, sie will beim Thema bleiben und auf keinen Fall von meinem Kopf und seinen möglichen Einwohnern ablenken. Bah, bäh, tönt der Chor erneut. Nur die kleine Else enthält sich der Stimme. Also, was ist, wo kommen die Nissen her, laß mich bitte teilhaben an dem Wunder, wie Nissen ohne Läuse auf den Kopf kommen. Die sind doch tot, versuche ich zu erklären. Und woher willscht du das wisse, lächelt sie mich mit ihren eisblauen Augen spöttisch an. Wenn sie nicht mehr knacken, sind sie tot, und bei mir knackt keine mehr. Versuchen Sie es nur einmal, ich halte ihr mein Haar entgegen. Du hascht wohl Fieber, ich soll deine Läuse knacken, bist du noch gescheit, wie wild zerrt sie mit dem Läusekamm in meinen Haaren. Ich habe keine Läuse, schreie ich erbittert, die haben sie mir alle weggemacht, im Krankenhaus mit Petroleum und zu Hause mit Cuprex.

Nisse für Nisse hatte Mutter mit den Fingernägeln aus jedem einzelnen Haar gezogen. Du quälst das Kind unnötig, meinte Vater. Die paar Nissen, die noch da sind, fallen von alleine ab, meinte Mariechen. Wenn ihr das alle meint, kann sie von mir aus so herumlaufen, aber erwartet nicht von mir, daß ich den Leuten erkläre, warum meine Tochter tote Läuseeier auf dem Kopf spazierenträgt, Mutter ließ beleidigt von mir ab, und ich war froh, meinen Kopf endlich wieder für mich alleine zu haben. Sollte das nun alles wieder von vorne losgehen?

Also, da haben wir es doch, jetzt gibst du es selbst zu, du hascht Läus, höre ich die Fröhlich sagen, was willst du mir denn vorlügen? Ich lüge nicht, ich hatte welche, aber jetzt nicht mehr, um mich herum beginnt es zu kichern, die Fröhlich lacht laut, mit der allgemeinen Heiterkeit wächst meine Erbitterung. Sie wollen mir nur wieder was anhängen, schreie ich, Sie, Sie ... Sie dumme Kuh! Heraus ist es, und ich kann es nicht mehr zurückholen. Mutters Bettelspruch beginnt in meinem Kopf zu kreisen: Schnell ist ein böses Wort gesagt, der andere aber geht und klagt. Im Klassenzimmer könnte man die berühmte Stecknadel fallen hören. Mit Lügnern verhandele ich nicht und mit unerzogenen unverschämten Schülern auch nicht, das überlasse ich Frau Doktor Breuer, die wird den richtigen Weg wissen, sagt die Fröhlich mit einer zu ihren Augen passenden Stimme. Ihre Klammerhand umfaßt mein Handgelenk mit eisernem Griff, um mich zum Klagen abzuführen. Wieviel Spucke sich in meinem Mund sammeln kann, jetzt rinnt sie der Fröhlich über den

Arm. Wenn Mutter mir eine Ohrfeige gab, sagte sie oft, das ist für deinen Wutteufel. Was wird Frau Doktor dem Wutteufel verordnen?

Ich bin nicht mehr tragbar für diese Schule, bin unwürdig, einer Auslese anzugehören, die Vorbild sein muß. Ich schleppe Läuse ins Haus, lüge, beleidige die Lehrer, spucke. All das wird Frau Doktor Breuer meinen Eltern berichten und sie bitten, die entsprechenden Konsequenzen zu ziehen und mich von der Schule zu nehmen, bevor sie einen Ausschluß anordnen muß. Bis zur Klärung der Angelegenheit habe ich zu schweigen.

Läuse haben sie keine bei mir gefunden, so sehr sie auch danach spähten und mit dem Läusekamm mein Haar durchpflügten. Die Liebig, die Riedel und mit sanfter Hand sogar Fräulein Thelen. Nicht ein einziges winziges kleines Läuschen konnten sie präsentieren.

Es macht mir nichts aus zu schweigen. Im Gegenteil, wer nicht spricht, sieht mehr. Gerade tragen die Hausmädchen eine große Buttercremetorte ins Lehrerzimmer, Luise versteckt ein Freßpaket in ihrem Schrank, Frau Doktor läßt Fräulein Thelen mitten im Satz stehen. Fräulein Thelen putzt sich die beschlagenen Brillengläser, und Sonja starrt auf ein graues bestempeltes Papier in ihrer Hand, während Maria leise auf sie einredet. Heute morgen wurde Sonja bereits aus dem Unterricht geholt. Ihr ist schlecht, sagte Fräulein Thelen. Später wurde auch Maria herausgerufen.

In der sprachlosen Zeit denke ich mir Geschichten aus. Die besten fallen mir auf der Bank am Ententeich ein. Als berühmte Schauspielerin stehe ich auf einer Bühne ganz vorne an der Rampe. In der ersten Reihe, direkt vor mir, sitzt die Fröhlich. Ich verlasse sofort die Bühne. Das Publikum ruft meinen Namen, ich weigere mich wieder aufzutreten. Der Theaterdirektor ringt verzweifelt die Hände, was soll ich tun, was soll ich nur tun? Es ist diese Frau, rufe ich mit ausgestrecktem Zeigefinger und rollendem Rrr. Welche Frau, fragt der Theaterdirektor. Die Frau in der ersten Reihe, die mit dem Pferdegebiß, den Porzellanaugen und der Herzprothese. Was ist mit dieser Frau? Sie hat Läuse, zische ich. Entfernen, entfernen, sie verunreinigt mein Haus, ruft der Theaterdirektor. Zwei Bühnenarbeiter schleppen das sich heftig wehrende Weib fort. Ich lächele und spiele weiter. Das Publikum rast …

Ich bin ein berühmter Kinostar und besuche meine alte Schule. In meinem Gefolge der Führer. Mein Führer, haucht Frau Doktor mit nassen Augen. Herr Hitler, sage ich, diese Frau ißt Butterbrote und bestreicht sie aus einem kleinen Topf dick mit Honig, und das mitten im Krieg vor den Augen der Kinder, die nur trockenes Graubrot mit gekratzter Vierfruchtmarmelade bekommen. Sie hätte es am Magen, sagt sie, aber wir haben es alle am Magen, jetzt im zwölften Kriegsjahr (in meinen Geschichten hört der Krieg nie auf). Diese Frau ist ein Volksschädling und belügt die Nation, sie hat Schweigetage verdient. Hitler winkt, ein SS-Mann kommt mit einem riesigen Heftpflaster und will ihr den Mund zukleben. Aber sie wehrt sich, sie weint und schreit ... da weint wirklich jemand. Am Rand des Teiches, halb verdeckt vom Gebüsch, steht Sonja. Nein, nein, schreit sie und schlägt ihren Kopf gegen einen Baum, immer wieder. Sie merkt nicht, daß ich schon eine ganze Weile vor ihr stehe. Was hast du, kann ich dir helfen, flüstere ich schließlich. Erschreckt fährt sie hoch und starrt mich haßerfüllt an. Was habe ich ihr getan? Geh, brüllt sie, mach, daß du fortkommst, mir kann niemand helfen. Irgendwann läßt sie von dem Stamm ab, hebt den Kopf und sagt ganz ruhig, ich kann dir nicht sagen, warum ich weine, geh jetzt und rede nicht darüber, gib mir deine Hand darauf. Ich nicke, einen Augenblick stehen wir Hand in Hand, dann gehe ich. Am nächsten Tag sitzt Sonja wieder im Klassenzimmer in der ersten Bank, rechts neben Maria. Meinen mitfühlenden Blicken weicht sie aus, sie schaut mich überhaupt nicht mehr an.

Am Nachmittag kommt unerwartet Mutter und sieht so besonders aus in ihrem blauen Veloursmantel und der kleinen, mit grauen Federchen besetzten Kappe. Fräulein Thelen nimmt mir schnell das Schweigetagsschild vom Hals. Selbstverständlich bekommt sie heute Nachmittag Urlaub. Frau Doktors Lächeln ist klebrig süß wie ihr Honigtopf. Mutter mustert sie kalt aus grauen Augen. Der hab' ich es aber gegeben, erzählt sie draußen hochbefriedigt. Wollte mir dumm kommen, wir sollten dich aus der Schule nehmen. Ich habe ihr mit einer Dienstaufsichtsbeschwerde gedroht. So klein ist sie geworden, Mutters Daumen und Zeigefinger spannen sich in Fingerhuthöhe. Wir möchten Ida auf keinen Fall verlieren, äfft Mutter die Doktorsche, wie sie sie nennt, nach. Wo Ida der Stern an unserem Theaterhimmel ist. Aber sie verweigert sich so oft, öffnet sich nicht, man kommt nicht an sie heran. Was meint sie damit, fragt Mutter. Ich schrecke auf, der Stern am Theaterhimmel hat mir sehr gefallen. Ich will eben nicht, daß die Menschen in mir lesen, wie in einem Buch, platzt es aus mir heraus. Hier wollen sie nur alles aus einem heraushorchen, stecken ihre Nasen in den letzten Winkel und nachher halten sie es einem vor. Mutter schaut mich nachdenklich an, so ist das heute überall, seufzt sie.

Kann ich denn in der Schule bleiben, frage ich. Warum denn nicht, antwortet Mutter, ich habe ihr auch den Brief vom Krankenhaus gezeigt. Welchen Brief, erkundige ich mich. Als du in diesem jämmerlichen Zustand bei uns ankamst, hat Vater sofort an den Chefarzt geschrieben und sich beschwert. Das Personal sei zur Verantwortung gezogen worden, hat er geantwortet und sich entschuldigt. Und die Fröhlich, frage ich. Bei der Fröhlich wirst du dich entschuldigen. Sie sagt, du seist empfindlich wie eine Mimose. Trotzdem, man spuckt nicht und beschimpft Erwachsene auch nicht wie ein Straßenkind mit blöde Kuh. Dumme Kuh, verbessere ich. Du solltest dich schämen, sagt Mutter unwillig, du bist doch kein kleines Kind mehr. Zähneknirschend entschuldige ich mich bei der Fröhlich. Dann esse ich mit Mutter im Grünen Baum zu Abend, die Wirtin mit den schwarzen Haaren und den Apfelbäckchen bedient uns persönlich.

Am nächsten Tag besuchen wir in Kaysersberg Frau Thomas, die in einem alten Haus mit Erker direkt an der Hauptstraße wohnt. Von dort hat man einen guten Überblick über die gesamte Innenstadt und bekommt alles mit, was unten auf der Straße geschieht. Frau Thomas ist eine Witwe, die heimlich mit Schnaps handelt. Mutter kauft viele reichbesternte Flaschen Camus bei ihr ein. Zu Hause reißen sie mir den nur so aus der Hand, und auf den Mirabelle sind sie besonders wild. Ich habe Mutter in Verdacht, daß sie auch mit Schnaps handelt. Nach dem Geschäftlichen sprechen die Damen über alles Mögliche. Ich esse das vierte Stück Kuchen. Nimm nur, Kind, nimm nur, wenn man jung ist, hat man immer Hunger. Plötzlich wird Mutters Stimme leise, ganz leise, und ich spitze die Ohren.

... in Mannheim kommt ein SS-Mann ins Abteil. So einer mit einem Schädelschmuck an seinen dicken roten Pranken, ein silberner Ring mit einem Totenkopf drauf. Wie kann man nur so ein Mordabzeichen tragen. Immerzu mußte ich auf diesen Ring starren, und da beugt dieser Mensch sich auf einmal vor und sagt, ich muß mit Ihnen reden. Ich muß mit irgendeinem Menschen darüber reden. Sie kennen mich nicht, ich kenne Sie nicht, wir sind hier alleine, und ich muß das loswerden. Bis Karlsruhe hat er geredet, da ist er ausgestiegen, und bevor er ging, sagte er zu mir, ich danke Ihnen, daß sie mir zugehört haben. Ich war starr vor Entsetzen. Wenn das wahr ist, was dieser Mensch mir erzählt hat, Frau Thomas, dann will ich nicht mehr leben, dann kann ich keine Deutsche mehr sein, bis an mein Lebensende müßte ich mich schämen. Mutter tupft sich die Tränen mit dem lila umhäkelten Taschentuch ab, es riecht nach 4711, und ich werde mit einem Buch ins Nebenzimmer geschickt.

Was hat der SS-Mann dir erzählt, frage ich später. Nichts, Lügengeschichten, das war ein ganz ordinärer Mensch, antwortet Mutter. Bevor Mutter abfährt, verstaut sie noch vier Flaschen von dem Mehrsternigen in der hintersten Ecke meines Schrankes. Ich habe keinen Platz mehr im Koffer, die bringst du in den großen Ferien mit, sagt sie. Mir sträuben sich die Nackenhaare. Was denkt sie sich eigentlich? Ich will mit ihrem Handel nichts zu tun haben. Gerade erst hat sie mich vor dem Schulverweis bewahrt, jetzt deponiert sie einen Zeitzünder unter meinen Schuhen, Wollmützen und Winterpullovern. Schon sehe ich das triumphierende Lächeln der Fröhlich vor mir, wie sie genüßlich langsam mit spitzen Fingern Flasche für Flasche aus diesem Versteck hervorangelt. Aber nichts geschieht.

Dein Schrank ist mustergültig in Ordnung, flötet sie, zupft an einem in seiner Faltung etwas verrutschten Unterhöschen, säuselt, das muß sich auch noch einordnen, und wendet sich der anderen Schrankhälfte zu. Ihr Inhalt gehört Beatrice. Nun liegt er über den Boden verstreut. Und das und das und das auch noch, giftet die Fröhlich, und läßt Wäschestück für Wäschestück durch die Luft segeln, bevor sie weitergeht. Beatrice beugt sich seufzend über ihre Dessous, und das und das auch noch, quäkt sie und wirbelt ihre vielbeneideten Träume in rosé und bleu erneut durch die Luft. Wie abgefallene Blütenblätter trudeln sie mit den Spitzen zuunterst wieder zu Boden. Wir Deutschen tragen Pumphosen, oben Gummi, an den Beinen Gummi, im Winter innen aufgerauht. Meist reißt das Beingummi zuerst, dann schlottert uns ein Flügelbein um den Oberschenkel. Die elsässische Unterwäsche würde Mutter für mich nie akzeptieren, so etwas Gewagtes ziehe noch nicht einmal ich an, geschweige denn ein Kind. Aber ich bin sicher, daß nicht alle diese ausgeleierten Ungeheuer tragen. Pummels Mutter bestimmt nicht. Aber meine Mutter richtet sich nach Vaters Geschmack. Solide Frauen tragen Pumphosen, die mit den Pumphosen werden auch geheiratet.

Zur Sonnwendnacht hat unser hinkender Hausmeister einen riesigen Holzstoß auf dem Rasen vor dem Haus aufgerichtet, gleich neben dem steinernen Christus. Am Abend soll er abgebrannt werden zu Ehren des Gottes Baldur, den Hödur mit einem Pfeil erschossen hat, wozu ihn Loki anstiftete. Wegen dieser Pfeilgeschichte und unseren germanischen Ahnen, die auch schon solche Feuer abbrannten, halten wir uns alle an den Händen und singen: »Heilige Glut, heilige Glut, rufe die Jugend zusammen, daß bei den heiligen Flammen wachse der Mut«. In den Städten machen sie sowas bestimmt nicht mehr, da haben sie genug zu tun mit dem Löschen ihrer Häuser. In der Geschichte, die uns Frau Doktor Breuer erzählt, geht es um ein Mädchen, das jedes Jahr in der Sonnwendnacht ihr Liebstes in die Flammen warf, um es dem Gott Balder zu opfern. In einem Jahr sogar ihr herrliches langes blondes Haar, und wenn meine Haare auch nicht blond sind, so würde ich sie doch liebend gerne mit all den toten Pünktchen diesem Gott opfern, der über so ein paar tote Läuseeier bestimmt hinwegsehen würde, zumal sie im Feuer sowieso verschmurgeln.

Am Ende halten wir uns alle an den Händen, und Frau Doktor ruft uns zu: Bleibet treu, bleibet deutsch, wie eure Väter! Dabei kommen mir die Belgische, der Urgroßvater mit dem Schwert und auch der Polnische in den Sinn. Aber wenigstens einer meiner Ahnen wurde vom König belohnt, weil er die Kalmücken verjagt hat, und eine Horde Kalmücken wiegt gewiß genauso schwer wie ein paar verbotene Ausländer. Dann singen wir das Schlußlied: »Leuchtender Schein, leuchtender Schein, siehe, wir singenden Paare schwören am Flammenaltare, Deutsche zu sein«. Ich bin Deutsche und muß beschwören, eine zu sein, der Onkel Ernst wollte Deutscher sein und durfte nicht, die Elsässer wollen keine Deutschen sein und müssen, da soll sich einer noch auskennen.

Paul hat wieder einen Feldpostbrief geschrieben. Er liegt in Rostow im Lazarett und hat nur noch ein Bein. Das steht alles auf der Karte, die im Feldpostumschlag steckt, und auf der Rückseite ist ein Lied abgedruckt, »Es ist so schön, Soldat zu sein«. Sicher wollte Paul mir damit eine Freude machen, aber ich freue mich nicht über ein abgeschossenes Bein und am wenigsten über dieses dämliche Lied, das drei Wochen zu mir unterwegs war.

Der Beamte öffnet die Abteiltür. Gepäckkontrolle, sagt er freundlich, und die Mitreisenden öffnen bereitwillig ihre Köfferchen und Taschen, die er mit einem flüchtigen Blick bedenkt. Am Schluß liegt nur noch mein Koffer im Gepäcknetz, groß, unhandlich und unter Wäsche und Kleidung bestückt mit vier französischen Cognacflaschen. Wenn die Gefahr dich übermächtig fast erdrückt, schrumpft oft die Angst. Bei mir ist sie im Augenblick völlig geschrumpft, mir ist sozusagen alles schnuppe. Nach dem Motto, geschieht es doch meiner Mutter recht, wenn mir die Finger erfrieren, warum zieht sie mir keine Handschuhe an, bleibe ich mürrisch auf meinem Platz sitzen und mache keine Anstalten, mich dem Ungetüm da oben zu nähern. Wem gehört dieser Koffer, fragt der Beamte und ruckelt an dem schwarzen Vulkanfiber. Ich melde mich immer noch nicht. Der ist aber schwer, sagt er, wem gehört dieser Koffer? Ich stelle mich tot. Helga schreit, Professor, dein Koffer, dös nicht. Der Beamte lächelt. Ich kann das aber nicht runterholen, murmele ich. Ich helfe dir, sagt der Beamte hilfsbereit und zieht mit einem Ruck das Ungetüm aus dem Gepäcknetz. Jetzt mach mal deinen Schrankkoffer auf, was hast du denn da drin, was so schwer ist? Eine Bombe, kichert Pummel, das ist unser Bombenleger. Stinkbomben, ergänzt Almut, meine Begleiter kreischen vor Lachen. Bücher, flüstere ich. Die liest immer, schreit der Chor. Die lebt und stirbt mit einem Buch, deshalb hat sie auch den Spitznamen Professor, kräht Pummel. Oder Brotfresser, eine andere. Jetzt lacht auch der Beamte. Das ist doch sehr schön, wenn jemand so wißbegiering ist. Gleich wird er seine Meinung ändern, gleich wird ihm das Lachen vergehen. Langsam öffne ich den Kofferdeckel, obenauf liegen feinsäuberlich nebeneinander meine Schulbücher. Unten hat sie bestimmt die ganz dicken, Goethe, Schiller und so nen Quatsch, kommentiert Pummel, sowas schleppt sie nämlich alles mit sich rum. Wieder lacht der Beamte. Du brauchst keine Angst zu haben, ich tu dir nichts, wegen Büchern sperren wir keinen ein, du kannst deinen Koffer wieder schließen. Warte, ich helfe dir, mit einem Ruck hat er das Ungetüm wieder nach oben befördert. Weiterhin gute Fahrt, sagt er, legt einen Finger an die Mütze und schließt die Abteiltür.

Ich muß lachen, giggere und kichere, bis mir die Tränen über das Gesicht laufen. Das Allerbeste ist, hahaha, das Allerbeste ist, ich habe tatsächlich eine Bombe im Koffer. Jetzt wiehern auch die anderen, spinnen das Thema weiter aus. Bis Freiburg haben wir schon den halben Zug in die Luft gesprengt, steigen würdelos aus, balgen johlend über den Bahnsteig und singen »Heidewitzka, Herr Kapitän«. Ein uniformierter und beschnürter Napolaschüler schüttelt mißbilligend den Kopf und erkundigt sich streng nach unserer Schule. Dumm genug geben wir dem Vorbild Bescheid. Ich lache immer noch. Das prustet und blubbert, gluckst und gickst, kullert immer wieder über mein Zwerchfell und läßt sich nicht eindämmen.

Köln empfängt uns wie eine antike Ruinenstadt, Pompeji am Rhein, überall Trümmer. Die Innenstadt ist ein einziger Schutthaufen, Trampelpfade über den Trümmerbergen ersetzen die Straßen. An ihren Rändern blühen gelbe und lila Blumen, Trümmerblumen nennen sie die Kölner. Wie eine Fata Morgana taucht dazwischen von irgendwoher eine bimmelnde Straßenbahn auf.

An Peter und Paul haben sie die Altstadt in Schutt und Asche gelegt, erzählt Mutter, den Gürzenich, das Rathaus, das Wallraff-Richartz-Museum. Die Hohe Straße müßtest du sehen, kein einziges Haus mehr. Bis jetzt hat Köln von allen Städten die meisten Angriffe gehabt, hundertsechsunddreißig, sie sagt das mit einem gewissen Stolz, genauso wie Verwundete von ihren Blessuren sprechen. Frauen und Kinder sollen jetzt evakuiert werden, nach Sachsen und Schlesien, aber die meisten weigern sich. Und Großmutters Wohnung wurde aufgeteilt, Wohnraumbewirtschaftung. Nach vorne raus wohnt jetzt eine Familie mit sechs Kindern. Kein Dach, wackelige Nottreppen, vernagelte Fenster, aber bewirtschaften. Naja, wo sollen sie auch alle bleiben. Jede Nacht gibt es neue Ausgebombte. Eine Welt ist das! Na, Hauptsache, der Dom steht noch! Vater schüttelt den Kopf, Weiberlogik.

Hast du den Cognac mitgebracht, Agnes wartet schon darauf, flüstert Mutter mir zu. Ich nicke, noch ein Schnapshändler! Mariechen heiratet jetzt den Werner, flüstert Mutter weiter. Mein Gott, wenn das der alte Röhrig wüßte, im Grabe würde er sich rumdrehen. Ich höre nicht mehr hin. Zähle die Hausdächer, zähle Frauen mit Kopftüchern, zähle Uniformen und beschäftige mich mit der am Fenster vorübergleitenden Welt. Mariechen wird den Schweinehund heiraten, singen die Räder auf den Schienen.

Sie sitzt an der Nähmaschine und rasselt lange großgeblümte Nähte herunter. Wat bis du jroß geworden, ne richtige Dame, lacht sie und drückt mich an ihre Blusenknöpfe. Ich wehre ab, nur keine Dame. Dann nimmt sie mir das Versprechen ab, bei ihrer Hochzeit als Streumädchen aufzutreten. Mir feiern zwar nur mit Verwandten, wat aber nix zu sajen hat, du jehörst dazu. Beinahe verzeihe ich ihr jetzt den Schweinehund.

Dat Mösch is aber jewachsen, stellt auch Anton fest und schaut mich ganz verlegen mit seinen Vergißmeinnichtaugen an. Eine kleine Mademoiselle, stimmt der belgische Paul zu. Ich bekomme rote Ohren, so ein Blödsinn. Nur Pjotr denkt an die Vergangenheit, nix krabbel, krabbel mehr, lacht er und schüttelt seine Locken. Macht dat Kind nit jeck, sagt Mariechen. Es ist alles wie früher, bis auf die leeren Plätze am Tisch.

Beinah hätt ich et verjessen, den Milchmann hat et erwischt, sagt Anton. Wat, Mariechen setzt sich, wer sagt dat? Der Bruder hat et mir erzählt, den hat dat schwer mitjenommen, wo er doch dä Jung aufjezogen hat. Aber wie et den erwischt hat, dat is zu komisch. Anton lacht schallend, und alle starren ihn entsetzt an. Der hat sich, er kann nicht weiterreden, hahaha, schon laufen Lachtränen über sein Gesicht, der hat sich jewissermaßen, nä, et is zu komisch, der hat sich totjefurzt. Anton, mahnt Mariechen, du sprichst von einem Toten. Wenn et doch wahr is, verteidigt sich ihr Bruder. Der Köbes hatte immer schon nen schwachen Magen, und dat is an der Front noch schlimmer jeworden. Manchmal kommt die Verpflegung, manchmal kommt se nit. Un dann die Kälte. Vierzig, sogar fuffzich Jrad! Dat Zeug taut nie richtig auf. In seinem Leib war der Deubel los, aber am Wacheschieben kam er nit vorbei. Also raus aus dem Unterstand un rein in den russischen Winter. Sternklar, eiskalt un totenstill. Man hört den Schnee knistern und däm ärme Käl sing Därm knattern. Un dann jing et los. Rums, donnerte es in die stille Nacht, rums, un widder rums. Holt den Mann rein, soll der Feldwebel noch befohlen haben, aber da war et schon zu spät. Mit jedem Rums hat er dem Scharfschützen auf der anderen Seite seine Position angegeben, dat der sich bei der Furzerei seelenruhig einvisieren konnte. Dann kam der letzte Donner, ein Blitz, un aus war et mit däm Köbes. Betroffenes Schweigen. Ich find dat nit zum Lachen, sagt Mariechen, und knallt die Tischschublade zu. Die

Männer ziehen die Mützen über die Ohren und verlassen schnell die Küche. Draußen im Hof hören wir sie wiehern vor Lachen. Kääls, brummt Mariechen, immer dat selbe.

Ich habe dann doch keine Blumen gestreut. Streumädchen sind klein, entschied der Schweinehund, nahm mir den Blumenkorb aus der Hand und gab ihn seiner Nichte. Auf Mariechens Wunsch ging der Hochzeitszug zu Fuß in die Kirche, auf Antons alter Pritschenkarre hätten sie auch nicht alle Platz gehabt. Mit dem rosigen Schimmer auf ihrem Gesicht sah Mariechen wie eine von Rademachers Madönnchen aus, nur die Augen der Madönnchen leuchten nicht so glückselig. Anton und der Kleine hatten mich in die Mitte genommen, und die Kölner Verwandten fragten, wer is denn dat Weesch zwischen den beiden, was mir sehr peinlich war. Deshalb habe ich mich sofort nach der Kirche heimlich nach Hause geschlichen. Wie, ist die Hochzeit schon vorbei, fragte Mutter erstaunt. Und das war mir noch peinlicher. Später holte mich Anton. Wat is denn, willst du nicht mit uns feiern, Mariechen is schon ganz traurig.

Alle redeten, alle tranken, alle lachten, alle aßen. Ich aß am meisten. Lassen se dich zu Hause hungern? Ich trank auch ein bißchen, du mußt Mariechen doch zuprosten. Dann prostete ich Anton zu, dem Kleinen, dem Langen, der auf Urlaub war, und den vielen anderen auch. Nur dem Schweinehund prostete ich nicht zu. Schließlich wurde mir schlecht, und Anton brachte meine Jammergestalt nach Hause und hörte sich verlegen Vaters Vorwürfe an. Mutter rümpfte die Nase, weil er nach dem vielen Zuprosten roch. Es war eine wunderschöne Hochzeit.

Bertchen verfolgt neidisch meine Schilderung. Jesoffen ham se jenug, meint er mit einem Blick auf den Flaschenberg an der Waschküchenwand. Dat würd überhaupt nit auffallen, wenn da en paar Flaschen fehlen. Die Hambachs jibt uns fünf Pfennige dafür. Nur, frage ich. Ja, nit für alle, für eine Flasche, antwortet er. In Mülheim läuft Quax der Bruchpilot mit Heinz Rühmann, wirft er einen neuen Köder aus, er kennt meine Vorliebe für Rühmann-Filme. Wir sitzen auf dem Holzklotz unter dem Schuppen. Der Nachmittag döst in der Sonne. Ab und zu schreit ein Fasan hinter dem Gatter. Unter dem Dach tschilpen leise die Schwalben. Niemand ist zu sehen, Mariechen bügelt in der Küche. Wenn aber Flieger kommen, versuche ich mich aus dieser Ungeheuerlichkeit zu stehlen. Quatsch, heute kommen se nit, Bertchen schafft schon die ersten Flaschen hinter das Haus. Paß auf, dat et nit klirrt, warnt er mich. Aber wenn wir nicht zurück sind, bis meine Eltern da sind? Vater und Mutter sind zum Hamstern in die Eifel gefahren. Ich sehe sie schon mit entsetzten Augen zwischen ihren Körben und Taschen sitzen, sollte ich plötzlich in Mülheim in der Straßenbahn auftauchen. Dat is ne Nachmittagsvorstellung, die kommen doch erst abends, beruhigt mich Bertchen.

Wo habt ihr Kinder denn die vielen Flaschen her, erkundigt sich Frau Hambach und zählt uns gewissenhaft die Pfennige vor. Gesammelt, sagt Bertchen. Na, wenn ihr so fleißig wart, habt ihr ein Lakritz verdient. Sie angelt zwei der begehrten Stangen aus den Tiefen des Bonbonglases. Ich nehme sie schnell, obwohl die Stimme meines Gewissens weint und klagt. Aber die Wege des Unrechts sind glatt und leicht begehbar. Kein Flugzeug ist am Himmel zu sehen, nur ein paar Sommerwölkchen. Wir bekommen sofort eine Straßenbahn und sind pünktlich im Kino. Quax der Bruchpilot ist abgesetzt. Der Kurier der Königin steht auf dem Programm, zugelassen ab vierzehn Jahre. Mich lassen sie anstandslos rein, aber Bertchen muß draußen bleiben. Du bist noch keine vierzehn, sagt der Kinofritze und hält ihn am Arm fest, so sehr er auch hinter mir drängelt. Die nicht, ich schon, schreit Bertchen wutschnaubend, da hat mich bereits das Dunkel geschluckt. Wenn man eine Sache anfängt, bringt man sie auch zu Ende, sagt Vater, aber ich weiß nicht, ob das ein gutes Ende wird.

Die Königin ist sehr schön und ihr Liebhaber, den ich eigentlich nicht sehen darf, sehr aufregend, obwohl das Gesehene mich nicht so richtig freut. Der Schluß des Films bleibt mir sowieso vorenthalten, die Sirenen heulen, und das geschieht mir ganz recht. Bitte, suchen Sie sofort die Schutzräume auf, der nächste Bunker befindet sich in der Wallstraße, tönt es aus dem Lautsprecher. Im Bunker ersticken sie, der Rauch kommt durch die Luftschächte, wird erzählt. Ich will in keinen Bunker. Wie abgeschossen renne ich los. Auf dem Wiener Platz stehen verlassen die Straßenbahnen, und die Straßen sind wie leergefegt. Beim Einbiegen in die Frankfurter Straße höre ich das erste schwache Brummen, als ich durch die Unterführung keuche, brummt es schon hohl und bedrohlich direkt über mir. Endlich taucht der grüne Helm des Buchheimer

Kirchturms auf. Neben der Kirche wohnt Agnes. Ich taumele in die Guilleaumestraße, vier Stufen hoch und den Finger auf den Klingelknopf. Wenn sie nur nicht im Keller ist, lieber Gott, gib, daß sie mich hört. Der Summer geht und in der Ferne kracht der erste Einschlag.

Mi bosche kochanje, wo kommst du her, fragt Agnes. Schnell rein mit dir. In der Küche scheint der Krieg ausgespart, blauer Rauch steht unter der Decke. Der Baum sitzt in seiner grauen Strickjacke am Tisch und qualmt, im Aschenbecher verglimmt eine vergessene Zigarette, und auf dem Sofa hockt ein dicker fremder Mann mit Stirnglatze und wässrigen Augen und zieht an einer Zigarre. Zwischen Stoffresten, Scheren, Stecknadeln, Schnittmusterbogen, Modejournalen und Schneiderkreide stehen Mutters Mehrsternige auf dem Wachstuch. Eine ist bereits leer, die andere geht zur Neige. Kennst du den Kravzec da, fragt Agnes und zeigt auf den dicken Mann, das ist mein Bruder. Du hast doch gar keinen Bruder, und warum heißt der dann Kravzec, frage ich ungläubig. Mi boje kochanje, seht euch mal das kluge Kind an, mein Kind, ich hab es über die Taufe gehalten, Agnes tätschelt mich. Und da hat deine Klugheit abgefärbt, kommt eine tiefe Stimme aus der Sofaecke. Der Kravzec ist mein Jugendfreund, jetzt tätschelt Agnes den Dicken, er kommt direkt aus Berlin, macht hier bei uns totalen Kriegseinsatz. Im Saufen, ergänzt der Baum. Hat den ganzen Cognac von deiner Mutter gekauft, freut sich Agnes. Und säuft ihn aus, ergänzt der Baum. Agnes hat viele Jugendfreunde, das ist bereits der dritte, den ich kennenlerne. Der Freund der Jugend, grinst der Baum, bist du denn jetzt alt? Agnuschka bleibt doch ewig jung, dröhnt der Baß vom Sofa.

In der Ferne poltert und heult es. Wollt ihr nicht in den Keller gehen, es ist doch Alarm, erkundige ich mich zaghaft. Ach was, der Teufel scheißt nie zweimal auf den gleichen Haufen, lacht Agnes. Von Mariechen kenne ich den Spruch umgekehrt, aber es hat keinen Sinn, hier irgendetwas richtigzustellen, der Mehrsternige hat bei Agnes bereits Wirkung gezeigt, sitzt in ihren feuerroten Bäckchen und den glitzernden Augen. Sag du mir lieber, wo du jetzt so alleine herkommst, Hunger würscht du auch haben, was willst du, Wurst, Schinken, Kuchen? Ich entscheide mich für alles. Während Agnes die Türen zu ihrem Schlaraffenland öffnet, trage ich meine Geschichte vor. Hahaha, freut sich Agnes, hast ihn einfach stehenlassen, so ist's richtig, das hätt ich früher auch mal machen sollen. Sie wirft bedeutungsvolle Blicke. Die Männer grinsen. Hast du doch, dröhnt der Baß, hast mich doch stehen lassen wegen dem Marek. Noch ein Jugendfreund? Ich kaue, Agnes girrt wie unser Perlhuhn, wenn der Hahn gelaufen kommt. Laß dir Zeit, sagt sie, der Kravzec wird dich bringen. Prost, nastrovje, auf den Frieden. Alle heben die Gläser, lachen, trinken.

Wieso Frieden, frage ich. Erzählen sie dir nichts in deiner klugen Schule? Es geht zu Ende, der Hitler ist bald am Arsch, aus, vorbei, do widzenia. Die Amerikaner in Sizilien, die Engländer in Italien, und die Russen rücken unaufhaltsam vor, die kann auch keiner mehr aufhalten. Alles Lüge, behauptet der da im Radio, perunje, wie heißt er denn? Hans Fritsche, hilft der Baum aus. Jawollja, aber es hat sich ausgelogen, wenn die Kommunisten kommen, hat seine Stunde auch geschlagen. Agnes fuchtelt mit dem Küchenmesser herum, als wollte sie ihn gleich aufspießen. So weit ist es noch nicht, schränkt der Baum ein, und wenn, dann geht es zuerst uns an den Kragen, die Bluthunde werden verduften. Wie immer, die Kleinen werden gehängt, und die Großen läßt man laufen. Niemand wird alte Sozis hängen. Gut Freund, werd ich sagen, wenn sie kommen, die Kommunisten, widerspricht Agnes. Bis dahin fließt noch viel Wasser den Rhein runter, mach du mal lieber das Fenster auf, dein Kanari hat schon Raucherhusten, unterbricht der Baum. Draußen heult Entwarnung. Ik bring dir, sagt der Dicke und steht schwerfällig auf.

Unbemerkt schlüpfe ich ins Haus. Meine Eltern sind noch nicht zurück, meine Schwester näht an ihrem Lodencape. Kommst du auch noch mal nach Hause?

Am Abend gibt es Rührei mit Schnittlauch und Speck. Den Speck haben sie aus der Eifel mitgebracht, vom Schmitzen-Hein, auch ein Jugendfreund, aber diesmal von Vater. Agnes sagt, die Russen kommen bald, berichte ich zwischen zwei Bissen. War Agnes denn hier, fragt Mutter. Jetzt zappele ich mit rotem Kopf in meinem eigenen Netz. Nein, aber sie hat es gesagt. Wann hast du mit Agnes gesprochen, Mutters Augen signalisieren erhöhte Alarmbereitschaft. Heute Nachmittag. Es ist heraus, besser so. Vater legt schon seine Gabel beiseite, greift aber noch nicht ins Geschehen ein. Nun mal raus mit der Sprache, wo hast du mit Agnes gesprochen, bohrt Mutter. In Buchheim, wo sonst, es war so langweilig, und ihr wart nicht da. Wer hat dir erlaubt, alleine nach Buchheim zu fahren, übernimmt Vater. Ich fahre doch auch alleine ins Elsaß, maule ich, und außerdem war Bertchen dabei. Hätte ich es mir doch denken können, und den hast du zu Agnes mitgenommen, Mutter ist empört. Nein, ich hab ihn nicht mitgenommen, er ist mir unterwegs verlorengegangen. Das wird ja immer schöner, mischt sich Vater wieder ein. Ich habe doch gesagt, wir können sie nicht alleine lassen, faucht Mutter, sobald dieser Bengel in Erscheinung tritt, ist sie wie elektrisiert. Wenn er sagt, spring in den Rhein, sie würde sofort springen. Mein Gott, was ich diesen Satansbraten schon verflucht habe, womit habe ich das nur verdient? Wie sich der Mensch irren kann, Bertchen ist fest davon überzeugt, bei meiner Mutter im besten Licht zu stehen und behauptet steif und fest, nur mein Vater könne ihn nicht leiden. Jeder ist für seine Taten selbst verantwortlich, sagt der gerade. Unsere Tochter ist schnell für jeden Unsinn zu haben, da braucht es kein Bertchen. Bei meinen weiteren Erklärungen spare ich die Flaschenaktion und das Kino wohlweislich aus. So ganz leuchtet mir das alles nicht ein, was du uns da erzählst, stellt meine Mutter fest. Aber im Augenblick beschäftigt der dicke Kravzec ihre Gedanken und verhindert so weitere Nachforschungen. Nur meine Schwester kann sich ein »Märchentante« nicht verkneifen.

Eigentlich ist Mutter der Geschichtenerzähler in unserer Familie. Erst neulich konnten wir uns wieder einmal von ihrem Talent überzeugen, als sie mit schief sitzendem Hut und funkelnden Augen vom Arbeitsamt nach Hause kam. Im Zuge des totalen Kriegseinsatzes werden jetzt auch Frauen für die Aufgaben der Reichsverteidigung herangezogen und zum Granatendrehen in die Rüstungsfabriken abgestellt. Die Aufgabe aller bequemen bürgerlichen Gepflogenheiten und restlose Einsatzbereitschaft für die deutsche Nation, nennt Goebbels das. Mutter gehörte zum Kreis der Erfaßten und hatte eine Vorladung bekommen.

Was ich auf diesem Arbeitsamt erlebt habe, spottet jeder Beschreibung, berichtete sie und schleuderte ihren Hut wütend in die Ecke. Zuerst mußte ich wer weiß wie lange nach diesem Zimmer 23 suchen, keiner wußte Bescheid, bis mir Herr Kierspel half, der Mann von der Betty Miebach, ich wußte gar nicht, daß er auf dem Arbeitsamt sitzt, und mir den richtigen Gang zeigte. Ich komme also in das Zimmer 23, sage Guten Tag, ich habe ... Hier grüßen wir mit Heil Hitler, sagt die hinter dem Schreibtisch. Eine mit vorstehenden Zähnen, so, Mutter zieht die Oberlippe hoch und den Unterkiefer zurück. Jetzt sieht sie aus wie ein Gespenst von der Geisterbahn. Ich habe eine Vorladung bekommen, sage ich zu der mit den Zähnen. So, antwortet Mutter als Gespenst mit eigenartig hoher Stimme, wie sie die Kleindarsteller in den Märchenfilmen haben, jetzt kommen endlich die Dämchen dran, die sich bisher zu fein waren, in der Fabrik zu arbeiten. Ich verbitte mir Ihre Unterstellungen, ich habe eine Familie, einen Mann und zwei Kinder, für die ich arbeite, sagt Mutter. Nur zwei Kinder und der Mann nicht an der Front, da haben Sie viel Zeit für den Kriegseinsatz, kreischt die Zwergenstimme. Was arbeitet Ihr Mann denn so Kriegswichtiges, daß Sie so überlastet sind. Er ist Studienrat, sagt Mutter. Studienrat, das Weibsbild fängt an zu lachen, wirft sich kreischend vor Lachen über den Schreibtisch, hahaha, Studienrat, Mutter vergißt für Augenblicke das Gespenstergebiß und die Zwergenstimme, doch nun kommen diese Requisiten wieder zum Einsatz. Das könnte Ihnen so passen, sich vor dem Dienst am deutschen Volk zu drücken. Sie glauben wohl, was Besseres zu sein, eine von den feinen Herrschaften, die es nicht nötig haben, sich die Hände schmutzig zu machen. Wir werden ganz schnell ein Plätzchen für Sie finden in der Rüstungsindustrie. Stellt euch mal diese Unverschämtheit vor, sagt Mutter. Ich werde mich über Sie beschweren, habe ich zu ihr gesagt. Da antwortet doch dieses freche Weib – Zwergenstimme – tun sie das ruhig, Ihnen werden diese Töne schon vergehen, wenn es um fünf Uhr aufstehen heißt. So eine unglaubliche Frechheit, muß man sich das bieten lassen, mein Gott, mein Gott, was ist aus uns geworden! Beruhige dich, ich werde mich um die Sache kümmern, meint Vater begütigend. Aber nun richtet sich Mutters Zorn gegen ihn. Wenn du mich damals hättest singen lassen, als ich vom Rundfunk das Angebot für den Schubert-Zyklus hatte, wäre mir das erspart geblieben. Dafür muß ich mich hier weiter abrackern und von so einer – Gespenstergebiß – beleidigen lassen und Tag für Tag in der Fabrik stehen und mit diesen Händen Granaten drehen. Soweit ist es doch noch gar nicht, beruhigt Vater. Das würde dir so passen, Granatendrehen, aber ich gehe nicht in die Fabrik, niemals, eher hacke ich mir die Hände ab, Mutter demonstriert wieder einmal mit dem Küchenmesser, wie sie das machen würde, doch unsere Messer sind alle stumpf. Darauf kann man nach Paris reiten, sagt Agnes. Beschweren werde ich mich über dieses Frauenzimmer, jawoll, gleich morgen. Einstweilen hat Mutter das Messer beiseite gelegt. Damit machst du es nur schlimmer, warnt Vater, wenn sie einmal aufmerksam geworden sind, stellen sie dich wirklich an die Maschine. Ein ärztliches Attest bewahrt Mutter vorerst vor der Maschinenarbeit und der uns angedrohten schauerlichen Bluttat.

Das Dach ist vollständig verschwunden. Auf der Hauswand weist ein kopfloser Kiepenkerl mit dem Zeigefinger ins Leere, daneben ragen schwarze Mauerreste in den blauen Himmel. Die Haustür mit den beiden glänzenden Löwenköpfen aus Messing gibt es auch nicht mehr, stattdessen führt eine klapprige Brettertür ins Haus. Am Türpfosten haben die Ausgebombten aus den oberen Stockwerken mit Kreide ihre neuen Anschriften hinterlassen. Unten an der geländerlosen Treppe fängt uns der Toni ab, mit seiner jede Katastrophe überdauernden Frage, jeht ihr zur Oma, die wird sich aber freuen, und empfiehlt, daß wir uns nahe an der Wand halten, weil das Geländer immer noch nicht gemacht worden sei. Du siehst ja, wat hier los ist, sagt er zu Mutter. Beim ersten Mal jing et noch, aber jetzt, wo auch dat Dach weg ist un alles ausjebrannt, jetzt sieht et bös aus. Eure Oma hat noch Jlück jehabt, die andere Hausseite hat et schwerer erwischt. Zuerst dat Feuer und dann die Ratten. Ratten, fragt Mutter schaudernd, davon hat sie mir nichts erzählt. Heerscharen, bestätigt Toni, du kannst dir dat nit vorstellen. Sie kamen von überall her, aus der Kanalisation, aus den brennenden Häusern, durch die Kellerdurchbrüche, die janze Straße war schwarz von den hin- un hersausenden Biestern. Un wenn ein Haus noch halbwegs stand, wie dat hier, nix wie rein. Tagelang hatten mir de Kammerjäger hier, un dann überall die toten Viecher, widderlich, sag ich dir, janz widderlich, es schüttelt ihn ordentlich beim Erzählen. Wo ist denn der Christian, fragt Mutter? Weißt du dat nit, Toni legt sein Gesicht in kummervolle Falten. Ich mußte ihn in die Anstalt jeben, wie de Mutter nit mehr da war, allein konnt ich doch nit mit ihm fertig werden. Da is er jestorben. Lungenentzündung, haben se mir jeschrieben, aber ich jlaub, et war dat Heimweh. Dä ärme Jung. So zutraulich war er, un de Kinder hat er so jemocht. Et tut mir so leid, aber et jing wirklich nit ohne de Mutter. Zu gerne hätte ich jetzt gewußt, ob sie ihm auch so ein Aschepäckchen geschickt haben, wie meinem Onkel Oskar.

Der, sagt Großmutter, war froh, als er den Christian los war. Noch keine zwei Tage war die alte Frau unter der Erde, da haben sie ihn schon abgeholt, er soll ihn selbst gemeldet haben. Den Finger auf den Lippen schleicht Großmutter vornweg auf Zehenspitzen durch den Gang. Aus dem Eßzimmer, wo ich mit Großvater Polka getanzt habe, klingt Kindergeschrei, eine keifende Frauenstimme und laute Radiomusik. »Mit Musik geht alles besser«, singt Ilse Werner. Psst, macht Großmutter wieder, wenn sie uns hört, steht sie schon da, sie zwängt sich einfach mit durch die Tür, und immer mit der Zigarette in der Hand. Keine Minute bin ich mehr allein, es ist ein Kreuz. Du setzt dich nicht durch, schmeiß sie raus, knall ihr die Türe vor der Nase zu, sagt Mutter ärgerlich. Das werde ich nicht tun. Ich bin zur Höflichkeit erzogen worden und mache mich nicht mit der Straße gemein, nur der Pöbel randaliert, sagt Großmutter und stellt energisch die geblümten Küchentassen auf den Tisch, denn das gute Geschirr lagert bei uns auf dem Speicher. Eben, und weil niemand was sagt, kann er das auch weiter tun. Mutter packt die Hermann-Göring-Torte aus, die von Vaters Geburtstag übrig geblieben ist. Der Kuchen schmeckt mager und erinnert in nichts an seinen dicken Paten.

Warum kommst du nicht zu uns, das ist doch kein Leben mehr in der Stadt, früher oder später mußt du doch hier raus, sagt Mutter. Wir sind alle in Gottes Hand, mir geschieht hier nichts, das habe ich im Gefühl. Großmutters Gefühlen ist nichts entgegenzusetzen. Außerdem kann ich hier gar nicht fort, jetzt, wo Helmut das Grundstück im Bergischen verkauft hat, er muß doch eine Bleibe haben. Was sagst du da, Mutter fährt hoch wie von der Tarantel gestochen. In diesen unsicheren Zeiten verkauft er den einzigen einigermaßen sicheren Zufluchtsort? Warum macht er das, er braucht doch kein Geld? Wo denkst du hin, entrüstet sich Großmutter. Also weshalb, Mutter läßt nicht locker. Ach, Kind, das ist alles so kompliziert. Großmutter blättert in dem blauen Schreibheft, das ich ihr mitgebracht habe. Es enthält meine Erstlingswerke, Märchen und Gedichte, und ich hoffe in Großmutter einen nachsichtigen Kritiker zu finden. Damit machst du mir eine große Freude, mein Herzchen, sagt sie, ich werde das nachher in Ruhe lesen. Gedichte, nein wirklich, ich bin sehr stolz auf dich, mein Liebling. Ein sehr gutes Pensionat muß das sein, das erkenne ich an den Manieren und der gepflegten Sprache, die das Kind hat, exzellent, wirklich exzellent. Da könnte ich dir andere Geschichten erzählen, sagt Mutter mit einem Seitenblick auf mich und hört endlich auf, an ihrem Ring zu drehen. Aber du hast mir immer noch nicht gesagt, warum Helmut das Grundstück verkauft hat und an wen. Wenn du laut wirst, sage ich überhaupt nichts mehr, trotzt Großmutter. Aber da steckt doch was dahinter, bitte, Mutter, ich muß das wissen. Verkauft hat er es an den Strauwitz, doch der hat es auch nicht behalten, sondern an einen Nazi, einen Rechtsanwalt, Wolf oder Adler, irgendein Tiername war es, weiterverkauft, erklärt Großmutter. Der Peter Strauwitz, sein dickster Freund und Kollege? Warum behält er es nicht? Was sind das für merkwürdige Transaktionen? Das sind doch mehr als tausend Quadratmeter, erschlossenes Bauland, die werden da so hin- und hergeschoben? Ich ahne schon, was dahinter steckt, Mutter steht auf. Kindchen, trink doch deinen Kaffee aus, beschwichtigt Großmutter, du machst mich ganz nervös mit deiner Hin- und Herrennerei.

Das habe ich schon immer gewußt, eines Tages wird uns mein sauberer Herr Bruder noch ins Unglück bringen, orakelt Mutter wütend. Noch einer, bei dem ich nicht weiß warum, aber von einem Schwert sagt sie nichts. Der Strauwitz hat ihm nur aus einer unangenehmen Geschichte geholfen, und das war sehr anständig von diesem netten Menschen, Helmut ist ihm sehr dankbar. Übrigens geht der Strauwitz mit seiner Familie nach Schlesien, sagt Großmutter. So plötzlich und so weit vom Schuß, wahrscheinlich hat er auch Dreck am Stecken, überlegt Mutter. Was sprichst du denn, Mathilde, diese Leute kennen sich doch alle vom Gericht. Da sitzen heutzutage auch Spitzbuben und Halunken, wirft Mutter ein. Das verbitte ich mir aber, in unseren deutschen Gerichten geht es immer noch hochanständig zu, die Juristen sind alles honorige Leute, wer sonst, entrüstet sich Großmutter. Oh mein Gott, stöhnt Mutter, in welcher Welt lebst du denn? Es sind vor allem sehr gute Nazis, deine hochanständigen Juristen. Ich lasse mich nicht von dir beleidigen, Großmutter reißt die Augen auf, dein Bruder will mit diesen Nazis, wie du sie nennst, nichts zu tun haben, das weißt du ganz genau.

Zum Glück dreht sich jetzt ein Schlüssel im Schloß, mein Onkel kommt herein mit seinen traurigen Eulenaugen hinter der goldgeränderten Brille und begrüßt uns. Seitwärts hinter seinem Rücken wedeln Großmutters beschwörende Hände. Mich bedenkt er mit einem kurzen na, du', und hängt sein Jakett sorgfältig auf einen Bügel.

Ist es noch so warm draußen, fragt Mutter. Es geht, lautet die karge Antwort. Schnell schleust uns Großmutter durch den Korridor und steckt mir eins von ihren begehrten Päckchen zu. Du verwöhnst das Kind, sagt Mutter unwillig. Das ist meine Sache, gibt Großmutter zurück. Sie winkt so lange vom Treppenpodest, bis wir uns über die unsichere Stiege hinuntergehangelt haben.

Seit Stunden tagen sie nun schon hinter verschlossenen Türen. Von Mutter ist nichts zu erfahren, sie schüttelt den Kopf und winkt jede Frage ab. Die Neugier treibt mich hin und her und schließlich in den Garten. Rosen, Dahlien, Margeriten, was mögen sie bloß besprechen? Zinnien, Mohn und Feuerlilie, was ist mit diesem Grundstück? Hortensien, Blauregen, Ringelblumen, warum bringt mein Onkel uns ins Unglück? Gelb leuchten die Stachelbeeren vom Stamm. Sie sind sehr süß dieses Jahr.

Auch am Abend kann ich nur Satzfetzen von der leise geführten Unterhaltung meiner Eltern aufschnappen. Wie du richtig vermutest, war er wahrscheinlich der Strohmann ... der hängt doch selbst mit drin, jahrelang ... macht sich aus dem Staub, schöner Freund ... ausgerechnet mit deinen Schülern ... keinen Pfennig dafür, nur auf dem Papier ... Halunken, Betrüger ... das werden sie dir anhängen ... die werden sich hüten ... mein Gott, mein Gott, womit haben wir das verdient ... Warum bist du noch nicht im Bett? Vater hat mich lauschend im Liegestuhl erspäht. Nun aber marsch! Murrend sammle ich meine Bücher ein.

15

»Erde, die's hervorgebracht, Sonne die es reif gemacht, liebe Sonne, liebe Erde, euer nicht vergessen werde«, Stühle scharren, Löffel klappern, ein Stuhl bleibt leer. Die Kölner und alle, die mit dem Baseler D-Zug in die Ferien gefahren sind, bleiben nach dem Essen im Speisesaal, und anschließend bitte ich die Kolleginnen zur außerordentlichen Konferenz ins Lehrerzimmer. Heidewitzka, der Mensch aus der Napola, flüstert Pummel grinsend. Jetzt erinnere ich mich. Heidewitzka haben wir auf dem Bahnhof gesungen. Heidewitzka ist nicht jedermanns Geschmack, schon gar nicht in Kriegszeiten. Heidewitzka hört sich nicht germanisch an und ein Heidewitzka-Kapitän, der auf einem Müllemer Bötchen den Rhein überquert, erweckt Verdacht, zumal wenn ihn eine Horde lärmender Jugendlicher besingt. Da könnte man fast annehmen, sie verhöhnten unsere tapfere deutsche Kriegsmarine. Auch die Freiburger mögen dieses liederliche Heidewitzka nicht auf ihrem Bahnsteig und beäugen die Sänger mißtrauisch. Wo kommen die überhaupt her? Natürlich, Rheinländer, immer das Mundwerk vorneweg. Ein unernstes Volk, halbe Franzosen, die singen wohlmöglich noch im Bunker.

Der Frau Doktor sind die Heidewitzka-Sänger erst recht zum Ärgernis geworden, weil sie das Ansehen unserer Schule in den Schmutz ziehen. Frau Doktor möchte nicht, daß andere Schulen über uns hohnlachen und mit dem Finger auf uns zeigen, nur weil ein paar wild gewordene Krakeeler mit ihrem Gebrüll unseren guten Namen verunglimpfen und das Deutschtum lächerlich machen, für das wir alle stellvertretend hier im Elsaß stehen. Deutsche besitzen eine aus dem Herzen kommende Fröhlichkeit, die Clownerien und Hanswurstereien anderer Völker sind ihnen fremd. Es widert sie vor uns Randalierern ohne Selbstbeherrschung und ohne Verantwortungsgefühl für unsere nationalsozialistische Volksgemeinschaft. Zum Schluß behält sich Frau Doktor eine drakonische Bestrafung vor, deren Art und Weise wir später von unseren Gruppenleiterinnen erfahren werden. Dann sind wir entlassen und schleichen kleinlaut davon.

An der Treppe erwarten uns schon die Neugierigen. Was war los, was war los? Meine Neuigkeit ist viel interessanter, Beatrice zieht mich hinter eine der falschen Marmorsäulen. Die Konferenz ist nicht wegen euch einberufen worden, sie haben etwas viel Wichtigeres zu besprechen. Es ist ein Geheimnis, ich darf mit niemandem darüber sprechen. Warum nicht, frage ich. Frau Doktor hat es mir verboten. Aber ich bin deine Freundin, warum darfst du es wissen und ich nicht, frage ich. Weil ich es gesehen habe, Beatrice flüstert fast unhörbar, dumpf, wie aus einer hohlen Tonne. Was hat sie gesehen, warum schaut sie so verschwörerisch umher? Der Schwarm der Neugierigen hat sich verzogen, oben hört man Türen klappen. Auf Zehenspitzen huscht auch Beatrice nach oben und bedeutet mir mit gekrümmtem Zeigefinger, ihr zu folgen. Ist dies wieder eines ihrer Spiele, eine ihrer Falschmeldungen, aus dem Nichts erfunden und wieder ins Nichts entlassen? Ich traue ihr nicht, auch wenn mich die Neugier schamlos kitzelt.

Wir verschwinden in unserem Versteck, der Kleiderkammer, hocken uns in die hinterste Ecke. Es ist dunkel dort, und es riecht muffig nach Weihrauch und staubigen Gewändern. Du darfst mich nie, nie verraten, schwöre es, verlangt Beatrice. Ich schwöre bei dem steinernen Jesus da draußen, aber das genügt ihr nicht. Du mußt bei der heiligen Odilia schwören, wispert sie, schwöre! Es muß etwas Furchtbares geschehen sein, wenn sie mich bei der heiligen Odilia schwören läßt. Die Schutzpatronin des Elsaß ist einzig und allein den Elsässern vorbehalten. Zitternd schwöre ich bei der heiligen Odilia, bevor mir Beatrice ihr Geheimnis eröffnet. Simone ist mit einem SS-Mann durchgebrannt. Mir stockt der Atem, das ist ungeheuerlich, weit weg von allem Heidewitzka. Ungläubig flüstere ich, woher willst du das wissen? Obwohl uns hier niemand hören kann, antwortet Beatrice noch leiser flüsternd. Ich habe sie in Straßburg aus dem Zug steigen sehen. Ein SS-Mann hat sie erwartet. Er hat sie geküßt, so wie Mann und Frau, ganz lange. Dann sind sie zusammen weggegangen, und keiner weiß, wo sie geblieben sind, auch ihre Eltern nicht. Mir hat es die Sprache verschlagen und ich verstehe Beatrice, ein solches Geheimnis ist zu groß, um es alleine zu tragen. Auch andere haben etwas gesehen, etwas gehört. Bald legt sich ein glibberiger Schleier von Vermutungen und Verdächtigungen über das Haus. Die Älteren lächeln informiert ohne etwas zu wissen. Das Wort Schulausschluß macht die Runde.

Am Abend müssen wir uns im Musiksaal versammeln, alle, Lehrer und Schüler. Frau Doktor kommt als Letzte herein, schaut unruhig umher und nagt an ihrer Unterlippe. Spannung liegt in der Luft. Ich habe euch hierher gebeten, um eine wichtige Angelegenheit zu besprechen, beginnt sie. Ich möchte das jetzt tun, bevor sie weitere Kreise zieht und von Vermutungen genährt wird, die jeder Grundlage entbehren. Wie ihr wißt, ist Simone nach den Ferien nicht zu uns zurückgekehrt. Über ihr Fernbleiben kursieren, wie ich leider hören mußte, die aberwitzigsten und häßlichsten Gerüchte, die völlig aus der Luft gegriffen sind. Deshalb werde ich euch jetzt über das wirkliche Geschehen unterrichten.

Auf der Rückfahrt in die Schule hat Simone auf dem Bahnsteig ihren Cousin getroffen, der auf dem Weg zu seiner schwer erkrankten Mutter war. Tief betroffen von dieser Nachricht ist Simone nicht in die Schule weitergefahren, sondern hat sich ihrem Cousin angeschlossen, um ihrer geliebten Tante beizustehen. Ich gebe zu, das war kopflos und unüberlegt gehandelt, aber schließlich geschah es aus edelsten Motiven. Ich möchte euch daher bitten, Verständnis für Simone aufzubringen. Wir kennen sie alle als ein verträumtes, ganz ihrer Musik hingegebenes Mädchen. Wenn solch ein Geschöpf plötzlich aus seiner Traumwelt herausgerissen wird und mit der Realität konfrontiert wird, wie hier mit der schweren Erkrankung ihrer Tante, kann es zu einer Kurzschlußhandlung kommen, und man tut Dinge, die man bei reiflicher Überlegung unterlassen hätte. Wir wollen Simone ihre Unüberlegtheit verzeihen, die aus Sorge und Hilfsbereitschaft für einen nahen Menschen geschah. Ihre Eltern haben mich gebeten, Simone nicht mehr darauf anzusprechen, um sie nicht weiter zu belasten. Diese Bitte gebe ich an euch weiter und wünsche ihrer Tante eine recht baldige Genesung.

Was ich jetzt noch zu sagen habe, gilt für alle Schülerinnen des Hauses. Simone wird morgen wieder bei uns sein und unser Gemeinschaftsleben teilen. Sollte irgendeine Schülerin Vermutungen oder Gerüchte verbreiten, die sich abseits der euch eben vorgetragenen Wahrheit bewegen, erwartet sie strengste Bestrafung, im äußersten Fall Schulausschluß. Wieder einmal schleichen wir kleinlaut davon. Wie oft sie sich beim Sprechen die Lippen befeuchtet hat und wie ihre Augendeckel klapperten. Schau mich an, du lügst, ich sehe es dir am Gesicht an, sagt Mutter immer, wenn sie mich beim Schwindeln ertappt.

Ernst und verschlossen geht die wiederaufgetauchte Simone durch den Tag, nur in der Nacht höre ich sie manchmal weinen. Dann kriechen schnell die falschen Tröster unter ihre Bettdecke und betteln, mir kannst du es doch erzählen, von mir erfährt niemand etwas. Simone hat das Bett gegenüber, was mögen sie da tuscheln und raunen?

Noch nie habe ich mir über Mann und Frau Gedanken gemacht. Frauen bekommen Kinder, Katzen bekommen Junge. Das ist nun mal so. In den Romanen küssen sich die Paare, anschließend heiraten sie. Was nachher geschieht, ist nicht zu erfahren, wahrscheinlich weil es so langweilig ist. Was werden sie schon tun? Sie stellen zwei Betten ins Schlafzimmer. Mutter sagt, wärm mir mal die Füße, und steckt ihre kalten Füße unter Vaters Decke, und Vater sagt, leg das Buch weg und mach das Licht aus, ich will endlich schlafen. Wenn sie Kinder wollen, küssen sie sich. Meist abends, wenn der Bart noch nicht so kratzt.

Sind die Kinder da, küssen sie nicht mehr. Wenigstens ich habe noch nie Erwachsene so etwas tun sehen, außer an Weihnachten und zum Geburtstag. Im Schlafzimmer liegen Rheila-Perlen, Silargetten und Lesebrillen in der Nachttischschublade, und bei manchen Leuten, die im Mottenkugeldunst eiskalt schlafen, stehen Einmachgläser auf dem Kleiderschrank. Warum also diese Aufregung. Aber vielleicht bekommt Simone ein Kind, weil sie ihn geküßt hat. Der heilige Schreck fährt mir in die Glieder. Ich versuche Beatrice zu wecken. Laß mich doch schlafen, murmelt sie, was willst du denn? Wenn Simone nun ein Kind bekommt, frage ich hauchleise. Ich glaube nicht, sie haben einen Gummi genommen, haucht Beatrice zurück. Was für einen Gummi, bedränge ich Beatrice wieder, während vor meinen Augen unsere Zopfspangen auftauchen. Na, so ein Gummi zum Lutschen, laß mich jetzt schlafen, Beatrice dreht sich auf die andere Seite. Beruhigt mache auch ich es mir unter meiner Bettdecke bequem, wer Gummibonbons lutscht, bekommt kein Kind.

Mit Cecile gehe ich ins Dorf. Sie hat mir Weintrauben versprochen, die ich nach Hause schicken will. Auf dem Hof riecht es säuerlich nach Most. Hühner laufen gackernd durcheinander, unter dem Dach gurren die Tauben. Mit dünnem Strahl rinnt Wasser in einen Trog. Ich setze mich auf den Rand des Beckens. I kumm gli, ruft Cecile von oben aus einem geranienumflammten Fenster. Neben mir knarrt das Scheunentor, der Opa schlurft in den Hof. Salü, wo isch's Cecile? Ich deute nach oben, sie ist raufgegangen. Un du, wer bisch du? Eine Schulkameradin, gebe ich Auskunft. So e schöns Maidli, lacht er und zieht mich am Zopf, komm, ich zeig dir was, 's Kätzli hat Junge. Bereitwillig folge ich ihm ins Halbdunkel der Scheune und bestaune die fünf seidigen Knäuel im Stroh. Sie sind erst ein paar Tage alt, halten die Augen noch geschlossen vor der Welt. Die gefallen dir, was, sagt der Opa und klopft mir auf den Po. Ich nicke, doch es gefällt mir gar nicht, wie seine Hand jetzt weiterwandert und unter meinen Hosengummi kriechen will. Ich rücke seitwärts, mache mich ganz steif. Hast auch schon e Kätzle, fragt der Opa und zieht eine pralle Wurst aus seinem Hosenschlitz. Da ruft Cecile draußen, Ida, wo bist du denn? Die Tür geht auf, Sonnenlicht flutet herein, schnell verschwindet der Opa im Dunkel der Scheune. War das der Grandpère, fragt Cecile. Ich nicke. Hat er seinen Hosenstall aufgemacht? Ich nicke wieder. Das alte Schwein, er ist total gaga, Cecile dreht die bekannte Schraube vor der Stirn. Aber erzähl nichts davon in der Schule, beschwört sie mich und drückt mir den Karton mit den Trauben in die Hand. Obenauf legt sie noch ein dick mit Münsterkäs beschichtetes Brot.

Es dauert Wochen, bis mein Paket zu Hause ankommt. Die Trauben waren faul, wir mußten sie alle wegwerfen, schreibt Mutter. Eine Bombe hat den Dom gestreift, wie eine tiefe Wunde klaffte das Loch an der Westseite des Nordturms. Wir dachten schon, er stürzt ein, aber er hat standgehalten. Jetzt haben sie ihm eine Plombe aus rotem Backstein verpaßt, der Dom war beim Zahnarzt, berichtet sie weiter. Vielleicht will sie mich trösten, den Schreck herunterspielen, doch ich kann darüber nicht lachen. Alles ist brüchig geworden, sogar der Dom.

Ich flüchte mich in die Sicherheit der falschen Versprechungen. Schreibe Gedichte über den unbekannten Soldaten, den Tod für das Vaterland und die heldenmütige Zivilbevölkerung, die dem

Bombenterror im Glauben an den Führer trotzt. Frau Doktor tätschelt mir den Rücken. Diese Gunst widerfährt nicht jedem. Meine großen Worte liegen auf einer Linie mit den Parolen von Goebbels. »Der englische Bombenterror festigt nur den Haß und den Kriegswillen der deutschen Bevölkerung«, verkündet er, und ich verkünde in Mariechens Platt, »un loße die räuhig kumme, die krieje uns nit eröm, mir jläuve an uns Heimat un an dä deutsche Sinn«, was immer ich mir darunter vorstelle.

Mutter ist froh, daß ich nun keine Sperenzchen mehr mache und Weihnachten eine gute Beurteilung mit nach Hause bringe, in der viel von Gehorsam, Selbstzucht und Begeisterung für die Ideale der Nation die Rede ist. Meine nationalsozialistische Tante Lisbeth liest meine Gedichte ihrer nationalsozialistischen Familie vor, und sie finden sogar Anklang bei ihrem Bruder, der schon mit Himmler in der Wewelsburg war. Auch Großmutter ist entzückt und sieht mich als zukünftige Miegel oder Droste. Aber Großmutter hat schon immer alles durcheinander gebracht. Nur Vater schweigt, und da erlischt die großmännische Freude über meinen Ruhm und macht der Scham über mein falsches Handwerk Platz.

Tag und Nacht tickt das Rundfunkgerät. Setzt der Ticker des Drahtfunks aus, teilt uns eine nüchterne Stimme die Position feindlicher Flugzeuge mit. Achtung, Achtung, ein feindliches Flugzeug kreist über dem Raum Köln-Ostheim und dreht ab nach Westen. Erleichtert atmen wir auf. Noch mehr als die geschlossenen Verbände fürchten wir die Moskitos, deren Bomben wie die Windsbraut heranbrausen, mit unerträglichem Druck das Trommelfell belasten und wie von einem unsichtbaren Ventilator angesaugt unsere Haare steil nach oben ziehen. Augen und Mund weit aufgerissen, sitzen wir da, mit zu Berge stehenden Haaren. Das magische Wort ist die Einflugstelle St. Vith. Es ist belastet mit jedem erdenklichen Schrecken des Krieges und es treibt uns augenblicklich in den Keller. Noch gefährlicher für uns sind die über Mönchengladbach anfliegenden Maschinen, die ihre Last meist über dem rechtsrheinischen Gebiet abladen. Am Tag die Amerikaner, in der Nacht die Engländer. Die Angriffe sind kürzer geworden, dafür um vieles heftiger, und immer ist dieses Ticken da und diese monotone Stimme, die uns den nächsten Angriff meldet.

Nieselregen, grauer bedeckter Himmel, eigentlich kein Flugwetter, ob wir es wagen sollen, Großmutter zu besuchen, kaum gesagt, setzt sich Mutter schon den Hut auf. Der Anblick von Ruinen ist uns inzwischen selbstverständlich geworden. Wie schnell sich der Mensch an alles gewöhnt. Früher fuhren die Leute in der Welt herum, um sich so etwas anzuschauen, heute hat man es direkt vor der Haustüre. Hörst du das, fragt Mutter. Die Wolkendecke hat etwas aufgerissen, und irgendwo zwischen den dahintreibenden Wolkenfetzen kreist ein Flugzeug. Die Straße ist menschenleer, wer kommt außer Mutter schon auf die Idee, zwischen diesen Mörtelbergen herumzustapfen. Riesig ragen die Brandmauern der ausgebrannten Kaufhäuser vor den Umrissen der Domtürme in den Himmel. Tak-tak-tak, die Flak schießt sich ein, das Motorengeräusch kommt näher. Für den Bunker ist es jetzt zu spät, wir kauern uns hinter eine der einsamen himmelhohen Mauern. Tak-tak-tak schießt die Flak erneut. Über uns baumelt ein Eisenträger. Wie ein Kran bewegt er sich bei jeder Erschütterung quietschend hin und her. Meine Augen saugen sich an dem rostigen Eisen fest, wird es halten oder wie eine Bombe auf uns heruntersausen? Endlich setzt der Flieger seine aufheulende, krachende Losung. Über unseren Köpfen rotiert der Eisenträger, neigt sich gefährlich in die Schräge, Staub und Mörtel rieseln herab, bedecken uns mit einer dichten Pulverschicht. Endlich wird das Kreiseln da oben langsamer, Gott sei Dank, er hat gehalten.

Großmutter wird immer kleiner, sie reicht mir kaum noch zu den Schultern. Wie immer drückt sie mir zwei feuchte Küsse auf die Wange, Idachen, Herzchen, wie du gewachsen bist. Nichts paßt mehr, aus allem wächst sie raus, und das in diesen Zeiten, beschwert sich Mutter und schüttelt unsere staubigen Mäntel aus. Sieh dir nur an, wie wir aussehen. Wegen so einem verdammten Moskito mußten wir an der Minoritenkirche in die Ruinen. Es blieb uns noch nicht einmal Zeit für den Bunker. Mein Gott, ist das ein Gefühl, so unter freiem Himmel auf den Einschlag warten.

Kindchen, sagt Großmutter, in der Wohnung ist es auch nicht besser. Daß ihr überhaupt gekommen seid, wo es so gefährlich ist, sie sind doch jetzt Tag und Nacht über der Stadt. Großmutter setzt den Flötenkessel auf das Gas, und Mutter unterhält sich mit ihr durch die Küchentür. Den Moltke haben sie verhaftet, hast du es gelesen? Er soll ein Verräter sein, aber was er verraten hat, erfährt man nicht. Mathilde, ich bitte dich, ein Moltke ist doch kein Verräter. Großmutter spricht den Namen genauso aus wie Pfarrer Fliedner, Christuskirche und Prinzenhof, ihr neuer Kränzchentreff, langsam und jede Silbe betonend, womit sie uns zu verstehen gibt, daß diese einzigartigen Worte keinen Widerspruch dulden, ehern und unverrückbar sind, wie die Generäle auf dem Denkmal am Heumarkt. Zwar haben die Bomben den Kaiser vom Sockel geweht und kopfüber in den Dreck gestürzt, aber die Generäle sind geblieben, durchlöchert, abgesplittert, kaiserlos verharren sie auf ihrem Podest, ein Moltke ist auch dabei. Sie werden doch jetzt nicht den preußischen Adel ausrotten wollen, Großmutter ist empört. Davon will ich gar nichts mehr hören, sagt sie und sperrt damit in ihren Gedanken alles aus, was den Frieden eines ostelbischen Landjunkers stören könnte. Will denn Großmutter die traurigen Veränderungen ihres Lebens nicht sehen? Nichts erinnert hier noch an die vertrauten Gerüche und Geräusche meiner Kindheit. Großmutters Lavendel, Großvaters Juchten, Bohnerwachs und dieses bittersüße Gemisch von getrockneten Blumen, Gurgelwässern, Tinkturen und Ingwerplätzchen, das in den Räumen hing. Großvaters Pfeifen, Gretes schwere Schritte, das Stampfen der Brauereipferde nebenan, das Rollen der schweren Möbelwagen auf dem Hof gegenüber. Sogar das Spiel von Licht und Schatten im Wechsel der Tageszeit hat sich verändert, seit die hohen Fenster zur Hälfte mit Sperrholzplatten vernagelt sind.

Großmutter stellt den frisch aufgeschütteten Muckefuck auf den Tisch, eine schwache Malzfahne weht uns entgegen, aber sie kommt nicht an gegen den Geruch nach kalter Asche und verkohlten Balken, der sich in den Wänden eingenistet hat. Grete will, daß ich nach Ostpreußen komme, sagt Großmutter. Hier herrscht tiefster Frieden, und zu essen haben wir reichlich, schreibt sie. An deiner Stelle würde ich da nicht lange überlegen, packen und weg, rät Mutter, je eher, desto besser. Ich werde doch nicht zu den Kosaken gehen, wehrt Großmutter entrüstet ab. Wer behauptet denn, daß in Ostpreußen Kosaken sind, schon bekommt Mutter hektische Flekken auf den Wangen. Großvater hat mir das gesagt. Wie bitte? Gleich wird Mutter explodieren. Jawohl, antwortet Großmutter mit fester Stimme. Großvater ist mir im Traum erschienen. Idachen, hat er gesagt, unser Land geht unter, es liegt schon unter den Hufen. Und dann kamen sie, fährt Großmutter fort. Wer kam, unterbricht Mutter, ärgerlich über Großmutters Spinnerei. Nie würde sie zugeben, selbst daran zu glauben, und doch tut sie es. Zu irgendwem wird sie nachher sicher sagen, meine Mutter hatte wieder ihre Vorahnungen, ihr Gesicht, wie sie das nennt, und dann wird sie brühwarm alles weitergeben, was wir gerade von Großmutter hören.

Die Kosaken kamen und saßen mit ihren Pelzmützen und solchen Schlitzaugen im Sattel, Großmutter zieht ihre ohnehin schon schmalen Augen auseinander, bis sie aussieht wie ein alter Chinese, eine Hand am Zügel und in der anderen den Säbel. Großmutters Stimme klettert in den Keller, kommt jetzt von ganz unten, die Erde dröhnte unter den Hufen ihrer kleinen Pferde und war getränkt vom roten Blut. Tiere schrieen wie Menschen und Menschen wie Tiere. Geschirr bei Geschirr irrten Heimatlose mit hastig aufgeladenem Hausrat in endlosen Zügen über die Straßen, und hinter ihnen leuchtete glutrot der Himmel vom Brand ihrer Höfe. Dann erlosch alles Licht, und Ostpreußen versank in der Dunkelheit.

Wir sitzen stumm und sprachlos da, bis Mutter hörbar die Luft einzieht und damit den Bann bricht. Was ist das bloß für eine verrückte Geschichte, die du uns da erzählst? Kosaken auf Pferden mit geschwungenem Säbel reiten gegen Panzer und Kanonen? Erzähl bloß keinem von diesen absurden Vorstellungen, geradezu lächerlich ist das. Was ich gesehen habe, habe ich gesehen, sagt Großmutter, und deshalb denke ich nicht im Traum daran, dorthin zu gehen. Grete sollte besser herkommen, solange es noch Zeit ist. Richtig, du hast geträumt und Träume sind bekanntlich Schäume, ärgerlich pickt Mutter Krümel vom Tischtuch. Deinem Starrsinn ist eben nicht beizukommen, faucht sie, du machst wirklich noch solange, bis dir das Haus über dem Kopf zusammenstürzt. Mir geschieht hier nichts, dieses Haus bleibt stehen, antwortet Großmutter ruhig. Vor soviel Hartnäckigkeit kapituliert sogar Mutter. Wir müssen gehen, es ist schon spät, sagt sie. Noch lange steht Großmutter winkend auf dem Treppenabsatz. Immer wieder drehe ich mich um und würde so gerne zurücklaufen, meine Arme um sie legen und sagen, Großmama, ich hab dich lieb, so wie früher, als ich ihr noch nicht einmal bis zur Hälfte reichte. Warum tut man so etwas nicht mehr, wenn man größer wird?

Vater hört sich zu Hause Mutters aufgeregten Bericht an. Es braucht nicht die Prophezeiungen deiner Mutter, sagt er dann, wenn wir den Krieg verlieren, was nach Lage der Dinge immer wahrscheinlicher wird, kann sich das geschilderte Szenarium durchaus bewahrheiten. Die Kosaken in Ostpreußen, welch ein Unsinn. Sie redet in letzter Zeit sowieso viel wirres Zeug, zäh ihrem Gedankenfaden hinterherlaufend, hat Mutter sicher wieder nicht zugehört. Kinder und Narren sprechen die Wahrheit, meint Vater darauf. Dann entdeckt er mich in der Sofaecke. Warum bist du noch nicht im Bett? Noch lange höre ich die Ukrainermädchen aus den Holzbaracken hinter der Gärtnerei singen. Der alte Faßbender, e Bies wat sich nix jönnt, wie Mariechen sagt und damit auf seinen Geiz anspielt, hat seine sauren Wiesen an den Staat verpachtet, denn man kann auch aus Dreck Jeld machen, wie Anton behauptet.

Wir Kinder haben im Frühjahr Hände voll Schlüsselblumen auf den Wiesen gepflückt, vorsichtig von Grasnarbe zu Grasnarbe springend, um nicht abzurutschen und im Morast zu versinken. Später im Sommer waren es Margeriten, aber die Wiesen waren immer noch feucht, und das Wasser gurgelte unter unseren Füßen bei jedem Schritt. Im Herbst trat der Bach über die Ufer und überflutete die Wiesen, und im Winter lagen sie unter einer spiegelblanken Eisdecke, auf der wir lange Schlitterbahnen anlegten. Jetzt stehen Baracken da mit durchgefaulten Böden. Es hilft nichts, daß sie auf Stelzen stehen, auch die Pfosten faulen weg. Die reinsten Tropfsteinhöhlen, sagt der mit den Reparaturarbeiten betraute Schreiner, dat sollte mich nit wundern, wenn die ärm Mädche do all krank wäde. Nä, nä, dat is nit richtig, wat se mit denne mache.

Sonntags gehen die Ukrainermädchen untergehakt die Straße auf und ab. Sie haben breite, flache Gesichter und rote Bänder in ihre Zöpfe geflochten. Manche tragen noch die buntgestickten Blusen ihrer Heimat unter den ärmlichen grauen Steppjacken. Seltsam vertraut ist mir die rollende Sprache, sie erinnert mich an das Polnisch der Großeltern, wenn sie ihre Worte vor uns Kindern verbargen. Noch lange vertrauen die Ukrainerinnen der Nacht ihr Heimweh und ihre Sehnsucht mit ihren schwermütigen Liedern an.

Schmerzlich langgezogen beginnt die Melodie, wechselt dann plötzlich in einen wilden Rhythmus und endet mit einem lauten Schrei, der die Nachtstille messerscharf durchbricht. Ich ziehe mir die Decke über die Ohren.

Noch nie habe ich darüber nachgedacht, was wäre, wenn wir den Krieg verlieren. Glaubst du, wir gewinnen den Krieg, taste ich mich vorsichtig bei Mariechen vor. Ich bin doch nit so en Idiot wie der Pinscher un fall auf dene ihre Verzäll rein, ich han doch Augen im Kopp, lautet ihre entrüstete Antwort. Dem Pinscher un dem anderen braunen Jesocks is et ja zu gönnen, aber wat machen mir mit all dem fremden Volk im Land, wenn et schief jeht? Die hängen uns doch am nächsten Baum auf. Warum sollte uns der fröhliche Pjotr, der gerade hereinkommt und seine Mütze mit gezieltem Wurf auf den Haken schleudert, aufhängen? Ich frage Bertchen, ob er noch an den Endsieg glaubt. Er hat sich sehr verändert. Ist eckiger geworden, mit einer tiefen Stimme und einer langen Nase. Im letzten Herbst ist sein Vater gestorben. Als neuer Haushaltungsvorstand bewegt er sich ernst und feierlich und beantwortet meine Frage mit »hm, hm, na ja«. Sag doch, glaubst du an das Wunder der Vorsehung, frage ich nun eindringlicher. Wir sitzen nicht mehr eng nebeneinander wie früher. Er steht am Gartentörchen und hält auf Abstand. Seit Jesus tot is, sin die Wunder seltener geworden, oder hast du schon mal eins erlebt, antwortet er. Ich muß zugeben, nur davon gelesen zu haben. Aber so können sie uns doch nicht belügen, irgendwas wird schon passieren, du wirst sehen, eines Tages macht es paff. Dann hät et aber schon lang paff machen können, meint Bertchen.

Nach Weihnachten verwandelt Regen den Schnee in grauen klumpigen Matsch. Aufgeplustert, mit eingezogenen Köpfen, hocken Amseln auf den kahlen Ästen der Pappel. Durch alle Ritzen dringt die kalte Nässe ins Haus, und wir heizen unsere beiden Öfen, bis die Rohre glühen. Vater hat sich einen Handwagen geliehen, um unsere Brennstoffzuteilung abzuholen. Hoffentlich muß er nicht zu lange anstehen, das letzte Mal hat er Stunden gewartet, sagt Mutter und betrachtet nachdenklich meine Füße. Wie die sich das eigentlich vorstellen, die Bezugsscheine sperren, nur für Bombengeschädigte, und die anderen, womit laufen die? Wissen die eigentlich, wie schnell Kinder aus Schuhen herauswachsen? Na, vielleicht gibt es einen Sonderaufruf für Gummistiefel, dann hast du wenigstens was für Schmutzwetter. Jetzt hol mir mal schnell ein Graubrot bei Hambachs. Mutter drückt mir Brotmarken in die Hand, aber sei vorsichtig mit deinen Holzklumpen, es ist glatt, ruft sie mir noch nach.

Vorsicht ist meine Sache nicht, soll ich vielleicht wie die alten Weiber um die Pfützen herumtappen? Mit etwas Anlauf ziehen meine Holzschuhe lange Schlitterbahnen in den nassen Schnee, der über einer feinen Eisdecke liegt. Wie auf Kufen sause ich über die Straße und halte das Brot als Balancierstange hoch über meinen Kopf, bis ich auf die vor unserem Haus ausgestreute Asche gerate und meine Rutschpartie ein jähes Ende findet. In weitem Bogen fliegt das Brot in den Schneematsch, und meine Holzschuhe trudeln hinterher. Vergeblich versuche ich mit der Hand abzubremsen, mit voller Wucht lande ich auf einem vereisten Schneehaufen.

Mein Gott, was ist denn das, ruft Mutter, als sie mich triefend, auf nassen Strümpfen, die Klumpen in der Hand vor sich sieht. Hab ich dir nicht gesagt, du sollst vorsichtig sein? Aber alles, was man dir sagt, ist in den Wind gepredigt. Ist ja auch kein Wunder bei diesen Klotschen. Keine Schuhe für die Kinder, aber Bomben und Granaten im Überfluß. Und wo ist das Brot? Ich deute zur Tür, schon rennt Mutter auf die Straße, um ihr Graubrot zu retten. Aus meiner Hand tröpfelt es, und um mich herum breitet sich langsam eine rote Lache auf den Fliesen aus.

Aufgeweicht, ungenießbar, warum hast du es nicht aufgehoben, das da kann doch kein Mensch mehr essen? Mutter friemelt an dem nassen Brot herum. Alles dreht sich bei ihr um das Essen. Sie nimmt in letzter Zeit gar nicht mehr wahr, was um sie herum geschieht, wenn es nicht um Kunsthonigaufrufe, Fleischrationen, Sonderzuteilungen geht.

Was hast du denn mit deiner Hand gemacht, mein Gott, du blutest ja? Wer sie hört, könnte meinen, ich habe mich selbst verstümmelt, so wie die Soldaten, die sich in die Füße schießen, um von der Front wegzukommen. Wenn es rauskommt, werden sie erschossen. Manche haben Glück und kommen ins Lazarett, aber die meisten kriejen se, hat Mariechen gesagt. Wat heißt hier Jlück, wollte Anton wissen, dat sin doch Lumpen und Drückeberger, wollen sich im Lazarett en schönes Leben machen, während andere für sie an der Front dä Kopp hinhalten müssen. Vielleicht hatten die keine Lust mehr, dä Kopp hinzuhalten, un außerdem haben et andere noch am allerbesten. Anton knallte wütend die Tür ins Schloß. Er wird nicht gerne darauf hingewiesen, als einziger in der Familie freigestellt zu sein, um den lebenswichtigen Betrieb zu erhalten.

Nun sieh dir bloß an, was sie wieder angestellt hat, empfängt Mutter meinen Vater, der müde und verschwitzt mit den Brikettsäcken heranrattert. Als Vater das Blut auf dem Fußboden sieht, wechselt er die Farbe und wird bleich, er kann kein Blut sehen. Warum steht ihr denn hier herum, warum tut niemand etwas, soll sie verbluten? Aufgeregt schiebt er mich in die Küche und hält meine blutverschmierte Hand unter die Wasserleitung. Wie ein Messer schneidet der Strahl in mein Fleisch. Unter dem Schmutz kommt ein klaffendes Loch zum Vorschein, aus dem mit jedem Pulsschlag eine kleine Blutfontäne spritzt. Schnell, was zum Abbinden! Während Mutter noch mit fliegenden Händen sucht, reißt Vater bereits einen Streifen von ihrer Bügeldecke ab, polternd fällt das Bügeleisen zu Boden. Muß ich jetzt sterben, frage ich. Halt lieber die Hand ruhig, so schnell stirbt sich nicht, Vater zieht die Bandage fest, die Blutung versiegt.

Wir müssen lange auf die Straßenbahn warten. Am Himmel sind wieder Moskitos. Ihr hohes Summen schmirgelt über die Nervenstränge. Ständig nistet dieser Summton in unseren Ohren und die Dauerfrage, horch mal, ist da wieder einer? Auch wenn gar nichts geschieht, der Heulton der ausgeklinkten Bombe ist schon im Voraus in uns und auch das ohrenbetäubende Krachen des Einschlags. In der Bahn versuche ich durch die Fensterscheibe den Himmel auszumachen, den Summton zu orten, aber dann wird mir unter einer bleiernen Müdigkeit plötzlich alles egal. Meine Fingerspitzen schauen bläulich aus dem Frotteehandtuch, das Mutter um meine Hand gewickelt hat. Sie sind eiskalt. Kannst du noch, fragt Vater. Ich nicke und beiße die Zähne zusammen. Eiskalt kriecht es meine Beine herauf. Beim Aussteigen knicken sie ein, wie abgebrochene Streichhölzer. Vater fängt mich auf, und ein entgegenkommender Radfahrer setzt mich auf seinen Gepäckständer, ich helf Ihnen, wo müssen Se denn hin?

Dann schwebe ich auf einer Wattewolke. Gleich werde ich fliegen. Viel höher hinauf als ein Moskito. Vielleicht hat mich schon eine Moskitobombe getroffen? Dann bekomme ich ein Ehrenkreuz hinter meinen Namen, und in ihrer Ansprache wird Frau Doktor meine treue Pflichterfüllung lobend erwähnen. Sie starb an der Heimatfront und opferte ihr Leben für das geliebte Vaterland. Ich wäre ein Held, und Beatrice würde heulen, sie heult schnell. Mutter würde nie mehr mit diesem gewissen spöttischen Unterton von unserer extravaganten kleinen Dame sprechen. Nur Vater kann mir leid tun, er zittert jetzt schon.

Die junge Ärztin schüttelt den Kopf und schaut ihn streng an. Sie haben den Arm nicht abgebunden, sie haben ihn abgeschnürt, etwas später ... sie läßt den Satz in der Luft hängen. Ich wußte das nicht, meint Vater kläglich. Ist ja noch mal gut gegangen, beruhigt sie und klaubt mit einer langen Pinzette Metallklammern von einem Tablett. Spürst du was, fragt sie. Ich schüttele den Kopf, schaue zu, wie sie die Wundränder verklammert, fast so wie Mutter die Rouladen, bevor sie in den Brattopf kommen. Dann wird mein Arm auf ein kleines Brett gebunden und in eine schwarze Schlinge gehängt. Schön ruhig halten, empfiehlt sie und entläßt uns mit einem kleinen Lächeln, das hilflos in ihrem müden Gesicht stehen bleibt.

Na, Kamerad, auch verwundet, ein Soldat humpelt uns entgegen. Ich verziehe schwach die Mundwinkel, gerade dem Tod entronnen, habe ich noch keinen Sinn für Witzeleien. Wo hat es Sie denn erwischt, fragt Vater und deutet auf den lose baumelnden Ärmel. Hinter Kiew, Frontbegradigung nennt man so was. Vierundzwanzig Stunden Stalinorgel, wenn Sie sich vorstellen können, was das heißt, er humpelt weiter. Schon hinter Kiew, murmelt Vater vor sich hin.

16

Der SS-Arzt Dr. Schulz hat Vater für verrückt erklärt, und nun wird er pensioniert. Nicht wie üblich mit Feier und Ehrung für fünfunddreißigjährige Dienstzeit, sondern durch einen Brief der Schulbehörde, der seine sofortige Entlassung aus dem Schuldienst anzeigt. Sozusagen klammheimlich über die Hintertreppe, sagt Mutter. Es muß einer schon sehr verrückt sein, wenn er in diesen Zeiten seinen Schülern erzählt, daß Diktaturen keine Jahrhunderte überdauern, geschweige denn Jahrtausende. Auch der römische Imperator Nero sei anfangs durchaus erfolgreich gewesen, und von Sieg zu Sieg habe ihm das römische Volk zugejubelt, bis die gallischen Provinzen abfielen und in Spanien der Aufruhr wütete. Doch gescheitert sei der römische Kaiser schließlich an der Judenfrage. Der sich ausweitende Aufstand in Judäa und der nachfolgende Krieg hätten ihm den Hals gebrochen und zu seiner Absetzung durch den römischen Senat geführt. Früher oder später sei ein gewaltsamer Tod oder Selbstmord das Schicksal eines jeden Tyrannen. Mit der nötigen Geduld könne man das abwarten. So etwas erzählt Vater vor der Klasse, nein, man kann es einfach nicht glauben, jammert Mutter. Wo jeder andere sich in diesen Zeiten duckt und schweigt und lieber ein Wort zu wenig als zu viel sagt, hält Vater Volksreden. Nun sieht er, was so etwas einbringt. Die Gestapo hat auf jeden Fall nicht mit Geduld abgewartet. Stundenlang haben sie Vater verhört. Was er mit seinen Vergleichen sagen wolle, was das Wörtchen »auch« bedeute, sie fanden kein Ende, bis sie zu dem Schluß kamen, daß er die Jugend mit seinen Andeutungen verhetze. Es sei seinen Schülern nicht zuzumuten, sie weiterhin seinem irren Gestammel auszusetzen ... Er hat Glück gehabt, daß sie ihn nicht sofort ins KZ gesteckt haben, nur dem kleinen Meier hat er es zu verdanken, daß er noch frei herumläuft, denn das Lager würde er nicht überstehen. Immer noch besser verrückt als tot, sagt Mutter.

Doch Vater kann sich mit seinem Verrücktsein nur schwer abfinden. Es muß auch nicht einfach sein, plötzlich mit dem jecken Manes in einen Topf geworfen zu werden. Vaters Rücken wird ganz krumm, und zwei tiefe Falten ziehen sich von seiner Nase zu den Mundwinkeln. Kommen uns von fern Bekannte entgegen, zieht er den Hut tief ins Gesicht und wechselt schnell die Straßenseite. Offiziell ist er krankgeschrieben, aber wie lange noch, und was sage ich dann den Leuten, irgendwas sickert doch immer durch, sorgt sich Mutter. Wenn er wenigstens anständig zwangspensioniert wäre, wie Annis Vater, dann könnte er hocherhobenen Hauptes spazierengehen, aber unzurechnungsfähig, nach all den Jahren Latein und Griechisch, das ist die schlimmste Erniedrigung, die sie sich ausdenken konnten ... Mutter weint, und ich weiß nicht, wie ich sie trösten soll.

Vater geht jetzt viel spazieren. Die übrige Zeit sitzt er an seinem Schreibtisch und übersetzt Dantes »Göttliche Komödie«. Mutter versteht nicht, warum er sich ausgerechnet diese Höllenqualen vornimmt, zumal es schon einige Übersetzungen davon gibt. Ich möchte mich nicht aus der Wirklichkeit entfernen, erklärt Vater, und die Höllenqualen, wie du das nennst, kann man nicht oft genug übersetzen.

Manchmal kommt auch Doktor Pechstein vorbei mit einem vollgekritzelten Stück Papier. Ich bin mit meinem Latein am Ende, Herr Kollege, bitte, geben sie einem armen Deutschlehrer Hilfestellung. Nachher verstaut er die Übersetzung zufrieden in seiner Aktentasche. Unglaublich, wie er das macht, liest es einfach so runter wie seine Muttersprache, sagt er zu Mutter. Doktor Pechstein ist der einzige von Vaters Kollegen, der uns noch besucht. Von den anderen, die früher auf unserer Terrasse saßen und in der warmen Jahreszeit Erdbeerbowle und an schönen Herbsttagen den Rheinwein pur tranken, kommt keiner mehr.

Geht niemand mit mir, fragt Vater in Hut und Mantel, den Spazierstock in der Hand. Ich habe so viel zu tun, Mutter flüchtet in die Küche, ich muß noch was vorbereiten, Hetty stürmt die Treppe rauf, ich schleiche mich auch davon. Dann fällt die Haustür ins Schloß. Jetzt singt oben im Radio die Zarah vom Wunder, das einmal geschehen wird, und unten blättert Mutter in dem dicken Wälzer, den ihr Bertchens Mutter geliehen hat. Da besinne ich mich und renne los, um Vater noch einzuholen, der bereits mit langen Schritten hinter den Bäumen verschwindet. Hast du es dir überlegt, lächelt er, na, dann wollen wir zwei uns mal in die Büsche schlagen. Wir springen über einen Bach und folgen der schmalen Spur eines Wildwechsels. Der Winter hat eine Atempause eingelegt, täuscht uns mit einem vorgezogenen Frühlingstag. Schon regt sich Leben im Lichtgitter der Bäume. Ein verfrühter Käfer taumelt über den Waldboden. Die Luft riecht frisch und säuerlich, und ausnahmsweise kommt kein Heulen und Brummen aus dem verwaschenen Blau da oben.

Vater bückt sich und rollt Erdkrumen prüfend zwischen den Fingern. Dann entdeckt sein Stock etwas Graues. Das Gewöll einer Eule! Anscheinend ist das ihr Kröpfplatz, wo sie die unverdaulichen Teile ihres Speisezettels auswürgt. Mal sehen, was es heute gab, wahrscheinlich eine Maus. Wir untersuchen das wollige Knäuel und finden winzige Knochen und einen grauen Fellrest. Hab ich es mir doch gedacht, freut sich Vater, ein Mäuseopfer! Der Spazierstock sucht weiter, Vater benennt die aufgestöberten Dinge und erzählt ihre Geschichte. Alles was lebt, hat seine eigene Geschichte, sagt er. Mutter interessiert sich nur für die ausgedachten Geschichten in ihren Romanen. Vaters Erklärungen des Kosmos hält sie für blanke Schulmeisterei und drängelt meist ungeduldig zum Weitergehen. Ein Glück, daß sie bei ihrem Buch geblieben ist und wir uns ungehindert unseren Betrachtungen widmen können.

Paß auf, daß sie dir nicht die Beine hochkrabbeln, warnt Vater, als wir uns in der Nähe eines Ameisenhügels auf einen Baumstamm setzen. Ich habe keine Angst vor Ameisen. Wir schauen zu, wie sie an ihrem Bau arbeiten, rastlos winzige Zweige aus dem dürren Heidekraut heranschaffen. Ein Käferrest versperrt ihren Weg, mit vereinten Kräften wird das Hindernis fortgeschleppt. Sie säubern den Wald, sagt Vater, der Förster ist ihnen dankbar. Aus den Bäumen an der Lichtung schraubt sich ein Sperber mit heiserem Schrei in die Luft, sein braungestreiftes Federkleid leuchtet noch lange in der Sonne. Wie friedlich die Welt sein kann.

Wenn man es sich genau überlegt, dann treibt es die Menschen ebenso umher wie die Ameisen. Fleißig, arbeitsam, jeder mit seiner Aufgabe beschäftigt, und dann kommt plötzlich einer daher, knüppelt alles nieder, macht alles zunichte. Vater rührt mit seinem

Spazierstock im Ameisenhaufen und bringt Aufruhr in den Staat. Er seufzt. Nachher sieht es dann so aus. Die Ameisen wimmeln chaotisch durcheinander. Bringen sich die Ameisen nicht auch gegenseitig um, frage ich, begierig, mein Wissen anzubringen. Ameisen sind Schmarotzer. Sie organisieren regelrechte Raubzüge gegen andere friedliche Völker, um fremde Hilfsameisen oder Sklaven zu ergattern. Wenn sie die Königin getötet haben, holen sie sich die Hilfsarbeiter aus ihrem Stamm, und zu den bekanntesten dieser Sklavenjäger gehört die Blutrote Raubameise. Wenn die Duftnote nicht stimmt, bekämpfen sich Ameisen auch gegenseitig. Sie erkennen sich am Nestgeruch. Mit der falschen Duftnote hast du keine Chance in ihrem Staat, sie lassen dich sofort beseitigen.

Einen Augenblick betrachten wir noch das Gewusel zu unseren Füßen, das emsige Bemühen, Ordnung zu schaffen. Wenn der Bau einmal zerstört ist und ihr Oberhaupt nicht mehr lebt, sagt Vater beim Weitergehen, wird ihnen die Duftnote für alle Zeiten bleiben und sich auch nicht mit allen Wohlgerüchen Arabiens abwaschen lassen.

Warum sollten die Ameisen ihr Erkennungszeichen abwaschen wollen? Manchmal verstehe ich Vater nicht, dann hebe ich mir seine Worte für später auf.

Im Waldhöfchen sind die Türen verschlossen. Auf der Terrasse sitzen Soldaten mit Gipsarmen und Gipsbeinen in der Sonne. Aus einem Fenster auf der Rückseite des Hauses winkt uns eine Frau, die ein buntes Tuch wie einen Turban um den Kopf gebunden hat. Die Hinterür ist offen, ruft sie, gehen sie ruhig rein. Vorne geht es nicht, da ist alles Lazarett, der Kopf verschwindet wieder.

Im Nebenzimmer sind die Schlagläden geschlossen. Im Dämmerlicht ist ein runder Tisch mit einer Filetdecke zu erkennen. Genau in der Mitte steht eine Keramikschale. Jetzt erscheint die ganze Frau und macht Licht. Das ist aber nett von Ihnen, Herr Rat, daß Sie mal bei uns vorbeischauen. Was die Kleine groß geworden ist. Ich seh sie noch in ihrem roten Strickkleidchen, kaum kam die Nas über die Theke, aber wo die Rahmkamellchen waren, das wußte sie genau. Immer mittwochs hatten Sie den Tisch in der Ecke am Fenster. Das waren noch Zeiten! Und immer sonntags Tanz. Und Weiberfastnacht, sogar von Köln kamen sie zu uns. Damals war im Waldhöfchen noch was los. Alles vorbei! Wie sagt man, der beste Mensch kann nicht in Frieden leben, wenn es dem bösen Nachbarn nicht gefällt. Und wir haben eben zu viele Nachbarn, ein Volk in der Mitte, alle fallen über uns her. Sogar die Italiener haben uns verraten. Aber denen war noch nie zu trauen. Hoffentlich zeigt es der Führer den Makkaronis. Wissen Sie, das ist der Neid. Die Tüchtigen haben immer Neider, denen gönnt keiner was. Aber froh wär ich doch, wenn der Endsieg endlich da wär und wir wieder ruhig schlafen könnten, hab ich nicht Recht, Herr Rat? Sie hört nicht auf zu reden.

Haben Sie das Nachbarhaus gesehen? Erinnern Sie sich noch, dauernd gab es Streit mit denen. Mal waren es späte Gäste, mal war es die Kapelle, sogar unsere Außenbeleuchtung hat ihnen nicht gepaßt, das Licht fiel in ihr Schlafzimmer. Jetzt ist kein Schlafzimmer mehr da. Eine Bombe und alles weg. Im Keller hat es sie erwischt, nur den Sohn nicht, der war an der Front. Der arme Kerl kann einem leid tun. Über Tote soll man zwar nichts Schlechtes sagen, aber angenehme Nachbarn waren das nicht. Wir haben Glück gehabt, bis auf die Fensterscheiben. Das gab schon Ärger genug, bis alles mit dem Glaser geregelt war. So, jetzt trinken Sie aber ein Tässchen Kaffee mit mir, ich schütt auch nen Guten auf. Und die junge Dame? Keine Milch mehr? Die hat se nie jemocht, da erinnere ich mich noch ganz genau. Meist ist se sogar noch umgekippt. Jetzt kann ich es ja sagen, manchmal hab ich gedacht, so ein kleines Aas, deshalb muß unser Mädchen alles neu aufdecken. Hahaha, dafür biste mir aber nit bös, nä nit, sie klopft mir auf die Schulter, so, Schätzchen, jetzt kommst du mal mit mir. In der Küche legt sie ein großes Stück Apfelkuchen auf einen Teller. Das ist für dich, dein Papa bekommt Marmorkuchen. Und jetzt gibt es noch was ganz Besonderes, ist übriggeblieben von ner Hochzeit. Mit einer Tülle zeichnet sie Sahnerosetten auf meinen Kuchen.

Drinnen zieht Vater zerknitterte Kuchenmarken aus der Tasche. Ich weiß aber nicht, ob das reicht, meint er verlegen, auf solche Genüsse waren wir nicht vorbereitet. Die Marken lassen sie mal stecken, ich hab sie eingeladen, das wär noch schöner, von einem alten Stammgast Kuchenmarken zu nehmen. Ich esse ganz langsam, nehme nur kleine Stücke auf die Gabel, lasse den Kuchen vorsichtig im Mund zergehen, um lange etwas davon zu haben.

Apfelkuchen mit Sahne habe ich gegessen, verkünde ich stolz zu Hause. Sie will uns ärgern, lacht Mutter, wo willst du denn sowas gegessen haben? Im Waldhöfchen, Apfelkuchen mit echter Sahne, kein gedickter Eierschnee. Das glaubst du doch selbst nicht, jetzt schaut mich auch Hetty zweifelnd an. Da sieht man wieder, wie du spinnst. Das Waldhöfchen ist geschlossen, da ist ein Lazarett drin. Frag doch Vater, wenn du es nicht glaubst. Die Frau vom Waldhöfchen hat uns reingerufen, und ich habe Apfelkuchen mit Sahne bekommen. Was, Vater hat dir Apfelkuchen mit Sahne spendiert? So ein Glück haben wir nie, was Hetty, Mutter lacht, aber in ihrer Stimme schwingt ein Unterton, den ich nicht leiden kann. Wir sind auch nicht Vaters Liebling, spöttelt Hetty. Aber die Frau hat uns doch den Kuchen spendiert, berichtige ich, sie wollte noch nicht einmal Vaters Marken. Das wird ja immer besser, wieder hat Mutter diesen ironischen Ton in der Stimme. Ich antworte nicht mehr, ich lasse mir doch nicht diesen wunderschönen Tag vermiesen.

Zehn Hände müßt ich haben, sagt Mariechen, lehnt dabei aber gemütlich am Schrank und schaut zu, wie der Hausierer Rasierklingen und Schnürsenkel aus seinem Kasten kramt. Schnell läßt sie ein Päckchen Seife verschwinden. Kappusseife aus der eisernen Reserve, flüstert der Mann. Na, wat jibt et Neues, Anton schüttelt seine nasse Lodenjoppe. Mach dat jefälligst draußen, schimpft Mariechen. Der Krieg geht weiter, aber der Goebbels hat den Sieg schon in der Tasche, wie er sagt. Der Hausierer legt Mangelknöpfe auf den Tisch. Wenn dat alles is, wat de weißt, dat is nix Neues, meint Anton. Nä, nä, der Hausierer zwängt einen Zeigefinger durch das Loch in seiner Manteltasche, der Goebbels muß meinen Mantel anjehabt haben, dem is der Sieg aus der Tasche jefallen.

Unser Führer kommt zum Schneider, fährt er fort, als die Lacher sich beruhigt haben, und will sich nen neuen Mantel machen lassen. Er hat auch Stoff mitjebracht, aber nur ein Meter fuffzich, mehr hatten se nit mehr von dem braunen Tuch. Sie lassen et auslaufen, weil die Nachfrage nicht mehr so groß is. Also der Hitler gibt dem Schneider dä Stoff und meint, das würrd woll zu wenig sein? Dä Schneider beguckt sich dä Stoff von allen Seiten un sagt, nä, nä, dat reicht, mir müssen nur noch en bißchen warten, dann bist du so klein geworden, da mach ich dir noch zusätzlich nen Anzug mit Weste aus däm Stück Stoff. Leider Jottes is er noch nit so klein, im Augenblick reißt er dat Maul noch jehörig auf, bremst der Hausierer flüsternd die allgemeine Heiterkeit.

Der Schmellenbachs Pitter is auch jefallen. Wat, die Köpfe fahren hoch. Ich denk, der war vermißt, sagt Anton. War er auch, aber dann ist ein Frontkamerad auf Urlaub gekommen un hat der Frau Schmellenbach die Nachricht jebracht, dat er jefallen is. Dat war aber nit jenug, nä, er mußte der armen Frau auch noch haarklein erzählen, wie dat vor sich jegangen is un dat der Pitter stundenlang vor der eijenen Stellung im Trommelfeuer jelejen un jeschrien hat, un se konnten ihn nit reinholen bei dem Beschuß. Die ärm Frau is bald verrückt jeworden. Dat macht der Krieg, se sin all am verrohen, und jeder denkt nur noch an seine eijene Haut, sagt Mariechen. Et jibt auch andere, widerspricht Anton.

Nur noch drei Tage, dann kann ich endlich wieder hier weg. Bin sowieso jedem im Weg, alle haben ihre eigenen Sorgen, und Bertchen ist im Kriegseinsatz.

Zweimal müssen wir den Zug verlassen. Zweimal kauern wir angstvoll hinter der Böschung im Schlagschatten der Waggons, während die Tiefflieger über uns zum Sturzflug ansetzen. Auf das langgezogene Hüüüü des Sturzes folgt das Rattern der Bordkanonen. Dreck spritzt auf, Metall klirrt, aber es erfolgt keine Detonation. Die atemlose Erwartung löst sich in Stille auf. Der Bordschütze hat sein Ziel verfehlt, er dreht ab. Beim Pfeifen der Lokomotive klettern wir hastig die Böschung hinauf und hangeln uns an den hohen Einstiegsstufen des Wagens hoch, dem der Bahnsteig fehlt. Der Zug hat nur ein paar Einschläge abbekommen, er kann weiterfahren.

Dann verlassen wir den Krieg und begrüßen den badischen Frieden. Unter einem azurblauen Himmel kauern Dörfer im glitzernden Schnee. Krähen hocken auf tiefhängenden Leitungsdrähten, aus Schornsteinen steigt grauer Rauch in die Winterluft. Ein vermummter Radfahrer, ein zockelndes Pferdegespann, Atemwolken um rauhreifbestäubte Mähnen, selbst unser Zug scheint geräuschlos durch diese unversehrte Welt zu gleiten.

Die älteren Schülerinnen werden heute geschlossen in den BDM übernommen. Gabi, Lotti und Anne bekommen eine rotweiße Scharführerschnur. Sie dürfen jetzt Heimatabende mit den Elsässern im Dorf abhalten. Es werden auch Vertretungen und Vertretungen der Vertretungen bestellt. Mir klopft schon das Herz bis zum Hals, aber mein Name wird nicht aufgerufen. Zuletzt bleiben nur noch Sonja, Simone und ich ohne Amt. Kein Wunder, ein Jungmädel, das nicht einmal eine Uniform besitzt und sich bei jeder Feier Teil für Teil aus dem Reservefond ihrer Mitschülerinnen zusammenborgen muß, kann wohl jede Hoffnung auf Führungschancen begraben. Dabei weiß Vater, der grundsätzlich kein Geld für Fahnen und Uniformen ausgibt, in welche Bedrängnis er mich damit bringt. Wer marschieren läßt, muß auch einkleiden, sagt er, punktum.

Führen bedeutet vorleben, und das heißt besser, treuer, begeisterter zu sein als alle anderen, denen man Vorbild sein will. Denkt immer daran, ihr seid die Bürgschaft für den Willen und die Worte des Führers, ihr seid die jungen Fackelträger der deutschen Idee, beendet Frau Doktor ihre Ansprache, und wir verharren in schweigender Ergriffenheit. Mitten hinein in unsere Bewegtheit erklingt aus der hintersten Ecke laut und deutlich das Wort »Amen«. Frau Doktor Breuer preßt die Mundwinkel zum Kinn, überhört das raunende Ohhh und gibt mir das Zeichen zum Einsatz. Ich gehe nach vorne und schleudere »den Haß der Erde« in den Saal, reite die Gedichtverse von Walter Flex wie die Wilde Jagd, werde zum finsteren Geist der Zwölfnächte aus Großvaters Erzählungen, presche, das Gesicht auf dem Rücken mit meiner blutrünstigen Schar durch die Wolken, und wer mich anschaut, muß mit. »Die Welt will keine Liebe von uns, wir wissen das und kühln im Kampfgetriebe die Stirn am fremden Haß.« Noch ein letztes Todesringen, und ich gehe in andächtiger Stille an meinen Platz zurück. Jetzt reißt es alle hoch. Singend, zum Sturm bereit, marschierend hinter sturmzerfetzten Fahnen und toten Soldaten, die Heldenahnen über uns, und in den hochgestimmten Köpfen wohlige Erregung für all die hehren Ziele von Vaterland, Glaube und Tod, verspricht das junge Volk der Nation sein Kommen.

Messerscharf klingt uns beim Hinausgehen Frau Doktors Stimme nach. In zehn Minuten erwarte ich euch im Speisesaal. Doch alles Forschen und Fragen ist vergebens, der Sprecher des ketzerischen Wortes wird nicht gefunden. Niemand weiß etwas, niemand will es gesagt haben, nur gehört haben es alle. Wegen Verhöhnung einer nationalsozialistischen Feierstunde bekommen wir alle Hausarrest.

An der Treppe steht die Zielke und mustert jeden, der aus dem Speisesaal kommt. Gabi, direkt neben ihr, läßt ebenfalls ihre Augen schweifen. An mir bleibt ihr Blick haften. Ida kann doch gehen. Nein, nein, nur nicht Ida, sie kann das nicht, wehrt die Zielke in sichtlichem Erschrecken ab. Was soll ich nicht können, mische ich mich ein. Einen Heimabend leiten, erklärt Gabi, wir müssen zum Lehrgang und haben keinen Ersatz für Mittwoch. Aber ich kann das doch, bestimmt, versichere ich, begierig nach dieser einmaligen Gelegenheit. Die Zielke schaut mich skeptisch an. Aber Ida geht auf keinen Fall alleine, diese Verantwortung trage ich nicht, stimmt sie widerwillig zu. Wir schicken Simone mit dem Schifferklavier mit, schlägt Gabi vor. Simone, ich weiß nicht recht, die Zielke zögert noch länger als vorhin. Ich mache das schon richtig, Fräulein Zielke, machen sie sich keine Sorgen, beteure ich, während in meinem Kopf große Pläne reifen. Na, wenn wir da nicht den Bock zum Gärtner machen, mißtrauisch schaut mich die Zielke an. Gabi, du gibst ihnen genaue Anweisungen, was sie zu tun haben, damit nichts schief geht. Und du, Ida, weißt, welche Aufgabe wir dir übertragen. Ich hoffe, du bist dir deiner Verantwortung als deutsches Mädel voll und ganz bewußt.

In der Dorfschule schauen uns die Elsässer von ihren abgewetzten Schulbänken erwartungsvoll entgegen. Nach der Begrüßung wird gesungen, hat uns Gabi aufgetragen. Wenn ihr euch an den Plan haltet, kann nichts schief gehen. Zuerst sieht es nicht so aus, daß es ihnen gefällt. Die »Fohnen«, die sie »wähen lossen«, hängen schlaff am Mast, bewegen sich so wenig wie die gesamte Jungschar, die steif und müde in den Bänken hockt. Jetzt muß etwas geschehen. Das dürfen wir nicht, das wird Ärger geben, wehrt Simone erschrocken ab. Gabi hat gesagt, wir sollen singen, na, was ist schon dabei, wir singen doch, beschwichtige ich ihre Bedenken, genau wie sonntags im Radio.

Beim Wort »Wunschkonzert« erwachen sie aus ihrem mißtrauischen Dösen, erkundigen sich, ob alles erlaubt sei, auch Schlager.

Jeder Wunsch wird erfüllt, bestätige ich und ernte Beifall. Beim Anblick der begeisterten Gesichter vor mir überfällt mich die Allmacht des Befehlenden, es ist ein erhebendes Gefühl, mit einem Wink das Spiel zu eröffnen.

Als Experte für Schlagertexte kenne ich nicht nur den Refrain, sondern alle Strophen. Jeden Blödsinn behältst du, sagt Mutter. »Antje, mein blondes Kind« wollen sie hören. Kein Problem. »... und stürmisch ging der Wind«, falle ich in das Vorspiel ein, kreise mit der Möwe ums Achterdeck, bis schließlich alle in den Refrain einstimmen. Mein unentwegter Gesang heizt die Stimmung an. Schon beteiligen sich Hände und Füße im Takt, und das ist erst der Anfang. Wir bleiben im Norden, bei der Liebe der Matrosen und dem Seemann, den nichts erschüttern kann. Untergehakt steigt die Stimmung, schwappt gänzlich über, als wir zur Nacht, in der der Mensch nicht gern alleine ist, übergehen. Beine werden geschwungen, das rechte abgeknickt im Knie wippend, Kniestrümpfe rutschen auf hohe Schnürschuhe, rosa Unterröcke blitzen. Die Arme in die Seiten gestemmt, paradiere ich als Röck-Imitation vor meinem singenden, schunkelnden Publikum und untermale mit weit ausholenden Gesten meinen Gesang. »Und wenn dann einer kommt, der mir sagt ich hab dich lieb ...« die Musik bricht abrupt ab, auch mein Chor scheint die Sprache verloren zu haben, verharrt reglos, nur ich habe meine ausschwenkenden Arme noch nicht in der Gewalt, kann meinen Gesang nicht stoppen, der wie bei einer auslaufenden Schallplatte leiernd leiser wird und mit »ist mir alles ganz egal« sein Ende findet.

Es ist sehr schön, daß ich hier auch einmal zu Wort komme, meldet sich der Fremde an der Tür, wo ihr doch im ganzen Dorf zu hören seid. Unser Lehrer, flüstert mir eine kleine Sommersprossige zu. Jäh stürze ich aus rosigen Wolken zurück in die Wirklichkeit. Kann mir denn mal jemand erklären, was hier für ein Fest gefeiert wird? Wunschkonzert, schreien alle durcheinander. So, so, Wunschkonzert. Soll ein Heimatabend der Jungmädel nicht zur Pflege des deutschen Liedgutes genutzt werden, oder bin ich da falsch informiert? Fischaugen hat er, vorquellende blaßblaue Fischaugen, und der Scheitel im anliegenden Haar ist wie mit dem Lineal gezogen. Wir waren noch nicht beim zweiten Teil, der kommt jetzt, spielt mir der rettende Gedanke die Erklärung zu.

»Unsere Fahne flattert uns voran«, spielt Simone wie aufgedreht, »wir marschieren für Hitler durch Nacht und durch Not mit der Fahne der Jugend«, jetzt klopft der rechte Fuß des Fischäugigen im Takt. Zum Schluß nickt er zufrieden, na, das hört sich schon anders an. Das ist die Musik der Jugend, doch nicht dieses Schlagergedudel. Also weitermachen, Heil Hitler, ihr Mädels! Draußen singt eine Amsel ihre kleine Nachtmusik. So ein schöner Heimatabend, seufzt Odile, die anderen stimmen zu.

Mitten in die Chorprobe platzt die Zielke. Entschuldigen Sie bitte, sagt sie. »Deutschland, heiliges Wort«, singt der Chor, denn Fräulein Müller läßt sich nicht beirren, lächelt, nickt, dirigiert weiter. »Du voll Unendlichkeit«, klingt es mehrstimmig, und die Zielke tritt ungeduldig von einem Fuß auf den anderen. Was hat sie bloß? »Über die Zeiten hinfort, seist du gebenedeit ...« Jetzt unterbricht uns die Zielke, tut mir leid, ich muß Ida sofort mitnehmen, tschuldigung. Sie faßt mich am Oberarm und zerrt mich davon, es tuschelt leise, dann setzt der Chor wieder ein, »heilig sind deine Seen, heilig dein Wald ...«

Was hast du dir eigentlich am letzten Mittwoch bei deiner Galavorstellung auf dem Heimabend gedacht, zischt mich die Zielke draußen an. Habe ich dich nicht ausdrücklich vor Alleingängen gewarnt? Jetzt wirst du die Suppe auslöffeln, die du dir eingebrockt hast, und du wirst Frau Doktor bestätigen, daß ich dir klare Anweisungen gegeben habe, von denen du eigenmächtig abgewichen bist, wobei du auch noch Simone gezwungen hast, bei diesem unglaublichen Auftritt mitzumachen. Ich habe Simone nicht gezwungen, versuche ich mich zu rechtfertigen, alle wollten es. Das habe ich aber anders gehört, du mußt nicht noch lugen, faucht die Zielke. Jetzt sage ich gar nichts mehr. Wer mag es ihr wohl erzählt haben? Gabi, der Lehrer, die Elsässer? Egal wer es war, immer ist ein Zuträger da. Wir werden rund um die Uhr bewacht, sagt auch Vater.

Frau Doktor sitzt an ihrem Schreibtisch, blättert in Papieren, schaut nicht auf. Selten wird jemand in ihr Allerheiligstes beordert. Was sie uns zu sagen hat, erledigt sie meist nach dem Mittagessen, verteilt Lob und Tadel mit der Post. Ich warte, horche auf das Tikken der Uhr. Nach einer Ewigkeit schaut sie auf. Was hast du mir zu den Vorfällen am Mittwoch zu sagen, fragt sie? Das Blut schießt mir ins Gesicht, ich weiß nicht wohin mit meinen Blicken. Ich höre, fordert sie mich auf. Meine Beredsamkeit hat mich verlassen, unsicher stottere ich, Wunschkonzert, ich meine, wir haben Wunschkonzert gemacht, so wie im Radio, die Elsässer, sie wollten das. Unglücklich starre ich auf meine Fußspitzen, jetzt habe ich wirklich gelogen, dabei wollte ich doch nur das Beste, wie Mutter immer sagt. Warum nur verkehren sich meine guten Absichten so oft in ihr Gegenteil?

Unsinn, erzähl mir nichts von den Elsässern. Du hattest genaue Vorgaben, was zu tun war, nämlich den Elsässern unser deutsches Kulturgut zu vermitteln, das ihnen während der Franzosenzeit verwehrt wurde. Es war ein großer Vertrauensbeweis, dich mit dieser Aufgabe zu betrauen. Dieses Vertrauen hast du wieder einmal auf üble Weise mißbraucht. Das halbe Dorf hat sich euer Schnulzengegröhle anhören müssen. Du hast dich nicht einmal gescheut, für deine Kaspereien die Uniform zu mißbrauchen, und die arme Simone wurde auch noch mit hineingezogen. Was glaubst du eigentlich, wo du bist, schreit sie mich plötzlich laut und wütend an. Ich ziehe den Kopf ein. Wortlos mustert sie mich, voller Verachtung. Endlich läßt dieser unerträgliche Blick von mir ab, sie blättert wieder in ihren Papieren und ohne mich erneut anzusehen sagt sie mit leiser, gleichgültiger Stimme, aus dir wird nie eine Führungspersönlichkeit, du bist zur Menschenführung völlig ungeeignet, einen Hanswurst kann unser Führer nicht brauchen. Geh jetzt, gib dir wenigstens beim Wettbewerb Mühe. Sie schaut nicht mehr hoch, entläßt mich ohne Strafe, so tief ist ihre Verachtung.

Durch ein Guckloch im Bühnenvorhang sieht man sie unten im Saal sitzen. In der ersten Reihe die Herrren der Welt in ihren schwarzen und braunen Uniformen mit glänzenden Schaftstiefeln und lässig übereinandergeschlagenen Beinen, Gauleiter Wagner, SS-Obergruppenführer Heißmeyer und die übliche Zahl der Trabanten, die um die Sonne kreisen. Dahinter das gewöhnliche Volk, Lehrer, Schüler, Bürger von Hagenau. Auf der Empore und in den Gängen drängen sich die Wettbewerber, deren Auftritt zu einem späteren Zeitpunkt angesetzt ist.

Ganz oben, auf den Brettern, die die Welt bedeuten, stehe ich. Mit schlotternden Knien und einem Hirn wie ein ausgeblasenes Ei. Zum wiederholten Mal frage ich mich, was ich hier eigentlich treibe und ob es nicht viel besser wäre, klammheimlich zu verschwinden, statt nur dazustehen und auf die über kurz oder lang hereinbrechende Katastrophe zu warten. Mein langwallendes schwarzes Gewand stammt aus dem Fundus des Colmarer Stadttheaters und gehört zu einer Nibelungenkönigin, die auf einer langen mit Kostümen bestückten Kleiderstange unter Wagner abgelegt war. Strecke ich meine Arme in den weit herabhängenden silbergestickten Ärmeln aus, verwandle ich mich in einen Weihnachtsengel, und nichts wäre mir jetzt lieber, als lautlos davonzufliegen.

Ich spiele die Brunhild, die der Siegfried ganz übel betrogen und belogen hat. So ein armes Luder, würde Agnes sagen. Aber wenigstens brauche ich nicht die gehässige Krimhild zu mimen, deren Bruder sich durch ganz miese, von diesem Siegfried ausgetüftelte Tricks die Ehe mit mir erschlichen hat. Vor der Kirchentür muß ich mir von Betty all die Gemeinheiten anhören, die sich so nur ein Weib ausdenken kann. Auch mein Text hält genügend Unverschämtheiten bereit, und so werden wir uns zur Freude des umstehenden Volkes eine Weile mit Worten angeifern, die einen anderenorts vor den Schiedsrichter gebracht hätten.

Was machen Sie denn da, fährt Frau Doktor, die von einer Bühnenseite zur anderen schießt, ärgerlich die Garderobiere an. Aber das Mädchen ist so blaß. Sie verstehen das nicht, bei die Scheinwerfer wird sie aussehen wie eine weiße Käse, antwortet die Garderobiere beleidigt. Auf gar keinen Fall Schminke, wehrt Frau Doktor ab und rennt davon, um den Sprechchor einzuweisen. Eine Schauspielerin ohne Schminke, das ist eine Unmöglischkeit, brummt die Garderobiere, mit die schwarze Kleid und ohne Farbe wirst du aussehen wie gestorben. Sie versteht nichts von Theater und von Lischt, du kannst doch nischt spielen wie eine Schimmelkäse. Sie drückt mir die wuschelige Puderquaste aufs Gesicht und für einen Augenblick verschwinde ich gestorbener Schimmelkäse in einer dichten rosa stäubenden Puderwolke.

Mit dem Klingelzeichen zersplittert mein Dasein im Entsetzen. In meiner Brust rast ein Vorschlaghammer, klappernd schlagen die Zähne aufeinander, während die Füße mit schweren Bleigewichten am Boden verankert sind. Ohne Lampenfieber kein Theater, sagt die Garderobiere und spuckt dreimal über meine Schulter. Frau Doktor zupft an meinem Kleid, wiederholt unentwegt meine

Auftrittsworte, und Betty neben mir leiert vor sich hin, wir wollen Schwestern werden, wir wollen Schwestern werden ... Dann surrt leise der Vorhang auseinander, die Scheinwerfer strahlen, Betty kann endlich laut und vernehmlich ihr »Wir wollen Schwestern werden, edle Brunhild« loswerden, und ich neige mein Haupt und reiche meiner Widersacherin Krimhild huldvoll, wie es sich für eine Königin geziemt, die Hand.

Als die Spieluhr abgelaufen ist, der Vorhang wieder surrt und Beifall aufbraust, löse ich mich benommen aus meiner fremden Haut. Wir verbeugen uns mehrmals, zählen glücklich die Vorhänge. Nicht allein, nicht allein, wehrt Frau Doktor ab, als mich jemand auf die Bühne schieben will. Erst mit fest verhakten Händen dürfen wir wieder an die Rampe treten. Die ersten Lichter gehen aus, und die Bühnenarbeiter verwandeln den Bühnenraum in ein holländisches Wirtshaus, als Fräulein Müller aufgeregt hereinstolpert. Wißt ihr, was der Heißmeyer von Ida gesagt hat, berichtet sie atemlos, die Kleine hat Talent, hat er gesagt, die müssen wir im Auge behalten. Ich saß doch direkt hinter ihm, konnte jedes Wort genau verstehen. Mit einem warnenden Seitenblick auf mich winkt Frau Doktor ab. Ich stelle mich taub und gehe zu meinen schnatternden Mitspielerinnen. Wenn die Müller das wirklich gehört hat, dann pfeife ich auf die Führungspersönlichkeit, sie werden mich im Auge behalten, und ich weiß, sie verlieren nie etwas aus dem Auge.

Die nächste Aufführung bestreitet eine gemischte Klasse, Obersekundaner aus Heidelberg, mit Lortzings Zar und Zimmermann. Ein bewunderndes Ohh weht durch den Zuschauerraum, als die Mädchen in ihren weißen Häubchen und blonden Zopfperücken auf die Bühne kommen. Ihre Begleiter tragen Pluderhosen und über der blauen Weste rote Halstücher. Die Garderobiere hat ganze Arbeit geleistet, auf Bäckchen und Lippen liegt leuchtendes Rot. Alles sieht zum Reinbeißen aus, wie bei einer Käsereklame. Die Arme keck in die Hüften gestemmt, wirbeln die Paare im Holzschuhtanz über die Bühne. Die Klümkes knallen, Blauweißgestreiftes bauscht sich über hochfliegenden Spitzenunterröcken, und die schwarzen und braunen Uniformen neigen sich interessiert nach vorn. Szenenbeifall und laute Bravorufe belohnen die holländischen Meisjes. Frau Doktor kräuselt verächtlich die Mundwinkel. Wie vorauszusehen wird der Preis nicht den grauen Germanen, sondern den bunten Holländern zugesprochen. Aber das war doch keine Schüleraufführung, das war doch absolut professionelles Theater, wie sie so etwas überhaupt zulassen konnten, kritisiert Frau Doktor, nun, ihr habt euer Bestes getan. Ihre Worte deuten vage an, daß wir ihre Erwartungen nicht völlig erfüllt haben. Vielleicht hätte sie auf die Garderobiere hören sollen, wer spricht schon einem gestorbenen Käse einen Preis zu.

Endlich bringt uns Ivonne, eine Schülerin aus Hagenau, in unser Quartier. Eine große Stube, zwei Betten, zwei Matratzenlager. Ivonnes Eltern lassen sich nicht sehen. Es kümmert uns nicht, wir sind todmüde und wollen nichts als schlafen. Mitten in der Nacht werde ich wach. Eine schreiende Gestalt steht im Zimmer. Raus mit euch, macht, daß ihr wegkommt aus meinem Haus. Was habt ihr hier verloren? Wir sind Elsässer, wir wollen hier keine Deutschen. Ivonne stürzt herein, Mutter, sei ruhig, komm hier raus, sie zieht die Frau im blauen Morgenrock aus dem Zimmer. Aufgeschreckt sitzen wir auf unseren Lagern, die kleine Else weint. Kümmert euch nicht drum, das ist ne Verrückte, es hat nichts zu sagen, was die da brabbelt, beruhigt uns Beatrice. Sie ist Elsässerin, sie muß es wissen. Von hier und da flüstert es noch, dann schlafen die meisten wieder ein.

Plötzlich bricht die Hölle über uns herein. Eine wildgewordene Furie rast durch das Zimmer, reißt uns die Bettdecken weg, wirft die Kissen auf die Erde. Seid ihr noch nicht fort, schreit sie, habe ich nicht gesagt, ihr sollt aus meinem Haus verschwinden? Ich lasse keine Mörder in mein Haus. Ihr Deutschen habt meinen Bruder umgebracht, ihr seid Mörder, Mörder, Mörder, ihre Stimme überschlägt sich. Jetzt reicht es aber, sagt Lotti, packt die Tobende und schiebt sie aus dem Zimmer. Wir drängen uns in unseren Schlafanzügen mit bloßen Füßen ängstlich aneinander, ich versuche die zitternde Else zu beruhigen. Macht, was ihr wollt, ich bleibe keine Minute mehr hier, ich gehe, Lotti beginnt zu packen, läßt sich von der weinenden Ivonne nicht zurückhalten. Ihr müßt das verstehen, meine Mutter hat vor kurzem ihren Bruder in Rußland verloren, versucht sie es uns zu erklären. Dann scheint sie doch froh zu sein, als wir hastig in unsere Uniformen fahren, um so schnell wie möglich das Weite zu suchen. Vom nahen Kirchturm schlägt es fünf, als wir aufatmend draußen vor der Türe stehen.

Morgenstille liegt über der Stadt, die Hagenauer schlafen noch. Nur die Vögel in den maigrünen Bäumen sind schon wach und stimmen verschlafen ihre Instrumente. Eine goldbestickte rosa Wolke segelt am Himmel. In der Spinnergasse begegnet uns ein Radfahrer. Komischer Name, sagt Lotti, eigentlich sollte hier Ivonnes Mutter wohnen. Der Bann ist gebrochen, schon äffen wir das Erlebte nach, kreischen, fuchteln, hopsen und vertreiben unseren Schrecken im Wiederholungsspiel, bis sich in einem Haus oben im ersten Stock ein Fenster öffnet, Himmel, Herrgott, nom de dieu, was isch dos für e Lärm? Schweigend gehen wir weiter.

Ein Ortsschild zeigt nach Sesenheim, »es schlug mein Herz geschwind zu Pferd«. Nur zwanzig Kilometer sind es bis zum Pfarrort. Was war eigentlich Goethes Friederike, Deutsche, Französin, Elsässerin? War wohl auch nicht so wichtig damals. Schließlich hat das Gedicht ihre Liebe überdauert.

Am Theater liest uns die Zielke auf. Was ist denn mit euch geschehen, fragt sie erschrocken, als sie uns niedergeschlagen und zerzaust ankommen sieht. Jetzt berichten wir alle durcheinander. Mörder, Mörder, kreischt die kleine Else, eine vorübergehende Frau mit einer roten Tasche bleibt erschrocken stehen. Später wiederholen wir alles haarklein, und Frau Doktor notiert kopfschüttelnd, was sie der Festspielleitung nachher berichten wird. Heimliche Schadenfreude kommt auf, als wir sehen, wie Ivonne vor das Komitee zitiert wird. Aber was kann denn Ivonne dafür, frage ich. Geschieht ihr doch ganz recht, sagt die kleine Else, ich hatte auch Angst.

Das ziehe ich nicht an, schreie ich sofort, als die Zielke mit dieser scheußlichen Girlande aus zusammengenähten Eichenblättern aufkreuzt, die sie mir um den Kopf hängen will. Stell dich nicht so an, wir wollen nur sehen, wie es aussieht, sagt sie und hält mich an den Zöpfen fest, damit ich meinen Kopf nicht wieder wegziehen kann. Wie soll so was schon aussehen? In nichts erinnert es an die böse Fee, die wir aus dem Märchen von Dornröschen kennen, wenn sie mit Tütenhut und langwallendem Schleier ihr Zaubersprüchlein aufsagt und nicht wie ein Waldschrat auf Brautschau mit halben Bäumen auf dem Kopf aus dem Dickicht bricht. Aber in diesem Textbuch ist bereits aus dem Prinz ein Ritter geworden, wen soll es da wundern, wenn aus der Fee eine germanische Norne wird? Während die beiden anderen Schicksalsgöttinnen mit Blütenkränzen im Haar auftreten, schleppe ich diesen Eichenwald mit mir herum, der schon bei der geringsten Bewegung über die Augen rutscht. Dein Monolog ist die schönste Stelle im ganzen Märchenspiel, behauptet Frau Doktor. Aber ich würde lieber mit dem Ritter das Menuett tanzen, wie Hilde, die blauäugig und blond ganz so aussieht, wie man sich ein deutsches Dornröschen vorstellt. Großmutter sagt, es ist ein französisches Märchen, was sicher stimmt. In deutschen Märchen wird nicht geküßt, da kommen die Bösen in den Ofen, und die Guten wirft man an die Wand, um sie zu erlösen.

Mit den beiden anderen Nornen hocke ich hinter der Eibenhecke und warte auf das Stichwort. Oben auf der Terrasse sitzen unsere Lehrer. Frau Doktor im altdeutschen Dirndl und neben ihr, ganz vorne an der Treppe, SS-Obergruppenführer Heißmeyer. Die Sonne könnte sich in seinen schwarzen Stiefeln spiegeln, aber sie zieht es vor, hinter einem Baum zu verschwinden. Für ihn waren sicher auch die Weinflaschen bestimmt, die, gekühlt vom laufenden Wasserstrahl, im Waschbecken auf dem Gang lagen. Was für eine Verschwendung, Kinder, kicherte Beatrice mit gespitztem Mund nach Art der Fröhlich und drehte den Hahn zu.

Unten auf dem Rasen stehen die Leute aus dem Dorf, unter ihnen auch Hetty. Sie ist gekommen, um mich abzuholen, weil Vater krank ist. Das Stichwort ist gefallen, die Schicksalsgöttinnen kriechen hinter der Eibenhecke hervor und treten hinaus ins Sonnenlicht.

Nachher drückt mich die Wirtin vom Grünen Baum an ihren Busen, kußt mich auf beide Wangen. Am liebsten würde ich für immer dort bleiben, in ihrer duftenden Wärme auf dem lichtüberfluteten Rasen unter den festlich gekleideten Elsässern. Doch Hetty drängt zum Aufbruch. Beatrice begleitet uns zur Pforte. Immer wieder schaue ich zurück. Diesmal fällt mir der Abschied sehr schwer.

17

Im Fluß spiegelt sich die Nachmittagssonne und zeichnet funkelnde Lichtbahnen auf dem Wasser. Vollbeladen schiebt sich mühsam ein Frachter flußaufwärts. Auf dem Schubschiff tanzt ein kläffender weißer Hund hin und her und zerrt aufgeregt ein Stück Stoff über die Planken.

Die Orte tragen Namen von den Flaschenetiketten aus Vaters Weinkeller. An grauen Hauswänden hängen grüne Fensterläden, und auf den Bänken am Flußufer dösen alte Frauen in der Sonne. Es ist unerträglich heiß in unserem Abteil. Die dicke Frau gegenüber wischt sich immer wieder die schweißnasse Stirn mit einem großen weißen Taschentuch und wedelt Luft in ihren Blusenausschnitt. Der Priester in der Fensterecke betet murmelnd sein Brevier, und ein in Mainz zugestiegener Soldat liest im Völkischen Beobachter. Ich gehe hinaus auf den Gang und ziehe das Fenster herunter. Häuser, Bäume, Weinberge fliegen vorbei, bis sich die Rauchschwaden der Lokomotive davorschieben. Vor Bacharach hält der Zug auf offener Strecke. In einem Fenster hat sich die Abendsonne verfangen, blendet in knalligem Orange. Ich kneife die Augen zusammen, um die Schrift auf dem Schild unter dem Fenster zu entziffern. Beerdigungsinstitut Albert Korn, steht dort in dicken schwarzen Buchstaben auf weißem Grund. Plötzlich wird mir bewußt, daß ich Hetty überhaupt noch nicht nach Vaters Krankheit gefragt habe. Wenn es nun etwas Schlimmes ist, etwas wovon man ... nein, das ist unmöglich. Vater ist noch nie krank gewesen. Wenn das Wetter umschlägt, bekommt er Neuralgie. Dann nimmt er eine Gelonida-Tablette, wickelt den langen grauweißen Schal um den Hals und verschwindet in seinem Zimmer. Am nächsten Morgen kommt er wieder nach unten, als sei nichts gewesen. Nein, Vater wird nicht krank. Es ist besser, ich frage Hetty erst gar nicht. Die macht sowieso immer aus allem ein Riesentheater.

In Bacharach laufen die Menschen aufgeregt über den Bahnsteig. Sie versammeln sich zu Gruppen, stehen mit hochgereckten lauschenden Köpfen da, aber wir können nicht verstehen, was ihnen die Lautsprecherstimme verkündet. Auch sie scheint aufgeregt, schnurrt ab wie ein Uhrwerk. Da ist doch was passiert, sagt die dicke Frau. Aus dem Nachbarabteil dringen aufgeregte Stimmen. Ich geh mal nachsehen, was da los ist, sagt der Soldat und steht auf. Nach einer Weile kommt er zurück. Auf den Führer soll ein Attentat verübt worden sein, berichtet er, aber etwas Genaues wußten sie auch nicht. Es ist Nachrichtensperre. Niemand sagt etwas. In Koblenz wieder hektisches Gerenne. SS-Männer hasten über die Gleise, alle machen einen verschreckten, kopflosen Eindruck. Eine Militärstreife kommt ins Abteil, kontrolliert die Papiere. Auf den Führer soll ein Attentat verübt worden sein, stimmt das, fragt die dicke Frau. Der Kettenhund antwortet nicht, knallt wortlos die Abteiltür zu. Das ist aber auch keine Art, beschwert sie sich, er hätte doch wenigstens was sagen können. Niemand antwortet. Der Pfarrer liest im Brevier.

Die Nachricht bestätigt sich erst, als unser Zug im Kölner Hauptbahnhof einfährt. Achtung, Achtung, auf den Führer und Reichskanzler Adolf Hitler wurde heute von einer Clique verräterischer Offiziere ein Attentat verübt. Der Führer hat das Attentat überlebt. Bitte bewahren Sie Ruhe, die Lautsprecherstimme klickt sich aus.

In der Straßenbahn sagt eine Frau, überleben kann vieles heißen, ohne Beine und Arme überlebt man auch. Ihre Nachbarin nickt. Wat wirklich passiert is, sajen die uns sowieso nit, selbst, hier macht sie eine bedeutungsvolle Pause, reißt die haselnußbraunen Augen weit auf, selbst wenn et dat Schlimmste wär. Meinen sie, mir würden dat erfahren, mir erfahren doch immer alles zuletzt. Vater wird staunen, wenn er das alles hört, sage ich zu Hetty. Was denkst du dir eigentlich, fährt sie mich wütend an, Vater ist nicht einfach nur so krank, er hatte einen Schlaganfall. Glaubst du, ich wäre sonst gekommen? Ich starre sie an, versuche die Nachricht zu verarbeiten. Der alte Röhrig hat auch einen Schlaganfall gehabt, ist umgefallen und war tot. Aber Vater lebt doch noch.

An unserer Hauswand ranken rot die Kletterrosen hoch, dazwischen Kaskaden von weißem Knöterich und blauen Glyzinien.

Schön sieht das aus. Bertchens Mutter schneidet im Garten Rosen ab. Was macht sie hier? Wir haben euch früher erwartet, sagt sie, schade, daß ihr erst jetzt kommt, er hat so darauf gewartet. Geh mal rein zu deiner Mutter, Hetty, ich will mit Ida reden. Sie legt mir den Arm um die Schulter und sagt ganz ruhig, dein Vater ist heute Nachmittag gestorben. Oben auf dem Dach schmettert wieder eine Amsel Triller für Triller in den Abendhimmel. Eigentlich wußte ich es schon, als mich die rote Sonne in Bacharach blendete, ich wollte es nur nicht wahrhaben.

Sein Bett im Eßzimmer steht an der Stelle, wo sonst das Klavier war. Stumm, unbeweglich und weiß liegt er da. Sie haben ihm eine Serviette um das Gesicht gebunden und oben auf dem Kopf mit einer Schleife verknotet. Es sieht albern aus. Vater würde das bestimmt nicht wollen. Eine Fliege krabbelt ihm langsam vom Kinn zur Nase, verharrt unbeweglich auf dem rechten Nasenflügel. Immer, wenn ich später an meinen toten Vater denke, werde ich auch diese Fliege sehen, der er sich nicht mehr erwehren kann. Aber noch kann ich es nicht glauben, will diesen fremden Mann in Vaters Bett nicht akzeptieren. Nein, mein Vater wird gleich frisch und lebendig zur Tür hereinkommen, mich mit seinen warmen braunen Augen ansehen und sagen, na, Ida, schön, daß du wieder zu Hause bist.

Bertchens Mutter legt die Rosen auf die Steppdecke. Komm, gib ihm einen Abschiedskuß, du brauchst keine Angst zu haben, er ist noch warm, sagt sie und will mich ans Bett drängen. Da schreie ich auf und flüchte aus dem Zimmer. Aber es ist doch dein Vater, hör ich sie noch sagen. Im Flur hält Mutter mich auf. Warum habt ihr ihm das um den Kopf gebunden, fahre ich sie an. Das muß sein, damit der Kiefer nicht runterfällt, antwortet Mutter.

Warum kann ich nicht weinen wie die anderen? All die schluchzenden Menschen, die kommen und gehen, Beileid wünschen, dat jing aber jetz schnell, das Taschentuch vor die Augen drücken und mir die Wange tätscheln. Alle weinen, Mutter, Großmutter, Bertchens Mutter. Menschen, die ihren Mann, Sohn oder Bruder im Feld verloren haben, schießt das Wasser geradezu aus den Augen, wenn auch diese Tränen nicht für meinen Vater bestimmt sind. Warum bin nur ich so taub und tot, fast so wie Vater? Laß mal, dat kommt später, wenn alles vorbei is, ich hab beim Vatter auch nit heulen können, tröstet Mariechen. Mutter reißt das Kalenderblatt ab, heute war der 20. Juli 1944, sagt sie.

Am nächsten Morgen legt der Leichenbestatter Vater in den Sarg. Die Serviette nimmt er ihm ab. Jetzt sieht er sehr friedlich aus. Ich richt ihm eine schöne Bestattung aus, sagt der Mann, er war mein Lehrer. Ein guter Lehrer, setzt er noch hinzu. Dann wuchtet er mit seinem Gehilfen den Sarg auf ein klappriges Pferdefuhrwerk. Leichenwagen gibt es schon lange nicht mehr. Sie sind nicht kriegswichtig. Wie beschämend, mit so einer rappeligen Karre, schluchzt Mutter und schaut dem davonrumpelnden Sarg nach. Aber es paßt zu Vater, daß er mit Pferd und Wagen davonfährt und nicht mit einer der stinkenden Benzinkutschen, die er nie leiden konnte.

Die Beerdigung ist auf acht Uhr morgens angesetzt, eine Zeit, wo sich noch keine feindlichen Flugzeuge am Himmel zeigen. Der Bestatter hat Wort gehalten. Der Sarg steht unter freiem Himmel auf dem Rasen vor der Leichenhalle. In den hohen Kandelabern flackern schon die Kerzen. Wachsgeruch vermischt sich mit dem Duft der Kränze. Unserem lieben Kollegen als letzten Gruß, der Direktor und das Kollegium, steht auf einer Hakenkreuzschleife. In den Kastanienbäumen zwitschern die Vögel. Alles sieht sehr festlich aus in der Morgensonne, aber das macht Vater nicht mehr lebendig. Der katholische Pfarrer, in Begleitung seiner Meßdiener, begrüßt seinen evangelischen Kollegen. Schweigend bleiben sie nebeneinander stehen, sie haben sich nicht viel zu sagen.

Es ist ein außergewöhnlicher Fall, ganz außerhalb unserer Regeln, die Katholiken haben ihren eigenen Friedhof, der evangelische Pfarrer schien nicht angetan von Mutters ökumenischem Anliegen. Wollen Sie damit sagen, daß ich meinen Mann ganz alleine da druben auf den Berg legen soll, fuhr Mutter mit tränenerstickter Stimme hoch, und es klang so, als mute man ihr zu, Vater einfach irgendwo abzulegen. Ich muß eine Sondergenehmigung einholen, sagte der Geistliche ungerührt, aber versprechen kann ich nichts, wir haben unsere Bestimmungen. Mein Mann kommt hier ins Grab, in unsere Grabstätte, hier auf diesem Friedhof, fauchte Mutter. Dagegen hat niemand etwas, entgegnete der Pfarrer, nur die Aussegnung, es geht um die Aussegnung. Wir haben auf unserem evangelischen Friedhof noch nie eine katholische Aussegnung gehabt. So was nennt sich nun Christentum, schleuderte

Mutter ihm entgegen, sind vor Gott nicht alle Menschen gleich? Aber das hier, das ist schlimmer als bei den ... Gott sei Dank gab der Pfarrer ihr keine Gelegenheit, den Satz zu beenden, stand schnell auf, sagte, ich werde mein Bestes tun, und verabschiedete uns hastig.

Eine katholische Aussegnung, so ein Wichtigtuer, das genaue Gegenteil vom anderen. Mutter wechselt jetzt schnell die Fronten, ist für jedes Entgegenkommen dankbar, und entgegenkommend war der katholische Pfarrer. Ich danke Ihnen, daß Sie ihrem Mann ein christliches Begräbnis geben wollen, so etwas ist nicht selbstverständlich in diesen Zeiten, zumal Sie doch ... hier wechselte er schnell das Thema, notierte Tag und Stunde der Beerdigung. Sicher war ihm noch rechtzeitig eingefallen, daß in dieser Situation ein Hinweis auf unsere Andersgläubigkeit nicht angebracht war. Beide Hände hat er mir gedrückt, nie hätte ich so viel Mitgefühl von dem Katholischen erwartet. Ein stattlicher Mann, warum so was Priester wird, sinnierte Mutter draußen vor der Tür.

Aber ihre Hartnäckigkeit hatte Erfolg. Jetzt geht der Katholische mit flatterndem Spitzenüberwurf und weihrauchschwenkenden schwarzweißen Gehilfen hinter dem Sarg her, gefolgt von seinem evangelischen Kollegen, der das Gesicht mißmutig in sein karges weißes Bäffchen drückt.

Auf keinen Fall jehst du mit dä abjewetzten braunen Schnürstiefel zur Beerdigung deines Vaters, die haben mehr Riester als Leder drauf, wat macht denn dat für nen Eindruck? Aber nur jeliehen, sagte Mariechen und drückte mir ihre Schuhe in die Hand. Nun stolpere ich neben Mutter und Hetty in Mariechens schwarzen Pumps und knicke bei jedem Schritt ein. Agnes hat mir aus Mutters schwarzem Sommermantel ein Trauerkleid genäht, und Frau Hambach aus dem Kolonialwarenladen drängte mir ihre schwarze Jacke auf. Weil sie einen so großen Busen hat, baumeln mir jetzt vorne zwei leere Tüten. Du mußt die Jacke anziehen, verlangte Mutter, sonst ist sie beleidigt und wir bekommen nichts mehr extra. Vielleicht ist es ganz gut so, wenn ich schon nicht weinen kann, sehe ich wenigstens sehr traurig aus.

Ein langer Zug von schwarz und braun gekleideten Menschen folgt dem Sarg. Unter den Schwarzen ist auch der alte Direktor und Annis Vater. Die Braunen, angeführt von Direktor Vent, dem der Uniformkragen einen rosigen Wulst aus dem Nackenfleisch drückt, bestehen auf ihren Ehrungen. Niemand soll ihnen etwas nachsagen können. So kommt es, daß mein verrückter Vater mit staatlichen Weihen und den doppelten Segnungen der Kirche zu Grabe getragen wird. Im letzten Moment kommt noch eine andere Gruppe eilig den Weg herauf. Frauen in derben Schuhen und altmodischen Jackenkleidern, Männer in altväterlichen schwarzen Anzügen. Als sie die Hüte abnehmen, zeichnen sich auf den sonnengebräunten Gesichtern über der Stirn weiße Streifen ab. Tante Finchen steht schon bei ihnen, dann auch Mutter. Die Eifler, weint sie, wie habt ihr das erfahren? Beim Kolvenbach lajen kölsche Zeitungen aus, die en Jast vergessen hatte, erklärt der Jupp, Vaters Jugendfreund, in seinem breiten Platt. Lur ens, dat is doch der Baltes, han ich zu dem Kolvenbach jesaht. Wahrhaftig, säht dä, dat is er. Aber dann müssen mir ihm doch die Ehre antun und et letzte Jeleit jeben, mir können dä doch nit esu in die Erd lassen. Ja, un da sin mer die Naach loss. Dä Milchwajen hat uns bis Euskirchen mitjenumme, und von da han mer uns so weiter durchgeschlajen. Mutter will die bäuerliche Gruppe nach vorne schieben zum Pfarrer, aber der Jupp wehrt ab, nä, nä, dat lassen se mal, dat kommt uns nit zu, sagt er und tritt bescheiden zurück, weit hinter die lächelnden Umstehenden.

Selig seid ihr, die ihr jetzt weint, denn ihr werdet lachen, predigt der Pfarrer, aber ich kann immer noch nicht weinen, hier auf dieser Bühne, unter all den Schauspielern, die ihren einzigen Zuschauer zu Grabe tragen. Auf die Worte des Geistlichen folgen die weltlichen Reden. Direktor Vent spricht vom Deutschtum, schweren Zeiten, Abschied mit deutschem Gruß. So eine Unverschämtheit, zischt Mutter. Anni, in ihrer braunen Dauerkluft, spricht vom Lehrer, der nicht immer die Zeichen seiner Zeit verstanden hat, Jugend muß von Jugend erzogen werden, Abschied mit deutschem Gruß. So eine Unverschämtheit, zischt Mutter, die kommt mir nie wieder ins Haus. Die Luftwaffenhelfer verabschieden sich kürzer, verehrter Lehrer, Andenken bewahren, mit deutschem Gruß. Abschiedssträuße aus Antons Korb fallen auf den Sarg und hinterlassen einen hohlen Klang.

Völlig unerwartet tritt der alte Direktor nach vorne. Mit verengten Augenschlitzen schaut der Nachfolger auf den Mann, der in seinem Trenchcoat so fremd und verloren wirkt zwischen all den Uniformen. Mein lieber hochverehrter Kollege, beginnt er nach einigem Zögern. Ich darf das wohl so sagen nach mehr als zwanzig Jahren gemeinsamer Wegstrecke, in denen ich Sie immer als mutigen und unerschrockenen Pädagogen gekannt habe und schätzen durfte. Ein Lehrer, dem die überlieferten Werte mehr galten als das Wortgeklingel des jeweiligen Tages. Als ausgezeichneter Repräsentant der alten Sprachen waren Sie stets bemüht, ihre humanistischen Ideale an die Ihnen anvertrauten jungen Menschen weiterzugeben und Ihr eigenes Handeln diesen Idealen unterzuordnen. Als Mensch hatten sie sich der Gerechtigkeit verschrieben, und das ist etwas sehr Wertvolles und Seltenes ... der Redner legt eine Pause ein, und über unseren Köpfen schwebt sein unausgesprochenes »in diesen Zeiten«, bis er mit einem »ich grüße dich, mein Freund« endet. Die einzigen ehrlichen Worte, flüstert Mutter, Vater würde sich im Grabe rumdrehen, hätte er die andere verlogene Bagage gehört.

Die Sonne steht jetzt schon hoch am Himmel und verspricht einen wunderschönen Sommertag. Aber was macht es schon aus, bei welchem Wetter Vater mich hier alleine läßt.

Ich würde dich jetzt gerne in meine Arme schließen, um dir einige Worte des Trostes zu sagen, schreibt Frau Doktor. Wie oft habe ich seit deiner Abreise daran gedacht, ob du deinen Vater wohl noch am Leben gefunden hast. Nun, sollte es nicht sein ... Schau, Ida, es fällt mir schwer, darüber viel zu schreiben. Wenn du wieder da bist, wollen wir uns zusammensetzen, und wenn draußen alles still ist und der Park leise rauscht, wollen wir von deinem Vater sprechen. Ich möchte gerne, daß er auch hier um dich ist, damit du dich geborgen fühlst in unserem Kreis.

Es ist noch gar nicht sicher, ob du wieder dahin zurückgehst, das hängt von der politischen Lage ab, sagt Mutter. Dabei würde ich mich so gerne in Frau Doktors Schafwollarme flüchten.

Fassungslos starrt Mutter auf den Bankauszug. Jeden Groschen hat er rumgedreht, geknausert und gespart, und ich habe von all dem nichts gewußt. Der Sparkassenrendant lächelt nachsichtig. Das ist nur der allgemeine Kontostand, die Lebensversicherung ist noch nicht verbucht, sie ging erste heute morgen ein. Er zeigt auf eine hohe fünfstellige Zahl. Mutter schnappt nach Luft, jetzt, jetzt ist plötzlich Geld da. Der neue Reichtum scheint sie nicht zu freuen, aber ich bin hoffnungsvoll. Vielleicht bekomme ich nun endlich neue Schuhe.

Wir gehen nach unten in den Tresorraum. Der Rendant fingert mit flinken Fingern in unserem Safefach, und während er unermüdlich auf Mutter einredet, läßt er geschickt wie ein Taschendieb ein Päckchen hinter seinem Rücken verschwinden. Dann hat er es plötzlich sehr eilig und läßt uns allein. Mutter steckt die Papiere achtlos in ihre Tasche. Hilflos betrachtet sie die vielen Vordrucke, die der Rendant ihr oben vorlegt, hört verständnislos seinen Ausführungen zu. Paß gut auf, damit du das in Zukunft alleine machen kannst, fordert sie mich auf, und ich beginne zu ahnen, was da auf mich zukommt. Vor dem Postamt fragt sie mich, sag mal, hat der nicht was rausgenommen unten aus dem Safe? Ich nicke. Du hast das also auch gesehen, was war es denn? Ein verschnürtes Päckchen, er hat es hinter seinem Rücken versteckt, antworte ich. Dann habe ich doch richtig gesehen, aber ich bin so durcheinander, alles muß ich alleine machen, niemand hilft mir, früher hat Vater das alles gemacht, mitten auf der Straße fängt sie an zu weinen und sucht nach ihrem Taschentuch.

Ich bin froh, als wir wieder in der Sparkasse sind. Der Rendant will schnell ins Nebenzimmer verschwinden, aber Mutter ruft ihn zurück, ich muß Sie noch einmal kurz sprechen. Was haben wir denn für Sorgen, fragt er, und seine Stimme klingt väterlich besorgt, während die Augen hinter seinen dicken Brillengläsern uns kühl und abwägend mustern. Ich möchte gerne wissen, was Sie eben unten aus dem Safe genommen haben, steuert Mutter ohne Umschweife auf ihr Ziel los. Aber liebe gnädige Frau, was unterstellen Sie mir da. Sie haben doch selbst den Safe geleert, ich hatte gar keinen Zugang. Sicher in ihrer augenblicklichen Verwirrung ... nur zu verständlich ... aber Banksache ist Vertrauenssache. Ihr Gatte hat uns stets rückhaltlos vertraut, schon lange vor ihrer ähh, ich meine bereits zu Anfang seiner Anstellung am Gymnasium unserer Stadt hat er uns mit seiner Kontenführung betraut. Nie würde ich mir erlauben, nicht im entferntesten, ich würde mein Ansehen, meine Position aufs Spiel setzen, wir sind eine Kreissparkasse. Sein Schnurrbart bebt, seine Brillengläser funkeln im rot angelaufenen Gesicht. Es war so eine Idee, ich wollte Ihnen nicht zu nahe treten, es hätte ja sein können, sozusagen aus Versehen, entschuldigen sie bitte, Mutter scheint endlich einzusehen, daß ihm nicht beizukommen ist. Er dienert, wir gehen.

Was hat er gesagt, verwirrt, will der mich etwa auch für verrückt erklären? Da steckt doch was dahinter. Wie das leibhaftige schlechte Gewissen hat er ausgesehen und gewunden hat er sich wie ein Aal. Wenn ich nur wüßte, was er da unten rausgenommen hat. Und rausgenommen hat er etwas, darauf könnte ich schwören.

Zu Hause sucht Mutter verzweifelt nach einem Hinweis, der das Verhalten des Sparkassenmenschen erklären könnte, und stellt Vaters Zimmer auf den Kopf. Wenn ich nur wüßte, wonach ich suchen muß, seufzt sie. Vaters Schreibtisch ist so, wie er ihn verlassen hat, um im Garten Stachelbeeren zu pflücken, wo es ihn dann erwischte, wie Mutter das nennt. Das Heft mit seinen Eintragungen liegt noch da, daneben der Bleistift und »La divina commedia«. Wie ich in dem Buch blättere, fällt ein Merkzettel heraus. »Viele freut es, in der Sternenbahn Staub aufgewirbelt zu haben, und das mit glühenden Rädern umfahrene Ziel und die hohe Palme erhebt sie als Herren der Welt zu den Göttern«, hat sich Vater notiert.

Was kramst du denn da herum, sieh dir lieber das mal an, Mutter zeigt auf einen kleinenStapel brauner Päckchen, die sie aus der hintersten Ecke unter dem Aufsatz des Bücherschranks hervorgezogen hat. Aus purem Zufall habe ich da reingegriffen, nie im Leben hätte ich geglaubt, daß da ein Fach ist, ich wollte mich nur hochziehen, erklärt Mutter verblüfft und löst das braune Packpapier. Kleine und mittlere Geldscheine kommen zum Vorschein, auch das zweite und dritte Päckchen enthält nichts anderes als Geld. Mutter sortiert die Scheine. Vielleicht habe ich dem Arzt Unrecht getan, vielleicht hatte er doch recht mit seiner Diagnose. Vater war so seltsam in der letzten Zeit. Wie kann sie nur so etwas sagen? Vater war nicht verrückt, er wußte ganz genau, was er tat, er wird schon seine Gründe gehabt haben, die braunen Päckchen zu verstecken.

In aller Herrgottsfrühe machen wir uns auf zur Domhöhe. Merkst du es, wie frei man hier atmen kann, sagt Mutter, und wir bleiben stehen, um unsere Lungen mit der guten Domhöhenluft zu füllen. Schau mal, diese Aussicht, schwärmt sie weiter, eins ist sicher, wenn der Krieg aus ist, ziehen wir hier rauf, da unten bleib ich nicht. Ich möchte lieber unten bleiben, schon wegen Bertchen und Mariechen.

Warte mal, sind wir überhaupt richtig, ich war schon so lange nicht mehr hier oben, Mutter schaut sich suchend um, aber ich habe unser Grundstück sofort erkannt, auch wenn es jetzt von einem hohen Eisendrahtzaun umgeben ist und uns eine festverschlossene Tür den Eingang verwehrt. Das kann doch gar nicht sein. Mutter geht zurück, die Hausnummer des Nachbarhauses suchend. Doch, das ist unser Grundstück, ratlos schaut sie mich an. Vater hat nie und nimmer hier einen Zaun aufstellen lassen, es ist doch ein unbebautes Grundstück. Wozu also dieser Gefängniszaun, durch den keine Maus reinkommt? Sie beginnt wütend an der Tür zu rütteln, schreit völlig außer sich, ich will hier rein, ich will hier rein, ich will auf mein Grundstück. Ich schaue mich ängstlich um, ob uns jemand sieht.

Im Haus schräg gegenüber öffnet sich ein Fenster. Was ist denn da los, was machen Sie denn da, ruft ein Mann. Hinter seiner Schulter taucht ein Frauenkopf auf. Ich will auf mein Grundstück, schreit Mutter mit schriller Stimme. Gehen Sie da weg, das ist nicht Ihr Grundstück. Das Grundstück gehört Herrn Doktor Grobe. Gehen Sie da weg, oder ich hole die Polizei. Was will sie denn, fragt die Frau im Hintergrund. Eine Verrückte, sagt der Mann, was sich jetzt alles hier so rumtreibt. Mach das Fenster zu, es geht uns nichts an, befiehlt die Frau. Das Fenster wird mit lautem Knall geschlossen. Gibt es eigentlich eine Mehrzahl von Scham? Welches Wort bezeichnet den Zustand, in dem man in einem Mauseloch verschwinden möchte und auch wieder verzweifelt zuschlagen, wütend alles treffen, was erreichbar ist? Komm, Mutter, wir gehen nach Hause, sage ich. Sie läßt sich willenlos an die Hand nehmen und wegführen.

Grobe, Grobe, wo habe ich den Namen schon gehört, überlegt Mutter, die in Mariechens Küche Trost sucht. Mariechen kennt des Rätsels Lösung. Dat wissen sie nit? Dat is en janz hohes Tier bei de Joldfasane, Kreisleiter oder so wat. Aber weshalb verkauft mein Mann unser Grundstück an diesen Nazi, doch nicht wegen dem Geld, wir brauchen doch kein Geld, schluchzt Mutter ihren zerstobenen Träumen nach. Andere Leut haben noch nit mal dat Jeld, um den Kopp aus der Schlinge zu ziehen, sagt Mariechen und nimmt den geblümten Emailletopf vom Herd. Dat sin zwar keine Bohnen, aber et beruhigt. Sie schiebt Mutter die goldgeränderte Tasse vom alten Röhrig hin. Allet wird nit so heiß jejessen, wie et jekocht wird. Die Leut in Köln han auch alles verloren, un wat uns noch blüht, wissen mer nit. Vielleich is et jut so, sons würden uns wohlmöglich die Haare einzeln zu Berge stehen.

Die letzte Hoffnung auf das Grundstück macht Onkel Helmut zunichte, er hat sich erkundigt. Es ist ordnungsgemäß an den Kreisleiter verkauft, für viertausend Mark, verbucht und besiegelt. Für fünftausend hat Vater es vor zwanzig Jahren gekauft, in der schlechten Zeit, wo einem alles nachgeworfen wurde. Er wollte doch nur das Geld vom Bauernhof anlegen, Land kaufen, das war ihm so wichtig. Du weißt doch, wie er war. Das Grundstück muß heute viel mehr wert sein. Um ein Vielfaches mehr, bestätigt mein Onkel, es gehört zu den Paradegrundstücken da oben. Muß ich mir das einfach so gefallen lassen, wie diese Nazis meine Kinder und mich ausrauben? Da kannst du gar nichts machen, er hat sich wahrscheinlich losgekauft. Er wäre nicht der Einzige, der sowas gemacht hat. Oder hättest du ihn lieber im KZ gesehen, fragt mein Onkel.

Aber es müßte doch irgendetwas über diesen Kauf existieren, eine Unterlage, Papiere, wo er sonst jedes Schnibbelchen verwahrt hat. Das kann einfach nicht sein, er war peinlich genau in solchen Sachen. Dann schlägt sie sich vor die Stirn. Natürlich, wo verwahrt man so etwas, vielleicht sogar mit den notwendigen Erklärungen? Der Kerl hat es uns aus dem Safe gestohlen, er wußte, wo Vater es aufbewahrte, und nun haben wir überhaupt nichts mehr in der Hand. Umgebracht haben sie ihn, sagt Mutter leise, Scheibchen für Scheibchen. Erst die Gestapo, dann der Kreisleiter, der SS-Arzt, zum Schluß noch das Regierungsschulamt, alle sind sie schuld an seinem Tod.

18

Der Krieg schert sich nicht um private Belange, er gehorcht seinen eigenen Gesetzen, knüpft das Netz immer enger um das Tausendjährige Reich. Am 25. August wird Paris befreit. In unserer unmittelbaren Nähe, vor der belgischen Grenze, stehen die Alliierten. Rom ist schon lange gefallen, Rumänien hat uns den Krieg erklärt, und die russische Sommeroffensive überrollt das Baltikum, stößt ins Weichselgebiet vor. Auch die Polen erheben sich, seit dem 1. August tobt in Warschau der Aufstand. Auch in der Heimat nimmt der unerbittliche Krieg seinen Fortgang. Von früh bis spät kreisen Jabos am Himmel. Wir sind zu einäugigen Beobachtern geworden, ein Auge ist immer fest an den Himmel geheftet. Fallen am Tag die Bombenteppiche, die ein bestimmtes Gebiet in der Fläche abdecken, so werden wir nachts von einem wahllos niedergehenden Bombenhagel überschüttet. Die Nächte sind am gefährlichsten. Da kann es jeden treffen. Ich zittere vor der Nacht, wage nicht einzuschlafen und fahre beim ersten Ton der Sirene mit klopfendem Herzen hoch.

Wir sind unseren Feinden gegenüber auf Grund unserer besseren Volksrasse sehr im Vorteil, verkündet Goebbels, wir haben alle Chancen zum Endsieg in unserer Hand. Der Mensch glaubt, was er glauben möchte. Vielleicht gibt es wirklich die Wunderwaffe, die unsere Feinde von heute auf morgen wegfegt und uns wieder zu Herren der Welt macht. Was wird uns die Zukunft bringen, was wird mit uns geschehen? Auf einem Plakat, das uns von allen Mauern entgegenspringt, ist ein riesiger Neger abgebildet. Wie ein Gorilla seine Beute, schleppt er eine blonde Frau davon. Ihre Haare schleifen am Boden, und der Neger fletscht seine Zähne hinter dickwulstigen roten Lippen. Darunter steht: »Soll das Wahrheit werden?«

Du kannst nicht mehr zurück ins Elsaß, sonst fällst du eines Tages noch den Amerikanern in die Hände, sagt Mutter. Nur das nicht, im Geist sehe ich schon den großen Neger auf mich zukommen. Aber deine Sachen holen wir noch, die lassen wir denen nicht, fügt Mutter hinzu.

Ich ziehe mich immer mehr in mich selbst zurück, weiß nicht so recht, was mit mir geschieht, und streiche verloren und überflüssig durch das mir fremd gewordene Haus. Bertchen, der mit der HJ in der Eifel schanzt, fehlt mir. Auch die Schulkameraden vermisse ich. Gewohnt, mit einem bis zur letzten Minute verplanten Tag zu leben, weiß ich nichts mehr mit meiner Zeit anzufangen. Schließlich verkrieche ich mich in Vaters Zimmer, katalogisiere die Bücher, die mir aus Schränken, Regalen und Wandschränken entgegenquellen. Noch nie hat sich jemand die Mühe gemacht, diese Unmenge von Gedrucktem zu sichten. Was hockt sie bloß den ganzen Tag da oben, beschwert sich Hetty, die immer mehr bei uns das Sagen hat. Laß sie doch, antwortet Mutter, wo soll sie denn hin?

Im Schulhaus ist es totenstill, niemand antwortet auf unser Rufen. Stolz führe ich Mutter durch mein Reich, zeige ihr Schlafsaal, Waschraum, Speisesaal und das Klassenzimmer. Mutter lacht, als sie meine wie mit dem Lineal ausgerichtete Wäsche im Schrank sieht. Ordnung hast du wenigstens gelernt. Dann verstauen wir alles in die mitgebrachten Koffer, verschnüren das Bettzeug zu einem Ballen, den Mutter mit einem hölzernen Tragegriff versieht. Im Musiksaal setzt sie sich ans Klavier, mein Gott ist das verstimmt, ihre Finger fliegen über die Tasten, wie ein Ungewitter donnert und trommelt »Der fliegende Holländer« durchs Haus. Plötzlich steht Frau Doktor in der Tür. Was machen Sie denn da, erkundigt sie sich ärgerlich. Dann hat sie mich entdeckt, ach, Ida, du bist es, sie streckt mir ihre schlaffe Hand entgegen. Das muß gestimmt werden, sagt Mutter und schließt den Klavierdeckel. Die beiden Frauen begrüßen sich in gegenseitiger Abneigung. Sie hätten sich anmelden sollen, heute paßt es mir gar nicht. Haben Sie denn meinen Brief nicht bekommen? Die Ferien sind doch verlängert worden, die Schüler sind noch bei ihren Eltern. Ich weiß, sagt Mutter, aber ich bin nicht gekommen, um Ida zu bringen, wir wollen ihre Sachen abholen. Wie soll ich das verstehen, Sie wollen doch nicht sagen, daß Sie Ida aus der Schule nehmen, jetzt wo sie ihre gewohnte Umgebung so dringend braucht? Ida ist noch schulpflichtig, vergessen Sie das bitte nicht.

In dieser Zeit, wo keiner weiß, was morgen ist, gehört ein Kind nach Hause zu seiner Familie, antwortet Mutter, außerdem marschieren die Amerikaner bereits auf das Elsaß zu. Ich lasse mein Kind nicht in Feindeshand fallen. Frau Doktors Augen weiten sich, wie können Sie so etwas sagen? Mein Bruder ist Offizier im Hauptquartier, ich habe Informationen, es gibt überhaupt keinen Grund für solche Befürchtungen. Keinen Grund, in welcher Welt leben Sie eigentlich, höhnt Mutter, der Krieg ist für uns verloren, endgültig verloren, das sieht sogar ein Blinder. Die große dünne Frau vor uns stößt ihre Hakennase nach vorn, als wollte sie auf uns einhacken. Ich muß Sie bitten, dieses Haus sofort zu verlassen, zischt sie, Äußerungen dieser Art kann ich hier auf keinen Fall dulden. Mein Sekretariat wird ihnen die erforderlichen Papiere zuschicken. Grußlos verläßt sie den Raum, sieht mich nicht einmal an.

Mein Gott, was machen wir, wenn sie uns anzeigt? Die bringt es fertig und hetzt uns die Gestapo auf den Hals. Mutter steht die Angst im Gesicht geschrieben, in Windeseile schleppen wir das Gepäck aus dem Haus. Diesmal schaue ich mich nicht um, wozu auch, sie hat ihre Schafwollarme nicht um mich gelegt, sie ist nicht mit mir in den Park gegangen, sie lügt wie alle Nazis. Die Wirtin vom Grünen Baum rät uns, für den Nachmittag zu verschwinden. Besser ist besser, man kann nie wissen, ich werde sagen, Sie seien abgereist.

Von oben aus den Weinbergen lassen wir die Pforte des Schulhauses nicht aus den Augen, lauern nach dem Auftauchen einer schwarzen Limousine, drehen das Erlebte mit viel wenn und aber hin und her. Warum kann sie auch nicht ihren Mund halten, denke ich, warum geraten wir von einer Schererei in die andere, warum muß ich das alles mit ausbaden? Wehmütig betrachte ich den Hort der Ruhe da unten, der für mich nun endgültig verloren ist.

Im Rebberg arbeitet ein Bauer mit einem Strohhut auf dem Kopf. Er zerquetscht eine goldgrüne Traube prüfend zwischen den Fingern. Hinter uns summt ein schwarzgepunkteter Kirschbaum, in der Ferne verblauen die Vogesen in der hitzeflimmernden Luft. So ein gottgesegnetes Land, seufzt Mutter. Ich mache mich am

Kirschbaum zu schaffen, verscheuche die Bienen von der schwarzen Süße. Laß das, das darfst du nicht, befiehlt Mutter. Der Bauer scheint nur auf eine Gelegenheit gewartet zu haben, mit uns ins Gespräch zu kommen. Neugierig kommt er näher. Das sind wilde Kirschen, die sind für jeden da, sagt er, nimmt den Hut ab und wischt sich den Schweiß von der Stirn. Seine blauen Augen mustern uns wunderfitzig, wie die Leute hier sagen. Ein schönes Wort, gleich wird er sich wundern können. Sind Sie aus der Stadt, will er wissen. Aus Köln. Sie glauben gar nicht, was wir da mitmachen. Jeden Tag die Flieger, die Bombennächte, und hier dieser Frieden, diese himmlische Ruhe, so was kennen wir seit Jahren nicht mehr, wissen sie überhaupt, wie gut sie es hier haben, meine Kleine ist unten in der Schule, das heißt, sie war es, heute habe ich sie rausgeholt, Sie glauben nicht, was wir da erlebt haben, deshalb sitzen wir hier oben, aus Angst ... Mutter bringt uns wieder unter die Leute. Ich widme mich wieder dem Kirschbaum. Der Mann hört Mutter nachdenklich zu, meint schließlich, so ist es heute in der Welt, aber wer alles haben will, behält am Ende nichts. Ich wünsche Ihnen noch eine gute Zeit. Er geht zurück in seinen Weinberg, wir gehen nach Kaysersberg.

Sie haben den Inhalt von Vaters Schreibtisch in einen Wäschekorb geworfen, und Onkel Otto sichtet die Papiere. Sein Tun erinnert eher an einen Vernichtungsfeldzug als an eine ordnende Durchsicht. Alles, was nur im Entferntesten an meinen Vater erinnert, wandert ins Feuer. Früher habe ich diesen Onkel hier nie gesehen, Vater konnte ihn nicht leiden. Dafür ist jetzt Vaters nachgelassene Existenz seiner Zerstörungswut ausgeliefert und seiner Rache für die Ignoranz der vergangenen Jahre. Die Berufungsurkunde wird ein Opfer der Flammen, das Abiturzeugnis, das Summa cum laude und die Treudiensturkunde. Mutters schwachem Protest setzt er sein »unnützer Ballast, was willst du damit, dein Mann ist tot« entgegen, und Hettys Zustimmung gibt den Ausschlag, Mutter schweigt. Schließlich ist der Wäschekorb leer. Wenn das so weitergeht, wird in diesem Haus bald nichts mehr an Vater erinnern.

Als die Engländer nur noch 35 km vor Köln stehen, erklärt Goebbels: »Wir haben alle Chancen zum Endsieg in unserer eigenen

Hand.« Anton schaut auf seine Handflächen. Ich find en nit, den Endsieg, der muß mir rausjefalln sein. Er erntet johlendes Gelächter. Bald vergeht uns das Lachen. Im Oktober bricht ein Inferno aus, das alles, was sich bisher als Luftkrieg über unseren Köpfen abspielte, in den Schatten stellt. Apathisch stolpern wir von Großangriff zu Großangriff, verlernen das Denken und Fühlen und verkriechen uns ohnmächtig in unserer Angst. Wir leben von Stunde zu Stunde, von Minute zu Minute. In der kurz bemessenen bombenfreien Zeit fallen Strom und Wasser aus, wird der spärliche Verkehr mit klapprigen Lastwagen aufrechterhalten. Auf die Ladefläche gelangen wir über eine Trittleiter, die der Letzte einzieht. Zusammengepfercht wie das liebe Vieh unterscheiden wir uns in unseren Kopftüchern, Kellermänteln und Männerhosen in nichts mehr von den Fremdarbeitern, die diese Hölle mit uns erdulden. Menschenströme flüchten aus der Stadt ins Bergische. Mit Pappkoffern und Rucksäcken, Kinderwagen und Leiterwagen, oft gefüllt mit der letzten Habe, ziehen sie über die Straßen. Wohl dem, der eine Fahrgenehmigung besitzt und seinen Holzvergaser in Gang setzen kann. Für den Augenblick ist er Kaiser, aber die ausgebrannten Wracks am Straßenrand erinnern daran, daß Autos zu den beliebtesten Tieffliegerzielen gehören. Die Versorgung der Bevölkerung kommt ins Stocken. Wo gestern noch ein Bäcker war, ist heute ein rauchender Bombentrichter. Oft müssen wir für ein Brot weite Wege zurücklegen und treffen vor der Ladentüre auf eine lange Warteschlange. Es finden immer nur so viele Einlaß, wie der enge Laden faßt. Die Wartenden fiebern der Türe entgegen, ehe die Sirenen wieder heulen. Oft hat man Pech, kommt ohne Brot nach Hause. Oft löst sich die Schlange in panischer Flucht auf, wenn ein Jabo zum Tiefflug ansetzt.

Fast eine Stunde liege ich im Straßengraben, während der da oben Jagd auf mich macht, kreist, abdreht. Kaum hebe ich den Kopf, ist er wieder da, kommt im Tiefflug auf mich zu und bestreut den Straßenrand mit den Geschossen aus seinem Bordgeschütz. Ich drücke mich tiefer in die Brennesseln. Zum Glück hat es lange nicht geregnet. Der Graben ist trocken, saugt gierig meine kostbare Magermilch auf, die langsam aus der Blechkanne ins Erdreich sickert. Auf der gegenüberliegenden Straßenseite steht eine Litfaßsäule. Ich starre auf das Plakat, das mir in fetten Buchstaben entgegenleuchtet. Kriegsartikel für das deutsche Volk, Artikel 1, alles kann in diesem Kriege möglich sein, nur nicht, daß wir jemals kapitulieren. Ich lese es immer wieder, erfasse in meiner Todesangst den Sinn nicht, aber mir ist sowieso alles egal, wenn ich nur heil hier wieder herauskomme. Mutter wird schimpfen, daß die Milch vergossen ist.

Achtundzwanzig Großangriffe erlebt Köln im Oktober. Achtundzwanzig Großangriffe haben die Stadt in einen einzigen Trümmerhaufen verwandelt. Aber die Kölner verlieren ihren Humor nicht, treiben noch mit dem Grauen Scherz. Schreibt der Schäl aus Amerika, ich sitze hier auf dem Empire State Building und übersehe ganz New York. Schreibt der Tünnes zurück, ich sitze hier auf einer Mülltonne und übersehe janz Kölle.

Seit Wochen drängt Onkel Otto, ihr müßt hier raus, bevor wir Frontlinie werden. Die Amerikaner stehen in Aachen, bald werden sie Köln erreicht haben. Das Rechtsrheinische ist der Zugang zum Ruhrgebiet, den werden sie bis zum Letzten verteidigen. Wer dann nicht weg ist, sitzt wie die Maus in der Falle. Geht nach Thüringen zu Betty, da seid ihr in Sicherheit. Jetzt befolgen wir seinen Rat, haben nur einen Gedanken, so schnell wie möglich hier raus. Kurz vor der Abfahrt schreibt Tante Hedwig aus Dortmund. Kommt zuerst einmal her, wer weiß, wann wir uns sonst wiedersehen in diesen unruhigen Zeiten. Hier gibt es kaum Alarm, alles ist ruhig. Weil Mutter das glaubt, steigen wir in Dortmund aus dem Zug.

Ich muß etwas mit dir besprechen, bevor Erwin und Liesbeth kommen, flüstert Tante Hedwig und rückt näher, als lauerten hinter den Tapeten unsichtbare Ohren. Wir sitzen an dem großen Erkerfenster. Zwischen Kartoffelsalat und Wurstbrot werfe ich immer wieder einen Blick nach unten, wo Spaziergänger mit ihren Hunden gemächlich die gegenüberliegende Grünanlage durchqueren. Meist bleiben sie noch einmal rechts an den Kastanien stehen. Die Hundemänner heben das Bein, die Hundedamen hocken sich hin, und die alten Villen hinter den Lanzenspitzen ihrer Eisengitter funkeln mißbilligend mit ihren glänzenden Fensteraugen.

Bei dir sieht man wenigstens etwas, immer ist was los da unten, seufzt Mutter, und alles so friedlich, wenn ich da an uns denke. Tante Hedwig hält sich nicht mit Mitgefühl und Bedauern auf. Ich kann es niemandem anvertrauen. Erich ist an der Front, Gerd im

Lazarett und Erwin, du weißt doch, wie dein Bruder verrückt spielt mit seiner Partei und immer noch vom Endsieg faselt. Außerdem mußte ich so ein Schriftstück unterschreiben und geloben, Stillschweigen zu bewahren. Du darfst es keinem Menschen erzählen, sonst komme ich auch dahin, wo Hannelore ist. Mutter reißt ihre Augen auf, auch meine Augen werden rund. Plötzlich weint Tante Hedwig. Lautlos fließen die Tränen über ihr Gesicht und ihre Schultern zucken von unterdrücktem Schluchzen. Sie steht schnell auf und geht aus dem Zimmer. Ich habe Großvaters Schwester noch nie weinen sehen. Wenn man wie Kaiserin Auguste aussieht, weint man nicht.

Ich kann das nicht glauben, Hannelore im KZ, ich bitte dich, sag, daß es nicht wahr ist. Mutter ist der Tante nachgegangen, kommt nun völlig aufgelöst mit ihr zurück. Kannst du dir jetzt vorstellen, was ich durchgemacht habe, und immer schweigen, keinem Menschen etwas sagen? Mutter nickt. Aber warum, mein Gott, warum? Meine Tante rückt näher, senkt wieder die Stimme zum Flüstern, obwohl außer uns niemand im Raum ist, sie hatte ein Verhältnis mit einem Polen. Einem Kriegsgefangenen aus der Gärtnerei, wo sie dienstverpflichtet war. Wie zur Entschuldigung fügt sie noch hinzu, er war Offizier und im Zivilberuf Arzt. Als wenn das was ausmacht, wenn sie ihn doch gleich erschossen haben, noch bevor Hannelore abgeholt wurde, denke ich und versuche die eben gehörten Ungeheuerlichkeiten einzuordnen, in Zusammenhang zu bringen mit den tanzenden Kastanienaugen und den vielen »kis« in unseren Familiennamen. Eine Arbeiterin aus der Gärtnerei hat sie angezeigt, sagt Tante Hedwig. Was sollte ich machen, sie liebte ihn, und mir blieb nichts anderes übrig, als mitanzusehen, wie sie in ihr Unglück rannte. Wenn sie ihn holen, gehe ich mit, hat sie immer wieder gesagt. Was nun werden wird, weiß ich nicht. Nachts liege ich wach und denke darüber nach, bete zum Herrgott, daß die Schwangerschaft ihr das Leben rettet. Was, sie ist schwanger, Mutters Kreuz wird steif, ihr Mitgefühl bekommt Risse. Bitte, zu den beiden kein Wort, ich flehe dich an, beschwört Tante Hedwig meine Mutter, als es klingelt.

Was sind denn das für schmuddelije alte Koffer unten im Flur, hast du auch die Hühner eingepackt, witzelt Onkel Erwin. Du kannst gleich krähen, wenn du sie heraufgetragen hast, gibt Mutter zurück. Wie immer, wenn die Familie zusammenkommt, redet alles aufgeregt ducheinander, bis Sirenengeheul dazwischenfährt. Neun Uhr, das ist früher als sonst, ich glaube, wir ersparen uns heute den Bunker, geht ins Wohnzimmer, der Abendbrottisch ist noch gedeckt, fordert Tante Hedwig auf. Aber ich will in den Bunker, will raus aus dem Erkerhaus in die Sicherheit des Betons. Bitte, bitte, laßt uns in den Bunker gehen, bettele ich. Idachen, Kind, du zitterst wie Espenlaub! Erwin, es ist wohl besser, mit ihnen in den Bunker zu gehen, die Koffer kannst du nach der Entwarnung rauftragen. Tante Liesbeth schickt uns voraus. Sie selbst geht das Luftschutzgepäck holen, will noch schnell den Warnfunk abhören, sich ein Bild machen, wo sie sind. Mich laßt mal hier oben, wehrt Tante Hedwig ab, ich warte, bis ihr wiederkommt.

Wir durchqueren einen Torbogen unter einem mehrstöckigen Häuserblock, im Hinterhof liegt der Bunker. Menschen drängen sich auf langen Holzbänken, Kinder schreien, Thermosflaschen werden ausgepackt, ein Mann mischt Skatkarten. Meine Frau kommt noch, sagt Onkel Erwin, als der Luftschutzwart die schwere Eisentür schließt. Dann muß sie sich aber beeilen, es sind mehrere Verbände im Anflug auf Dortmund gemeldet. Der Mann öffnet den Notausgang und späht zum Himmel. Heut gibt et wat, die Christbäume stehn schon, durch den Türspalt fällt der Lichtschein des taghell erleuchteten Himmels. Auch das monotone Brummen der Lancastermaschinen, ein Geräusch wie von unzähligen Riesenhummeln, ist zu hören. Dann geraten wir in den Sturm der Einschläge. Flackernd löscht das Licht. Die kümmerliche Notbeleuchtung wirft die Schatten der verzerrten Gesichter an die Wand. Im Hintergrund schreit eine Frau, ich will hier raus, ich will hier raus, ich will nicht lebendig begraben werden, Kinder beginnen zu weinen. Nur der kleine Junge mir gegenüber sitzt stumm da und starrt mich an. Meine Frau, ich muß zu meiner Frau, Onkel Erwin macht sich an der Tür zu schaffen. Was machen Sie denn da, sind Sie verrückt, Sie können jetzt nicht da raus, setzen Sie sich wieder hin. Der Luftschutzwart will meinen Onkel von der Tür wegschieben, für einen Augenblick verebbt das Schlingern. Auf ihre Verantwortung, sagt er schließlich und entläßt Onkel Erwin in die zischende Glut. Beißender Brandgeruch und Rauch dringen in den Bunker. Den sehen wir nicht wieder, sagt der Luftschutzwart, wat soll ich machen, der wollte dat nich anders, des Menschen Wille ist sein Himmelreich. Mir bleibt keine Zeit mehr zu überlegen, ob dieser Spruch sich für Onkel Erwin bewahrheiten wird. Die zweite Welle hat uns erreicht, wir versinken wieder in den dröhnenden Schlingerbewegungen. Lieber Gott, laß mich überleben, ich bin doch noch so jung, bete ich. Neben mir höre ich Mutter immer denselben Satz murmeln, lieber Gott, hilf uns, lieber Gott, hilf uns. Er wird sich schön bedanken, uns immer nur aus der Not zu helfen, wenn wir ihn gerade mal brauchen. Du kommst auch immer nur, wenn de wat von mir willst, hat letzthin der alte Keppel zu seinem Sohn gesagt. So ähnlich halten wir es auch mit unserem Herrgott, wahrscheinlich ist er längst verärgert und überläßt uns unserem Schicksal. Ob die da oben auch Kinder haben? Ich stelle mir vor, wie sie jetzt in ihren Betten liegen, den Teddy im Arm, und bitten, daß Gott ihren Daddy beschütze. Eine unbändige Wut steigt in mir hoch auf diese Kinder in ihren warmen Betten und ihre Väter, die uns das antun.

Da ist jemand an der Tür, ruft eine Frau. Unsinn, das ist der Sog, widerspricht eine andere. Aber jetzt hören wir zwischen dem Heulen und Dröhnen ein rhythmisches Hämmern. Vorsichtig öffnet der Luftschutzwart einen Türspalt und muß sich dabei mit aller Gewalt gegen den Luftdruck stemmen, ein Mann zieht zwei berußte Gestalten herein, deren Augen wie Lichter des Entsetzens in den schwarzen Gesichtern flackern. Doch ein Wunder? Jeder will die Geschichte der wunderbaren Rettung hören. Wenn die das überstanden haben, besteht für uns vielleicht auch noch ein Funken Hoffnung?

Dortmunds Süden ist ein einziges Flammenmeer, ganze Straßen brennen, unsere Wohnung lichterloh, im Keller der Kamin eingestürzt, hat mich eingeklemmt, mit der Kohlenschaufel die Trümmer, im letzten Moment rausgezogen, der Koks glühte schon, Tränen zeichnen helle Linien in Tante Liesbeths geschwärztes Gesicht. Schwarz darunter auch die Spitzenbluse, der ehemals karierte Faltenrock, der rote Janker. Nur die dreifache Korallenkette baumelt rosa um den dunklen Hals. Meine Strümpfe, wo sind denn meine Strümpfe, Tante Liesbeth schaut auf ihre Beine, an denen graue Fetzen herunterhängen, und dann lacht sie, lacht langanhaltend und gellend, bis Onkel Erwin sie schüttelt und ihr Lachen wieder in

Weinen übergeht und ihre Tränenbäche noch mehr Furchen in das schwarze Gesicht zeichnen.

Draußen ist es ruhiger geworden, vorsichtig atmen wir auf. Dann hebt eine Detonation mit ohrenbetäubendem Knall die Türe aus den Angeln. Sofort dringt beißender Qualm herein, beginnen unsere Augen zu tränen, wird jeder Atemzug zur Qual. Der Bunker muß geräumt werden. Achtung, vor dem Ausgang befindet sich ein Bombentrichter, bitte, halten Sie sich rechts. Zu ihrer eigenen Sicherheit bitte Beeilung, der Torbogen brennt bereits. Nasse Tücher werden verteilt, dann entläßt man uns nach draußen. Ein heulender Orkan peitscht ringsum die Flammen himmelhoch. Wir taumeln durch den Funkenregen, durch ein krachendes berstendes Inferno. Schnell, schnell! Häuser legen sich Stockwerk für Stockwerk übereinander, brennende Vorhänge flattern wie Fahnen an hohlen Fassaden, Bäume strecken uns lodernde Finger entgegen. Eine Frau rennt mit einem brennenden Kinderwagen zwischen den hetzenden Menschen und über allem das Heulen des Sturms, die gellenden Feuerwehrsirenen und die Rufe der Verzweifelten. Wie zur Parade in Reih und Glied legen vor einem Haus Hitlerjungen die Toten nieder. Schau nicht hin, Kind, sagt Tante Liesbeth und legt mir die Hand über das Gesicht. Aber ich bin schon über etwas Weiches gestolpert, fasse haltsuchend in ein verkrustetes Gesicht. Sie ziehen mich hoch, rennen weiter. Ein Grauschleier legt sich über meine Augen. Ich kann nichts mehr sehen, schluchze ich und versuche mich in dem konturlosen Grau zurechtzufinden. Tante Liesbeths Hände ziehen mich stolpernd mit, Vorsicht, ein Bordstein. Selbst durch die nassen Tücher dringt der ekelhafte süßliche Geruch nach verbranntem Fleisch.

Endlich haben wir den Ersatzbunker erreicht. Du brauchst keine Angst zu haben, das geht vorüber, jetzt mußt du deine Augen schonen, sagt eine freundliche Stimme, eine kühle Hand träufelt Tropfen in meine Augen, legt mir eine Binde über das Gesicht. Einen Augenblick bin ich froh, blind zu sein, nichts mehr von dieser Welt sehen zu müssen, dann schlafe ich auf der Liege ein.

Am nächsten Morgen trotten wir über ein weites betoniertes Feld. Ein Löschteich funkelt in der Sonne, und in der Ferne zeichnen die Fördertürme von Hörde ihre eisernen Gerüste in den blauen Himmel. Wir hängen unsere Hände ins Wasser. Tante Liesbeth feuchtet ein Taschentuch an, um ihr rußgeschwärztes Gesicht zu reinigen. Was ist das, Mutter deutet auf etwas Rotes neben uns, das aussieht wie ein zu klein geratener Zeppelin. Ein Blindgänger, antwortet Onkel Erwin, drüben liegen noch mehr. Wir starren unseren unheimlichen Nachbarn an. Noch nie habe ich eine Bombe aus solcher Nähe gesehen. Als Onkel Erwin darauf zugehen will, reißt Tante Lisbeth ihn zurück. Was willst du da, hast du noch nicht genug, schreit sie. Es ist doch egal, wo ich stehe, wenn sie losgeht, fliegen wir alle in die Luft. Ein Blick auf unsere entsetzten Gesichter läßt ihn schnell hinzufügen, sie tickt nicht, ohne Zeitzünder sind die Dinger nicht besonders gefährlich. Ihr könnt also jetzt unbesorgt alleine weitergehen. Ich muß mich im Amt melden, die Akten sichern, das ist meine Pflicht als Beamter, sagt Onkel Erwin. Er dreht sich um und will zurück zur Stadt gehen, dorthin, wo eine dunkle Rauchwand am Himmel steht und verkohlte Papiervögel durch die Luft trudeln. Tante Liesbeth ringt nach Luft, hält ihn am Ärmel fest. Es gibt kein Amt mehr, keine Wohnung, kein gar nichts, du bleibst und bringst uns zu meinen Eltern nach Schwerte. Ich habe einen Eid geleistet als Beamter, ich bin verpflichtet ins Amt zu gehen, Onkel Erwin will sich losreißen, Tante Liesbeth krallt sich immer fester in seinen Ärmel. Du kannst uns nicht hier auf dem Bombenfeld alleine lassen, du gehst mit uns, das ist deine Verpflichtung. Onkel Erwin zerrt und zieht, doch er kommt nicht an gegen den eisenharten Griff von Tante Liesbeth. Ich bin Parteigenosse, als Parteigenosse habe ich Vorbild zu sein, mit einem Ruck hat Onkel Erwin den Ärmel frei bekommen, aber jetzt versperrt ihm Mutter den Weg. So, du Parteigenosse, Vorbild mußt du sein? Herrlich weit gebracht haben sie uns, deine Partei und dein Führer. Führer, wir danken dir, schreit sie, warum bedankst du dich nicht bei deinem Führer? Sag doch, Führer ich danke dir, daß ich keine Wohnung mehr habe, daß wir hier zwischen den Bomben herumirren, daß um uns herum die Menschen wie die Fliegen sterben, verkohlt und zerfetzt, und daß Millionen deinen Namen verfluchen, weil du aus der Welt ein Tollhaus gemacht hast. Geh du nur ins Amt, weil dein Herr und Gebieter es so will. Lauf so schnell du kannst. Aber ich, weißt du was ich tue, ich scheiß auf deinen Führer und ich scheiß auf deine Partei, die meinen Mann unter die Erde gebracht hat, ich scheiß auf das ganze braune Gesocks.

Meinem Onkel hat es buchstäblich die Sprache verschlagen, mit puterrotem Gesicht steht er da. Schließlich keucht er, das wird Folgen haben. Ich lasse meinen Führer nicht von dir beleidigen. Du bist die längste Zeit meine Schwester gewesen, ab heute trennen sich unsere Wege, und um die Trennung deutlich zu machen, dreht er sich auf dem Absatz um und marschiert, ohne uns noch eines Blickes zu würdigen, in Richtung Stadt davon.

Wie konntest du nur so mit Erwin reden, wie konntest du nur so über unseren Führer sprechen, das wird Erwin dir nie verzeihen, weint Tante Liesbeth. Wein nicht, sagt Mutter, er war schon immer ein Idiot, ein kompletter Idiot. Du sprichst von meinem Mann, fährt Tante Liesbeth sie wütend an. Genau von ihm spreche ich, fährt Mutter fort, und von seiner plötzlichen Begeisterung für die Nazis. Stolziert vor unserem Vater mit dem Parteiabzeichen herum, fast umgebracht hat das den alten Mann. Ausgerechnet unser Erwin, dieser Gemütlichkeits-Idiot, dem war doch nur sein Bier nach Feierabend wichtig, der hat sich nie um Politik gekümmert, bis er an deine braune Sippschaft geriet. Ihr habt ihn zum Parteigenossen gemacht, ihr habt ihm den Floh ins Ohr gesetzt, als Nazi würde er schneller befördert. Jetzt hast du, was du wolltest, also beschwer dich nicht. Mutter dreht sich grußlos um und läßt Tante Liesbeth einfach stehen. Kommst du, ruft sie mir noch zu. Ich halte Tante Liesbeth meine Hand hin, aber sie sieht über mich hinweg und setzt sich in Richtung Hörde in Marsch.

Am Straßenrand sitzt Tante Hedwig unbeweglich wie eine Statue auf einem Küchenstuhl und starrt auf das gegenüberliegende Haus, dem die Vorderfront verlorengegangen ist. War das erst gestern Abend oder vor Jahren, als wir oben im Erker saßen? Jetzt ist mein Ausguck einsehbar wie eine Puppenstube. Unser Eßtisch balanciert über dem Abgrund, ein Sessel schaukelt bedenklich hin und her. Es kann niemand rein, erklärt Tante Hedwig, das Treppenhaus ist eingestürzt. Siehst du, das Brotkörbchen und die Teekanne stehen noch auf dem Tisch. Merkwürdig, daß die Teekanne heil geblieben ist. Kaum hat sie es ausgesprochen, da stürzt der Rest des Erkers in die Tiefe und begräbt mit einer Staubwolke Brotkörbchen und Teekanne unter dem Schutt. So, das wäre erledigt, sagt Tante Hedwig. Gott sei Dank, daß ihr noch lebt, ich war so in

Sorge. Eure Koffer stehen drüben in der Villa, die Frau unseres Hausmeisters hat sie rübergebracht. Wo kommt ihr überhaupt her? Mein Gott, die Koffer sind gerettet, Hedwig, du Gute, daß du dich darum gekümmert hast, du kannst dir nicht vorstellen, was wir mitgemacht haben, es war so furchtbar, und was ich dann noch mit Erwin und Liesbeth erlebt habe, spottet jeder Beschreibung. Halt bloß den Mund, ich kann dein Gejammer nicht mitanhören, fährt meine Tante hoch. Dieser Küchenstuhl ist alles, was ich noch besitze, und als ich deine Koffer rausschlepppen wollte, habe ich mir den Fuß verstaucht. Sie streckt uns einen unförmig rotblau geschwollenen Knöchel entgegen.

Drüben auf der anderen Straßenseite belädt ein Mann ein Pferdefuhrwerk mit Möbeln. Ich muß dieses Pferd anfassen, seine Lebendigkeit riechen. Eine unbändige Sehnsucht nach grünem Gras und Vogelgezwitscher hat mich erfaßt. Meine Hand saugt sich auf dem brauen Fell fest, das nach Tier und Stall riecht. Wo fahren Sie hin, frage ich den Mann, der Stühle aufeinanderstapelt. Nach Dorsten, meine Schwiegermutter ist ausgebombt, muffelt er, ohne mich anzusehen. Gibt es da Wiesen und Vögel, frage ich. Jetzt schaut er hoch, sicher, bei uns ist es schon ländlich. Können Sie uns mitnehmen? Der Mann schüttelt den Kopf, nä, nä, dat geht nich, der Wagen is voll, er zurrt bereits die Gurte fest. In Mutters Koffer liegt der Mehrsternige. Wenn die Koffer da sind, ist auch der Mehrsternige gerettet. Ich versuche es noch einmal. Aber für eine Flasche Cognac, nehmen sie uns für eine Flasche Cognac mit? Es ist eine hohe Währung, das weiß auch der Mann. Seine Augen glänzen, er nickt, dann muß dat aber schnell gehen, ich will gleich fahren. Ich sause über die Straße. Was sollen wir in Dorsten, jammert Mutter, wir können doch Tante Hedwig nicht alleine lassen, wir gehen mit ihr in den Bunker. Das laßt mal schön bleiben, ich kann für mich alleine sorgen, und ihr macht, daß ihr vor dem nächsten Angriff hier raus kommt. Mit einer Handbewegung scheucht sie uns fort. Auf den Koffern sitzend rumpeln wir davon. Der Küchenstuhl mit Tante Hedwig wird immer kleiner, bis sie schließlich hinter der Straßenbiegung verschwindet.

19

Der Bus quält sich einen steilen schmalen Waldweg hoch, zu beiden Seiten von hohen Fichten gesäumt, und schlammig vom Regen aufgeweicht. Bis zum letzten Platz besetzt, mit Gepäck überladen, röchelt und stöhnt er unter den flüchtenden Rheinländern. Schließlich bleibt er stehen. Aussteigen, schieben! Wat machen die mit uns, wo bringen die uns hin? – In de Wald, wie Hänsel und Jretel, knusper, knusper, knäuschen. – Wart nur, bis de Hex kommt, dann sagst du nix mehr. – Gegen ne nette Hex hät ich nix einzuwenden. – Hier jibt et kein nette Hexen, hier kommt dat Wurzelweibchen mit dem klappernden Jebiß un bieß dich in de Fot. – Wie heiß dat hier üverhaup? – Patschefeld! Anders kunt dat jo och nit heißen, bei dem Matsch. – Ich glaub, die setzen uns hier aus, lassen uns im Wald verhungern, dann sin se dat Bombenvolk los. Han die üverhaup Häuser oder hocken se noch auf Bäumen? – Et sieht so aus, nix wie Wald. Paß op, jleich kommt dat Empfangskommitee mit Pfeil un Bogen.

Ich lausche den Heimatklängen, der Sprache der Stehaufmenschen. Verständnislos hört auch der Busfahrer zu. Gut, daß er nicht alles versteht. Dann springt der Bus wieder an, quält sich stinkend weiter hoch. Was wird uns da oben im Thüringer Wald erwarten? Am Ende der Welt, wie der dicke Mann vor mir sagt. Ob wir dort auch so unerwünscht sind wie bei unseren Verwandten in Rudolstadt?

Als seien Gespenster vor ihnen aufgetaucht, so hatten uns die Krauses angestarrt. Vielleicht sahen wir auch so aus, übernächtigt und ungewaschen, wie wir waren, immer noch rußverschmiert. Hat uns Otto denn nicht angemeldet, fragte Mutter. Die Krauses, immer noch fassungslos, schüttelten die Köpfe. Aus dem Wohnzimmer am Ende des Ganges klang fröhliches Gelächter. Anscheinend kamen wir ungelegen. Die alte Krause breitete die Arme aus, da könnt ihr jetzt nicht rein, Berta hat Besuch. Ich höre doch Bettys Stimme, ich werde doch meine Schwägerin begrüßen dürfen, was ist eigentlich hier los, Mutters Hand lag schon auf der Klinke. Drinnen saßen zwei Soldaten auf dem Sofa, das Koppel gelöst, den Waffenrock aufgeknöpft, in der rechten Hand das Schnapsgläschen, den linken Arm fest um ihre jeweilige Dame gelegt. Betty und Berta freuten sich singend ihres Lebens und ließen lustig das Lämpchen glühen, das jetzt zu flackern begann. Mit einem Schrei sprang Tante Betty hoch. Sieh an, welche Idylle, kein Wunder, daß wir hier stören. Bleib nur ruhig sitzen, es ist wirklich schade, daß dein Mann dich nicht so sieht, höhnte Mutter. Tante Betty lächelte gequält, und die Soldaten knöpften hastig ihre Waffenröcke zu, schlossen die Gott-mit-uns-Koppel. Nur Berta wollte sich die Freude nicht so einfach vergällen lassen. Was wollt ihr überhaupt hier, schrie sie, und noch bevor sich die beiden Landesverteidiger auf leisen Sohlen davon machen konnten, kam sie wütend auf uns zu. Wir haben euch nicht gebeten herzukommen und bei uns herumzuschnüffeln. Es geht euch nichts an, mit wem wir uns in diesen trüben Zeiten ein bißchen Freude machen. Betty hat nichts Unrechtes getan. Wagt nur nicht, so etwas zu behaupten. Hast du gewußt, daß dein Mann uns seine hochnäsige Verwandtschaft auf den Hals schickt, wandte sie sich an ihre Schwester. Meine Tante nickte beklommen. Dann sieh auch zu, wie du sie wieder los wirst. Hier bleiben sie auf keinen Fall. Ihr Blick fahndete nach den Soldaten, aber die hatten sich schon aus dem Staub gemacht.

Im Bus ist es ruhig geworden, die übermütige Stimmung ist verflogen. Jeder weiß, daß die Bombenweiber, wie man uns in den friedlichen Gegenden des östlichen und südlichen Reichsgebiets oft nennt, nicht überall willkommen sind. Sie beanspruchen Wohnraum, bringen Unordnung in dörfliches Regelmaß, und die Rheinländer mit ihrer raschen, unverblümten Art stoßen schnell auf Unverständnis und Ablehnung.

Der Hochwald hat sich geöffnet, gibt nun den Blick frei auf eine weite Bergwelt, Felder und Wiesen. In einer Mulde vor uns hocken Fachwerkhäuser dicht bei dicht. Die letzten schon am Waldrand, wo sich der Weg zwischen den Bäumen verliert. In der Mitte des Dorfes eine unscheinbare gelbgraue Kirche. Oh, Gott, stöhnt der dicke Mann, vier Häuser und fünf Spitzbuben. Der Fahrer wirft ihm einen bösen Blick zu. Seien Sie doch froh, daß Sie hier sind und Ihre Ruhe haben, sagt er und hält an der Kirche. So viel Ruhe braucht es auch wieder nicht zu sein, murmelt der Dicke und zwängt sich aus dem Bus.

Draußen weht ein eisiger Wind. Fröstelnd rücken wir zusammen, warten darauf, verteilt und abgehakt zu werden. Ein Mädchen in Gummistiefeln, Arbeitsschürze und Kopftuch bemächtigt sich unserer Koffer. Ich bin die Monika, ich soll euch abholen. Sie steuert auf ein Gehöft an der Dorfstraße zu. Im Hof deutet ein beachtlicher Misthaufen auf bäuerlichen Wohlstand. Geht da rein in die Stube, ich muß in den Stall. Sie stapelt unsere Koffer im Hausflur und verschwindet.

In der Stube hängt wolkenschwer der Essensgeruch vom Tage. Vor einer Eckbank am Fenster steht ein langer weißgescheuerter Tisch. Unter den Mullgardinen sitzt ein Junge mit mächtiger Hakennase und starrt uns aus runden Vogelaugen an. Während sein Zeigefinger unablässig auf den Tisch klopft, windet sich aus seinem linken Mundwinkel ein langer Speichelfaden. Guten Tag, sagt Mutter. Er nickt wild mit dem Kopf. Heiß du, heiß du? Mein Gott, erschrickt Mutter, ich bin die Frau Pelzer, und das ist Ida. Er freut sich, trommelt mit den Händen auf den Tisch, zeigt auf seine Brust, schreit Thias, Thias. Was will er, fragt Mutter. Er heißt Mathias. Der Junge trommelt wieder mit beiden Händen auf den Tisch. Ich glaub, ich träume, sagt Mutter, wo sind wir hingeraten? Das vergessene Dorf und dieser Schwachsinnige, mein Gott, wenn Vater das wüßte. Mutter lächelt Mathias freundlich an, murmelt die Worte aus dem Mund fast ohne Lippenbewegung. Hrau, Hrau, neit, neit, ruft Mathias und zeigt mit ausgestrecktem Zeigefinger auf das Fenster. Es hat zu schneien begonnen. Ich hocke mich neben ihn auf die Bank und schaue zu, wie sich die Flocken aus dem plustrigen Gewimmel da oben langsam lösen und sacht am Fenster vorübergleiten.

Mit den Menschen kommt die Kälte herein. Die große hagere Frau hat ein Gesicht wie Mathias, wischt sich die Hände an der Schürze, bevor sie uns begrüßt. Der Bauer, klein und stämmig, mit einem roten Lockenkranz über den hellen blauen Augen entledigt sich auf der Ofenbank seiner Stiefel. Ein blonder Junge, er wird Mani genannt, trägt sie fort, hockt sich neben seinen Vater, der schon an seiner kurzen Pfeife zieht und die nackten Zehen wohlig spreizt, sie dem kleinen weißbraun gefleckten Hund überläßt, der sofort seine rote Zunge in Bewegung setzt. Mir ist so, als fahre die feuchte Zunge mit grausigem Kribbeln auch zwischen meine Zehen. Mutter hat die Augen weit aufgerissen, starrt wie gebannt zur Ofenbank. Zuletzt kommt die Oma mit einer Schüssel Äpfel in die Stube, sieht aus, wie Kinder sich eine Oma vorstellen. Weich und rund, mit weißen Haaren und einer Nickelbrille auf der Nase. Zum Abendessen gibt es Zampe, eine Speise aus rohen Kartoffeln und Speckstücken. Die Bäuerin holt den Bräter aus dem Kachelofen und stellt ihn auf den Tisch. Wir machen nicht viel Umstände, sagt sie, aber die Städter sind das wohl nicht so gewohnt. Sie gibt uns Teller. Die anderen fahren mit der Gabel in den großen Topf. Mani baut Dämme um seinen Anteil, denn Mathias sabbert wieder.

Unsere Schlafkammer befindet sich im ersten Stock. Die Bäuerin gibt uns einen Eimer Wasser mit, für morgen früh zum Waschen. An der Fensterscheibe türmt sich bereits der Schnee, und am Glas wachsen zarte Eisblumen. Ich habe noch nie auf einem Strohsack geschlafen. Es knistert lustig, wenn man sich bewegt. In der Nacht huscht etwas über den Fußboden. Wir schrecken hoch, horchen auf das sonderbare Schlurren und Trippeln. Mit einem Piepsen verraten sich die Mäuse. Wir wagen uns nicht zum Lichtschalter an der Türe, sitzen wie versteinert auf unseren Strohsäkken. Wenn die Mäuse tanzen, klopft Mutter mit ihrem Schuh gegen die Seitenwand des Bettes. Schließlich fällt ihr der Schuh aus der Hand. Am nächsten Morgen stellt der Bauer Fallen auf.

Der Schnee ist wieder weggetaut. Wir können die Äpfel auf der Streuobstwiese hinter dem Haus ernten. Ein paar Tage später kommt die Dreschmaschine in den Hof gefahren. Mit Monika, dem Pflichtjahrmädel, werfe ich Garben von der Tenne herunter. Der Lärm der Dreschmaschine macht uns taub, der Staub beißt in Lunge und Augen, die Spelzen jucken auf der Haut, und Mäusefamilien flüchten quiekend durch unsere gespreizten Beine. An ihr ist ein Junge verlorengegangen, sagt der Bauer am Abend anerkennend. Stolz tauche ich meinen Löffel mit den anderen in die Grießbreischüssel. Morgens Brot und Marmelade, mittags Schlabbersuppe und abends Griesbrei, davon können sie doch nicht satt werden bei der schweren Arbeit. Mutter fahndet mißtrauisch nach verborgenen Essensquellen, zumal sie zu oft mit dem Sprüchlein gefüttert wird, wer nicht arbeitet, braucht auch nicht zu essen. Es ist ganz einfach. Die Familie bedient sich zusätzlich aus der Räucherkammer, wo die Schinken und Würste hängen, das frisch gebackene Brot liegt und auf langen Regalen Butter, Eier und eingemachtes Fleisch lagern. Eines Tages vergißt die Oma abzuschließen, und Mutter schleicht sich ins Schlaraffenland. Hab ich es mir doch gedacht, immer kommen sie da heraus. Sie hat eine Wurst mitgebracht. Wir essen sie heimlich in der Nacht. Am nächsten Tag handelt Mutter mit der Bäuerin einen zusätzlichen Pensionspreis aus. Es ist so wenig, was wir vom Staat für Sie bekommen, entschuldigt sich die Frau, an unserer Ernährung ändert das nichts. Morgens essen wir nach wie vor trocken Brot und Pflaumenmus. Ich wachse wie ein Pilz, werde klapperdürr und wache nachts mit knurrendem Magen auf. Und das beim dicksten Bauern im Ort, empören sich die Rheinländer, aber die Frau soll furchtbar geizig sein, und er hat nichts zu sagen. Trotzdem kuschen im Dorf alle vor dem Ortsbauernführer.

Unserem Stier wird eine Jungkuh zugeführt. Der Bauer bindet ihre Vorderfüße auf ein Gestell, und sie ergibt sich zweibeinig in ihr Schicksal. Komm mit, der Stier macht Hochzeit, fordert mich Mani auf. Oben über dem Stall hat sich die halbe Dorfjugend versammelt, unten hämmert der Stier gegen seinen Verschlag, brüllt sich gierig die Kehle heiser. Du kommst sofort da runter, ruft Mutter von der Haustüre. Zu spät, der Bauer führt schon den Stier am Nasenring in den Hof. Mit blutunterlaufenen Augen, schäumenden Geifer vor dem Maul, stürzt er sich auf das Hinterteil der Kuh, zwängt ihr seinen riesigen roten Knüppel zwischen die Schenkel und bewegt seinen mächtigen Körper mit rhythmischen Stößen in der Kuh. Die Kinder klatschen Beifall, ich halte mir die Augen zu. Bist du blöd, der Mann macht es mit der Frau doch genauso, sagt Mani verächtlich. Mann, Hau, Mann, Hau, Mathias hopst, die Hände im Schritt, jaulend über die Tenne. Zeig uns, wie sie es machen, feuert ihn der Jungknecht vom Bürgermeister an. Die Jugend johlt. Der Jungknecht bekommt Monikas Brüste zu fassen, sie läßt es sich quiekend gefallen. Ihr kommt jetzt da runter, ruft der Bauer, die Vorstellung ist beendet. Ein Mädchen mit langen blonden Zöpfen und sanften blauen Augen klettert hinter mir die Leiter herunter. Ich mag das auch nicht, sagt sie leise. Warum guckst du dann zu, antworte ich.

Käthe wohnt am Rande des Dorfes in einem grüngestrichenen Holzhaus. Dahinter beginnt der Wald. Ihr Vater ist Glasbläser, fertigt Christbaumschmuck und kleine Glasfiguren. Durchsichtige Schwäne mit gespreizten Flügeln, blaugrüne radschlagende Pfauen und einen Kakadu mit hochgestelltem Häubchen, rosig wie der frühe Tag. In der Stube klingelt und klimpert es bei jedem Schritt von der Glasmenagerie, die in den Stellagen steht. Käthes Mutter hat ein verhärmtes Madonnengesicht und verkauft uns Butter zum Schwarzmarktpreis. Sie ist froh über diesen Zuverdienst. Seit der Mann es auf der Lunge hat, ist bei ihnen das Bargeld knapp, und Käthe hat sechs Geschwister. Sie nimmt es von der Zuteilung, das geht ihren eigenen Kindern ab, wirft uns die Bäuerin vor. Ich habe auch ein Kind, sagt Mutter, das bekommt auch eine Zuteilung. Darauf antwortet die Bäuerin nichts mehr.

Seit wir die Butter kaufen, ist Käthe mein Schatten. Sie folgt mir sprachlos, wohin ich auch gehe. Mit der Zeit wird mir das lästig. Dabei hätte ich gerne eine Freundin, so eine wie Beatrix, mit der ich reden und lachen könnte. Aber kein achtjähriges Kind, das mich anschaut wie der Lumpi den Bauern. Wie spricht der Hund, fragt der Bauer, und Lumpi bellt. Käthe sagt nie etwas, höchstens mal ja oder nein. Neulich las Mutter aus der Zeitung vor, daß der Postverkehr in den von Franzosen besetzten deutschen Gebieten im Elsaß und Straßburg wieder aufgenommen worden ist. Sofort habe ich Beatrix einen langen Brief geschrieben, ihr alles anvertraut, was ich sonst niemandem erzählen würde. Sie antwortete auf blauem Briefpapier und bat mich, nie mehr zu schreiben. Sie wolle als Französin ein neues Leben beginnen und das Gewesene vergessen. Seitdem kann ich kein blaues Briefpapier mehr sehen.

Seit Käthe in meinem Schlepptau geht, verschwindet Mani, wenn er uns sieht, und Monika will sie auch nicht dabei haben, wenn sie mir ihre Geschichten von Bürgermeisters Jungknecht erzählt. Monika verschwindet jetzt öfter im Klohäuschen, das wie ein Vogelbauer über unserem Misthaufen hängt. Durch das schmale

Klofenster kann man weit in die Runde schauen, das Treiben in unserem Hof beobachten oder dem Jungknecht im Nachbarhof zuschauen, wie er den bürgermeisterlichen Mist entlüftet. Dabei pflegt er einen weithin schallenden Gedankenaustausch mit Monika, die ihren Kopf aus dem Klofenster hängt, während vor der Tür Mathias von einem Bein aufs andere trippelt und heult, Thias muß, Thias muß. Schließlich sammelt sich eine Pfütze um seine Füße. Dafür bekommt er von der Bäuerin eine Ohrfeige. Im letzten Moment ihre Hand bremsend, scheucht sie Monika aus dem Klo.

Seit mich der schöne Ernst, ein weiterer Helfer des Bürgermeisters, auf seinem Milchwagen von Ulstedt den Berg mit hochgenommen hat, als ich frierend aus dem Konfirmandenunterricht kam, zieht es auch mich zum stillen und, weil unten offen, auch zugigen Örtchen. Hast du denn keine Jacke, du zitterst doch vor Kälte, er schaute mich mit seinen schwarzen Augen an, glänzend wie die Kohlen aus seiner Ruhrpott-Heimat, und hängte mir seine muffig riechende Soldatenjacke über. Ich wagte mich kaum darin zu bewegen. Mein Herz donnerte gegen die Rippen, daß ich Angst bekam, er könnte es hören. Aber er pfiff und hustete, trieb schnalzend die beiden Braunen an, während hinter uns die Milchkannen klapperten. In Rußland ist ihm die halbe Lunge weggeschossen worden, und jetzt absolviert er zur Kräftigung im Gebirge Landdienst. Kaum zwanzig und schon so krank, der wird es nicht mehr lange machen, sagen die Dorfbewohner. Was die Ilse, die dumme Gans, nur an ihm findet, die wird sich noch was wegholen. Der schöne Ernst geht mit der blonden Ilse, und so sehr mein Herz auch nach ihm zittert, wenn ich von oben auf seine schwarzen Locken spähe, er hat überhaupt kein Auge für mich. Dafür stehen unten vor dem Misthaufen Mathias und Mani mit lauernden Blikken und schreien, nu moch schon, weil sie das Klatschen von oben auf den Mist so lieben. Ihre niedrigen Begierden vereisen die zarten Knospen meiner Gefühle, und wütend stürze ich runter, um mir die beiden vorzunehmen.

Im November wird es bitterkalt. Morgens liegt eine Eisschicht auf unserem Waschwasser, Frostblumen decken die Fenster zu, und unser Atem ist an der Bettdecke gefroren. Wie die Zwiebeln in mehrere Schichten verpackt, steigen wir ins Bett und freuen uns auf die warme Stube am nächsten Morgen mit dem Kachelofen zum Aufwärmen.

Bei Olga und Emil wohnt der Teufel, nachts poltert und lärmt er im Kamin. Manchmal soll er in einer Wolke von stinkendem Schwefel schwarz und furchtbar ums Haus schleichen, und wer von der Quaste seines langen Schwanzes getroffen wird, ist wie Olga und Emil vom Teufel besessen. Eigentlich sind die beiden alten Leute freundlich und umgänglich, sprechen mit mir, wenn ich ihnen begegne, aber das sei nur Täuschung, sagt Monika, die mich zum Haus von Olga und Emil mitgenommen hat, und zieht ihr blauweißes Kopftuch fester. Wir hocken hinter dem Holzstoß und warten auf den Teufel. Horch, was ist das? Ich höre nichts, etwas später klappert es blechern im Wind, mir läuft es eiskalt den Rükken herunter. Es ist dunkel geworden. Eine eisige sternenklare Nacht bricht an. Über den Himmel zieht ein feuriger Ball mit einem langen glühenden Schweif, kurz darauf noch einer und noch einer. Hast du das gesehen, frage ich Monika. Die zittert, Hu, huh, der Teufel. Quatsch, doch nicht so weit weg. Dann machen wir uns aber doch schnell davon.

Auf dem Heimweg überholt uns der Bauer Heinze mit seinem Fahrrad. Na, was treibt ihr denn noch so spät hier draußen, habt ihr die Wunderwaffe gesehen, die V2? Da, seht mal, da kommt wieder eine. Wir schauen der Rakete nach, die ihre leuchtende Spur in den Himmel zeichnet. Es sieht unheimlich aus, wie sie lautlos da oben hinzieht, auf ihrem feurigen Weg nach London.

Samstags ist Badetag. Der Bauer schleppt eine große Zinkwanne in die Stube. Monika gießt eimerweise heißes Wasser hinein. Wir müssen raus in die Küche, der Bauer will baden. Drinnen hören wir ihn schnauben und prusten. Dann kommt er rosig und dampfend heraus. Sein krauses rotes Haar ist naß, liegt wie eine Mütze um den Kopf. Der Bauer hat ein Mondgesicht. Willst du baden, fragt mich die Bäuerin. Ich würde gerne, nicke, schaue fragend auf die in der Stube versammelte Familie. Dann geh rein, bevor das Wasser kalt wird, die Bäuerin deutet auf die noch gefüllte Wanne. Ich schüttele den Kopf, verkrieche mich schnell auf der Eckbank. Was soll das denn wieder, erst willst du, dann wieder nicht, hältst du nicht auf Reinlichkeit? Die Bäuerin ist beleidigt. Es ist ein großes Privileg, gleich nach dem Bauern baden zu dürfen.

Mathias, Mani, rein ins Wasser, befiehlt sie. Monika gießt heißes Wasser nach. Mathias steht in der Wanne, schreit eiß, eiß, Thias eiß, pinkelt einen gelben Strahl ins Wasser. Ich will raus, heult Mani, ich will nicht in dem Seichwasser baden. Dummer Bub, stell dich nicht so an, sagt die Bäuerin und taucht seinen Kopf unter, dann schäumt sie sein Haar ein. Mutter starrt sprachlos auf die Badeszene, stupft und knufft mich unter dem Tisch. Nachher, als die Bäuerin befiehlt, Mathias, Mani, eure Hosen, eure Strümpfe, und die angeforderten Kleidungsstücke ins schale Badewasser fliegen, findet Mutter ihre Worte wieder. Wenn ich es nicht gesehen hätte, würde ich es nicht glauben, flüstert sie mit bewegungslosen Lippen.

Hetty hat geschrieben. Onkel Otto hat sich mit einem Freund in Obermeiers Wohnung einquartiert und so dem Kölner Volkssturm entzogen. Sie essen unser Eingemachtes aus dem Keller auf, auch das Kaninchenfleisch. Das ist der Grund, weshalb wir aus dem Haus mußten, faucht Mutter rot vor Zorn. Großmutter ist auch in Thüringen, in der Nähe von Schmieden im Altersheim. Bei Tante Betty konnte sie nicht bleiben, sie hatten wohl keinen Platz, liest Mutter weiter, schleudert wütend den Brief auf den Tisch. So ein Biest, hat sich nun auch die alte Frau vom Hals geschafft. Wenn ich nur daran denke, was die Eltern alles für sie getan haben ... Undank ist der Welten Lohn, mischt sich die Bäuerin ein. Aber Schmieden ist nicht so weit weg von hier, nur schwierig zu erreichen. Dann ergehen sich die beiden Frauen im Austausch ihrer Undankerfahrungen.

Mit eisigen Nadeln sticht uns der Wind ins Gesicht. Hinter der Milchglasscheibe des Himmels schwimmt eine fahle Sonne. Für kurze Zeit ist noch das Brummen des sich entfernenden Busses zu hören. Dann sind wir allein mit dem Heulen des Windes und dem Krächzen der Raben, die sich schwarz flatternd in die Luft schleudern. Das Altersheim, früher einmal ein Gasthof und Rastort für Skifahrer, liegt einsam auf einer unbewaldeten Bergkuppe. Bewegungslos wie Puppen starren weißhaarige Gesichter hinter den blanken Fensterscheiben. Die Vorsteherin führt uns in den Saal mit der langen Fensterreihe, der vielleicht einmal als Tanzsaal diente.

Abgenutzter Parkettfußboden, an den Wänden Tischreihen mit Holzstühlen, eine trostlose Heimstatt. Im Freiraum in der Mitte schlurfen Alte mit karierten Filzlatschen auf und ab, hin und her. Wie im Gefängnis, flüstert Mutter.

Großmutter sitzt am Fenster, trägt ihr graues Kleid mit den Biesen und dem Spitzenjabot. Das gehäkelte schwarzweiße Umschlagtuch, in das sie uns früher bei Halsschmerzen und Schnupfen einwickelte, hat sie um die Schultern gelegt. Sie sieht fremd und verloren aus, wie sie so reglos in die graue Öde hinausstarrt, wo der Wind jetzt hauchzarte Schneeflocken umherfegt. Mit hängenden Unterlippen folgen uns die schlurfenden Alten. Eigentlich gehört ihre Frau Mutter nicht hierher, erklärt die Vorsteherin. Wir beherbergen zur Hauptsache debile alte Leute, die von ihren Familien nicht mehr versorgt werden können, und davon kann bei Frau Kinski nun ganz gewiß nicht die Rede sein. Aber ihre Schwiegertochter war so verzweifelt, daß sie die alte Dame nicht aufnehmen konnte, wo sie doch selbst evakuiert ist, auf einem kleinen Zimmer hockt, da haben wir in diesem Notfall eine Ausnahme gemacht. Gott sei Dank macht ihre Mutter uns keine Probleme. Sie ist sehr bescheiden, fügt sich klaglos, und unsere Alten mögen sie.

Wir haben inzwischen mit unserem Geleit den Saal durchquert, ohne von Großmutter bemerkt zu werden. Frau Kinski, sie haben Besuch, ruft die Vorsteherin. Großmutter schreckt auf, kommt aus lavendelduftenden Fernen zurück in die triste Gegenwart. Mit ungläubigem Staunen schaut sie uns an, dann zaubert das Erkennen ein glückliches Lächeln auf ihr kleines trauriges Gesicht.

Wir haben nur eine Stunde Zeit, bis wir uns wieder auf den Weg machen müssen. Der Bus fährt nur zweimal am Tag. Immer wieder werden wir von den Alten unterbrochen. Sie stehen um den Tisch herum, reden in ihrem unverständlichen Dialekt auf uns ein. Ich möchte mich mit meiner Familie alleine unterhalten, bittet Großmutter. Vergebens. Schon steht wieder ein Alter da, bewegt die Zunge im offenen zahnlosen Mund. Großmutter winkt abwehrend aus der Ärmelrüsche. Jakob, mach deine Hose zu, was soll denn meine Enkelin denken. Der Alte beugt sich zu uns herunter, zeigt auf seinen offenen Hosenschlitz, die Maschine ist kaputt, sie dröppelt, sie dröppelt immerzu. Mach, daß du wegkommst, befiehlt Großmutter, jetzt ernstlich böse. Die Vorsteherin führt den

Alten weg. Mein Gott, wie konnte Betty dich nur in diese Umgebung bringen. Beengte Verhältnisse, es ist zum Lachen, bei dem geräumigen Haus, schluchzt Mutter in das Taschentuch mit dem rosa Häkelrand. Mathilde, ich bitte dich, Contenance, was sollen sie von uns denken, ich möchte hier keine Szene.

Ich zeige auf die Wanduhr. Wir müssen gehen, der Bus. Mein Gott, ich kann dich doch hier nicht alleine lassen, was wird hier mit dir geschehen in dieser Umgebung, jammert Mutter. Was mit uns geschieht, wissen wir alle nicht. Unser Schicksal liegt in Gottes Hand, er wird uns schon beschützen. Großmuter drückt mich fest an ihr gehäkeltes Umschlagtuch, das nach Geborgenheit und Maria Farina gegenüber duftet, und setzt mir zwei feuchte Küsse auf die Wange. Gott befohlen, ihr beiden, sagt sie und entläßt uns in die tanzenden Flocken. Klein und aufrecht steht sie vor dem Haus, winkt uns noch lange nach, bis ihre Flatterhände im Schneewirbel verschwunden sind.

Zur Bushaltestelle ist es noch weit. Eilig hasten wir durch den Flockenschleier. Als wir am schützenden Waldrand den Schnee abschütteln, sagt Mutter, das war heute das letzte Mal, Großmutter werden wir nicht wiedersehen, ich habe das im Gefühl. Es klingt so endgültig, wie sie das sagt, als würde sie hinter Großmutter einen langen Schlußstrich ziehen. Wenn sie sich da nur nicht täuscht. Großmutter jammert nicht herum, sie findet immer einen Ausweg. Notfalls mobilisiert sie die himmlischen Heerscharen. Das hilft, wenigstens bei ihr.

Kurz vor Weihnachten beginnt die Ardennenoffensive. Sondermeldungen verwandeln die Anfangserfolge in Wunder, und die Menschen erwachen aus ihrer Hoffnungslosigkeit, glauben an die glückliche Wende, an die Rettung vor dem Untergang, so wie der Führer es ihnen versprochen hat. Wir werden siegen, sagt ein altes Bäuerlein zu uns, es steht schon in der Bibel, daß der Mann mit dem Kreuz auf der Brust siegen wird. Hitlers Eisernes Kreuz, setzt er fast beschwörend hinzu. Es ist eine kalte sternklare Nacht vor Weihnachten, und das halbe Dorf hat sich auf der Straße versammelt, um in den Mond zu sehen, der von drei leuchtenden Höfen umgeben ist. Er sieht unheimlich aus, dieser doppelt und dreifach umrandete Vollmond. Selbst die ältesten Leute können sich nicht erinnern, so etwas schon einmal gesehen zu haben. Das wird Unglück bringen, flüstern sie, und keiner will sich eingestehen, daß das Unglück längst da ist.

Zur Weihnachtszeit kündigt sich Besuch aus der Stadt an, und die Zimmer werden knapp. Ich ziehe zu den Buben in das kleine Sälchen, wie die obere Stube genannt wird. Dort bullert ein Kanonenofen, und die Fensterscheiben sind blank, ohne Eisblumenverzierung. Mathias liegt in einem Gitterbett, wie es kleine Kinder haben, und schaut mich durch die Gitterstäbe mit seinen runden Vogelaugen unentwegt an. Ich drehe meinen Kopf zur Seite, um diesem schwarzen Starren zu entrinnen und sehe durch das kleine Fenster neben meinem Bett direkt in den flackernden und flimmernden Sternenhimmel. Ein Stern leuchtet besonders hell, und es sieht aus, als käme er näher und näher. Ob Vater irgendwo da oben ist?

20

Lautlos wie ein Dieb hat sich das alte Jahr davongeschlichen. Der Januar wird zum Schicksalsmonat für den Osten. Die russische Großoffensive von der Weichsel bis zur Oder hat begonnen. Der Osten muß sich alleine helfen und auskommen mit dem, was er hat, lautet Hitlers Kommentar. Wie Stalingrad wird er Ostpreußen aufgegeben und seinem Schicksal überlassen, während die nationalsozialistische Propaganda weiterhin vom Endsieg spricht und die Greuel der russischen Fronttruppe an den Pranger stellt.

Der Brief trägt das Stadtsiegel, und Mutter dreht ihn hin und her. Mißtrauisch gegenüber allem, was von Behörden kommt, fragt sie, was wollen die von uns? Auf dickem weißen Bütten teilt der Bürgermeister mit, daß unser Haus für Evakuierte beschlagnahmt werden soll. Das dürfen sie nicht, das können sie nicht, nach allem was sie Vater angetan haben, Hetty auf die Straße setzen, uns das Haus wegnehmen, sie wollen uns aus der Stadt vertreiben ... Mutter ergeht sich in den wildesten Vermutungen und beruhigt sich erst beim Weiterlesen. Der Bürgermeister rät uns zurückzukommen, gibt uns eine Frist von zehn Tagen, danach könne er die Einweisung nicht mehr verhindern. Bitte, bedenken Sie, daß es unter den gegebenen Umständen schwierig sein wird, eine solche Entscheidung zu einem späteren Zeitpunkt wieder rückgängig zu machen, schreibt er. Wir beginnen fieberhaft zu packen, nehmen nur das Nötigste mit, lassen das meiste bei den Bauersleuten in Verwahr. Mit dem Milchwagen fahren wir hinunter zur Station. Ein mürrischer Pole lenkt die Pferde, der schöne Ernst ist auf und davon, sitzt irgendwo in Deutschland auf einer Schreibstube, und Ilse erwartet um Ostern herum ein Kind. Jetzt ist sie eine gestopfte Gans, sagt der Bauer grinsend, und die Bäuerin ergänzt, daß sie sich sowas hat andrehen lassen.

Dann verschwinden die Berge, die verschneiten Wälder und das rote Dach der Bahnstation im Morgendunst, als habe es sie nie gegeben. Ich hauche in die Eisblumen am Zugfenster, unten fließt schmutzigbraun und träge die Saale. Wir verlassen die vom Krieg verschonte Landschaft und nähern uns den von Bomben skelettierten Städten. Auf den Nachbargleisen Munitionszüge, Lazarettzüge, Truppentransporter. Menschen mit müden, gleichgültigen Gesichtern steigen ein, Militärpolizei fahndet nach der letzten Reserve, nach den von ihren Truppenteilen Versprengten, die sich im suchenden Hin- und Herreisen plötzlich in Luft auflösen und verschwinden.

Seit Stunden steht unser Zug in Bebra neben einem Güterzug, der nur notdürftig mit feldgrauem Tuch abgedeckte Kanonen geladen hat. Ihre Rohre ragen feindlich in den Himmel, und die Waggons reichen weit über das Bahnhofsgelände hinaus. Ein ausgezeichnetes Ziel für Tiefflieger. Vom Bahnhofslautsprecher hören wir die Stimme des Luftwarndienstes, die feindliche Flugzeuge im Anflug auf Kassel ankündigt. Wir können den Zug nicht verlassen. Zwar haben Truppentransporte und Lazarettzüge Vorrang, doch wenn die Strecke freigegeben wird, fahren wir sofort ab. Die Mitreisenden im Abteil erwägen unsere Chancen bei einem Angriff auf den Kanonenzug. Räder müssen rollen für den Sieg, steht auf den geschlossenen Waggons, in denen wohl die Munition lagert. Wenn es da kracht, sind wir gleich hinüber, meint ein alter Mann mit Jägerhut. Er kichert, da bleibt nichts mehr übrig für 'nen Sarg. Endlich setzt sich unser Zug in Bewegung. Langsam verlassen wir den Bahnhof, hinterlassen abgetaute Flächen zwischen den Gleisen, in denen der nasse Schotter glänzt. Hinter den Fensterscheiben rollt sich Landschaft auf. Der Mann mit dem Jägerhut verläßt das Abteil. Kurz darauf kommt er kichernd zurück. Wenn ihr denkt, wir wären ihn los, habt ihr euch getäuscht. Vom Fenster aus ist direkt hinter uns der Kanonenzug zu sehen, er präsentiert sich in der Kurve mit bedrohlich auf uns gerichteten Rohren in seiner vollen Länge.

Irgendwann verläßt uns der gefährliche Begleiter. Wir landen auf Abstellgleisen, werden umgeleitet, am Abend sind wir wieder in Bebra. Mutter will es einfach nicht glauben. Nehmen sie den Zug nach Warburg, rät uns ein Mitreisender, von dort kommen sie eher ans Ziel. Wir hasten über die Gleise zum wartenden Personenzug.

Da paßt keine Maus mehr rein, sagt jemand. Wir drängen und schieben uns die Stufen hoch, Hände strecken sich uns entgegen, zerren das Gepäck durch aneinandergekeilte Beine. Kaum hat der Schaffner die Türe zugestemmt, uns wie Sardinen aneinandergepreßt, als der Zug abfährt. Um Mitternacht sind wir in Warburg.

Im Bahnhof lagert Militär. Alle nur erdenklichen Truppengattungen sind in der Schalterhalle zusammengewürfelt, auf dem Boden eingerollt in ihre feldgrauen Decken, auf dem Marschgepäck sitzend, dazwischen ein verlorenes Häuflein Zivilisten. Die Luft ist blau vom Rauch der Eckstein- und Overstolz-Zigaretten.

Wir ergattern ein Plätzchen neben einem älteren Herrn, der mit seiner Enkelin unterwegs ist. Neben uns ragt blond, gepflegt und duftend ein Offizier aus der Menge. »Von Hahn« steht auf dem Kofferschild seines schweinsledernen Gepäcks. Ich verharre in ehrfürchtigem Staunen. Halt das mal, Mutter drückt mir ein Schraubglas mit Butter in die Hand, hantiert mit Messer und Brot. Der Offizier klopft eine Zigarette auf seinem silbernen Zigarettenetui an, neigt den glattgescheitelten Kopf einem glänzenden, kurz aufflammenden Feuerzeug entgegen. Im Starren entgleitet die Butterdose meinen Händen und zerschellt auf den Fliesen des Bahnhofs. Mutters klatschende Ohrfeige brennt auf meiner Wange. Mein Held zieht amüsiert die Augenbrauen hoch. Nicht doch, mischt sich der alte Herr ein, so ein großes Mädchen schlägt man nicht. Mutter zetert, großes Mädchen? Ein Kind, ein Hans-Guck-in-die-Luft, immer mit den Gedanken woanders. Wer gibt uns denn was zu essen, wenn wir hier noch länger herumhocken müssen? Wir lassen Sie schon nicht verhungern, beruhigt unser Nachbar, wegen so einer Kleinigkeit macht man kein Geschrei. Schauen Sie sich doch einmal um, unser Nachbar deutet auf das Bahnhofsgewühl, auf die Frauen in derben Männerschuhen, das Kopftuch unter dem Kinn geknotet, umringt von Taschen, Pappkoffern und ihren stillen Kindern. Auf die unrasiert und teilnahmslos zwischen Karabinern, Gasmasken, Stahlhelmen, Kochgeschirren, dem ganzen Plunder des Marschgepäcks hockenden Landser, auf die zusammengekauerten Schläfer.

Mutter schaut mich nicht mehr an, preßt wieder einmal fest die Lippen aufeinander. Auch der Offizier hat uns den Rücken zugekehrt, über seiner Schulter kräuseln sich zarte Rauchwölkchen.

Neue Soldaten und Zivilisten strömen in die überfüllte Bahnhofshalle. Ein Mann mit einer Handprothese hat Zuhörer gefunden. Dresden gibt es nicht mehr, sagt er und schüttelt den Kopf, als könne er es immer noch nicht fassen. Das Elbflorenz des Ostens ist nur noch ein einziges Ruinenfeld. In zwei Tagen drei Angriffswellen. Beim letzten Angriff haben sie sich den überfüllten Bahnhof vorgenommen, wo die Flüchtlinge aus dem Osten auf ihre Anschlußzüge warteten und die Soldaten auf dem Weg zur Ostfront waren. Haushoch schlugen die Flammen, Züge brannten aus, stürzten über rotglühende Gleise, und die Feuerwehr war machtlos, kam gar nicht ran an dieses Höllenfeuer. Nach einem sichernden Blick in die Menge flüstert er, und all die Toten, Berge von Leichen, er zuckt hilflos mit den Schultern. So etwas läßt sich nicht beschreiben, es ist unvorstellbar, wenn man es nicht erlebt hat. In Berlin soll es neulich 22 000 Tote bei einem einzigen Angriff gegeben haben, berichtet eine Frau und macht sich an ihrem Rucksack zu schaffen, jetzt nehmen sie sich den Osten vor. Die armen Menschen, sagt Mutter. Ich möchte nicht gehässig sein, sagt der nette ältere Herr, aber mitjemacht, mitjemacht haben die im Osten bisher doch überhaupt noch nix. Die Einfahrt des Zuges nach Hagen unterbricht alle weiteren Erörterungen. Wir stürzen auf den Bahnsteig.

Der Duft nach Schweinebraten und Rotkohl schlägt wie eine Keule auf meinen hungrigen Magen. Die Frau schiebt die Töpfe auf dem Herd hin und her, und meine Nase schnüffelt gierig, Speichel sammelt sich in meinem Mund, während ich neben den verblaßten Größenmarkierungen von einst zwischen Küchentüre und Herd an der Wand lehne. Sie leben wie in Friedenszeiten, haben einfach alles, Speck, Butter, Fleisch. Ich halte die Versorgung aufrecht, selbst wenn es von allen Seiten kracht, brüstet sich der bullige Herr Prahm, der sein Parteiabzeichen wie einen Orden im Knopfloch trägt, ohne mich müßtet ihr glatt verhungern. Mit seinem Lastwagen schafft er Lebensmittel heran und beiseite, zweigt für die ihm Gefälligen etwas ab, auch wenn das streng verboten ist. Wir gehören nicht zu den Bevorzugten, zählen eher zu den lästigen Eindringlingen in diesem sorgfältig aufgebauten Netz der Beziehungen, denn mit uns hatte niemand mehr gerechnet. Das Haus war bereits aufgeteilt, als wir so überraschend aus Thüringen zurückkehrten. Die Familie Prahm beanspruchte unseren Teil, schlief in unseren Betten, aß von unseren Tellern und benutzte unsere Schränke für ihre unermeßlichen Vorräte. Oben, bei Obermeiers, hatten sich die Raufers einquartiert, und Hetty schlief im Lazarett.

Die haben es gut verstanden, sich bei uns ins Fettnäpfchen zu setzen. Ich möchte bloß wissen, wer ihnen dabei geholfen hat und wen sie alles geschmiert haben, sagt Mutter und läßt wieder einmal meinen Vater im Grabe rotieren.

Wir sind hier eingewiesen und damit basta. Warum sind Sie nicht in Thüringen geblieben? Da ist es doch noch friedlich, was glauben Sie wohl, was hier los sein wird, wenn erst die Amerikaner über den Rhein sind, und was mit ihren Töchtern geschieht. Ich an Ihrer Stelle würde auf dem Absatz kehrtmachen. Aber wenn Sie unbedingt hierbleiben wollen, oben sind doch auch noch Räume, der ausgestreckte Zeigefinger von Herrn Prahm zeigte steil nach oben an die Decke. Selbstverständlich können Sie unser Bad und die Küche mitbenutzen. Die Kochzeiten müssen Sie mit meiner Frau absprechen. Bei uns wird pünktlich gegessen, ihr zwei Leutchen, mit sonst nichts zu tun, könnt euch doch gut zwischendurch einrichten. Wir werden schon miteinander auskommen, Herr Prahm schloß mit lautem Knall die Küchentür und stellte das Radio an. Wir stiegen nach oben in die Mansarde und richteten uns in Gretes Zimmer ein.

Ich rufe, wenn es soweit ist, sagt die Frau. Immer noch stehe ich wie angewurzelt da, kann mich nicht trennen von dem Duft und der Wärme. Sonst noch was, fragt Herr Prahm? Ich schüttele den Kopf und schleiche mich davon. Du gehst sofort wieder runter, befiehlt Mutter, ich lasse mir nicht vorschreiben, wann ich kochen darf. Warum muß ich denn immer, maulend versuche ich es hinauszuschieben, bis die Frau alleine ist und ich nicht wieder ihrem dikken Mann begegne, dessen Fischaugen abtastend an mir auf- und abgleiten.

Die Prahms haben schon gegessen, als ich unten erneut mit meinem Suppentopf erscheine. Auf einem noch nicht abgeräumten Teller liegt ein angebissenes Stück Fleisch, das der Fünfjährige klatschend mit seiner Gabel bearbeitet. Entweder du ißt es oder du läßt es liegen, Schätzchen, sagt die Frau und nimmt ihm die Gabel aus der Hand. Ich schiele nach dem Fleisch. Herr Prahm sitzt mit gespreizten Beinen am Küchentisch und stochert mit einem angespitzten Streichholz zwischen den Zähnen. Über sein Unterhemd spannen sich mausgraue Hosenträger, die nur mühsam den aus dem Hosenbund schwappenden Bauch bändigen. Die Frau nimmt mir den Topf ab und stellt ihn auf den Herd. Inzwischen hat Herr Prahm seine Reinigung beendet, schnippt das Streichholz in den Aschenbecher und wendet seine Aufmerksamkeit mir zu. Na, was hast du denn in deinem Topf, Gänsebraten? Die Frau hebt den Deckel, Gemüsesuppe. Von dem Schlabberzeug wird doch nichts aus dir, Fleisch müßt ihr rein tun, damit du was in die Mauen kriegst, lacht Herr Prahm, einen ordentlichen Busen, wie sie ihn hat. Er deutet auf seine Frau, die sich pulloverspannend in die Brust wirft. Das is doch nix zum Vorzeigen, die zwei Knöppe, die du da hast. Jetzt kreischt die Frau auf, auch Herr Prahm lacht dröhnend. Ich krümme meinen Rücken, versuche mich dünn und unscheinbar zu machen, merke, wie mir die Röte ins Gesicht schießt. Frau, gib ihr das Stück Fleisch mit, sonst stiert sie es noch vom Teller weg. Damit du ordentliche Dinger kriegst, Herr Prahm wölbt die Hände vor seinem Unterhemd. Seine Frau legt das Fleisch auf unser falsches Zwiebelmuster und schiebt es mir über den Tisch zu. Ich wage nicht, nein zu sagen. Später, auf halber Treppe, fällt mir ein, daß ich den Teller hätte zurückstellen sollen vor ihre Küchentür. Aber jetzt ist es zu spät, ich habe das Fleisch schon in der Hand und schlinge es schnell und gierig hinunter.

Der Bürgermeister scheint überrascht zu sein. So schnell hätte ich Sie nicht zurückerwartet, fährt es ihm bei der Begrüßung heraus. Mit verschlossenem Gesicht hört er sich Mutters Schilderung an. Was, schon eingewiesen, davon weiß ich überhaupt nichts. Aber es muß doch jemand dafür verantwortlich sein, einer muß es doch veranlaßt haben, Mutter schnieft. Ich werde das überprüfen, verspricht der Bürgermeister und steht auf. Draußen auf dem Marktplatz zanken Spatzen, nebenan klappert eine Schreibmaschine, Mutter rührt sich nicht, bleibt einfach sitzen. Und wie lange soll ich noch warten? Wie lange soll ich noch in der Mansarde hausen und um jeden meiner eigenen Teller bitten? Es muß sich doch feststellen lassen, warum man mich derart behandelt. Schließlich bin ich keine Jüdin. Mein Mann hat diesem Staat jahrelang treu gedient, wir sind anständige Bürger.

Was redet sie da nur? Hat sie uns nicht immer beschworen, den Mund zu halten, weil in diesen Zeiten jedes Wort zu viel sein kann? Was ist nur in sie gefahren, und was haben die Juden mit unserer Mansarde zu schaffen? Als sie endlich schweigt, sind meine Hände schweißnaß und der Bürgermeister geht mit starrem Gesicht ins Nebenzimmer.

Die Spatzen und die Schreibmaschine schweigen. Der Bürgermeister kommt mit einer grauen Akte zurück. Es war ein Mißverständnis, unser Herr Raufer hat die Einweisung voreilig veranlaßt. Ohne meine Genehmigung. Das werden wir selbstverständlich sofort in Ordnung bringen, es ist doch Platz zur Genüge in dem großen Haus, da wird sich schon eine Einigung mit dieser, er blättert in der Akte, mit dieser Familie Prahm finden lassen. Aber einen Teil Ihrer Wohnfläche müssen sie schon abtreten. Schließlich haben wir auch gegenüber unseren geschädigten Bürgern eine Verpflichtung. Der Bürgermeister lächelt, will schon zum Abschiedszeremoniell übergehen, als Mutter aufspringt. Niemand ist geschädigt, weder der Prahm noch ihr Herr Raufer, der sich auch bei mir eingenistet hat, absetzen wollen sie sich. Was, der Herr Raufer wohnt auch bei Ihnen, staunt der Bürgermeister, der hat doch ein Haus in Höhenberg? Der Bürgermeister verschwindet wieder ins Nebenzimmer. Noch am selben Tag ziehen die Raufers aus und überlassen Obermeiers Wohnung der Familie Prahm, die sich nur langsam und murrend nach oben verzieht.

Tagelang lüften wir den Geruch der Prahms aus unserer Wohnung und bringen selbst den Kellermief mit, ein Gemisch von feuchtem Mörtel und faulen Kartoffeln, das sich in unseren Kleidern festgesetzt hat. Denn nach wie vor hängen wir am zerschlissenen Seil des Krieges. Zappeln Tag und Nacht beim Heulen der Sirenen in den Keller, flattern beim Krachen der Einschläge wie willenlose Puppen, deren Schicksal von den Bomberverbänden bestimmt wird, die mit monotonem Brummen tagaus, tagein über uns sind und uns eine einzige bange Frage aufgeben, wird das Seil halten oder wird es noch kurz vor dem Ende reißen?

Nach endlos langem jaulenden Abwärts erfolgt der Aufschlag. Ein Erdbeben hat unseren Keller erfaßt, der wie eine Schiffschaukel hin und her pendelt. Das war aber nah, flüstert Mutter. Mit tauben Ohren horchen wir in die nachfolgende watteweiche Stille, bis die Türklingel die Lautlosigkeit jäh unterbricht. Schnell, et is einer runterjekommen, ruft uns Mariechen davonhastend zu.

Unter einem Gewirr von Leitungsdrähten liegen Telegrafenmasten quer über der Straße. Vor Röhrigs Thujahecke haben sich Nachbarn versammelt und starren reglos in die Sträucher. In einiger Entfernung steht abwartend ein Mann in Fliegeruniform und betrachtet mit zusammengekniffenen Augen die Menschenansammlung. Als Anton auf ihn zugeht, weicht er zurück und hebt die Hände. Wie ein Pfeil hängt ihm eine schwarze Haarsträhne in die Stirn. Sag ihm, dat er keine Angst haben muß, mir tun ihm nix. Et is schon telefoniert worden, die holen ihn jleich ab, sag ihm dat, befiehlt mir Anton.

Amerikanische Flieger habe ich mir anders vorgestellt, mehr als Ungeheuer aus einer anderen Welt, mit Schlitzaugen und Reißzähnen. Dieser hier sieht ganz normal aus, mit Pelzstiefeln, pelzgefütterter Fliegerjacke und einer Narbe am Kinn. In der kalten Winterluft steht sein Atem in kleinen Wölkchen vor dem Mund. Sein Gesicht entspannt sich nach meiner in steifem Schulenglisch vorgetragenen Erklärung und zeigt ein zaghaftes Lächeln. Doch als Anton ihm beruhigend auf die Schulter klopfen will, weicht er aus und geht schnell einen Schritt zur Seite. Ich tu ihm nix, sag ihm dat, befiehlt Anton wieder. Yes, I understand, bestätigt der Flieger, holt ein Zigarettenpäckchen aus der Jacke und wendet uns rauchend den Rücken zu.

Der Kreis um die Thujahecke hat sich geöffnet und den Blick auf einen im Gebüsch liegenden toten Amerikaner freigegeben. Der Aufprall auf die Leitungsdrähte hat seinen Leib wie mit einem Messer aufgeschlitzt. In rosagrauen Schlingen quellen die freigelegten Gedärme dampfend über das Jackenleder und verbreiten einen süßlichen Geruch. Blut sickert in den Schnee und gräbt eine rosige Rinne. Dä ärme Käl, noch so jung, sagt einer der Umstehenden. Da kann ich kein Mitleid mit haben, wat tun die uns denn an, mischt sich Frau Schlimbach ein, haben se nit gesehen, wie dreckig der da hinten jelacht hat? Un keinen Blick hat er für seinen toten

Kameraden. Is einfach wegjejangen und hat jeraucht. Die sin doch alle eiskalt, eiskalt sin di, keift eine andere. Wenn ich dat überlebt hätt, würd ich auch lachen, meint Mariechen, kann man dat dem Jung denn verdenken?

Herr Prahm schiebt sich durch die Umstehenden, baut sich breit vor dem Toten auf. Wer ist denn das überhaupt, man muß doch die Personalien feststellen. Niemand hindert ihn daran, die Eingeweide von der Fliegerjacke zu schieben. Es klatscht zur Seite in den Schnee, glucksend winden sich neue Schlingen aus der Bauchhöhle. Herr Prahm faßt in die Brusttasche des Toten und zieht mit blutigen Händen eine abgeschabte braunlederne Brieftasche heraus. Die Frauen wenden sich angeekelt ab. Nur Mutter starrt auf die blutverschmierten Finger, die jetzt mit geübtem Taschenspielergriff ein Banknotenpäckchen in der Rocktasche verschwinden lassen. Ein Amerikaner aus Chicago, Herr Prahm liest den Namen des Toten vor, der plötzlich nicht mehr ein totes Stück Fleisch ist, sondern zu einem Charles Maiden wird, einem Menschen mit einer lebendigen Vergangenheit, aber ohne Zukunft.

Was haben Sie ihm denn da aus der Brieftasche genommen, waren das seine Dollars, höre ich hell und deutlich Mutters Stimme. Herr Prahm dreht sich abrupt um. Wer behauptet hier, ich hätte da was rausgenommen, mit herausfordernden Blicken tastet er die Umstehenden ab. Sie schauen weg, blicken zu Boden, wollen nichts damit zu tun haben. Im Gegenteil, fährt Herr Prahm fort und hält die Brieftasche hoch, schauen Sie nur her, ich gebe wieder etwas hinein. Wie ein Zauberkünstler hält er demonstrativ die Identitätskarte des Toten hoch und schiebt sie dann langsam in die Brieftasche. Nicht, daß nachher aus rein raus wird, grinst er und legt die Brieftasche wieder an ihren Platz zurück.

Aber ich habe doch mit eigenen Augen gesehen, wie Sie Geld aus der Brieftasche genommen haben, läßt sich Mutter wieder vernehmen. Bedächtig wischt sich Herr Prahm mit seinem Taschentuch das Blut von jedem einzelnen Finger. Dann schaut er hoch. Schaffen Sie sich mal eine Brille an, gute Frau, sagt er und geht schneeknirschend davon. Dieser Leichenfledderer, scharf auf die Dollars war er. Mutter erwartet Zustimmung, aber niemand antwortet. Wissen Sie denn überhaupt, wie ein Dollar aussieht, fragt jemand, alles lacht. Man hat schnell einem wat anjehängt, äußert sich ein anderer. Der auf dem Fahrrad heranschlitternde Pinscher lenkt das allgemeine Interesse in eine andere Richtung, zumal er sich sofort des wartenden Amerikaners annimmt. Du mitkommen, bedeutet er ihm. Der Gefangene setzt sich in Bewegung, meine Hilfe zur sprachlichen Verständigung wird nicht mehr benötigt.

Wo ist denn eigentlich das Flugzeug, erkundige ich mich. In der Wiese drüben am Wald, richtig reinjebohrt in de Erd hat et sich, Mariechen schüttelt sich. Dann gehen wir nach Hause. Was ich gesehen habe, habe ich gesehen, sagt Mutter beim Aufschließen der Haustüre.

In der nächsten Zeit haben wir keine Zeit, auch nur irgendeinen Gedanken an Herrn Prahm zu verschwenden. Die Amerikaner sind zum Großangriff angetreten, decken das Frontgebiet mit Bombenteppichen zu. Pausenlos bebt die Erde unter unseren Füßen, und wir sitzen irgendwo im tobenden Bauch der Hölle. Am Himmel über uns das Dröhnen der Motoren, unter uns der taumelnde, schlingernde Boden, bereit, sich jederzeit zu öffnen, uns hineinzuziehen in einen kreisrunden tödlichen Krater, der sich nach und nach mit Grundwasser füllen wird. Dann werden Kinder mit ihren Einmachgläsern kommen, um das kaulquappenflitzende Kraterwasser zu holen, Frösche werden an den Kraterrändern sitzen und den Mond anquaken, der Herbstwind wird gelbe Blätter ins Wasser wirbeln, bis endlich der Winter die Stelle, an der wir einmal zitternd gesessen haben, mit glasigem Eis zudeckt.

21

Hörst du noch was? Mutter wischt sich die Angst aus dem Gesicht und klopft prüfend auf ihre Ohren. Ich schüttele meinen tauben Kopf. Bis auf den fernen Geschützdonner ist es still, eine ungewohnte, fremde Stille. Wir dehnen und recken uns und genießen die pulsierende Wärme des Lebens in unseren Adern.

Auf einmal verschont uns der Krieg. Wir wollen es fast nicht glauben, daß die glitzernden, hoch über unseren Köpfen dahinziehenden Geschwader einem fernen Ziel zustreben. Das Radio schweigt. Kein Warnfunk, kein Wehrmachtsbericht, nichts. Beim Drehen an den Knöpfen Äthersalat, undeutliche ferne Stimmen und plötzlich eine wilde, fröhliche Musik. Eine Trompete, die lange und einsam den Ton hält, der hoch und höher schwingt und dort oben so lange verharrt, daß die Spannung kaum noch zu ertragen ist. Mach sofort diese Negermusik aus, befiehlt Mutter, das ist nicht zum Anhören.

Vor dem Haus steht abfahrbereit der Lastwagen von Herrn Prahm. Auf dem Anhänger stapeln sich die Kisten. Wir fahren jetzt nach Ründeroth, verkündet der kleine Heinzi. Ein Tag wie Samt und Seide. An der Terrasse blühen noch büschelweise die Schneeglöckchen, aber daneben wagen sich schon zaghaft die ersten Veilchen hervor.

Bei dem Wetter könnten wir das stickige Bettzeug zum Auslüften nach draußen bringen. Mutter schickt mich in den Keller. Den zuckenden Rhythmus der Radiomusik noch in den Ohren, gehe ich hinunter. Der Lichtschalter stellt sich tot, Stromsperre. Das Lochgitter des Kellerfensters filtert das Tageslicht zu fahlem Dämmergrau, an der Wand tanzen flirrende runde Lichtmuster. Ein Verdunkelungsrollo knattert. Ich versuche mich an die eben gehörte Melodie zu erinnern, singe dibn dabn du da und schlage mit der flachen Hand den Takt auf das Treppengeländer. Nach der letzten Stufe taucht plötzlich aus dem Dämmerdunkel neben mir wie ein

Gespenst Herr Prahm auf. Du bist ja so fröhlich, sagt er und weht mir seinen schnapsgetränkten Atem entgegen. Die Stelle seines Revers, an der bisher das Parteiabzeichen prangte, ist leer. Nur ein schwacher runder Abdruck ist noch zu erkennen. Ich will mich schnell an ihm vorbeidrängen, aber er hält mich fest, schiebt mich gegen den Kohlenbunker und drückt seinen fetten Schenkel gegen meinen Bauch, daß ich wie ein aufgespießter Käfer an der Bunkerwand klebe. Seine stieren Augen sind direkt über mir, seine rechte Hand kriecht langsam meinen Oberschenkel herauf, die andere zerrt an meiner Bluse. Mal sehen, ob dir schon was gewachsen ist, hechelt er. Fest an die Betonmauer gedrückt, bringe ich keinen Ton heraus. Er zieht an meinem Hosengummi, ich winde mich, versuche mein Knie zu befreien, als über uns in der Waschküche eine Tür klappt und eine ärgerliche Stimme ruft, Günter, wo steckst du denn, wir müssen fahren, nun komm schon. Die Schritte nähern sich der Kellertür, der Mann läßt von mir ab und steigt schwerfällig die Stufen hoch. Ich wollte nur nachsehen, ob unten noch was ist, antwortet er keuchend. Ich lehne an der Bunkerwand, höre, wie draußen ein Motor anspringt und das Geräusch des Lastwagens in der Ferne erstirbt. Irgendwann gehe ich endlich nach oben.

Gott sei Dank, daß wir diesen widerlichen Kerl los sind, Mutter steht am Herd und rührt in der Kartoffelsuppe. Hast du das Bettzeug aufgehängt? Als keine Antwort erfolgt, dreht sie sich um. Mein Gott, du bist ja kreidebleich, ist dir schlecht? Stumm und sprachlos nicke ich. Mutter rennt nach dem Melissengeist, steht noch mit der Flasche in der Hand da, als über dem Spülstein die gelbe Galle nur so aus mir herausschießt.

Nachher funktioniert das Radio wieder. Das Oberkommando der Wehrmacht gibt bekannt, daß der Trümmerhaufen Köln dem Feind überlassen wurde. Um den Vormarsch der amerikanischen Truppen auf rechtsrheinisches Gebiet zu verhindern, wurde auf Anweisung des deutschen Kampfkommandanten der letzte Rheinübergang der Stadt, die Hohenzollernbrücke, gesprengt. Wir schreiben den 6. März 1945. In der Mullgardine des Küchenfensters hat sich ein Zitronenfalter verfangen und flattert verzweifelt mit den Flügeln.

Am Nachmittag kommen die Soldaten. Lastwagen hinter Lastwagen, Mannschaften, Motorräder, Geschütze, eine Gulaschkanone und Offiziere im Kübelwagen, hinter dem sich der von Agnes so begehrte Volkswagen verbirgt. Eine Versorgungskompanie für die ins Rechtsrheinische nach Mülheim verlagerte Front. Erst jetzt wird uns bewußt, daß wir nun in vorderster Linie leben.

Die meisten von uns sind schon vom ersten Tag an dabei, haben Lebensmittel, Post und Munition an die verschiedensten Frontabschnitte Europas transportiert, zuletzt nur im Rückwärtsgang, erzählt der dicke Quartiermeister. Nu machen se sich mal geene Sorchen, se begommen prima Leute von mir, se gönnen sich drauf verlassen, verspricht er und steckt sein Notizbuch wieder ein. Wir klammern uns an seine beleibte feldgraue Sicherheit, suchen Schutz, wie die Küken bei der Henne, wenn der Habicht sie umkreist. Der sächsische Quartiermeister hält Wort, am Abend kreuzen metallklappernd ein kleiner Dicker und ein langer Dünner bei uns auf. Wie Pat und Pattachon, meint Mutter enttäuscht, sie hatte sich wohl die Offiziere aus dem Kübelwagen erhofft. Sie weiß noch nicht, daß wir mit den beiden die Perlen der Kompanie ergattert haben, den Fourier und den Schirrmeister. Der Fourier, zuständig für die Verpflegung der Kompanie, sorgt nun auch für uns. Mach uns mal een guden Braten, so een wie bei Muttern zu Hause, er knallt einen Batzen Fleisch auf den Tisch und schaut Mutter erwartungsvoll an. Das sind aber mindestens fünf Pfund, flüstert sie andächtig. Der Fourier strahlt sie mit fröhlichen Knopfaugen an. Das gommt hin, soll doch für alle reichen, auch für die beeden Jören. Uns steht nämlich der Fraß aus der Gulaschkanone bis hier, sein dicker Zeigefinger fährt bis unter die Nase. Von nun an versorg ich euch mit, und du kochst für meinen Kameraden und mich, is das een Wort?

Mutter kann unser Glück kaum fassen. Denn die vorrückende Front wirkt sich auch auf unsere ohnehin schon knappen Lebensmittelrationen aus. Die noch nicht beschlagnahmten Lastwagen liefern nur, was gerade erreichbar ist. Mal gibt es Schwimmseife statt Kunsthonig, mal komme ich mit Graupen anstelle der Margarine nach Hause. Beim Bäcker ist das lappige graue Brot oft schon gegen Mittag aus den Regalen verschwunden, und der Milchmann schenkt seine wäßrige Magermilch sowieso nur bis zwölf Uhr aus. Manchmal sind die beiden Bottiche, aus denen er mit seinem Maß das uns zustehende halbe Liter auf den Strich genau in unsere

Kanne füllt, schon um elf Uhr leer. Ihr hättet früher kommen müssen, heute war der Andrang groß, bescheidet er uns muffig, und die Warteschlange löst sich murrend auf.

Was sollen wir nun essen, Brotmarken, Milchmarken, schimpft Mutter und träumt laut davon, wie sie nach Kriegsende, wenn es wieder alles gibt, mit diesen Leuten verfahren wird. Nein, Frau Hambach, werde ich sagen, ich möchte fünfzig Gramm Wurst, kein Gramm mehr und kein Gramm weniger, wiegen sie bitte genauso wie früher, und zweimal hintereinander werde ich zum Milchmann gehen und jeweils auf den Strich genau abgemessen ein Viertelliter Milch verlangen, Magermilch, wässrig und dünn wie damals. Sie vergißt über ihren Nachkriegsträumen, daß die Milch immer von mir geholt wird.

Ein neues orgelndes Geräusch schreckt uns auf, scheint mit einem hohen Pfeifton direkt auf uns zuzusteuern und endet schließlich mit krachendem Aufschlag. Die Artillerie schießt sich ein, sagt der lange Schirrmeister und vergißt nicht den Kopf einzuziehen, bevor er in die Küche kommt. Auf die Hauptstraße haben sie es abgesehen, da kommt jetzt keine Maus mehr durch. Aber uns erwischen sie nicht, wir fahren sowieso nur Schleichwege. Die Hauptstraße führt in unserer unmittelbaren Nähe gleich hinter der Siedlung von Köln ins Bergische. So hat uns der Krieg wieder eingeholt, und wir ziehen zurück in den Keller. Die Betten im Obergeschoß überlassen wir der Einquartierung, denn Soldaten riechen die Gefahr und können sie besser abschätzen, behaupten die beiden grinsend.

Die Schlange der wartenden Landser reicht bis zum Gartentor. Mit klappernden Kochgeschirren rücken sie begierig dem großen Faß entgegen, das der Schirrmeister in unserem Hausgang aufstellen ließ. Zum Glück bietet unser Flur genügend Platz für die riesige Eichentonne, aus der ein Gefreiter jetzt Rotwein zapft. Am liebsten ist mir das Blut der Reben, sagt ein ganz junger Soldat mit blondem Kraushaar und tritt mitten hinein in die rote Weinlache, die sich auf den Fußbodenfliesen ausbreitet. Deshalb brauchste aber nich jleich drin zu baden, beschwert sich ein anderer, der Weinspritzer abbekommen hat. Der Schirrmeister bittet um Beeilung. Er will das verräterische Faß loswerden, das er in Mülheim herrenlos auf einem

Weinsee schwimmend gefunden haben will. Ich hab mir gedacht, bevor das schöne Faß auch noch den Bach runtergeht, lad ich es doch besser auf und mach den Jungs ne Freude, sagt er und trommelt dabei ungeduldig mit der Stiefelspitze.

Als das Faß schon fast leer ist, Fenster und Türen weit offen stehen, der Weingeruch langsam abzieht und zwei Soldaten im Drillichanzug mit Wassereimer und Besen bereitstehen, um den Flur in seinen alten Zustand zu versetzen, kommen noch zwei Nachzügler. Der Schirrmeister murrt, will aufladen, jetzt geht es ihm nicht schnell genug. Sie bekommen wie die anderen, was ihnen zusteht, bestimmt der Fourier und verfolgt aufmerksam, wie der rote Strahl ins Kochgeschirr plätschert. Du spielst mal wieder die Glucke, die alles unter ihre Fittche nehmen muß, brummt kopfschüttelnd der Schirrmeister. Das Faß wird weggerollt und kommt mit der nächsten Verpflegungsfuhre zurück auf den Weinsee.

Am Abend hebt der Fourier nicht wie sonst erwartungsvoll den Deckel von Mutters Kochtopf, sondern wirft nur einen müden Blick zum Herd, auf dem Rouladen köcheln. Dann läßt er sich mit einem langen Seufzer auf den Küchenstuhl fallen. Morgen früh geht es wieder los, der Abmarschbefehl ist da. Schade, hier hätte ich gerne die Amerikaner erwartet. Na, was nich is, is nich, Soldatenlos. Wir schauen ihn bestürzt an, selbst Mutter unterdrückt ihr für alle Lebenslagen bereites »mein Gott«. Wissen Sie schon, wohin es geht, fragt sie dann. Nu, die Auswahl ist nicht mehr so groß, wahrscheinlich den Rhein rauf nach Remagen zur Brückenkopfverstärkung, wo die Amerikaner vor zwei Tagen mit einer Vorhut durchgebrochen sind. In Remagen ist die Hölle los, da kommen sie um wie die Fliegen, hat Mariechen dem englischen Sender entnommen. Für einen Augenblick meine eigene Angst vergessend, betrachte ich mitleidig den kleinen Fourier. Ich hätte da noch eine große Bitte, sagt er gerade. Wir haben da neulich zwei junge Leute bekommen, gerade mal achtzehn, Notabitur, keine Ahnung von der Front. Einer schleppt sogar seine Geige mit, hat vor, Musiker zu werden. Wenn Gott will, fügt er schnell hinzu. Nu, und da hab ich mir gedacht, wo Sie doch das Klavier haben, ob Sie nicht mit den beiden heute Abend ein bißchen musizieren könnten. Sie würden mir eine große Freude damit machen. Wissen Sie, die sind doch, wer weiß ... er beendet den Satz nicht. Hat ganz feuchte

Augen bekommen, der kleine dicke Fourier aus Sachsen. Eine richtige Glucke, der Schirrmeister hat recht.

Das Heulen der Granaten zerhackt die Musik, legt sich wütend in schriller Dissonanz über den Klang der Geige, bis in den Feuerpausen nach dem Einschlag die Töne wieder klar und voll im Raum stehen und Mozarts Violinkonzert in A-Dur für kurze Zeit über die Mißtöne des Krieges siegt. Der junge Soldat ist, ungeachtet des Lärms da draußen, völlig in sein Spiel vertieft, sein schlaksiger Körper paßt sich wiegend dem Rhythmus der Musik an. Der Strom ist ausgefallen, wir haben Kerzen aufgestellt, und das flackernde Kerzenlicht zeichnet den schwingenden Schatten des Geigers mit seinem auf und abtanzenden Geigenbogen überlebensgroß an die Wand. Hetty hat ihren Kopf aufgestützt, sitzt neben dem Krauskopf, der noch am Nachmittag das Blut der Reben pries, sich später dann bei uns hackenklappend als Heinz Wegener aus Frankfurt an der Oder vorstellte. Jetzt starren mich seine blauen Augen unverwandt an, aber vielleicht täuscht das im Kerzenlicht und sie schauen nur durch mich hindurch in weite ostelbische Fernen.

Mutter spielt den Tagesschlager »Es geht alles vorüber«, wir singen mit und übertönen das dumpfe Gefühl im Magen mit lautem Schmettern. Der Stettiner greift noch einmal zur Geige, »Guten Abend, gute Nacht ...« Die Ari schweigt, als wir auseinandergehen.

Draußen ist es sternenklar. Soldaten gehen zurück in ihre Quartiere. Nun heißt es Abschiednehmen von der Braut, ruft einer lachend. Die Braut des Soldaten ist sein Gewehr, gibt der Stettiner zur Antwort. Plötzlich sind mir seine blauen Augen ganz nah, denk mal an mich, sagt er und seine Lippen berühren mich ganz schnell, ganz flüchtig. Ich spüre, wie mir das Blut in die Wangen schießt. Kommst du, fragt sein Kamerad. Ihre Schritte entfernen sich im Dröhnen des Geschützfeuers.

Alle militärischen Verkehrs-, Nachrichten-, Industrie- und Versorgungsanlagen sowie Sachwerte innerhalb des Reiches, die sich der Feind irgendwie zunutze machen kann, sind zu zerstören, lautet Hitlers »Nero-Befehl« vom 19. März. Sprengkommandos rücken an, um diesem selbstzerstörerischen Befehl nachzukommen und alles in die Luft zu jagen, was von den Bomben verschont wurde. Selbst die kleine Unterführung, über die oben das Bähnchen ins Oberbergische und unten die Straßenbahn nach Köln fährt, fällt ihrer sinnlosen Zerstörungswut zum Opfer.

Wat soll der Blödsinn nu widder, Mariechen steht kopfschüttelnd mit ihrem Fahrrad vor der zusammengesunkenen Unterführung, deren Trümmer uns den Weg in die Stadt versperren. Ne Panzer fährt da doch spielend drumrum. Da kannste doch sehen, dat dat nur jejen uns jerichtet is. Die Bonzen lejen alles in Schutt un Asche, bevor sie wie die Ratten das sinkende Schiff verlassen un sich klammheimlich aus dem Staub machen. So ein Wahnsinn is einfach nit einzusehen. Was heißt hier Wahnsinn, fragt ein die Sprengung beaufsichtigender SS-Mann und kommt auf uns zu. Wir machen eilig kehrt.

Die durchziehenden Soldaten wechseln jetzt fast täglich, kommen ohne Quartiermeister und ziehen ab, um den nächsten Platz zu machen. Sie beobachten besorgt das Treiben eines verrückten Oberleutnants, der sich mit seinem Flakgeschütz und einem Trupp fanatischer Hitlerjungen in einem Waldstück in der Nähe postiert hat. Wenn der im letzten Moment durchdreht und anfängt zu ballern, geht es euch schlecht, warnt der bullige Jupp, im Zivilberuf Metzger in Gronau. Er steht in Hose und Stiefeln in unserer Waschküche und versenkt seine gesamte Habe in unseren Zinkwannen. Staunend verfolgen wir das Waschen, Wringen, Bürsten und Polieren. Ich will als anständiger Mensch nach Hause kommen, antwortet er kurz auf Mutters Frage. Beim Abzug stellt er uns einen Sack Zucker in den Keller. Das hätte ich dem Reinlichkeitsapostel gar nicht zugetraut, Mutter legt schnell die Blechschachtel mit dem Rest schwarzer Seife beiseite, die er auf der Fensterbank vergessen hat.

Eines der von den Sprengkommandos anscheinend vergessenen Kühlhäuser hat einen Volltreffer mitbekommen. Lindes Eisfabrik brennt lichterloh, und die dicken schwarzen Rauchschwaden stehen wie ein riesiger Pilz am Himmel. Das gelagerte Fett ist geschmolzen, hat sich durch fünf Stockwerke bis in den Keller seinen Weg gebahnt, und die hungrigen Menschen kommen mit Töpfen und Eimern und kratzen das stinkende, mit Mörtel versetzte Fett von der Erde und den Mauern.

Wir sind mit dem Holzvergaser gekommen. Anton und der belgische Paul, Hetty und Mariechen. Zum Schluß bin ich noch auf den Wagen gesprungen, auch wenn sie mich nicht mitnehmen wollten. Dat Klein könne mir dabei nit bruche, die Verantwortung übernehm ich nit, schnauzt Anton. Aber dann lassen sie mich doch auf dem Wagen, wahrscheinlich weil Anton schon vorne die Kurbel gedreht hat und jetzt schnell Gas geben muß oder weil ich mit unbeweglichem Gesicht, als hätte ich nichts gehört, nach vorn in die dunkle Nacht starre. Wir kennen alle die Gefahr, in die wir uns begeben. Eine ungenehmigte Fahrt ins Frontgebiet, die unsicheren Schleichwege, über die wir uns wohlmöglich unter Beschuß vorantasten müssen, und die unbeschreiblichen Zustände, die uns im Kühlhaus erwarten.

Untergetaucht liegen wir flach auf der Wagenpritsche, horchen angstvoll auf das Tuckern des Vergasers. Endlich taucht das Gerippe des ausgebrannten Kühlhauses vor uns auf. Geräuschlos wie Indianer auf dem Kriegspfad schleichen wir uns mit unseren Eimern an, nur ein einziges verräterisches Klappern, und sie schießen. Ein Scheinwerfer fingert über den Rhein, wir nutzen den kurzen Augenblick, wo sein Kreisen das Wasser beleuchtet und das Gebäude wieder im Dunkel versinkt, um hereinzuschlüpfen.

Drinnen ist es stockfinster, man ahnt die Menschen mehr, als daß man sie sieht. Ab und zu leuchtet kurz eine Taschenlampe auf, oder der Scheinwerferstrahl erweckt die schemenhaften Schatten zum Leben, läßt erkennen, wie viele es sind, die dichtgedrängt nebeneinander an den Wänden oder auf dem Boden scharren und kratzen. Wenn wir uns verlieren, schlägst du dich zum Auto durch und wartest da, befiehlt Hetty. Jetzt bedaure ich fast meine Hartnäckigkeit.

Im Tiefkeller hat Paul goldgelbes Butterschmalz entdeckt, das nur über eine schmale eiserne Steigleiter zu erreichen ist. Um an das Fett zu gelangen, muß man durch ein Loch in der eingestürzten Mauer kriechen. Reicht unten der Platz nur für einen, so stehen oben die Wartenden dicht gedrängt und schauen ungeduldig herunter in das enge Verließ. Jeder möchte so schnell wie möglich an den Fettschatz gelangen, bevor er versiegt ist oder der Einschlag einer Granate den Weg dorthin versperrt.

Paul hat den Abstieg gewagt, steht wie in Ali Babas Schatzkammer bis zu den Knien im Fett und schöpft mit dem kleinen eisernen Spaten, den Anton sonst zur Grabpflege benutzt, gelbe Klumpen in seinen Eimer. Wir warten mit unserem Mörtelfett oben am Schachtrand, als es geschieht. Einer der Wartenden hat die Geduld verloren, vielleicht übermannt ihn auch die Gier. Wie lange soll dat denn noch dauern, mir wollen alle wat davon haben. Meins du, du wärs allein hier? Halt di Mul, antwortet Paul. Er sagt das immer, mal im Spaß, mal grob, wenn er seine Ruhe haben will. Aber der da oben hat dafür kein Verständnis. Waat, dir wird ich helfen, du Drecksack, schreit er und läßt seinen leeren Eimer aus vier, vielleicht fünf Metern Höhe wie ein Geschoß herabdonnern. Paul fällt um, versinkt blutüberströmt im Butterschmalz. Es ist sicher nicht Mitgefühl, das die Umstehenden veranlaßt, ihre Wartemauer zu öffnen, um Anton Platz zu machen. Niemand äußert ein Wort des Bedauerns, als er sich mit dem verletzten Paul die enge Stiege hocharbeitet. Noch auf der letzten Stufe werden die beiden schon weggedrängt von einem Mann, dem es nicht schnell genug geht, nach unten zu kommen. Aber dann geschieht das Erstaunliche, der Eilige macht noch einmal kehrt, klettert die Sprossen hoch und reicht uns den mit Butterschmalz gefüllten Eimer. Fest auf den Boden der Wagenpritsche gedrückt, fahren wir auf Schleichwegen wieder nach Hause.

In den nächsten Tagen ziehen Rauchschwaden durch die Straße, ein grauenvoller Gestank nach verdorbenen Fett durchdringt jeden Winkel. Hustend, krächzend, ein Handtuch vor den Mund gedrückt, wird verbissen an der Läuterung des so gefahrvoll erstandenen Schatzes gearbeitet. Aber die stinkende Masse verweigert sich allen Versuchen, sie zurückzuverwandeln in gelbes geruchloses Butterschmalz. Die einen reichern den kochenden Sud mit Zwiebeln an, die anderen mit trockenem Brot, sie seihen es dutzende Male durch Tücher, kochen es zum wiederholten Mal, doch das Fett, inzwischen grauweiß, entwickelt nach wie vor in der Pfanne einen beißenden Geruch, qualmt, kratzt wie Reißnägel im Hals, und manchem schlägt der zweifelhafte Genuß auf den Darm.

Bertchen ist wieder da, hat sich aus Eger nach Hause durchgeschlagen. Einfach abgehauen ist er. Verdreckt, verhungert und verlaust stand er vor der Tür, erzählt seine Mutter, ich mußte im Keller den Gartenschlauch draufhalten, so konnte ich ihn nicht ins Haus lassen. Was die mit unseren Kindern machen, das schreit zum Himmel. Sollte ich jemals diesen Vent in die Finger bekommen, dann dreh ich ihm eigenhändig den Hals um, droht sie, Mutter stimmt zu. Aber jetzt laß ich mir den Jungen von keinem mehr wegnehmen, wir müssen schwören, kein Wort darüber zu verlieren, daß er wieder zu Hause ist.

Paul trägt einen Kopfverband wie einen Turban und obendrauf sitzt seine braunlederne Arbeitermütze, von der er sich nie trennt. Die Mütze habe ihm das Leben gerettet, die Wucht des Aufpralls abgehalten, behauptet er, sonst isch wäre jetzt eine Tote in Schmalz. Weil der Doktor ihm verboten hat zu arbeiten, sitzt er in der Küche auf der Bank unter der Kuckucksuhr und dreht eine Zigarette nach der anderen von seinem Eigenbau, den er im Backofen trocknet, mit Zuckerwasser anreichert und zu festen braunen Würsten formt, von denen er mit einem kleinen sichelförmigen Messer, womit Padühm früher seinen Kautabak in mundgerechte Würfel schnitt, hauchzarte Tabaklocken abhobelt. Die verwahrt er zusammen mit dem Zigarettenpapier und einer kleinen Drehmaschine in einem alten grauen Steinguttopf.

Du rauchst heut wie ein Schlot, verqualmst mir de janze Bude mit deinem stinkenden Knaster, schimpft Mariechen und reißt das Fenster sperrangelweit auf. Nix Knaster, beste Tabak, wehrt sich Paul, und Mariechens Schwester, die immer Stellung bezieht, wenn es um Paul geht, mischt sich sofort ein, laß ihn in Ruh, er ist doch noch krank. Isch nischt krank, isch nischt rumsitzen wie eine alte Mann, isch werde in Garten gehen arbeiten. Er steht auf, aber Mariechens Schwester drückt ihn zurück auf die Bank. Du darfst noch nicht arbeiten, hat der Doktor gesagt, du brauchst Ruhe. Ruhe hat tote Mann, Paul schiebt seine Zigarette gekonnt vom rechten in den linken Mundwinkel, isch keine tote Mann, isch kann noch. Er läßt den Unterarm mit geballter Faust vorschnellen, und die Frauen bekommen rote Köpfe und lachen kreischend auf.

Anton sucht das Loch im Autoschlauch, dreht den Gummireifen prüfend in der Wasserschüssel hin und her. Da, Mariechen zeigt auf die winzigen Luftperlen, die im Wasser aufsteigen und sich am

Schüsselrand festsetzen, will schnell den Finger auf den Riß legen. Ich hab et schon jesehen, Anton schiebt sie unwillig beiseite. Ja jibt et dat denn, wat bist du so krabitzig, beschwert sie sich. Ich bin nit krabitzig, und überhaupt, wat jlaubst du, wat ich eben mit dem Pitter für nen Tanz hatte. Mit dem is kein Auskommen mehr, seit er dat Weib hat. Antons Schläfenader pocht, seine gutmütigen blauen Augen funkeln wütend. Hab ich mir doch erlaubt, den Herrn zu fragen, wann dat Mistbeet endlich fertig wird, und wat sagt der da, Pjotr nix Mistbeet fertig, Pjotr Feierabend. Un wat hast du darauf jeantwortet? Jut, hab ich jesagt, mach du Feierabend, aber nit da beim Padühm in der Bud, un deine Olga kannste gleich mitnehmen, die kommt mir nämlich auch nit mehr da rein. Schluß, aus! Ich mach mich doch wejen euch zwei Fuulenzer nit unjlücklich. Zum dritten Mal tupfte er nun schon Gummilösung auf den Schlauch. So wat hätte der sich früher nit erlaubt, dat war ne richtig fröhliche Jung, immer am lache. Aber jetzt hat der ne janz andere Blick, der guckt mich an wie en Katz, wenn de Muus aus dem Loch kütt. Un du bis die Muus, Mariechen grinst. Der Jung is nit so, dat is dat Weib, die macht den knatschverrückt.

Erstes Frau, großes Liebe, macht Kopf durcheinander, auch Paul grinst, dreht sich eine neue Zigarette. Haste jehört, da spricht der Experte, wendet sich Mariechen augenzwinkernd an ihre Schwester. Aber es stimmt, Pjotr ist nicht mehr, wie er war. Schleicht herum wie ein verliebter Kater und hat nur noch Augen für die schwarze Olga mit den langen Zöpfen und den Kulleraugen, die eines Tages im Hof stand und jetzt nachts in seiner Kammer schläft. Kein Mensch wußte, wo sie herkam, und in diesen Zeiten ist es auch besser, nicht danach zu fragen. Olga sagt sowieso immer »nix verstehen«, wenn sie nicht antworten will.

Dabei haben wir alle auf Pjotr gezählt, der uns beschützen wollte, falls es einmal so weit wäre, beschützen vor all dem fremden Volk, wie Mariechen die Fremdarbeiter nennt, wenn sie sich holen kämen, was ihnen ihrer Meinung nach zusteht. In Olgas Fängen, die uns allen nicht geheuer ist, verliert unser Schutzpatron aber an Wert, wird zum Unsicherheitsfaktor, auch wenn er beteuert: Röhrig gute deutsche Leut, und auch uns in sein zugesagtes Patronat einbezieht: Frau mit Kinder auch gute deutsche Leut. Damit er das nicht vergißt, beschäftigt Mutter die schwarze Olga hin und wieder bei uns. Aber eigentlich kann man ihr Tun nicht als Arbeit bezeichnen, denn sie stopft Stunden an einem einzigen Strumpf, trinkt zahllose Tassen Muckefuck und singt uns ihre russischen Lieder vor. Die uns bekannten singen wir zweisprachig, und bei »Komm zurück« schwingt vielleicht auch unsere Hoffnung mit, daß uns Mütterchen Rußland hören und diese Aufforderung recht bald an Olga aussprechen möge. Aber vorerst läßt sie noch träumerisch das Stopfei sinken und stellt uns in Aussicht, wie Väterchen Stalin mit seiner tapferen Sowjetarmee kommen und russischem Täubchen großes Haus und all die schönen Kleider von Frau schenken wird.

Jetzt, wo der Beschuß uns ans Haus fesselt und die Zeit so langsam verrinnt wie der Sand in der Eieruhr, könnten wir unsere Strümpfe gut selber stopfen. Aber Pjotr hat Mutter aufgetragen, Olga bei dir arbeiten, du geben Geld dafür, und Mutter hat seine Forderung sofort erfüllt. Nach getaner Arbeit drückt sie Olga zwei Zehnmarkscheine in die Hand und schenkt ihr das apfelgrüne Leinenkleid mit dem Pikeekragen. Für das Geld hat Grete früher einen halben Monat gearbeitet, und das faule Luder stopft einen Strumpf und dabei droht sie uns noch, schimpft Mutter hinterher. Dat is zu vill, dat is zu großzügig, bestätigt Mariechen und bittet Mutter, das Schutzgeld zu begrenzen. Wie ein Pfau stolziere Olga drüben in dem grünen Kleid herum und fordere von Mariechen ähnliche Gaben. Aber erstens hab ich so wat janit, un wenn ich et hätt, würd ich et dem dollen Dier nit jeben. Damit se noch mehr rumhetzt un dä Pitter noch unverschämter wird. Nur ein Glück, dat mir die zwei da unten haben, wenn et hart auf hart kommt. Mariechen schlägt erschrocken die Hand auf den Mund, aber es ist heraus, und nach und nach bohrt Mutter auch den Rest ans Tageslicht. Die beiden einquartierten Wiener sind nicht mit ihrer Einheit weitergezogen, sondern warten in Röhrigs Kartoffelkeller das Ende ab.

Mein Gott, Mariechen, wenn das rauskommt, flüstert Mutter und schaut sich spähend um, als sei ihr der Pinscher schon auf den Fersen. Aber der läßt sich schon lange nicht mehr sehen. Ach was, beruhigt Mariechen, die paar Tage. Jetzt hat jeder mit sich selbst zu tun. Un die Braunen, die proben bereits den Abmarsch, die sin mir bald endgültig los. Wenn et hart auf hart kommt, sagen wir einfach, mir han von nix jewußt, die sin von allein da reinjekrochen. Dann verschwindet Mariechen, wie sie gekommen ist, durch das Loch in der Hecke.

Eines Tages steht Onkel Karl, der in Belgien nicht mehr gebraucht wird, mit seinem Fahrrad und einem pechschwarzen Bärtchen vor unserer Tür. Ob wir etwas von Tante Malchen gehört haben, will er wissen. Wie können wir etwas von Malchen wissen, in Breslau sind doch die Russen, sagt Mutter. Es hätte doch sein können, ihr wart meine letzte Hoffnung, traurig sinkt Onkel Karls neuer Schnurrbart abwärts. Nu komm erstmal rein und iß was, du siehst ganz verhungert aus. Ich mach Reibekuchen. Onkel Karl bekommt runde Augen, und sein Schnurrbart hebt sich erwartungsvoll.

Kaum in der Pfanne, verwandelt das Mörtelfett unsere Küche in eine qualmende Räucherkammer. Wir flüchten hustend und würgend in den Garten. Nur Mutter hält tapfer aus, hantiert, ein feuchtes Tuch fest vor das Gesicht gepreßt, inmitten der grauen Schwaden. Was ist denn das für ein Teufelszeug, Schmieröl, fragt Onkel Karl. Wir erzählen ihm von der ausgebrannten Fabrik. Na, gesund kann das bestimmt nicht sein, aber nun ist schon egal, wovon einem schlecht wird, meint er und stürzt sich heißhungrig auf die graugelben Fladen. Mutter verfolgt mit roten Kaninchenaugen die wundersame Verminderung des Reibekuchenberges, wobei ihr die Tränen über das Gesicht laufen. Du brauchst nicht zu weinen, es kratzt zwar ein bißchen im Hals, aber schmecken tun sie wunderbar, lacht Onkel Karl, sich zufrieden das Fett aus dem Schnurrbart wischend. Nimm doch noch einen, ich kann sie nicht aufheben, kalt sind sie ungenießbar. Mutter will ihm noch einmal den Teller füllen, aber Onkel Karl wehrt ab, es geht beim besten Willen nichts mehr rein, Kinder, so satt war ich lange nicht mehr.

Onkel Karl entzieht sich dem Volkssturm durch Unauffindbarkeit, will bei uns den Abend abwarten, um so der Entdeckungsgefahr zu entgehen. Später suchen sie nicht mehr, behauptet er wenigstens. Soll ich vielleicht den Kopf hinhalten, und die feiern den Weltuntergang? Wer hat denn jetzt noch was zu feiern, fragt Mutter zweifelnd? Da solltest du sie mal hören, den Ley und seine Kumpane in der Gummifabrik, wie es da zugeht Tag und Nacht. Der marschiert nicht mit dem Volkssturm. Welcher Ley? Na, welcher schon, der Herr über die Deutsche Arbeitsfront, Doktor Robert Ley. Der ist doch von hier, aus dem Oberbergischen. Und jetzt ist er in der Gummifabrik? Was macht er da? Na, du stellst Fragen. Saufen, huren, johlen. Das Geschrei kannst du bis zur Siedlung hören. Sie benehmen sich wie die Säue, haben einen Schwung Weiber dabei zum Mitmachen, da kommt dir das große Kotzen. Aber du warst doch einmal sehr dafür, erinnert Mutter ihn an sein Parteiabzeichen. Konnte ich denn ahnen, was das für Lumpen sind? Damals haben sie mir Arbeit beschafft. Du weißt doch, wie es war, als wir aus dem Krieg zurückkamen und nichts besaßen außer unserer Uniform. Ich habe geglaubt, was sie uns erzählt haben. Alles habe ich ihnen geglaubt.

Schön dumm warst du, hast du nicht gesehen, wohin das alles steuerte? Bei deiner katholischen Zeitung wärst du auch ohne das Bonbon am Kragen angekommen.

Das sagst du jetzt. Auf einmal hat es jeder kommen sehen und schon seit langem gewußt. Onkel Karl zurrt seine Hosenklammer fest und schwingt sich auf sein Fahrrad. Warum mußt du in der Nacht noch los, bleib doch hier, sagt Mutter. Onkel Karl hebt abwehrend die Hände. Er muß nach Hause. Tante Malchen könnte dort auf ihn warten oder zumindest eine Nachricht von ihr.

Über dem Bahnhof kreisen die Jabos. Lauern, ob sich da unten etwas bewegt, auf das sie sich stürzen können. Sind sie wie ein grausiger Spuk endlich in der Ferne verschwunden, setzt der Aribeschuß ein, folgt Einschlag auf Einschlag, Detonation auf Detonation. Niemand würde sich jetzt auf die andere Straßenseite zu dem Toten wagen, der am Halbkreis der Eingangstreppe vor dem Bahnhof liegt, mit einer Hand noch die Lenkstange eines halben Fahrrads umklammernd. Eine Granate hat die andere Hälfte direkt hinter dem Sattel abgetrennt und mit in den kreisrunden Trichter neben der Treppe gerissen. Flüchtig hat man den leblosen Körper mit Zeitungen abgedeckt, an denen das eingetrocknete Blut wie dunkler Rost klebt. Seltsam verdreht schaut darunter ein Bein hervor mit einem genagelten Schuh am rechten Fuß.

Ich weiß genau, zu wem der Schuh gehört, und ich bin mir sicher, er hat einen Riester oben auf der Spitze, aber ich weigere mich, es zu glauben. Ich will auch gar nicht mehr hinschauen zu dem blutverschmierten Zeitungsbündel da drüben auf der anderen Straßenseite, sondern verkrieche mich zwischen den Frauen, die mit mir in der Warteschlange um Wurstbrühe anstehen. Den da drüben, den gibt es gar nicht. Das ist alles nur ein böser Traum.

Damit will ich überhaupt nichts zu schaffen haben. Doch die vor mir auftauchenden Bilder lassen sich nicht so einfach wegscheuchen.

Er schlägt mit seinen genagelten Schuhen Funken aus dem Pflaster, und ich will es ihm gleichtun mit der lächerlichen Eisenspitze am hohen Schnürschuh. Die Kniestrümpfe bis auf den Schuhschaft heruntergerollt, trudelt er eine Konservenbüchse vor sich her und schlägt Haken wie ein Hase, wenn ich dazwischenspringen will. Wir vergleichen unsere von Dornen aufgekratzten Beine, die aufgeschlagenen Knie, wer von uns beiden hat die meisten Narben und Wunden, wer ist der verwegenere Held? Wir zeichnen unsere Welt mit Kreide auf das Pflaster, landen, zwischen den Kreidestrichen hüpfend, im Himmel oder in der Hölle.

Ich mach dir nen Riester drauf, sagt der Schuster und prüft mit seinem krummen vom Pechdraht schwarzen Daumen den Riß im Schuh. Und immer tritt er gegen das Gartentörchen. Laß das doch sein, sage ich. Bertchen grinst, paß mal auf, eines Tages schaff ich es noch, un et is en Loch drin.

Der soll aus den Häusern hinter dem Wäldchen sein, sagt die Frau neben mir. Sie warten nur, bis es dunkel wird, damit sie ihn wegholen können, den armen Kerl. Du bist doch auch daher, weißt du nicht, zu wem der Junge gehört? Ich schaue starr geradeaus, tue so, als hätte ich sie nicht verstanden. Murrend wendet sie sich ab, kannste mir keine Antwort geben? Dann gehe ich durch das Wäldchen nach Hause. Die Milchkanne ist heiß von der Wurstbrühe. Drüben im Wald wird geschossen. Einmal sirrt etwas dicht an meinem Ohr vorbei. Wahrscheinlich ein Querschläger.

Weißt du noch, an dem Baum da hing der Eisenkrämer, sagt Bertchen. Ich nicke. Un der Schmitz trug immer so sandfarbene Gamaschen über seinen Schuhen. Einer von den toten Hunden lag direkt auf seinem Kopf, ich glaub, der schwarze war es. Ich nicke wieder. Wie die Frau Sechtem gebrüllt hat, tagelang, nicht zum Aushalten. Un die aus dem Bäckerhaus, kein Sterbenswörtchen. Zu viele Tote, sagt er. Da weine ich.

Mit wem soll ich nur reden, wenn du nicht mehr da bist, frage ich. Aber Bertchen hört mich nicht mehr, er ist gegangen.

Zeittafel

1931	*Ida wird geboren*
1933	
30.1.	Hindenburg beruft Hitler zum Reichskanzler
27.2.	Brand des Reichstagsgebäudes
28.2.	Verordnung zum Schutze von Volk und Staat
21.3.	Heinrich Himmler gibt die Einrichtung des Konzentrationslagers in Dachau in Auftrag
24.3.	Ermächtigungsgesetz und »Gesetz zur Wiederherstellung des Berufsbeamtentums« (7.4.1933): Entlassung von politisch mißliebigen und »nichtarischen« Beamten
1.4.	Boykott jüdischer Geschäfte
2.5.	Aufhebung der Gewerkschaften
10.5.	Erste Bücherverbrennungen
ab Juni/Juli	NSDAP wird Staatspartei; Auflösung aller anderen Parteien
14.7.	Gesetz zur »Verhütung erbkranken Nachwuchses«
20.7.	Abschluß des Reichskonkordates mit dem Vatikan
13.9.	Das Winterhilfswerk wird dem Propagandaministerium unterstellt
22.9.	Reichskulturkammergesetz
19.10.	Deutschlands Austritt aus dem Völkerbund
1934	
30.6.	Niederschlagung der angeblichen Röhmrevolte und Ausschaltung der SA-Führung
20.7.	Die SS wird eine selbständige Organisation
2.8.	Tod Hindenburgs, Hitler Nachfolger als »Führer und Reichskanzler«
24.10.	Verordnung über die »Deutsche Arbeitsfront«
1935	
13.1.	Abstimmung im Saargebiet, das an Deutschland zurückfällt
1.2.	Erlaß des Führers und Reichskanzlers über die Ernennung und Entlassung der Reichbeamten und Landesbeamten
16.3.	Wiedereinführung der allgemeinen Wehrpflicht
26.6.	Reichsluftschutzgesetz
28.6.	Gesetz gegen Beschimpfung der NSDAP (Hoheitszeichen, Standarten, Fahnen)
15.9.	Verkündung der antisemitischen »Nürnberger Gesetze«: »Reichsbürgergesetz«, »Gesetz zum Schutze des deutschen Blutes und der deutschen Ehre«

1936	
7.3.	Remilitarisierung des Rheinlandes
1.8.	Eröffnung der Olympischen Spiele in Berlin
25.10.	Begründung der »Achse Rom-Berlin« durch den deutsch-italienischen Vertrag
25.11.	Antikominternpakt zwischen Deutschland und Japan
1.12.	Gesetz über die Hitlerjugend
Dezember	Thomas Mann wird ausgebürgert
1937	
15.1.	Einrichtung von Adolf-Hitler-Schulen
4.3.	Enzyklika »Mit brennender Sorge« von Papst Pius XI.
1.7.	Verhaftung von Pastor Martin Niemöller, Mitglied der Bekennenden Kirche
19.7.	Eröffnung der Wanderausstellung »Entartete Kunst« in München
Juli	Errichtung des KZ Buchenwald
	Einrichtung von politischen Umerziehungslagern für Studienräte
1938	*Ida beginnt mit dem Unterricht bei ihrem Vater*
13.1.	Anschluß Österreichs
24.4.	Karlsbader Beschlüsse der Sudetendeutschen Partei
17.8	Zweite Verordnung zur Durchführung des Gesetzes über die Änderung von Familiennamen und Vornamen (ab 1.1.39 müssen Juden den Zwangsnamen »Israel« bzw. »Sarah« führen.
29.9.	Konferenz von München; Anschluß der sudetendeutschen Gebiete
5.10.	Verordnung über Reisepässe (Einziehung der jüdischen Reisepässe, Neuausgabe mit einem »J« versehen)
7.11.	Attentat Grynszpans auf den Legationssekretär vom Rath in Paris
9.11.	Großer Judenpogrom in Deutschland (»Reichskristallnacht«)
12.11.	Verordnung über Sühneleistung der deutschen Juden in Höhe von 1 Milliarde RM
	Errichtung des Volkswagenwerks
1939	*Ida wird in die zweite Volksschulklasse eingeschult*
15.3.	Einmarsch deutscher Truppen in Böhmen und Mähren; Bildung des Protektorates
23.3.	Einmarsch deutscher Truppen ins Memelgebiet
25.3.	Erste Durchführungsverordnung zum Gesetz über die Hitlerjugend
21.5.	Erstmalige Verleihung des Mutterkreuzes

22.5.	Abschluß eines deutsch-italienischen Militärpaktes
23.8.	Abschluß eines deutsch-sowjetischen Nichtangriffspaktes und Geheimabkommen
27.8.	Rationierung von Lebensmitteln, Kleidung, Energie und Grundstoffen
1.9.	Beginn des deutschen Angriffs auf Polen. Mit Kriegsbeginn treten »Außerordentliche Rundfunkmaßnahmen« in Kraft, die das Abhören ausländischer Sender unter Strafe stellen
1.9.	Auftrag Hitlers zum »Euthanasieprogramm«
3.9.	Kriegserklärung der Westmächte an Deutschland
28.9.	Neuer deutsch-sowjetischer Grenz- und Freundschaftsvertrag
1.10.	Ende des polnischen Widerstandes, Neuordnung Polens: »Gesetz über die Wiedervereinigung Danzigs mit dem Deutschen Reich«; Aufhebung des »Korridors«, der Verbindung Ostpreußens mit dem Reich
25.10.	Restpolen wird zum »Generalgouvernement« erklärt
1940	
27.4.	Befehl zur Erbauung des KZ Auschwitz
30.4.	Erstes polnisches Ghetto in Lodz eingerichtet; Einrichtung des Warschauer Ghettos mit über 400.000 Juden
10.5.	Deutscher Angriff auf Holland, Belgien, Luxemburg und Frankreich; Beginn des Westfeldzuges
22.6.	Abschluß eines deutsch-französischen Waffenstillstandes *Idas Großvater stirbt*
1941	*Ida kommt in die Kinderlandverschickung*
6.4.	Deutscher Angriff auf Jugoslawien und Griechenland
20.7.	Graf von Galen, Bischof von Münster, prangert in seiner Predigt die Euthanasiepolitik des NS-Regimes an
22.6.	Beginn des deutschen Angriffs auf die Sowjetunion
31.7.	Göring beauftragt Heydrich mit der vollständigen Evakuierung der europäischen Juden
1.9.	Polizeiverordnung über die Kennzeichung der Juden (»Judenstern«)
20.10.	Erste Deportationen aus dem Reich angeordnet *Ida besucht die Oberschule ihrer Heimatstadt*
1942	*Ida kommt in eine national-sozialistische Oberschule für Mädchen in Elsaß*
20.1.	Wannseekonferenz über die »Endlösung der Judenfrage«
30.5.	Erster »Tausend-Bomben-Angriff« auf Köln

7.11.	Beginn alliierter Landungen in Nordafrika. Zwangsverpflichtung zusätzlicher »Fremdarbeiter«
1943	
31.1.	Ende der Schlacht um Stalingrad
18.2.	Joseph Goebbels' Rede im Berliner Sportpalast über den »totalen Krieg«
22.2.	Hinrichtung der Geschwister Scholl
April	Aufstand im Warschauer Ghetto
12.5.	Kapitulation der letzten Streitkräfte der Achse in Nordafrika
11.6.	Himmler ordnet die Liquidierung der polnischen Ghettos an
25.7.	Sturz Mussolinis und des faschistischen Regimes in Italien
1944	*Idas Vater stirbt, sie wird mit ihrer Mutter nach Thüringen evakuiert*
18.1.	Verhaftung von Graf Helmuth James von Moltke und Zerschlagung des »Kreisauer Kreises«
6.6.	Invasion der Alliierten in Frankreich
20.7.	Attentats- und Staatsstreichversuch der deutschen Opposition gegen Hitler
1.8.	Warschauer Aufstand
19.8.	Paris wird von den Alliierten befreit
6.9.	V2-Rakete wird gegen Großbritannien eingesetzt
Oktober	Massenflucht der Deutschen aus Ostpreußen
25.9.	Einberufung aller waffenfähigen Männer zwischen 16 und 60 Jahren zum »Deutschen Volkssturm«
16.12.	Beginn der Ardennenoffensive
1945	*Ida kehrt zurück in das Frontgebiet von Köln*
12.1.	Beginn der sowjetischen Großoffensive
30.1.	Letzte Rundfunkansprache Adolf Hitlers und Beschwörung des »Endsiegs«
13.–15.2.	Bombardierung Dresdens
7.3.	Amerikanische Eroberung des Brückkopfes bei Remagen und Einnahme des linksrheinischen Kölns
19.3.	Befehl Hitlers »Verbrannte Erde« (»Nero-Befehl«)
30.4.	Selbstmord Hitlers in der Reichskanzlei in Berlin
9.5.	Bedingungslose Kapitulation